Persiguiendo a Silvia

Elísabet Benavent. La publicación de *En los zapatos de Valeria, Valeria en el espejo, Valeria en blanco y negro, Valeria al desnudo, Persiguiendo a Silvia, Encontrando a Silvia, Alguien que no soy, Alguien como tú, Alguien como yo, El diario de Lola, Martina con vistas al mar, Martina en tierra firme, Mi isla, La magia de ser Sofía, La magia de ser nosotros, Este cuaderno es para mí, Fuimos canciones, Seremos recuerdos, Toda la verdad de mis mentiras* y *Un cuento perfecto* se ha convertido en un éxito total de crítica y ventas con más de 2.000.000 de ejemplares vendidos. Sus novelas se publican en 10 países y los derechos audiovisuales de la Saga Valeria se han vendido para su adaptación televisiva. En la actualidad colabora en la revista *Cuore*, se ocupa de la familia Coqueta y está inmersa en la escritura.

Para más información, visita la página web de la autora: www.betacoqueta.com

También puedes seguir a Elísabet Benavent en Facebook, Twitter e Instagram:
 BetaCoqueta
 @betacoqueta
 @betacoqueta

Biblioteca

ELÍSABET BENAVENT

Persiguiendo a Silvia

DEBOLS!LLO

Papel certificado por el Forest Stewardship Council®

MIXTO
Papel procedente de
fuentes responsables
FSC® C117695

Primera edición con esta portada: junio de 2016
Decimotercera reimpresión: agosto de 2020

Printed in Spain – Impreso en España

ISBN: 978-84-9062-852-2
Depósito legal: B-15.751-2015

Impreso en Novoprint, S. A.
Sant Andreu de la Barca (Barcelona)

P 6 2 8 5 2 A

Penguin
Random House
Grupo Editorial

A Marc, porque le adoro.
A todas las coquetas del mundo,
porque le dan sentido a las palabras.
A Ulises, Aquiles *y* Sango, *porque sí.*

1

El baño de señoras de mi oficina no es un sitio muy concurrido, por eso siempre ha sido mi centro de operaciones. Aquí me peino y me maquillo cuando se me ha pegado la almohada y aquí respiro hondo también cuando lo necesito, que es bastante a menudo.

No hay nadie que me acose visualmente, así que tengo tiempo para valorar si en realidad quiero hacer lo que estoy pensando. Pero... ¿a quién quiero engañar? Lo necesito. Querer..., querría otra cosa bien distinta.

Me paso la mano por el pelo ondulado y me distraigo con el reflejo que la luz saca a mi tinte. Ni siquiera recuerdo cuál es mi color natural, creo que siempre lo he llevado tintado de color ardilla. Suspiro y repaso el maquillaje. Importante no parecer Courtney Love en su época de adicta al crack. He de tener un aspecto presentable. Saco del bolsillo el Posietint de Benefit y me repaso mejillas y labios, que destacan en mi piel blanca.

Pienso por un momento que todo sería más fácil si tuviera una de esas miradas de hielo, tipo Zoolander. No, en serio. Siempre quise tener unos ojos espectaculares, de esos azul grisáceo, como él, o verde o yo qué sé, morado marciano, pero a pesar de tenerlos grandes, solo son de un corriente color miel. Sé que soy vistosa, pero… ¿de qué sirve eso?

Cojo aire y me plancho el vestido con las manos. Salgo del baño y corro al despacho de Álvaro y derrapo en una esquina. Me choco con la secretaria del director de marketing; doscientos mil folios caen por el suelo. Todo el mundo mira el desastre, pero lejos de agacharse y ayudarnos, siguen concentrados en sus pantallas, lo que quiere decir: jugando al póquer por Internet, enviando fotos de tías en pelotas o comprando alargapenes online. ¿He comentado que soy la única mujer de mi departamento? Bueno, yo, la señora a la que acabo de atropellar y Manuela, la secretaria de recepción. Una de las dos se afeita el bigote y la otra se tira ruidosos pedos que intenta disimular con tosecitas delicadas. Eso me deja, quizá, no en el puesto de la única mujer, pero sí en la única que lo parece. Y debo alejarme pronto, porque esta es la de los gases.

Llamo pero no doy tiempo a que me dé permiso para entrar. Abro la puerta y avanzo jadeando por el esfuerzo de correr veinte metros con estos tacones con plataforma. Álvaro me mira y parece no estar de buen humor. Su mirada es fría e incluso despiadada, pero esa expresión podría someter a la más gallarda. Hoy lleva el traje azul marino, la camisa celeste y una corbata estrecha a rayas. Este conjunto me encanta.

Deja a un lado los papeles y se acomoda en su silla. No puedo evitar desorientarme cuando le miro a los ojos. Es demasiado guapo para ser verdad, tanto que duele. Y duele en un lugar muy íntimo.

—¿Qué mosca te ha picado, Garrido? —Aquí todos me llaman por el apellido. Recupero el aliento y cierro la puerta.

—Tengo un problema. ¿Quién dice problema? ¡Una crisis! No, no, no, ni crisis puede llamarse, es una hecatombe. Y mira por dónde que tú puedes ayudarme.

Álvaro sonríe. Nunca ha podido esconder que le hago gracia, pobre. Al menos cuando no hay nadie más para juzgarlo. Así que suelo aprovecharlo en mi favor. Y aquí está, esbozando una sonrisa comedida. Siempre de lado, sin enseñar los dientes, blancos, alineados, perfectos. Este gesto le hace parecer un irresistible niño malo.

Tiene el pelo de príncipe de cuento y casi siempre lo lleva bien peinado. Parece modelo… Pero sé de buena tinta que fuera de la oficina no sabe lo que es un peine. Y con el pelo revuelto está aún más cañón. Igual que con barba de tres días. Me encantaba que su barba me hiciera daño; como el resto de él. Y no soy masoquista es… es algo más complicado.

Y si él sonríe, yo le devuelvo la sonrisa porque es muy mono y no puedo evitarlo.

—¿Necesitas dinero, vacaciones, mi coche, mi casa o a mi madre? —Levanta las cejas y juega con el boli.

—Lo segundo. —Me sorprende que me ofrezca a su señora progenitora; jamás le pediría prestada a la bruja de su madre si no fuera para mandarla a Tombuctú o quemarla viva en la Puerta del Sol.

—¿Mi coche otra vez? —pregunta alarmado mirándome.

—No, no, vacaciones, vacaciones.

Suspira y se centra en el escote en uve de mi vestido. Nadie diría que Álvaro es mi jefe. No obstante, esta vez parece dispuesto a hacer uso de su autoridad.

—No te las voy a dar —dice tajante.

—Pero ¡tienes que dármelas! —contesto incrédula.

—No, no tengo por qué. —Y sonríe de un modo que me saca de quicio.

—¡Es cuestión de vida o muerte! —grito.

Me mira, levanta una ceja y flaqueo un poco. Telepáticamente me dice que no le gusta un pelo que cuestione sus decisiones.

—¿Operan a tu madre, tu hermano se ha caído de un tejado, se casa tu prima la australiana por quinta vez? —pregunta, y se apoya en la mesa de un modo tan irresistible que a punto estoy de quitarme las bragas y dárselas en sagrada ofrenda.

—Nooo —respondo pacienzuda.

—Pues no hay vacaciones.

—¡Álvaro! —Pateo el suelo.

—¡Garrido! —imita mi tono de súplica infantil.

—Es que no te vas a creer lo que me ha pasado.

—Seguramente no, no me lo voy a creer. Cierra la puerta cuando salgas.

Levanto una ceja. Esta es otra más de nuestras luchas de poder. Sin mencionar que nunca le ha gustado no tenerme controlada. Por eso está molesto; yo también. Me crezco.

—Si no me das algunos días enseño el sujetador.

Álvaro me mira incrédulo. En un departamento de hombres como el mío a veces un tobillo es motivo de motín.

—No te atreverás —me dice entornando los ojos.

—¿Que no? —Abro la puerta y silbo. Todos se giran hacia mí—. ¿Sabéis de qué color llevo hoy la ropa interior?

Una piara de cerdos en pleno celo hace menos ruido. Vuela una silla por encima de los ordenadores y uno de ellos se sube a la mesa mientras se escucha un clamor popular: «¡¡Quítatelo todo!!», «¡No! ¡Déjate los zapatos puestos!», «¡No! ¡¡Dame los zapatos a mí!!».

Bueno, a lo mejor no vuelan las sillas y nadie se sube a las mesas, pero esas cosas sí las gritan. Cierro la puerta del despacho a mis espaldas y sonrío con malicia.

—Ahora tendremos que llamar a Manuela para aplacarlos —susurra Álvaro.

Manuela es la de recepción, mujer barbuda en su tiempo libre.

—Quiero una semana —digo con los ojos entrecerrados.

—Un día —responde en un tono que no admite discusión.

Pero aun así yo le discuto. Porque me gusta, porque encuentro algún tipo de retorcido placer sexual como el de los preliminares. Y además… a veces me doy cuenta de que haría cualquier cosa por seguir hablando con él.

—Dos o enseño pezón.

—Garrido, acuérdate de lo que pasó la última vez…

Hace un par de años, durante la cena de Navidad, entre las copitas de más, los baileteos encima de las sillas y el maravilloso vestido prestado con escote, uno de mis pezones decidió hacer una excursión al exterior por eso de ver mundo y aprender idiomas, ya se sabe. Lo que ocurrió después fue un caos: un par de mis compañeros terminaron esposados y aquel restaurante jamás volvió a recuperarse. A decir verdad, creo que lo demolieron dos semanas después cuando la pared principal del salón amenazó con desmoronarse. Juro que no tuve nada que ver con el incendio.

—Una semana —repito.

—Dame al menos una explicación, ¿no? —Y vuelve a recostarse sobre la silla.

—Me quiero ir con Bea de relax… y a follar con tíos buenos si se tercia. Por separado, claro.

—¿Crees que es motivo para exigir unas vacaciones? Si quieres echar un polvo te basta con apoyarte en una puta barra de bar, joder —comenta Álvaro.

Me mira con fijeza y me ruborizo al momento. Probablemente no debería decirle esas cosas. Después de todo lo que llevamos vivido Álvaro y yo en los últimos tres años es extraño, pero vamos a ver…, ¿desde cuándo es normal algo de lo que yo hago? Pero quizá… aún está muy reciente.

—Te necesito para cerrar el tema de la migración al nuevo sistema. No puedo prescindir de nadie del equipo. Y menos porque Bea y tú hayáis decidido iros de fiesta loca a Ibiza a salir por la noche sin bragas.

—¡¡Me has pinchado el ordenador!! —Me indigno.

—Hubiese sido en todo caso el teléfono. —Se ríe y se pasa una mano por el pelo—. Lo que ocurre es que eres de lo más previsible...

—¡Pues tú tienes un moco!

Álvaro se lleva la mano a la nariz, asustado. En realidad no es cierto, pero me apetece verlo sufrir. Es muy meticuloso con su imagen. Por eso está siempre impecable.

—Es otro de tus trucos —me dice entornando los ojos.

—Sí, me has pillado. Pero dame esa semana. Hemos encontrado un ofertón. Vamos a ir a la playa. —Sonrío angelical.

—Sigo sin entender por qué una semana para un polvo —y parece decirlo con amargura.

—Con uno no tengo ni para empezar —contesto.

Le miro, levanto las cejas y él se ríe. Ahí he patinado.

—No te eches faroles conmigo, que luego vienes con lo de que tienes agujetas, que se te ha roto algo por dentro o que crees que habrá que coserte entera después —replica con sorna.

Pongo los ojos en blanco. Claro, bien sabe él las excusas que utilizo cuando me da pereza echar un casquete... Excusas que nunca atendía, por cierto. Está claro que no va a ceder, así que paso al plan B.

—¿Un día? —mendigo.

—Un día. Pero solo si les enseñas el sujetador. —Se ríe con malicia y me dan ganas de lanzarme a sus pies y suplicarle que volvamos. En lugar de eso digo, muy digna:

—¡Eso no es justo!

—Ese es el trato, valiente. —Álvaro se encoge de hombros y me mira.

Suspiro, abro la puerta y les enseño el sujetador. Después me mantean y acabo haciendo un agujero en el pladur del techo con la cabeza. Y esto último es verdad y no una exageración producto de mi imaginación.

2

Él mismo me hizo la última entrevista para entrar en la empresa y por culpa de esos ojos por poco no lo eché todo a perder. Cuando apareció en la sala de reuniones en la que me tenían confinada, me levanté por instinto y me di cuenta, quizá demasiado tarde, de que me había quedado con la boca abierta. Jamás vi a nadie que llevara los trajes con aquel brío. Aquel día lucía (muy bien lucido, todo hay que decirlo) un traje gris oscuro con camisa blanca y corbata también gris. Su pelo espeso y castaño me hizo desear poder meter los dedos en su interior y mesarlo. Cuando parpadeó y me tendió la mano, sentí una tensión eléctrica, sexual, que me alcanzó la ropa interior con una velocidad vergonzosa. Y cuando quise darme cuenta estaba fantaseando con los dos sobre la mesa de reuniones y mis bragas en el suelo.

—Encantado, señorita Garrido. —Entonces sonrió y me di por muerta.

Yo era licenciada en Informática y a pesar de lo nerviosa que estuve en la entrevista, entré en el departamento de gestión de la información de una empresa. No quiero dar más datos, no por discreción, sino porque es un coñazo. Somos el apoyo logístico de todos los ordenadores en red y él quien coordina nuestro equipo con el resto de los departamentos de la empresa.

Las chispas saltaron entre los dos desde el primer día, había que estar ciego para no verlo. O al menos era lo que yo pensaba. Y no es que esté loca y me imagine cosas. Es que Álvaro me miraba de una manera muy intensa. Nunca sentí ser suficientemente atractiva para él, pero la verdad es que sus ojos solían hacerme sentir desnuda y ansiosa en muchas reuniones, en el pasillo o a la salida, donde se subía el cuello de la chaqueta y se despedía con una mirada de reojo que podría licuar los polos.

Sin embargo, Álvaro, muy a mi pesar, era un chico al que no parecían irle los rollitos de primavera en el trabajo. Intenté amotinar a mis compañeros para organizar varias salidas fuera de la oficina, emborracharlo y meterlo en mi casa... pero nada. Él siempre declinaba la invitación a última hora, cuando yo ya estaba más pintada que una puerta y sedienta de amor. Y me tocaba soportar a quince hombres borrachos manteándome hasta que vomitaba. Verídico. Les gusta mucho eso de mantearme.

No eran sus ojos color gris, no era ese color de pelo castaño claro al que el sol arrancaba unos reflejos cobrizos preciosos. No eran sus labios, preciosos, mullidos y masculinos, ni la perfecta forma de su barbilla y su mentón. Tampoco era la sencillez con la que lucía sus trajes en el trabajo ni sus varoniles manos. Era absolutamente todo lo que tenía que ver con él. Estaba segura de que era el hombre. Con letras mayúsculas y un montón de purpurina. Él.

Un sábado coincidí con él en el cumpleaños de un conocido, casualidades de la vida. Vernos allí nos descolocó y a pesar de lo que creía, Álvaro también era capaz de sonrojarse. Se acercó entre la gente con movimientos gráciles, acarició un mechón de mi pelo y mientras me besaba en la mejilla, susurró que estaba muy guapa; lo hizo de tal manera que mis pezones se pusieron en pie de guerra. Creo que me dijo: «Estás arrebatadora». Si no hubiera sido él, esa frase habría hecho que le deseara la hoguera. Pero ya no sé…, no sé ni qué le contesté; verlo en vaqueros me dejó lobotomizada. Tuve que hacer acopio de todas mis fuerzas mentales para controlarme y no tumbarlo sobre la barra en contra de su voluntad. El único impulso vital que tenía en aquel momento era arrancarle todos los botones con la boca y luego ponerme de rodillas y comérsela. Así, a lo bruto. Y cuando quise darme cuenta, él estaba volviendo a su lado de la barra de la misma manera que había aparecido.

Mis amigas al verlo no se lo podían creer.

—¡¡Está buenísimo!! —murmuraron con los ojos fuera de sus órbitas.

—Ya os lo dije —susurré.

—Pero ¿¡cuántos años tiene!? —preguntó Bea, mi mejor amiga.

—Tiene treinta o treinta un años.

—¡No jodas! Dios mío…, ¡es un viejo! —y tras una pausa dramática añadió—: Algo tenía que tener.

A los veinticuatro años la treintena te parece felizmente lejana y carente de interés.

—No es para nada tu tipo —sentenció una de ellas queriendo apropiárselo.

—¿Desde cuándo tengo tipo? —Las miré sorprendida—. Además, Álvaro no me gusta. Es el hombre de mi vida.

—Pues el hombre de tu vida habla muy animadamente con esa rubia tetona.

Yo no era rubia. A decir verdad, no sabría decir cuál era el resultado de tantos tintes en el color de mi pelo. Ya lo he dicho, considero que mi pelo es color ardilla. Pero aun así, una cosa sí estaba clara: a tetona no me ganaba aquella rubia.

Me contoneé por allí con mis vaqueros pitillo y ese top de encaje negro que me marcaba las pechugas y le lancé una miradita sensual mientras le daba una calada a un cigarrillo, con tan mala suerte que el humo del cigarro me entró en el ojo y este empezó a escocerme y a pestañear como un loco. Nunca confiéis en el rímel *waterproof* porque aquella noche yo llevaba dos kilos en cada ojo y con el lagrimeo un río negro me cruzó la cara como el Amazonas cruza… el país que quiera que cruce. Lo mío son los mapas de bits, no los geográficos.

Intenté darle un trago a la copa para disimular mientras él me lanzaba una mirada de preocupación y me atraganté víctima de…, de lo gilipollas que soy, supongo. Un chorro de cubata y baba me cayó por la barbilla.

Buscando una huida digna me di media vuelta, pero cegada por el humo, el puto rímel *waterproof* y mi sed de romance, me tropecé con algo indefinido (llámese el primo pijo, bajito y orondo del cumpleañero) y enredando mis piernas la una con la otra me caí como Lina Morgan en el papel de la tonta del bote. Resultado: me rompí los vaqueros a la altura de las rodillas, me raspé la piel con un cristal roto del suelo, un zapato desapareció entre la marabunta que abarrotaba el bar y mis amigas se despollaron de risa apoyadas en la barra. Toda una clase magistral de lo que no hay que hacer delante del tío que te gusta y que, además, es tu jefe.

Álvaro se acercó cuando intentaba ponerme de pie ante la indiferencia del resto de los presentes y aguantándose la risa me dio mi zapato. Era un zapato de salón precioso, eso sí.

—Mira, como el cuento de la Cenicienta —dijo amablemente.

—Sí, Cenicienta, pero en la versión del Chivi como mínimo —contesté cogiéndome a la mano que me ofrecía para levantarme.

—Esa perdió las bragas y no el zapato. —Se rio.

¿Álvaro conocía la letra de una canción del Chivi? ¿Qué más escondía Álvaro? Seguramente una personalidad sexual brutal que mantenía encerrada a duras penas.

—Gracias —dije tratando de colocarme el top y recuperar algo de dignidad. Nos miramos—. Por lo de ayudarme, no por lo de las bragas. Aún las llevo puestas. —Muy a mi pesar, pensé.

—Me tranquiliza.

Aquella noche me acompañó a casa…, a mí y a las tres amigas con menos tacto del mundo mundial, que eructaron en su coche y lo llenaron de ceniza mientras cantaban a coro algo que quería parecerse a *La Loba,* de Shakira. Vamos, un romance digno de que un trovador le dedique una canción.

3

No me sorprende que se acerque a mi mesa a punto de terminar la jornada. Últimamente Álvaro tiene mucho interés en encalomarme marrones. Creo que encuentra algún tipo de placer retorcido en verme sudar sangre con algún proyecto imposible que se extienda fuera de las horas de oficina. Aunque son horas bien pagadas, es viernes y me gustaría irme ya a casa. Tengo muchas cosas que hacer, entre ellas una maleta. Mañana Bea y yo volamos para tener unas microvacaciones, lejos de todo esto. Nos hacen falta a las dos. Ella porque está harta de los tíos de aquí (es posible que se los haya tirado a todos, pero juraré no haber dicho esto); yo porque lo de Álvaro va a terminar por matarme. Necesito no verlo tanto como él parece necesitar lo contrario. Y no lo entiendo; a juzgar por cómo terminó lo nuestro no es lo lógico. Así que cuando lo veo venir hacia mí, me pongo tensa. No me extrañaría nada que Álvaro viniera ahora con la monserga de que no puede darme el lunes de vacaciones y que tiene que mandarme mañana, sábado, al Monte del Destino a destruir el *anillo de poder*. Cosas más raras se han visto en este sitio.

Me pone los nervios a flor de piel ver cómo se acerca de esa manera. Parece haber encontrado una presa y estar a punto de lanzarse encima de ella e hincarle el diente y… jodo, la presa soy yo. Esos movimientos tan gráciles podrían dejarme fuera de juego.

Mis compañeros van desapareciendo y yo finjo estar muy ocupada, pero estoy haciendo tiempo, moviendo el ratón en círculos, por si él me pide algo no tener que volver a encender el ordenador.

Se apoya en la mesa de al lado, que está vacía, y se desabrocha el botón de la americana antes de meterse las manos en los bolsillos del pantalón. Trago saliva. No puedo con él; es superior a mis fuerzas. Es su olor, o esos gestos, o que me acuerdo de lo mucho que me gusta su cuerpo desnudo empujando entre mis piernas, pero el caso es que todo me supone un ejercicio de contención brutal. Decimos adiós a la última persona que quedaba por aquí y me giro hacia él, esperando que me diga algo como «tienes que quedarte para rediseñar el servidor entero y darle acceso a él a todas las personas de la empresa». Pero no. Solo sonríe comedidamente y después me pregunta:

—¿Te apetece ir a comer?

Eso me deja fuera de juego al instante. ¿Ir a comer? ¿De qué va esto?

—Pues… tengo que hacer la maleta y todo. Salgo mañana temprano.

—¿Quieres que os lleve mañana al aeropuerto?

—No. —Niego con la cabeza—. Nos lleva mi hermano Varo.

—Pues vamos, te dejaré en casa.

—Pero… ¿por qué?

—¿No puede alguien ofrecerse a llevarte a casa sin querer algo? —Y se le dibuja una sonrisa que no me gusta nada, falsa y tensa.

—Tú y yo, no.

—Pues ya lo sabes. Será porque hay algo de lo que hablar.

No espera respuesta por mi parte. Claro que sé de qué va esto y estoy a punto de recordarle que no tengo por qué acatar sus decisiones fuera del trabajo, pero la verdad es que siento ganas de averiguar cómo aborda el tema. Por una parte sería mejor que me retirara ahora que puedo, pero por otra quiero saber hasta dónde va a llegar. Cojo el bolso y me lo cuelgo. Él me mira de arriba abajo y siento que sus ojos gélidos me van desnudando, rompiendo la ropa por donde pasan y sin más el sexo se me contrae, como en un espasmo previo al placer. Oh, Dios…

Bajamos juntos al aparcamiento y ni siquiera le pregunto dónde vamos a ir. Me lo imagino, así que paso de empezar a pelearme ya con él. Cada cosa a su tiempo; que comience él. Abre su coche, me meto dentro y me pongo a mirar por la ventanilla. Tarda un rato en hablar. Mientras, suena en la radio *Feels like the end,* de Shane Alexander, y pienso que es muy apropiado. Cruzamos María de Molina cuando se anima a hablar.

—¿De verdad crees que podemos estar eternamente así? —y lo dice en un tono de voz que me da miedo, bajo y aparentemente calmado.

Cierro los ojos. Lo sabía. Discutir en el coche, donde nadie puede oírnos. Y a pesar de todo el tiempo que ha estado callado es una frase corta, no muy elaborada, lo que significa que está más enfadado de lo que creía.

—No quiero discutir —digo de manera tajante.

—Yo tampoco, Silvia, pero explícame otra vez por qué cojones me has pedido un día libre. —Y los nudillos se le ponen blancos de tanto que aprieta el volante, intentando no gritarme.

—Cuando te pones así es mejor que no hablemos. Ya sabes cómo suele acabar…

Y no, que nadie se asuste, no suele acabar con hostias como panes.

—¿Qué tal si yo te digo: «Oye, Silvia, me voy a ir a follar por ahí todo el fin de semana»? ¿Eh? ¿Te parecería bien?

—Tus ataques de celos son como latigazos. —Le miro—. Y completamente incomprensibles. Tú rompiste conmigo y me parece recordar que creías tener unas razones bien fundamentadas para hacerlo.

—¿Crees que puedes venir a pedirme como jefe unos días libres para hacer algo que me duele como persona? —Me mira desviando fugazmente la vista de la carretera—. Estamos siempre con la misma mierda, joder.

Tiene razón, pero debo mantenerme firme. Tampoco tendría por qué dolerle que yo me fuera un fin de semana con mi mejor amiga a ver si me aireo (y aireo otras partes de mi cuerpo de paso).

—Eres la persona que decide si puedo o no utilizar ciertos días libres fuera de temporada de vacaciones. ¿A quién se lo pregunto si no? ¿A la mujer barbuda? —le contesto con desdén.

—No sé si quieres hacerme daño, pero esto no lo consigue. Solo afianzas la idea de que eres una niñata, ¿lo sabes?

—No. —Y vuelvo a mirar por la ventanilla—. No quiero hablar contigo cuando te pones así. Y si me vuelves a llamar niñata me bajo del coche.

Da un volantazo y se mete en una calle pequeña recibiendo el bocinazo de muchos conductores con los que nos cruzamos. Un día nos matará a los dos. Después frena secamente y deja el coche en doble fila. El frenazo ha hecho que toda la gente que pulula por la calle se gire hacia nosotros. Me quito el cinturón de seguridad. Le pegaría si pudiera. Lo juro. Tengo ganas de cruzarle la cara de un revés y después…, después besarlo. Como siempre.

—Cuando te pones así eres un soberano gilipollas. —Le miro a los ojos mientras lo digo—. Y encima te pones histérico por una mierda de fin de semana con mi mejor amiga. Pareces un imbécil integral intentando agarrar un montón de humo al que tú mismo has soplado para que se largue. Así que déjame decirte que cojo días libres para estar con quien me plazca y follar con quien me venga en gana.

—¡Estoy harto! —grita.

—¡Yo también! —le respondo—. Así que deja que me vaya. Me haces daño y juraste que no me lo harías más.

Álvaro no contesta y aprovecho para decidir que me voy.

Me bajo del coche y doy un portazo. La verdad es que nos hemos juntado el hambre con las ganas de comer. No sé cuál de los dos tiene más carácter. Ya se lo dije a Bea. Se lo dije.

—Me va a montar un pollo.

—¿Por pedir unos días libres para irnos a la playa? ¡¡Por el amor de Dios!! ¿Cómo te va a montar un pollo por eso?

Montándomelo; está amargado por unas decisiones que tomó él solo. Salta a la mínima. Y a mí me gusta pincharle, esperando que un día de estos sangre y pueda comprobar que es jodidamente humano.

Saco las llaves de mi casa y voy hacia el portal. Quiero llegar a mi casa y... no sé, hacer algo estúpido, como comerme todo el bote de pepinillos y después beberme el líquido en el que flotan. Muerte por vinagre.

Cuando llego a mi casa, cruzo el salón y me siento en el sofá; aún tengo el runrún en la cabeza. Con él todo es muy intenso y me cabrea demasiado. No sé si tengo fuerzas para lo que viene.

No suena el timbre, solo oigo cómo se cierra la puerta y sus pasos por el pasillo. Sigue teniendo llaves. Tengo que pedirle que me las devuelva. Ya ha debido de aparcar el coche. Tengo que recordar pedirle las malditas llaves.

—¿No puedes dejarlo estar? —y lo digo sin mirarle.

No contesta. Tira de mí y me levanta hasta llevarme hasta su boca, pero me deja a unos milímetros de los labios. Me coge del pelo y tira de él para levantarme un poco la cabeza. Sabe que eso siempre me ha gustado. Gimo despacio.

—No quiero que estés con nadie, Silvia. No quiero pasarme el fin de semana imaginándote follando con cualquiera —susurra.

—Sabes que no eres quién para decirme dónde puedo o no puedo ir.

Cierra los ojos y me besa como si se acabara el mundo. Cuando me besa siempre pienso que va a ser el último beso que me dará. Pero nunca lo es, no sé si para bien o para mal.

Lanzo las manos alrededor de su cuello y meto los dedos entre su pelo. Ese solo gesto me produce un placer que me pone la piel de gallina. Mientras, su lengua dentro de mi boca gira, rueda, lame, acaricia e invade con su propio sabor todo mi paladar. Maldita sea. Siempre fui un poco *drama queen,* pero esto es demasiado. A él no le gustaban los dramas. ¿Por qué vamos a volver a hacerlo entonces?

—Fóllame —me pide con los ojos cerrados—. Fóllame.

—Sabes que no sé hacerlo —murmuro mientras le quito la chaqueta—. Yo sé hacerte el amor.

—Pues entonces deja que te folle yo.

¿Qué más da? No me voy a enzarzar en una batalla semántica. Me desabrocha la cremallera del vestido y le quito también la corbata y la camisa; después me acerco mucho a su pecho para olerle. Me encanta su olor. Pero él me aparta y se deshace de mi vestido al completo. Ahora solo llevo las braguitas y los zapatos de tacón.

—Antes nos divertíamos. —Sonríe cuando me entretengo en desabrocharle el pantalón—. Ahora parece que follemos por castigo.

—No creo que divertirse sea la palabra adecuada —le contesto buscando que me mire a los ojos.

Pero en lugar de hacerlo, mete la mano por debajo de mi ropa interior y no tarda en descubrir que estoy húmeda. Cuela un dedo dentro de mí y echo la cabeza hacia atrás.

—¿En la cama, en el sofá, en el suelo, en la cocina, en la ducha...? —pregunta.

—En todas partes. —Y a mí todo se me ha olvidado cuando le he sentido penetrarme con el dedo.

No puedo evitar la tentación de meter la mano debajo de su ropa interior y sacar su erección. Está húmeda y muy dura. Discutir le pone cachondo. Es una de esas cosas que me hacen gracia de Álvaro, así que se me olvida un poco que estoy enfadada con él. Cierro los dedos alrededor de su pene y muevo la mano de arriba abajo. Aprieta los dientes y gime. No quiero saber cuánto tiempo lleva sin correrse, por si la última vez no fue conmigo.

Le bajo los pantalones y el cinturón hace un ruido seco al chocar con el linóleo del suelo. Él mismo se quita el resto y, levantándome como si no pesase nada, me encaja en su cuerpo y vuelve a besarme.

—Quiero estar dentro de ti... —gime.

Me tumba encima del sofá y me quita las braguitas. Después me abre las piernas y sin más preludio me la mete. Y lo hace con tanta fuerza que al principio me duele, hasta que mi cuerpo se acostumbra a él y lo envuelve. El sexo siempre me ha gustado así..., brutal. Los dos respiramos entrecortadamente.

—Para —le digo tratando de separarlo con la mano, empujándole el pecho—. Para, joder.

—¿Por qué? —Y vuelve a embestirme con fiereza haciendo que mis pechos vibren y se muevan.

—Sin condón no. No sé dónde has estado..., no sé con quién te lo has hecho...

—Con nadie, joder, Silvia. Con nadie. Solo quiero hacerlo contigo.

Quiero creerle, así que me incorporo, le cojo la cara y le beso. Nuestras lenguas se enredan y después me dejo caer otra vez. Álvaro se pone de pie junto al brazo del sofá y tira de mis piernas para subirme hasta allí, con las caderas hacia él. La mete despacio y antes de que llegue al fondo, vuelve a sacarla, resbalando entre mis labios. Pienso que si me pega algo lo mataré con mis propias manos. Tengo pensadas muchas maneras de hacerlo. A veces creo que hasta sería divertido. Soy una psicópata.

Se me olvida qué estoy pensando cuando Álvaro llega a lo más hondo que él puede colarse en mi interior en una embestida seca. Ahora el golpeteo se vuelve rítmico y va subiendo en intensidad y velocidad. Me toco los pechos; los pezones están duros. Bajo las manos por mi vientre y llevo la derecha hasta el vértice entre mis piernas. Le agarro a él y le acaricio mientras entra y sale de mí, húmedo. Gruñe.

—Córrete… —le pido—. Córrete.

Y aunque yo aún no me he ido, necesito notar cómo me llena. Es un punto vicioso muy malo que me ha dado.

Pero Álvaro todavía no quiere terminar. La saca de golpe y yo rezo por que no se le haya ocurrido recuperar la cordura justo ahora. Pero no. Se pone frente a mí y tira de mi pelo para atrás, empujándome hacia el suelo, donde me arrodillo. Vaya. ¿Sexo oral ahora? Pero no. Me da la vuelta y, colocándose detrás, me la mete otra vez. Gimo y él contesta con un gruñido. Sus dedos se cuelan dentro de mi boca y los chupo. Son los mismos que ha metido dentro de mí hace un rato. Sé que le encanta…

Por el ritmo que impone sé que se va a correr dentro de nada. Álvaro gime muy fuerte y vuelve a cogerme del pelo. Eso me gusta mucho. Me corro. No puedo hacer mucho por evitarlo. Es un orgasmo demoledor, además, de esos que te recorren entera. Grito. Quiero que sepa que ha hecho que me corra. Gimo lastimeramente y cuando creo que ya no puedo más, una embestida brutal se me clava dentro y en un par de convulsiones empieza a correrse dentro de mí.

—¿Lo sientes…? —me dice—. Eres mía, joder. Y yo soy tuyo.

Sí, lo siento. Y supongo que somos el uno del otro. ¿A mí qué más me da a estas alturas? Una pequeña réplica de mi orgasmo está azotándome en dirección ascendente. Después de dos sacudidas más en mi interior, creo que estoy llena de él. Álvaro se apoya en mi espalda y suspira. Después la saca despacio y me mancho con su semen, que me recorre los muslos hacia abajo.

Me dejo caer en el suelo y él hace lo mismo a mi lado. No decimos nada. ¿Qué vamos a decir ahora que se nos ha pasado el calentón? Yo me levanto en cuanto recupero el aliento y me voy al cuarto de baño, donde abro la ducha. No tarda en venir.

Nos duchamos juntos. No hay besos ni caricias ni palabras. Solo nos abrazamos.

Al salir de la ducha me pongo un ligero camisón y saco la maleta. Quiero dejarle claro que me voy a marchar. Evidentemente ya me da igual el puñetero viaje a la isla y me da asco imaginarme teniendo sexo con alguien que no sea Álvaro, pero esto es por principios. O por cojones, como quieras llamarlo. Odio estar tan enamorada de él como para volverme dependiente.

Creía que se iría, pero se ha puesto la ropa interior, ha dejado sobre mi cómoda el resto de su ropa y se ha tumbado en la cama, desde donde me ve hacer el equipaje. No sé de qué me sorprendo. Hace tiempo que sé que tiene los cojones como los del caballo de Espartero. Cuando termino me pregunta si no me voy a llevar condones. Sé lo que está intentando: quiere hacerme sentir vergüenza, pero es que no tengo por qué. No es mi novio y no somos pareja porque a él no le da la gana; así de triste es esto. No le contesto y me tumbo a su lado mirándole, esperando que entienda que lo que hace no está bien. Sin embargo, me abre las piernas y vuelve a colarse en medio. Creo que quiere, de paso, que me vaya muy satisfecha.

No me sorprende cuando vuelve a penetrarme. Ya ha pasado media hora desde el último polvo y le ha dado tiempo a recuperarse. Gimo. Se tumba del todo, de manera que su boca está junto a mi oído. Me arqueo, me remuevo, me corro. No puedo evitarlo. Y tardo tan poco que Álvaro se incorpora y sonríe. Después, agarrándome las caderas, embiste hasta que se corre de nuevo, esta vez menos abundantemente.

Se va al rato. Cuando lo veo vestirse sé que hasta aquí ha llegado el *remake* y que se acabó. Me alivia y me tortura en la misma proporción. Me pongo una bata corta de raso encima y le acompaño a la puerta.

—Adiós —le digo apoyada en la puerta.

—Que tengas buen vuelo —añade.

—Gracias. —Silvia, acuérdate de pedirle las llaves, me digo a mí misma.

—Ah, y… lo que dije antes… —Se da la vuelta hacia mí.

—¿Qué dijiste antes?

—Que eras mía…, que soy tuyo…

—No creas que voy a creer todo lo que has gritado cada vez que te has corrido. —Pongo los ojos en blanco.

—Bueno, pero esta es verdad.

—Pues tráeme el recibo, quiero arreglar esto cuanto antes. —Sonrío tirante.

Después baja las escaleras y se va. Se me ha vuelto a olvidar pedirle las llaves. De lujo. Bravo, Silvia. Todo muy bien hecho, sí señor.

4

Después del desastroso final de mi plan de seducirlo en aquella fiesta en la que habíamos coincidido, lo lógico hubiera sido darlo por perdido, olvidarlo y a otra cosa, mariposa. Pero no. Se convirtió en mi obsesión.

Lo vigilaba constantemente en la oficina. Estudiaba con quién comía, con quién se reunía, si mantenía conversaciones personales por teléfono. Era agotador: mi trabajo, el de alguno de mis compañeros que se rascaba las pelotas a dos manos y el de espía.

Si ya soy excéntrica normalmente, aquello se convirtió en un infierno para todos, incluido Álvaro, que me miraba asustado cada vez que le recriminaba que su teléfono siempre comunicaba, gritando como Ozzy Osbourne que estaba harta de él. Si decía que estaba cansado, yo lo miraba con suspicacia y lanzaba comentarios del tipo:

—A saber qué hiciste anoche… y con quién.

Cuatro meses me duró. Adelgacé cinco kilos (los pechos se me quedaron colgones, la verdad) y dejé hasta de maquillarme y ponerme zapatos de tacón para ir a trabajar. Todo de pura rabia. Estaba tan oprimida con la idea de que jamás podría besarlo y sobarlo a manos llenas que dejó de importarme ir a currar con pinta de orco de Mordor.

El día que me descubrí combinando una falda azul marino con una blusa negra se me terminó la tontería. Volví al armario, cogí una blusa blanca, me calcé mis zapatos de tacón alto y volví a mi rutina de chapa y pintura habitual. Y aquel día al escucharle entrar en su despacho ni siquiera le lancé una mirada de reojo, enfadada conmigo misma por el estado de mi pelo, por el tiempo que llevaba sin coquetear con nadie y por lo mal que había estado trabajando. Una semana después la situación entre Álvaro y yo volvió a ser la que era antes de mi psicosis: cordial. A veces algo coqueta, pero nunca en exceso. Álvaro era un hombre contenido en público. Muy contenido.

Y como buen hombre, Álvaro desempeñó el papel del perro del hortelano a la perfección, probablemente sin saberlo. Fue suficiente dejar de prestarle atención para que él notase que yo existía no solamente como la tía loca que se cargó la pantalla de su ordenador jugando a dar patadas voladoras.

El cambio fue prácticamente imperceptible, al menos para el resto de la humanidad. Sin embargo yo andaba muy alerta aunque quisiera negármelo y tuve muy claro que algo había cambiado. Lo que antes eran miradas de incomprensión cuando me pillaba poniéndole a la fuerza un gorro de natación a un compañero mientras cantaba «queremos ser, queremos ser, burbujas del anuncio de Freixenet» se habían convertido en tímidas sonrisas cuando nos encontrábamos en el callejón de la máquina del café. Las locuras las obviaba. Parecía que de repente ni existían.

Por un tiempo pude fisgonear y hacer fechorías con total impunidad hasta que me aburrí porque no tiene ninguna gracia dedicarse a hacer el mal si nadie se va a preocupar de echarte la bronca en caso de pillarte. Como dice una terrible canción de bachata que le encanta a Bea: «Una aventura es más divertida si huele a peligro». Un día estaba planeando echar laxante en la máquina de agua cuando me sorprendí a mí misma sin ganas reales de hacerlo. Sin pensármelo dos veces me levanté, fui al despacho de Álvaro caminando tranquilamente sobre unos tacones de diez centímetros de Iron Fist con dibujos de calaveras y entré sin llamar.

—Dime —dijo sin apartar los ojos de unos papelotes Din-A3 de impresiones de Excel.

—¿Por qué no me riñes? —Y apoyé la cadera en el quicio de la puerta.

—¿Qué? —Despegó la mirada de sus apuntes y me miró.

—He hecho cosas horribles durante las últimas dos semanas y sé que lo sabes, ¿dónde está mi bronca?

—¿Qué cosas horribles? —dijo cruzando los brazos sobre el pecho pero con una expresión divertida.

—He llegado tarde todos los días.

—Siempre llegas tarde —y después de decir esto apoyó los codos en la mesa, entrelazó las manos y se pasó el pulgar por el labio superior.

Por el amor de Dios. Quise quitarme las bragas y dárselas.

—Mucho más que de costumbre. El otro día llegué a las diez.

—Ajá.

—Y le mandé un paquete anónimo a cargo de la empresa a la secretaria del director de marketing con dos cajas de Aerored. Sé que sabes que fui yo.

—Sí…, y creo que ella también.

—He venido borracha a trabajar. Eso es realmente horrible —dije frunciendo el ceño.

—¿Borracha? ¿Ves?, eso no lo sabía. ¿Cuándo dices que viniste borracha?

—Oh, vaya —contesté enrojeciendo—. Nunca, olvida eso último…

—Muy bien, señorita Garrido, ¿entiendo entonces que lo haces para llamar mi atención?

Me avergoncé. Qué perspicaz este Álvaro.

—No. Lo hago porque me gusta hacer el mal. Soy la pequeña de cuatro hermanos. Estoy acostumbrada a hacer fechorías. Es mi naturaleza.

—Entonces que yo te riña —carraspeó tratando de disimular que le entraba la risa— es lo que le da emoción, supongo. Que te pille y tú tengas que esconderte.

—Exacto.

—Pues me parece entonces que estoy actuando correctamente. Si te ignoro, al final te cansarás.

—O alquilaré un tanque con el que echar abajo la oficina.

—En ese caso no creo que me importe demasiado porque irás a la cárcel y todos nosotros de vacaciones pagadas hasta que nos reubiquen.

—Oh, vaya, tienes razón. Mi plan aún tiene muchos flecos.

Me quedé mirándole durante unos segundos y él volvió la vista a sus papeles, no sin esbozar una enorme sonrisa antes.

—¿Algo más, Garrido?

—Nada más, supongo. —Cuando fui a salir de su despacho, Álvaro susurró—: Ah, y… te estaré vigilando.

Me encantó la idea.

5

Creo que es el momento de presentar a mi amiga Bea. Sí, esa que en las últimas fiestas de su pueblo fue coronada como «el quinto que más cantidad de alcohol tolera en el cuerpo». Y sí, he dicho quinto y no quinta, porque con quien compitió fue con los hombres.

Nadie lo diría. La jodida es menuda. No levanta dos palmos del suelo. Bueno, miento. Sí levanta dos, pero poco más. Es ese tipo de chica menuda que vuelve locos a los hombres porque parece una muñeca. Es guapa hasta decir basta, con una melena cobriza larga, unos ojos verdes preciosos y enormes y la piel inmaculada. Además le acompañan un par de tetas nada desdeñable, una cintura de escándalo y un culito respingón que me da mucha envidia. Le gusta hacer sentadillas mientras bebe tequila, con eso lo digo todo. Es la chica guapa y enrollada que todos los chicos quisieran tirarse alguna vez y ella lo sabe bien.

Fuimos juntas al colegio, al instituto y aunque en la universidad nuestros caminos se separaron pasé casi más tiempo en su campus que en el mío, por lo que somos algo así como uña y carne. A nuestro alrededor pulula un grupo bastante heterogéneo de dementes. Está Vega, que sabe hacer nudos con la lengua; Raquel, que llora cuando se ríe y aún no ha descubierto el *waterproof;* Nadia, que sabe más de sexo que Carmen Vijande; Jazmín, que vino una vez a recogerme en coche solo con un albornoz puesto, y Paula, que considera que cuando se pone las gafas se crea una burbuja a su alrededor que nos impide verla. Os hacéis una idea, ¿verdad?

Pues con esa Bea, la que gusta de hacer sentadillas mientras bebe tequila directamente de la botella, es con la que he decidido ir a la playa a pasar un fin de semana largo. Para relajarme. Bueno, esa es la excusa. En realidad lo que queremos es hacer el puerco, comer comida basura, beber hasta el desmayo y coquetear con chicos guapos ligeros de ropa. Lo que cualquier chica de vacaciones, vamos.

Hemos tenido que facturar su maleta, aunque me había jurado y perjurado que no tendría que hacerlo. Conociéndola se habrá traído unos ocho pares de zapatos (para tres días), siete bolsos (para tres días), diez biquinis (para tres días) y hasta su abrigo de leopardo (para tres días en la playa).

Nada más llegar al aeropuerto (a las ocho menos cuarto de la mañana), se ha puesto a repetir sin parar que quería comprar dos botellas de Jagermeister, porque con una no íbamos a tener ni para empezar. Yo ni siquiera quiero Jagermeister, pero a ella le da igual. Así que hemos dejado las maletas en el hotel, hemos hecho una compra digna de Homer Simpson y hemos vuelto a ponernos el biquini.

Y aquí estamos, sentadas en la arena de una playa semivacía, porque no estamos en temporada alta y porque aún es temprano, bebiéndonos una lata de cerveza caliente, que es bien conocido por todo el mundo que se trata de uno de los mejores laxantes del mundo.

La miro de reojo. Está tumbada y apoyada en los codos, de manera que sus tetas bien redondas miran al cielo y sus ojos verdes están clavados en el mar, pero escondidos tras unas megagafas de sol.

—Bea... —le digo.

—¿Qué? Está caliente, ya lo sé —contesta meneando su lata ya medio vacía.

—¿Crees que somos alcohólicas?

—Los alcohólicos van a reuniones de alcohólicos; nosotras vamos a fiestas. —Alzo una ceja y ella se mea de la risa—. No, no lo somos. Podemos no beber.

—Entonces ¿por qué lo hacemos?

—Pues para pasárnoslo bien.

—Dios..., somos como Snooky y Deena[1].

—Bueno, pero paso de ser Deena, que todo el mundo sabe que es la pringada.

Dejo la cerveza medio enterrada en la arena y me pongo a juguetear con unas piedrecitas que cogí. Ella me mira deslizándose por la nariz sus gafas de sol.

—¿Qué pasa?

—Nada.

—Playa. Cerveza. Yo. Estas tetas. Y tú estás así. —Deja la cerveza en la arena y tira de sus labios hacia abajo.

Chasqueo la lengua contra el paladar.

—Ayer volví a tirarme a Álvaro. —La miro con ojos de cordero degollado.

—Joder.

—Soy una *loser* —digo convencida.

—Eres una *loser* —ratifica.

No decimos nada en un buen rato y al final me levanto y me voy hacia la orilla.

---

[1] Participantes del *reality show Jersey Shore,* que se emitía en MTV, conocidas por su comportamiento excéntrico y por su consumo de alcohol.

—Voy a darme un baño. Quédate con las cosas, cerda —murmuro.

—¿Vas a hacer pis o a bañarte? —me pregunta.

Ni siquiera le contesto. Debería saber de sobra que voy a hacer las dos cosas.

Cuando meto los pies una ola rompe en mis piernas y yo me estremezco. Está mucho más fría de lo que esperaba. Los pezones se me marcan en la tela del biquini amarillo e inmediatamente me acuerdo de él. De Álvaro. No es que él suela ponerse biquinis amarillos, no. Es porque esa sensación, la de estremecerme entera, me recuerda a él. Y que mis pezones se endurezcan, también.

Me meto un poco más pasando por alto los escalofríos, hasta que el agua me llega por los hombros. Floto un poco, relajándome con el vaivén del agua. Álvaro y yo en la playa siempre hacíamos el amor, aunque estuviéramos rodeados de gente. Una vez con la pasión del momento se le escapó la braguita de mi biquini y ni siquiera se dio cuenta. Tuve que salir del agua con el culo al aire tapándome el parrús. Hasta ese recuerdo me produce melancolía.

De pronto algo me coge el tobillo y tira de él. Grito llena de pánico y pataleo pero no puedo evitar sumergirme. Trago agua y entonces me suelta. Salgo a la superficie y toso como una loca. Me da la sensación de que me estoy muriendo ahogada. Me giro y veo a Bea muerta de la risa. Le lanzo una ultrahostia que le cae en el hombro mientras intento respirar por la nariz y la sumerjo, sujetándole la cabeza bajo el agua durante dos, tres, cuatro, cinco segundos. Sale cogiendo aire y me calza una colleja.

Cuando paramos de agredirnos le pregunto quién está cuidando de nuestras cosas.

—El del chiringuito. Anda, sal, que nos quiere invitar a un tequila.

Maldita sea la idea de venirme con ella a esta isla. Esto no puede terminar bien.

6

NO PUEDE SER

Si algo es Álvaro, es una persona aparentemente comedida. Al menos lo es cuando su vida «pública» se cruza con la personal. Y cuando digo personal me refiero a lo muchísimo que le gusta a Álvaro el sexo. Sexo brutal, salvaje y supercerdo, por dar más datos.

Además, Álvaro es una de esas personas que opinan que los sentimientos son parcialmente reprimibles. Si intuye que algo de lo que está sintiendo no tiene pinta de terminar con él vencedor, lo anula y lo mata de hambre hasta que muere. Yo, por mi parte, alimento mis sentimientos hasta que están tan gordos que no veo nada más.

Y, claro, es evidente…, ¿qué pintábamos dos personas tan cardinalmente opuestas juntas? Pues nada. Pero… ¿quién era yo para tratar de controlar lo que sentía por Álvaro?

En la fiesta de Navidad de aquel año los dos bebimos un poco más de lo que solíamos hacer. Eso significa que él se tomó dos *gin tonics* y yo…, yo me bebí tres copas de vino, en plan fino, cuatro cervezas de botellín, así, en plan relajado, cinco copazos de ginebra con Sprite, viniéndome arriba, y un chupito de tequila, codeándome con los hombres más gallardos del departamento. Y entonces… ¿nos enrollamos? Ojalá.

Entonces empezamos a hacer apuestas absurdas. ¿Qué te juegas a que abro cinco cervezas con la boca? ¿Qué te juegas a que puedo saltar desde la barra y caer de pie? En realidad no era una cuestión entre Álvaro y yo, sino más bien entre todos. Claro, es divertido verme perder apuestas cuando estoy beoda perdida, lo entiendo. Si pudiera verme a mí misma desde fuera también me reiría. La cuestión es que me aposté con el resto a que podía sacar al jefe (y cuando digo jefe me refiero al jefe del jefe del jefe de Álvaro, apodado La Momia) a bailar una conga sin música.

—¿Qué me dais si lo hago? —pregunté muy segura de mi valía para pruebas estúpidas.

—Te pagamos todas las comidas de la semana que viene —gritó un exaltado.

—¡Hecho!

—Pero si pierdes… —dijo Amancio, el de los recados.

—Si pierde tiene que presentarse voluntaria para el día solidario —intervino Álvaro con mirada malévola.

Todos contuvieron el aliento sonoramente, incluida yo. Qué crueldad la suya. El día solidario. Qué bonito, ¿eh? Qué cosa más requetebonita, un montón de profesionales donando las horas de uno de sus días libres para participar en talleres con niños con necesidades especiales o en campañas a favor del reciclaje.

Qué…, qué lejos de la realidad.

El día solidario es algo que se le debió de ocurrir al jefe del jefe del jefe de Álvaro un día que andaba estreñido y no se sentía muy feliz. Porque no era eso a lo que dedicaban el día los que caían en las redes del día solidario. No. Y como todo el mundo lo sabía, nunca se presentaba nadie motu proprio, claro. Resultado: nos elegían a dedo de entre los que formábamos el ranking de «los más malos de la clase». A mí me tocó un año por vaciar el extintor de mi planta en un momento de subidón y tuve que levantarme un sábado a las seis de la mañana para estar a las ocho en una granja recogiendo mierda de caballo. ¿Que qué tenía eso de solidario? Pues que mientras yo y otros tres desgraciados paleábamos mierda, los jefes se hacían fotos ayudando a montar a caballo a pequeños huérfanos, cumpliendo así sus sueños por un día. Y, claro, la mierda de animal, además de apestar, desluce en las fotos.

Pero, bueno, yo estaba muy segura de que el carcamal aquel no iba a rechazar bailar una conga conmigo y con mi minifalda de lentejuelas doradas. Así que le estreché la mano a Álvaro cerrando el trato y allí que me fui yo, armada con una sonrisa.

El primer error fue cogerlo de sorpresa; el pobre hombre por poco no sufrió un ataque al corazón. Con la edad que tenía debí de haberme andado con cuidado, pero no, fui a las bravas. Cuando pretendí que bailara conmigo, animándolo a levantar una pierna y luego la otra, se giró y muy serio me preguntó si estaba drogada.

—No, señor —le dije poniéndome rígida como un palo.

—Bebida sí, claro.

—Sí, señor. —Bajé la mirada.

—No sé qué tipo de educación le dieron los hippies de sus padres, pero sinceramente me da igual. ¡Suélteme!

Todos mis compañeros estallaron en carcajadas y yo fui animada por un montón de hombres trajeados, socios, miembros del comité ejecutivo o lo que quiera Dios que fueran a marcharme de allí. Eso sí, fui recibida con honores porque había tenido la valentía de hacerlo y de no salir corriendo después; había aceptado con dignidad mi castigo.

Álvaro, al que todo le pareció muy divertido, no tardó en caer. Y cayó, claro, porque si yo iba a tener que ir, qué menos que poder ir acompañada de él y, además, que pudiéramos estar solos. Por eso ayudé a ganar sus apuestas al resto de mis compañeros y a él..., a él lo hundí en la miseria. La cuestión era que tenía que conseguir besar como en una película de los años cincuenta a la primera mujer que se le cruzara. Algo facilito. No es que Álvaro fuera conocido por su inclinación hacia lo temerario. Evidentemente no fui yo la que eligió su prueba. Estaba cantado que la pasaría con éxito porque cualquier mujer se dejaría hasta sodomizar después de verle sonreír, pero lo dispuse todo para que la primera que se le cruzara fuera la señora de recepción, conocida como la mujer barbuda, con un bigote más espeso que la melena del Puma. Cada pelo era como una maroma de barco.

Álvaro se echó atrás, lanzando un grito cuando se dio cuenta de la mirada lasciva y cargada de deseo de ella, que le gritaba:

—¡¡Ven aquí, que te voy a enseñar lo que es una hembra!!

—¡Esto no debería valer! —contestó Álvaro, mirándonos.

Y tanto que valió... El lunes fuimos nosotros mismos los que apuntamos nuestro nombre en el listado de «voluntarios para el día solidario», justo debajo de donde algún iluminado había escrito «Topota Madre» y «El de la cabeza enorme de reprografía». Después recibimos una ovación por valentía y honor y sonreímos sujetando la lista cuando nos hicieron una foto. Nuestra primera foto juntos, qué romántico. Y yo salía con un ojo cerrado y el otro como en blanco.

Me preparé para el sábado solidario durante las vacaciones de Navidad, haciéndome una limpieza de cutis, depilándome cejas y bigote y trazando un plan para seducir a Álvaro. Además de diciéndoles que no a polvorones, roscones y demás. Dios, qué Navidades más duras. No iba a volver a entrar en una espiral autodestructiva, pero si podía tirar la caña a ver si picaba, lo haría. Era tan guapo que dolía. Y me dolía mucho ya una parte concreta de mi cuerpo, al sur de mi ombligo.

Cuando llegó el día me levanté puntualmente al oír el despertador, cosa extraña en mí, y fui la segunda en llegar al albergue para personas sin hogar vestida en plan monísima de la muerte. Y fui la segunda en llegar porque Álvaro estaba allí, esperándome apoyado en la pared, vestido con unos vaqueros, una camisa de cuadros y una chupa de cuero marrón. Se estaba tomando un café para llevar y cuando llegué a su lado, me tendió otro con una sonrisa.

—Con leche y dos de azúcar —dijo escuetamente.

El día no fue muy romántico, la verdad. En realidad, fue tremendamente desagradable, porque en lugar de darnos trabajo en la cocina, preparando los desayunos y las comidas, nos pusieron en la lavandería. Sí, el centro tenía lavandería, mira tú qué suerte para nosotros. Las catacumbas del infierno, lo dicho. Y no quiero ser injusta ni pecar de intransigente pero, señores..., que la gente sin hogar no tiene fácil acceso a duchas y jabón y cuando lo tienen las toallas no se quedan lo que se dice impecables...

Las primeras dos horas fueron el infierno. Cuando ya llevábamos cuatro, creí que mi pituitaria jamás podría superar aquel revés. Y allí estaba Álvaro, digno, callado, sin quejarse ni lloriquear, separando ropa, poniendo lavadoras y doblando. Se había arremangado la camisa hasta los codos y solo ver sus antebrazos producía un efecto de calentamiento global en mí. Creo que ese día me enamoré. Y sí, suena absurdo y raro pero lo encontré tan... heroico. Qué tontería ¿no? Pero era tan responsable, tan serio, tan... hombre que me enamoré.

A la hora de la salida olíamos a perros mojados al sol. Y lo peor es que no nos habíamos acostumbrado al olor. A mí me daba una vergüenza horrible subirme así al metro. No quería ser una de esas individuas que «perfuman» el lugar, dándole el viaje a alguien que ha tenido la mala suerte de acabar a su lado. Tampoco creía que un taxista tuviera que pagar los platos rotos del día solidario, así que decidí que iría andando a casa. Calculé que habría unos ocho kilómetros desde allí y que a mi «veloz» ritmo podría llegar después de… tres horas y media.

Álvaro vino a despedirse con una sonrisa y los dos arrugamos la nariz al darnos dos besos.

—Joder, qué aroma —le dije.

—Lo mismo digo.

—En cuanto llegue a casa pienso meterme a remojo. Igual no salgo de la bañera hasta el lunes. Iré como una uva pasa, pero oliendo a rosas.

—Creo que yo haré lo mismo —dijo sonriente—. Oye, por cierto…, ¿cómo vas a casa?

—Pues creo que iré dando un paseo.

—¿Un paseo? ¡Garrido, por el amor de Dios! —Se echó a reír.

—Huelo demasiado mal como para que un montón de inocentes tengan que soportarlo en el transporte público.

—Bueno…, ¿y por qué no vienes conmigo en coche?

—Sigo oliendo fatal. —Me encogí de hombros.

—Y yo. Nadie inocente lo sufrirá.

—No quisiera molestar.

—¿Cuándo tú no quieres molestar? —Sonrió, mirándome de reojo, mientras sacaba las llaves del coche.

—Tendrás que lavarlo después a fondo.

—Tendré que quemarlo.

Mi casa y la suya no estaban lo que se dice cerca y no, no le pillaba de paso, sobre todo desde que había decidido que era demasiado mayor para seguir viviendo con mi madre y había alquilado un estudio minúsculo donde Cristo perdió las polainas, que era el único sitio donde yo podía permitirme vivir sola. Así que el trayecto duró cosa de cuarenta minutos, entre lo lejos que se encontraba mi casa y el tráfico que encontramos por el camino. Claro, sábado por la noche, tenía lógica. La gente se iría a pasarlo bien y a entregarse al fornicio; algo que yo deseaba locamente hacer con Álvaro.

—¿Saldrás esta noche con esa panda de locas que tienes como amigas? —me preguntó mientras cogía el desvío para la salida de la autopista que llevaba a mi barrio.

—No, qué va. Estoy demasiado cansada.

—Te han dejado plantada, ¿verdad?

—Sí —confesé—. Han quedado todas con sus chicos.

—Vaya por Dios.

—Es muy duro ser la única soltera —dije queriendo darle pena.

—Bueno, todas las cosas tienen sus ventajas.

—Estar soltera a mi edad pocas ventajas tiene, sobre todo si eres como yo.

—¿Y cómo eres tú?

—De las que se lo piensan dos veces antes de disfrutar entregadamente del sexo con un desconocido en el baño de un bar de copas.

Álvaro levantó significativamente las cejas.

—No sé si lo he entendido. Es más, no sé si quiero entenderlo. —Se rio.

—Es solo que… espero algo especial.

—Oh. —Levantó las cejas—. Una romántica. ¿Con alguien en concreto o estás más bien a verlas venir?

—Es raro hablar con el jefe de esto. —Me reí, sintiéndome un poco arrinconada.

—Bueno, es posible que seamos más que jefe y subordinada, ¿no? —Me quedé mirándolo sorprendida y él, girándose hacia mí un segundo, aclaró—: Nos llevamos bien.

—Claro.

—¿Entonces? —insistió.

—¿Intentas sonsacarme si me gusta alguien?

—Sí. No. Ya sé que no es de mi incumbencia pero… Es aquí, ¿no? —dijo acercándose a mi portal.

—Sí, es aquí.

Paró, puso las luces de emergencia y nos quedamos mirándonos dentro del vehículo. Al principio creí que estaba pensando por qué narices no salía ya de su coche, pero después me di cuenta de que quizá también había algo en su mirada que… ¿Sería posible?

—Bueno… —susurré.

—¿Tienes que irte?

—Claro, a ducharme.

—Sí, ya hay ganas, ¿eh?

Asentí tontamente, me quité el cinturón de seguridad, recogí mi bolso del suelo del coche y antes de salir le dije:

—Y sí, el problema es que alguien me gusta. Pero tú eso ya debes de saberlo, ¿no?

Álvaro se mordió el labio inferior y miró al frente.

—Buenas noches, Silvia —dijo, añadiéndole a la frase un tono sensual.

Subí a casa arrastrando los pies, deprimida. Si Álvaro sentía verdaderamente algo por mí…, aunque fuera curiosidad, aquella había sido la ocasión perfecta para darme una pista. Pero no. Tenía que hacerme a la idea de que no había nada más allí donde rascar. Por primera vez en mi vida tenía que decir adiós a una de mis absurdas obsesiones. Era mi jefe, narices. Y yo no vivía del aire. ¿Con qué dinero iba a comprarme bragas, sujetadores y helados si me despedían?

Después me di una ducha, me puse el pijama, vi todos los episodios de *Sexo en Nueva York* que mi cuerpo era capaz de soportar y al final me dormí abrazada a un bote vacío de helado de vainilla con galletas de chocolate.

El lunes, en la hora del café, yo ya había contado a todo el mundo el horror del día solidario. Cuando vieron que no podían sonsacarme más torturas sufridas, todos terminaron marchándose, así que allí estaba yo, apoyada en la pared, frente a la máquina de café, mirándome las uñas, que había pintado de un color poco acertado que a mí me gusta definir como «mejillón trasnochado». Álvaro llegó, quitó la opción de azúcar que yo había dejado al máximo y pulsó el botón de café solo. Me miró de reojo y sonreímos.

—¿Qué tal, Garrido?

—Bien. Ya huelo a persona.

—Lo mismo digo. ¿Novedades?

—No. Nada. Bueno, he cambiado de perfume.

Álvaro se echó a reír, dejando que sus ojos grises se escondieran en un montón de arruguitas adorables.

—Me refería al proyecto pero, bueno, me alegro.

—Oh. —Me puse roja y miré al suelo.

—¿Y a qué huele?

—¿Cómo? —pregunté totalmente desorientada.

—El perfume, digo…, que a qué huele.

—Pues no sé. —Me encogí de hombros.

—¿Me dejas…?

Cuando entendí que lo que quería era acercarse a olerme por poco no me puse a gritar en plan fan histérica de Justin Bieber, pero me controlé y solo asentí.

Álvaro miró a nuestro alrededor para asegurarse de que no pasaba nadie, y se acercó. Yo apoyé la espalda en la pared y él la mano izquierda, mientras se acercaba. Me aparté el pelo del cuello y noté la punta de su nariz sobre la piel y la brisa de su respiración.

—Huele a… ropa limpia —dijo sin separarse.

—¿Sí? —Y mis pezones ya amenazaban con traspasar la ropa y marcarle como mío.

—Sí. Y a limón.

Se alejó unos centímetros y nos miramos a la cara. Estábamos en el rincón de la máquina de café desafiándonos con la mirada, conmigo apoyada en la pared y él frente a mí más cerca de lo que el protocolo mandaba. No era la situación más cómoda del mundo, pero… ¿podía haber llegado Álvaro a un nivel satisfactorio de reflexión?

—Silvia… —me dijo.

—¿Qué? —contesté con un gallito.

—Espérame hoy a la salida. Quédate con cualquier pretexto. Necesito hablar contigo.

Todos mis compañeros fueron desapareciendo pocos minutos antes de las seis. No podía mantener las piernas quietas y puse morado a patadas al compañero de delante, que fue el primero en irse alegando que le estaba agrediendo. Cualquier excusa es válida para salir de ese antro antes de tiempo.

A las seis y tres minutos miré a mi alrededor y lo único que vi moviéndose sobre la moqueta fue una de esas bolas de ramas secas de las películas del Oeste. Bueno, evidentemente no la vi, pero me la imaginé. Esperé unos minutos más, creyendo que me llamaría a su despacho en cuanto se hubiera asegurado de que estábamos solos.

Para hacer tiempo fui cerrando el ordenador, limpié la pantalla y ordené mi cajón. Cuando quise darme cuenta eran las seis y media. Que Álvaro era alguien precavido ya lo sabía yo de sobra, pero aquello era pasarse un poquito. ¿Qué estaba haciendo? ¿Asegurarse de que la mujer barbuda no había instalado micrófonos en su despacho?

Me colgué el bolso en el hombro y pensé en pasarme por allí y en plan informal preguntarle si aún quería decirme algo o me podía ir a casa. Sonaba muy «en realidad tampoco estoy tan loca por ti como para haberme pasado el día a punto de echar la pota», pero lo cierto es que la jornada de trabajo no me había cundido mucho. Soñé despierta con más de veinte variantes posibles de lo que yo pensaba que iba a pasar en su despacho. En algunas todo era idílico y casto y en otras yo terminaba con la marca de la grapadora en la espalda después de un polvo sobre la mesa.

Me arreglé la ropa, me aseguré de no llevar carmín en los dientes y di un par de golpecitos en su puerta, a la espera de que su voz me diera permiso para pasar. Pero…, pero no pasó nada. Golpeé otra vez, un poco más fuerte, pero era inútil porque dentro de su despacho no había nadie. Miré el reloj y después el móvil. Eran las siete menos veinte y tampoco había recibido ningún mensaje.

Eso es lo que comúnmente se llama plantón.

7

ea y yo hemos salido a un pub, discoteca o como quiera que la gente categorice este antro del infierno. Ella se ha vestido como una furcia (no es critiqueo, ella misma lo ha dicho cuando se ha visto el vestido de licra y encaje puesto) y yo de frígida asocial, como viene siendo costumbre. Eso quiere decir que no me ha apetecido arreglarme y me he puesto unos vaqueros tobilleros, una camiseta flúor de escote desbocado y unas bailarinas. Estoy mona, pero no se puede competir con Bea cuando se emperifolla así y menos aún con sus ganas de pillar cacho esta noche. Y cuando una chica quiere follar una noche… folla.

Así que veo un desfile de hombres frente a nosotras a los que les falta desplegar una cola llena de plumas y colores. El baile del pavo real. Bea está encantada cuando dos se nos acercan para invitarnos a un mojito. Qué típico, por Dior. Yo pongo cara de torrezno rancio y ella es toda sonrisas. No me extraña nada que, pasado un rato, ella se disculpe, me lleve al baño y me amenace con pegarme en público si no soy más simpática.

—Es que no me apetece —le respondo muy gallita.

—Pues a mí sí me apetece darle una alegría a la almeja. Así que finge un rato y luego dale calabazas.

—Yo no soy ninguna calientapollas.

—Pues o lo eres o te abres de patas, porque si no la que te abre la crisma soy yo.

Me enfurruño. ¿Lo importante no debería ser que estuviéramos las dos juntas? Odio cuando la cosa va de «consigue un rabo y corre». Pero debo admitir que la pobre Bea lleva una temporada mala (novio putero, ligue eyaculador precoz y una noche con un tal «gatillator»), así que se merece que le vaya bien esta noche.

Finjo una sonrisa y me acuerdo de la madre y de la hermana de Álvaro, maestras de la falsedad. Cojo aire y sigo a Bea.

—Ponme otro —le digo al camarero cuando me apoyo en la barra—. Y que sea doble, por el amor de Dios.

El zagal que está intentando empiltrarse con Bea es guapetón; podríamos decir incluso que está bueno. El que me ha tocado a mí…, no. Sin paños calientes: es el amigo simpático. Y la verdad es que es supersimpático, pero se depila demasiado las cejas como para pasarlo por alto y darle un revolcón. Me está comentando que no se le da bien eso del gimnasio y contándome historias de sus fracasos con el deporte. Yo bebo y sonrío. A veces asiento o digo «¿sí?» o «¡no me digas!» y él se queda contento. Estos hombres…

Bea ya ha pasado la barrera del coqueteo verbal y está contoneándose al ritmo de la música. Qué bien se le da a la hija puta el ligoteo en bar. Y yo sigo con mi despliegue de expresiones de asentimiento, viéndola canturrear «mamita loca, cosita linda, con ese cuerpo es que tú te ves divina».

Maldito Álvaro. No dejo de pensar en él. Hasta con esta banda sonora de cuestionable gusto.

Media hora después me doy cuenta de que no me queda dinero en metálico para seguir matando ciertos recuerdos con alcohol y decido que voy en busca de un cajero. Se lo digo al chico que está tratando de arrastrarme a la pista de baile y aunque insiste en invitarme él, consigo quitármelo de encima. Creo que se da cuenta de que no va a sacar (ni meter) nada, porque al acercarme a Bea para avisarla atisbo por el rabillo del ojo que se acerca a un grupo de mujeres en busca de nuevas presas a las que contarles que una vez hasta se cayó de la cinta de correr porque odia hacer ejercicio en espacios cerrados.

Le hago señas a Bea, que está muy acaramelada con su maromo. No me entiende y me grita que «qué quiero».

—¡Dinero!

Veo que me va a tirar su bolso, pero lo que yo quiero es salir de allí cinco minutos. Niego con la mano y le enseño mi tarjeta de crédito. Asiente y se vuelve a enroscar al desconocido del culo prieto. Hoy le tocó a ella el jabato y a mí mirar. Ya volverá la suerte.

Ando despacio por el paseo cruzándome con pandillas de guiris exageradamente borrachos y rojos. Pregunto a unos con pinta de foráneos por un cajero y me mandan dos manzanas más para allá. Menos mal que me puse zapato plano.

Sigo caminando y me meto poco a poco en mis pensamientos. Cuando llego al banco estoy hasta el cuello de recuerdos de mi relación con Álvaro. Todo tonterías. Ese ronroneo que escapa de su garganta cuando le tocas el pelo en la cama o el modo sensual en el que jadea cuando vuelve de correr.

Ni siquiera sé cuánto he sacado y vuelvo con intención de decirle a Bea que no estoy de humor, que mañana será otro día y que me voy a dormir al hotel. Cuando llego al local donde la había dejado…, sorpresa, no la encuentro. Miro hasta en los baños de caballeros, donde ella no está pero me ha parecido ver una anaconda.

Localizo al amiguete de su ligue, que ahora está susurrándole al oído a una morena bajita, y le pregunto si ha visto a mi amiga.

—Sí. Se fue con mi amigo.

—Ah… —respondo sin saber qué más decir sin parecer imbécil.

—Mi amigo me avisó de que se iban a vuestro hotel.

Aprieto los labios, finjo otra sonrisa y salgo del garito cagándome en toda la estirpe de Bea. ¿Y ahora dónde se supone que voy a ir yo si ella está jincando como una posesa en nuestra habitación de dos camas? ¿Me siento en la mía a mirar?

Tengo la noche tonta y me entran ganas de llorar. Reprimo las lágrimas y sigo a lo largo de la playa. Álvaro. Álvaro en todas partes. Y yo que quería escapar de él… Me lo traje en la maleta.

—Vámonos a la playa, Silvia. Se te olvidará ese jodido mamón mientras te chuscas a un buenorro.

Me *cagüen* Bea.

Así que he llegado casi al final de la playa con la lengua fuera porque sin darme cuenta casi lo hice corriendo. Cerca de la orilla, a lo lejos, se mueve gente. Seguramente un botellón nocturno, una pandilla de amigos de vacaciones y esas cosas. Me quedo mirándolos. Puedo levantarme e irme después de recuperar el resuello, pero me apetece quedarme allí, en silencio. Empiezo a pensar y, cómo no, pienso en Álvaro. Otra vez.

Me pongo triste. Y tengo muchos motivos. Lo nuestro ha sido de verdad y muy bonito. Bueno, fue. Pero ha durado mucho tiempo y yo le he querido. ¿O le quiero aún? Y al planteármelo, dos velas de mocos caen sobre la arena y estallo en llanto. Cojo el teléfono y miro la hora. Las tres y media. Me recuesto sobre la arena y me pongo a pensar en él. Álvaro es un tren de mercancías a toda velocidad, follándome sin parar. Y a pesar de eso, no es esclavo de su cuerpo, pero yo sí; del suyo y del mío. Él siempre le ha dado significado a cada una de las caricias que me ha regalado. El sexo siempre definió por dónde andaba lo nuestro. Y no es porque Álvaro sea blando con el sexo. A Álvaro las cosas siempre le han gustado... firmes. Pero él le daba sentido.

Unas risas bastante cercanas me sacan del estado de lloriqueo y moqueo y me pongo alerta. Me extraña, porque es una zona poco concurrida. No es que me vaya a afectar mucho que unos desconocidos me vean allí hecha un despojo, pero prefiero evitarlo para no darme más pena a mí misma. Ay, amiga autocompasión...

La luz que proviene del paseo recorta la figura de una pareja. Ella anda tambaleándose, riéndose y toqueteándolo a él. Todo en un plan bastante histriónico. Él, sin embargo, camina cogido a una lata que imagino es de cerveza. Los dos son altos y delgados, con las piernas largas. Por un segundo me pregunto si no se tratará de dos extraterrestres que han decidido llevarme con ellos a mi planeta natal.

No deben de percatarse de mi presencia, porque se sientan mucho más cerca de lo que lo haría una pareja que busca intimidad en mitad de la noche. Ella está visiblemente borracha o colocada. Habla sin parar de cosas sin mucho sentido, como en un burbujeo de palabras que su acompañante parece ignorar. Él mira al frente, impasible, y al final se recuesta en las dunas, con las manos debajo de la nuca, entrelazadas. Todos decimos que *Sálvame* es telebasura, pero no podemos evitar sentirnos seducidos a mirar en estas ocasiones. Aun así, seguimos teniendo fe en la humanidad, qué cosa más curiosa.

Entonces ella lanza una risita y apartando su larga melena lisa, se agacha hacia él mientras sus manos manipulan su pantalón. Vuelvo la cabeza hacia el mar, temiendo estar a punto de presenciar una escena de sexo oral playero, pero el morbo me puede y quiero asegurarme, así que me giro otra vez para ver cómo él le coge la cabeza y la levanta.

—No hagas eso —dice—. Nadie te lo ha pedido.

—¿No quieres? —contesta ella con una voz lasciva.

—No —responde él secamente.

—Joder…, pues… ¿qué hacemos? ¿Quieres follar?

Él gira la cabeza hacia ella en un gesto que me parece mucho más despectivo que una mala contestación, pero no se da por aludida.

—¿Tienes coca? ¿Nos hacemos unos tiros? —insiste.

Escucho un resoplido y después él, chasqueando la lengua contra el paladar, la aparta del todo.

—¿Por qué no te vas? —le dice.

—¿Por qué?

—Porque prefiero estar solo.

—Pero…

—Venga, mira, toma. —Se mete la mano en el bolsillo y saca algo que deduzco que es un billete—. Coge un taxi, vuelve dondequiera que vivas o duermas o yo qué sé. Pero vete.

Sin esperar respuesta él se levanta y camina hacia la orilla pasando por delante de mí, pero sin percatarse de que estoy aquí encogida.

A ella la pierdo de vista pronto y él continúa paseando hasta meter los pies y parte de las piernas en el agua, vestido. Se sienta en la orilla sin importarle mojarse y allí sigue.

Me concentro en mis cosas y le ignoro. Tíos raros hay en todas partes, desde luego.

En mi estado (de embriaguez, para qué negarlo) me adormezco. Bien, lo que me faltaba para hacerlo todo más lamentable: borracha y dormida sola en una playa solitaria. Pero cuando estoy a punto de dormirme, lo veo acercarse hacia donde estoy acurrucada. La noche está empezando a aclararse y se intuye que dentro de poco aparecerá el sol. Mi intención es levantarme e irme, pero me quedo atónita cuando una de las luces del paseo le ilumina la cara. Tiene los labios mullidos y la sombra de una incipiente barba se asoma en sus mejillas. Lleva el pelo desordenado, desgreñado pero corto y una camiseta de los Ramones. Tiene los ojos del color de un caramelo fundido. Sí, lo sé, desde donde yo estoy no he tenido oportunidad de verlos, pero es que yo ya sé de qué color tiene los ojos. Unos ojos dulces, sensuales y hondos, algo intimidantes, enmarcados por pestañas espesas y oscuras, como su pelo. Tiene una mirada…, una mirada salvaje, como dirían en ese tipo de novelas que me compro en la estación de autobuses por tres euros. Son unos ojos que podrían hacer suspirar a cualquiera.

Se levanta un poco de arena cuando él se deja caer a mi lado, mirando hacia la orilla. Sus vaqueros están húmedos y oscurecidos y sus zapatillas Converse llenas de arena. Parece ser que esos ojos también me han visto a mí.

—Hola —susurra.

—Hola —contesto.

—¿Llevas ahí mucho tiempo?

—No escuché ni vi nada —respondo muy rápido.

Él me mira de reojo y se revuelve un poco más el pelo.

—Aunque lo hubieras hecho no tiene importancia. Es algo que pasa más a menudo de lo que a ellas y a mí nos gustaría.

—Hombre…, no es para tanto, ¿no? Quiero decir… que no suena muy torturador que se ofrezcan a chupártela.

—¿No decías que no habías visto ni oído nada? —Sonríe de lado.

—Bueno…

—¿Qué haces aquí? —pregunta con un tono de voz lánguido.

—No quieras saberlo. Es una historia demasiado larga.

—¿De drogas, sexo y *rock and roll*?

—No.

—Mejor. De esas estoy cansado. ¿Por qué no me lo cuentas?

Abro un montón los ojos y cojo aire. Después resoplo y miro hacia el mar. Ese tipo de cosas solo me pasa a mí, está claro. Le echo un vistazo rápido y un montón de burbujas me suben por el esófago creándome una sensación de náusea. Pero náuseas de nervios, no de asco. Justo el perfil que me está dando es el mismo que aparece en la portada de su último disco.

«Bueno, Silvia, si para algo estás preparada en esta vida es para salir airosa de las situaciones más extrañas», me digo. Así que me echo el pelo hacia atrás y empiezo a hablar, en voz baja:

—Yo creí que sería buena idea, ¿sabes? Venir, emborracharme y ligar con cualquiera, pero…, pero creo que solo lo hice para hacer rabiar a Álvaro. Párame cuando te aburra.

—¿Quién es Álvaro? —pregunta él en un murmullo.

Cojo aire otra vez y cuando quiero darme cuenta, ha amanecido y le he contado parte de mi vida y milagros al ganador de tres premios en la última gala de los Grammy.

8

Álvaro y yo no hablamos del plantón, evidentemente, porque hacerlo implicaba tener que admitir que había esperado cuarenta y cinco minutos como una gilipollas frente a un despacho vacío. Y no, yo nunca he sido de ese tipo de chicas que admite hacer el ridículo cuando no hay testigos. Si todo el mundo me veía caerme del pódium de una discoteca con las piernas abiertas al puro estilo Van Damme con hernia lumbar, pues, oye, yo me levantaba, me reía con todos los demás y sanseacabó, pero no iba a admitir estar tan colada por Álvaro como para esperarle tres cuartos de hora. El muy imbécil.

Como se puede uno imaginar me cogí un cabreo mayúsculo. Cuando llegué a casa pensé en llamarle y gritarle que quién se creía que era o en mandarle una pizza a las doce de la noche. Yo qué sé. El caso es que esa rabia mutó a tristeza y después de llamar a Bea, lloré como si se acabara el mundo o, lo que es lo mismo, como si cerraran el Friday's que había frente a mi casa y que llevaba pedidos a domicilio.

Al día siguiente traté de ignorar a Álvaro pero admito que quizá lo seguí con la mirada más de lo que hubiera preferido. Además, lo hice con cara de psicópata, la verdad. Como era consciente evité cualquier trato o conversación con él. Así resultaba mejor. Él tampoco me buscó para darme una explicación, de modo que ya me quedaba claro lo mucho que le importaba haberme dado plantón. Valiente gilipollas.

Pasaron días y días en los que, a pesar de todo, la relación se normalizó, volviendo a su cauce y a poder ser definida como «cordialidad coqueta». Y habría seguido así mucho tiempo hasta enfriarse del todo si no fuera porque debo de ser la persona con la peor suerte del mundo.

Era jueves y había salido tarde de la oficina, liada con un papeleo burocrático periódico que siempre dejaba para el último momento. Cómo no, yo siempre tan previsora. La cuestión es que se había hecho de noche en la calle y cuando llegué a casa, como estaba más o menos pasando el quinto pino, la primera a la derecha, ya era bastante tarde.

Entré en el portal, cogí las cartas del banco del buzón y subí en el ascensor canturreando el último temazo de discoteca al que había puesto mi propia versión de letra. Entré en casa y fui directa a mi dormitorio para quitarme la ropa de oficina y ponerme el pijama o, como a mí me gusta llamarlo, el traje de luces. Por aquel entonces, como ya he contado antes, vivía en un minúsculo estudio. Era tan pequeño que tenía por costumbre no encender casi ninguna luz a mi paso porque solamente con la de mi dormitorio casi se iluminaba por completo.

Me quité los zapatos, las medias y la falda y estaba pensando en qué me prepararía para cenar cuando vi una sombra moverse en la cocina. Me quedé parada, con las dos manos en el broche del sujetador, y arqueé confusa una ceja. ¿Estaba empezando con los delirios? Me fijé en la oscuridad y me pareció distinguir una silueta. Dejé caer muy despacio las manos y escondiéndome detrás de la pared, me puse un camisón blanco con un poco de encaje. No es que quisiera seducir al desconocido que pululaba en mi cocina, es que fue lo primero que encontré.

Traté de controlar la respiración y me dije a mí misma que lo más seguro era que me lo hubiera imaginado. Me tranquilicé y me obligué a comprobar que realmente no pasaba nada y que nadie estaba invadiendo mi casa. Pero al asomarme de nuevo lo que vi fue que, claramente, había un tío enorme en mi cocina.

Reprimí las ganas de gritar y tirando del bolso me lo colgué de lado. La puerta que daba a la calle no era una opción, porque tendría que pasar por donde estaba quienquiera que fuera aquel monstruo. Así que, sin pensármelo dos veces, salí corriendo, derrapé en el codo del pasillo y cogiéndome del marco de la puerta me colé en el cuarto de baño y cerré con un portazo. Eché el pestillo y tras mover el mueble donde guardaba las toallas y los potingues, bloqueé la puerta. Unos pasos en el pasillo terminaron de ponerme los pelos de punta.

Rebusqué en el bolso dándole vueltas a la mano como una cuchara dentro de un caldero y al final cacé el móvil. Lo lógico hubiera sido llamar a la policía, pero a mí la inteligencia solo me llegó para buscar con dedos temblorosos su teléfono y llamar a Álvaro. ¿Por qué? No tengo ni idea. Lo cogió, sorprendido, al tercer tono. No solíamos llamarnos.

—¿Qué pasa, Garrido?

—Hay…, hay un tío en mi casa —balbuceé—. Hay un tío en mi casa, Álvaro.

Y tapándome la cara, sentí cómo el ataque de histeria se abría paso por todo mi organismo.

—¿Qué dices? —me preguntó con la voz tensa como un cable de acero.

—Que hay alguien en mi casa. No sé quién es. No sé qué hacer.

—¿Dónde estás? —Y empezó a dar muestras de que su serenidad habitual se iba rompiendo.

—En el baño.

—No salgas. ¿Me escuchas? No salgas. ¿Has llamado a la policía?

—No. —La respiración empezó a entrecortarse cuando seguí escuchando pasos por toda la casa. Esta vez mucho más rápidos y violentos—. Por favor, Álvaro, por favor...

—No te muevas —contestó con la voz muy queda—. No salgas. Voy a llamar a la policía y... lo que tarde en llegar.

A la policía le llevó presentarse allí quince largos minutos, que a mí me parecieron dos o tres horas. Cuando llegaron se encontraron la puerta que daba acceso a la calle abierta de par en par y, por supuesto, la casa vacía. Llamaron con los nudillos a la puerta del baño y después de cinco difíciles minutos, me convencieron de que eran las fuerzas del orden y yo abrí el pestillo.

Álvaro llegó al rato y entró como un toro en una cristalería. El policía que se encontró en la puerta debió de ponerle algún problema, porque le escuché espetar con la voz más alta de lo habitual:

—¡Yo os llamé! ¡Apártate!

Cuando entró en el salón seguido de dos policías solo me apeteció hundirme en su cuello y llorar. Pero no lo hice. Nos miramos en silencio y tras unos segundos se acercó al rincón en el que yo estaba sentada, en el suelo. Quise que se dejara caer de rodillas delante de mí, me cogiera la cara entre sus manos y dijera algo como: «Silvia..., ¿estás bien? ¿Te ha hecho algo? Voy a hacerte el amor para que se te pase el susto», pero no. Cogió una manta del sofá, me la echó por encima y me preguntó:

—¿Qué coño ha pasado?

Llevaba el pantalón del traje y la misma camisa con la que había ido a trabajar, sin corbata y con dos botones desabrochados en el cuello. Pero no llevaba chaqueta. Me pregunté si la tendría en el coche o si había salido tan deprisa de su casa que ni siquiera se había acordado de cogerla. Hacía frío.

Álvaro se puso en cuclillas y le agarré la camisa. Después empecé a hiperventilar.

—Tranquila. —Me abrazó y su mano se enredó en los mechones de mi pelo—. Shh…, tranquila.

Sin esperármelo se puso de pie, tiró de mí y me levantó. Preguntó a un policía que estaba pululando por allí dónde se encontraba la habitación y me condujo hasta ella en brazos. Que Álvaro me llevara en brazos a la cama era algo que casi valía el susto que me había llevado.

—Voy a ir a hablar con ellos un momento —dijo en susurros, cerca de mí—. Vuelvo enseguida.

—No, no, no —supliqué cogiéndole de la muñeca.

—Shh…

Cerró la puerta a sus espaldas y le escuché preguntar por el responsable. Después de un buen rato, volvió con un policía que me hizo doscientas mil preguntas y cuando el reloj marcaba más de la medianoche, apareció mi casero y poco después un cerrajero. Más tranquila me senté en el sofá para ver mi pequeña casa plagada de gente. Y al único al que me apetecía ver era a Álvaro. Lo más extraño es que yo nunca necesité a nadie para solucionar mi vida, a pesar de tener tres hermanos mayores del tamaño de un armario ropero. Yo sola me basté siempre… ¿hasta ese momento?

Atontada y muy asustada entendí que quien había entrado en casa era un exinquilino indeseable que aún conservaba las llaves. Muy bien, mini punto para mi casero por ser tan previsor y que no se le ocurriera cambiar la cerradura hasta aquella noche.

—Dígame una cosa —oí decir a Álvaro, que estaba de pie junto al sofá, con las manos en los bolsillos—. ¿Es usted imbécil o solo lo parece?

Mi casero se quedó lívido y comenzó otra vez con su mantra de disculpas mientras yo, envuelta en la manta y hecha un ovillo, los miraba.

—Las disculpas no servirían de nada si ahora Silvia estuviera herida, ¿entiende? —Y al decirlo sus ojos grises, helados, se clavaban en mi casero como dos cuchillos—. Mañana mismo hablaré con mis abogados. Igual ellos pueden hacerle entender lo soberanamente gilipollas que es. Y le aseguro que le sacarán algo más que un lo siento de mierda.

Alargué la mano y cogiendo la suya le pedí que se tranquilizara con un hilo de voz. No podía creerme que estuviera tan absolutamente exaltado y enfurecido. ¿Estaba preocupado por mí? ¿No significaba eso que yo le importaba? ¿O es que simplemente las cosas mal hechas le enervaban? Álvaro se pasó las dos manos por el pelo, nervioso y chasqueando la lengua, dio media vuelta y volvió a pasearse por el pasillo, arriba y abajo.

A las dos de la mañana mi casa volvió a vaciarse hasta que nos quedamos solamente nosotros dos. Nosotros dos y sin noticias de mi televisor, mi DVD y mi hucha de cerdito para el viaje a Nueva York. Menuda sorpresa se iba a llevar el caco al percatarse de la cantidad ínfima de céntimos cochambrosos que contenía.

Escuchamos al último policía cerrar la puerta al salir y nos miramos. Álvaro parecía cansado e irritado pero algo más tranquilo.

—Yo también debería irme —susurró. Yo asentí, mirando al suelo—. ¿Estás bien? —Se agachó y buscó mi mirada entre mi pelo revuelto.

—Sí. —Tragué saliva y con mi habitual instinto kamikaze añadí—: Sé que no debería pedirte esto y entenderé si me dices que no, pero… ¿podrías quedarte? No quiero…, no quiero quedarme sola. —Lo vi dudar y seguí hablando—. Es demasiado tarde para ir a casa de mi madre o de una amiga…

—Mmm… —Se mordió el labio inferior y poniéndose en pie asintió—. Está bien. Acuéstate. Estaré aquí.

—Ven… un rato —le pedí mientras me levantaba, aún vestida solo con el camisón.

Sus ojos fueron de mis hombros a mis clavículas y de allí a mi escote.

—No sé si… —murmuró.

—Por favor…

Me metí en la cama y dejé a mi lado un hueco donde él, visiblemente violento, se sentó.

—¿Te quedarás hasta que me duerma?

—Sí. Tranquila.

Me acomodé sobre la almohada y me quedé mirándolo. ¿Cómo diablos se podía ser tan guapo?

—¿Te tumbas? —pregunté en tono lastimero.

Álvaro no sonrió y se levantó de la cama. Cuando pensaba que había pedido demasiado y que se iría, se desabrochó el cinturón, lo sacó de las trabillas y lo dejó en la mesita de noche, enrollado. Se sacó la camisa de dentro del pantalón y puso una rodilla en el suelo y después la otra para desabrocharse y quitarse los zapatos y los calcetines. Después se dejó caer suavemente a mi lado en la cama, pero encima de la colcha y nos miramos, compartiendo almohada. Podría acostumbrarme…

—¿Estás cómodo? —le dije sonriéndole de oreja a oreja.

—Dame esa manta. —Y contagiándose de mi sonrisa se tapó por encima.

Me sentí de pronto muy cansada. Me planteé que podía haberlo sacado de su casa para, con chantaje emocional, hacerle pasar la noche conmigo y esa idea me hizo sentir basura. Pero entonces él, de lado, me acarició el pelo y me pidió que me relajara.

—Gracias, Álvaro.

—Por nada —susurró.

—Gracias por venir —insistí.

—Puedes sentirte honrada, ¿sabes? Normalmente no soy así —dijo volviendo a ese tono entre irónico, tenso y lascivo que utilizaba siempre conmigo.

—¿Y por qué conmigo sí?

—Eres tan pequeña y tan absurda que temí verte mañana en las noticias atrapada en una guerra de bandas o yo qué sé…

Yo me reí y me destapé una pierna. Sus ojos se deslizaron hasta ella y fue como si pudiera tocármela con la mirada. Pensé en desnudarme entera a ver si surtía el mismo efecto…

—¿Puedo preguntarte algo? —susurró sacándome de mis pensamientos guarrindongos.

—Claro.

—¿Por qué me llamaste a mí?

Sentí cómo enrojecía y alargando la mano apagué la luz. Ojos que no ven, vergüenza que no paso.

—No lo sé. No me lo planteé. Supongo que haces que me sienta segura…

No lo vi, pero creo que sonrió. Quise preguntarle yo también algo, algo sobre por qué me había dicho que lo esperara en la oficina para hablar con él para después marcharse sin decirme nada, pero preferí callar y dándole la espalda me acurruqué y cerré los ojos.

9

Ya no hay estrellas del rock como las de antes, eso está claro. Ahora no se convierten en mitos, al menos no como los de cuando ni siquiera habíamos nacido. Aquellos eran grandes y los de ahora, una versión *light*. Pero si entre toda la generación sin cafeína actual hay alguien que destaca, alguien que puede compararse a los grandes, a las leyendas, ese es Gabriel (léase en inglés), el cantante de Disruptive.

Gabriel es un hombre tan guapo que de haber sido un buen chico habría supuesto una pérdida irreparable para el imaginario erótico femenino a nivel mundial. Casi siempre que sale en la prensa es por estar zumbándose a alguna modelo e *it girl* rebelde o por haberse enzarzado en alguna pelea de bar. Creo que es posible que alguna vez hiciera las dos cosas juntas. Es uno de esos niños malos que te arrancan un ronroneo involuntario de la garganta.

La cuestión es que Gabriel, con su pelo negro, lacio y siempre desordenado, con un leve toque emo, lleva tatuados hasta los nudillos de las dos manos con el mítico «Hate», «Love». Es tan macarra que solo con verlo en la tele se me caen las bragas hasta el suelo y ellas solitas se meten en la lavadora.

Y ahora lo tengo al lado, sentado en la arena.

Nunca he sido demasiado fan de su música, la verdad, pero sentí mucho cuando su grupo se separó, más que nada porque temí que, como en tantos otros casos, su disco en solitario no triunfara y él desapareciera de la vida pública. No lo sentiría especialmente por él; dicen que ya amasa una de las fortunas más grandes de la actual industria musical. Lo único a lo que tenía miedo era a quedarme sin poder mirar con la babilla colgando las fotos que salen de él con cada promoción discográfica. Pero no. Parece que el asunto turbio de drogas, violencia y cárcel que lo ha separado del resto de sus compañeros (que al parecer lo hacían parecer buen chico y todo) le ha dado publicidad y lo ha encumbrado como el nuevo chico malo del panorama musical. Chico malo con carita de no haber roto un plato en su vida; un engañamadres de impresión, sexi y melancólico.

Desde entonces, además de haberse tatuado el pecho, haberla emprendido a golpes con un par de *paparazzi* y haber protagonizado el videoclip de otra cantante de moda, ha ganado más premios que Julio Iglesias. Y saco a Julio Iglesias a colación porque resulta que, paradojas de la vida, Gabriel es español.

Como yo de él solo admiro lo bueno que está, no sé muchos datos, únicamente que nació en España, que sus padres se mudaron a un punto indeterminado de Escocia en algún momento de su niñez y que él terminó, cosas del destino, poniendo cafés en Los Ángeles, donde llamó la atención del ojeador de una agencia de modelos. Entre una cosa y otra, saltó la liebre de su talento musical y sin darse apenas cuenta, estaba grabando su primer videoclip junto a cuatro energúmenos que debían de ser los amiguetes con los que fumaba canutos los fines de semana y que, por azares del destino, sabían tocar la batería, el bajo y la guitarra eléctrica.

Ayyyy, es tan macarra...

Y aquí le tengo, sentado a mi lado, mirándome a través de los lacios mechones de su pelo negro brillante, interesándose sobre por qué Álvaro y yo rompimos. En serio, Silvia..., ¿cómo lo haces para que tu vida sea tan rara?

A pesar de lo extraño de las circunstancias que me han llevado a estar allí contándole mi vida, me siento muy cómoda. Tengo la certeza de que este chico ya lo ha visto y oído todo, así que nada de lo que yo le cuente le parecerá tan extraño y sin sentido como a la gente que me rodea. Hay algo en Gabriel que desinhibe, a pesar de lo tremendamente bueno que está. Y cuando digo que está bueno, me quedo muy corta. Es la versión macarra del príncipe de mis sueños, pero no en plan moñas, sino de esos sueños de los que te despiertas en mitad de un orgasmo brutal que no puedes controlar.

Después de un par de horas de charla, siento que no tengo mucho más que contarle sobre mí. Le miro otra vez, suspiro y le pregunto, ya para terminar, por qué le interesa todo aquello.

—Estoy harto de que la gente me pregunte cosas. A veces también apetece que alguien te cuente algo que no tenga nada que ver con..., con nada. —Se encoge de hombros.

No quiero mirarle demasiado, porque seguramente también está harto de que las mujeres lo observemos con lujuria, así que mejor miro hacia el mar, donde se refleja el sol.

—Molas. Sabes cuándo tienes que callar —dice en un murmullo, más para sí mismo que hacia mí.

No puedo evitar mirarle con el ceño fruncido, muy sorprendida. Álvaro siempre se queja justamente de lo contrario.

—Creo que eres la única persona en el mundo que opina eso —y al decirlo me río con tristeza.

—Y entonces, Silvia... —y cuando dice Silvia a punto estoy de regalarle mi sujetador—, ¿dónde vas a dormir esta noche?

—Ya es de día —contesto con la mirada perdida en el mar, que está adquiriendo una tonalidad plata y naranja.

—Pues esta mañana, ¿dónde vas a dormir?

—Me voy al hotel a probar suerte. —Me revuelvo el pelo y pongo los ojos en blanco.

—No, tía —dice muy firmemente—. Vente a sobar a casa. Tiene doscientas habitaciones.

—¿A tu casa? —y la pregunta me parece muy chillona cuando me escucho verbalizarla, a pesar de que dentro de mi cabeza la corea una multitud de hormonas desbaratadas.

—No es mi casa. No sé ni quién me la ha prestado. Solo espero que no le tenga mucha estima a las estatuas del jardín, porque creo que anoche me las follé a todas —pero al decirlo ni siquiera se ríe—. Venga, vente. Cuando te despiertes, ya si eso te vas.

—Pero...

—Venga, no seas pava. —Ahora sí sonríe, mirándome—. Es mi buena acción del año.

Me sorprende que vayamos andando. No esperaba que Gabriel se dejara ver a estas horas, a plena luz del día, sin guardaespaldas o sin un séquito. Y además con esa cara de resaca, aunque aun así está estupendo, no vayamos a pensar. Claro, va con el look. Además, hay que acercarse y fijarse mucho para ver algo a través de sus greñas. Pero tampoco hay nadie por la calle y menos en este barrio residencial, colina arriba, por donde andamos ahora en silencio. Me pregunto si Bea sería capaz de imaginarse dónde y con quién estoy. Ni en otra vida...

Me apetece preguntarle un montón de cosas absurdas, como si se tiñe el pelo y por eso es tan negro y tan brillante o si es verdad que lo echaron de una fiesta en casa de Marilyn

Manson por salvaje, pero estoy segura de que no le apetece lo más mínimo que el paseo se convierta en una entrevista improvisada, así que le hago una pregunta mucho más absurda, para romper el hielo.

—Y bueno, dime..., ¿qué te ha parecido mi historia?

Me mira un momento y después se aparta sin orden ni concierto un montón de pelo de la cara. Sus dos ojos brillan cuando sonríe, con una chispa dorada en cada uno de sus iris.

—Normal.

—¿Normal? —No es un adjetivo que nadie suela utilizar conmigo.

—Sí. En el mundo en el que me muevo esas cosas no pasan. Todo es absurdo e histriónico.

—Pero no siempre has sido un cantante megaestrella del rock.

—Lo que yo hago ¿es rock? —Se ríe entre dientes—. Bueno, ya ni siquiera me acuerdo de cuando no era famoso. Me parece que hace siglos de eso.

—Si no fuera porque es de día y no te has desintegrado daría crédito a esa leyenda urbana que dice que eres vampiro.

Mete las manos en los bolsillos de su vaquero maltrecho y lanza una risita ronca.

—Lo que no entiendo es..., joder, tía, no te pega nada un tipo estirado como el tal Alberto —sentencia después de mirarme a través de su flequillo.

—Álvaro —puntualizo—. Y supongo que el amor es ciego.

—Bah, no me vengas con esas. Pareces una tía inteligente, no puedes pensar así.

—¿Que el amor es ciego?

—En el amor en general. La cuestión es esta: nos fijamos en las tías que nos la ponen dura. Si molan, nos quedamos con ellas. Si no molan, nos hartamos y a otra cosa. Y si una tía te la pone dura y te mola, pues ya te piensas lo de tener hijos y esas cosas. A vosotras os pasa lo mismo. Es cuestión de costumbre y sexo. No hay amor. Eso nos lo hemos inventado.

Le miro de reojo y me interrogo a mí misma si no tendrá razón. Eso explicaría muchas cosas. Pero no quiero pensar así. No quiero terminar siendo fría como Álvaro. Suspiro con tristeza.

—¿Qué? —me dice parándose frente a una enorme y señorial casa pintada de blanco con un portón de hierro forjado negro.

—Qué pena, parecías un tío inteligente.

Gabriel se echa a reír despreocupadamente y de pronto me parece un chiquillo. Después pone un pie sobre el muro de piedra que hay junto a la verja y de un salto se cuela dentro.

—¡Oye! ¡Que yo no voy saltando vallas en plan gacela trasnochada! —le grito.

Aparece de nuevo y abre el portón desde dentro.

—Entra, pava. —Y después, riéndose, me da una suave patada en el trasero enfundado en los vaqueros.

—¿Sueles hacer estas cosas? —le digo con una expresión divertida.

—¿Qué cosas?

—Recoger a desconocidas en la playa y traértelas a casa.

—Más veces de las que me gustaría confesar. Pero no te ofendas. —Me echa otra de sus miraditas a través del pelo desordenado—. Suelen terminar espatarradas en mi cama, no en la de invitados.

—Si tuviera que ofenderme por eso… —lanzo un bufido y le sigo por un caminito de adoquines blancos que salpican un césped pisoteado.

No puedo evitar echar un vistazo a dos de las estatuas clásicas (de esas con un punto hortera irresistible) que hay a un lado y otro del jardín… Sí, ciertamente parece que han sido mancilladas recientemente. Yo diría que incluso algún desalmado les ha robado la virtud.

Gabriel abre la puerta principal y se pone un dedo sobre los labios para pedirme silencio. En un susurro añade:

—Toda la prole debe de estar sobando.

—¿Cuánta gente hay aquí ahora mismo?

—Cuando empezó la fiesta creo que contamos cincuenta. Cincuenta entre borrachos, drogadictos y putas.

—Da gusto escucharte hablar, pareces un trovador.

Gabriel no da muestras de que le haga gracia ni tampoco de que le ofenda; solo me lleva escaleras arriba después de cerrar la puerta.

—Probemos suerte.

En un pasillo en el que fácilmente hay seis habitaciones, no encontramos ninguna sin inquilino, así que subimos un piso más. Al final, frente a su habitación encontramos una, pequeña, en la que no parece haber nadie. Pero por si acaso yo busco a conciencia, no sea que alguno de sus gorrones crea eso de que Gabriel es en realidad un vampiro y por emularlo me lo encuentre durmiendo en un armario. Pero parece que está despejado.

—Bueno… —dice apoyándose en el quicio de la puerta en una pose muy macarra y sexi—. Si no te veo cuando me despierte, ha sido un placer. Gracias por la charla.

—A ti por la cama.

—Bah, ya ves… —Se gira para meterse en su habitación, pero antes vuelve a echarme una miradita a través de su flequillo y con una sonrisita suficiente dice—: Esto…, Silvia…

—¿Qué?

—Ese tío, el de tu curro, no vale la pena. Si de verdad el amor es ciego y todas esas mierdas, a él debería darle igual que de vez en cuando te presentes en el trabajo sin bragas.

—Solo fue una vez —contesto en tono cansino, pero con una sonrisa.

—Vale, lo que sea. Búscate uno así, como tú.

—¿Y cómo soy yo?

Gabriel rebusca en sus bolsillos y se encoge de hombros a la vez que saca un paquete de tabaco arrugado.

—Especial, supongo.

Después solo guiña un ojo y se mete en su cuarto, encendiéndose el cigarrillo. Ayyyy…, es tan macarra que fuma en la cama pasando por alto los riesgos de muerte por cremación.

Gabriel, me has robado el corazón.

10

Me di cuenta de que estaba roncando porque me desperté con la vibración de mi propia garganta. Me removí destapándome una pierna y miré la hora pulsando el botón de luz de mi reloj Casio metalizado. Eran las tres y media de la mañana. Escuché un carraspeo y me giré hacia el lado en el que se había acomodado Álvaro; tenía las manos bajo la nuca y miraba al techo.

—¿Estás despierto? —pregunté con voz pastosa.

—Sí —dijo sin mirarme.

—Lo siento…, no…, no suelo roncar pero… debí de dormirme con la boca abierta y…

—¿Cómo? —Giró su cabeza hacia mí y después sonriendo añadió—: Ah, no, no es por eso. Es que me cuesta dormir.

—A lo mejor es por lo de la cama. Es grande, pero al no ser la tuya… —susurré mientras me frotaba los ojos—. Me siento fatal.

—No te preocupes y vuelve a dormirte.

—No, me he desvelado. Cuéntame algo.

—¿Qué quieres que te cuente? —Y al mirarlo, vi que sonreía.

Álvaro echado en mi cama, a mi lado, con el pelo revuelto y los ojos grises con las pupilas muy dilatadas era una visión de otro mundo. Envidié a la chica que lo tuviera. Seguro que había una chica. No podía ser que estuviera solo. Suspiré.

—Pues no sé. Cuéntame cómo es tu novia, por ejemplo —dije así, de golpe.

—No tengo novia, Silvia. Si la tuviera…, no estaría aquí.

Nos miramos y yo asentí. Claro. Qué novia con dos dedos de frente iba a dejar que semejante hombre fuera compartiendo cama con sus subordinadas en el trabajo. Aunque, si me fiaba de lo que él decía, nosotros éramos más que eso. Nos caíamos bien.

—Bueno, pues cuéntame cómo sería si la tuvieras. En plan cuento.

—Eres de lo que no hay. —Álvaro se echó a reír entre dientes—. Esto ya es suficientemente raro como para que encima lo mejoremos con cuentos.

—Dime al menos, no sé, cómo era tu ex…

—¿Mi ex? Pues era… seria, alta, delgada, morena…

—¿Y dónde se compraba la ropa? —pregunté a sabiendas de que la respuesta sería Hoss Intropia.

—Pues no sé…, no entiendo de esas cosas.

—¿Llevaba blusas o camisetas?

—Blusas casi siempre.

—¿Y por qué lo dejasteis? Te pega mucho salir con una de esas chicas que usan blusa.

—Nos estamos poniendo un poco íntimos, ¿no? —y al decir esto se giró y me sonrió.

Me dieron ganas de contestarle que para mí ponerse íntimo era otra cosa bien distinta, que si quería, yo le enseñaría. Pero me abstuve.

—Tú no puedes dormir y yo me he desvelado. Si quieres te cuento yo mi última relación, pero creo que con eso solo conseguiría que no volvieras a dormir nunca…

—Es que no sé por qué lo dejamos. Pues no sé. Cosas que pasan, supongo.

Nos callamos los dos. Suspiró y cerré los ojos. Cuando volví a abrirlos habían pasado horas y estaba sola en la cama. Me incorporé y encendí la luz de la mesita de noche. Enseguida Álvaro llamó a la puerta formalmente y se asomó.

—¿Te he despertado? —murmuró.

Eran las seis de la mañana y él ya se había vestido y llevaba las llaves del coche en la mano.

—No —dije confusa.

—Me voy a casa. Tengo una reunión a primera hora y quiero darme una ducha, cambiarme y… —sonrió— ponerme chaqueta. Me puse un poco nervioso con estas cosas que te pasan tan de película y salí a cuerpo de casa —confesó.

—Mi casero ya notó que estabas un poco nervioso. Gracias por venir. Te veo en la oficina —contesté recostándome otra vez sobre la almohada y sonriendo.

—No. Quédate en casa hoy. Descansa.

—Pero…

—No hay peros… Quédate.

Y sin peros, se fue…

11

Una vez me desperté con un cerdito vietnamita enano teñido de rosa a mi lado en la cama. Palabrita de honor. A nuestro alrededor había tanta basura que me costó saber dónde estaba y, sobre todo, encontrar mi ropa. Creí que aquel sería el despertar más extraño de mi vida hasta que tras otra fiesta una de mis amigas entró vestida de *majorette* en la habitación donde yo agonizaba, tocando una trompeta que nadie sabe de dónde sacó y lanzándome encima un vaso de granizado de limón. Es suficientemente extraño, ¿no? Estoy curada de espanto y a pesar de eso…

Me he despertado con el ruido de la puerta al abrirse de par en par. Al incorporarme en la cama como Nosferatu, vestida aún, me he quedado mirando a la mujer que tenía delante, esperando que dijera algo. Si alguien irrumpe en tu habitación esperas que diga algo. Yo pensaba que iba a anunciar que el desayuno ya está preparado, pero aquí estoy, escuchándola gritar:

—¡Gabriel! ¡Deja de traer furcias, joder!

Abro los ojos de par en par y veo cómo, al tiempo que se acerca a la cama, echa mano de la cartera y me pregunta cuánto me deben.

—¡Oiga! ¡Que yo no soy ninguna furcia! —me quejo con voz pastosa.

—Ya, sí, claro. Lo de anoche fue por amor.

Me tira unos billetes encima sin apenas mirarme y se dirige hacia la puerta otra vez.

—Pero… —murmuro confusa.

—Si me vas a decir que vas a contárselo todo a la prensa, hazlo. Así le haces un poco de campaña gratis. Me da igual que digas que la tiene como un cacahuete o como un brazo. Toda publicidad es buena.

Me levanto de la cama dispuesta a tirarle de nuevo el dinero a la cara y marcharme muy digna, pero al cogerlos me doy cuenta de que son billetes de quinientos y, no sé por qué, a mis dedos les cuesta desprenderse de ellos.

Cojo el bolso y salgo al pasillo para comprobar que hay gente moviéndose por todas partes. Parece un circo. Tengo serias dudas sobre si no es realmente el circo mundial, que también ha sido invitado a dormir en la casa.

Me dirijo muy segura a la habitación de Gabriel dispuesta a despedirme, darle las gracias y decirle, de paso, que tiene a gente muy poco educada bajo su mando, cuando una mano enorme me aparta y me empotra contra una pared. Creo que la onda expansiva mata por lo menos a dos ardillas en la otra punta del mundo.

—Oye, tía, ¿no te dije que te fueras? ¿Qué quieres? ¿Llamamos a la policía? —Y detrás de la mole humana que me tiene aprisionada entre su mano y la pared aparece la maldita cerdaca que me ha tirado los billetes.

—No llames a la poli. Si los llamas no puedo darle un par de hostias —dice la montaña con brazos.

Gabriel sale de su habitación con unos vaqueros negros y sin camiseta. Tanto da. Lleva el pecho y los brazos tan tatuados que casi no se ve piel. Pero, ayyy, qué visión. Es como un ángel macarra y mis bragas luchan con voluntad propia por irse con él y meterse en uno de sus bolsillos. Es raro, porque nunca me han gustado los hombres tatuados. Pero no sé si es que sus tatuajes son diferentes o que en su piel tienen otro efecto. La cuestión es que me gusta. Estoy a las puertas de un ataque del síndrome de Stendhal. Tengo que hacer algo con esta inclinación enfermiza por los chicos guapos que no me convienen y que nunca me querrán.

—Pero… ¿qué pasa? —pregunta con voz pastosa, revolviéndose el pelo.

—Esta tía, que no se quiere ir.

—¡Claro que me quiero ir! ¡Quería devolverle a Gabriel ese dinero que me has tirado encima! Supongo que lo das con tanta facilidad porque no es tuyo, ¿no? —La miro, poniendo cara de perro de caza—. Pero no creo que a él, que es quien lo gana, le guste tanto tu actitud.

Gabriel se ríe y le pide al armario de cuatro puertas con vida propia, que parece que se hace llamar Volte, que me suelte. Después se acerca y yo, frotándome la muñeca dolorida, le tiendo los billetes.

—Toma —digo con la voz decidida de una niña pequeña—. Ahora me voy, si al gorila le parece bien.

Él se gira y me pide que le acompañe. Y para terminar añade:

—Traednos el desayuno —y lo dice sin dirigirse a nadie en concreto antes de cerrar la puerta de su habitación detrás de mí.

Me quedo apoyada en la pared viendo cómo Gabriel se recuesta en su cama deshecha, con la guitarra en el regazo. Cómo me gustaría hacerle una foto y luego imprimirla a tamaño natural para colgarla en el techo de mi habitación. Está espectacular.

—Ven, siéntate —dice sin mirarme.

—Yo en realidad debería llamar a mi amiga e irme. Ya sabes, recomponer mi dignidad perdida y esas cosas.

—¿Fumas?

Señala un paquete de tabaco.

—Sí, pero tengo en el bolso, gracias.

—Ven, siéntate —repite.

Unos nudillos golpean la puerta en el mismo momento en el que los dedos de Gabriel arrancan un susurro a su guitarra.

—Pasa —dice sin preocuparse ni de mirar.

Una chica con pinta de grupi nerviosa deja una bandeja sobre la cómoda y se va sin cesar de soltar risitas histéricas. Parece una sumisa esperando hacer algo mal para que Gabriel la siente en sus rodillas y le dé una buena tunda. Me pregunto si a él le irán ese tipo de cosas en la cama. Y sin quererlo, vuelvo a acordarme de Álvaro y de cómo hace las cosas bajo las sábanas.

—El desayuno —anuncia cuando su sumisa ha desaparecido—. ¿Puedes acercarlo?

Cojo la bandeja y la dejo sobre la mesita de noche mientras me pregunto qué narices hago aquí. Dejo también los billetes. Empiezo a sentirme violenta. La situación es demasiado extraña hasta para mí. Pero Gabriel está agarrado a la guitarra, con los ojos cerrados, tarareando algo que no reconozco y acariciando las cuerdas. Esa visión me parece mucho más erótica que si los dedos estuvieran deslizándose por encima de una mujer. Probablemente es culpa de haberme acordado del sexo con Álvaro. Cuando me siento en el borde de la cama Gabriel abre los ojos y me pregunta si sé cantar.

—Pensaba que sí hasta que un día me echaron de un karaoke.

Estira el brazo por delante de mí y alcanza una taza de café.

—No confío en el criterio del dueño de un local de karaoke. —Sonríe de lado y por dentro me derrito, pero Álvaro sonriendo de la misma manera me viene a la cabeza.

Cojo otra taza de café para mí y le pongo tanto azúcar como puedo.

—Me tomo esta taza de café y me voy —le digo.

—No te preocupes. Date una ducha tranquilamente. Después mi coche te llevará a donde quieras. ¿Te parece?

—No tienes por qué.

—Ya lo sé. Es solo por fastidiar. —Deja la guitarra junto a la cama y se concentra en su café y su cigarrillo—. No me gusta fumar solo. ¿Por qué no me acompañas?

—Huy, no. —Y me río sonoramente. Como estoy nerviosa suelto lo primero que me viene a la cabeza—. Ya sabes lo que dicen: café y cigarro, muñeco de barro.

Gabriel mantiene a duras penas el trago de café que ha bebido y tras un esfuerzo lo traga sin soltar una carcajada.

—¿Tú siempre eres así? —dice abriendo mucho los ojos.

—Sí —y contesto sin llegar a entender lo que me estaba preguntando en realidad—. ¿Qué pasa?

—Pues que…, que no estoy habituado a tías que digan lo primero que les pasa por la cabeza.

—Hombre, no es lo primero. Hasta yo tengo un filtro mental. —¿Sí? ¿De verdad lo tengo?

—¿Y tú aguantas ocho horas en una oficina? ¿Cómo es que no te dedicas, no sé, a escribir guiones?

—¿Yo guiones? Estás loco. Tanta fiesta te ha dejado tocado.

Se acomoda en la cama y me pregunta qué tal he dormido. Hombre, mejor si hubieras dormido conmigo. Pero no, no lo digo.

—Bien, hasta que esa mujer entró, me tiró el dinero y me llamó furcia. Deberías decirle algo. Eso tampoco te pone en muy buen lugar a ti.

—¿Por? —Y se acerca de nuevo la taza a los labios.

—Porque deja entender que está habituada a echar de tu casa a un montón de furcias a las que pagas cuando se van. Yo pensaba que siendo quien eras no te haría falta recurrir a la prostitución. —Frunzo el ceño.

—Claro que no. —Se ríe—. Es su manera de humillar a las chicas que traigo a casa para que se larguen pronto. Debe de tener una apretada agenda que yo debería respetar.

—Ah, ya decía yo. ¿Y a todas les tira tanta pasta o es que a mí me ha visto especialmente atractiva?

Gabriel no contesta. Deja la taza vacía en su mesita de noche y apura su cigarrillo.

—Según tu hipótesis tendré que abandonarte pronto porque me estaré cagando vivo, ¿no?

—Tus palabras son música para mis oídos —digo pestañeando muchas veces, con las manitas juntas bajo la barbilla—. Oh, mi trovador.

—¿Qué quieres? ¿Que te hable en verso?

—No, pero tienes que hablarme como a una señorita —y se lo digo muy seria, creyendo de verdad que tiene la obligación moral de hablarme con tacto y mimo.

—¿Por qué?

—¡Porque lo soy! —le contesto como si fuera una evidencia.

—¡Pues habla tú como una señorita! —se queja entre risas.

—¡No me da la gana!

—¿Era eso lo que te gustaba de Álvaro? —dice arqueando solo una ceja.

—No. Y ya basta de aplicarme un tercer grado. Cualquiera diría que soy yo la famosa y que intentas robarme una exclusiva.

—¿Sabes? Cualquiera diría que ninguno de los dos es famoso cuando hablo contigo.

Gabriel sonríe y tras coger de nuevo su guitarra le arranca unas notas. Se aclara la voz en un carraspeo y después, sin previo aviso, versiona *Lovesong* de The Cure, como si hubiera hurgado en mi cabeza hasta encontrar la canción que más hondo podría llegarme. La letra dice tantas cosas que me gustaría escuchar de alguien que no puedo evitar sentirme sola. Gabriel canta: «Te amaré siempre. Llévame a la luna. Siempre que estoy a solas contigo me haces sentir libre otra vez. Siempre que estoy a solas contigo me haces sentir inocente otra vez» y aunque no lo conozco, no le quiero y no significa mucho para mí desearía que me lo cantara a mí, para poder sentir que esas palabras ya me han sido dichas.

Durante los casi cinco minutos que dura su actuación improvisada creo que ni siquiera pestañeo. Me quedo embobada mirando cómo sus dedos pellizcan las cuerdas para arrancarles gemidos de armonía. Cada una de las notas me parece un orgasmo de música y su voz baja, hosca y algo rasgada, un jadeo que lo acompaña. Las variaciones que su personal voz hace de la versión original convierten el momento en algo más especial. Creo que hasta los relojes se paran.

Joder, Gabriel…, pues para no gustarme tu música, me tienes loca.

12

Mi almohada olía a él. Mucho. Tanto que solo tenía dos opciones. Una era quedarme todo el día allí; hacerle caso, no ir a trabajar y revolcarme en la cama sobre su olor. Eso era bastante enfermizo hasta para mí, así que me decidí por la segunda: darme una ducha, arreglarme como si fuera a presentarme a un certamen de belleza (pero sin el bronceado antinatural) y esperar que, con eso del susto que me había llevado la noche anterior, me mimara un poquito. Lo de oler la almohada lo podía hacer cuando volviera.

Llegué tarde, eso sí, así que supongo que no esperaba verme aparecer. Cuando abrió la puerta de su despacho y me vio sentada en mi sitio tecleando arqueó una ceja y me llamó.

—¿Estás bien? —me preguntó tras cerrar la puerta.

—Sí —le dije revolviéndome el pelo—. Prefiero estar aquí que en mi casa. Estoy más tranquila con gente. Es una tontería pero...

—No, no..., ayer te diste un buen susto. Lo entiendo.

Me dio un cariñoso apretón en el brazo y me pidió que si necesitaba algo, se lo hiciera saber.

Olía tan bien…

Después de abstraerme un rato con el trabajo empecé a rumiar la idea de que era la situación perfecta para hacer una envalentonada y no quedarme con el culo al aire si él se negaba a entrar al trapo. Resultaba arriesgado porque era mi jefe, pero me resistía a creer que de verdad no había nada en el modo en el que me miraba. Tenía miradas de las que desabrochan botones.

Así que cuando lo vi abrir el despacho casi a la hora de la salida y aprovechando que los viernes terminamos a las tres, me dije eso de que a la ocasión la pintan calva (que nunca he sabido qué narices significa) y me levanté.

—Álvaro…

—¿Sí? —Se giró.

Nos quedamos en un estrecho pasillo enmoquetado, mirándonos.

—¿Te vas a comer? —le pregunté.

Terminó de colocarse la americana en un gesto de hombros que por poco no me mató por combustión espontánea y miró su reloj de pulsera.

—Sí. ¿Por?

—Había pensado que debería invitarte a comer. Para agradecerte lo de anoche. Fuiste muy amable…

—No tienes por qué agradecerme nada. Lo hice con mucho gusto. —Sonrió y otra vez sus ojos grises fueron helándome en el recorrido hacia mi escote.

—Pero yo quiero hacerlo.

—Ya… —Cogió aire mirando hacia otra parte—. La cuestión es que me pillas…, tengo que…

—Ah… —Me sonrojé—. No pasa nada.

—No, es que… —quiso explicarse.

—No, no pasa nada.

—Es que tengo una reunión esta tarde con La Momia —el jefe de su jefe, al que yo había tratado de sacar a bailar una conga imaginaria— y ese hombre no me gusta. Y encima viernes por la tarde. Tengo…, tenía pensado coger algo para comer y volver al despacho a repasar la presentación de las cifras del trimestre y los próximos proyectos…

—Ya, bueno. Nada. Pues suerte —le dije fingiendo entusiasmo.

—Pero… ¿qué te parece esta noche? —Y sacó la Black-Berry del bolsillo interno de la americana y la consultó con dedos ágiles.

Le miré y me imaginé con los ojos de los dibujos animados japoneses, enormes y llenos de chispitas de brillo ilusionado.

—¿Esta noche? Pues… está bien —respondí con una sonrisa de oreja a oreja.

—Luego concretamos, ¿vale? —Me miró fugazmente, sonriendo.

—Estupendo.

Y salió de la oficina sin mirar atrás mientras yo le observaba el culo con cara de pervertida.

A los quince minutos volvió a pasar en dirección a su despacho con una bolsa de papel marrón de la tienda de comida biológica que había junto a nuestro edificio. Con una sonrisa comedida se despidió antes de cerrar la puerta.

Recogí las cosas a regañadientes. Era la hora de irme pero estaría horas mirándole…

Justo cuando ya había terminado todo el ceremonial de recogida de trastos, Álvaro salió poniéndose la americana y al percatarse de que lo estaba mirando echó mano de nuevo a la BlackBerry y salió a toda prisa. Dos minutos después recibí un correo electrónico suyo en la mía.

Para: Silvia Garrido
Fecha: viernes 14 de febrero. 15:20
De: Álvaro Arranz
Asunto: Esta noche

No se me ha olvidado. Elige tú el sitio. Mándame un correo con la dirección y la hora y allí estaré. ¡Y vete ya a casa tú que puedes!

Álvaro Arranz
Gerente de Tecnología y Sistemas

Al mirar el correo electrónico me di cuenta de la fecha en la que estábamos y de que iba a ser una verdadera putada salir a cenar en la noche de San Valentín. Álvaro andaba tan al trote que probablemente no se había dado cuenta. Pero tenía tanto miedo a que si aplazábamos la cena al final jamás la hiciéramos que me callé. Rebusqué en mi cartera una tarjeta de algún sitio que me gustase, que tuviera estilo, que mi bolsillo se pudiera permitir y al que no le pegara demasiado eso de hacer cosas horteras la noche de San Valentín. Localicé uno y llamé desde mi mesa. El elegido fue el Bar Tomate. La chica me juró y me perjuró que no habría nada fuera de lo normal más que un par de postres y quizá alguna vela, así que reservé. Qué ilusión me hizo reservar mesa para dos. Esos dos éramos Álvaro y yo. No daba crédito.

Para: Álvaro Arranz
Fecha: 14 de febrero de 2012. 15:30
De: Silvia Garrido
Asunto: Lugar y hora

Bar Tomate
Calle Fernando el Santo, 26
A las 22.00

Silvia Garrido
Asistente de Sistemas

Mientras salía de la oficina iba dándole vueltas a la posibilidad de que volviera a dejarme plantada como aquella vez en su despacho. Pero sola en un restaurante la noche de San Valentín no es lo mismo que sola en el edificio de la empresa una tarde cualquiera. Me di una reprimenda a mí misma al llegar al autobús; me llamé ceniza y me dije de muy malas maneras que esa no era actitud para enfrentarse a nada. Cenar es más íntimo, algo tenía que significar.

Llegué a casa y volví a darme una ducha, esta con la intención de relajarme. Después me hice una depilación de emergencia (nunca se sabe qué puede pasar) me puse hidratante perfumada, mi mejor ropa interior y elegí un vestido negro de corte *fifties*, con mucho vuelo en la falda, que marcaba mi cintura y me hacía sentir sexi. Me puse medias de liguero y volví al baño a arreglarme esa maraña de ondas color ardilla que es mi pelo. Lo sequé con la raya al lado dejando que, como era natural en él, se ondulara sobre sí mismo en bucles tan grandes que jamás podrían ser rizos. Me puse *eyeliner*, el nuevo colorete color coral de Benefit y un pintalabios a juego (además de los inconfesables dos kilos de rímel en cada ojo y los polvos para tapar rojeces y marcas de granos inexistentes que yo me dedicaba a convertir en una carnicería).

Antes de salir me calcé los zapatos, unos *stilettos* negros de tacón alto, me puse un abriguito rojo que quedaba muy bien con el vestido y saqué los bonitos guantes *lady* que me había regalado mi madre por Navidad, de cuero negro y muy cortitos. Cogí la cartera de mano y, tras darme el último repaso de *gloss* delante del espejo de la entrada, salí de casa, no sin que me recorriera un escalofrío al acordarme de la noche anterior y del susto que me llevé.

A las diez y diez Álvaro aún no había aparecido ni mandado ningún mensaje, así que decidí entrar. Hacía un frío que pelaba y esa parte que las medias no me cubrían estaba congelándose. A ver qué hacía yo con unos labios vaginales con pinta de ventresca de merluza. El encaje de las braguitas como que abrigar, abrigar…, no.

Me dieron mi mesa y pedí una copa de vino que llegó justo cuando escribía un sms a Álvaro para preguntarle si había recibido mi email.

«Estoy en el Bar Tomate. ¿Recibiste la dirección?».

Los minutos pasaban despacio. Muy despacio. Me parecía que todo el mundo me miraba, que todos pensarían en lo triste que resultaba quedarse esperando a alguien el día de San Valentín, vestida para la ocasión. Cada minuto que pasaba era como un dedo que me daba golpecitos en la espalda y me susurraba que no vendría. Me imaginaba bebiéndome una segunda copa y saliendo borracha del bar. Vale, con dos copas de vino no me emborracho ni poniéndoles matarratas, pero así mi película mental quedaba mejor, más melodramática. Cogería un taxi y, borracha y llorosa, con los dos kilos de rímel deshaciéndose en surcos negros sobre mis mejillas, apoyaría la cara en el cristal mientras la ciudad me tragaba y me odiaría por volver a confiar en él. Y después Bea me llamaría imbécil y me abrazaría.

¿De qué me servía estar allí esperando a alguien que me daba plantón? Eran ya las diez y media cuando pensé que lo mejor para mi dignidad era pagar la copa, llegar a casa, ponerme ese pijama con el que parecía Tinki Winki y quemar toda la ropa que llevaba puesta.

Me levanté y cuando iba a coger el bolso de mano… Álvaro entró a toda prisa en el Bar Tomate, salvándome de tener que contar aquella historia lamentable en una noche de chupitos con mis amigas. Alguna de ellas acabaría diciendo algo como que era demasiado guapo para mí.

Y juro que me pareció que el tiempo se paraba cuando sonrió y a paso rápido se dirigió hacia nuestra mesa. La madre del cordero místico... ¿él sería consciente de lo que una mujer sentía en las bragas cuando sonreía?

Le devolví la sonrisa y me pidió perdón sin voz, vocalizando. Llevaba el mismo traje gris marengo que vestía en el trabajo, con lo que deduje que no había podido pasar por casa. Le esperé levantada y al llegar hasta mí me dio un beso en la mejilla y volvió a disculparse.

—¿Te ibas?

—Eh... —dudé.

—No, no; no pasa nada. Son las diez y media. Habría sido justo que me hubieras dado plantón. —Y sonrió de una manera que jamás había visto en el trabajo. Era una sonrisa relajada y sexi.

—Pensé que...

—Es que la reunión se eternizó y se me terminó la batería de la BlackBerry. Menos mal que me acordaba del nombre del sitio y pude entrar en la oficina para buscar la dirección en Internet. Te mandé un correo desde allí, pero tengo el Inbox a punto de reventar y no sé si te habrá llegado.

Consulté los correos de la BlackBerry que tenía silenciados, mientras pensaba sobre lo hablador que parecía estar Álvaro. Aquello era una novedad. Probablemente era la parrafada más larga que había escuchado de su boca, a excepción de cuando en las reuniones de coordinación se ponía a explicar y repartir proyectos.

Y allí estaba...

Para: Silvia Garrido
Fecha: 14 de febrero de 2012. 22:01
De: Álvaro Arranz
Asunto: ¡Maldita Momia!

Llego mil años tarde, lo sé. Cojo un taxi y voy volando.

Lo siento.

Álvaro Arranz
Gerente de Tecnología y Sistemas

Levanté la mirada esperanzada y le sonreí.

—Sí, me ha llegado. No se me ocurrió mirarlo. Te mandé un mensaje.

—Lo siento. —Hizo un mohín—. No suelo llegar tarde.

Pero sí plantarme, pensé. Me encogí de hombros y alcancé la carta.

—No importa. Ya estás aquí.

—Vengo muerto de hambre. ¿Qué sirven aquí?

—El *carpaccio* con *foie* está buenísimo.

—¿Sí? Me fío.

Llamó con un gesto a la camarera que por poco no se le salieron los ojos de las órbitas al verle. El efecto Álvaro. No creo que tuviera nunca problemas en la barra de una discoteca para que le sirvieran una copa a la primera.

—¿Puede traerme una copa de lo mismo que tomaba ella? —le dijo en una caidita irresistible de pestañas—. Otra para ti, ¿verdad?

—Sí —asentí, ilusionada como estaba.

—¿Les ha dado tiempo de echar un vistazo a la carta? —dijo la camarera con cara de estar presenciando una aparición mariana.

—Yo tomaré el *carpaccio* con *foie*. Silvia…, ¿tú?

—Yo el tartar de atún con aguacate.

—¿Algo para picar antes de los platos principales?

—¿Qué nos recomiendas? —preguntó con una sonrisa traviesa.

—Las croquetas de ceps —contestó como si lo hiciera desde el fondo de una hipnosis.

—¿Silvia? —me preguntó, buscando mi beneplácito. Asentí y añadió—: Pues eso. —Y la sonrisa de Álvaro se giró hacia mí.

Vale. Pues allí estábamos. Cenando. Qué bien. ¿Y ahora de qué narices hablaba yo con él? ¿De lo muy cachonda que me ponía? ¿O de lo colgada que empezaba a estar por él?

—Estás muy guapa —dijo mientras inclinaba la cabeza a modo de reverencia—. No tendrías que haberte molestado. Yo ni siquiera pude cambiarme.

—Bueno, no es nada. Es solo que…, bueno, que tengo este vestido tan bonito y jamás lo uso. —Planché nerviosa la tela con la palma húmeda de mi mano derecha. Y no era lo único que se humedecía si Álvaro me hablaba.

—¿No sales con tus amigas a cenar?

—Oh, claro. Pero si me pusiera esto se reirían de mí y seguramente terminaría metida dentro de un cubo de reciclaje. No es un decir. Ya lo hicieron una vez.

—¿Y qué sueles ponerte para salir? —Cruzó los brazos encima de la mesa, a la altura del pecho.

—Pues… vaqueros con camiseta o blusa… —Me encogí de hombros.

—Blusas, ¿eh?

Me quedé mirándolo con los ojos entornados. Me costó unos segundos reconocer en aquella pregunta un guiño a la conversación que habíamos tenido en mi cama en plena madrugada sobre su exnovia. De modo que ese era el Álvaro real, el de fuera de la oficina, ¿eh?

—No te rías de mí —dije en un mohín fingido.

—Haces preguntas de lo más extrañas en mitad de la noche, ¿lo sabes? —Una mano tímida con una botella llenó su copa y la mía—. Gracias.

Me quedé mirándolo mientras la camarera trataba de volver a la barra y no *desmorrarse* por el camino, lanzándole miraditas a Álvaro y sorteando mesas.

—Tú sabes que eres guapo, ¿verdad?

Álvaro abrió la boca y soltó una carcajada.

—¿A qué viene esa pregunta tan capciosa?

—Disfrutas haciéndole ojitos a la pobre camarera. ¿No ves que le tiemblan las canillas? Ya sabe que eres guapo. No se lo recuerdes —y todo lo dije con una sonrisa perversa en los labios.

—No le hago ojitos a nadie más que a ti. —Se rio—. ¿Surte efecto? —Como no supe qué contestar me puse a beber vino y él se acercó hacia mí por encima de la mesa—. ¿Qué me dices de ti? —susurró.

—¿Qué dices de mí?

—Vienes aquí con esa boquita pintada de rojo. ¿A cuántos hombres ha torturado el vaivén de tus caderas cuando venías hacia aquí?

Puse los ojos en blanco. ¿El vaivén de mis caderas? Por Dios santo. ¿De qué década olvidada había rescatado ese comentario?

—No me tomes el pelo —me quejé.

—Nunca se me ocurriría. Aún recuerdo que eres la pequeña de ¿cuántos? ¿Cinco hermanos?

—Tengo tres. Pero al mayor no lo temas, vive fuera y nunca me prestó demasiada atención.

—Como sea —contestó con soltura—. No me gustaría tener a tus hermanos persiguiéndome para librar un duelo a muerte por tu honor.

—Te equivocas de hermanos. —Me reí—. Los míos te facilitarían las cosas si quisieras amargarme la existencia, me temo.

Trajeron una bandejita de croquetas y dos platos para nosotros. Nada más marcharse la camarera, Álvaro me sirvió una y después colocó otra en su plato. Al metérsela en la boca gimió.

—Oh, madre mía. Espera a que se enfríen… —Y se abanicó la boca.

—Tienes hambre, ¿verdad?

Asintió mientras intentaba masticar y gemía a la vez. Partí mi croqueta en dos, pinché una parte, soplé sobre ella y cuando dejó de salir humo, se la tendí. Él la miró y después a mí. Un delicado mordisco la hizo desaparecer de mi tenedor. Hasta aquel gesto tuvo conexión directa con mi ropa interior.

—¿Puedo preguntarte por qué aceptaste mi invitación? —pregunté al tiempo que cogía la copa de vino.

—Que yo recuerde no la acepté. Esta cena la propuse yo —contestó tapándose la boca, terminando de masticar.

Me sonrojé.

—Bueno, pues ¿por qué propusiste esta cena?

—Porque eres una persona muy discreta —sentenció antes de volver a dar un bocado.

—¿Una persona discreta? ¿Tú de verdad trabajas en la misma oficina que yo?

—Bueno, eres un poco excéntrica.

—¿Sí? ¿Qué te dio la pista?

—Quizá lo del gorro de nadadora sincronizada que le pusiste a Gonzalo mientras cantabas la canción de las burbujas de Freixenet. —Sonrió.

—En serio, ¿a qué te refieres con discreta?

—Bueno, digamos que me dio una pista que jamás dijeras nada sobre ese asunto que los dos sabemos que tenemos pendiente…

13

Las notas de la canción que toca Gabriel se desvanecen poco a poco, deslizándose en el éter hasta desaparecer. Yo le miro anonadada y él deja la guitarra a un lado y se enciende otro cigarrillo, sin separar sus ojos cálidos y ambarinos de mí. Me cuesta tragar. ¿Qué es esto que hay en el aire? ¿Qué se respira?

Rebusco en mi cabeza tratando de encontrar algo que destense el ambiente y que me permita salir de allí. Esto creo que me viene grande. ¿Cómo es posible que me haya dejado sin palabras? ¡¡A mí!! Oh, joder, invéntate algo. Debe de estar cansado de tías que le miran con cara de imbécil. Yo no quiero ser una de esas.

En ese momento el soniquete de mi teléfono móvil me salva y rompe por la mitad el aire denso que se estaba instalando en la habitación. Cojo el bolso, que he dejado tirado a los pies de la cama, y alcanzo el móvil. Es Bea. Mierda. Debe de estar histérica. Son las doce y media y no sabe nada de mí desde anoche.

—Bea, no te enfades… —empiezo a decir nada más descolgar.

—Sil —me responde jadeante—, ¿dónde estás?

—Estoy bien, luego te lo cuento, tranquila. Voy para allá. —Miro a Gabriel, que sigue fumando con caladas hondas mientras me observa.

—No, no, no. Quédate donde estás un segundo. Escúchame…, la he liado.

—¿Qué? ¿Estás bien? —pregunto nerviosa.

—Sí, sí, yo estoy de puta madre. Pero… nos han echado del hotel.

Abro los ojos como platos.

—Pero ¿qué coño…?

—Ay, reina. Que ya te he dicho que me lo he pasado de puta madre…

—La madre que…

—Silvi…, no te enfades. Yo te pago tu parte. —No me deja terminar ni una puñetera frase.

—Y ahora ¿qué?

—He adelantado el vuelo.

—¿¡¡Qué dices!!?

—Sí, nada. Yo pago el recargo.

—Pero ¿qué has hecho?

—Te veo en el aeropuerto, ¿vale? El vuelo sale a las cuatro y media. Vamos con tiempo.

Me froto los ojos. Hija de la güija. Me sorprendería si no nos hubieran echado antes de un sinfín de sitios por su culpa. Creo que somos de las pocas personas de este mundo que tienen vetada la entrada en la tienda Loewe de Gran Vía…

Bea cuelga sin darme más explicaciones. Escándalo público, me lo puedo imaginar. Miro a Gabriel, que apaga la colilla en el cenicero.

—Por lo visto tu amiga y tú tenéis mucho en común.

—No compares… —farfullo de mal humor—. Pues nada, me voy al aeropuerto, joder.

Gabriel se levanta y vuelve a coger su taza. Tiro el móvil dentro del bolso y me giro hacia él para decirle que me tengo que ir, pero no me he dado cuenta de que se ha acercado a mí cuando estaba de espaldas y al darme la vuelta me estampo literalmente contra su taza de café. Como resultado…, café en todo mi cuerpo como pintura en un lienzo de Pollock.

Cojo aire entre los dientes. Está caliente y ahora recorre todo mi cuerpo. Me miro: camiseta, pantalones…, todo. Incluso siento el líquido cálido empaparme el sujetador. Pero ¿este hombre no había terminado su café?

—¡¡Jodeeeeer!! —me quejo en un alarido.

Y veo a Gabriel apretar sus labios el uno contra el otro, evitando una carcajada. Y me burbujea la ternura en el estómago.

Si mi situación ya era lamentable, sumémosle tener que aceptar ropa de una desconocida que pulula dentro de la casa porque la mía está indecente. No puedo subirme a un avión con esa facha ni siquiera siendo yo. Gabriel no hace más que reírse entre dientes mientras yo pido disculpas, doy las gracias y me pongo del color de un pimiento morrón.

—Te mandaré de vuelta el vestido si me das una dirección —le digo mientras me cercioro de que el trapito negro sin tirantes me da para revestir mi delantera.

Pero a ella le da igual. Por la pinta que tiene debe de tener el armario lleno de mierda de la buena y no de vestidos hippies como este. Seguramente tiene un maromo que le llena mucho más que el vestidor y que además la abastece de coca.

Después de una cumplida ducha me pongo el vestido largo negro de palabra de honor prestado con las bailarinas, meto en una bolsa, que también me han tenido que dar, toda la ropa sucia y salgo en busca de Gabriel. La casa ya está prácticamente vacía, de modo que no me cruzo con nadie.

Lo encuentro sentado solo en la cocina, con otro cigarrillo entre los dedos. Su guardaespaldas me deja pasar a regañadientes y allí me topo con la zorra que me ha dado el mal despertar, con una carpeta, recitándole a Gabriel algo que parecen citas. Al advertir mi presencia se calla y los dos me miran. Yo, colorada hasta las orejas, me aparto el pelo húmedo de la cara y le doy las gracias por todo con una espléndida sonrisa, ignorándola a ella. Aún no puedo creerme que esto haya pasado. Aunque este tipo de cosas suelen pasarme. Nunca antes con estrellas del rock, pero bueno… La profesión de los factores no altera el producto… o algo así.

—Muchas gracias, Gabriel. Has sido muy amable.

Él esboza una sonrisa perversa en la comisura de sus labios mientras da una calada a un cigarrillo que se encuentra en las últimas.

—Y tú muy divertida.

—Todo un honor haber sido su bufón esta noche. —Y finjo una reverencia.

Gabriel apaga la colilla en un cenicero de cristal grueso y, sin mirar a nadie en particular, dice:

—Sacadme el coche. Voy a llevarla al aeropuerto.

—Gab…, no puedes —dice ella.

—Pero no… —balbuceo yo.

¿Yo en un coche con Gabriel? ¿Es que me he muerto y he ascendido a los cielos?

—No creo que sea buena idea —contesta la masa humana del tamaño del peñón de Gibraltar que tengo detrás.

—Por eso no te he preguntado si te lo parece. —Sonríe, cínico—. Ni a ti. Sacadme el coche.

Suena a toda pastilla Derek and the Dominos cantándole a Layla cuando salimos del garaje de la casa con un acelerón brutal que por poco no me mata del susto. Me quedo aplastada contra el asiento y le dirijo una miradita.

—Aguanta, machote…

Gabriel sonríe. Sí, Gabriel, el cantante más macarra de todo el panorama musical internacional, conduce a mi lado a una velocidad de vértigo, saltándose semáforos y esquivando a otros coches a ciento ochenta kilómetros por hora. Las lunas del coche, todas tintadas, tamizan la luz del exterior y el aire acondicionado me seca el pelo. Es una sensación brutal. Tengo un poco de miedo a morir aplastada contra un camión pero, joder, es Gabriel. GABRIEL. Supongo que es el subidón del momento y el cosquilleo en la entrepierna que me produce verle agarrado al volante con sus manos tatuadas, pero no me planteo nada más. ¡¡¡Grrrrr!!!

—No tenías por qué haberte molestado —digo haciéndole cuernos a los del coche de al lado que, claro, no pueden verme.

—A veces me apetece coger el coche y correr un poco…

—Creí que siempre llevarías guardaespaldas.

—No soy el rey. —Se ríe—. Solo soy un mierdas que canta y aporrea una guitarra.

Pero un mierdas que está como un tren y que mata de morbo, todo hay que decirlo.

—Nadie creerá esto cuando lo cuente. Ni siquiera Bea —murmuro—. Creerá que he tomado psicotrópicos viendo la MTV. Deberías hacerte una foto conmigo como prueba.

—Hecho —contesta mientras mira los retrovisores y adelanta en zigzag a doce coches. Doce, los he contado.

—Oye, ¿por qué no aceleras más? Creo que estamos a punto de alcanzar la velocidad de la luz.

—Cállate —dice sonriendo. Y se le nota tan cómodo que no termino de creérmelo—. Disfruta del paseo.

No hablamos más. En nada estamos llegando al aeropuerto y frenando el coche. El viaje se ha hecho demasiado corto. No es justo. Estas cosas no deberían terminar nunca. Y menos cuando lo que me espera en la terminal es una mejor amiga mongola (de tonta, no de nacida en Mongolia) que solo va a dar vagas referencias de por qué nos han echado del hotel y volvemos a toda prisa a Madrid.

Como lo prometido es deuda hasta para alguien como Gabriel, me recuerda lo de la foto y los dos posamos para la cámara de mi móvil. Suena *Cocaine*, de Eric Clapton. Después, la despedida.

—Muchas gracias por todo. De verdad. Eres todo un caballero.

—Shh…, no lo digas por ahí o echarás a perder mi imagen.

—Tranquilo, te guardaré el secreto. En cuanto vean tus pintas no habrá duda de que eres un rompeenaguas.

Cojo el bolso, lo cierro y, lanzándole un beso muy sobreactuado, bajo. Habría sido una salida triunfal si no fuera porque al poner un pie en el suelo, me piso el bajo del vestido y al girarme a cerrar la puerta del coche, se me sale una teta de cara a Gabriel. UNA TETA. En todo su esplendor. El pezón ve el exterior, entrecierra los ojos por el sol y saluda. Me quiero morir.

Creo, ingenua de mí, que no se ha dado cuenta, hasta que desliza las gafas de sol por su nariz, lanza una carcajada y pide un bis.

—Ahora la otra, ¿no?

—¡Joder! —grito metiéndome la teta dentro del vestido.

—Muy buen cirujano. —Sonríe, colocándose de nuevo las gafas.

—¡Eres imbécil! ¡No son operadas!

—Una dulce despedida, sin duda.

Se muerde el labio inferior y, para que no me vea la cara de pardilla más salida que el canto de una mesa, cierro la puerta dignamente. Las ruedas chirrían y con una estela de humo el Mercedes negro de lunas tintadas se va quemando el asfalto.

Guau…

No me cronometro, pero tardo alrededor de cinco minutos en tranquilizarme y entrar en la terminal. ¿Sabéis eso de que te pasa algo muy fuerte, actúas tan normal y de pronto, cuando ya ha pasado, te das cuenta? Pues eso me está ocurriendo. Flipo mucho. Quiero gritar, agitar los brazos y saltar encima de alguien, pero respiro hondo y con cara de imbécil entro en el aeropuerto.

No es muy grande, así que antes de que se me ocurra llamar a Bea la encuentro sentada en un banco, con su maleta y, para mi tranquilidad, también la mía.

—Pero vamos a ver… ¿Tan fuerte ha sido como para que nos echen de la puta isla? —le pregunto.

Me mira con ojos de cordero degollado.

—No quieras saberlo.

Me dejo caer a su lado y me doy cuenta de que tiene razón. En realidad no quiero saberlo.

—¿Dónde dormiste? —dice con boquita pequeñita, como temiendo que le calce una ultratorta de un momento a otro.

—En una casa que le habían prestado a Gabriel, el excantante de Disruptive.

Levanta una ceja y se le escapa una risita de entre los labios.

—Claro. Y el tío con el que me fui en realidad era Adam Levine, el de los Maroon 5.

—Él no sería Adam Levine, pero tú eres gilipollas con una «G» tan grande como yo. Me encontré a Gabriel en la playa y me invitó a dormir en su casa.

—Que sí, nena, que sí.

—¿Me estás vacilando? —le pregunto con el ceño fruncido.

—Eres tú la que me está vacilando, gacela. No cuela.

—Su guardaespaldas se llama Volte. ¿Crees en serio que tengo tanta imaginación como para inventarme todo esto?

—Sip —dice escuetamente mientras se mira las uñas.

—Tengo una foto. En el móvil. Luego te la enseño. No quiero que me creas solo porque tengo pruebas gráficas.

Ella me mira con el ceño fruncido, como si estudiara cada una de mis facciones. Después abre la boca dibujando una exagerada «O» antes de preguntar en un tono agudo y demasiado alto:

—¿¡¡Te lo has zumbado!!?

—¡Claro que no! ¡Y no grites!

—Será porque es feo, ¿no? —ironiza.

—¿Será porque no he tenido oportunidad? —le digo poniendo voces.

—¿Quiero saberlo? —Arquea de nuevo sus finas cejas.

—¿Los detalles? Sí, eres una jodida morbosa. Te los daré en el avión. Voy a pillarme algo para comer.

Tengo un hambre indescriptible pero los precios del aeropuerto se alían con mi «operación biquini» (cabrones usureros) y solo me permiten comprar una bolsa de patatas. Bueno, poder puedo comprar algo más, pero me da rabia gastarme cinco euros en un bocadillo que ni siquiera me va a gustar.

Camino por el suelo brillante de la terminal arrastrando las bailarinas, sintiendo que aún tienen un poco de arena dentro. Voy pensando en todo lo que le he contado a Gabriel sobre Álvaro y, de pronto, necesito escuchar su voz, llamarle y contarle lo que me ha pasado, a pesar de que estoy segura de que voy a escucharle chasquear la lengua contra el paladar con desaprobación. Abro el bolso en busca del teléfono móvil, pero, cosas de la vida, no lo encuentro. Me palpo el cuerpo en busca de bolsillos, pero como soy retrasada mental lo único que averiguo es que aquel vestido no tiene. Llego hasta la maleta y mientras Bea me cuenta no sé qué a lo que no presto ni la más mínima atención, miro atropelladamente en el interior de la maleta y en los bolsillos exteriores.

—No está…, joder.

Cierro los párpados con fuerza hasta que veo puntitos brillantes.

—¿Qué no está?

—El móvil…, mierda. Mi móvil.

Me convenzo de que lo he perdido mientras cojo aire despacio. Lo he perdido o me lo han robado. ¡Ostras! Con la foto de Gabriel. Gabriel… Coche de Gabriel… Bien. Mi móvil está en su coche, junto a la palanca de cambios, donde lo he dejado para poder cerrar el bolso. Minipunto para el equipo de las lerdas.

Cojo unas monedas sueltas de mi monedero y sin mediar palabra me voy hacia una de las cafeterías, en las que me ha llamado la atención ver un teléfono público. Cuando ya estoy a punto de marcar mi propio número, me doy cuenta de cuán lamentable es llamarle para que me lo envíe después de enseñarle una tetaza al salir del coche. ¿Y si piensa que es la típica estratagema ridícula para volver a saber de él? Bueno, siempre puedo decirle escuetamente que me lo mande a mi dirección y…

Como todo el mundo que me conoce sabrá ya de sobra, casi nunca elijo la opción más sensata, así que marco el número de teléfono de Álvaro en lugar del mío. Me contesta al tercer tono.

—¿Sí?

—Soy yo —digo resuelta sabedora de que no preguntará quién soy yo.

—Estaba preocupado —y el tono en que lo dice no es amable, sino como si me culpara a mí de estarlo.

—Regreso.

—¿Ha pasado algo?

—No. Bueno, en realidad millones de cosas, pero si te refieres a si han intentado asesinarme con una parrilla o secuestrarme para trata de blancas, no.

—Silvia, por Dios… —Y chasquea la lengua contra el paladar con desaprobación.

Ya lo sabía yo.

—Me han pasado un montón de cosas increíbles. —Sonrío pero luego me acuerdo de que le he enseñado un pezón a Gabriel, el macarra, y me tapo la cara con la mano que tengo libre.

—Seguro que sí. Increíbles. ¿A qué hora llegas?

—Sobre las seis o así.

—Búscame. Iré a por ti.

—No, no vengas —contesto de golpe.

—¿Por qué?

—Porque no quiero.

—Silvia…

—No entra dentro de las cosas normales que hace un jefe por su subordinada, ¿recuerdas?

Me apoyo en la pared, agarrada al auricular, y de pronto vuelvo a sentirme enfadada con él. Suele pasar. De nuevo tengo la necesidad de apartarlo de mi vida, porque me hace daño; pero no puedo. A pesar de que sé lo que Álvaro opina de mí y de lo nuestro. Me entran ganas de meterle la cabeza dentro del váter sin tirar de la cadena y luego suicidarme en plan dramático. Ni contigo ni sin ti tienen mis males remedio.

—Cuando dije aquello no me refería a estas cosas. No pasa nada porque vaya a recogerte al aeropuerto… —responde Álvaro, interrumpiendo mis pensamientos.

—Si no lo dijiste por cosas como venir al aeropuerto debiste de decirlo por cosas como las del viernes, ¿no? Tanto da. No vengas —sentencio firmemente.

—Vale. Pues no iré —contesta enfurruñado.

—Adiós.

—A todo esto…, Silvia…, ¿desde dónde llamas?

—Desde una cabina. Es supervintage, ¿eh? —canturreo para quitarle hierro.

—¿Y tu móvil?

Me quedo pensando en el coche de Gabriel, en los tatuajes de sus nudillos, en la sonrisa y en la carcajada que ha soltado al verme la teta y, riéndome también, le digo:

—Lo he perdido.

Después cuelgo. No me apetece escuchar una disertación de Álvaro sobre todos los motivos que me hacen ser una persona desproporcionada y difícilmente manejable. He conocido a Gabriel, el líder del desaparecido grupo Disruptive y actual solista que consigue que se me ponga el pelo de todo el cuerpo de punta solo con acariciar una guitarra. Sí, todo el pelo, de todo el cuerpo. Quizá ha llegado el momento de deshacerme de cierto tupé...

14

S upe al momento que se refería a aquella charla que se suponía que íbamos a tener cuando él decidió darme plantón y miré al plato, apretando los labios el uno contra el otro y convirtiéndolos en una delgada línea color coral.

Llegaron los platos principales.

—Silvia…

—No tienes por qué decirme nada. Decidiste que era mejor irte, ya está. Solo que debiste avisarme. Me quedé esperando como una gilipollas —confesé de pronto.

—Lo sé. Y lo siento.

—Pues ya está. No vuelvas a hacerlo y solucionado.

—¿No vas a preguntarme qué es lo que quería decirte?

—No. Si decidiste que era mejor dejarme plantada que decírmelo, por algo será.

—¿Y no tienes curiosidad? —Se inclinó sobre la mesa.

—Sí, pero la curiosidad mató al gato.

—¿Y si me lo callé por razones equivocadas?

—Entonces prefiero no saberlo. Así no pensaré que eres rematadamente imbécil. —Sonreí acercando mi plato.

—Me alegro de haberte invitado a cenar. —Y mirándolos, acarició sensualmente sus cubiertos—. Eres una caja de sorpresas.

—Soy muchas cosas, Álvaro. Solo hay que preocuparse por descubrirlas —y al decir eso me sentí soberanamente orgullosa de mí misma y mi capacidad de reacción.

—Pues a partir de ahora tendré los ojos bien abiertos.

Y seguimos cenando.

Después de pedir un postre para compartir que terminé comiéndome entero, de que él se tomara un café solo sin azúcar y de una batalla encarnizada por quién pagaba la cuenta, salimos del restaurante.

—No me has dejado pagar —me quejé mientras en un ademán irresistible Álvaro me ayudaba a colocarme el abrigo.

—Y tú hueles muy bien —contestó.

Me giré a mirarle mientras me ponía los guantes y él se subía el cuello del abriguito cruzado. Levantó las cejas y yo me eché a reír.

—Gracias, pues, por el cumplido y por la cena.

—A ti por la compañía pero, dime, ¿tienes plan ahora?

—Pues… —Me miré las manos, enfundadas en el cuero, y moví los deditos—. No.

—¿Te apetece tomar una copa?

Me la bebería de tu ombligo, chato. Respiré hondo y asentí.

—Conozco un local aquí cerca —dije bajito, vergonzosa de pronto—. Tienen las mejores ginebras y…

—¿Está lejos?

Negué, ilusionada.

—Un paseo, si no te importa caminar.

—Para nada.

Me colocó la mano sobre la espalda y comenzamos a caminar hacia la Castellana. Debí decirle que el sitio al que íbamos era de dos de mis hermanos, pero esperaba que o estuviera lo suficientemente lleno para que apenas se percatasen de mi presencia o estuvieran demasiado ocupados follando con alguna camarera en el almacén. Era una acción temeraria, pero la verdad es que estaba cerca, el ambiente era muy agradable, el local muy estiloso (todo lo contrario que mis hermanos, paradojas de la vida) y elaboraban unos *gin tonics* para morirse del gusto. Además, la selección de música solía gustarme bastante y no tendríamos que pagar.

Cuando llegamos a la puerta, después de hablar distraídamente de sus estudios (Escuela Interna en Londres, Ingeniería Informática Superior y MBA) y de los míos (nada reseñable después de escuchar lo suyo) eché un vistazo dentro. Era pronto, pero ya había bastante ambiente. Aun así no iba a poder evitar que los cafres de mis hermanos Varo y Óscar pudieran vernos. Allí estaban, apoyados en la barra luciéndose y ejerciendo de divinos relaciones públicas. Servir copas no lo sé, pero darse a conocer…, eso lo hacían estupendamente. Según decían mis amigas eran muy guapos. A mí me parecían un espanto, pero porque eran mis hermanos, claro.

Entramos y Álvaro me ayudó a quitarme el abrigo. Me acerqué a él y con la intención de hacerme oír por encima de la música me puse de puntillas, junto a su oído.

—Es el momento de confesarte que el local es de dos de mis hermanos. Son los que están apoyados en la barra.

Álvaro miró hacia allí y sonrió.

—Vaya, vaya…

—Por favor, no hagas ni caso a nada de lo que digan, ¿vale? Son mongólicos, los pobres.

Localicé libre mi mesa preferida (pequeña, en un rincón un poco oscuro y lo más alejada posible de las zarpas de mis hermanos) y le pedí a Álvaro que fuera a sentarse mientras yo saludaba. Él me cogió el abrigo y se encaminó hacia allí con paso decidido, arrastrando más miradas femeninas de las que a mí y a los hombres del local nos hubiera gustado. Yo no quería competencia. Me acerqué a la barra y al verme, Óscar se abalanzó sobre mí y me alzó con tanto ímpetu que la falda se me levantó por detrás dejando ver mi *culotte* de encaje negro y mis medias de liga. Le increpé, moví las piernas y, por fin, me deshice de su abrazo de oso. Varo me dio un beso en la mejilla y pellizcándome la lorzuela de la espalda me preguntó si estaba tratando de calzarme a «ese tío».

—Vengo a tomarme una copa en paz —dije a modo de aviso.

—¿Pagarás esta vez? —preguntó Óscar con la ceja levantada.

—Sí, claro, en tus sueños. —Me reí y me giré hacia Álvaro para preguntarle por señas qué quería beber. Lo mismo que yo, entendí—. Ponednos dos *gin tonics* de Citadelle con lima.

—A sus pies, gran señora —dijo Varo haciéndole una seña a una de sus camareras.

—Y no hagáis ninguna estupidez de las vuestras —pedí—. Es mi jefe.

Los dos se cuadraron en un saludo militar y al ver la exacta reacción de los dos, se chocaron las manos. Ellos hablaban, pero yo solo entendía «hunga, hunga».

Llegué a la mesa y me senté junto a Álvaro. Estábamos apretaditos, qué bien. Una copa íntima, me dije mentalmente. Sonaba *Supermassive Black Hole*, de Muse, y me incliné hacia él para decirle que le había pedido un *gin tonic*.

—Genial. Me gusta la música.

—Cuando estos dos no tienen ninguna ocurrencia de las suyas, esto suele estar bien.

—Me has traído aquí para ahorrarte tener que invitarme a una copa, ¿eh?

Me mordí el labio de abajo y le miré, conteniendo una sonrisa.

—No pagáis muy bien. Aunque siempre puedo invitarte a una en casa.

—¿Estás coqueteando conmigo? —y al decirlo se inclinó hacia mi oído.

—Estoy siguiéndote la corriente.

—*Touché*.

Los dos nos sonreímos desde muy cerca pero alguien nos dejó dos copas de balón sobre la mesa y rompió el momento. Al levantar la mirada vi que era Nuri, una camarera que llevaba tiempo queriendo ser mi cuñada. Ahora tenía los ojos clavados en Álvaro y al coger la mezcla para verterla por poco no la tiró toda en mi escote, con cucharilla de servir la tónica incluida.

—¡Nuri! —grité.

—Perdona, perdona —dijo con esa voz de pito que me recordaba a la de Melanie Griffith en *Armas de mujer*—. Aquí tenéis los dos *gin tonics*, Silvi. ¿Qué tal? Bueno, ya veo que bien —y al decirlo le guiñó un ojo a Álvaro con sus pestañas postizas kilométricas.

—Estás muy guapa —le dije queriendo ser amable y que se marchara ya.

—¿Sí? Es que me he hecho un cambio de look.

—¿Te has teñido el pelo?

—Y me he puesto tetas —dijo mientras se las tocaba por encima de la camiseta del pub.

Miré a Álvaro, que se acercaba la copa a la boca con la vista en otra parte y con una carcajada contenida en la garganta.

—Ah, qué bien —contesté con el mismo tono en el que hablaría con un preescolar—. Pues estás muy guapa.

—Tú también. Y muy elegante. Me gusta tu vestido.

Y la tía allí seguía, que no se iba.

—Te lo prestaré un día si quieres.

—¿Tú crees que me quedaría bien?

—Mujer, un poco grande. —Miré a la barra en busca de alguno de mis hermanos para hacerles una seña y que se la llevaran.

—Qué va. Si he engordado. Mira. —Y ale, se levantó la camiseta para enseñar un vientre plano, bronceado y con un ombliguito pequeño adornado por un *piercing* brillante.

Álvaro tosió y dejó la copa en la mesa.

—Nuri…, no. —Y negué con la cabeza, con ternura.

—¿No? —preguntó.

—No. Y ve. Ya sabes cómo se pone Óscar cuando te entretienes —y al decirlo me sentí confusa. ¿Óscar era quien le gustaba o era Varo?

—Es un gruñón. —Rio hacia Álvaro, que hizo lo propio.

—Nuri… —repetí.

—Me voy, me voy. Si necesitáis algo, estoy allí. —Señaló la barra mirando a Álvaro—. Justo allí.

—Vale, ya te ha entendido. Anda.

Y contoneando sus estrechas caderas fue hacia la barra, surcando los cielos con sus zapatos de tacón imposible y daliniano.

—Vaya tela… —dije alcanzando mi copa.

—Parece maja.

—Lo que a ti te ha parecido no tiene nada que ver con su simpatía, vaquero.

Se mordió el labio y se reclinó en su asiento mientras se aflojaba la corbata. Me miró y de un tirón la deslizó hasta sacarla de debajo del cuello de su camisa blanca. Después se la metió en el bolsillo de la americana y se desabrochó dos botones. Me costó tragar.

—¿Es un estriptis?

—Sí. —Asintió—. Pero lento. Muy lento.

Joder. Si hubiera acompañado aquellas palabras con una mínima caricia, ya me habría corrido. La música cambió y comenzó a sonar un tema más actual. Algo de *house,* probablemente. Música para bailar.

Y acto seguido se levantó, se quitó la americana y la dejó caer doblada sobre mi abrigo. Su vientre plano se marcaba bajo la camisa algo entallada y quise desmayarme para no tener que sentir esa rabia que te corroe cuando tienes al alcance de tu mano a un hombre tan guapo que duele, pero no puedes tocar.

—Y cuéntame —dijo sentándose de nuevo—, ¿desde cuándo tienen el local tus hermanos?

—Dos años, o cinco. No lo sé. Ni me interesa. —Me encogí de hombros.

Álvaro se acomodó de nuevo en el asiento y, tras apoyar el codo en el reposacabezas del sillón, se acarició un mechón de pelo, con la mirada puesta en mí. Ninguno de los dos dijo nada. La canción decía algo sobre un ángel y pareció que se refería al que estaba sobrevolándonos.

—¿Te gusta? —le pregunté al ver que volvía a dar un trago a su copa.

—Mucho —susurró con las pupilas dilatadas clavadas en mí.

La manera en la que sus dedos juguetearon con la tela de mi vestido y la mirada de sus ojos grises me hicieron pensar y...

—¿Seguimos hablando de la copa? —le pregunté.

Álvaro se rio abiertamente.

—Eres... —empezó a decir.

Pues no sé qué soy, porque entonces la canción acabó y la siguiente subió de volumen. Reconocí lo que estaba sonando y me giré como un felino hacia la cabina del DJ, donde mis dos hermanos, muertos de la risa, me jaleaban, saltando al ritmo de... *Purpurina,* de Alberto Gambino. No me lo podía creer.

—Esta canción se la dedicamos a nuestra hermanita que está ahí sentada con un hombre al que imaginamos que se quiere zumbar.

—Ay, Dios. —Me tapé la cara.

—¡Deja el listón bien alto! ¡Que sepa cómo nos las gastamos en la familia!

Me giré hacia Álvaro, que tenía los ojos abiertos de par en par mirando a mis dos hermanos, que se movían de lado a lado, con las manos en alto.

—Pero... ¿qué es esta canción? —dijo Álvaro esbozando una sonrisa estupefacta.

—*Purpurina* —contesté escuetamente.

—¿Ha dicho cocaína?

—Eso es lo más suave que dice —murmuré.

—Hostia... —le escuché decir.

Quise una capa de invisibilidad.

Alberto Gambino siguió cantando a su ritmo sobre lo que él tenía grande y la otra pequeño y en lugar de contentarse con el pitido de la canción agarraron con fuerza el micrófono y gritaron:

—¡¡Tu coño!!

—Oh, Dios, Dios... —lloriqueé.

—¡Depílate el felpudo, Silvia! —gritó Óscar señalándome.

Me reí, pero por no llorar. Miré a Álvaro, que bebía muerto de la risa, pero contenido. Saqué mi brillo de labios, por hacer algo, y me puse a retocarme mirando hacia el suelo. Y la canción seguía hablando sobre destrozar una cama, eyacular, el aceite corporal y una tigresa de bengala.

—¿Qué dice que quiere lamer? —preguntó Álvaro con las cejas arqueadas.

—Su *gloss*.

—¿Qué es un *gloss*?

—Esto —dije señalándome los labios.

—¿La boca?

—No, el brillo de labios.

—Oh...

Álvaro se acercó obviando a mis hermanos, que seguían jaleando para el total placer de las féminas del local, que les seguían el rollo. Contuve la respiración al ver el iris gris de Álvaro mirándome fijamente la boca. Levantó la mano y pasó un dedo, despacio, muy despacio, por mi labio inferior y después, ante mi total sorpresa, se lo metió en la boca.

—Es dulce —comentó después.

—Eso no es el *gloss*. Eso soy yo —logré decir, con una sonrisa de lado.

—Tus hermanos te dedican canciones muy bonitas.

—Son un encanto.

—¿Dice que con aceite corporal todo se resbala?

—Sí —asentí.

—¿Y puedo preguntar por qué esta canción?

—Esta canción les encanta a mis amigas. Un día nos encontraron borrachas cantándola y haciendo una... *performance* interesante.

—Ya —asintió.

—Era joven —me excusé, pero sin rastro de remordimiento en la voz.

—Eres joven —contestó.

—¿Demasiado? —le pregunté, aliviada de pronto al escuchar cómo empezaba otra canción. Probablemente mis hermanos ya habían llamado suficientemente la atención y ahora iban a cosechar sus éxitos.

—No lo sé. Depende —susurró—. ¿Quieres fumar un cigarrillo?

—Oh, sí —asentí.

Tapé nuestras copas con el posavasos y recogimos nuestras cosas para ir a fumar a la puerta. No sabía si Álvaro se veía empujado al consumo de drogas legales por culpa del espectáculo de mis hermanos o si quería salir un momento para airearse, pero lo seguí entre la gente que ahora sí empezaba a abarrotar el local. Y tras pararse a medio camino, me cogió la mano. Hicimos el resto del camino hacia la calle con los dedos entrelazados.

—Oye, perdona… —dije al salir.

—¿Por qué me pides perdón? —Y se metió las manos en los bolsillos del abrigo.

Mi mano se puso triste.

—Por lo de…, bueno…, eso. —Señalé el interior del pub—. No puedo controlarlos.

—Ha sido divertido.

—Para mí no. —Levanté las cejas, riéndome.

—Por eso lo ha sido tanto.

—¡No! —Le golpeé el brazo.

Me cogió la mano y me echó sobre él para algo así como un abrazo corto. Demasiado corto.

—No seas tonta. —Y sonaba tan relajado…

—¿Silvia? —dijo una voz femenina.

Me separé a regañadientes de él y me giré para encontrarme a Susana, la típica amiga de la infancia, más pesada que Falete a la sillita de la reina y más sosa que el menú de un hospital y a la que, además, nunca me acordaba de llamar. Pero yo la quería, ¿eh?

—¡Susana! ¿Qué tal?

—Bien —dijo mirando a Álvaro, casi bizqueando.

—Este es Álvaro —me vi en la obligación de decir, sobre todo porque estaba demasiado cerca y era demasiado guapo como para obviar su presencia—. Mi jefe.

—Y sin embargo amigo —dijo alargando la mano hacia ella.

Así era Álvaro. Nada de dos besos. Él te daba la mano y tú tan contenta.

—Encantada —contestó alucinada. Después me volvió a mirar y me preguntó ilusionada—: ¿Recibiste la invitación a mi cumple? ¡No me has contestado!

—¿La invitación…?

—Sí, te la envié a Facebook. Va a ser un fiestón. No te lo puedes perder.

Arqueé involuntariamente las cejas. Dudaba mucho que si era Susana quien la organizaba fuera un fiestón, pero bueno.

—Sí, sí. Ahora que lo dices, sí. Pero no sé si... —Hice un falso gesto de pena.

—¡Silvia! —suplicó—. ¡Hace mil años que no nos vemos! Casi todos los invitados son amigos de mi chico. Me haría tanta ilusión que vinieras...

—¿Cuándo era?

—Mañana. Tú también puedes venir —le dijo a Álvaro.

—Susana, él no... —empecé a decir.

—Será un placer. —Me giré hacia Álvaro, que me sonrió, sádico—. Allí estaremos. ¿A qué hora? —siguió preguntándole.

—A las nueve y media. Silvi tiene la dirección.

—Perfecto.

Le dirigí una mirada de incomprensión y me giré hacia Susana con una sonrisa.

—Pues nada. ¿Ves? Solucionado. Mañana nos vemos.

Nos despedimos con dos besos y después de echarle otro vistacito a Álvaro, Susana se marchó calle abajo. En la esquina la vi abrazar a un mozalbete que, deduje, sería su chico. Me volví hacia Álvaro y levanté las cejas.

—Parece que mañana tenemos un compromiso. —Sonrió.

—Eso parece.

—Pues venga, fumemos ese cigarrillo. Mi *gin tonic* me espera.

Y después compartimos un pitillo. Compartimos. Oh. Placer...

Nos metimos en un taxi en dirección a la oficina para recoger el coche de Álvaro. Se le había metido entre ceja y ceja que debía llevarme. Un taxi hasta mi casa, dijo, era más de lo que me podía permitir con mi sueldo. Un codazo le dio su merecido por aquel comentario.

Al subir al taxi y deslizarme hasta el asiento del fondo, el vestido y el abrigo se me subieron ligeramente, dejando a la vista mi liga sin darme cuenta. Álvaro echó una mirada, me rodeó con el brazo y después, con delicadeza, me movió el vestido hasta taparme del todo los muslos.

—Como quiero ser un buen chico…, vamos a ponérmelo fácil… —Me miró y sonrió.

Sonreí y asentí. Apoyé la cabeza en su hombro y me quedé callada. Estaba tan nerviosa… Tenía tantas ganas de que no fuera precisamente un buen chico conmigo… Cuidado con lo que deseas, dice mi madre.

—Ay, Silvia, Silvia…

—¿Qué? —contesté sin mirarle.

—Apareces y vuelves el mundo del revés.

—No hablas tú. Habla el *gin tonic*.

Y rio entre dientes.

Cuando llegamos a mi calle, insistió en que debía acompañarme hasta la puerta de mi casa, arriba. Pensé que querría que le invitara a esa copa que le había insinuado, pero allí, cuando se lo propuse, me cogió del cuello, ladeó la cabeza y dejó un beso en mi mejilla. ¡¡Un beso en la mejilla!!

Menuda mierda.

—Hasta mañana, niña —susurró—. Te llamo para concretar.

—Hasta mañana —contesté atontada.

Y con el sonido de sus bonitos zapatos bajando las escaleras, me despedí de aquella noche perfecta.

Bueno, vale, perfecta, perfecta no. Perfecta habría sido si yo hubiera acabado con la falda a la altura del cuello y su cabeza entre mis muslos. Pero había que conformarse… por ahora.

Llegué a mi habitación como una niña con zapatos nuevos. Cogí el móvil decidida a mandarle un mensaje a mi mejor amiga, Bea, pero recibí uno de Álvaro.

«Asegúrate de que no hay extraños en los armarios ni debajo de la cama. Y duerme bien, niña».

Le aparté por un momento de mi pensamiento para hacerme la dura, tardar en contestar y, de paso, que me diera tiempo a responder algo ocurrente y sexi.

Abrí un nuevo mensaje y escribí:

«El señor está confuso, lo sé. Pero terminará pasando. Solo hay que esperar a que el momento llegue».

Me aseguré de no haber metido consonantes que no tocaran (yo me había bebido además del *gin tonic,* dos chupitos de Jagermeister por culpa de mis hermanos) y le di a enviar. Pestañeé y se lo envié a…, a Álvaro.

¡¡A Álvaro!!

Grité. Me daba igual que fueran las dos de la mañana. El alarido debió de despertar a todo el mundo en un radio de dos manzanas. Después me eché en la cama y lloriqueé mientras sentía que toda la sangre abandonaba mi cara. Las manos me hormigueaban y quise poder volver atrás en el tiempo. ¡Joder! ¡Maldita sea! ¡Era una imbécil!

Lloriqueé abrazada a la almohada hasta que el móvil avisó de otro mensaje. Abrí un ojo, temerosa, y lo consulté. Era de Álvaro…, que debía de tener un cargador de móvil en el maldito coche.

«Cuánta razón tiene mi madre al decir que las mujeres sois más sabias que nosotros. Tienes razón. Estoy confuso. Y sí, terminará pasando. Solo esperemos el momento, ¿no?».

15

Echo de menos mi móvil. Era muy mono. Era un iPhone 5 por el que tuve que firmar un contrato de permanencia que dejaré en herencia a mis nietos. Pero me encantaba. Gracias a él abandoné la BlackBerry y ese ruidito insoportable que hacía al apretar las teclitas. Mi iPhone… Lo tenía lleno de fotos de Matt Bomer, al que sé que no le gustan las mujeres pero que me recuerda mucho a Álvaro. Por lo bueno que está, no por el asunto de ser gay.

Mi móvil. Jo. Y además tenía una carcasa chulísima de Marc Jacobs que me compré en El Corte Inglés de Castellana como autorregalo de Navidad.

Echo de menos mi móvil y no solo porque fuera muy mono, sino porque soy una de esas tontas del moco que no pueden ni ir a cagar (perdón, a empolvarme la nariz) sin él. Es muy útil. Bueno, era muy útil. Con él leía los emails, tuiteaba absurdeces, colgaba en Instagram fotos de comidas que yo creía creativas y mantenía el contacto con mis amigos en Facebook.

Es el único modo que tenía mi madre para localizarme, pero una vez avisada, por esa parte hasta me alivia haberlo perdido.

«Haberlo perdido» no es exacto. Yo sé muy bien dónde está mi teléfono. Se encuentra en el interior del coche negro y mortalmente veloz de Gabriel, el macarra que acaricia una guitarra y la hace gritar de placer.

Estoy pensando en ello cuando aparece Álvaro en el despacho. Se nota que se le han pegado las sábanas y no porque no esté tan perfecto como siempre, sino porque las zancadas que da al caminar son más largas y aún lleva el pelo húmedo. No lo conoceré yo… Le miro de reojo cuando se para en la puerta de su despacho, suelta el maletín y se palpa los bolsillos en busca de la llave. Seguro que ha vuelto a dejársela en el coche. Para lo que quiere es un maldito desastre. Se pasa una mano por el pelo y me mira.

Sin decir nada voy hacia allí, me quito una horquilla del moño y la meto en la cerradura. Doy un empujón y la puerta se abre.

—Gracias —dice—. Aunque esa facilidad para abrir mi despacho debería inquietarme.

Pero a mí no me apetece contestar y al volver a mi sitio me pongo los auriculares con música a toda pastilla. No sé por qué, pero desde que volví de mi escapada siento en la boca del estómago un resquemor muy vivo hacia él. Puede ser que la ruptura esté aún reciente, pero creo que estos seis meses han dado para mucho y, sobre todo, para que las cosas se calmen en mi interior. A pesar de todo estoy molesta. Y no es por ella. Igual es por lo del viernes. Juro que no es por ella. Hasta en ella he pensado, pobre. Ella tiene que estar igual que yo. O peor. Aunque creo que yo tengo más derecho a estar dolida.

Conozco a Álvaro y sé que sabe que estoy así. Tenemos un sexto sentido para con el otro. Yo sé que él sigue molesto por mi viaje y mi posterior rechazo a que viniera a buscarme al aeropuerto. Pero tiene que alejarse. He de rehacer mi vida. Tengo que pedirle que me devuelva las llaves de casa.

Me quedo mirando la pantalla del ordenador y me acuerdo de alguno de los momentos que hemos compartido en los últimos dos años. Dos años. Ahora estaríamos a punto de planear las vacaciones a apenas seis meses de hacer tres años. Es normal que aún me duela, ¿no? Y no sé qué me duele, pero me duele y mucho. Llega a ser un dolor físico, palpable, que me deja sin respiración.

Tengo ganas de llorar. Respiro hondo. Sé que tiene la puerta del despacho abierta y que muy probablemente me está mirando. Controlarme se le da estupendamente. Vuelvo a estar enfadada. Es mejor estar enfadada que triste.

Suena el teléfono de mi mesa; no lo oigo porque estoy escuchando el último disco de Gabriel, que me compré ayer mismo, pero veo la maldita luz roja parpadeante. Me arranco los auriculares de las orejas y cojo el teléfono con desgana. ¿Será mi madre? ¿Será centralita para pasarme una consulta? ¿Será Bea para contarme que los del hotel han decidido interponer una denuncia?

—¿Sí?

—Buenos días, estoy tratando de localizar a Silvia —dice una voz masculina que casi susurra.

—Soy yo. —¿El cobrador del frac por aquel corte de pelo que me negué a pagar?

—Hola —saluda de nuevo, suave.

—Hola.

—¿Dónde está tu móvil?

El corazón me da un vuelco y sube hasta la garganta, junto con el estómago. Por unos segundos no puedo respirar. Se me abre la boca y se me cierra instintivamente, como si fuera un pez. Debo de parecer más imbécil que de costumbre. Al final cojo una bocanada de aire y contesto:

—Mi móvil está secuestrado. Aún no se han puesto en contacto conmigo para pedirme el rescate.

—Tienes unas fotos muy interesantes —dice con un gorjeo de placer.

—¿Salgo desnuda en alguna de ellas?

—Creo que en alguna de ellas estás desnuda, pero no se ve mucho más que sábana. Estas fotos poscoito son sexis, ¿sabes? ¿Este que está contigo es el tal Álvaro?

—Sí —contesto echando un vistazo a su despacho desde donde él está hablando por teléfono también—. Pero ¿cómo las has encontrado? Las tenía…

Las escondí lo más que pude, no fuera el móvil a caer en manos de algún compañero de trabajo.

—Sí, sí, ya lo sé. Se me dan bien estas cosas. Es guapo —contesta.

Me siento mal. Me siento triste otra vez, pero me reprendo duramente. Estoy hablando por teléfono con el mismísimo Gabriel. ¡Por Dios santo! ¡Deja de lloriquear!

—¿Cómo has conseguido este número? —digo recuperando el tono coqueto.

—Pues busqué en tus contactos hasta encontrar el clásico «mamá». Tu mamá es muy simpática. Me ha contado que, como eres un desastre, has vuelto a perder el móvil. ¿Eres un desastre, Silvia?

—¿Cómo si no te iba a haber conocido?

Gabriel se ríe en una carcajada suave y ronca. Oh, por Dios…

—Oh… Gabriel hablando con mi madre. Voy a llamar a la *Superpop* para vender la exclusiva.

—¿Qué haces? —pregunta cambiando de tema.

—Trabajar. O lo intento. Porque me ha llamado un loco por teléfono…

—¿Y qué haces?

—Estoy tratando de activar unas alertas móviles en un sistema. Suena aburrido y es aburrido, te lo aseguro. ¿Y tú?

—Pues yo estoy fumándome un cigarro sentado en la terraza de mi habitación mientras me tomo un café.

—Qué envidia. ¿Dónde estás?

—En mi casa de Edimburgo. Llegué esta mañana.

—¿Es bonita?

—A mí me lo parece. ¿Dónde te envío el móvil?

—Pues al trabajo. —Sonrío—. Qué bien. Lo echaba de menos.

—Mañana lo tendrás allí. Dime la dirección para que se la dé a mi asistente.

—Paseo de la Castellana, 181, planta 4, 28040, Madrid.

Hace una pausa en la que supongo que está escribiendo.

—Vale. Ahora hablemos de la recompensa —y al decirlo sé que sonríe.

—¿Recompensa?

—Sí, del rescate. Cuando un secuestrador decide mandar de vuelta a su rehén hay que pagarle.

—Tú tienes de todo. ¿Qué podría darte yo que aún no tengas?

—Tienes razón. Por cierto, inquietante selección musical.

«Soy ecléctica», pienso abochornada porque habrá visto que tengo como cuatro o cinco canciones de Mónica Naranjo en los noventa.

—Tienes cosas que echan de espaldas y cosas muy buenas. Aunque solo tienes dos canciones mías.

—¿Qué esperabas? Ya te dije que no era una fan. —Soy fan de lo bueno que está, pero su música a veces me parece demasiado oscura y otras me ruboriza el tono grave de su voz.

—¿Sabes? Al ver una foto de él he pensado en todas las cosas que me contaste. Y creo que el problema de ese tío es que es un reprimido. ¿Le iban cosas raras en la cama?

—No —contesto enseguida bastante confusa por que Gabriel, sí, Gabriel, el cantante, esté preguntándome si a Álvaro le van las cosas raras en la cama. Y la verdad es que a Álvaro le van muchas cosas en la cama, pero nada me parece excesivamente extraño. El sexo es sexo.

—Pero ¿vuestra relación era muy sexual?

Cierro los ojos mientras veo a Álvaro colgar y moverse intranquilo en la silla, mientras me mira.

—Garrido —grita desde su despacho, como si supiera que en ese mismo instante estoy hablando de él con una superestrella del rock.

Oye, estas cosas solo me pasan a mí, ¿a que sí?

—¿Dime? —digo en tono neutral.

—¿Con qué estás? —y al decirlo los ojos le brillan como cuando quiere empezar una discusión. Supongo que luego me invitará a dar una vuelta en coche.

—Es una llamada personal, dame un minuto.

Vuelvo a mirar al frente y suspiro.

—¿Es él? —pregunta Gabriel.

—Sí. Es mi jefe, ¿recuerdas?

—Está celoso —contesta.

—¡Qué va! Pero tengo que colgar. Cuando se enfada es insoportable.

—Un reprimido, estoy seguro.

—Oiga, señor Siniestro, deje de opinar sobre mis exparejas —me quejo—. Usted lleva las uñas pintadas de negro en su último videoclip.

El compañero que tengo sentado a la izquierda se saca un moco, lo redondea en el pantalón y me mira con la boca abierta.

—Es un decir —le digo, tapando el auricular del teléfono.

No hay contestación ni de él ni desde la otra parte de la línea.

—¿Gabriel?

—Oye, ¿estás bien? —dice de pronto, como si fuéramos amigos de hace doscientos años y me conociera como la palma de su mano. Es raro. De pronto me siento como cuando Bea me llama para preguntarme si estoy ovulando.

—Eh..., sí. ¿Por?

—No estarás deprimida por ese tipo, ¿verdad?

—Deja de hablar de ese tipo. —Me enfurruño y me parece increíble ponerme así con Gabriel por teléfono.

—Yo sé lo que necesitas.

—No, no necesito más pollas —murmuro—. Mis amigas ya me llevaron a un *boys* y me deprimí tanto después que estuve un mes sin llevar tanga.

—Eh..., no me refería a eso, pero si quieres te hago llegar un vibrador junto con el teléfono.

—Quizá sea la respuesta para no volver a complicarme la vida con ningún imbécil.

—Tú mandas. —Se ríe.

—Ni se te ocurra —le contesto divertida.

—Bueno, de algún modo tendré que pagarte que me honraras enseñándome un pecho. Precioso, por cierto.

—Gracias. Tú tienes pinta de haber visto muchos.

—Te dejo trabajar.

—Eres muy amable por haber hecho esta llamada personalmente —le digo—. Al final creeré que eres un buen tipo y todo.

—Es que me divierte hablar contigo.

Sonrío como una tonta.

—Disfruta de tu cigarrillo y de tu terraza.

—Y tú de tus ordenadores y de tu Álvaro.

Gabriel cuelga y mientras me dirijo al despacho de Álvaro pienso que en realidad, por muy cantante que sea, me parece un tío más normal que muchos de mis compañeros de oficina. Miro a dos de ellos, que están jugando a los Pokemon a escondidas del jefe. ¿Es posible que Gabriel solo represente un papel y que en el fondo sea como yo? Bueno, como yo no, que soy un poco marciana.

—Dime —le suelto a Álvaro apoyándome en el marco de la puerta.

—Creí que hoy era tu día de vacaciones —dice sin mirarme.

—Al final no me hizo falta.

—Cierra la puerta.

Y sé que me va a escocer cuando salga. Cierro y le miro. Tiene en los ojos ese brillo cruel de cuando tira a matar. Sé que me va a hacer daño.

—No eres especial, Silvia, y no vas a tener trato de favor conmigo. Si pides un día de vacaciones y dices que no vendrás a trabajar, eso es lo que espero que hagas. Pero aquí estás. En la oficina y, además, con llamaditas personales. No sé a qué juegas, pero no me gusta. —Le aguanto la mirada—. Deja de hacer o deshacer a tu antojo —sigue diciendo, sin apartar el iris gris claro y frío de mis ojos—. Estoy harto de tener que hacerte de niñera. La próxima vez te pondré una amonestación por escrito.

—Qué raro, con lo poco que te gusta castigarme... —murmuro con condescendencia—. ¿Me quito las bragas ya?

Álvaro aprieta los dientes. Lo sé porque su mandíbula se tensa.

—Esto es trabajo. No mezcles las cosas —me dice, suavizando de pronto su tono.

—Nunca es trabajo. Y déjame en paz. Hoy no quiero verte ni oírte. —Me levanto y voy hacia la puerta.

Pero él no contesta. Sabe que en días como el de hoy es mejor callar. Él sabe cuánto daño puede hacer. Y yo vuelvo a mi mesa, donde me coloco los auriculares y pongo en modo *repeat* el disco de Gabriel para volver a escucharlo y tratar de olvidar que Álvaro existe.

16

β ajé a las nueve menos cuarto del sábado al portal y me sorprendí al comprobar que Álvaro ya se encontraba allí. Había salido del coche y estaba apoyado en su carrocería, mirándome. Un burbujeo subió por mi estómago y sonreí. En la boca de Álvaro también se dibujó una sonrisa.

—Hola —saludé al llegar junto a él—. Qué puntual.

—Estás increíble —me dijo dejando una mano en mi cintura y cogiéndome el cuello con la otra. Su pulgar me acarició la piel de la nuca y la ropa interior me hormigueó pidiendo meterse en su bolsillo. Pero llevaba pantalones. No era fácil que escapara por una de las perneras de mi pantalón. Apreté los muslos por si acaso.

—No es nada. Solo un vaquero y una blusa.

Pero ¡qué falsa! Me había pasado toda la tarde probándome ropa. Incluso había estado a punto de ir a comprarme algo especial para la ocasión. Al final elegí mis vaqueros preferidos, ceñidos y bajos de cintura, y una blusa negra ligeramente transparente a través de la cual podía intuirse un sujetador negro de encaje. Encima llevaba una cazadora de cuero entallada y a los pies unos zapatos de tacón alto con un poco de plataforma, muy cómodos, con los que sabía que podría aguantar en el caso de que la cosa se alargara hasta el infinito.

Álvaro sí que estaba espectacular. Se había puesto unos vaqueros que le caían ligeramente de cintura y una camisa a cuadros, bajo una chupa de cuero que le quedaba… ¡Agua, cómo le quedaba!

—¿Has crecido? —me preguntó apoyándose otra vez en la puerta del coche, conmigo cogida por la cintura.

—Sí, unos cuantos centímetros.

Me solté delicadamente de sus manos y me contoneé hacia la otra parte del coche. Cuando estaba a punto de abrir la puerta, sintiéndome supersexi, me tropecé con el bordillo y estampé la cabeza contra la ventanilla.

—¿Silvia? —preguntó divertido Álvaro con los brazos apoyados sobre el capó.

—Estoy bien —dije.

—Pero… ¿cómo lo has hecho?

Al meterme en el coche le vi reírse entre dientes mientras mascaba un chicle.

—Eres un macarra embutido en el cuerpo de un pijo —le solté mientras me frotaba el golpe de la frente.

No contestó. Hizo una pompa con el chicle y metió en el GPS la dirección que le había facilitado en un mensaje de texto.

Mi querida (y pesada) amiga, Susana, había decidido celebrar su cumpleaños más o menos donde acaba La Comarca y hace frontera con Rivendel, así que estuvimos un buen rato en el coche para poner a tono el ambiente de tensión sexual que se respiraba ya desde la noche anterior. No sé él, pero yo me había hinchado a fantasías eróticas culminantes. El cruce de mensajes no había hecho más que avivarlo todo. No hablamos del asunto, pero su elección musical me hizo pensar que quizá estábamos creando un poco de atmósfera.

—¿Qué disco es este? ¿El de chingar? —le dije.

Álvaro se giró hacia mí con una sonrisa.

—¿Por qué dices eso?

—Todas las canciones suenan… sugerentes.

—A lo mejor es que tienes la mente sucia.

—¿No es sugerente esta canción? —Sonaba *Breathe*, de Midge Ure.

—A mí no me lo parece. —Pero por su manera de sonreír creo que estaba de acuerdo conmigo.

—Pero ¡si se escuchan jadeos de fondo todo el rato! —me quejé.

—Es un coro.

Lo di por imposible y me dediqué a mirar por la ventana. Álvaro apretó el acelerador para incorporarse a la autopista. Le miré de reojo, con la mano apoyada en el cambio de marchas, la mandíbula tensándose mientras masticaba el chicle y los ojos fijos en la carretera.

—Hum… —se me escapó.

—Hum ¿qué?

—Estás muy sexi ahí sentado, en plan macarra —confesé.

—¿Qué te pasa a ti con los macarras?

—Tengo una horrible fijación sexual por ellos.

—Ah, ¿sí? ¿Y los chicos buenos no te van? —Me eché a reír, mirando otra vez por la ventanilla—. ¿De qué te ríes?

—Los chicos buenos no me van, pero, por favor, no quieras hacerme creer que tú eres uno de ellos porque no hay Dios que se lo trague. Tu propia madre debe de saber ya que eres un rompeenaguas de cuidado.

—Ajá —dijo mirando por el retrovisor y adelantando a un coche—. Entonces, por lo que tengo entendido, yo entro en el grupo de hombres por los que sientes fijación sexual, ¿no?

—Puede ser. Aún no lo sé.

—¿Qué más necesitas saber?

—¿Bailas bien?

—Bueno... —Movió la cabeza—. Me defiendo.

—¿Tienes pelo en el pecho?

Álvaro soltó una carcajada y luego asintió.

—Claro. ¿Y eso...?

—Espera. Más preguntas... ¿Cuál es tu postura preferida?

—La del loto. —Levanté una ceja. ¿La del loto? Esa no la conocía. Al mirarlo vi que me estaba tomando el pelo. Le arreé en un brazo—. ¡Ay! Bueno, entonces ¿qué?, ¿te pongo o no?

—Te lo diré cuando me fije en el bulto de tus pantalones —contesté entre dientes.

—¿Aún no lo has mirado?

—Claro que no. Eres mi jefe.

—Pues yo sí me he fijado en tus tetas.

Volví a arrearle, pero esta vez más contenta que mi madre en la sección de oportunidades de El Corte Inglés.

—¿Sabes jugar al billar?

—Sí —asintió—. ¿Eso te pone?

—Como un mono en celo.

—Qué elección de palabras más interesante. —Se rio—. Entonces...

—Deja, necesito saber más cosas antes de pronunciarme. ¿Hablas sucio mientras follas?

—Eh... —Me miró un segundo, devolviendo enseguida la mirada hacia la carretera—. ¿Cómo?

Le sonreí. Tenía pinta de ser el más cerdo en un radio de doscientos kilómetros. Las bragas me hormiguearon.

—Creo que podrías pasar el casting —dije mirando hacia la ventanilla, haciéndome la interesante.

Cuando llegamos pensé que me había matado por el camino y que acababa de llegar al infierno. Lo que la pobre Susana había catalogado como un fiestón era un antiguo garaje de tractores con dos mesas puestas como si cumpliera diez años. Faltaba el Champín. Cuando vi los ganchitos quise morirme. Ni una puñetera cerveza. Le dediqué una mirada a Álvaro, que apretó los labios para no reírse.

—Estamos aquí por tu culpa, así que ayúdanos a los dos a escapar pronto —le dije.

—No entiendo por qué. —Y pasó su brazo por encima de mi hombro.

Susana se presentó allí a darnos la bienvenida muy emocionada por que hubiéramos ido. Nos ofreció algo de beber y cuando le pregunté qué tenía, una selección de refrescos y la vaga posibilidad de «debe de haber unas cuantas cervezas también» me dejaron el alma en los pies.

—Yo tomaré una coca cola, gracias —dijo Álvaro dejando caer su brazo hasta mi cintura.

—Yo una cerveza a poder ser. Si no, una naranjada.

Cuando Susana se marchó a buscar nuestras bebidas, nosotros echamos un vistazo alrededor.

—Vaya tela —murmuré yo.

Los amigos de su chico eran una selección de especímenes humanos (por decir algo) que parecían haber sido sacados a rastras de las minas de Moria. Me puse la mano en la frente y dibujé una «L» mientras le decía a Álvaro con voz cantarina:

—*Losers!*

—No seas así —me pidió él con una sonrisa.

Susana reapareció, nos tendió las bebidas (para mí naranjada, qué bien) y aproveché para ponernos un puente de plata para huir.

—Susu —que era como la llamaban en casa—, nosotros no podemos quedarnos mucho.

—No importa. ¡Me hace tanta ilusión que hayas venido! —Sonrió y me sentí fatal.

—Toma, te compré una tontería.

Le di un paquetito y ella me abrazó.

—Pero ábrelo —la animé.

—Conociéndote creo que es mejor que lo haga a solas.
—Y se puso colorada al decirlo.

—Joder, se me ve venir a kilómetros —me quejé mientras
Álvaro me envolvía con su brazo otra vez. Y podría acostumbrarme.

Susana siguió saludando a todos sus distinguidos invitados y nosotros tratamos de no socializar demasiado. Me daba
miedo. Sonaba una canción de un exconcursante de *Operación
Triunfo* cutre y casposo que debía de haber bailado ya un millón de veces en verbenas de verano. Se la tararée a Álvaro y
él, apoyándose en un rincón de mesa vacío, me cogió de la
cintura y me atrajo hacia sí, entre sus piernas un poco abiertas.

—Tú tienes hoy las manos muy sueltas —le dije mientras
me removía.

—Esperaba que esto fuera un sitio mal iluminado, con
música alta y cantidades ingentes de alcohol. Mis manos no se
verían entonces.

—Pero ahora puedes subirme al pajar —contesté señalando la parte alta del almacén, a la que se accedía por una escalerita de madera muy primitiva.

—Suena tentador.

Sus manazas se abrieron y bajaron hasta mi trasero lenta
y tortuosamente. Contuve un jadeo cuando me pegó hacia su
entrepierna.

—Eh, eh, eh…, soy una chica decente. Si quieres de eso,
mejor ve con la buscona del guateque —dije fingiendo indig-
nación.

—¿Y quién es la buscona?

—Esa. —Y señalé a un señor mal afeitado, gordo y sudo-
roso—. Es facilona.

—Ya veo. Qué noche más dura me espera… —Y subió las manos hasta la cintura otra vez.

A las once y media conseguimos escabullirnos. Estaban barajando la posibilidad de echar unas partiditas al Sing Star. Demasiado para mí. Ni me imaginaba ni me quería imaginar a Álvaro cantando alguna horrible canción en falsete. Prefería seguir poniéndome cachonda al pensar en él.

Cuando cogimos el coche de vuelta me sentía desilusionada. Yo también esperaba un sitio con musicón a toda pastilla, oscuro y mal ventilado en el que poder arrimarme a Álvaro y darme el lote con él. Pero ahí estábamos, en su coche. Y sin lote de por medio.

—Qué pena, salí con ganas de bailar —me quejé haciendo un mohín.

—No sé por qué no has bailado. Con lo animado que estaba el «fiestón» —y remarcó cruelmente la palabra fiestón.

Lancé una carcajada.

—Para en el primer pueblo que puedas. Quiero que me lleves a una discoteca —exigí.

—No me lo dirás dos veces.

—Para en el primer pueblo que puedas. Quiero que me lleves a una discoteca —repetí.

—Te vas a cagar —contestó.

Tomó una salida unos pocos kilómetros más adelante y se metió en un desvío hacia un pueblo bastante pequeño.

—¿Fiestas patronales o carnaval? —le pregunté.

—Carnavales, me imagino. —lo dijo con la mirada clavada en la carretera en un gesto taaaaan sexi…

Pasamos dos pueblos en los que no había ni un alma por la calle, pero en el tercero, al parecer, íbamos a tener suerte. Paramos el coche junto a la primera pandilla que vimos cargada con vasos de cubata.

—Hola —dije amablemente con la ventanilla bajada—. ¿Sabéis dónde montan la verbena?

—Esta noche es discomóvil —contestó una chica—. Está en el polideportivo, pero aún no está muy animado.

—Y... ¿por dónde está el polideportivo?

Miré de reojo a Álvaro al salir del coche y me devolvió una sonrisa de lo más perversa. Me temblaron las canillas de nervios. Tenía muchas, muchas, muchas ganas de quitarle la camisa, botón a botón. En mis fantasías yo me subía sobre él y lo dominaba. Él se quedaba flasheado y me daba tantos orgasmos como cigarrillos hay en un paquete de tabaco.

Era la una menos cuarto cuando entramos en la discomóvil, por supuesto seguidos de un montón de miradas. Éramos forasteros. Guuuauuu.

La pista de baile estaba bastante vacía, pero ya se veía ambientillo. Lo malo es que difícilmente alguno de los presentes superaba los veinte años y ya hacía rato que tanto Álvaro como yo los cumplimos.

Fuimos a la barra y pedimos dos copas. Pagó Álvaro. Nos las bebimos sin compasión, esperando que con más alcohol en sangre, aquello nos pareciera más animado. La segunda copa la saboreé un poco más, pero nada de las deliciosas ginebras que servían mis hermanos en sus combinados.

Poco a poco aquello empezó a llenarse de púberes y Álvaro y yo, mezcla del percal, el cumpleaños anterior y las pocas copas, empezamos a reírnos como si nos fuera la vida en ello. Un montón de niñas revoloteaban a nuestro alrededor haciéndose ver con sus minúsculas piezas de ropa. Y es que Álvaro podía sacarles fácilmente dieciséis o diecisiete años, pero seguía estando bueno a rabiar. Las cosas como son.

Tiré de su brazo hasta llevarlo a la mitad de la pista de baile, donde aquella panda de rocambolescos adolescentes nos hizo hueco. Dejamos nuestras cosas en la tarima sobre la que se había subido el DJ y nos dispusimos a bailar. Álvaro me cogió de la mano, tiró de mí y me apretó contra su pecho mientras sus manos se movían por mi espalda y mi cintura, sobándome y haciéndose enormes al sur, hasta abarcar mi trasero. Oh, Dios. ¿Estaba pasándome aquello de verdad? Un par de dedos se colaron por la cinturilla de mi vaquero y me agarró también del cuello.

—Estás muy diferente —le dije.

Se acercó, me besó en la mejilla, en el cuello y después de morderme suavemente el lóbulo de la oreja, añadió:

—Será porque te tengo ganas.

Levanté la mirada hasta encontrarme con sus ojos y... a juzgar por su gesto y por el bulto de su pantalón sí que me tenía ganas.

—Bailas bien —le dije más allá que acá.

—Te dije que me defendía.

—Pero tienes las manos muy largas. Y... ¿sabes? No soy de esas.

Dibujó una sonrisa maligna en sus labios de bizcocho y cuando ya temía que estuviera planteándose plantarme por estrecha, me dijo:

—Espérame aquí.

Lo vi dar la vuelta hasta las escaleras que subían a donde el DJ ponía la música y saludarle con efusividad. Después de hablar muy animadamente, Álvaro volvió más contento que unas castañuelas.

—¿Qué le has dicho?

—Te he pedido una canción. Una que te gusta de verdad y que tengo ganas de bailar contigo.

«Que sea una muy guarra, que sea una muy guarra», me dije a mí misma. Y mis deseos se cumplieron cuando empezó a sonar *Purpurina*. ¡Malditos hermanos! Le miré sorprendida y comenzó a tararearla.

—¿Desde cuándo te la sabes? —le pregunté divertida.

—Casi no he escuchado otra cosa desde ayer. He aprendido mucho con esta canción.

—¿Sí? ¿Como qué?

—Lo que es el *gloss* y cosas que se pueden hacer con él.

—¿Y qué más?

—Me recordó que con aceite corporal todo resbala.

—¿Lo has probado? —dije dejándome envolver por sus brazos al ritmo de la canción.

—¿Quién no?

—¿Y qué tal?

Posó su nariz en mi cuello y me olió hasta arrancarme un escalofrío. Los pezones casi se clavaron en la copa del sujetador mientras su mano derecha me sobaba una nalga y la izquierda se colaba otra vez por la cinturilla del pantalón hasta pasar el dedo índice por debajo del encaje.

—Con aceite bien pero… ¿te hará falta?

—No sé de lo que hablas —contesté haciéndome la inocente.

—¿Y quieres saberlo? —Se inclinó sobre mí y, apretados como estábamos, noté el bulto de su pantalón presionando en mi vientre—. Yo quiero explicártelo —susurró.

—Demasiada hembra para tan poco hombre. —Y me removí para rozarme.

Se inclinó hacia mí otra vez y me susurró al oído:

—Se me están ocurriendo tantas cosas, Silvia, que a lo mejor mañana no puedes ni moverte.

Su lengua fue despacio por mi cuello y al llegar a la unión entre este y el hombro, me dio un mordisco suave.

—Dios… —exclamé.

—Me estoy portando mal, ¿verdad?

—Fatal —contesté.

—Te diré qué vamos a hacer —volvió a murmurarme al oído, apartando el pelo y dejando un beso húmedo en mi cuello—. Vamos a bailar esta canción, después cogeremos las cosas y nos iremos al coche. —¿A follar?, pensé esperanzada—. Iremos a tu casa. Te acompañaré al portal y, con un beso, me despediré hasta el lunes.

—¿Como un buen chico que no eres?

—Claro. —Y su sonrisa fue tan, tan, tan sexi.

—¿Es lo que quieres?

—No, lo que quiero es arrancarte toda esta ropa y follarte tan fuerte que pierdas el conocimiento.

Álvaro se había tomado solo una copa, así que no nos lo pensamos a la hora de coger el coche de vuelta a casa. Y nada, ni un beso. Pero una vez sentados, mientras entrábamos en Madrid y luego lo cruzábamos, su mano me acarició el muslo con una lentitud desesperante.

Al llegar a mi casa casi me tiré del coche en marcha pero él no tardó en aparcar bajo unos árboles. No estaba muy segura de que fuera legal dejar el coche allí, pero no sería yo la que se lo dijera para perder unos buenos veinte minutos en buscar aparcamiento. Bajé, fui hacia mi portal y le escuché seguirme. Una vez allí me giré para despedirme y Álvaro me atrapó entre la pared y su cuerpo violentamente. Ahí iba, nuestro primer beso.

Y qué beso...

Primero apretó los labios sobre los míos y después fue abriéndolos poco a poco. Su lengua me invadió la boca de pronto y yo, enroscando los brazos alrededor de su cuello, gemí de gusto. Sus manos me sobaron el trasero hasta agarrarme y subirme sobre él. Le rodeé la cadera con las piernas y seguimos besándonos brutalmente.

—Esto está fatal. Lo mires por donde lo mires —dijo jadeando.

—Si estuviera mal no nos gustaría tanto, ¿no crees?

Volvimos a besarnos salvajes, con lengüetazos violentos. Y pensar que al principio creí que de verdad era uno de esos buenos chicos...

—No lo entiendes, Silvia. —Apoyó su frente en la mía, con la respiración entrecortada—. Te voy a destrozar.

Pensé en un pene enorme a punto de comerme para cenar y arqueé las cejas.

—No seas fantasma, por Dios. —Me reí.

—No, Silvia. Soy frío, no entiendo de emociones. Yo no quiero, pero te voy a hacer daño.

¿Era eso verdad? ¿Era posible que Álvaro fuera capaz de destrozarme la vida? Volví a besarlo y a medida que nuestra saliva iba mezclándose, dejamos de pensar.

—¿Me dejas subir? —preguntó.

—¿Qué pasaría si te dijera que no?

—Entonces tendría que follarte aquí mismo.

Fuimos hasta el ascensor lamiéndonos la boca, como dos locos. En casa entramos directos hasta mi habitación. Allí me quité los zapatos y los calcetines de media, que deben de ser, de lejos, lo menos sexi del mundo. Álvaro se desprendió de la chupa y la tiró sobre un silloncito que había en una esquina.

—Perdona si la casa está un poco revuelta —dije falsa. Ya me había encargado yo de que no lo estuviera.

—¿Crees que voy a mirar algo que no seas tú? —Sonrió—. Ven.

Fui hasta él y nos besamos húmedamente. Después me quitó la blusa por encima de la cabeza y yo le desabroché la camisa hasta encontrar una camiseta gris de manga corta debajo. Él dejó caer su camisa y me desabrochó el pantalón de un tirón. Se agachó y lo bajó hasta los tobillos, donde yo me lo sacudí, tirándolo a un rincón. Me acordé de eso de que es contraproducente acostarse con alguien que te gusta mucho la primera noche, pero… ¿en serio esperaba alguien que le dijera que yo era una chica decente y lo echara de casa?

Seguimos besándonos un rato, mientras su mano derecha viajaba hasta mi trasero y se metía entre mis piernas de una manera sucia y sexual.

Me dejó encima de la cama y me ordenó que me diera la vuelta. Mi sujetador cayó junto con los pantalones vaqueros y Álvaro se dedicó a besarme la espalda, lamiendo a su paso y tirando suavemente de mis pezones entre los dedos índice y pulgar de sus manos. Gemí. Dios. Cada cosa que tocaba en mi cuerpo revertía sin poder evitarlo en mi entrepierna. Me notaba tan húmeda como si hubiéramos estado haciendo aquello durante horas. O días.

Me reclinó hacia delante y el bulto de su pantalón me golpeó fortuitamente el trasero. Me rocé con él. Dios. ¡¡Oh, Dios!!

Sus lengüetazos fueron en dirección descendente por mi espalda hasta mi *culotte* de encaje. Cuando un beso se acercó a mis nalgas pensé que terminaría ya. No sabía por qué, pero aquello me estaba poniendo tan cachonda que no respondía de mis actos. Eché la mano hacia atrás y palpé su erección por encima del vaquero. Estaba desesperada por notarlo metiéndose en mi interior. Me dolía todo el cuerpo y en especial el vértice entre mis muslos. Álvaro siguió con sus besos en mi espalda y cuando coló una mano dentro de mis braguitas…, me corrí. ¡¡Me corrí!! ¡¡Apenas con un roce!!

Si al menos hubiera podido disimularlo…, pero todo el cuerpo se me tensó y yo ahogué un grito de placer, mordiéndome el labio. La mano de Álvaro salió de mi ropa interior y me giró. Sonreía cuando me atreví a mirarle a la cara.

—Perdona…, ¿te has corrido? —preguntó a punto de echarse a reír.

—Sí —asentí, avergonzada.

—Oh, madre mía, Silvia, qué bien me lo voy a pasar contigo esta noche.

Le quité la camiseta de un tirón. Tenía un pecho perfecto. Sus horas en el gimnasio le costaría al chico. Pero era perfecto porque era natural. Un poco de vello se extendía entre sus pectorales y se convertía en una delgada línea a través de su estómago, bajando hacia donde yo estaba centrando mi interés en ese momento. Le desabroché el pantalón a duras penas; su erección estaba ejerciendo tanta presión que me resultó difícil. Después él sacó unos preservativos del bolsillo, me ayudó a quitárselo y el vaquero se unió al resto de la ropa que se amontonaba en un rincón. Por Dios, qué bueno estaba.

Nos deshicimos del resto de ropa interior con rapidez y nos tumbamos en la cama, encima de todos los condones que él había dejado caer allí. Metió una mano entre mis muslos y separé las piernas instintivamente.

—Voy a hacer que te corras tantas veces que te duela hasta ponerte ropa interior —me susurró al oído. Lo sabía. El más cerdaco de doscientos kilómetros a la redonda. Su dedo corazón se introdujo en mí y yo arqueé la espalda. Lo sacó y lo volvió a meter—. Joder, qué mojada estás...

Eché mano de su erección y le acaricié.

—Tú también. —Me reí.

Su dedo se movió en mi interior, arqueándose. Tocó una tecla en mí que me hizo gritar.

—Oh, joder, métemela ya —murmuré mientras me retorcía de placer. —Repitió el movimiento con su dedo y acercando más la palma de su mano me acarició con ella el clítoris. Aullé—. Para... —supliqué.

Sacó la mano y alcanzó un preservativo que se colocó diligentemente arrodillado entre mis piernas. Le di un repaso. Joder. Sus hombros anchos, su pecho delgado pero firme y ese estómago plano como una tabla, marcando abdominales.

—Madre mía, qué retención de líquidos —murmuré mientras me incorporaba y le palpaba el vientre.

Los dos reímos y él terminó de enfundarse el condón. Tenía el vello púbico del mismo color que la desordenada mata de su cabeza y unos muslos delgados pero fuertes. ¡¿Cómo podía gustarme tanto?!

Nos tumbamos de nuevo y de una embestida Álvaro se metió de lleno dentro de mí. Sentí primero presión y después mi cuerpo dilatándose con placer. Él gimió ronco.

—Joder... —Respiró con dificultad—. Qué apretada estás...

Se balanceó haciendo que entrara y saliera por completo de mí para después volver a clavarse más hondo. Lancé un grito. Álvaro se tumbó sobre mí y en un susurro en mi oído preguntó:

—¿Cómo quieres que te folle, Silvia? —Hum..., ¿había carta de sugerencias?— ¿Así? —Una penetración profunda y violenta nos hizo gemir mientras yo me arqueaba—. ¿O así?

Un golpeteo continuo me puso la piel de gallina. Álvaro empezó a jadear. Que lo hiciera como quisiera pero que lo hiciera.

—No pares —le pedí.

—¿Lo sientes? ¿Sientes cómo entra?

Puse los ojos en blanco, mirando hacia el techo. Por favor..., iba a volver a adelantarme. A decir verdad, empecé a sentir que iba a deshacerme en un orgasmo y me quejé.

—Si sigues me corro —avisé. Y no entendía por qué de pronto tenía aquella pasmosa facilidad para correrme.

—Quiero verte la cara. Córrete.

Álvaro siguió empujando entre mis piernas violentamente en un movimiento continuo sin llegar a salir de mí y, agarrándome la barbilla, me colocó la cara para que pudiera mirarle a los ojos.

—Me corro, me corro… —gimoteé.

Sus dedos presionaron más fuerte mi barbilla y mi cadera respectivamente y cogí aire al sentir que un cosquilleo comenzaba donde él entraba y salía y me recorría en dirección ascendente por toda la columna vertebral. Y cuando estalló me mordí el labio, me retorcí, me arqueé y grité.

—¡Joder! —Me agarré a él fuertemente.

Dio la vuelta, conmigo encima y su erección todavía enterrada en mí, y me pidió que hiciera lo mismo con él.

—Fóllame tú —me dijo con la voz cargada de lascivia.

Entre nosotros, en *petit comitè*, yo ya estaba hecha una auténtica piltrafa. Después del primer orgasmo haber seguido había sido interesante, pero el segundo me había dejado todo lo satisfecha que puede dejarte un orgasmo. Me apetecía acurrucarme en posición fetal, descansar diez o quince minutos sin que me tocara ni me mirara y después, ya si eso, volver a la carga. Me dolía la entrepierna y tenía cierta zona muy sensible de mi cuerpo más sensible aún. Creo que estaba saturada de sensaciones. Pero, claro, no le iba a decir que se apañase como pudiera.

Así que moví la cadera hacia arriba y hacia abajo, primero con suavidad, tratando de que me molestase lo menos posible, hasta que el putón de pueblo que llevo dentro asomó la cabeza y me preguntó si podía hacerse cargo ella de la situación. Con mucho gusto le cedí el mando.

Álvaro clavó los dedos en mis caderas cuando empecé un movimiento coordinado. Mis manos se apoyaron en su pecho y volví, poco a poco, a estar hambrienta. Quería sentir cómo se convulsionaba bajo mi cuerpo. Quería que se corriera como en su vida y que cada vez que se pusiera cachondo de ahí al final de sus días se acordara de cómo me lo había follado, cabalgando sobre él. Quería no parecerle la niña que intuía que veía en mí.

Le escuché jadear, gemir y gruñir. El gruñido me puso mucho, he de admitirlo.

—Dámelo... —dijo entre dientes.

Y aunque no tenía pensado volver a correrme, la fricción y las penetraciones profundas empezaron a hacer su papel. Álvaro me dijo que se iba a correr y después me pidió que me corriera con él. Me llevé la mano derecha a la entrepierna y me acaricié para acelerar el proceso. Eso debió de sorprenderle; no pudo controlarse más y en dos movimientos se corrió en un gruñido satisfecho al que acompañé con un grito de placer mientras mis pezones volvían a endurecerse como resultado del tercer orgasmo.

17

Cuando me llaman de recepción para decirme que tienen un mensajero preguntando por mí salto de mi silla y emocionada correteo hasta allí dando pasitos saltarines con mis nuevos zapatos de tacón de aguja, que me encantan. Pero más me va a gustar volver a sostener mi móvil. Pienso acunarlo y abrazarlo para que entienda que ha regresado a casa y que mamá no se separará más de él.

Me cruzo con Álvaro en la puerta de cristal que accede a la recepción. Él entra, yo salgo. Como siempre; la vida misma. Viene con cara de haber tenido una de esas reuniones que tanto odia. Si fuera por él se encerraría en su despacho a trabajar sin relacionarse con nadie, pero como es un niño pijo muy bien educado, tiene un buen don de gentes. La mala hostia se la deja para cuando vuelve a estar con alguien de confianza.

—¿Has vuelto a comprar por Internet, Garrido? —dice con dejadez.

—No. Es un regalo. —Y sonrío tanto que me duelen las comisuras de los labios.

Odio que me llame Garrido. Y sé por qué lo hace. Lo hace porque llamarme Silvia, como cuando estábamos juntos, es raro. Garrido impone distancia. Seguro que se empeña en no decir mi nombre por todas las veces que sí lo dijo follando, cuando estábamos juntos.

Pero paso de todo eso. Ahora tengo que dar la bienvenida a mi móvil.

Firmo el albarán del mensajero, le doy un beso en la calva, cojo la caja y vuelvo a mi sitio. Álvaro tiene la puerta del despacho abierta de par en par. Supongo que le pica la curiosidad y quiere saber qué hay en la caja y sobre todo quién me lo manda. El perro del hortelano, le llaman.

Me inquieta que la caja sea tan grande. Quizá se deba a que no encontró otra más pequeña. O a lo mejor tiene más cosas dentro.

La abro con cuidado ayudándome de unas tijeras. Hay expectación por ver qué contiene la caja, pero todos disimulan. Dentro hay un montón de bolitas de poliespán entre las que rebusco hasta encontrar unos bultos y un sobre pequeñito. Lo saco y lo rasgo, impaciente por saber si es una nota de Gabriel o solo la típica tarjetita educada escrita por el asistente de turno. Y al verla me parto de risa. Todos mis compañeros me miran, incluido Álvaro. La leo para mí: «No quiero ser el culpable de que no puedas fardar de foto, te compliques la vida y no uses ropa interior pequeña y pervertida. Úsalo todo con moderación y no enseñes mucho las tetas».

Rebusco de nuevo con una sonrisa de imbécil en la cara y saco mi móvil, apagado. Lleva pegado un post-it amarillo en el que pone: «Lo violé en tu ausencia». Eso me hace soltar una nueva carcajada y siento los ojos de Álvaro clavarse en mi pelo color ardilla. Pero tengo muchas cosas que descubrir aún dentro de la caja. Meto la mano y al sacarla, arrastro un tubo de cartón de esos que se utilizan para guardar papeles sin que se arruguen. Al destaparlo encuentro una foto. Somos nosotros dos en su coche. Ha impreso la foto y no solo eso, la ha firmado. Pone en rotulador negro: «Para la chica lista que cree en el amor y que disfruta viéndome acariciar una guitarra». La dejo encima de la mesa y salto de alegría mientras doy palmas. Mis amigas se van a morir cuando lo vean. Más de una ya me ha dicho que sin pruebas gráficas jamás creerá mi historia, a pesar de que Bea me hizo jurar toda mi narración encima del disco *Songs about Jane* y yo nunca juraría por Maroon 5 en vano. Meto la mano otra vez y saco una caja negra de cartón. Abro la solapa de arriba y me asomo dentro. Por el rabillo del ojo veo que Álvaro se ha levantado y que viene hacia mí.

—Garrido, ¿qué es toda esta fiesta?

No contesto porque al ver lo que hay en el interior de la caja me quedo sin palabras. Un vibrador. Un vibrador que además es bonito de la hostia. Es metálico, color plateado. No quiero sacarlo allí en medio, así que lo aparto con una risita y voy en busca del último paquete. Es una especie de bolsita. Cuando lo saco contengo sonoramente la respiración. Álvaro me mira con las cejas levantadas al ver que sostengo una bolsita de La Perla. Quito el lazo de las asas, aparto el papel de seda y encuentro un conjunto de ropa interior de encaje negro con remates en plata. A conjunto con el vibrador, claro. Y las braguitas son minúsculas. Miro la talla. Sí. Es la mía. ¡Menudo ojo! Me echo a reír y Álvaro se asoma a la bolsita, que yo cierro instintivamente.

—¿Es tu cumpleaños? —pregunta sabedor de que la respuesta es no—. ¿Quién te ha enviado todo esto?

—Él —digo señalando la foto.

—¿Qué él?

—Él. Gabriel.

Álvaro arquea la ceja izquierda y coge la foto. Lo reconoce; lo sé por su expresión. Mis compañeros intentan arremolinarse alrededor, pero el jefe los flagela con una mirada de hielo y todos vuelven a sus quehaceres. En ese momento parecen acordarse de que es la una y media y empiezan a levantarse para ir a comer. Algo tienen que hacer para no trabajar. Álvaro me escruta, callado, alternando la mirada entre mi cara y todo lo que he sacado de la caja. Cuando todos mis compañeros están lo suficientemente lejos él me coge de la muñeca y acercándose me pregunta:

—¿Ahora vas follándote cantantes por ahí?

—Ahora me follo a quien me da la gana —contesto con una nota de placer en la voz.

Me suelta y se va a su despacho otra vez. No debería provocarle; no gano nada. Pero tengo sed de venganza. Y el señor Gabriel tiene un sentido del humor muy fino que me ha venido al pelo.

Meto todas las cosas dentro de la caja otra vez, excepto el móvil. Álvaro cierra su despacho de un portazo. Ojalá se le cayeran las cuatro paredes de pladur encima. Cuando hace eso refuerza la idea de que sigue siendo un niñato que toma decisiones con las que no está de acuerdo. Pero no es mi problema, sino el suyo.

Enciendo mi teléfono y le doy un beso. Me entra la risa cuando veo que Gabriel ha cambiado la foto de fondo de pantalla por la nuestra.

Una vez me pongo al día con las llamadas perdidas, tuiteo un poco y vuelvo a besar el aparato. La curiosidad me da un golpecito en el hombro y me dice que quizá sería buena idea echar un vistazo a las fotos y asegurarme de que entre las que estuvo cotilleando no hay ninguna que produzca un daño irreparable a mi imagen. Primero ojeo las que tengo en la carpeta escondida, pero esas escuecen. Somos Álvaro y yo en la cama,

147

en plena sesión poscoital. Además recuerdo aquel día como especialmente placentero. Me lo quito de la cabeza y voy a la galería principal de fotos. Al verlas en pequeño me llaman la atención algunas que no reconozco. Voy hacia atrás y les echo un vistazo. Una es de Gabriel con una hoja que pone: «Sorpresa, estoy en tu móvil». Pero ¡¡¡qué mono!!! Lo siguiente es un vídeo. Le doy a reproducir y empiezan a sonar las notas de esa versión de The Cure que cantó por la mañana, antes de llevarme al aeropuerto. Un detallazo. Pero… ¿por qué es tan majo conmigo?

Una idea me aguijonea el estómago y voy al icono de contactos. Busco a Gabriel, pero no está. Pero entonces descubro a un tal «Señor Siniestro» que, desde luego, yo no recuerdo haber puesto ahí. Creo que lo justo es hacer una llamada de agradecimiento, ¿no? No lo pienso mucho y le doy al simbolito de llamada. Da un tono. Dos. Y se corta. No, no se ha cortado. Ha colgado.

Me quedo mirando triste mi iPhone. Si no querías que te llamara, ¿por qué me das tu número? Encojo los hombros y cuando ya estoy pensando en qué me compraré para comer, mi teléfono empieza a vibrar y, por supuesto, el que llama es el señor Siniestro.

—Oh, vaya, el señor Siniestro. Un placer —digo nada más descolgar.

—Ya tienes ahí tu móvil. ¿Estás en paz?

—No sé si todas las cosas que has metido en la caja podrán dejarme en paz.

—¿Piensas pasar la noche con el señor Vibrador?

—No sé. Nunca he usado uno —miento—. Igual es interesante probar.

—Ponle nombre.

—¿Y cómo le llamo?

—No sé. Como alguien que te guste mucho y al que quieras imaginar sudando y jadeando encima de ti.

Me tapo los ojos. ¿Gabriel, el cantante más macarra del mundo, me acaba de decir realmente eso? Sí, lo ha dicho.

—Entonces le llamaré Andrés.

—¿Andrés?

—Andrés Velencoso. El modelo.

—Oh, Andrés. Lo conozco. Un tipo muy agradable. —Cierro los ojos y me contengo las ganas de gritar y saltar—. Entonces vas a pasar la noche con tu Andrés Velencoso a pilas.

—Barajo la posibilidad.

—Llámame y cuéntame qué tal.

—Eso convertiría estas conversaciones en sexo telefónico y no estoy preparada para una relación tan seria. —Gabriel se echa a reír y le escucho dar una calada a un cigarrillo. Me apetece uno al momento—. Muchas gracias, de verdad. No tenías por qué, pero lo cierto es que me ha encantado todo —le digo rebajando el tono casi hasta el susurro.

—Disfrútalo.

—La foto es genial. ¿Te has fijado? ¡Si hasta salgo guapa! Claro, esas fotos hechas desde arriba favorecen —afirmo mientras sostengo la foto y hablo más conmigo que con él.

—¿Qué tal con Álvaro?

—No se ha tomado muy bien el regalo.

—¿Crees que todavía le gustas?

Sonrío. Gabriel tiene una forma de hablar muy graciosa. Hace preguntas muy personales pero con un tono de voz tan dejado que en realidad parece que no le importe una mierda la respuesta. La verdad es que es probable que no le importe, pero a todos nos encanta hablar sobre nosotros mismos.

—No. Qué va —le contesto—. No creo que volviera conmigo ni amenazando de muerte a toda su familia, que por otra parte se merece la extinción.

—Quizá la humanidad entera se merezca la extinción.

—Ya salió el señor Siniestro. Eres un poco emo. «Me gusta estar bajo la lluvia porque así nadie sabe que estoy llorando» —le digo en tono quejumbroso.

—Eres imbécil. —Se ríe.

—¿Qué vas a hacer este fin de semana? Venga, sorpréndeme.

—No tengo nada planeado.

—Lo que esperamos escucharte decir es algo como que vas a montar una bacanal en tu casa en la que correrán ríos de alcohol, os bañaréis en Armand de Brignac y follaréis todos con todos.

—Uno se aburre de hacer siempre lo mismo.

—Eres un truhan. —Me río.

—Soy un señor —dice y sé que está sonriendo—. Un placer, Silvia.

—Lo mismo digo.

—Ya lo dirás esta noche. Dedícame al menos dos de los cinco asaltos que le vas a dar al aparato.

Cuando cuelgo decido hacer algo muy estúpido y llamo a la puerta del despacho de Álvaro, pero entro sin esperar a que me dé paso. Tiene la cabeza entre las manos y se mesa el pelo; levanta la vista y me mira. Yo cierro la puerta y me siento en la esquina de la mesa.

—¿Por qué estás así? —le digo, pero como ha vuelto a mirar hacia la mesa lo único que veo es su espesa mata de pelo ondulado.

—Ya lo sabes —responde escuetamente.

—No, no lo sé.

Y en un impulso irreprimible meto los dedos entre su cabello y lo acaricio hacia atrás. Él me mira de nuevo y no decimos nada. Dios. Es demasiado guapo.

—¿Quieres invitarme a una hamburguesa? —le pregunto por fin, rompiendo el silencio.

—No —y cuando lo dice sé que sí quiere.

—No te tortures —le digo levantándome de golpe y yendo hacia la puerta.

—Silvia… —me llama.

—¿Qué? —Pero ya sé lo que va a decir.

—No hagas tonterías. No hagas nada de eso que sueles hacer. Piensa un poco antes de hacer por una vez. Deja de guiarte por impulsos suicidas. Sé normal, joder.

Sonrío con tristeza sin soltar el pomo.

—Si fuera normal… ¿qué me haría especial?

Salgo, cierro y no miro atrás. Sus iris son avispas. No sé por qué me empeño en seguir intentándolo. Tiene razón. Soy una kamikaze emocional y él es el coche que conduzco a doscientos kilómetros por hora.

18

Álvaro volvió de la cocina con una botella de agua fría en la mano. Llevaba puestos solamente los vaqueros y sabía, porque estaba delante cuando se los había colocado, que no se había puesto ropa interior. Además, se le intuía demasiado cuerpo y vello a través de la cinturilla desabrochada. Estaba espectacular. Se apoyó en la puerta a beber mientras yo me fumaba un cigarrillo en la cama, envuelta por la sábana. La única luz encendida de la habitación era la de la mesita de noche.

—A lo mejor debería irme —dijo con una sonrisa provocadora. Supongo que él ya sabía que yo me iba a enamorar—. A lo mejor eres una de esas depredadoras sexuales que una vez han terminado quieren estar solas.

—Eso depende. ¿Puedes repetir?

—Claro. —Sonrió.

—Pues entonces quédate. —Apagué el cigarrillo y me levanté para ir al baño pero me cazó por el camino, desnuda como estaba, y me llevó de nuevo a la cama—. ¡Para! ¡Que me hago pis! —me quejé.

—Más gusto te dará cuando te folle —dijo, satisfecho, al tiempo que se quitaba los vaqueros y alcanzaba un preservativo.

—¡No te he dicho que quiera! —Pataleé, riéndome.

Álvaro se tumbó sobre mí y le rodeé con las piernas. Su mano derecha empujó la erección en mi interior y eché la cabeza hacia atrás.

—Te dije que te follaría hasta que te doliera ponerte la ropa interior —susurró mientras me besaba la barbilla.

No contesté. Me concentré en las embestidas duras y secas de su cadera y en el placer que me daba. Le clavé las uñas en la espalda y gemí.

—Qué ganas te tenía… —Sonrió—. Cada vez que entras en mi despacho quiero arrancarte las bragas y follarte. Dime que te gusta…

—Me gusta… —murmuré.

—¿Qué te gusta?

—Sentirte dentro —gemí y me mordí el labio inferior, provocándole con la mirada—. Y que lo hagas fuerte.

—¿Que te folle duro? —Sonrió, mordiéndose también el labio inferior.

—Sí —asentí.

Se levantó sacándola de golpe y me dio la vuelta, poniéndome boca abajo. El peso de su cuerpo me aplastó levemente sobre el colchón.

—Levanta el culo. Te voy a follar fuerte desde atrás, como te gusta.

Él pedía y yo cumplía. Me agarró las caderas y empezó a empujar con fuerza. En esa postura la penetración era mucho más profunda y hasta me dolía, pero era un dolor que me gustaba.

—¿Quieres que te folle más fuerte? —volvió a preguntar.

—Sí —respondí entre dientes.

—Dilo más alto.

—Sí —grité.

Me cogió el pelo, recogiéndolo en una coleta dentro de su mano, y tiró suavemente de él. Me encantaba.

—Venga…, córrete.

Me llevé la mano entre las piernas para acariciarme pero la apartó con una caricia.

—Si soy capaz de hacer que te corras lamiéndote la espalda, soy capaz de hacer que te corras ahora.

Volcó parte del peso de su pecho en mi espalda y fue empujando más lentamente, deslizándose dentro de mí. Sus manos me agarraron de los hombros, llevándome con fuerza hasta él. Después con la mano derecha me cogió la cara y dos de sus dedos se colaron dentro de mi boca.

—Venga… —pidió—. Estoy a punto.

—Ya… —murmuré al sentir ese cosquilleo previo.

Un momento álgido de cinco o seis embestidas brutales, un grito ahogado en la almohada y ese momento tan dulce, escurriéndose de entre mis muslos.

Cuando escuché que él también terminaba, me eché sobre el colchón y él lo hizo conmigo, dejando parte del peso encima de mí. Se tumbó boca arriba otra vez y suspiró fuertemente. Me giré a mirarlo y él tiró del condón húmedo y lo dejó caer sobre la mesita de noche.

—Guau… —le dije.

—Y que lo digas. —Sonrió—. ¿Eres así siempre?

—¿Yo? —Me reí.

Y por primera vez un beso suyo en mi hombro me hizo sentir menos sexual y más sentimental, aunque me incomodara. No me gusta demasiado que me toquen después del sexo. Me siento vulnerable y necesito un momento para mí.

—Silvia…, sobra decir que… —susurró.

—Lo sé, seré discreta —dije jadeando aún.

—En el trabajo... es complicado.

—Lo sé.

—Si se enteraran...

—Lo sé, lo sé. No te preocupes. No se lo diré a nadie.

Le sonreí a pesar de que esos comentarios no me hacían sentir ni segura ni cómoda. Álvaro me acarició el pelo revuelto y me besó en los labios.

—Pero... —dijo con voz suave— podemos seguir viéndonos.

—¿A qué te refieres con «viéndonos»?

—A salir a cenar, a tomar una copa, a hacer esto...

—¿Es tu versión de «vamos a salir juntos»? —Me reí con una carcajada infantil.

—No. Solo es un viéndonos. —Y arqueó la ceja más serio, como dejándome claro que aquel era el límite de nuestra relación, que no iba más allá.

Bueno, tendría que habituarme a que, a pesar de lo diferente que parecía Álvaro fuera de la oficina, al fin y al cabo en la toma de decisiones era igual. Si sabía cómo torear ese toro en una plaza concreta, no tendría problemas en saber hacerlo en otra, ¿no?

—Pues podemos probar. —Y me sentí pletórica por el tono tan despreocupado en el que lo dije.

Ese chico tan guapo que, además, follaba como un Dios y que decía cosas superpervertidas quería repetir, quería verme fuera de la oficina. Me mordí el labio, me di la vuelta y me enrosqué con la sábana, cerrando también los ojos. Álvaro se acercó, se acopló a mi cuerpo por detrás y me besó en la nuca.

—¿Sabes? Abrazarte es como imaginé —susurró.

Oh, oh. Tonta a punto de enamorarse perdida e incondicionalmente a la una, a las dos...

—¿Qué dices...?

—No te hagas la sorprendida. Ahora que hay confianza debería pedirte, por favor, que dejes de aparecerte en mis sueños.

A las tres.

Me desperté con la nariz de Álvaro deslizándose por mi cuello. Pensé que ese chico iba a terminar partiéndome por la mitad y me resistí a abrir los ojos. Entraba mucha luz en la habitación y yo quería dormir un ratito más. Después un apéndice de su cuerpo con mucha vida se me pegó al muslo y él me mordisqueó la oreja.

—Mmmm… —me quejé.

—Silvia… —susurró.

—¿Qué? —contesté de mala gana.

—Despierta. Me apetece mucho darme una ducha contigo… —Me giré y sonrió—. Buenos días.

—¿Ducha? —balbuceé.

—Ducha. Y sexo. Mucho sexo. Después café.

Me tumbé boca arriba y traté de espabilarme. Era Álvaro el que estaba pidiéndome una ducha, mucho sexo y un café. Qué de vueltas da la vida…, y esta vez era la vida, no mi cabeza después de una resaca brutal. Álvaro se subió sobre mí y comenzó a besarme el cuello. Madre de Dios, este hombre no tenía nunca bastante.

—Hay problemas logísticos en tu plan —le dije.

—¿Qué problemas?

—¿Te vas a dar una ducha sin tener ropa limpia que ponerte? —Le miré—. Tu plan tiene flecos. Soluciónalos mientras yo duermo un poquito más. —Me giré hacia mi rincón y volví a arremolinarme contra la almohada.

—No. No tiene flecos. No vamos a ducharnos aquí. Coge una muda.

Y desnudo, en todo su esplendor, se levantó de la cama y empezó a vestirse.

Entré en su casa mirándolo todo. Siempre había querido saber cómo era. Pensaba que me hablaría de él y me diría todas esas cosas que parecía mantener alejadas del trabajo. Aunque ahora iba a tener la oportunidad de acercarme.

Álvaro me adelantó y entró en el dormitorio. No era una casa grande, pero tenía dos habitaciones, una de ellas un despacho; había también un salón independiente, una cocina suficientemente amplia y un cuarto de baño. Toda la casa estaba distribuida alrededor del salón, de modo que no tenía demasiado pasillo y parecía bastante nueva, o al menos reformada. Antes de que pudiera cotillear un poco más, Álvaro me llamó desde el dormitorio.

Entré y miré. Era todo tan… impersonal. Me dio la sensación de entrar en una habitación de hotel. Los muebles de línea muy sencilla, una cama perfectamente hecha con sábanas blancas, un equipo de música y poco más. Solo un cuadro con una fotografía de la figura del Empire State Building recortándose sobre un atardecer.

—Silvia… —dijo otra vez y me giré hacia él—. Ven…

Me acerqué y dejé el bolso con mi muda a los pies de la cama. Me envolvió con sus brazos y nos besamos. Los dos sabíamos a pasta de dientes. Nos habíamos cepillado los dientes en mi casa, él con mi cepillo de recambio. Parecíamos una pareja. ¿Podía ser real?

Su lengua me invadió la boca y acarició lentamente la mía, trazando círculos a su alrededor. Sus labios pellizcaban también los míos, humedeciéndolos, y pronto una de sus manos fue bajando, cerrando los dedos alrededor de mi pecho izquierdo (el grande). Ji, ji, ji; me reí mentalmente al notar las cosquillas que me provocaba su lengua, paradójicamente, bastante más al sur de donde estaba. Su erección no tardó en presionarme la cadera y le entraron las prisas por ir a la ducha.

Dejamos la ropa tirada en el suelo y nos metimos los dos debajo del chorro de agua templada. Eso fue algo a lo que me tuve que acostumbrar con Álvaro. El agua de la ducha nunca era caliente. Siempre se quedaba en el camino entre una cosa y otra. Pero si tenía frío, podía apretarme contra él. Y fue lo que hice. Lo agarré por detrás, pegué mi cara a su torneada espalda y con las manos le acaricié el vientre. ¿Cuándo tenía tiempo de trabajarse ese cuerpo?

Álvaro no utilizaba esponja, como yo. Eso me gustó. Siempre he tenido muy mala impresión de las esponjas. Me parecen nidos de bacterias y al final me da asco hasta tirarlas. Así que se convierten en mis compañeras de piso hasta que decido pedirle a alguien el favor de que se deshaga de ellas por mí. No tengo valor para mirarlas a la cara antes de enviarlas al cadalso.

Álvaro cogió el gel de ducha, se llenó la palma de la mano y me pidió que me quedara quieta. Frotó una mano con la otra para crear espuma y me las pasó después por los pechos, resbalando sobre ellos. El tacto de sus dedos sobre mis pezones me hizo morderme el labio inferior. Pasó las manos por mis brazos y bajó al vientre. La respiración automáticamente se me aceleró. Su mano derecha se metió entre mis piernas y empezó a hacer más espuma con la fricción. Me sostuve sobre él con los ojos cerrados, suspirando. Su mano siguió por abajo hasta notar mi propia humedad y sonrió. Después me abrazó y nos besamos. Sus manos fueron por mi espalda hasta mi trasero, por donde pasó, primero una vez y después otra, hasta hacerme dar un saltito de la impresión. No es que me sorprendiera. Sé muy bien la fijación que tienen los hombres con esas cosas que son socialmente «tabúes», pero me tranquilizó que no ahondara en el tema, porque aún tenía que decidir si esas atenciones ahí me gustaban.

Llegó su turno y fui yo la que llené mi mano de jabón. Seguí el mismo recorrido que el que había seguido él, tratando de que no se notara que me temblaban ligeramente las manos. Todo aquello, tan íntimo, me estaba poniendo un poco nerviosa.

Masajeé su pecho, sus brazos, seguí movimientos rutinarios y por un momento me dio la impresión de que habíamos perdido el tono sensual y que yo parecía estar lavando a un niño que no sabe hacerlo solo. Cuando solté su brazo y dejé que lo extendiera a lo largo del torso, Álvaro se echó a reír. Su pene amenazaba constantemente con izar las velas, pero se quedaba en estado semirreposado, así que me imaginé que lo que quería era más atención. Pobrecito, ahí colgado y nosotros sin hacerle caso. Angelito. Lo cogí con una mano y Álvaro dejó escapar un poco de aire a trompicones. Lo acaricié, con las manos llenas de jabón, en un movimiento rítmico de arriba abajo, hasta que estuvo duro y sensible. Álvaro casi jadeaba y me pregunté si no tendría que terminar lo que había empezado. Pero era más divertido no hacerlo.

—Por aquí parece que ya está todo limpio.

Abrió la boca, con los ojos cerrados, y dejó escapar una carcajada seca. Después repetí lo mismo que él había hecho conmigo por la parte de detrás y la reacción de Álvaro fue la de apretar las nalgas.

—Donde las dan, las toman. —Y le miré, hacia arriba, porque era muy alto y yo sin tacones… no tanto.

Álvaro me levantó a pulso y le rodeé con las piernas.

—Quiero lamerte entera —me dijo con los ojos entornados por el deseo.

—No mientas. Lo que quieres es que lama yo.

—Yo no quiero que me lamas. Quiero que te la tragues toda. —Sonrió, muy macarra.

—Cuánto daño ha hecho *Garganta profunda*.

—¿La has visto?

—Claro, es un clásico.

—Pues espero que hayas aprendido mucho viéndola, porque me gusta profundo y húmedo.

Me eché a reír y seguimos besándonos un rato hasta calentar el ambiente mucho más. Él cerró el agua de la ducha de golpe y, salí envolviéndome con una toalla. Me miré en el espejo y, aunque me había recogido el pelo para no mojármelo, tenía la coleta empapada. No era lo único.

Fuimos desnudos y aún mojados por el pasillo, hasta llegar a su cama, donde me eché. Él se quedó de pie delante de mí.

—Tengo un capricho —dijo.

—¿Y cuál es ese capricho y cómo puedo yo satisfacerlo? —contesté con sorna.

—Tócate —respondió—. Tócate tú sola. Quiero verlo.

No me lo pensé mucho. Me acaricié por el estómago hasta llegar al pubis. Abrí las piernas. Después me toqué, despacio. Me parecía todo tan brutalmente sensual...

—¿Lo haces cuando estás sola? —preguntó sin apartar la mirada. Asentí—. ¿Lo has hecho alguna vez pensando en mí?

—Sí —contesté con la respiración entrecortada.

—¿Y en qué piensas?

—En ti, en que me tocas, que me lames, que me follas...

—¿Y qué más?

—Joder... —Eché la cabeza hacia atrás.

Su mano se acercó e introdujo un dedo dentro de mí y después dos. Gemí y él metió, sacó, metió y sacó sus dedos.

—¿Por qué estás tan húmeda? —Y se dibujó una sonrisa en su boca.

—Porque me gustas mucho —contesté sin parar de tocarme, acelerando un poco la caricia.

—¿Te vas a correr para mí?

—Si tú quieres, sí. Pero luego tendrás que recompensarme.

—Hecho. —Y los ojos volvieron a centrarse en mi entrepierna.

Y a pesar de que no estaba tocándose, su erección no había menguado.

Subí un poco por la cama hasta apoyar la cabeza en la almohada y él se quedó de rodillas a los pies del colchón. Cuando mis dedos se aceleraron, junto con la respiración, Álvaro se acarició un poco, suavemente. Se mordió el labio.

—Así, nena…

Y el «nena» me excitó tanto que mi mano ya no podía frenar. Empecé a removerme. Miré hacia el techo y me corrí retorciéndome. Aún no me había recuperado cuando Álvaro tiró de mi mano y me incorporó. Cuando quise darme cuenta la tenía dentro de la boca. Estaba húmeda y dura. Succioné, moví los labios, apretándolos contra su piel, y después me incliné y me alejé, metiéndola y sacándola. Sus manos me cogieron de la cabeza y me apretaron hacia él.

—¡Joder! —gimió.

Saboreé la punta, la tragué entera y a pesar de estar en aquella postura tan incómoda, de que me sostuviera tan firmemente con sus manos y de que fuera su cadera la que provocara el movimiento, sentí una sensación de poder que volvió a excitarme. Continué succionando, lamiendo y succionando otra vez. Álvaro gemía con los dientes apretados. La saqué del todo y él volvió a meterla casi de golpe. La saqué de nuevo del todo, juguetona, y la segunda vez que seguí esos movimientos, sin previo aviso, se corrió, derramándose por entero dentro de mi boca. Mi primer impulso fue apartarme, pero él me sujetó mientras, con los ojos cerrados, terminaba de descargar. Después se deslizó de entre mis labios y se sentó.

Me quedé mirándolo con los ojos muy abiertos y la boca cerrada mientras él, con una de sus manos apoyada en la cama, respiraba trabajosamente. Estupendo, y ahora ¿qué? Tenía la boca llena. ¿Iba a vomitar? Me levanté sin decir nada y fui al baño, donde escupí. Siempre pensé que me daría más asco llegado el momento. A Sergio, mi ex, se le había ocurrido un par de veces proponérmelo, pero jamás le dije que sí. Vale, a Álvaro tampoco le había dado nadie permiso, pero, bueno…, algún día tenía que ser el primero. Al menos no me había acertado en un ojo o se había quedado colgando de una ceja. Hice gárgaras con agua y bebí un buen trago después. Volví a la habitación y lo vi tumbado, con el antebrazo bajo la cabeza. Hizo un mohín y a continuación una mueca.

—Perdona —susurró—. Me pudo la emoción.

—Ya lo noté. —Me acaricié los labios, algo incómoda, y después, decidida, me puse las braguitas—. Y no era mi idea de desayuno, ¿sabes?

Frunció el ceño.

—No suelo… hacer estas cosas. Al menos no sin previo aviso, pero…

—No era algo que me hiciera especial ilusión. Pero no te preocupes, me sirve ya de regalo de cumpleaños. —Me reí cortada, mientras me apartaba un mechón húmedo de la cara—. Te agradecería que en próximas ocasiones me avisaras…

Me tumbé a su lado y miré al techo.

—De verdad que lo siento. Espero que no haya sido muy desagradable —dijo acariciándome la mejilla.

Ese gesto me enterneció.

—Nuevo. —Me reí—. Pero, insisto, avísame la próxima vez, ¿vale?

Levantó la mano y me dio su palabra de honor.

—Y oye…, ¿hay algún capricho que yo pueda satisfacer? Para recompensarte.

Arqueé una ceja y asentí. Bueno, al menos iba a recibir una gratificación a cambio de aquello. Álvaro se incorporó y yo abrí las piernas, flexionando las rodillas.

—Me he quedado con ganas de más —respondí juguetona.

Si al final pasaba de mí después de aquello al menos me quedaría con el recuerdo de que tuve su cabeza entre mis muslos.

—Encantado —dijo mientras se agachaba—. Me dejé el postre.

Me quitó las braguitas de nuevo y me mordí el labio cuando metió la lengua en el vértice de mis piernas y la pasó de arriba abajo. Le agarré el pelo y metí los dedos entre sus mechones espesos, mientras gemía. Él pasó los brazos por debajo de mis muslos, rodeándome las caderas, y me acercó más a su boca. Y su lengua se movía y hacía virguerías.

—Oh… —le dije cuando llegó a un punto estratégico—. Oh, joder…

Me miró desde allí abajo con suficiencia. Su mano derecha abandonó mi muslo y metió dos dedos dentro de mí.

—Para, para, que me corro —gemí.

—Eso es lo que quiero, querida —dijo separándose de mi cuerpo un momento.

Arqueé la espalda y, agarrando un puñado de sábanas, tiré de ellas desmantelando la cama perfectamente hecha y me corrí en un alarido. Cuando estuve demasiado sensible para recibir ninguna caricia le tiré un poco del pelo.

—Ya.

Se levantó, se pasó el antebrazo por la boca y me sorprendió ver que se había vuelto a empalmar. Joder. ¿No íbamos a salir de la cama en todo el día?

—¿Y ahora qué hacemos con eso? —dije señalándole.

—No, princesa. —Se rio—. Soy humano. Esto… bajará.

Nos sentamos en la mesita de una pequeña cafetería en la calle Lope de Vega y pedimos un *brunch*. Esas cosas tan modernas me fascinan. *Brunch*. Vamos, un desayuno tardío. Yo me pedí la opción dulce y él la salada, con la intención de comer la mitad cada uno. Disfrutamos de una taza de café, que nos sirvieron enseguida. Apoyé los pies, por debajo de la mesa, en una de sus rodillas y, acomodándose, Álvaro alcanzó el periódico y se puso a hojearlo mientras yo hacía lo mismo con el dominical. Le miré por encima de la revista y él me miró, sonriente.

—¿Qué? —preguntó mientras desanudaba con una mano una de mis zapatillas playeras—. ¿Por qué me miras así?

Me quitó la zapatilla y yo moví los deditos dentro del calcetín de colores. Él me masajeó el pie y yo me mordí el labio con placer.

—¿Lo haces todo tan bien?

—Pues aún no me has visto cocinar.

Seguí con la revista, leyendo un artículo sobre los guerreros de terracota de Sian. Una excavación reciente había encontrado unas doscientas figuras más. Álvaro movió mi pie y me hizo notar una erección. Le miré, apartando la revista.

—Qué cara más dura tienes. —Me reí.

—Yo solo te aviso de lo que hay.

—¿Cuánto tiempo llevabas cargando los tanques? —y cuando acabé de decirlo sus dedos se movieron sobre la planta de mi pie sensualmente.

—Algún tiempo. ¿Por? ¿Has tragado mucha agua cuando te has puesto a bucear?

Le di una patada con el pie que no estaba acariciándome.

—¿Cuánto tiempo llevabas sin…?

—¿Sin follar?

—Álvaro, el local es pequeño y los de la mesa de detrás aún deben de estar alucinando con tu símil sobre el buceo.

—Un mes —respondió volviendo al periódico.

—¿Y quién…?

—Una chica.

—Ya. Bueno…, no es demasiada información, ¿no?

Sonrió, pero no contestó. Después me miró otra vez y me preguntó cuánto llevaba yo.

—Pues… —Me sonrojé—. Mucho.

—¿Cuánto es mucho?

—¿Cuántos años tengo?

—Que yo sepa, veinticinco —comentó.

—¿Y tú?

—Treinta y uno, pero eso no contesta a mi pregunta.

—Un año largo. —Se rio, acercando la taza de café a sus labios—. ¿De qué te ríes? Ya me había acostumbrado…

—Pues olvídate de esa rutina. Yo querré hacértelo todos los días. —Levantó las cejas.

—Contra el vicio de pedir está la buena virtud de no dar.

—No hay nada que no me vayas a dar —dijo soltando el periódico—. Ya no puedes decir que no.

Álvaro, el clarividente…

19

Es jueves. El reloj marca las dos y diez de la madrugada, pero a pesar de que mañana me tengo que levantar a las seis para ir a trabajar, sigo sentada delante de la tele. Hace un calor horrible y agradezco que Álvaro me «obligara» a cambiarme de piso hace ya poco más de un año. Este calor infernal en el otro zulo en el que vivía hubiera supuesto mi muerte. O tal vez hubiera aprendido a vivir sin oxígeno dentro del frigorífico. Nunca se sabe. Al menos aquí tengo aire acondicionado; bien lo sabe mi factura de la luz.

Estoy cogida a un botellín frío de cerveza con limón. Está frío porque es el tercero que me tomo y lo acabo de sacar de la nevera. No tardará en parecer pis, así que bebo rápido mientras hago zapping. Mañana estaré hecha una mierda, pero me he cansado de dar vueltas encima de la cama. No sé por qué no puedo conciliar el sueño. A lo mejor es porque va faltando menos para mis vacaciones y este año las necesito de verdad. Noto más cerca que nunca el día en que me decida por fin a comprar un arma por Internet. Luego los supervivientes de la matanza en la oficina contarán a las televisiones que cubran la noticia que «siempre fui un poco rarita, pero nadie pensó que pudiera hacer algo así».

El año pasado por estas fechas Álvaro y yo estábamos ultimando los detalles de nuestro viaje. Fue genial. Él, el mar Caribe y yo. No hicimos nada más que tomar el sol y chingar. Bueno, creo que él leyó e hizo otras cosas mientras yo me dedicaba a sacar provecho del «todo incluido». Tengo recuerdos preciosos de las cenas allí, vestidos como gente de bien, riéndonos a causa de las botellas de vino que acumulábamos sobre la mesa. Es posible que ese sea el motivo por el que no puedo dormir; lo añoro.

Mañana voy a parecer un oso panda. No habrá maquillaje ni gotelé que tape mis ojeras. Y Dios sabe que necesito estar perfecta siempre, por eso de alardear delante de Álvaro lo bien que estoy a pesar de haber roto.

Dejo de hacer zapping y pongo la MTV, porque aquí siempre hacen buena mierda. Con un poco de suerte pillo algún problema del tipo «Tuneamos tu coche y lo convertimos en un dúplex con vistas al mar» o algunos videoclips. Eso me recuerda al señor Siniestro y sonrío. Quién iba a decirme a mí que Gabriel fuera tan majo y accesible. Increíble. Tan increíble que mis amigas insisten en que me estoy inventando la mitad de la historia y que nuestra foto es un montaje hecho con Photoshop. Sé de buena tinta que un par barajan la posibilidad de llamar a mi madre para decirle que empiezo a tener delirios o que Bea y yo debemos estar enganchadas a los psicotrópicos y alucinógenos. Espero que no lo hagan. Si mi madre vuelve a preguntarme si tomo drogas no voy a poder evitar la tentación de decirle que sí, pero porque alguien me las echa en el Cola Cao. Cómo me gusta ese maldito vídeo de YouTube. Si no hubiera sido por esas mierdas me habría tirado por una ventana cuando Álvaro me dejó.

Vuelven de los anuncios y veo que están repitiendo la gala de los Video Music Awards. Seguro que me sirve como somnífero escuchar a Beyoncé haciendo gorgoritos, así que dejo la cerveza en la mesita, me acomodo en el sofá y trato de mantener la mente en blanco. Casi lo estoy consiguiendo a pesar de que un pecho se me ha salido del camisón y el pezón está pidiéndome que cambie de canal.

Me despierto porque la baba me está empapando el cuello y muero del asco. A pesar de tener puesto el aire acondicionado, tengo el camisón pegado, porque este sofá parece que emana calor. Miro el reloj; son las tres y media y en la MTV están emitiendo una especie de entrevista. Me froto los ojos y me dejo los puños negros. Bien. Se me ha vuelto a olvidar desmaquillarme. Bueno, ¿a quién pretendo engañar? Me ha dado pereza. Voy a la cocina a por agua y cuando vuelvo a apagar la televisión me doy cuenta de que el entrevistado me resulta familiar. Es Gabriel. Lleva unos pantalones vaqueros roídos, unas Vans negras y una camiseta de manga corta en la que pone «Deadman». Me río a carcajadas. ¿Lleva los ojos pintados?

A pesar de que sé que no debería arriesgarme a tener una orden de alejamiento de una superestrella del rock, cojo el móvil y mando un *whatsapp* a Gabriel: «Estás en MTV y quiero creer que no llevas los ojos maquillados. Eres un poco mariquita». Bip. Lo envío. Salen dos rayitas verdes. Lo ha recibido. Me acomodo en el sofá y escucho charlar a Gabriel en un perfecto inglés desganado. Dice que es hora de sentarse con su guitarra a componer y buscarse entre todas esas cosas que ha aprendido; me parece una frase demasiado moñas para él. Un ruidito del móvil me avisa de que me ha contestado.

«¿Qué haces despierta?».

«No podré dormir hasta que no sepa la marca de delineador de ojos que usas. Mariquita», le contesto.

Bip. Escribiendo.

«Me maquillan en la tele. Siento no poder satisfacer tu curiosidad. ¿Mañana no trabajas?».

Me dispongo a contestar cuando empieza a sonarme el teléfono en las manos. Es él.

—Me he cansado de escribir —me dice en su habitual tono desganado—. ¿Mañana no trabajas?

—Sí, pero no puedo dormir. ¿Qué haces tú despierto?

—Estaba escuchando música.

—¿Qué escucha alguien como tú? ¿El Disco Blanco de los Beatles del revés?

Su carcajada seca y sexi me hace sonreír.

—Estoy escuchando a Bob Dylan —murmura casi entre dientes. Escucho cómo se enciende un cigarrillo—. ¿A qué se debe tu insomnio?

—A que te he visto con los ojos maquillados. —Me troncho de risa sola y él se contagia.

—Eres tontita, ¿eh?

—Un poco.

Nos quedamos callados.

—Deberías dormir —dice en un susurro tras una larga calada.

—Bueno, voy a tener todo el fin de semana para hacerlo. Podré recuperarme.

—¿No saldrás?

—Eh…, no. Algunas de mis amigas ya han empezado las vacaciones y se han ido a la playa y todas esas cosas que hace la gente con vida social. En realidad creo que las han cogido para hacer la versión española de *Jersey Shore* y que no quieren decírmelo.

—¿Y por qué no te has ido con ellas?

—¿A *Jersey Shore*? No, qué va. Se han ido con sus novios. No me siento muy cómoda con la idea de tener que compartir cama con ellas y ver cómo fornican.

—¿Todas tienen novio?

—Menos Bea.

—¿Y por qué no te vas con Bea?

—Porque está de evaluaciones; es profesora. Además es inquietante; ya sabes, la última vez que me fui a algún lado con ella nos echaron del hotel y nos tuvimos que volver a casa.

—Ah, ya. Entonces ¿dormirás todo el fin de semana?

—Oh, no, no. Tengo el plan perfecto. Me levantaré tarde, comeré cosas sin ningún tipo de salubridad, del tipo comida china, chocolate y pipas con sabor a beicon.

—¿Pipas con sabor a beicon? Pero ¿eso realmente existe? Estás enferma. ¿Y qué más?

—Y zumo de tomate.

—Me refería a qué más vas a hacer...

—Veré series. *Ladrón de guante blanco,* por ejemplo. A una nunca le amarga un dulce y Matt Bomer es un bombón.

—Vas a morir de sobredosis de azúcar —dice muy serio, a pesar de que deduzco que es una broma.

—¿Y tú? ¿Qué vas a hacer?

—No lo sé. Igual salgo a beber un poco. O me apunto a alguna fiesta. Pero tu plan me parece más interesante.

—A juzgar por lo bien que te maquillas los ojos, te gustaría. También leeré el especial «Belleza» de *Vogue* y *Elle.*

—Oh. Qué bien. Eres una chica mala, ¿eh?

Me echo a reír.

—Estás invitado. Haremos una fiesta de pijamas.

—Te tomo la palabra.

—Qué fuerte. Pensaba que la gente como tú dormía en urnas de cristal —le digo mientras apago la tele.

—Algún día tienes que explicarme la lógica de esos razonamientos.

—Cuando quieras.

—Vete a dormir.

—Bueno, al menos voy a intentarlo —le prometo.

—¿Quieres que te cante una nana?

El estómago se convierte en una pastilla efervescente como la que me tendré que tomar mañana para el dolor de cabeza que voy a tener por no dormir.

—Claro —contesto mientras apago el aire acondicionado y me dirijo hacia mi dormitorio.

—Ok. Dime si me escuchas bien.

Me tumbo en la cama y le escucho acariciar las cuerdas de la guitarra.

—Perfectamente.

No contesta. Las notas que le va arrancando a las cuerdas se van convirtiendo en una melodía. Es una nana, es verdad, pero es una nana oscura. Da varias vueltas alrededor de esa música antes de comenzar a cantar. Canta bajito, como si en realidad tratara de hacer dormir a alguien. Conozco esta canción, es *Wake up*, de Coheed & Cambria. Siento ternura y pena, porque la música suena triste. Pongo el manos libres y apoyo el móvil en la almohada, donde me acomodo, abrazándola. Tengo pena y me muerdo el labio, rezando por no ponerme a llorar. Últimamente estoy en ese plan. A veces lloro y no sé por qué. El otro día lloré con un anuncio de Campofrío y eso ya me parece grave. Miro al techo. Los párpados me pesan y aunque tengo la garganta seca y debería levantarme a beber agua, me quedo quieta. Quiero dormirme. Y quiero soñar con Álvaro. A veces lo hago. Y más allá que acá, me parece escuchar que alguien me da las buenas noches.

Es viernes, tengo sueño y hace un calor infernal en la calle. Aunque para infernal el aire acondicionado de la oficina. Y de paso la peste. No sé qué le pasa a este sitio que de vez en cuando huele a animal muerto. De verdad, es horrible.

Hoy me he puesto una blusa blanca vaporosa y unos shorts de tela estampados en azul marino, granate y blanco. Álvaro me ha mirado de esa manera cruel cuando me ha visto entrar, no sé si porque he llegado media hora tarde o por el largo de mis pantalones. No tardaré en salir de dudas porque, conociéndolo, no creo que pueda evitar la tentación de hacerme saber en un tono gélido lo que le molesta. Ya tengo las respuestas listas.

Hoy es un día de mierda pero no me amilano. Es una cosa que he aprendido de mis hermanos, que siempre están a buenas. Y parece que así les va bien. Al menos a Varo y a Óscar. Así que tengo una sonrisa en los labios pintados. También mejora mi humor que un chico me haya sonreído en el metro y que al mirarme en el espejo del cuarto de baño de señoritas para hacerme la raya del ojo me haya visto favorecida. Hay días y días, ¿verdad, chicas?

Álvaro va hasta el ordenador de uno de mis compañeros para ver cómo funciona un ejecutable al que le están dando vueltas y por el que, me da la sensación, le están presionando. Le noto tenso. Cuando Álvaro está tenso, está muy guapo, porque aprieta los dientes y esa maravillosa mandíbula que tiene se le marca bajo la piel bien afeitada. Penoso para su salud dental, delicioso para la vista. Le echo una miradita a escondidas. Lleva un traje gris oscuro y una camisa blanca. Se está tocando el pelo. Me encanta ese gesto. Es tan sexi…

—Garrido —le oigo decir. Me ha pillado con los ojos en la masa.

—Hum…

—¿No pasas frío? —Y levanta la ceja al preguntármelo.

El resto de mis compañeros se echa a reír. A pesar de que sé que es una reprimenda, sus ojos me violan por donde pasan. Yo ignoro el calor que me provoca en la parte baja del vientre y prefiero hacerme la tonta.

—Quizá alguien debería regular el aire acondicionado, es verdad.

—O a lo mejor es que vienes un poco ligerita de ropa hoy, ¿no? —aclara.

No, si... ya lo sabía yo.

—¿Cómo? —Le miro muy seria. Es un gesto al que no tengo habituados a mis compañeros y todos dejan de reírse al momento.

—Digo que es posible que ese pantalón sea demasiado corto.

—O puede ser también que tú me mires demasiado. Y eso es acoso. —Sonrío imitando ese gesto suyo que tanto me molesta, tensando los labios y devolviéndolos al momento a su sitio.

—Nunca se me ocurriría ponerte una mano encima, Garrido. Por lo que a mí respecta, tú tienes pene.

Una carcajada general suena dentro del *staff*. Joder, se ha levantado ocurrente. Me encantaría contestarle que por ponerme encima me ha puesto hasta la polla, pero prefiero seguir teniendo trabajo, así que soy un poco más fina y le digo:

—Ya, si yo siempre pensé que perdías un poco de aceite.

Patada al hígado.

No vuelvo a prestarle atención a pesar de que, en el fondo, disfruto un poco con estas discusiones veladas. Los duelos de ingenio solían saldarse con un polvo brutal cuando estábamos juntos, pero ahora me voy a tener que apañar con el señor Vibrador.

A las diez y media me muero de hambre, así que me voy a la máquina de comida envasada de la cafetería y saco una bolsa de patatas, aunque sé que es más hora para un café. Me apoyo en la pared bebiéndome una coca cola y eructando de vez en cuando mientras doy buena cuenta del aperitivo. Si no fuera por estos momentos de paz... Me suena el mensaje avisándome de que alguien me ha enviado un *whatsapp*. Es Gabriel.

«Me aburro. ¿A qué hora sales de trabajar?».

Sonrío al instante. ¿De verdad esto me está pasando a mí? Fantaseo con la idea de hacernos amigos y terminar siendo invitada a fiestones de los que hacen historia. Espero tener la oportunidad de romper una guitarra sobre una mesa de cristal. Siempre he querido hacer esas cosas. Y que se entere Álvaro, eso también. Le contesto:

«Salgo a las tres. ¿Qué pasa, mariquita? ¿Te vas a animar al final a acompañarme en mi fin de semana moñas?».

Bip. Le llega.

«No me toques los cojones», contesta, y añade al final una carita sonriente.

Ves, eso no me lo esperaba. Gabriel, el uso de los emoticonos en tus manos es extraño. Evítalo en futuras ocasiones.

«Perdona, pensé que a fuerza de llevar pantalones apretados ya no tendrías».

Bip. Le llega.

No contesta, pero algo me dice que se está partiendo de risa. Creo que le gustan mis salidas de tiesto. Todo lo contrario que a Álvaro. Le escribo otra vez:

«Ven, te pondré rulos».

Vuelve a no contestar. ¿Se habrá molestado por lo de los pantalones prietos? Me encojo de hombros y, tras terminarme las patatas, me chuperreteo los dedos aceitosos y me voy a mi sitio. Gracias a Dios tengo mucho trabajo, así que me mantengo ocupada toda la mañana. Las horas se me pasan volando y cuando quiero darme cuenta son las dos y media. En media hora estaré en la calle calentándome las piernas que, a decir verdad, tengo congeladas. En esas estoy cuando llaman de recepción y la mujer barbuda me dice que tengo una visita.

—¿Una visita? ¿Es mi madre? —Y se me pone la piel de gallina solo de imaginar la reacción que tendrá mi señora progenitora si: uno, me ve con ese pantalón tan corto y dos, ve a Álvaro.

—No, es un caballero —me dice Manuela que a juzgar por su mostacho también podría ser uno.

—Se han debido de equivocar —le respondo—. ¿O trae algún paquete? Si trae algún paquete lo recibo de mil amores.

—Garrido, sal de una vez… —Y el tono en el que lo dice me asusta un poco.

Cuelgo y me levanto de la silla. Álvaro me sigue con los ojos, aunque puede ser que solo siga a los pedazos de carne que llevo sin tapar. Este hombre tiene un apetito voraz. No sé cómo se las apañará ahora que no pienso volver a acostarme con él. Bueno, seguro que encuentra a alguna que se ofrezca voluntaria.

Al asomarme a la recepción el corazón se me desboca en el pecho porque un tío enorme, como la masa, me espera con los brazos cruzados. Tengo la tentación de salir corriendo por el pasillo en dirección a la otra puerta, pero no puedo. Me muerdo el labio. Qué miedo me da este hombre, por Dios. La mujer barbuda lo mira amedrentada por su tamaño y yo trato de encontrar la voz en mi garganta porque, claro, sé quién es y me imagino a qué viene.

—Hola, Volte —le digo en un gallito.

—Hola —saluda con su voz de gigante—. Gabriel me manda a preguntarle si ya puede salir.

Arqueo una ceja. Lo primero…, ¿me habla de usted? Pensaba que haber estado a punto de matar a alguien ya dotaba a la relación de confianza suficiente como para tutearle.

—¿Cómo? —inquiero otra vez.

—Gabriel le pregunta si…

—Ya te escuché, pero no te entiendo. Pensaba que él estaba…, ya sabes, en… ¿Estocolmo?

—No, en Edimburgo —responde.

—Eso.

—Pues no. Está ahí fuera.

Me entra la risa y me tapo los ojos. Pero… ¿qué coño?

—Bueno…, puede…, ¿puede esperar unos minutos?

—Y Manuela, la mujer barbuda, está flipando.

—Sí.

Vuelve a cruzar los brazos gordinflones sobre su panza.

—Puedes ir fuera con él si quieres.

—Me dijo que me quedara y la acompañara hasta el coche.

Pongo los ojos en blanco y me vuelvo hacia mi sitio, donde empiezo a recoger las cosas y guardo los cambios del proyecto en el que estoy trabajando. Evidentemente no entra en mis planes dejar media hora a ese hombre, Volte, sentado en recepción junto a la mujer barbuda. Las consecuencias podrían ser espeluznantes para mí. Imagínate que se enamoran, qué horror. Sus hijos saldrían gordos como papá y barbudos como mamá.

—Álvaro. —Y me doy cuenta cuando me mira de que lo he dicho en el mismo tono en el que le llamaba cuando después añadía un «cariño»—. ¿Tendrías inconveniente en que me marche un poco antes?

Mira el reloj.

—Has llegado media hora tarde. Deberías quedarte para recuperarla…

—Es importante. Me están esperando.

—Haberlo programado. —Y no me mira cuando contesta.

—Ha sido una visita no programada. De ahí el problema. —Se nota que empiezo a cabrearme.

—Ven y deja de gritar desde tu silla como una verdulera.

Cojo el bolso y apago la pantalla del ordenador. Entro en su despacho y cierro la puerta.

—¿Qué? —Me cruzo de brazos y me muerdo los labios por dentro.

—Aclárame una cosa… ¿Estás tratando de llamar mi atención o simplemente quieres que te echemos?

Me entra la risa y me revuelvo los rizos. Antes sus amenazas me ponían caliente como una perra, pero claro, eran amenazas un poco más subidas de tono, del tipo: «Si te portas mal esta noche te castigaré muy duro y muy fuerte». Al acordarme le echo tanto de menos que le odio. Me humedezco los labios y le contesto:

—Álvaro, por querer, querría vaciar un bidón de gasolina en tu despacho y prenderle fuego contigo dentro. Si hubieran venido tu madre y tu hermana a visitarte, más que mejor. Así que, por favor, déjame en paz. Si tienes quejas como jefe, ábreme un parte. Estaré encantada de discutirlo contigo y el coordinador de Recursos Humanos. A lo mejor tengo la suerte de que me reubiquen y me ahorro tener que verte la cara de soplapollas que tienes.

Y cuando acabo de decirlo sé que me he pasado diez pueblos y que, además, no sé por qué estoy tan enfadada; la verdad es que he llegado tarde y es lo mismo que diría al resto de mis compañeros en una situación como esa. Álvaro se pasa la mano derecha por el pelo y mira fijamente la mesa. Creo que he hecho pupita.

—Silvia...

—Lo siento. Lo siento, de verdad. He debido de olvidarme alguna de las pastillas para el síndrome de Tourette —trato de justificarme y hacerme de paso un poco la graciosa.

—Me gustabas más cuando venías borracha a trabajar. —A pesar de que esa frase parece relajada, su tono de voz me da a entender que está disgustado—. No vuelvas a llegar tarde, por favor. Y vete ya.

Ninguno de los dos se mueve. Él sigue mirando hacia su mesa y yo continúo clavada en la moqueta, muerta de ganas de acercarme y acariciarle el pelo, de pedirle perdón y abrazarle hasta que me duelan los brazos.

—Perdona... de verdad. Me he pasado —le digo.

—Te esperan —contesta.

Me encuentro a punto de echarme a llorar cuando cruzo la puerta del edificio. Estoy habituada a guardarme las ganas lo suficiente como para llegar a la calle, pero entonces veo un coche negro con las lunas tintadas y me acuerdo de por qué quería salir antes. Además, estoy acompañada de una mole inmensa, calva, que no me quita los ojos de encima. El humor me cambia al momento y no es por ese señor que se hace llamar Volte.

Llego hasta el coche casi trotando y doy un golpecito en la ventana del copiloto, pero es la de detrás la que se abre.

—O enseñas teta o nada.

Me giro hacia Gabriel y él abre la puerta. Me cuelo en el interior y temo que mi sonrisa de fan gilipollas no quepa dentro. Volte cierra la puerta y le doy un golpe a Gabriel en el brazo.

—¡Tendrías que haberme avisado! ¡Creo que tengo un millón de bragas tendidas en la cocina!

—Esperaré en el coche mientras vas a por tus cosas.

Pero... ¿adónde narices vamos?

20

El lunes no fue complicado disimular que Álvaro y yo nos habíamos pasado el fin de semana revolcándonos en nuestro propio sudor sexual. Lo realmente difícil fue soportar las agujetas. Y es que para aguantar los maratones sexuales que el caballero necesitaba, una debía tener un fondo físico del que yo, por supuesto, carecía.

Como habíamos planeado el domingo, el lunes apenas nos miramos. Bueno, lo hicimos lo habitual. Un par de comentarios maliciosos, como siempre, un par de caiditas de pestañas y yo contoneándome lo máximo posible delante de él. Para castigarle con el vaivén de mis caderas, como él decía. En ningún momento me pareció que aquello fuera peligroso para mí y para mi situación laboral.

A la salida, nos vimos en mi casa y cada uno llegamos allí por separado. Nos besamos en los labios a modo de saludo y Álvaro me llevó directamente a mi dormitorio, donde se quitó el abrigo y empezó a desabrocharse los zapatos con la clara intención de quedarse en porretas. Menos mal que yo ya había estado comentando el asunto con mis amigas y había recabado todos los consejos posibles.

—Oye, mameluco —dije con una espléndida sonrisa en los labios.

—¿Qué me has llamado? —contestó mirándome divertido.

—¿Quién te crees que eres? —y al decirlo la sonrisa se me había torcido en una mueca maligna—. ¿Crees que te voy a dejar entrar en mi casa y que sin mediar palabra voy a espatarrarme en la cama para que tú te satisfagas?

Álvaro levantó la ceja izquierda y se rio.

—Llevo todo el día pensando en esto. No creo que tú hayas podido pensar en otra cosa tampoco.

—Cómprate una muñeca hinchable. —Me apoyé en el marco de la puerta y después salí hacia la cocina, donde me puse a servir dos copas de vino.

Álvaro me siguió y le pasé una de ellas. Dio un sorbo al vino, dejó la copa sobre la encimera y después me envolvió entre sus brazos. Me apartó el pelo y comenzó a susurrarme al oído:

—Quiero hacerte tantas cosas que me duele. —Me cogió la mano y se la llevó a la entrepierna.

—¿Y qué quieres que haga yo? —contesté con aire inocente mientras le sobaba.

—Quiero que me quites toda la ropa, que te pongas de rodillas y te la tragues entera mientras te agarro del pelo.

Le miré sorprendida. Joder con Álvaro. Qué razón tenía al imaginarlo en la cama con la boca muy sucia.

—¿Y qué placer voy a encontrar yo en eso?

—En eso no lo sé. Pero después yo mismo me encargaré de que lo pases bien.

Apreté los labios entre mis dedos índice y pulgar y después le pregunté:

—Me tienes por una tía fácil, ¿no es eso?

—No. —Negó vehemente con la cabeza. Dio otro trago a su copa y después se volvió a acercar a mi cuello—. Pero esto… ¿no era un trato entre dos adultos que saben lo que se hacen?

Moví la cabeza, negando también.

—No. Esto va de un hombre que, cuando quiera darse cuenta, va a estar a mis pies. Deberías empezar ya a besar por donde yo piso, para coger práctica.

—¿A tus pies?

—Sí. Ya te lo dije. Soy muchas cosas. Solo hay que estar atento para descubrirlas.

—Si me creas demasiadas expectativas… —Sonrió.

—No te creo expectativas. Te preparo. ¿Vamos? —Lo llevé hasta la habitación y le quité la americana—. Tengo que aprender muchas cosas, sobre todo en la cama; sin duda tú vas a poder enseñármelas. Pero no creas que por eso yo no tengo nada que enseñarte. No me menosprecies o terminarás enamorándote. Y es algo que ninguno de los dos quiere, ¿verdad? —añadí sonriendo.

Le desaté el nudo de la corbata con manos torpes y seguí con los botones de la camisa. Quería disimular que me temblaban. Después del mocarro que me había pegado tenía que mantenerme segura de mí misma o demostraría lo colgada que estaba de él. Quería que aquello fuera mucho más que una aventura sexual. Pero… ¿a que los consejos de mis amigas son un alucine? Si aplicaran toda esta lógica a sus vidas no nos echarían de sitios como Loewe o El Corte Inglés de Callao.

Le quité la camisa también, le acaricié el pecho, lo besé y me puse de rodillas delante de él. Álvaro me siguió el rollo. Le desabroché el cinturón y le abrí la cremallera del pantalón que, con un tironcito cayó al suelo. Él se quitó los zapatos y los calcetines y lo lanzó todo a un rincón de una patada mientras yo

besaba húmedamente sus muslos hasta volver hacia su entrepierna. En la ropa interior que llevaba (unos bóxers negros
apretaditos, para las morbosas) se le marcaba una erección tre-
menda que saltó como un resorte cuando bajé la tela. Me acercó la cabeza y yo la cogí para llevármela a la boca, pero él me
apartó la mano.

—Sin manos. —Y se mordió el labio inferior con morbo.

Tanteé con la boca hasta conseguir deslizarla sobre mi
lengua. Él gimió y me agarró la cabeza con fuerza, alejándome-
la de él. Apreté los labios mientras me separaba. Después empujó con la cadera hasta rozarme la campanilla y contuve una
arcada.

—Shhh… —dijo cogiéndome del pelo—. ¿No querías
aprender?

La dejé escapar de entre mis labios húmedos y mirándole
le pregunté:

—¿Aprenderás tú de mí?

—Lo intentaré. —Sonrió. Besé la punta, abrí los labios y
la saboreé. Sabía a él—. Ladea un poco la cabeza —me dijo con la
voz tomada por el placer.

Le obedecí y de un golpe de cadera volvió a meterla hasta el fondo, pero esta vez no hubo arcada. Volvió a agarrarme
el pelo y, a la vez que jadeaba rítmicamente, empezó a meterla
y sacarla de mi boca. Puse las manos sobre sus glúteos, que se
convertían en piedra con el movimiento. A pesar de todo sí iba
a encontrar placer, al menos en el morbo. Ya notaba la ropa interior húmeda.

Ejercí con mis labios y mis dientes toda la presión posible
sin llegar a morder. Él aceleró el movimiento.

—Así, así… —dijo cerrando los ojos y soltando un gemido grave.

Dejé caer mis manos sobre sus piernas y giré de nuevo la
cabeza. Me dolían la mandíbula y el cuello. Estaba incómoda.

Un golpe volvió a provocarme una arcada, esta vez un poco sonora. Álvaro abrió los ojos y sacándomela de la boca me dijo jadeante.

—Ladea la cabeza mientras la meto. No te darán arcadas.

Volví a intentarlo y él susurró un «muy bien» que por poco no hizo que me corriera. Me pregunté si me avisaría esta vez. Después me pregunté si realmente me importaba que no lo hiciera. Pero sí lo hizo.

—Voy a correrme, Silvia… —Seguí un poco más—. Silvia… para o me corro en tu boca —gimió.

Pero seguí. Quería hacerlo. No podía parar.

Se apartó un poco y mientras su mano izquierda me apartaba el pelo de la cara hacia atrás, la otra dirigía su erección, dura y húmeda a mis labios entreabiertos. Se corrió cuando apenas había vuelto a abrir la boca y de un golpe de cadera volvió a colarla hasta el fondo. Quisiera o no, tuve que tragarlo todo.

Álvaro se dejó caer en la cama jadeante y desnudo y yo me pasé disimuladamente la mano por los labios húmedos. No me dijo nada. Ni a mí ni a nadie. Se quedó simplemente grogui, con los ojos cerrados, la respiración sobresaltada y la boca entreabierta. Me levanté del suelo y cuando volví del baño, Álvaro ya parecía dar muestras de estar vivo. Me hizo gracia pensar que era como un conejito que llegado el momento se desmayaba.

Me acerqué a la cama y me agarró de la muñeca, tirándome sobre el colchón a su lado. Cuando quise darme cuenta tenía su lengua dentro de la boca y su mano derecha debajo la falda. Me quité la blusa, la falda y los zapatos, pero dejé el resto: un sujetador negro de encaje tipo *bustier*, un *culotte* bajo de cadera a conjunto y unas medias de liga con encaje en el muslo. Álvaro me obligó a ponerme de rodillas en la cama y se colocó detrás de mí, con el pecho pegado a mi espalda.

La mano se metió por debajo de la ropa interior y dos de sus dedos se introdujeron en mí de golpe. Los dos a la vez. Estaba muy húmeda, pero noté la presión. Gemí y él los sacó para meterlos de nuevo, rápidamente. Me besó el cuello y susurró:

—Di mi nombre cuando te corras.

¡El muy morboso!

La mano izquierda se apuntó también a la fiesta y por un momento sentí como si en realidad un montón de brazos, dedos y labios me tocaran por todas partes. Pero yo quería más. Más.

—Por favor, Álvaro… —supliqué—. Fóllame…

—No puedo. Aún no. Dame un rato.

Quise llorar. Lo necesitaba dentro. Me tumbé, jadeante, y él se hizo un espacio entre mis piernas para ir bajando hacia la entrepierna. Supongo que ese es el trato, ¿no? Sexo oral por sexo oral. Pero no era lo que yo quería, así que lo sujeté y lo rodeé con las piernas.

—No. —Sonrió—. No voy a poder, Silvia.

—Inténtalo.

Se acomodó y noté un comienzo de erección.

—¿Ves? —dije sonriente.

—En cuanto me ponga el condón baja. —Se rio—. No quiero hacer el ridículo. Dame un rato.

Me acaricié con él y se removió al tiempo que notaba cómo se iba endureciendo cada vez más. Me estiré y alcancé un preservativo de mi mesita de noche.

Álvaro chasqueó la lengua y poniéndose de rodillas abrió uno con la boca y lo desenrolló. Me encantó cuando se tocó en un par de sacudidas, tanto que abrí las piernas invitándolo. No tardé mucho en sentir cómo se acostaba encima de mi cuerpo; levanté las caderas y él se clavó en mí. A los dos se nos escapó un gemido seco. Dimos la vuelta y me coloqué encima. Álvaro me quitó el sujetador e, incorporándose, se hundió entre mis pechos, dando pequeños mordiscos. Mientras tanto, mis caderas iban arriba y abajo sin poder parar y cada vez notaba a Álvaro más duro y más firme dentro de mí. Y cada vez se deslizaba con mayor facilidad.

—Joder… —gruñó agarrándome los muslos. Lo hizo con tanta fuerza que me dejó la marca de la yema de los dedos.

Empezamos a besarnos desesperados. Más lengua que beso, la verdad. Estaba tan caliente que pensaba que sería capaz de hacer cualquier cosa que me pidiera. Pero no pidió nada. Solo me tiró sobre el colchón y me dio la vuelta, poniéndome a cuatro patas. Arqueé la espalda y me penetró con rabia, cogiendo y tirando suavemente de mi pelo. Me llevé la mano entre las piernas y me acaricié, pero de un manotazo me la apartó.

—No —dijo firmemente.

Me puso la mano en la espalda y la sujetó con la suya. Gemí y tiró un poco de ella hacia arriba. Me quejé pero no sé si porque quería que me la soltara o que volviera a tirar. El dolor del brazo se confundía con el placer de las penetraciones. Lo hizo de nuevo y se me apretaron hasta los dientes; después la soltó y yo agarré la colcha, acercando la cabeza más a su superficie, casi dejándome caer. Me enloquecía.

Álvaro gruñó y de un empujón me tiró boca arriba sobre el colchón y se tumbó encima de mí, clavándome una erección que… cualquiera diría que hacía cosa de media hora había tenido una sesión de sexo oral.

Y al verle resoplar, gemir y jadear, lancé un aullido y me corrí, convirtiéndome en solo un amasijo sin sentido, sin pies ni cabeza. Un trozo de carne recorrida por completo por una pulsación brutal. Sentía la sangre bombear con fuerza en mis sienes, en mi cuello, en mi pecho. Y en el vértice entre mis muslos algo también palpitaba con fuerza hasta descargar una corriente eléctrica en mis piernas. Lancé un alarido y arqueé la espalda.

Álvaro no tardó en correrse también. Salió de mí, tiró el preservativo empapado y terminó sobre mi vientre con un gruñido de satisfacción. Y como un conejito, se dejó caer medio desmayado a mi lado en el colchón. Me eché a reír y Álvaro, que se revolvía el pelo, me miró y se contagió.

—¿Qué pasa? —preguntó.

—Pues parece que tú también tienes muchas cosas que aprender de ti mismo, ¿no?

—Oh, no. Eso. —Me señaló el estómago—. Eso es lo que tú haces conmigo. Es cosa tuya.

Alcancé mi cajita de kleenex y me limpié como pude.

—Voy a darme una ducha. ¿Vienes? —dije arrugando el pañuelo de papel.

—Sí, pero como no me sodomices, no creo que pueda responderte sexualmente.

—Sodomizarte, ¿eh? —fingí estar planteándomelo.

—¿Tienes con qué?

—Pues… sí.

Abrí el cajón de mi mesita y saqué un vibrador pequeño que mis amigas me habían regalado en Navidad. Navidad. Por aquel entonces creía que Álvaro jamás me follaría y que además era una persona completamente diferente. Y solo hacía tres días que andaba con él. Lo que me quedaba a mí por aprender…

—Hum… —dijo sonriente—. No me apetece nada ser sodomizado, pero ese aparatito me sugiere muchas posibilidades para próximas ocasiones.

Lo dejé caer de nuevo dentro del cajón y, desnuda, me recogí el pelo en una coleta y fui hacia el cuarto de baño. Álvaro me alcanzó en la puerta, también desnudo, y me abrazó mientras me besaba los hombros.

—Cuidado… —Me reí—. Terminarás enamorándote.

—Y tú —susurró en mi oído—. ¿Yo? Ay, yo creo que ya lo estaba. Me giré y nos besamos—. Oye… —Se frotó la barbilla mientras yo abría la ducha y probaba la temperatura del agua con la mano.

—¿Dime?

—Pues que, como tienes tantas cosas que aprender y yo parezco ser un buen maestro y dado que, además, consideras que tú puedes enseñarme algunos trucos también... parece que vamos a vernos a menudo.

—¿Qué quiere decir eso en tu idioma regio? ¿Quieres decirme que te has dado cuenta de que te gusto mucho?

Me metí debajo del chorro del agua y los pezones se irguieron. Él me acompañó y rodeó uno de mis pechos con su mano.

—Quiero conocerte —dijo de pronto muy serio, con los ojos en mis tetas.

—Ya me conoces hasta en el sentido bíblico.

—Quiero conocerte de verdad.

—¿Quieres salir conmigo?

Sonrió de nuevo. Creo que no le gustaba esa expresión.

—Yo no salgo con chicas. O follo con alguien o tengo novia en serio.

—Pues yo aspiro a ser una novia con la que folles, mira por dónde.

Frunció un poco las cejas, como si en realidad intentase leerme, pero con una sonrisa.

—Eres brutalmente sincera..., creo que voy a necesitar tiempo para acostumbrarme.

—Tienes toda la vida. —Le guiñé un ojo.

—¿Te importaría entonces tomarte la píldora?

Arqueé una ceja.

—¿Y eso?

—Odio esos bichos. Me cortan el rollo.

—Pues no sé... —No es que me molestara salvajemente la propuesta, pero sentía que tenía que ejercer un poco de resistencia.

Álvaro decidió utilizar la artillería pesada. Se acercó, jugueteó con el lóbulo de mi oreja y susurró:

—Dime que no te mueres de ganas de sentir cómo me corro dentro de ti y te lleno toda…

Imaginé una escena con ese final y dilucidé rápido:

—En cuanto certifiques que eres una persona completamente sana, no tendré problema.

—Pues me parece que has tragado ya mucha agua del pozo antes de saber si es potable, ¿no?

Aquella noche cenamos comida india y después se fue. Y a la mañana siguiente yo pedí hora con mi ginecólogo.

21

S ubo a casa sin saber muy bien qué coger. Gabriel ha dicho que haga «la típica bolsa de viaje de fin de semana con chicas», pero cuando yo hago un fin de semana de chicas con mis amigas, no me voy a ningún lado: todas vienen a mi casa cargadas de alcohol y DVD con películas lamentables en las que sale algún tío bueno poniendo cara de hombre torturado. En fin. Trato de ponerme creativa e imaginar todas las situaciones posibles para tener cubierto un margen grande de «cosas que me pueden pasar». Así que cogería hasta un traje de buzo si lo tuviera. Pero como no lo tengo, me contento con el biquini.

Trato de asearlo todo un poco y me siento encima de la maletita de fin de semana para poder cerrarla. Después me voy, superemocionada. En el ascensor me acuerdo de mi madre y para evitar llamadas que me pillen en un momento extraño (dícese destrozando una mesa de cristal guitarra eléctrica en mano) le envío un SMS y le digo que voy a pasar el fin de semana con

Bea en la casa que sus padres tienen en la sierra (que no tiene teléfono fijo), tomando el sol, dándome unos baños y bebiendo mojitos. Se le dan de vicio los mojitos a Bea…, casi tan bien como a mí las mentiras. Después la aviso a ella de la treta y prometo darle explicaciones el domingo por la noche. Me contesta enseguida:

«Si te estás follando a alguien o a algo, quiero saberlo, zorrasca. No te llamo hasta el domingo pero a cambio tú me darás todos los detalles, hasta si hay pedos vaginales».

Volte está esperándome fuera del coche para cargar mi equipaje en el maletero, que, por cierto, está completamente vacío. Supongo que Gabriel ya habrá dejado sus cosas allá donde vayamos. O alguien las habrá dejado por él. ¿Dónde puñetas iremos? Se lo pregunto pero no suelta prenda. Solo me dice que está en un pequeño *impasse* y que le va a venir bien un fin de semana de chicas para desconectar.

—¿Eres gay? —le pregunto arqueando las cejas. Mentalmente cruzo los deditos y mi Silvia interior da saltitos mientras suplica: «que diga que no, que diga que no».

—No. Me van más las tías —dice mirando a través del cristal polarizado mientras esboza una sutil sonrisa. No sé por qué, da la sensación de que a pesar de todo Gabriel no está acostumbrado a sonreír.

De pronto entramos en un parking y como lo estaba mirando a él, con ese perfil tan jodidamente atractivo que tiene, no me he dado cuenta de dónde me lleva. Igual debería estar asustada porque no conozco de nada a Gabriel y a juzgar por sus vídeos musicales está un poco tarado. Pero eso es más bien lo que me diría Álvaro si lo supiera. Acordarme de él me vuelve a poner de un humor extraño.

El coche aparca en una plaza amplia y Volte baja y nos abre la puerta. Miro alrededor, pero no hay nada que me indique dónde nos encontramos aparte del clásico parking de pago.

Hay un ascensor con pinta elegante. Subimos y Gabriel me pregunta si sé dónde estoy.

—Sé que hemos hecho un recorrido relativamente corto hacia el norte y que no hemos salido de la ciudad, pero… ¡joder! Es que esos brazos tan tatuados me desconcentran.

Gabriel mueve la cabeza de un lado a otro, riéndose, y me doy cuenta de que no tengo mi maletita. La lleva Volte y está de lo más ridículo con ella porque es verde con lunares y muy pequeñita. En sus manos parece un *clutch*.

—Oye, Volte, ese bolso te queda de miedo.

Él gruñe como contestación y Gabriel y yo nos reímos a carcajadas.

Llegamos a un vestíbulo grande, oscuro y elegante y sé al momento dónde estoy. La única vez que he estado aquí fue para traerle una muda de ropa y muchos profilácticos a una amiga que estaba ennoviada con un *millonetis*. Es el hotel Eurostars Madrid Tower. Pero no pasamos a hacer el *check in*, él debe de tener quien lo haga por él, claro. Vamos directamente a la suite presidencial. En las alturas. Estoy supercontenta. ¡La suite presidencial del hotel más nuevo de la ciudad! Y me han dicho que el *spa* tiene unas vistas increíbles de todo Madrid.

Cuando entramos me alucina ver el tamaño de la habitación. Bueno, habitación… Es el doble de grande que mi casa.

Volte deja mi maleta en la habitación y yo me dedico a mirarlo todo con la boca abierta.

—¿Siempre te alojas en la suite presidencial?

—No siempre. Pero hoy era nuestro día de chicas. —Levanta las cejas y se arremanga un poco más la camiseta negra de algodón—. Hemos tenido suerte de que estuviera libre.

—Pero… ¿por qué? —y lo digo con una sonrisa enorme, como si alguien hubiera cedido por fin a mi insistente petición de unir en santo matrimonio el chocolate blanco, los ositos de gominola y la ginebra.

—¿Por qué no? —y lo expresa con ese aire emo que me encanta, como si su siguiente frase fuera: «dentro de poco habremos muerto».

Me río casi histéricamente y entro en el cuarto de baño. A-LU-CI-NO.

—¿Has visto la bañera? —grito, y después doy más saltitos y hago más ruiditos de ardilla con los puñitos juntos, en el pecho.

—Entonces dime, ¿cuál es el plan? —Se deja caer en la cama y saca un paquete arrugado de cigarrillos.

—No estoy segura de que se pueda fumar.

—Me parece que ese es un problema con el que tendrán que lidiar otros. —Sonríe—. ¿Qué te apetece hacer?

—Pues… —Doy vueltas por allí como un perrillo—. No sé. ¡Ay! ¡Qué fuerte!

Gabriel se ríe, le da una honda calada a su cigarrillo y se levanta.

—He planeado algunas cosas de esas que os gustan a las chicas. Tenemos la piscina del *spa* reservada a partir de las nueve. Y un masaje… ¿a qué hora? Espera.

Saca el teléfono móvil de sus vaqueros apretados y llama a un número de marcación rápida.

—¿A qué hora es el masaje? —Se apoya en el cristal de la ventana y le da otra calada al cigarrillo. Se gira poniendo los ojos en blanco—. Oye, en serio, tía. ¿Sabes dónde pollas tienes la mano derecha? ¿Es que no sabes hacer una puta mierda bien? —Cuelga y tira sobre la cama el teléfono, pero a pesar del tono en el que ha hablado, sigue pareciendo apático, como siempre—. Vaya, pues resulta que no hay nada programado porque mi asistente aquí se ha hecho un lío y probablemente haya contratado, no sé, un enano que se nos desnude en la habitación.

Sonrío y le digo que si sale de dentro de una tarta no estará mal. Me contesta a la sonrisa y se encoge de hombros.

—Pues no hay masaje.

—¿Cómo que no? ¡Y debería invitarnos la casa! ¡Eres Gabriel y eres supermacarra!

Me acerco muy decidida al teléfono de la habitación y llamo al conserje, que me contesta muy amablemente.

—Hola, buenas tardes. ¿En qué podría ayudarle?

—Hola, verá, le llamo desde la suite presidencial. Soy la asistente personal del señor... —tapo el auricular— Gabriel, ¿cómo te apellidas?

—Herrera.

—¿Te llamas Herrera de apellido? —Me descojono y sigo con mi conversación con recepción—. Soy la asistente personal del señor Herrera. Verá, el segundo asistente ha olvidado programar un masaje para el señor Herrera y su acompañante, una guapísima señorita así, con el pelo tipo ardilla, no sé si le ha llamado la atención.

—¿Disculpe? —Debe de pensar que le están tomando el pelo.

—Necesitamos la piscina del spa cerrada para él a las nueve de la noche y agradeceríamos que nos facilitaran una reserva para un masaje esta tarde, antes de las nueve, claro. Justo antes sería perfecto.

—Pero... disculpe, no es posible cerrar la piscina para un cliente. Nosotros no podemos...

—Perdone, ¿puedo hablar con la persona encargada de las relaciones públicas del hotel? Creo que con usted no voy a poder solucionar este problema.

—Sí..., si me perdona, ahora mismo lo localizaré para que le devuelva la llamada.

—Pronto, por favor. Estamos cansados del viaje. Ha sido un vuelo muy largo. —Cuelgo y me giro hacia Gabriel, que sigue imperturbable—. Como ves, no he dado a entender que eres un jefe déspota y caprichoso, tipo Naomi Campbell.

—Podías hacerlo. Me la suda. —Sonríe—. ¿Qué te han dicho?

—Que ahora me llama el relaciones públicas. ¡Qué emoción! —Me acerco a Gabriel, que se ha sentado en una butaca, y, robándole el cigarrillo de entre los labios, le doy una calada—. Entonces ¿cuál es el plan? —farfullo.

—Pues no sé. Eres tú la que sabe de qué van estos fines de semana de chicas.

—Acostumbro a pasar los fines de semana de chicas con chicas, llámame caprichosa si quieres.

—Yo me amoldaré a ti. Cuando llame ese tío, pídele todo lo que se te antoje. Y no te preocupes por el dinero. ¿Entendido, asistente?

Y sonríe. ¿Que no depare en gastos? *¡Mecagüenla!* Qué mono eres, leñe. El teléfono suena y llaman a la puerta a la vez. Volte se encarga de la puerta y yo del teléfono.

—Buenas tardes, señorita, mi nombre es Gonzalo Martínez. Me he tomado la libertad de mandar a su suite una botella de champán, por las molestias.

¿Qué molestias?, me pregunto mientras veo cómo un chico del servicio de habitaciones deja junto a una mesa una cubitera con una botella y una bandeja con fruta.

—Se lo agradezco mucho, señor Martínez.

—Llámeme Gonzalo. Su nombre es…

—Silvia.

—Estupendo, señorita Silvia. Me ha comentado mi compañero que el señor Herrera desea tener la piscina del *spa* un ratito para él. No habrá ningún problema. A las nueve de la noche ningún otro cliente podrá acceder a las instalaciones. Además, me he tomado la libertad de pedirle a nuestras masajistas que se queden un ratito más hoy para que puedan darles unos masajes cortesía de la casa. Les irá estupendamente después de su vuelo.

—Oh… —Me sorprendo de cuántas puertas abre el nombre de Gabriel.

—¿Le gustaría alguna otra cosa?

—Pues… —Miro a Gabriel—. Agradeceríamos una cubeta de hielos. ¿Quieres algo más? —digo dirigiendo la vista hacia Gabriel, que niega con la cabeza y me dice que pida yo lo que quiera—. Y… ¿podrían…? Palomitas con mantequilla. Y gominolas en cantidades ingentes y chocolate blanco. Y… —Miro a mi alrededor, nerviosa. Hay tantas posibilidades—… Una botella de ginebra Citadelle, algunas tónicas para preparar nosotros los combinados y un paquete de cigarrillos marca Vogue, Extralarge.

—Y un cenicero —añade Gabriel.

—Y un cenicero —repito.

—¿A qué hora quiere que sirvan esto? —No se extraña de lo del cenicero.

—Pueden ir trayéndolo en cuanto puedan.

—Un placer.

Cuelgo y flipo en colores.

—El masaje a las ocho. La piscina cerrada para ti a partir de las nueve. Y las chucherías en cuanto lo recolecten todo.

—Qué eficiencia la tuya. Voy a tener que contratarte.

Y sonríe. Cuando lo hace parece de verdad y no una reproducción en cera de sí mismo.

Volte ha ido a mi casa a recoger mis DVD de *Sexo en Nueva York* porque Gabriel no los ha visto nunca y si quiere un fin de semana de chicas, ese es el mejor entretenimiento. Le he dicho que tiene que criticar a los hombres y limarse también las uñas, pero no quiere. Y eso que las lleva mal pintadas de negro y son un auténtico desastre.

Me acerco a donde él está sentado, junto a una gran ventana, y le paso la tercera copa. Brindamos.

—¿Te diviertes? —pregunta.

Asiento.

—¿Y tú?

—Claro. —Y parece quitarse de encima esa continua desgana con la que habla.

—Voy a tener que solucionar esa manicura chusca que llevas.

—No te preocupes. —Encoge los dedos y llaman mi atención sus nudillos tatuados.

—Tatuarse los nudillos en plan carcelario debe de doler un buen par de cojones peludos.

Me mira de reojo y se parte de risa.

—Sí duele, sí.

—¿Cuál es el tatuaje que más te ha dolido?

—Creo que el de los nudillos. —Vuelve a abrir y a cerrar las manos.

—¿Y duele mucho tatuarse?

—¿No lo has hecho nunca? —Y cuando lo pregunta parece no creérselo.

—No. Siempre he querido, que conste. Pero como mis amigas no quieren acompañarme siempre voy posponiéndolo. Ir borracha y sola a un estudio de *tatoos* no es divertido.

—Yo te acompañaré. —Sonríe—. Pero no aquí. En Los Ángeles hay un sitio…, la tía me flipa.

—Seguro que es como la de *L.A. Ink*.

—Es la de *L.A. Ink*.

Me empiezo a reír.

—Siempre ha habido clases, ¿eh, macarra?

—¿Qué te tatuarías?

—No lo sé.

Sí que lo sé. Quiero tatuarme algo que signifique amor y que al mirarlo me recuerde que lo merezco. Es lo único que he buscado siempre en la vida. Con mis amigas, en mi familia, con los hombres. Quiero que me quieran. Y quiero querer hasta volverme loca. No sé si esas cosas existen, pero si no lo hacen, deberían.

—Yo te acompañaré. —Sonríe otra vez y Volte llega con mis DVD en ese momento.

Cuando llevamos un par de horas viendo capítulos de *Sexo en Nueva York* y engullendo ositos de gominola, me doy cuenta de que estoy borracha. No hemos parado de tomarnos copas. Claro, como no ha sido como la típica noche con mis amigas en las que todas bebemos rápido para ver quién pilla el pedo antes y más barato, no me he dado cuenta.

Gabriel está alucinando con la serie. Dice que es como si hablaran en japonés la mayor parte de las veces. Pero parece interesado. Incluso frunce el ceño. Creo que no entiende a las mujeres. Si las entendiera un poco supongo que no estaría aquí acostado a mi lado en la cama en esa postura tan sexi. Creo que van a tener que cerrar esta planta al público durante mucho tiempo, porque voy a invadirla con mis babas. Es jodidamente guapo, joder. No me había dado cuenta de lo alucinantes que son sus ojos. Brillan un montón y son de un color caramelo que no había visto jamás. Nos empeñamos en pensar que unos ojos claros pueden con todo, pero no encuentro nada en el mundo contra lo que no ganen esos dos ojos avellana.

Dejo la copa vacía en la mesita de noche y aprovecho que termina un capítulo más para apagar el DVD con el mando a distancia.

—¡Eh! —se queja Gabriel—. ¿¡Y qué pasa con Mr. Big!?

Me echo a reír. Su cara es un poema. Tiene, como siempre, todo el pelo por el rostro, que se aparta de vez en cuando a manotazos nada efectivos, como los de un niño. Los ojos llaman poderosamente la atención en su cara bonita. Tiene una naricita muy mona y la boquita pequeña. Si no fuera porque estoy segura de que está muy cerca de cumplir la treintena, diría que apenas es un adolescente. Un adolescente problemático. Pero sin granos.

—Aún tienes que explicarme por qué has venido este fin de semana —le digo.

Me quita el mando de la mano y saca el paquete de cigarrillos de su bolsillo.

—Estaba aburrido como una mona. Pensé que sería guay pasar un fin de semana diferente contigo.

Miro el reloj. Son las siete y media. Conmigo, dice.

—Deberíamos ir preparándonos para el masaje.

Salgo con el albornoz del hotel y cara de yonqui que se acaba de meter un chute. El masaje ha sido impresionante. Una señorita me indica con una sonrisa amable dónde se encuentra la piscina. Está todo poco iluminado. Son las nueve y poco y se empieza a hacer de noche en Madrid. Las luces de la piscina lo envuelven todo con un eco azulado. En un rincón de la piscina está Gabriel en bañador, metido hasta la cintura en el agua y apoyado con los codos en el borde mirando hacia fuera, por el gran ventanal. Parece absorto, como siempre. El humo de un cigarrillo se eleva sinuoso y yo pierdo la mirada en él.

Me meto en el agua por la escalerita, me resbalo, me cojo a la barandilla y consigo no caer. Solo se escucha un chapoteo. Como él está de espaldas creo que no me ha visto pero de pronto se echa a reír.

—Joder, Silvia, estás abocada al desastre.

—No lo sabes tú bien.

El agua está templada, así que me meto con naturalidad y voy hasta él. Me ofrece su cigarrillo y le doy un par de caladas mientras él lo sujeta entre sus dedos.

—Cuéntame cosas —dice con esa voz grave y aterciopelada.

—¿Sobre qué?

—Sobre…, no sé. Sobre por qué no podías dormir el otro día, por ejemplo.

—¿Por qué siempre me pides que te cuente cosas?

—Porque me gusta tu voz —y al decirlo me mira directamente a los ojos.

Me quedo muda. Sé que no hay nada romántico en ese comentario. A decir verdad, el motivo por el que Gabriel y yo estamos tan cómodos el uno con el otro es que ninguno de los dos tiene la intención de complicarse con una historia de sexo, amor salvaje ni nada parecido. Lo primero, porque Gabriel no cree en el amor y lo segundo, porque está habituado a andar con chicas cuyo trabajo es desfilar medio desnudas en las mejores pasarelas del mundo. No hay color. Aun así, escuchar a alguien como Gabriel diciendo eso me conmociona un poco. Porque lo dice con una dulzura que no me esperaba.

Me recompongo y empiezo a hablar.

—No tengo problemas, pero… —Me apoyo en el borde y dejo flotar las piernas—. La historia con Álvaro a veces me quita un poco el sueño. Me siento una pesada hablándote de estas cosas…

—No. Explícamelo.

—No sé. Sé que no tiene sentido y que ya no hay más donde rascar, pero lo nuestro fue siempre muy intenso y es como… —lo miro buscando las palabras con las que explicar el nudo que se hace en la garganta cuando pienso en el tema—, como cuando descubres una de esas canciones que te duele a morir pero no puedes dejar de escucharla. Seguro que eso lo entiendes.

—Lo entiendo. —Se ríe—. Es tu vicio. Te hace daño pero… no puedes evitarlo. Tu droga.

Le miro sorprendida por la intensidad que le da a sus palabras.

—Algo así —asiento.

—¿Y funciona la terapia de desintoxicación?

—No lo sé. Por ahora no. Sigo teniendo el mono. Y recaigo de vez en cuando...

—¿Crees que volveréis?

—No. —Niego con la cabeza—. Pero no creo que pueda deshacerme nunca de esa corriente eléctrica que siento cuando..., cuando me toca o me mira o..., o me habla. Y creo que en su caso también es así. Es brutal, pero en sentido literal. Lo nuestro es demasiado físico, demasiado impulsivo, demasiado... Todo lo hacemos mal.

—Te comprendo bien.

—¿Qué hay de ti?

—¿De mí?

—Sí.

Apaga el cigarrillo y se da la vuelta para mirar al interior de la sala que empieza a oscurecerse. Los ojos le brillan un montón con el reflejo del agua. Se echa el pelo hacia atrás y descubro que detrás de ese pelo revuelto es mucho más guapo. Pero guapo de verdad. Detrás del pelo revuelto hay un hombre guapísimo, muy varonil y elegante. Siento un cosquilleo en el estómago, una suerte de magia en el ambiente que quizá sea la responsable de que él siga hablando.

—Yo me levanto, fumo, toco la guitarra y respiro. Hace tiempo lo hice por alguien, pero no funcionó. Y ahora todo es inercia. Follo de vez en cuando, me cuelgo de una tía en un bar o incluso me escapo a ver a otra si me apetece. Pero creo que el amor no es para mí. Apenas creo que exista.

Se gira y me sonríe. Me sorprende pensar que a pesar de todo no suena melancólico.

—A mí me ha fascinado el «follo de vez en cuando». —Me río para quitarle importancia a su derrotismo—. ¿Es importante el sexo para ti, Gabriel?

—¿Importante? —Arquea las cejas negras y con una sonrisa resopla—. Es uno de los motores que nos impulsa. Creo que todos los pecados capitales acaban siendo importantes. ¿Y para ti?

—Antes para mí follar era gustirrinín. —Los dos nos miramos y nos reímos—. Ahora es otra cosa. Álvaro lo convirtió en otra cosa… y ahora es sencillamente parte del amor.

22

Un par de días después recibí en mi correo electrónico un documento escaneado que resultó ser el resultado de los análisis de Álvaro. Se había dado prisa. Ese papel certificaba que era una persona completamente sana, de modo que esa misma tarde tuve la cita con mi ginecólogo, que ya me había encargado de pedir por teléfono. Unos días más tarde yo pude hacer lo mismo con él. Empezaría a tomarme la píldora en poco tiempo y a la tonta de Silvia, la ardilla, le parecía importante. ¿Por qué? Pues porque: a) suponía que al menos estaríamos juntos más de un mes, que es lo que tarda en ser efectiva, y así, pensaba, podría enamorarse de mí; b) porque me parecía íntimo y lo íntimo siempre me gustó más que lo sexual, y c) porque era la primera vez que yo decidía hacer una cosa así por un hombre.

Aquella semana establecimos la rutina de vernos todos los días después del trabajo, excepto la noche del miércoles, en la que él tuvo una «cena de negocios». Me dijo que podía pasarse por mi casa al terminar, pero no me sentía cómoda con la idea de que viniera a las doce de la noche a verme. Abrir la puerta a esas horas para echar un polvo y dormir sola después no era lo mismo que viniera a las ocho de la tarde, folláramos, nos diéramos una ducha, cenáramos algo y después yo me quedara sopa en el sofá y él me despertara para una sesión de «mambo» antes de irse.

Cuando llegó el fin de semana, fue raro. Llevábamos una semana entregados al sucio fornicio. Él me desnudaba, se arrodillaba, paseaba la lengua entre mis muslos y yo, agarrándole del pelo, le decía cosas sucias que a él le encantaban. Después de toda aquella intensidad y de tanto descontrol, ¿qué haríamos el sábado? ¿Quedar para ir al cine?

Álvaro me dijo el viernes por la tarde, por teléfono, que tenía que hacer cosas el sábado por la mañana pero que si me parecía podríamos quedar para comer. Eso suponía un avance. Ya no estaríamos metidos en la cama todo el rato, como me temía. Así que, claro, dije que sí. La conversación telefónica, que se esperaba del tipo «quedamos a esta hora en este sitio, sí, adiós, mua», se alargó un poquito. Sin que tuviera que preguntarle nada me estuvo explicando que había pensado poner una estantería más en su despacho y que iba a acercarse a Ikea para comprarla. Y enfrascados en una conversación sobre muebles con nombres impronunciables y albóndigas suecas, decidimos que a lo mejor era divertido ir juntos.

El sábado pasó a buscarme a las doce en punto.

—Qué guapa —dijo al verme entrar en su coche.

—Gracias. Tú tampoco estás nada mal. —Me senté en el asiento del copiloto y me quedé mirándolo, sonriente—. ¿Qué pasa? —le pregunté al ver que vacilaba.

—¿No me das un beso?

—No sabía que ya éramos de esas parejas que se saludan con un beso.

—En el trabajo no puedo hacerlo, pero en mi coche no hay normas y si las hay, son pro beso.

Me acerqué, clavándome un poco el freno de mano, y Álvaro me besó. Un beso escueto al principio, pero después, cuando ya me retiraba, me sujetó y me metió la lengua dentro de la boca deslizándola alrededor de la mía. Gemí. Álvaro besaba tan bien que empezaron a arderme ciertas costuras de los pantalones.

Una de sus manazas me estrujó un pecho y yo me dejé hacer mientras él, de pronto, me besuqueaba todo el cuello, dándole pequeños mordiscos, y me lamía la oreja. Me deshacía entera. En lo único en lo que pensaba yo de pronto era en abrirle la bragueta y regalarle una mamada.

—¿Subimos a tu casa? —susurró, como si me adivinara el pensamiento.

—No, no…, a Ikea, a Ikea —dije tratando de parar las manos que intentaban ascender por dentro de mi ropa.

—En Ikea hay camas, pero no creo que podamos seguir mucho más. —Y de un tirón bajó la copa del sujetador, dejando escapar uno de mis pezones que gritó de júbilo al ser atrapado por sus dedos.

—Para. Para —gemí.

—Creo que podría hacer que te corrieras solo con tocarte las tetas —dijo en un tono sucio junto a mi oído.

Le di un manotazo y le obligué a que sacara las manos de allí. Volví a mi asiento y le pedí por favor que se comportara mientras me metía las tetas de nuevo dentro del sostén, que para algo estaba. Resopló y tragó. Su nuez fue arriba y abajo y, ay Dios, qué bueno estaba. Dio una vuelta a la llave de contacto y el motor ronroneó.

—Vamos al de La Gavia, ¿vale? —Asentí y le acaricié la pierna—. Si me tocas mucho voy a tener que parar. Lo digo en serio.

Ikea un sábado por la mañana es el maldito infierno en la tierra, así que nos arrepentimos mucho y muy fuerte de haber elegido ese día para ir.

—Mierda de niños —murmuró entre dientes cuando un montón de chiquillos le pasaron corriendo entre las piernas haciendo que nos separáramos un metro al caminar.

—¿No te gustan? —dije volviendo a su lado.

—Los odio. —Se pasó la mano por debajo de la nariz y después cargó la caja con la estantería—. No me hago la vasectomía porque… no sé por qué no me la hago, la verdad.

Hum… ¿Yo quería niños alguna vez? Pasó uno a mi lado sacándose un moco. No, por ahora no me apetecía. Ya lo discutiría con él más adelante. Sujeté contra mi pecho las velas perfumadas que había comprado para mi casa y el par de marcos de fotos y le sonreí.

—Tengo hambre.

—¿De qué? —Me lanzó una miradita.

—De comer.

—De comer ¿qué?

Me eché a reír. Sin voz vocalicé la palabra «polla». Se le abrieron los ojitos con ilusión.

—Vamos a casa, yo lo soluciono —dijo muy diligentemente.

—Quiero comer *sushi*. Arriba hay un *sushibar* —cambié de tema.

—¿Y lo otro? ¿De postre?

—De postre quiero helado.

—Con el helado se me siguen ocurriendo cosas…

Cargamos el coche y subimos a la segunda planta, donde había más gente que en la guerra. Casi estuve a punto de flaquear y pedirle que nos fuéramos, pero como el *sushibar* era el local menos concurrido, nos animamos. Nos dieron una mesita junto a la barra, al fondo, y yo me concentré en elegir los platitos que más me gustaban de la cinta transportadora mientras Álvaro iba al baño. Volvió secándose las manos sobre el vaquero y con una sonrisita un poco insolente.

—¿Qué pasa? —Cogí los palillos.

—Cuando lleguemos a tu casa —se acomodó en la silla— voy a hacer que te corras de tantas maneras diferentes…

Abrí los ojos como platos. Maldita sea. Lo decía con ese tonito de voz tan suave, sin llamar la atención de nadie más que la mía, que me derretía las bragas.

—¿Y eso? —pregunté sorprendida.

—La tengo dura desde el beso en el coche. Empieza a dolerme. La culpa la tienes tú y tú lo vas a pagar.

—Iba a preguntarte por qué eso te hace sonreír pero mejor me centro en cómo concretamente voy a pagarlo.

—La peor de las torturas es la espera. —Arqueó la ceja izquierda y a mí se me cerró el estómago. Y la mesa estaba llena de platitos con piezas de *sushi* que yo me había concentrado en recolectar—. No tengo muy claro si practicar un poco de «negación del orgasmo» o si volverte loca y después hacerte lo que me venga en gana.

—¿Y qué te viene en gana?

—Metértela por todas partes. Todas. Y te va a gustar tanto que no vas a poder decirme que no nunca más.

Oh, Dios. Tragué saliva con dificultad y, tras dar un trago de agua que acababan de traer, empecé a zampar. No, no era la idílica relación que yo buscaba con él, pero confiaba en que el sexo fuera abriendo el camino a la intimidad. Había algo en Álvaro que me decía que él también quería enamorarse.

Gracias al cosmos la conversación se relajó un poco cuando le conté que había soñado que tenía un cuerno en mitad de la frente con el que abría latas de piña en su jugo, que usaba luego para lavarme el pelo. Supongo que la risa, en ese tipo de situaciones, es el mejor bromuro del mundo.

Cuando ya nos habíamos puesto finos de *sushi* Álvaro decidió dejar de sufrir priapismo e ir a casa a solucionarlo. Al parecer tenía muchas ideas acerca de cómo hacerlo y a mí casi todas me gustaron. Bueno, vale, todas. Me gustaron todas.

—Cállate —le dije muerta de risa.

Me sorprendió que me cogiera la mano al andar de camino al parking, pero si lo hizo fue para poder llevar la mía disimuladamente a su entrepierna. Estaba duro y yo muerta de ganas. Antes de que pudiéramos llegar al punto donde habíamos dejado el coche me agarró, me estampó en su pecho cual polilla en parabrisas y me besó en la boca salvajemente, al resguardo de una columna. Enrollamos las lenguas, nos comimos enteros, nos mordimos los labios y de paso nos tocamos allá donde pudimos.

—Al coche. Ya —ordenó con los ojos llameantes.

Salimos a toda prisa de allí y enfilamos la autopista de vuelta a Madrid en silencio. Álvaro casi jadeaba. Estaba visiblemente caliente y a pesar de que lo mejor en ese caso era enfriarse, se mordió el labio y me pidió que le tocara.

—Va a ser peor —dije acariciando ya su muslo derecho.

—Joder, tócame… —se quejó. —Llevé la mano hasta su abultado paquete y le manoseé—. Por Dios, por dentro… —suplicó.

Subí un poco su camisa de cuadros y bajé la cremallera de los vaqueros. Después metí la mano dentro. Gemí de la sorpresa. Estaba húmedo y muy duro.

—¿Has visto lo que me haces? —jadeó echando la cabeza un poco atrás.

Le acaricié de arriba abajo, rítmicamente, y sentí que me moriría si no llegábamos pronto.

—A mi casa, que está más cerca —murmuró.

Estaba más cerca y no tendríamos que buscar aparcamiento.

En diez minutos ya nos encontrábamos dejando el coche en su garaje. Bajé atolondrada, me enganché el pie en el cinturón de seguridad y me caí, desparramando todo el contenido del bolso y parando el golpe con las rodillas. Álvaro se dirigió hacia mí recogiendo todo lo que se iba encontrando entre los pies y al llegar a mi altura las metió en mi bolso sin poder evitar la tentación de agarrarme la cabeza y pegarme a su entrepierna.

—Me cago en la puta, Silvia, que voy a reventar… —dijo cuando mordisqueé por encima del vaquero—. No te voy a durar ni diez minutos.

Y a pesar de todo aquella frase me llenaba, como los discursos de Navidad al Rey, de orgullo y satisfacción.

En el ascensor mi camisa acabó abierta de par en par, mi cazadora en el suelo y mis tetas fuera de las copas del sujetador. Mis pezones fueron atendidos por turnos por su boca, desesperada, que mordía, succionaba y estiraba. Tenía razón, sería capaz de hacer que me corriera. Cuando se abrieron las puertas yo me había cruzado la camisa desabrochada por encima del pecho y había recogido la chupa, pero aun así los vecinos de Álvaro que esperaban el ascensor alucinaron al vernos salir.

Hasta la llave se resistió a entrar en la cerradura, pero cuando pudimos abrir la puerta, empezamos a desnudarnos. Él tiró todas las cosas que llevaba en los bolsillos por el camino y la camisa se quedó colgando de la puerta de su dormitorio. Le lamí el cuello y bajé con lametones cortos por su pecho. Hasta mordí uno de sus pezones. Estaba descontrolada. Y él… pues peor aún. Con manos nerviosas se desabrochó el cinturón y el pantalón y me llevó la cabeza hasta allí. Le bajé toda la ropa hasta los tobillos y me lancé a chupar. Álvaro echó la cabeza hacia atrás en un gruñido y me apartó con fuerza.

—Espera, espera…

—¿Por qué?

—Porque voy a correrme enseguida. —Sonrió—. Y no quiero.

Me quité del todo la blusa, las botas, los calcetines, los pantalones y el sujetador, que tiré por encima de su cabeza.

—¿Ya es efectiva la pastilla? —preguntó totalmente desnudo mientras se acercaba hacia mí en la cama.

—Claro que no. Un mes…, un mes más.

—Yo no puedo esperar un mes… —y sonó tan fiera su voz…

—Vas a tener que hacerlo. Odiamos los niños. —Sonreí y me bajé las braguitas.

Abrió la mesita de noche y cogió un preservativo. Lo sacó y lo desenrolló con soltura, haciendo una mueca al colocárselo. Después me levantó la cadera con una mano y me penetró muy fuerte. Grité. Volvió a hacerlo, lo que provocó que me arqueara entera y que volviera a gritar.

—Quiero follarte hasta que se acabe el mundo —gruñó—. Y jamás tendría bastante —lancé un alarido de placer al notar cómo se deslizaba entre mis labios hinchados y húmedos—. Siempre estás preparada. Joder. Siempre estás… húmeda para mí.

El ritmo de las embestidas me clavó entre el colchón y su cuerpo. Le rodeé con las piernas y su boca fue hacia mi pecho izquierdo, succionándolo con ferocidad mientras su trasero se contraía, endureciéndose con cada empujón.

—Estás tan húmeda que me engulles. —Sonrió—. Apriétame. —Contraje los músculos y Álvaro cerró los ojos—. ¡¡Joder!!

Dimos la vuelta y me puse encima. Pasó las manos por debajo de mis muslos y marcó el ritmo de las penetraciones. Sentía que me llenaba entera. Siempre me dio la sensación de que era demasiado pequeña para él en todos los sentidos. Pero él se abría paso, dilatándome a veces bruscamente. Me llenaba del todo hasta que yo solo podía jadear. Y entonces se deslizaba aprovechando lo mucho que me humedecía.

Una embestida brutal me hizo gritar. Los pezones se irguieron y acarició la punta con la palma de su mano abierta mientras la mía iba a mi entrepierna.

—Córrete ya —me pidió—. No puedo más. Córrete ya.

Arqueé la espalda cuando me sacudió una llamarada de lo que sea que se siente cuando se tiene un orgasmo brutal y en dos empujones más Álvaro se corrió. Los dos lanzamos un quejido de placer.

A pesar de que me habría quedado allí encima un rato más, el sexo me hace sentir pequeña y avergonzada. Así que me bajé de él con la misma sensación de «ahora no me toques, soy vulnerable» de siempre. Álvaro se quedó tumbado boca arriba, tapándose los ojos con su antebrazo y con la polla aún en casi todo su esplendor. Después de un par de minutos, quitó el brazo.

—Oh, joder… —Puso los ojos en blanco mientras se retiraba el preservativo.

—¿Qué pasa?

—Creo que no se baja. —Le hizo un nudo al preservativo usado y abrió de nuevo el cajón de su mesita de noche, de donde cogió otro. Yo no daba crédito—. ¿Vamos a la ducha?

Nos dimos una ducha tibia que no ayudó mucho a enfriar los ánimos, más bien todo lo contrario. Empezamos con unos besos y cuando quise darme cuenta, tenía su erección otra vez en mi mano y dos dedos de la suya entrando y saliendo de mí. Y Álvaro me susurraba al oído:

—¿Te gusta que te folle con los dedos, eh? ¿Te gusta?

No, no son cosas que se dicen cuando uno quiere ir a tomarse un café a continuación.

Salimos de la ducha y me indicó que me apoyara en el lavabo, inclinada hacia delante. Lo tuve dentro tan pronto que me aseguré de que se hubiera puesto el condón. Y él bombeó como un loco, tocándome los pechos y mirando nuestro reflejo mientras tanto en el espejo. Apoyó la frente en mi cuello y susurró:

—Quiero estar dentro de ti hasta que me muera. —Tragué saliva—. Joder, Silvia, eres brutal. Me vuelves loco.

¿Declaración de amor o de sexo desenfrenado? El segundo orgasmo del día me aturdió y agarrándome fuertemente al lavabo grité otra vez. Él también. Pobres vecinos. Nunca había tenido tal facilidad para correrme, pero Álvaro me excitaba demasiado. ¿Podría acostumbrarme algún día?

Me abrazó, me besó la nuca y respirando profundamente me envolvió con los brazos haciéndome sentir pequeña y... suya. De alguien por primera vez. La sensación me sorprendió y me sobrepasó, como todas aquellas veces en las que algo precioso te hace sentir triste.

—Vamos a la cama —susurró.

Los dos sonreímos. Nos envolvimos en unas toallas, nos secamos y después fuimos a la habitación, donde pusimos música y nos tapamos con la sábana. Pero... después de cinco minutos tumbados me di cuenta de que la erección persistía.

—No sé qué me pasa. —Se rio Álvaro cuando le pregunté—. No baja.

—Yo lo solucionaré.

—No..., ya bajará. Déjalo.

Me agaché y la recogí entre mis manos, le di dos sacudidas y me la metí en la boca. Sabía a látex; notaba todas las venas hinchadas y bajo la piel suave, el músculo rígido. Le acaricié las piernas mientras succionaba y él me agarró con fuerza del pelo.

—No debe de quedarme nada dentro —gimió. Pero se humedeció enseguida llenándome la boca de ese sabor salado...

Álvaro volvió a excitarse muy pronto; su ánimo regresó al punto de quererme devorar entera. Y lo que no entiendo es por qué yo también volvía a sentirme tan excitada. Estaba satisfecha y me sentía algo desmadejada, sin fuerzas, pero solo podía pensar en el placer que me producía darle placer a él.

—Más rápido... —pidió pronto—. Más rápido.

Me incorporé y me mordí el labio. Cogí un preservativo y se lo puse con cuidado.

—Si esto no funciona, tendremos que ir al hospital —bromeé—. Doctor, doctor…, córteme la picha. Esta chica me excita demasiado.

—Bueno… pero me habrá hecho quedar como un señor.

—Una mueca en sus labios me calentó un pelín más.

Lo coloqué en mi entrada y me agaché despacio haciéndolo entrar en mí poco a poco. Estaba un poco irritada y me quejé en un gemido muy suave. Nos movimos despacio y Álvaro apoyó la frente en la mía. Había en aquel silencio, de pronto, una conexión, un vínculo. Habíamos tenido que pasar una semana de orgasmos para poder experimentar la intimidad. Respiramos hondo, trabajosamente, y nos besamos. Sus manos se introdujeron entre mi pelo, a ambos lados de la cara, y sus pulgares me acariciaron las mejillas.

—Despacio… —susurré—. O me harás daño.

—Te avisé la primera vez que te besé. Te haré daño.

Los dos sonreímos y seguí con el balanceo lento de mis caderas.

—No te enamores —dije al tiempo que mesaba su pelo también entre mis dedos.

—Lo mismo digo.

Apoyé una mano hacia atrás en el colchón y Álvaro me hizo arquear la espalda otra vez, besándome las clavículas, los pechos, el estómago… Seguimos así un rato hasta que la fricción que provocaba esa postura provocó que me estremeciera en un orgasmo suave y glotón, de los que hacen que te hormigueen las piernas y te cosquillee el cuello. Álvaro se llevó mi boca a la suya y se dejó ir también, en un suspiro.

Nos quedamos abrazados hasta que me atreví a levantar la vista hacia él. Necesitaba separarme, que no me tocara, que no me mirara… Levanté las caderas y salió despacio, deshaciéndose enseguida del preservativo y echándose sobre el colchón.

—Ya baja —suspiró reconfortado. Fui a acomodarme a su lado, quitándome de encima de él, pero me retuvo—. No. Así estamos bien.

Pasé mis manos por su pecho y sonreí. Cada segundo que transcurría me sentía más cómoda y más inmersa en algo íntimo y de verdad. Álvaro me miraba mientras me acariciaba los muslos y parecía que tratara de escanear qué era lo que yo estaba sintiendo.

—¿Te das cuenta? —susurré sonriendo—. Ya necesitas eso para saciarte del todo.

—¿Y qué es «eso»? —preguntó con un tono impertinente.

—Hacerme el amor.

Álvaro levantó una ceja, irónico.

—Suena a enamorarse, ¿no? —murmuró dibujando una sonrisa.

—Solo si eres débil.

Después tiró de mí hasta que caí sobre su pecho. Nos besamos y con los ojos cerrados susurró:

—¿Y qué si somos débiles?

23

Gabriel y yo estamos tumbados en la cama después de cenar. Me he puesto el pijama, un dos piezas azul marino muy mono con tirantes y short. Él sigue con los vaqueros puestos, pero descalzo y sin camiseta. Se fuma un cigarrillo mientras yo le cuento los tatuajes; me salen veinte.

—Veinte entre pecho, brazos, manos y espalda. ¡Qué macarra!

—No los has contado todos. —Sonríe—. Son veintidós. ¿Cuál te gusta más?

—El corazón es bonito. —Acaricio el pedazo de piel que ocupa ese dibujo—. Y la chica *pin up*. La estrella. Las flores japonesas. La calavera mejicana. —Deslizo la mano por su brazo—. No sé. Son muy bonitos en color. No parecen carcelarios. Es más, si hubieras ido a la cárcel habrías sido muy violado en las duchas.

Gabriel se ríe, se vuelve boca abajo y me pide que siga tocándolo. Joder. ¡Vale ya, mente perversa! No ha sido nada sexual. En realidad siento una comodidad que no sentiría si esto fuera uno de mis absurdos planes de seducción. Sé que es imposible, así que puedo estar acariciándole la espalda sin que las bragas se me volatilicen y mi cabeza se ponga a hacer cábalas. Bueno…, las bragas sí están a punto de desaparecer, pero eso es una cuestión hormonal que ya trataré de solucionar con bromuro.

—Tienes una espalda muy bonita —digo al tiempo que paso la mano por encima del tatuaje que tiene en la parte alta—. Y aún no he descubierto ningún tatuaje megahortera que me haga odiarte un poco.

—Porque no has buscado en el sitio indicado. —Se ríe.

—Si tienes la picha tatuada no quiero verlo. Ni el ojo de Sauron.

Gabriel se gira y se echa a reír a carcajadas.

—¿De dónde narices has salido?

—¿Y tú? —Le señalo con el dedo índice y el ceño fruncido a pesar de que estoy sonriendo—. ¡Porque estoy a punto de compartir la cama de una suite presidencial contigo y no te conozco de nada!

—Si hubiera querido violarte o tener sexo sado contigo ya lo habría hecho. Una pastillita en la bebida, Volte ayudándome a atarte a la cama y… —Sonríe perverso.

—Déjate de tonterías. —Me acomodo en la cama y me abrazo a la almohada—. Cuéntame cosas de ti…

—¿De mí?

—Sí. Si vamos a ser amigos que quedan de vez en cuando necesito saber cosas de ti. Lo que te gusta y lo que no, por ejemplo.

—Pues… me gustan las rubias de tetas grandes. —Sonríe—. Y no me gustan los pelirrojos.

—No estoy hablando de preferencias de cama —y al contestar me estoy preguntando si también habrá compartido sábanas con algún hombre.

—A ver, déjame pensar. —Se levanta de la cama y se desabrocha el pantalón vaquero de un tirón. Va hasta un rincón, donde hay una pequeña maleta, y saca unos pantalones de pijama negros. Se quita los vaqueros y miro al techo—. No pasa nada porque mires. Hoy llevo ropa interior.

—Lo que me sorprende es que el hecho de que la lleves sea reseñable.

Gabriel se ríe entre dientes y se pone el pantalón. A pesar de estar delgado tiene unos muslos firmes, un vientre plano y muy sexi que recorre una sutil línea de vello oscuro y ese pecho tan tatuado... Pensaba que daría más penita desnudo, que parecería aniñado e imberbe. Pero nada de eso. Gabriel es un hombre al que cebaría en mi casa de mil amores para después entregarme al ejercicio del placer con él. Debo dejar de mirarlo como lo estoy haciendo si no quiero incomodarle. Me conozco y esta mirada no disimula lo que estoy pensando que, además, son cosas que no debería pensar de un amigo. Y es que... una no deja de sentirse menuda a su lado pese a que debo de pesar más que él.

Gabriel vuelve a acostarse a mi lado y comenta:

—No me gusta mucho hablar. Siempre he preferido escuchar. La verdad es que tampoco me he encontrado nunca en la tesitura de tener a alguien con el que poder hablar de sentimientos y de todas esas cosas. Odio a los loqueros y odio a las chicas que después de follar me preguntan en qué pienso. Pues no pienso en nada y si alguna idea me cruza la cabeza es que quiero que te pires.

Levanto las cejas.

—¡Qué grosero!

—Odio muchas cosas pero... ahora mismo no se me ocurren muchas que me gusten.

—¡Ay, por Dios, Gabriel, qué triste es eso! —me quejo—. Algo te gustará hacer, comer o beber o... alguna película.

—Supongo. Pero ¿qué gracia tiene que te lo cuente? Mejor descúbrelo tú, ¿no?

—¿Tanto vamos a vernos? —Sonrío.

Se encoge de hombros y se acomoda en la cama, mirándome.

—Conozco gente nueva todas las semanas. Podría parecer interesante, pero no lo es. Las conversaciones se repiten continuamente y todo el mundo parece haber despegado en un viaje hacia el genial mundo de la industria musical. Todo son discos por vender, canciones por grabar, giras por programar, fotos que hacer. Y dinero. Creo que las últimas conversaciones que he tenido siempre han ido sobre las cosas que he comprado, lo rápido que es mi coche o en qué puesto está mi disco en la lista de ventas de iTunes.

—Conmigo no.

—He ahí la cuestión. —Sonríe—. No suelo reírme mucho. Y contigo ya debo de haberme reído el equivalente a lo acumulado en los últimos dos años. —Levanto las cejas y vuelve a dibujar una sonrisa. Nadie diría ahora que no está habituado a hacerlo. Le sale tan natural... —. Se te ve una teta.

—¡Joder! —me quejo al tiempo que la meto de nuevo dentro del pijama—. ¡Al final vas a pensar que quiero que me las veas!

Gabriel se levanta otra vez y coge el arrugado paquete de tabaco del bolsillo de su pantalón vaquero. Saca el último cigarrillo, se lo enciende y se queda de pie junto a la ventana, con el brazo apoyado en la pared, mirando hacia fuera. Creo que enciende un cigarrillo con la colilla del otro y alguien tiene que decirle que eso le va a terminar matando. Tengo intención de decírselo yo, pero está espectacular en esa postura y me quedo sin palabras... La habitación está en semipenumbra, la noche de Madrid brilla con fuerza tras el cristal, con pequeñas luces que lo salpican como luciérnagas. Y él allí, apoyado, mirando hacia el exterior con los músculos de la espalda en tensión bajo la piel tatuada y el pantalón de pijama que cae hasta un punto muy sexi de sus caderas. Siento el irrefrenable deseo de ir hasta él, abrazarme a su cintura y besarle el cuello, olerle el cabello y la piel, pero es algo que no puedo permitirme y que terminaría con las buenas intenciones que tengo para con esta relación. Amigos, Silvia.

—¿Me dejas hacerte una foto, Gabriel? —digo mientras me levanto y cojo la cámara de fotos de mi maleta abierta.

Él se gira hacia mí con el pitillo entre los labios y lanzo un par de fotos con mi cámara réflex digital.

—¿Vas a venderlas? —pregunta con las cejas arqueadas y una sonrisa insolente.

—No. Claro que no. Me encantaría devolverte el regalo y estás muy guapo.

—Si quieres devolverme el regalo deberías salir conmigo en la foto.

Me acerco, le quito el pitillo de entre los labios y le doy una calada.

—Pon cara de que nos lo pasamos teta —le digo.

—Curiosa elección de palabras. —Alarga la mano y, tras coger la cámara, espera a que se me escapen un par de carcajadas para disparar el flash. Mira el resultado y me lo enseña—. Álvaro debe ser imbécil. Mírate.

Me quedo mirando la foto mientras él vuelve a rescatar su cigarrillo y se sienta en el sillón con la guitarra en el regazo.

Me siento frente a él en el borde de la cama y le escucho tocar. Las notas que le arranca a la guitarra pasan de ser algo aislado a convertirse en una melodía que me deja embelesada, admirando la vibración de cada cuerda. Pronto acompaña la música con su voz, evitándome con la mirada. No sé por qué se avergüenza; tiene una voz increíble, rasgada, grave, masculina. Las palabras se deslizan en el aire dibujando una historia triste sobre una ciudad que duele, alguien que espera mientras él lo estropea. Canta suavemente, casi en un susurro pero a pesar de ello cada estrofa pesa de emociones y me está poniendo la piel de gallina. Ni siquiera puedo tragar saliva. Gabriel me mira por fin y mientras sus manos, con vida propia, rasgan las cuerdas, él termina la canción.

Pasan docenas de segundos en un silencio espeso que no soy capaz de romper.

—Guau —le digo por fin. Él no contesta. No me mira. No se mueve—. Es una canción increíble.

Me sostiene la mirada con sus ojos desvalidos, pero no dice nada. Solo un suspiro sale de entre sus labios, como si la situación se hubiera vuelto demasiado intensa, como si aún no estuviéramos preparados para un momento de intimidad. Después de lo que me parece una eternidad se revuelve el pelo y empieza a hablar:

—No… —Deja la guitarra a un lado y se levanta—. Yo…, esto…, lo siento.

Cuando le veo pasar hacia el cuarto de baño y cierra la puerta, comprendo que efectivamente una canción ha podido con nosotros. ¿Qué es esto? Evidentemente no voy a entrar a buscarlo, aunque me encantaría golpear la puerta con los nudillos, abrir y decirle que es precioso poder confiar en alguien una emoción, por poco que le conozcas. Pero no sé si se sentirá invadido.

No tengo que pensar mucho más, porque es él quien abre y me llama. Cuando me asomo sonríe con tristeza.

—Esa canción que has cantado es preciosa —le digo—. No hay de qué avergonzarse.

—Ni siquiera está en ninguno de mis discos. Nunca la he grabado.

—Pues deberías hacerlo.

—No sé —duda—. Ya has visto que me cuesta.

—¿Por qué?

Entonces, sin que tenga que insistir, me cuenta por primera vez algo de él, apoyándose en el quicio.

—Esta canción cuenta una historia que me duele. Hay pocas cosas que aún lo consiguen; me recuerda al día que la escribí y al mierda que puedo llegar a ser a veces. Salí a la terraza y el cielo estaba muy negro; me senté esperando a que empezara a llover y garabateé en un papel. Estaba harto y quería largarme de Los Ángeles cuanto antes. Lo único que tenía allí era un asco de trabajo y una relación de mierda con una chica a la que siempre hacía llorar. Hiciera lo que hiciera, ella sufría. Me recuerdas a ella. Era guapa, era divertida, era… buena. Buena conmigo siempre y porque sí. Nunca entendí por qué tenía esa inclinación a hacerle daño. Creo que no la quise, pero no es excusa. Ella soportaba mis vaivenes y tragaba con todo, sufría porque se preocupaba por mí. En el fondo me dolía tener tantas ganas de salir de allí corriendo porque nunca pensé en llevármela conmigo. Tenía ganas de encontrar una excusa suficientemente sólida para dejarla tirada y no sentirme un hijo de perra. —Gabriel habla con los ojos perdidos, hacia el suelo—. Al final me fui, claro, cómo no. Y como soy un hijo de perra la dejé tirada. Siempre que me acuerdo me siento fatal, ya no por no despedirme ni por pirarme sin más, sino porque es así como soy por dentro. Siempre sonreía de una manera especial cuando me veía tocar, como tú. Ella siempre me hacía sentir… en casa.

Levanta la mirada hasta mi cara y alarga la mano para acariciarme el pelo. Lo hace con suavidad y pericia, como si estuviera acostumbrado. Sus dedos se deslizan a lo largo de mis rizos hasta que salen de él y caen en mi cuello. Contengo la respiración con los labios entreabiertos.

—Eres preciosa —susurra.

Durante un segundo creo que me va a besar, pero solo me acaricia la piel de la nuca suavemente. Estúpida. ¿Cómo te va a besar?

Gabriel coge aire, lo suelta y me pide que durmamos. Cierro los ojos, sin discutir. Él pasa por mi lado hacia la cama y yo miro hacia el interior del baño vacío sin saber si no debería en realidad irme a casa. Pero no quiero.

Miro el reloj cuando me dejo caer a su lado en la cama. Son las cuatro de la mañana y ayer dormí poco y mal. Tengo sueño y los párpados pesan, pero la conciencia me llega para pensar que Gabriel está conmigo porque le recuerdo a alguien al que hizo daño. ¿Querrá compensar al cosmos portándose mejor conmigo? ¿O solo es porque se siente reconfortado cuando estamos juntos? Soy muy diferente a todo lo que le rodea. Eso es lo que le gusta de mí.

Nota mental: no pedirle jamás que me deje romper una guitarra contra una mesa de cristal. Eso no es muy del mundo normal y corriente de las personas a las que la fama no nos ha hecho inmortales.

24

Desde pequeña siempre he tenido inclinación al drama. Podría adornarlo inventándome algún trauma o alguna historia truculenta que me hiciera como soy, pero la verdad es que soy una *drama queen* de nacimiento y porque sí. Además vivo continuamente al borde del despeñamiento, porque me gusta jugar con cosas que son capaces de hacer daño en todos los sentidos. Tanto emocional como físicamente. Por eso me encantan las motos y la velocidad extrema. Soy torpe y además muy temeraria. La mezcla perfecta. Mi vida es como una opereta en la que una señora grita a los cuatro vientos todas las desventuras que sufre. Y la señora soy yo, que canto bastante mal, todo hay que decirlo.

Supongo que después del tiempo que llevaba trabajando con él, todo esto no fue una sorpresa para Álvaro. Él ya sabía a lo que se enfrentaba cuando se juntó conmigo, una persona a la que le encanta hacer apuestas absurdas y que está continuamente tentada a echar cantidades aberrantes de laxante en la máquina de agua para ver cómo todos sus compañeros se cagan encima como abubillas.

Álvaro y yo. Silvia y Álvaro. Era un supuesto que, siendo sinceros, no habría primo que se creyera. Por eso no levantamos ninguna sospecha entre nuestros compañeros. Porque… ¿quién iba a pensar que ese pedazo de macho cabalgaba entre mis piernas noche sí y noche también? Después, en la oficina, siempre me azotaba con una frialdad muy estudiada y muy sexi.

Así que yo seguí haciendo vida en común con mis compañeros. Si me avisaban de que comerían fuera todos juntos siempre me unía, a pesar de ser la única chica en una pandilla de frikis. Me gustaba su compañía, supongo que porque les parezco mona; eso siempre nos gusta a las mujeres. Y sí, seamos sinceras, nos intriga plantearnos si no habrá caído alguna pajilla pensando en nuestro canalillo.

Pero cuando salía de la oficina todo se diluía en Álvaro. Dejé el gimnasio, total, ¿qué falta me hacía? Ya se ocupaba él de que hiciera ejercicio. Dejé de ir a casa de mi madre a cenar algún día suelto, pasé por completo de mis hermanos y empecé a no tener tiempo para las borracheras de Bea y sus planes malignos para dominar el mundo o, al menos, ir de compras.

—Pero ¿qué te ha dado, maldita hija de fruta? —me decía por teléfono cuando yo le contaba que ya tenía otro plan—. ¿Qué va a ser mejor que venir conmigo a la taberna irlandesa a beber Guinness, tontear con el camarero y robar una botella de vodka de caramelo? ¡¡Insensata!!

Pero ya me podía decir que iba de camino a tomarle las medidas a Andrés Velencoso y a ponerle aceite para una sesión fotográfica, porque de pronto yo solo quería estar con Álvaro, oler a Álvaro, besar a Álvaro y follarme a Álvaro.

Pero, claro, la naturaleza es la naturaleza y un día me encontré con que era viernes, había quedado con él en su casa y me acababa de bajar la regla. Bien porque iba a empezar a tomarme ya de una puñetera vez la píldora, pero mal porque tenía miedo de que, al no poder acostarnos, no quisiera estar conmigo. Incluso me planteé buscar una excusa y no ir, pero al final me dije que sería imbécil si lo hacía, así que me puse mona y fui.

Álvaro acababa de llegar cuando me abrió la puerta. Ni siquiera le había dado tiempo de quitarse la americana. Me mordí el labio mirándolo de arriba abajo con deseo. Maldita sea, ¿por qué tenía que estar tan absolutamente perfecto justo el día que no podía abrirme de piernas en su sofá? Llevaba un traje azul marino, una camisa con unas rayitas azules y una corbata lisa del mismo color sujeta con una aguja plateada muy sencilla. El cinturón y los zapatos eran de un marrón oscuro precioso.

—Joder —dije cuando se giró para cerrar la puerta.

—¿Qué? —preguntó sin mirarme.

—¿Tú sabes lo bueno que estás?

Al volverse hacia mí vi una sonrisa muy macarra en sus labios que sirvió para contestarme que, claramente, lo sabía. Me envolvió con los brazos, me levantó a pulso y, con mis piernas rodeándole las caderas, me besó, apretándome contra la pared.

—Para… —le pedí—. Por favor…, bájame.

—Te dejo en la cama, ¿te parece bien o prefieres el sofá? —preguntó con una sonrisa malévola.

Forcejeé y por fin pude poner los pies sobre el suelo de parqué.

—Es que… —dije.

—¿Es que qué? ¿Qué pasa? —Y su mano manoseó mis nalgas.

—Estoy con el periodo.

Álvaro dio un paso hacia atrás. Siempre me han resultado fascinantes las reacciones de los hombres hacia la regla. Es como si le dijeras: «Voy a tener la peste durante tres o cuatro días». Al menos se comportan como si fuese eso.

—Ah... —Apretó los labios, confuso—. Pues..., eh...
—Se desabrochó la americana y metió las manos en los bolsillos
de los pantalones—. Pues..., eh..., pasa a la cocina..., ¿quieres
un café?

—Sí, por favor. Y un antiinflamatorio. Me ha empezado
a doler la tripa. —Hice una mueca.

Álvaro se fue hacia la cocina con pinta de no sentirse muy
cómodo. Pero me sorprendía. Tenía entendido que había estado saliendo al menos con una chica en serio. ¿Es que esa chica
no tenía la regla jamás? En fin. Le acompañé y me quedé apoyada en el quicio de la puerta mirando cómo buscaba un par de
tazas en los armarios y sacaba las cápsulas de Nespresso.

—Pero ponte cómodo, hombre. —Me acerqué por detrás
y tirándole de la chaqueta se la quité desde allí, deslizando las
manos por su pecho y sus brazos.

Qué maravilla. Qué bien hecho estaba.

—¿Qué te apetece hacer? —me dijo un poco más resuelto.

—A lo mejor habrías preferido que no viniera en estas
condiciones, ¿no?

Dejé la chaqueta en una silla y al girarme me miraba.

—¿Y eso? —contestó.

—Pues... como no podemos ponernos a follar como des-
cosidos... supongo que no quieres pasar más tiempo conmigo, conocerme mejor y terminar de enamorarte de mí.

Las comisuras de sus labios se curvaron hacia arriba.

—¿Quién dice que no podemos ponernos a follar?

—Eres un guarro —le solté riéndome—. No pienso hacerlo. Y además no me apetece. Lo único que me tienta ahora
es un buen masaje, una manta y unos pastelitos de crema.

Álvaro se metió las manos en los bolsillos otra vez con
esa expresión de estar siempre por encima de las circunstancias.

—Y dices que no quiero estar contigo por si me enamo-
ro, ¿no?

—Por si te enamoras más. Tú ya estás encaprichado. Te tengo comiendo de mi mano. —Imité su gesto, poniendo los brazos en jarras.

—A lo mejor la que se enamora eres tú, ¿no? —Al decirlo se había acercado más y su nariz casi rozaba la mía.

—Es imposible que yo me enamore con esa actitud de hombre pagado de sí mismo que tienes. —Me encogí de hombros, fingiendo que era muy dura—. Eres frío y solo te importa de mí lo que tengo entre los muslos. Y a mí, lo que tú tienes colgando.

Álvaro asintió y estiró la mano para coger su chaqueta.

—¿Por qué te la pones? —Arqueé la ceja, confusa.

—Voy a bajar a por unos pastelitos de crema.

Me reí como una tonta.

—¿Te quedas a dormir? —me preguntó.

—No lo sé. ¿Me quedo?

Álvaro movió la cabeza de un lado a otro y se rio abiertamente mientras se atusaba el cuello de la americana. Tenía una risa tan bonita y descarada…

—¿Necesitas algo?

—No. —Negué con la cabeza. Yo ya iba preparada por si se daba la situación de quedarme. Nací preparada.

Cuando Álvaro volvió yo ya me había tomado mi café, había engullido una pastilla y había fregado la tacita y la cucharilla. Le ofrecí uno y negó con la cabeza al tiempo que dejaba las bolsas sobre la encimera. Sobresalía el cuello de una botella de vino que pronto estuvo dentro de la nevera. Álvaro me lanzó una miradita de reojo y dijo:

—Esta noche voy a cocinar para ti.

—¿A qué se debe el honor?

—A que alguien tiene que mimarte un poco, ¿no? A lo mejor así cambia esa actitud tuya y el empeño en querer solo lo que me cuelga. —Guardó un par de cosas más, plegó las bolsas y después me tendió una cajita de pastelitos, abriendo la tapa—. Son de crema.

Los dos fuimos a su dormitorio con la intención de ponernos cómodos y echarnos un rato, pero Álvaro tuvo a bien sentarme en sus rodillas porque, decía, mi faldita era muy mona y muy sugerente. Allí sentada, a horcajadas, me sentía como una adolescente. Recordaba haberme besado así en la parte oscura de un parque con un noviete que tuve en mi época de instituto. Pero Álvaro besaba bastante mejor.

Empezamos con unos besos apretados con los labios cerrados y pasamos más bien pronto a saborearnos la boca, abriéndola y jugando con nuestras lenguas. Metí los dedos entre su pelo y dejé que lamiera y mordisqueara mis labios, al borde del éxtasis. Una de sus manos se había colado por debajo de mi blusa y me manoseaba ya un pecho. Pensé en decirle que parara, pero no pude concentrarme durante el tiempo suficiente y se me olvidó cuando su otra mano se coló por debajo y me acarició entre las piernas por encima de la ropa interior.

—¿Quieres que seamos malos? —me susurró al oído.

—No —le dije negando—. No, por favor.

—Solo quiero enseñarte un truco. Algo que no sé si conoces.

—¿Qué tipo de truco?

—Uno de magia.

Retiró la mano, se llevó dos dedos a su boca y los humedeció; después apartó mis braguitas y di un saltito al notar sus dedos frotándome.

—Álvaro, no. Llevo el tampón puesto. —Y me avergoncé mucho al tener que recordárselo—. No, para…

—Quiero mimarte… —susurró también.

—Yo soy más de pastelitos de crema y masajes —gemí.

—Calla.

Me cogí a sus hombros y aspirando el olor que desprendía su cuello esperé hasta que mi cuerpo se contrajo y me corrí.

Y la sensación fue extraña, agradable y nueva; una especie de placer raro, juguetón y palpitante. Fue como si mi cuerpo se abriera y se cerrara un centenar de veces en décimas de segundo.

Después del orgasmo me sentí avergonzada y no quise moverme, mientras Álvaro sacaba la mano de mis braguitas y me besaba el cuello. Me apreté contra él.

—Silvia… —susurró.

—No me hables. No te muevas.

—¿Qué pasa? —contestó con un deje divertido en su voz.

—Tengo vergüenza.

—¿De qué?

—De lo que acaba de pasar.

—Ay, Silvia, Silvia…, a veces no sé si ponerte una película de Disney o follarte. —Al notar su risa me separé de él y le miré de soslayo—. ¿Qué hay de malo en esto? Somos una pareja y las parejas… prueban muchas cosas, ¿no?

—Tú no sales con chicas. Tú follas o tienes novia —dije repitiendo sus palabras.

—Pues parece que tú empiezas a acercarte sigilosamente a una de las dos opciones, ¿no? —Y al escucharlo, me derretí.

Supongo que siempre fue consciente de que yo era irremediablemente suya.

Unas dos semanas después Álvaro me hizo llamar a su despacho con un aire de formalidad que provocó que todos mis compañeros me desearan suerte cuando me dirigí hacia allí. Yo sabía que no la necesitaba. Estábamos el uno con el otro como si no hubiera nadie más en el mundo y parecía que al final, echándome el mocarro, había tenido razón y él comía un poquito de mi mano. Empezaba a decirme cosas como «me tienes loco», «no dejo de pensar en ti», «¿qué me haces?» y «¿puedo quedarme a dormir contigo y abrazarte?». Y ¿quién podía resistirse a aquello dicho con su boquita de bizcocho? Yo no.

Llamé a la puerta y entré inmediatamente para encontrarlo sentado en su escritorio, ordenando unos papeles dentro de una carpeta. Cerré la puerta.

—Muy breve, que me voy a una reunión —dijo sin mirarme. Se levantó, me llevó hacia un rincón que no se veía desde fuera y me besó en los labios, envolviéndome con sus brazos—. A ver qué te parece: mañana cena en Mermeé, el sábado por la mañana desayuno en la cama y por la tarde vamos a esa exposición de trajes que querías ver. Por la noche hacemos *sushi* en casa y te emborracho con *sake* para hacerte un montón de cosas perversas de las que tendrás que recuperarte el domingo en mi cama, mientras te hago un masaje.

Levanté la ceja izquierda. Oh, Dios. ¿Me había atropellado un camión yendo hacia el trabajo y eso era el equivalente al cielo?

—Menudo plan. ¿Quién podría resistirse?

Volvimos a besarnos y en cuanto la lengua de Álvaro se metió en mi boca recordé que era el cumpleaños de Bea y que ya habíamos planeado cosas para ese fin de semana. No sé por qué lo recordé en aquel preciso momento, porque tampoco es que acostumbre a morrearme con Bea. Bueno, alguna vez lo hemos hecho en un bar lleno de gente para animar el cotarro, pero...

—Oh, mierda... —dije cerrando los ojos y apoyando la cabeza en su pecho—. Es el cumpleaños de mi mejor amiga y le prometí irme al pueblo con ella a emborracharme y a hacer un rodeo con cabras.

Levanté la mirada y Álvaro pareció desilusionado.

—¿Rodeo con cabras? —preguntó.

—No quieras saberlo.

—Sí, no quiero saberlo. Bueno, tú te lo pierdes. Se lo diré a la siguiente en mi lista de chicas con las que pasar el rato.

—Le apreté más fuerte y le hice jurar que eso era mentira mientras olía en su camisa esa mezcla del olor de su piel y de su perfume—. Claro que sí, estúpida. Ve a montártelo con ovejas. Yo me quedaré en casa descansando un poco. El lunes te cogeré con más ganas.

—Tampoco suena mal.

Nos despedimos con un beso y tras recomponernos salí del despacho. Todos mis compañeros me miraron.

—¿Qué tal ha ido? —me dijeron.

—Sabe que alguien se baja porno *hentai* en la oficina y quiere nombres. Le he dicho que no sé nada, pero no sé por cuánto tiempo podré mentirle.

Se miraron entre ellos con recelo porque todos eran culpables de aquel crimen. Ale, ya me había ganado una semana de mimos.

El viernes cumplí con mi palabra y, vestida con los vaqueros más viejos y las zapatillas más zarrapastrosas que tenía en mi haber, me fui al pueblo de Bea. Y además superé las expectativas que había sobre mí, como buena chica. Me cogí un pedo brutal con cazalla, me subí encima de una cabra que por poco no me desnucó y después vomité como si fuera la niña de *El exorcista*. Me lavé los dientes en una fuente, abracé a Bea en un momento de exaltación de la amistad y después les hablé a todas del proyecto de novio que tenía. Ese fue el error: verbalizar su nombre. Siempre estaba en mi cabeza, pero al decirlo me acordé demasiado explícitamente de él.

El sábado, por si fuera poco, además de despertarme en un estado lamentable y cercano al coma, me encontré con algo que no me esperaba y que pudo conmigo. Álvaro me había mandado un mensaje a las nueve y media de la mañana (casi la hora a la que yo me había acostado) en el que me decía que se sentía extraño sin mí y que me echaba de menos. Terminaba diciendo: «Debe de ser porque armas mucho ruido a mi alrededor y porque hoy nadie me ha dicho nada como que soy tan guapo que me tendrían que regalar en Navidad para abrir nueces con el culo».

Cometí el tremendo desatino de flaquear y llamarle. Me escondí en el cuarto de baño para que ninguna de mis amigas pudiera decir nada que asustara a Álvaro y cuando contestó hasta cerré los ojos con alivio. No supe cuánto le echaba de menos en realidad hasta que no escuché su voz.

—¿Cómo te lo pasas? —me dijo.

—Creo que ayer bebí más cazalla de la que un cuerpo humano soporta y en realidad te estoy llamando desde el cielo. ¡Hola, he muerto!

Álvaro se rio.

—Tu resaca se arregla con *sushi* casero y *sake* caliente...

—Y con un masaje en los pies —añadí.

—Hasta tus pies me parecen sexis. Lo haría, que conste, pero no prometo que la cosa se quedara ahí —suspiró—. Bueno, nena. No voy a insistir, pero te echo de menos —y al decirlo me imaginé tumbada en su cama, entre sus sábanas siempre limpias y su colchón mullido como el de un hotel.

—¿Por qué me echas de menos? —le pregunté.

—¿Es que tú no me echas de menos a mí?

—Un poco sí —mentí.

—A lo mejor es que te estás enamorando de mí y de lo que me cuelga —susurró en un tono bastante perverso.

—Entonces estaríamos en igualdad de condiciones porque, mírate, ya no puedes vivir sin mí.

—En eso tienes razón. Me cuesta imaginar la vida sin ti.

—¡Ostras! ¿Que le costaba imaginar la vida sin mí? ¡¡Que le costaba imaginar la vida sin mí!! Me mordí el labio muy fuerte—. Disfruta de tus amigas y ten cuidado, por favor. Anoche pasé un mal rato pensando en si eso del rodeo con cabras no haría peligrar tu integridad física.

Cuando salí del cuarto de baño fui en busca de Bea con intención de decirle que me marchaba, pero al verla sonriente, no pude y, haciendo de tripas corazón, me bebí el chupitajo de cazalla que me ofrecía. Se lo debía por el último mes desaparecida. Nosotras siempre habíamos jurado y perjurado que ningún hombre nos separaría.

—Ni Adam Levine podría —había dicho ella.

¿El cantante de los Maroon 5 no podría pero Álvaro sí? No tenía sentido y debía tranquilizarme y empezar a hacer las cosas con más lógica que pasión o él terminaría cumpliendo su palabra y haciéndome daño.

—¿Pasa algo? —me preguntó Bea sentándose a mi lado en un destartalado sofá.

—No. —Le sonreí.

—¿Era él?

Asentí y le sonreí, pero ella me conoce mejor que nadie en el mundo y esa sonrisa supongo que le supo a poco.

Bea se concentró en intentar emborracharme, supongo que con la esperanza de que me olvidara un poco de las ganas de hundirme en el pecho de Álvaro y dormir abrazada a él. Pero yo a las tres de la tarde empecé a rechazar copas. Ya no podía pensar en otra cosa que no fuera Álvaro. Ni alcohol me admitía el cuerpo…, ¡con lo que yo había sido! A las siete, Bea se rindió a la buena *very best friend* que es y me dijo que me entendía y que si hacía ya la maleta podría coger el bus de vuelta de las ocho. Eso es lo bueno de las mejores amigas, te apoyan aunque las dejes tiradas por un rabo. A las ocho me encontraba de camino hacia Madrid.

Qué enamorada estaba ya…

Después de un trayecto infernal en autobús que se hizo eterno y un taxista con ganas de hablar sobre los buenos resultados del Atleti, llegué al portal de Álvaro y me di cuenta de que había sido una decisión un poco impulsiva que no haría más que ratificar que estaba loca por él, pero llamé de todas maneras. Eran las once de la noche.

—¿Sí? —preguntó.

—Soy yo.

Subí corriendo las escaleras y lo encontré con una sonrisa de oreja a oreja en la puerta, con unos vaqueritos rotos y una camiseta gris. Madre de Dios. No le salté encima por no asustarlo.

—Pero… ¡¡qué haces aquí!?

—Pues que pensé que… —Hice una pausa intentando contar alguna mentira con la que justificarme, pero si no se me había ocurrido en las eternas horas de bus, no iba a solucionarlo en esos escasos segundos—. Bah, ¿qué más da? Dame un beso.

Entramos en su casa en un abrazo apretado, besándonos, y cuando me dejó sobre la encimera de la cocina susurró un «me tienes loco» que me hizo sentir más en casa que nunca.

—¿Ya has cenado? —me preguntó mientras sacaba unas copas y una botella de vino.

—No. ¿Y tú?

—Yo sí, un sándwich. ¿Quieres uno?

—Por favor. —Sonreí.

—Me ha encantado la sorpresa —afirmó sonriendo mientras sacaba cosas de la nevera.

—Pues entonces la repetiré.

Abrió el primer cajón, sacó unas llaves y dijo:

—Si vas a repetir, toma. Estaré encantado de que te metas en mi cama sin avisar.

Cogí las llaves, me las metí en el bolsillo y después con una sonrisa sentencié:

—Vale, oficialmente te has enamorado de mí. Ahora ¿qué vamos a hacer?

Y él, con una sonrisa enigmática, ni lo confirmó ni lo desmintió.

25

El sábado me desperté total y absolutamente enroscada en Gabriel. Por un momento me asusté porque pensé que estaba en casa de Álvaro y que había vuelto a acostarme con él. Pero el olor de Gabriel y de habitación de hotel me trajo de vuelta a la realidad. Y debo confesar que fingí estar dormida un rato más solo por disfrutar del tacto de su pecho desnudo; no era lascivia, sino la sensación de sentirme reconfortada, por fin, a niveles que ni siquiera recordaba. Cuando se despertó no dijo nada; lo supe porque sus dedos patinaron por mi espalda y hasta un rato más tarde no decidimos movernos y darnos los buenos días.

Ayer nos lo pasamos muy bien. Después de levantarnos y darnos una ducha (por separado, eso sí) nos sirvieron el desayuno en la habitación. Me puse fina.

Más tarde salimos y pasamos el día por Serrano. Sí, por las tiendas de Serrano. Toda una experiencia. No es que no hubiera entrado nunca en alguna, pero no es lo mismo entrar a mirar con cara de vergüenza y salir con ganas de morir a que cierren la tienda para ti un rato, te ofrezcan una copa de champán (que yo acepté, por supuesto) y se desvivan por que lo veas todo, aunque luego no te lleves nada. De todas formas ese no fue el caso porque comprar…, compramos. Los dos. ¡Los dos! Y es que ayer Gabriel se empeñó en comprarme algo. ¡¡Tengo una camiseta de tirantes preciosa de Chanel!!

Después me dejó invitarle a comer en compensación. Como no conozco sitios muy finos lo llevé a Pan de Lujo, donde la comida está muy buena y el ambiente suele ser *cool* sin pasarse. Allí nadie pareció reconocerlo y si lo hicieron, no dijeron nada. Nosotros nos bebimos dos botellas de vino y cuando llegamos al hotel, pedimos otra botella y vimos más capítulos de *Sexo en Nueva York* borrachos perdidos.

Después hablamos hasta que nos volvimos a quedar dormidos. Y aquí estoy, metiendo las cosas en mi maletita porque ya es domingo y tengo que volver a casa.

Gabriel acaba de salir del cuarto de baño y está tan guapo… La ducha le ha debido de sentar bien. Aunque creo que con esa cara pocas cosas pueden sentarle mal.

—¿Ya te quieres ir? —dice.

—No es que quiera, es que aún tengo que destender la ropa, poner otra lavadora y hacer comida para toda la semana. —Le pongo morritos—. Pero este fin de semana ha sido muy guay.

—Sí, lo ha sido. Espero que la próxima vez que te vea lleves nuestra camiseta.

Sonrío y me gustaría mucho tener la confianza suficiente como para abrazarle. Me parece una de esas personas de las que fácilmente puedo colgarme. Pero no en plan sentimental. Es como…, como si pudiera de verdad ser yo con él, tal y como lo soy cuando estoy con Bea.

—¿Qué vas a hacer estas vacaciones? —me pregunta desde atrás, mientras enciende dos cigarrillos y me pasa uno.

—Pues no sé si irme a las Seychelles o de travesía por el desierto. —Gabriel levanta la ceja izquierda y yo le doy una calada al cigarrillo. Le aclaro—: No tengo planes.

—Tenemos pendiente un tatuaje —dice en tono de confesión.

—Te emborracharé para tatuarte un conejito de *Playboy* en una nalga.

—Tatúamelo, pero con los dientes.

Los dos nos echamos a reír y llaman del servicio de habitaciones. Les abre Volte, que no sé por qué pulula por aquí a partir de ciertas horas. Entran dos personas para colocar el *brunch* encima de la mesa del salón. Esta suite es como el Buckingham Palace.

—Vamos a comer algo. Después te acompaño a casa —me dice pasándome el brazo por encima del hombro.

Se sienta a mi lado, nos servimos dos Bloody Mary's y nos comemos unos sándwiches. A decir verdad, yo como y él malcome.

—Estás muy delgado —me quejo.

—Es que no tengo hambre —se excusa—. Soy así de desganado. Lo irás viendo.

Antes de irme quiero que me vuelva a cantar algo, así que apenas terminamos, Volte trae su guitarra y tras rasgar las cuerdas suavemente, me sorprende tocando *Leila*, de Derek and the Dominos. Es la canción que escuchamos de camino al aeropuerto; la primera canción que escuchamos juntos.

Pronto nos ponemos en marcha. En el coche, mientras miro por la ventanilla cómo la calle va deslizándose a nuestro alrededor, voy pensando en el fin de semana. Ha sido genial. Sé que no hemos hecho ninguna de esas cosas salvajes y alucinantes que él debe de hacer día sí y día también, pero ha sido muy cómodo, divertido y reconfortante. Y es que Gabriel, pasado el momento de silencio sepulcral en el que él se entera de todos los pormenores de tu vida pero tú apenas oyes su voz, es una persona muy interesante. A él parece hacerle gracia ver cómo me río después de uno de sus crueles razonamientos. Creo que por eso me cae tan bien; tiene un sentido del humor cruel y sanguinario, como el mío.

Nos hemos planteado muchas cosas que sería divertido hacer juntos, como saltar en paracaídas, hacer puenting, merendar en el cañón del Colorado, tatuarnos… Soy consciente de que soy otro de los caprichos de una estrella que puede tenerlo todo. Lo más probable es que más pronto que tarde dé con otro amigo con el que todo le parezca fabuloso y con el que se encuentre todo lo cómodo que dice sentirse conmigo. Pero, aunque sé que me sentiré algo abandonada cuando desaparezca, habrá valido la pena. Gabriel es genial, me he reído muchísimo con él, me ha dicho cosas muy sabias acerca de mi relación con Álvaro y, además, ¿de qué otra manera podía saber yo cómo se las gastan en las fiestas que hay después de los Premios MTV? Tampoco habría nadado nunca en la piscina de un hotel en una de las torres más altas de Madrid, solo para mí. Este fin de semana me he sentido como una princesa cuyos antojos se convierten en un dictamen de Estado. Eso sienta bien. Podría acostumbrarme y eso me da un poco de miedo porque si una cosa tengo clara es que poseo alma de despiadada dictadora. Podría acostumbrarme.

Cuando llegamos a mi portal y creo que voy a despedirme de Gabriel, él sonríe y me dice que le encantaría ver mi casa si no me importa. ¿Cómo voy a negárselo? Además, sé que está limpia.

Cuando subimos en el ascensor me da la risa y no la puedo reprimir. Gabriel me mira sin entenderme, pero es que aquí está, en mi casa, con sus gafas de sol de marca puestas, a punto de ver dónde vivo, para conocerme mejor, para saber cómo me gustan las cosas. Y me río porque voy a enseñarle un piso que probablemente quepa en uno de los cuartos de baño de su casa de Los Ángeles. Acojonante. Es Gabriel, el cantante. A veces aún tengo que recordármelo a mí misma.

Al entrar, Gabriel se queda parado en el recibidor, quitándose las gafas de sol y colgándoselas en el cuello de la camiseta gris que lleva puesta debajo de una camisa de cuadros.

—Venga, camina, estás haciendo tapón —le digo con una sonrisa, disimulando que estoy un poco nerviosa porque vaya a ver mi piso.

Gabriel avanza y se asoma a la pequeña pero completa cocina que queda a mano izquierda nada más entrar. Todo está en orden. Sigue siendo todo lo retro que era cuando la dejé el viernes. Y lo peor es que pongo la mano en el fuego por que la nevera sigue igual de vacía. Voy a tener que pedir comida china grasienta para cenar.

Le espero de pie en el salón y él abre los ojos, asombrado. Es posible que creyera que era más pequeño. Igual todo esto responde a una curiosidad mórbida del tipo: «Veamos cómo viven los pobres». Pero él sonríe y me dice que le parece grande. La verdad es que lo es. Debería agradecerle a Álvaro que me ayudara a encontrar este piso por este precio tan cerca del centro y del trabajo (y de su casa).

Gabriel mira la mesa redonda con cuatro sillas que queda justo junto a la barra de la cocina, las estanterías llenas de libros de recetas, las láminas de anuncios de los años sesenta enmarcadas en la pared y la lámpara estrambótica. Después escruta mi sillón negro, en la otra parte del salón, la mesa de centro, la pequeña butaca, la televisión y el mueble de Ikea modular lleno de marcos de fotos. Se acerca a mirarlas y me pregunta al tiempo que coge uno:

—¿Quiénes son?

—Mis hermanos Varo y Óscar. —Sonrío al decirlo—. Te caerían bien.

Mira hacia el ventanal que llega hasta el suelo, ahora mismo tapado por un estor blanco, y me pregunta si da a una terraza. ¿Terraza? Sí, claro. Terraza, solárium, *spa* y cancha de tenis.

—No. —Niego con la cabeza—. Es un balcón pequeñito. Para tender la ropa, fumarme un pitillo, increpar a los vecinos..., vamos, lo normal.

Gabriel vuelve a sonreír y, joder, es tan guapo...

Le dejo ojeando las fotos y me meto en mi dormitorio, que también está en orden. Estiro la colcha, donde se nota la marca que hice apoyando la maleta el viernes, y después subo la persiana. La luz blanca, matizada por otro de los estores blancos de Ikea, ilumina la habitación. Gabriel entra y lo mira todo de arriba abajo y de un lado a otro. Mi habitación me gusta, la verdad. Tuve la suerte de que los caseros la hubieran amueblado, como el resto de la casa, con muebles muy básicos y asépticos. Con unos cuantos complementos, como unas lamparitas, una colcha bonita, cojines y más fotos, he hecho de este sitio mi casa de verdad. Gracias grandes almacenes suecos por darme la oportunidad de seguir siendo coqueta con una pequeña inversión económica.

Abro la maleta a los pies de la cama y veo de reojo cómo Gabriel se acerca a la cómoda que queda a los pies de la cama. Es blanca, bastante grande y tiene un espejo adosado en la parte superior, de manera que casi parece un tocador. En la superficie de arriba, frente al espejo, tengo un joyero, unos cachivaches antiguos de perfume de cristal y un marco de fotos. Cuando me doy cuenta Gabriel tiene agarrada la foto y me avergüenzo. Agacho la cabeza para que no vea mis mejillas sonrojadas.

—Oh, oh... —me dice.

—Ya, lo sé. —Me revuelvo el pelo y después trato de justificarme—. Es que... no paso aquí muchas horas, ¿sabes?

Cuando estoy en casa hago vida en el salón o en la otra habitación. Pero, bueno, sí… No sé por qué la tengo aún.

Claro que lo sé. Miento a sabiendas de que Gabriel se dará cuenta y sabrá perdonarme la mentira. Es normal que tenga fotos, joder, fueron dos años. Dos años juntos. Él mismo me ayudó a mudarme. La mayor parte de las noches que he pasado en esta casa las pasé con él. No, no quiero pensar en eso.

Antes había muchas más fotos por toda la casa. Tras nuestra ruptura fueron convenientemente guardadas. Pero con esta no he podido, al menos hasta el momento. Cojo el marco que Gabriel tiene entre las manos, y miro a Álvaro. No me mira ni siquiera desde la fotografía. Y a pesar de todo, siempre me ha gustado especialmente. Sé por qué la tengo aún: es un recordatorio de lo que Álvaro es capaz de hacer. Además me hace compañía los fines de semana que no lo veo.

En la fotografía Álvaro y yo estamos envueltos en ropa de invierno. Él lleva un abrigo gris. Se adivina por debajo el cuello perfectamente almidonado de una camisa blanca y una corbata gris oscuro. Me tiene agarrada por la cintura y apoya la barbilla cariñosamente sobre mi cabeza; los dos tenemos la mirada perdida en el fuera de campo. Yo, apoyada en su pecho, llevo un abrigo rojo y al cuello una bufanda de punto inglés de color gris que me tejió mi madre. Mis manos están sobre las suyas en mi cintura. Llevo el pelo ondulado pero peinado y solo se adivina un poco de colorete en mis pómulos y mis pestañas rizadas. Estoy sonriendo, como él; estoy guapa, porque ese día era feliz.

Cuando miro esa foto sigo sin explicarme por qué me acompañó aquella mañana de diciembre a aquella comida familiar. Sí, es un recordatorio de lo que Álvaro es capaz de hacer. Unas semanas antes me había pedido aquello… tan bonito. Dos días después de que nos hicieran esta foto fue la cena en casa de sus padres. Y a partir de ahí ya vino el caos total y la degradación de lo que yo pensaba que era Álvaro y de la imagen que él se construyó de mí. Y todo a golpe de acelerador, como si una vez abiertos los ojos debiera tomar una decisión rápido y quitarme de su lado. A partir de ahí solo un mes para hacernos daño. Más tarde, la tregua.

Suspiro hondo y dejo la foto en su sitio. Gabriel me está mirando y sonrío comedidamente, con melancolía. Él me contesta a la sonrisa añadiendo un apretón en mi hombro.

—Ven, te enseñaré mi sitio preferido en el mundo —le digo.

Justo frente a mi dormitorio, en un micropasillo que es más bien una encrucijada de puertas, está la otra habitación. Entre esta y mi dormitorio, el baño. Entramos en el despacho y Gabriel dice:

—Guau.

Y me siento orgullosa, porque esta habitación soy yo. Cuando llegué solo era un espacio pequeño pintado de blanco, con unas estanterías básicas y un armario empotrado. Ahora es mi rincón de la paz y el orden. ¿Quién iba a decir, conociéndome, que me gustara tanto el orden en mi casa? Si lo que domina el resto de mi existencia es el caos…

Gabriel se sienta en el sillón de orejas de color *mint*. Este mueble antes era de uno de mis abuelos, pero estaba abandonado y mal tapizado en un trastero. Conseguí que las pasadas Navidades mi madre me lo regalara con una lavadita de cara previa. Y me encanta. Frente a él queda una pared llena de fotos. Los marcos, pequeños, medianos, grandes, blancos, grises y del mismo color que el sillón, están ordenados sin ton ni son creando un curioso mosaico de imágenes. Hay un poco de todo, pero en el centro, en el marco más grande y en el que hasta hacía poco había una fotografía de Álvaro y yo en nuestras últimas vacaciones, está mi foto con Gabriel en el coche, la mañana después de conocernos. Esto parece gustarle y, tras levantarse me rodea los hombros con su brazo izquierdo.

—Este sitio es genial.

—Aquí hago todas las cosas que me gusta hacer. Leer revistas y libros, escribir cartas amenazantes y emails de acoso, comprar por Internet... También es mi vestidor —le digo superpersonriente.

—Tienes que decorar una habitación de mi casa. —Se mete las manos dentro de los vaqueros grises desgastados y asiente, dándose la razón a sí mismo—. ¿Qué te parece?

—Me parece estupendo. ¿Cuánto me pagarás?

Se ríe entre dientes y me da una patada en el trasero en un movimiento ágil que si lo hubiera hecho yo, habría terminado conmigo empotrada en la estantería y muy probablemente sin dientes.

Salgo de la habitación y Gabriel lo hace detrás de mí, cerrando la puerta. Me dice que se tiene que ir y, aunque me apena, asiento. Carraspeo, tratando de aclararme la voz, y empiezo con la despedida y los agradecimientos:

—Bueno, Gabriel..., muchas gracias, este fin de semana ha sido superguay. —Me siento una niña tonta diciendo superguay y me río—. En serio. Me has tratado como una reina y me sabe fatal, porque no sé cómo puedo agradecértelo.

—El placer ha sido mío —dice.

Y qué guapo está, plantado en medio de mi salón, con las manos en los bolsillos y los ojos castaños brillando a través de su pelo desordenado.

—No, de verdad, ha sido mío. Estoy tan contenta por estos últimos dos días..., estoy tan..., que no sé cómo...

Muevo la cabeza impotente y me decido a hacer algo muy loco. Me tiro en sus brazos y Gabriel saca las manos de los bolsillos con rapidez, sin saber muy bien para qué tiene que prepararse. Después deslizo los brazos alrededor de su cintura y aprieto la mejilla en su pecho y lo abrazo. Lo abrazo con mucha fuerza, pero Gabriel no responde. Probablemente le ha parecido una salida de tiesto digna de una de esas fans que se forran las carpetas con sus fotos. Y siento vergüenza. Mucha.

Cuando voy a retirarme, Gabriel pasa los brazos alrededor de mi cintura también y me aprieta. Respiro aliviada.

—Gracias —le digo con la cabeza enterrada en su pecho, oliéndole.

—No. Gracias a ti.

Nos separamos un poco y mirándole, con sus manos asiéndome la cintura, le pregunté por qué iba a tener él que darme las gracias.

—No lo sé. —Se encoge de hombros—. Solo… tengo la intuición de que tú serías capaz de salvarme.

Después vuelve a apretarme, me besa en la sien, su nariz roza la piel que acaba de besar y da unos pasos hacia atrás, hacia la puerta.

—Adiós —le digo con la voz trémula, porque esto ha sido especial.

—Vuelo mañana a Los Ángeles. Te llamaré cuando llegue.

Y después Gabriel, el cantante, el macarra, el tío bueno y uno de esos amigos a los que se puede abrazar, se va. Yo simplemente cojo el teléfono de casa y marco el número de Bea.

—Zorra —dice sin mediar ni un murmullo previo de saludo—. ¿Con quién has estado empujando todo el fin de semana?

—No he empujado con nadie. Gabriel vino a recogerme al trabajo y me invitó a un fin de semana de ensueño.

—Dios, qué asco. Hablas como si te estuvieran doblando en Disney Channel. Aún me cuesta creer que conozcas a ese tío y ahora de pronto te lleva de picos pardos. ¿Y qué habéis hecho, si se puede saber?

—Deja ese tono tan pasivo-agresivo. Hemos visto *Sexo en Nueva York* en su hotel, nadado en la piscina cerrada al público y bebido como cerdos. Ah, y fuimos de compras el sábado.

—¿El aceite que pierde es de oliva o de motor?

—¡No pierde aceite! Solo quería saber lo que es un fin de semana de chicas.

—Entonces ¿cuándo vais a follar? Quiero saber cómo tiene el rabo.

—¡Toma! ¡¡Y yo!! Pero me parece que eso no va a pasar.

—¿Sabes? A mí en realidad mientras ese tío me presente a Adam Levine y pueda tirármelo, lo que hagáis me da igual. Pero que te trate bien o le haré un nudo con todo lo que le cuelga.

Sonrío y miro al techo. ¿Para qué quiero pareja si ya tengo a mi alma gemela?

26

lvaro y yo fuimos, más pronto que tarde, una pareja al uso. Salíamos a cenar, veíamos una película, nos contábamos cosas que nos agobiaban, preparábamos la comida en casa los fines de semana, despertábamos juntos y además de hacer la cama, también la deshacíamos muy a menudo. Muy, muy, muy, muy, muy, muy, muy, muy, muy, muy a menudo.

Con las llaves de su casa en mi poder (cosa que me pareció arriesgadísima por su parte), pude darle sorpresas de las que a Álvaro le gustaban. Y era fácil adivinar qué tipo de sorpresas le gustaban, claro.

Un jueves me di cuenta de que la píldora ya era más que efectiva y que, además, ya había tenido el periodo y ya había empezado la segunda tableta de pastillas. El sábado era mi cumpleaños y Álvaro y yo habíamos planeado algo especial, pero estaba demasiado impaciente. Lo esperaba como quien espera, no sé, cobrar el boleto premiado de la lotería. Pensé, así, fugazmente, que a Álvaro le encantaría saber que iba a poder prescindir de sus pequeños archienemigos de látex, que al parecer le daban picor, pero... miré el reloj de pulsera. Eran las doce de la noche y aunque resultaba una locura plantarse en su casa esperando que estuviera despierto y con ganas..., ¿cuándo considero yo que las locuras es mejor no hacerlas? Metí en una bolsa de mano unas cuantas cosas para vestirme al día siguiente para ir a trabajar, unas cositas de aseo y allí que me fui.

Cogí un taxi que me costó doce euros y entré al portal con la copia de las llaves que me había dado. Subí las escaleras despacio y cuando llegué a su rellano, abrí la puerta con cuidado de no hacer el mismo ruido que los *hobbits* en las cuevas de Moria, capaces de despertar a «lo que habita en la oscuridad». Suelo hacerlo cuando trato de ser silenciosa. Me como percheros, tropiezo con macetas... Pero lo hice muy bien. Me recibió la oscuridad total y el silencio. Eran las doce y media ya. Cerré despacio la puerta y eché el pestillo.

Me metí en la habitación temiendo que no estuviera, que lo hubiera pillado yéndose de picos pardos (que es una expresión que utiliza mi madre y que siempre me ha parecido setentera y adorable), pero lo encontré profundamente dormido, de lado, con el brazo derecho bajo la almohada y el izquierdo por encima. Me dieron ganas de hacerle una foto, pero si se despertaba con el fogonazo de un flash igual le daba un infarto, me pegaba una paliza y después entregaba mi cadáver a la policía para que me detuvieran por loca acosadora. Así que me abstuve.

Dejé la bolsa junto a la cómoda y me desnudé. Después, solo con la ropa interior, me abrí paso bajo las sábanas hasta llegar junto a él. Le besé el cuello y se removió. Olía delicioso. Llevé la mano hacia su abdomen y volvió a removerse, colocándose boca arriba. ¡Qué fácil me lo estaba poniendo! Bajé la mano mientras le besaba el cuello y le mordisqueaba muy suavemente el lóbulo de la oreja. Me encontré con que todo él estaba dormido. Jamás se la había tocado tan flácida. Me dio hasta la risa… pero poco, porque no tardó ni quince segundos en reaccionar brutalmente con una erección de kilo. Seguí acariciándole, de arriba abajo, suave, despacio y, aún en sueños, gruñó de placer. Entreabrió los labios y dejó escapar un gemido que le hizo pestañear. Después de unos cuantos pestañeos abrió los ojos y, respirando hondo, se giró hacia mí.

—Nena… —murmuró.

—Estaba en casa…, no podía dejar de pensar en ti y…

—Sigue. —Cerró los ojos.

Negué con la cabeza y le insté a quitarse el pantalón de pijama negro que llevaba. Yo me quité el sujetador y las braguitas y cuando se tumbó entre mis piernas, colé su erección desnuda dentro de mí. Resbaló con suavidad hasta llegar al final y los dos gemimos.

—Para…, para… —dijo alargando la mano hacia la mesita de noche, por costumbre.

—Ya no tengo que parar.

Álvaro se despertó un poco más y, al caer en la cuenta, se hundió de nuevo en mí con un golpe de cadera. Subí las piernas sobre él, rodeándole, y arqueé la espalda.

—Joder, nena… —susurró.

—Es la primera vez… —dije cerrando los ojos y sintiendo una presión en el vientre que se deshacía con un cosquilleo en cada penetración.

—Vas a sentirme… —susurró—. Vas a sentirme corriéndome dentro de ti.

Y me pareció tan erótico que por poco no terminé con la siguiente embestida. ¿Qué sentiría?, me pregunté. ¿Cómo iba a ser?

Álvaro cogió mi pierna y la colgó de su brazo. En aquella postura llegaba mucho más hondo. Grité. Me tapó la boca con la otra mano. Empujó con más fuerza y ahogué otro gritito mordiéndole.

—Ah… —se quejó con una sonrisa pervertida.

Me retorcí de placer un par de veces y fui acumulando entre mis piernas una carga eléctrica que explotó al poco con un quejido de satisfacción.

—No quiero acabar nunca… —susurró—. Quiero llenarte. Quiero que seas mía. Quiero… ¡Dios! Quiero llenarte de mí.

Y yo, desmadejada bajo su cuerpo, sentí sus embestidas cada vez más aceleradas, más fieras, más secas, más placenteras. Le acaricié el pelo, la espalda, los brazos. Cuando pensé que terminaría, me abracé a su pecho, pero él aprovechó para darse la vuelta en el colchón y colocarme encima.

—Muévete. Muévete conmigo dentro —susurró—. Dame otro.

Removí las caderas hacia atrás y hacia delante, provocando el roce. Sabía que a él era el movimiento que menos placer le producía pero que más me gustaba a mí. Así podría recuperarme mientras él se mantenía en un estado suspendido de excitación. Y tanta cancha me di que, a pesar de que quise parar, el orgasmo me sacudió más pronto de lo que pensaba y sin tener que acariciarme. Álvaro me agarró por debajo de los muslos y empezó a marcar un movimiento acompasado después. Yo hacia abajo. Él hacia arriba. Los dos clavados y dándole ritmo, me anunció que no tardaría en terminar.

—Me corro, nena…, me corro —gimió—. Me corro…

Me quedé quieta cuando una estocada me lo clavó dentro. Me apretó cuanto pudo contra él y tensionando los músculos le hice soltar un alarido de placer. Y así, con los músculos contraídos, le sentí palpitar dentro de mí y al balancearme se vació en mi interior. Una, dos, tres penetraciones más y los dos suspiramos, desahogados.

Como siempre, quise bajarme de su cuerpo y apartarme al otro rincón del colchón, pero me sostuvo allí encima.

—No te vayas… —Cerró los ojos, aún dentro de mí—. ¿Por qué siempre tienes tanta prisa?

—Porque me siento… vulnerable —confesé.

Álvaro abrió los ojos y tiró de mí para que pudiéramos besarnos.

—Conmigo no —susurró con su frente pegada a la mía—. Yo te cuidaré. Siempre.

Rodamos por el colchón unidos hasta quedar de lado. En un movimiento de cadera salió de mí y manchamos las sábanas de la mezcla de su semen y mi humedad.

Aquella noche dormimos abrazados, pero antes jugamos a eso tan peligroso que las parejas gustan de probar alguna vez: hacerse promesas. Y nos prometimos no dejar nunca de gustarnos como éramos, que no se nos olvidaría jamás cómo hacer sentir feliz al otro, que siempre nos respetaríamos y que el resto de las noches de nuestra vida las pasaríamos hundidos él en mí y yo en él. Y vaya por Dios, no cumplimos ni una.

Al día siguiente los actos rutinarios de prepararnos para ir a trabajar nos pusieron, como siempre que lo hacíamos juntos, de muy buen humor. Él se levantó primero, se dio una ducha y cuando vino a despertarme ya estaba prácticamente vestido y la casa olía a café. Después de la ducha y la chapa y pintura hicimos la cama con sábanas limpias y desayunamos café, zumo de naranja y tostadas, las mías con tomate natural y las suyas con mantequilla y mermelada de fresa.

De camino al trabajo, en su coche, escuchamos música clásica. No tengo ni idea de qué en concreto, aunque cuando empezaba una pieza una voz monocorde y empolvada decía cosas como: «Alegría increcendo. Opus. 15. Sebastopol. 1562». ¡Yo qué sé! Para mí hablaba en esperanto.

—Pon algo con más ritmo. Con esto me duermo.

—Cualquier otra música me recuerda a follarte. Mejor dejémoslo así y regálame un día tranquilo.

Antes de dejarme a una manzana de la oficina, por eso de disimular, Álvaro y yo hablábamos de la celebración de mi cumpleaños.

—Te esperaré en el parking e iremos juntos a casa, ¿vale? —dijo tras mirarme un segundo—. Y después todo mimos, sorpresas y malcrío del que te gusta.

—Bueno, y algo que también te guste a ti, ¿no?

—Oh, sí. Sexo. De sexo te vas a aburrir. —Sonrió—. O bueno, a lo mejor…, hasta hacemos el amor.

Palmeé ilusionada y en el siguiente semáforo en rojo bajé y le torturé un poquito con el vaivén de mis caderas.

Nos encontramos entrando en la oficina a la vez y nos echamos a reír. Uno de mis compañeros, con su habitual desacierto para vestir, corrió mientras yo le mantenía abierta la puerta de entrada.

—¿Qué tal? —le dije sonriente.

—Bien. Oye…, me ha parecido verte bajar del coche de Álvaro en la esquina del Starbucks…

Me quedé mirándolo en el pasillo enmoquetado y me eché a reír a carcajadas.

—Sí, claro. Y anoche me colé en su cama para cabalgarlo entre mis piernas hasta que se corriera dentro de mí.

Avancé un par de pasos y mirando hacia atrás me reí y le dije que no dijera tonterías. A veces la verdad resulta más inverosímil que una mentirijilla. Él se rio y sentenció el asunto con un:

—Pues que sepas que tiene una novia que se te parece.

Sin darle importancia me desvié hacia la máquina de café y después me senté en mi silla y encendí el ordenador. Álvaro, que tecleaba en el suyo con la puerta del despacho abierta, ni siquiera me dedicó una miradita. Y cómo me excitaba eso…

A las doce del mediodía tenía hambre para parar un tren, así que cogí unas cuantas monedas de mi cartera y fui hacia la máquina. El *staff* estaba prácticamente vacío porque todos debían de haber salido a por algo de picar. Seguramente me los encontraría frente a la máquina demoniaca de *vending* discutiendo sobre si era mejor el Nesquik o el Cola Cao. Pasé por el despacho de Álvaro y me asomé.

—Eh… —susurré.

—¿Qué pasa, Garrido? —Y es que él interpretaba su papel a la perfección entre aquellas paredes.

—Voy a por algo de zampar. Estoy tan impaciente por que llegue la hora de salida que se me hace el culito pepsicola.

Álvaro se rio, con esa sonrisa clara y preciosa que tanto me gustaba, y me fui casi dando saltitos. Dios. Ese hombre era mío. Ese jodido dios griego, con los pectorales como esculpidos por el puto Fidias.

Entré en la pequeña cocina y me encontré con que allí estaban casi todos mis compañeros, todos delante del cristal de la máquina de sándwiches envasados con cara de mongolos.

—¿Qué pasa? —pregunté.

—Mira —dijo alguien maravillado.

Todos se apartaron (porque yo siempre he sido «la jefa» y la que más la mueve, claro) y me dejaron ver un castillo tambaleante de galletitas, patatas fritas, chocolatinas y sándwiches atrapado dentro.

—¿Habéis probado a pedir algo de la estantería de arriba? —pregunté.

—Sí. Pero como casi no pesa, se queda enganchado también.

Me acaricié la barbilla, pensando un plan que me convirtiera en la poseedora de todo ese botín y en la heroína del departamento cuando decidiera compartirlo.

—La hemos movido, empujado, sacado del sitio y pateado, pero nada. No hay manera —dijo otro a mi lado.

—El problema es el sándwich de pavo y queso de abajo —sentencié sabiamente—. Es el que impide que caiga lo demás.

—Me puse de rodillas, levanté la puertecita y metí la mano—. Creo que podría alcanzarlo y tirar de él.

Todos me hicieron un corro alrededor y yo me acomodé para que no se me vieran las vergüenzas bajo la falda. Estiré el brazo y mi manita apareció delante de mis compañeros, por dentro del cristal. Un aplauso ensordeció la cocina.

—¡Bravo, Silvia!

—¡Vas a conseguirlo!

Y yo, con una sonrisa de suficiencia, toqueteé paquetitos y traté de tirar de solapillas y plásticos. De pronto todo cayó encima de mi mano y cuando traté de sacarla, la sonrisa se me escurrió.

—Joder… —dije poniéndome nerviosa.

Se me debía de haber enganchado el reloj en alguno de los salientes de metal y alguna compuerta debía de haberse activado al notar que caían los productos. Lo que pasó no lo sé, pero el caso es que no pude sacar el brazo. Uno de mis compañeros se agachó junto a mí para tratar de ayudarme pero cuando tiró de mi antebrazo grité.

—¡Que me haces daño, bruto, animal, malnacido!

Entonces un tropel de ellos se marchó con la excusa de buscar ayuda.

Diez minutos después, cuando empezaba a dormírseme la mano, algunos de ellos volvieron junto con un chico de mantenimiento y uno de contabilidad al que las secretarias de la planta de arriba llaman MacGyver, que por cierto, nunca me había fijado que era bien mono.

El de mantenimiento movió la máquina mientras MacGyver me ayudaba a moverme para que no me hicieran daño. Desconectaron la máquina y después, entre los dos, trataron de desmontar la puerta, pero no hubo manera. El de mantenimiento se marchó con su horroroso chaleco amarillo y gris y MacGyver se acuclilló a mi lado.

—No te preocupes, ¿vale? Van a llamar a la empresa de *vending* para que alguien venga a ayudarte.

—No me siento la mano —le dije con los ojos muy abiertos.

—Shh… —Me acarició el pelo—. No te preocupes, Garrido. Yo me quedo aquí contigo. —Miré al infinito y arqueé una ceja. Si hubiera tenido las dos manos disponibles no se habría atrevido a tocarme de esa manera—. Oye, Garrido, después de este susto…, ¿por qué no te invito a una copa?

Dios, estás ensuciando el buen nombre de MacGyver, que montaba una lavadora con un chicle, un cartón y un clip…

—Oye, chato… —Le sonreí sensualmente antes de empezar a berrear—. ¿Tú crees que es una buena ocasión para ligar? ¡¡Si pudiera ahora mismo te cercenaba la puta polla con la guillotina de los folios, cafre, imbécil, meacamas!!

Y así fue como perdí la ayuda y el consuelo de MacGyver…

Media hora después, con un dolor infernal en el antebrazo, la muñeca y sin sentir la mayor parte de los dedos, llegaron los de la máquina de *vending*. Por aquel entonces ya sospechaba que los malditos desertores que se habían marchado de vuelta a sus mesas habrían informado convenientemente al jefe de que «Garrido tenía el brazo atrapado en la máquina de comida envasada». Lo que no entendía era por qué no había venido a ayudarme, a darme consuelo y a acariciarme la cabecita, como había hecho MacGyver antes de que le lanzara un par de dentelladas.

Los de la empresa trataron de abrir la puerta exterior para acceder a donde estaba mi mano atrapada, pero al intentarlo casi me rompieron, cortaron y mutilaron. Solo les faltó sodomizarme. A ellos también les insulté y traté de pegarles patadas. Menos mal que uno de mis compañeros se mantenía fielmente detrás de mí, sosteniéndome y defendiéndome. ¿Dónde estaría Álvaro? ¿Le habría pillado de reunión?

Cuando la mujer barbuda apareció por allí diciendo que ya había llamado a los bomberos, quise morirme. Dios, los bomberos. Que una cosa es imaginar en tus fantasías eróticas que un bombero cañón te salva heroicamente de un incendio y te hace el boca a boca y otra que vayan a tu oficina cargados de radiales para poder sacarte el brazo de dentro de una máquina de sándwiches de dudosa calidad.

—Oh, por favor… —gimoteé. Después intenté sacar el brazo dando fuertes tirones, pero lo único que conseguí fue que me doliera más la muñeca.

A la una y media, después de hora y media de tormento, aparecieron los bomberos y, atención, dos enfermeros del Samur con una especie de botiquín enorme. Y todo lo que yo veía eran trajes fosforescentes por todas partes.

—¡Acabad ya con esto, joder! ¡Cortadme el puto brazo! —me quejé histérica.

Cuando los bomberos sacaron la radial y la pusieron en funcionamiento temí que fueran a hacerme caso y empecé a gritar. Pero a gritar como deben de gritar los cerdos cuando los degollan. Una cosa…

Un bombero se acercó para colocarme unas protecciones encima de forma que las chispas no me quemaran y para que, claro, la sierra no me tocara la piel. Y supuse que era bombero porque llevaba el uniforme, porque tenía una pinta de carnicero de barrio…

—¿Está usted seguro de que es bombero? —le pregunté.

—¿Qué esperabas, uno de esos mozalbetes de catálogo a pecho descubierto y aceitado, chata? —contestó.

—¡¡Ya sé de sobra que a esos los sacrifican ustedes para aplacar la furia del dios del fuego, salvaje!!

Y todos los bomberos se echaron a reír a coro. Menuda parafernalia… Y todo aquello lleno de curiosos asomando la cabeza por la puerta de la cocina, que no hacía más que abrirse y cerrarse.

—Pero ¡sacad a los putos cotillas de aquí! ¡Joder! —volví a aullar.

En ese momento Álvaro entró en la cocina, con su traje gris azulado, su camisa azul cielo y su corbata azul marino. Hizo unas señas al compañero que se había mantenido a mi lado durante todo el rato y le pidió que se fuera. Después echó el pestillo a la puerta y le dijo a los bomberos que era mi responsable.

—Que se quede… —pedí.

Pero cuando me miró me arrepentí de haberlo hecho porque su mirada me perforó la cabeza de un disparo imaginario.

No se agachó para abrazarme por detrás en medio de mis grititos histéricos mientras serraban la máquina. No apoyó su mano en mi hombro ni presionó para infundirme valor. No hizo nada, solo desabrocharse la americana, meterse las manos en los bolsillos del pantalón y, apoyado en la pared, fulminarme con la mirada. Dios…, con lo bonitos que eran sus ojos, qué crueles podían parecer a veces…

Tardaron quince minutos en liberarme el brazo, que por aquel entonces ya mostraba una pinta bastante chusca. Tenía los dedos amoratados, la muñeca muy roja y ensangrentada de los tirones contra la correa del reloj y además casi no podía mover el codo, que estaba hinchado. Los del Samur se pusieron a curarme enseguida mientras yo miraba a Álvaro dar las gracias a los bomberos y disculparse.

—Siento mucho que tengan que perder su tiempo por cosas como estas. De verdad, mis más sinceras disculpas. La señorita Garrido será convenientemente amonestada.

¿Amonestada? ¿Encima de que había pasado dos horas con el brazo allí metido, solita y sin ayuda de mi novio?

Cuando los bomberos se hubieron ido y los del Samur terminaban de vendarme el brazo, Álvaro se acercó a mí con paso lento. Miré a los dos enfermeros y me mordí el labio, con pánico.

—Oh, oh… —susurré.

—Valiente imbécil estás hecha —dijo en un tono gélido que hizo que los dos enfermeros levantaran las cejas, sorprendidos—. Eres una inconsciente y una niñata.

—Pero Álvaro... —me quejé.

—Si encima te veo llorar juro que no me aguanto y te giro la cara de un revés. Y si crees que no sería capaz es que no me conoces, porque lo sería. ¡Joder que si lo sería!

Agaché la cabeza.

—No voy a llorar.

—Más te vale, niñata. ¿En qué coño estabas pensando? ¿En qué coño piensas la mayor parte del tiempo, cojones? —Buscó mi mirada.

Sopesé la posibilidad de decirle de broma que sus cojones estaban en el *top five* de las cosas en las que pensaba, pero preferí abstenerme.

—Sé que me dices todo esto porque estás asustado —murmuré.

—No. Te lo digo porque ahora mismo no puedo soportar ni mirarte. Te lo digo porque te mereces un par de bofetadas. Te juro que... —Se quedó callado, apretó los puños y después de pasar los dedos por su pelo, se fue.

Me giré hacia los dos enfermeros que parecían haber acabado y me encogí de hombros.

—Sabes que tu jefe no puede decirte cosas como esas, ¿verdad? —dijo uno de ellos.

—Me temo que ahora no me estaba hablando como jefe.

—Mejor me lo pones... —murmuró.

Insistieron en llevarme a la ambulancia y aunque les supliqué que no lo hicieran, me convencieron diciendo que así podrían suministrarme no sé qué y no sé menos para... yo qué sé. Yo solo pensaba en Álvaro.

Cuando pasé frente a mi departamento mis compañeros se levantaron de sus sillas para aplaudirme ante mi total vergüenza y el portazo del despacho de Álvaro resonó en todo el edificio. Después el hospital, radiografías, una resonancia magnética y un calmante, pero... nada de Álvaro.

A la salida llamé a Bea para contárselo y tampoco es que se sorprendiera demasiado de mi aventura (suelo vérmelas en situaciones delicadas a menudo, por eso de ser una inconsciente y una temeraria), pero sí de la reacción de Álvaro. En su opinión no era para tanto, pero claro, yo entendía que en el fondo sí lo era. Pero... ¿como para anular los planes de mi cumpleaños, no llamarme para ver cómo estaba, insultarme en presencia de los del Samur y dar un portazo brutal delante de todos mis compañeros? No. ¿Estaba dispuesta yo a soportar ese tipo de trato?

Cuando me planté en su casa eran las once menos cuarto de la noche. Me costó mucho ir, pero tenía la obligación moral de aclarar las cosas. Me sentía mal, como una niña pequeña. Y lo peor era que me sentía en el fondo sumamente culpable. Y dolorida, esto también. En mi cabeza solo escuchaba una vocecita repipi que me repetía que la culpa era mía, que nunca sería suficiente para él y que le quería como quieren las tontas, a ciegas.

Llamé al timbre y unos pasos rompieron el total silencio que había dentro de la casa. Al abrirme me di cuenta de que tampoco había apenas luz. Él estaba aún vestido de traje, pero sin chaqueta.

—Hola —dije.

—Hola —contestó apoyándose en el quicio.

—¿Me dejas pasar? —pregunté en un tono muy suave.

—No —sentenció él cruzando los brazos sobre el pecho.

Aguanté las ganas de llorar. Era mi cumpleaños. En una hora cumpliría veintiséis años. Pero ni siquiera hice un puchero. Si algo tuve siempre claro con Álvaro fue que el día que me viera derramar lágrimas, el día que entendiera que era lo suficientemente débil para amilanarme y lloriquear, me dejaría y se acabaría para siempre. Él es una de esas personas que, al menos aparentemente, no soporta a los débiles. Lo extraño es que era justamente como me hacía sentir.

—Creo que me debes una disculpa, ¿sabes? Yo no hago estas cosas queriendo molestarte —traté de sonar firme.

—Tú haces las cosas sin pensar a quién podrían afectar. Y siempre lo haces todo igual. Eres incontrolable y desmedida. Eres un puto desastre continuo, el caos. Ni siquiera te preocupas por lo que sale de tu boca. Hablas sin más. Haces sin más. Te falta un jodido filtro mental. Te hace falta un puto filtro en la garganta y…

—Pero yo te quiero, Álvaro —confesé levantando las cejas.

Oh… ¿En serio acababa de decirle que le quería interrumpiendo una perorata sobre todo lo que me hace absurda e insoportable?

—¿Ves? No piensas. Es todo así —dijo.

No. No era la contestación que una mujer espera encontrar cuando se atreve a decir te quiero. Álvaro fue a cerrar la puerta, pero la empujé con la mano.

—¿Tan difícil es quererme a mí que me hace incapaz de quererte? ¿Es un sentimiento demasiado elevado para mi pobre calidad humana? —Al decirlo me puse por primera vez en mi vida muy seria delante de él.

Rebufó y apoyó la frente en el quicio un momento para después ponerse rígido, darme la espalda e ir hacia el salón. Le seguí, sin saber por qué. Era humillante.

Se dejó caer en un sillón, a oscuras, y se revolvió el pelo.

—Nunca estás quieta. Ni siquiera cuando estás dormida te callas. Canturreas, te ríes, me desafías, te divierte molestarme. Constantemente estás pensando en cómo hacer algo que la mayor parte de las veces incluso es ilegal. No te entiendo. Vives inmersa en un maremágnum de sentimientos que te ahogan y que te hacen una persona imprevisible. Eres algo así como una puta patata caliente que me va a quemar las manos porque no sé cómo coño se sujeta. Eres molesta de la hostia, Silvia. Estás siempre merodeando por aquí, por casa, por el trabajo, por mi cabeza. Siempre. A todas horas. Ya no tengo intimidad alguna. Nunca estoy solo. A veces haces tanto ruido que ni siquiera soy capaz de escuchar lo que pienso. Me mareas y me provocas. Y lo peor es que esperas que me comporte de la misma errática manera que tú o al menos que asienta y me conforme con tus estallidos de… ¿originalidad? —Me mordí el labio con fuerza. No iba a llorar. No iba a llorar. Ya podía costarme la vida que yo no iba a llorar—. Y ahora estoy tratando de explicarte por qué narices estoy tan enfadado y me sueltas que me quieres, así. Que me quieres. Que te has enamorado. Esto es la crónica de una muerte anunciada…

—¡No lo dije porque sí! ¡Si no entiendes las cosas que digo sería más fácil que me preguntaras, en lugar de montar en cólera sin razón alguna! —me quejé—. Me haces sentir mal. ¡Mal! —no dijo nada. Rebufó—. Te digo que te quiero para que entiendas el daño que me hace que me hables como lo has hecho esta mañana. Parece que por ti mismo no te das cuenta. —Se mordió el labio inferior y se sujetó la cabeza con las manos, mirando al suelo—. ¿Es que no me entiendes? ¿Es que tú no te has enamorado? —pregunté con un hilo de voz, empezando a pensar si no sería mejor marcharme y olvidarme de él.

—Claro que sí. —Levantó la cara y me miró, ceñudo—. Claro que sí, joder, Silvia. No puedo pensar en otra cosa que no seas tú. ¡Yo no sé qué coño me has hecho! Quiero… llenarte. —Se tapó la cara y la frotó—. Pero… ¿cómo gestiono esto con una persona como tú? ¿Cómo narices quieres que acepte que tengo una relación con una persona a la que, sí, adoro, pero que los bomberos tuvieron que rescatar de una máquina de *vending* esta misma mañana?

—Si lo dices de esa manera parece que lo que no soy es digna de tu amor.

—No es lo que estoy diciendo. Es solo que… no sé manejarte.

—Yo no volveré a meter la mano, Álvaro.

—Claro que no lo harás, porque si lo haces juro que te arrastro hasta mi despacho y no sé lo que te hago —al decirlo levanté las cejitas animada porque a lo mejor le apetecía jugar a que era el profesor y yo una niña que se había portado mal—. Y no estoy hablando de darte dos palmadas en el culo y después follarte, Silvia, no pongas esa cara. Esto no me pone en absoluto.

—Oh —dije decepcionada.

—Estoy hablando en serio. Yo necesito una mujer adulta.

—Pero… yo no lo soy —me quejé—. No puedes tratarme así por algo que ya sabías antes de empezar.

—Necesito que seas una mujer adulta. Necesito saber a qué atenerme.

—¿Temes que te rompa el corazón? —contesté levantando las cejas, queriendo hacerme la graciosa.

—Estoy hablando de hacerte daño, Silvia. Y mucho.

—Pero no lo harás.

—No quiero hacerlo, es diferente —dijo—. Me conoces y sabes el tipo de decisiones que soy capaz de tomar.

Primero me mordí las uñas, después me pellizqué el labio de abajo tan fuerte que casi me hice sangre. Todo por no llorar. Al final, me senté en sus rodillas y me arrullé en su cuello.

—Pídeme perdón, Álvaro.

Él chasqueó la lengua contra el paladar. Después me abrazó.

—Joder, Silvia. ¿Sabes el susto que me llevé cuando me dijeron que habían tenido que llamar a los bomberos?

—Yo también me asusté. Pensé que iban a cortarme el brazo.

Me besó sobre el pelo.

—Esto es lo más difícil que he hecho nunca.

—¿Quererme?

—No es que sea difícil, Silvia, es que tú lo conviertes en algo complicado y tremendamente temerario.

Me apreté contra él y cerrando los ojos suspiré aliviada por que él también me quisiera. Yo ya sabía que jamás le escucharía decírmelo, pero saberlo era suficiente para mí.

—Perdóname —dijo con un hilo de voz—. Aún estoy acostumbrándome a esto de preocuparme tanto por alguien.

—No vuelvas a hacerlo. —Y me sorprendió escucharme tan seria y decidida—. Si vuelves a gritarme me iré, me alejaré y…

Negó con la cabeza. Sus brazos me apretaron contra él y apoyó la cabeza en mi pecho.

—No hará falta. Lamento haberte llamado niñata. Y…

—Me amenazaste con pegarme un par de bofetadas. —Y el gesto con el que lo dije le dejó claro lo que yo opinaba de aquellos comentarios.

—Nunca lo haría. No sé por qué lo dije. No volveré a…

—Estoy enfadada —susurré—. Si no llego a venir a tu casa en busca de explicaciones tú no te habrías dignado a disculparte.

—Sí lo habría hecho —suspiró—. Estaba pensando ya cómo hacerlo.

—Las rosas me gustan —bromeé.

—Yo también estoy enfadado. No quiero tener que preocuparme por dónde estarás metiendo el brazo cada vez que miro hacia otra parte.

—Siento haberte preocupado. Y haber montado el numerito con los bomberos.

—Lo olvidaremos en un par de días. Venga, vamos a la cama —dijo muy serio.

—¿A recompensarte?

—Deberías. —Sonrió con tristeza—. Pero estoy cansado.

Para Álvaro el sexo siempre ha sido un arma muy potente y con muchos usos, pero su «estoy cansado» sonaba muy al equivalente masculino de «me duele la cabeza». ¿Una negativa? Oh, Dios. Aquello me preocupó.

Al llegar al dormitorio me abrazó muy fuerte, nos besamos y nos perdonamos mutuamente. Él a mí por ser una chiquilla. Yo a él por haberme vapuleado.

—Te quiero —le dije.

—Me haces sentir… frágil.

Me acarició la cara, el pelo, el cuello y dejé que me besara en los labios con dedicación. Seguimos besándonos de pie, con él envolviéndome entera con sus brazos. Al principio eran besos de amor pero fueron volviéndose desesperados mordiscos de deseo. Es lo que pasaba cuando su saliva y la mía se mezclaban. No había marcha atrás. Así que terminé por colocarlo junto a la cama y arrodillarme delante de él; después de desabrocharle el cinturón, liberé una imponente erección. Abrí mucho los ojos y miré hacia arriba a través de mis pestañas.

Sus manos me envolvieron la cabeza y me empujó hacia él. Poco le había durado el cansancio llegado el momento. Su erección se deslizó entre la lengua y el paladar con suavidad y la engullí lo más hondo que pude. Álvaro gimió y de un golpe de cadera la hundió un poco más en mí hasta provocarme una arcada.

—Lo siento, cariño… —dijo. La saqué, la metí, la saboreé y volví otra vez a clavarla hasta casi rozar mi garganta girando la cabeza, como él me había enseñado—. Oh, Dios, nena… —gimió.

Y yo seguí, acelerando, pausando y ralentizando la caricia mientras tocaba sus muslos y me ayudaba con la mano derecha. La lengua daba vueltas alrededor de la punta y yo la tragaba un poco más hondo.

—Me completas… —jadeó.

La coloqué sobre mis labios y Álvaro, mirando hacia el techo, resopló mientras la metía y la sacaba de mi boca. Me agarró el pelo e impuso un ritmo rápido mientras yo, con los labios cubriéndome los dientes, le presionaba al entrar y salir. Me apartó el pelo, me miró y susurró:

—Para…, por favor…, para. Levántate. —Me puse en pie alucinada. ¿Que pare? ¿Justo en ese momento?—. No quiero acabar así —susurró mientras me tiraba sobre la cama—. Quiero correrme dentro de ti y sentir que tú también lo disfrutas. Quiero… sentirte cerca.

Me bajó las braguitas, me subió la falda y nos tumbamos en la cama, a medio vestir. Me penetró con fuerza y gemimos. Enrollé las piernas alrededor de sus caderas y me arqueé en cada una de sus embestidas. Álvaro me apartó el pelo de la cara.

—Mírame…, mírame… —susurró.

Y mirándonos nos corrimos. Y no hubo grandes gritos ni gruñidos de placer. Solo una respiración interrumpida y besos. Muchos besos.

Álvaro se quedó dentro de mí unos segundos. Después rodó en el colchón y miró al techo.

—Te quiero —repetí encogiéndome en su dirección pero sin tocarle.

Suspiró. Cerró los ojos y sonrió.

—Lo siento —murmuró—. Pensaba prepararte la cena, darte tu regalo y después hacerte el amor hasta que tuvieras que irte a casa de tu madre. Hacerlo especial. Pero lo estropeé enfadándome contigo.

A mí él también me parecía una persona de reacciones desmedidas, pero no quería empeorar las cosas diciéndolo. Tragué saliva con dificultad y me levanté.

—¿Te vas? —Se incorporó.

—¿Quieres que me vaya? —pregunté.

—Claro que no. Quiero abrazarte.

Me aparté el pelo hacia un lado y sonreí.

—Voy a la cocina a beber algo.

—Eh... —me llamó.

Tiró de mi muñeca y me abrazó. Me besó la frente, el cuello y después la boca brevemente pero con fuerza. Abrió el armario y me pasó un paquetito pequeño con el logo de una famosa marca de joyería.

—Toma, tu regalo. El mío eres tú. Solo tienes que crecer.

Y así empezamos Álvaro y yo a definir lo que necesitábamos el uno del otro.

27

Cuando veo entrar a Álvaro en la oficina sé que este fin de semana ha follado. Es así de simple. Lo miro y lo sé. Irradia una energía sexual a la que soy sensible. Eso o tengo poderes extrasensoriales, no lo sé. El caso es que ha follado. Y odio sentir cómo se me aprietan las tripas pensando en quién habrá sido la mala puta que se ha follado a MI Álvaro. Mal. Utilización errónea de los posesivos. No es MI Álvaro. Tengo que cambiar el jodido chip.

Con cambio de chip o sin él, necesito confirmar si mis sospechas son ciertas. ¿Cómo puedo hacerlo?

Pronto me brinda la oportunidad. Va llamando una a una a todas las personas del departamento a su despacho. Es la repartición de las vacaciones de verano. Esa es mi oportunidad.

Cuando me toca el turno estoy muy inquieta; a duras penas me aguanto yo misma. Me ha tocado la última, cómo no. Ha pasado toda la puta mañana viéndose con mis compañeros pero ha tenido a bien dejarme a mí para el final, intercalando un par de reuniones de cierre de proyecto. Así que es tarde y estamos a punto de salir. Estoy nerviosa y como siempre que me pongo histérica, me suda el bigote; no es que comunique mucha seguridad en uno mismo, la verdad. Entro en su despacho y cierro la puerta. Álvaro no me sonríe ni me saluda ni nada por el estilo. Solo señala la silla y me pide que me siente. Está guapo de la hostia. Perdón por el taco, pero es que está muy guapo; hoy es ese tipo de día en el que solo mirarle me quema por dentro, me revuelve, me sodomiza y me deja sin aire.

Como hemos empezado la jornada reducida de verano se nos permite venir vestidos de sport y lleva un polo azul marino que le queda muy bien y que, aunque suene tremendamente manido, hace destacar sus ojos grises como un faro. Y como no lleva corbata, puedo ver unos centímetros de la piel de su cuello, adivinar algo del vello de su pecho y sentirme sola por no poder acercarme y hundir la nariz justo en el valle de su garganta.

Me siento sin poder parar de mover las piernas y cuando termina de señalar con su bolígrafo Montblanc unas casillas en un *planing* hecho en Excel, me mira y frunciendo el ceño me pregunta qué me pasa.

—¿A quién te has follado este fin de semana? —suelto sin pensar, como en un escopetazo.

Álvaro levanta las cejas muy sorprendido y contesta:

—¿Y te interesa porque…?

Suspiro. Joder, no sé mantener la boca cerrada. No sé maquinar un plan y si lo maquino, después lo violo, lo asesino y escondo el cadáver. Me encojo de hombros y después le pido perdón.

—Siento esto y siento haberte dicho el viernes que me apetece quemarte vivo junto con tu madre y tu hermana.

Con un movimiento de cejas intuyo que vuelve a pensar que estoy siendo excéntrica, para variar. Me acuerdo de Gabriel diciéndome que Álvaro debe de ser imbécil y me pregunto a mí misma si realmente lo es. De vez en cuando siempre flaqueo.

—No importa. Sigamos. Me pediste las dos últimas semanas de agosto y la primera de septiembre —dice mirando sus papeles.

—Sí. —Al menos así podré escaparme con Bea a las fiestas de su pueblo a relajarnos.

—Pues no va a poder ser. Te tocan las tres primeras semanas del mes de agosto.

Resoplo. Ni al pueblo de Bea entonces.

—Álvaro, sabes que tengo planes para la última semana de agosto y la primera de septiembre —le respondo con amabilidad, apelando a su raciocinio.

—No es que me dé igual, que me lo da; es que no puede ser.

—Álvaro… —le pido.

Él se apoya sobre la mesa, me mira fijamente sin expresión alguna en la cara y ladea la cabeza. Después dice:

—No puedo.

Me muerdo el labio de abajo y cierro los ojos. No quiero discutir.

—Vale —digo—. ¿Puedo irme ya?

—¿No me lo vas a discutir?

—No. —Y otra vez tengo ganas de matarle y luego poder llorar a gusto. Llorar es un derecho constitucional y si no lo es debería serlo.

—Lo siento —me suelta. Y aunque parece que lo dice de verdad me imagino que no le da la gana de esforzarse por encajar mi petición con la del resto de mis compañeros. Así que no lo siente una mierda.

—No te preocupes —contesto—. ¿Cuándo las cogerás tú?

—En agosto también. —Rápidamente cambia de tema—. ¿Crees que podrás dejar cerrada la actualización del gestor de contactos antes de irte?

—Sí. Seguro.

—¿Te irás a algún sitio de vacaciones?

Y como quiero hacerle daño, contesto:

—Pensaba que solo me escaparía al pueblo de Bea, pero ahora que me das el mes de agosto creo que aceptaré la invitación de Gabriel y me iré dos o tres semanitas a Los Ángeles.

Toma. ¡Chúpate esta! Mentalmente estoy bailando una sardana cuando se humedece los labios y lo veo prepararse para la respuesta.

—Me alegra ver que te he arreglado el verano —susurra—. Carlota y yo también estamos sopesando la posibilidad de irnos a algún sitio.

Maldito cabrón hijo de la gran puta. Además no me sabe mal pensarlo porque no sé si su madre es puta o no, pero es una cerda, una mamona y tiene pinta de momia mal *follá*.

—¿Quién es Carlota? —pregunto fingiendo estar muy entretenida con la tela de mi vestido.

—A la que me follé el viernes. —Solo la manera de pronunciar las palabras envenena—. Y quien dice viernes dice sábado, domingo y esta mañana antes de venir a trabajar.

—¿Te lo has pasado bien? —y lo digo tan fríamente, arqueando las dos cejas, que lo cojo por sorpresa.

—Claro.

Artillería pesada. Ahí vamos. Estudio el estado de las puntas de mi pelo mientras digo:

—¿Igual o mejor que aquella vez que te dejé hacerme aquello…? Aquel fin de semana que pasamos en un hotelito en Segovia… y no pisamos la calle. Tú tenías ganas de probar y yo…, ¿te acuerdas?

Traga.

—No, no me acuerdo. Tengo una reserva para comer. Que tengas un buen día.

—¿Por qué no me acompañas a la puerta? —pregunto.

—Porque no quiero. ¿Por qué tendría que hacerlo?

Me inclino sobre la mesa con una ceja levantada y sonrío antes de decir:

—Porque la tienes tan dura que te duele. Piénsalo. A ella te la habrás follado doscientas veces desde el viernes, pero a mí solo me hace falta una frase para ponértela tiesa.

Me levanto de la silla y me voy hacia mi mesa, donde recojo las cosas. Álvaro no se ha levantado de su asiento y es probable que no lo haga en un rato, hasta que consiga que se le baje la erección. Lo más seguro es que llegue a casa y se pajee pensando en ese maldito fin de semana; uno de tantos en realidad.

Salgo del edificio cabreada, porque he mentido, he echado un farol y aparentemente ni siquiera le ha afectado. Ojalá Gabriel me invitase de verdad; eso le reventaría. Una cosa es decirlo y otra distinta hacerlo.

Cuando llego al semáforo noto que me vibra el móvil y pienso que con un poco de suerte es Gabriel, pero pronto recuerdo que está volando y que tardará bastante en llegar. Contesto sin mirar quién es.

—¿Puedo decirte algo? —oigo decir, en lugar de hola, cuando descuelgo.

—¿Para qué?

—Porque no me aguanto —confiesa Álvaro, que suele utilizar el teléfono para decir todas esas cosas que no se atreve a contestarme en persona—. Me he pasado el fin de semana tirándome a una tía que es como el agua. Incolora, inodora, insípida. Y no he podido dejar de pensar en ti.

Cuando termina, respira agitadamente.

—Álvaro...

—¡Ya lo sé! ¡Es jodidamente ilógico! ¡Yo no quiero volver contigo!

Cierro los ojos. Le entiendo; a mí me pasa lo mismo.

—Yo no he follado con nadie este fin de semana, ¿sabes? La última vez que follé con alguien fue contigo.

La señora que tengo al lado en el semáforo está flipando, pero la tía no se va, y eso que el disco ya se ha puesto en verde para los peatones.

—Ella… —suspira Álvaro— no huele como tú.

—Porque no soy yo —contesto, muy triste.

—Déjame ir a tu casa, Silvia…, necesito…

—No. No me hagas esto. Para lo único que deberías acercarte a mi casa es para dejar las llaves en mi buzón.

La señora abre mucho los ojos y en lugar de reprenderla por escuchar conversaciones ajenas, asiento y alejándome el teléfono de la boca le digo:

—Qué complicadas son las relaciones, señora.

—¡A mí me lo vas a decir! —contesta—. Ese es un rompeenaguas, reina. Los buenos chicos no llaman para decir guarradas.

—Gracias por el consejo —le digo.

—¿Con quién hablas? —pregunta Álvaro.

—Con una señora que considera que debería colgarte el teléfono porque el solo hecho de que me llames para hablar de lo que le has hecho a otra fulana es ofensivo y humillante…, humillante para ti.

Cuando me guardo el teléfono en el bolsillo no estoy contenta pero la señora me da una palmadita en el hombro y me regala un caramelito de regaliz, para levantarme el ánimo. Me vendría mejor una petaca llena de orujo, pero lo acepto y me voy hacia casa de Bea, donde tengo la intención de lloriquear a gusto y emborracharme hasta que me duelan los órganos internos.

Me veo reflejada en un escaparate mientras chupeteo el caramelo y reflexiono sobre si mi aspecto tendrá algo que ver en el rumbo que ha tomado mi relación con Álvaro. Así somos las chicas, siempre analizándonos para poder escondernos tras alguno de nuestros complejos y culparle de nuestras derrotas. Yo sé que no estoy mal. Siempre he sido normalita, pero sé sacarme mucho partido. Además, aunque no soy una chica delgada, tampoco me sobra nada. Soy así de constitución. Tengo el pecho grande, la cintura estrecha y las caderas redondeadas y femeninas. Mis muslitos son carnosos pero tersos. Sé que nunca he tenido problemas para encontrar a alguien que me encuentre mínimamente atractiva y que produzco un efecto certero en la bragueta de Álvaro. Sé que también me ha querido y que, a pesar de mi naturaleza excéntrica, soy la relación que más le ha importado en su vida. Pero nada de eso es suficiente para él. ¿De qué otra forma me iba a abandonar como lo hizo? Y yo ya no tengo ningún interés en gustarle a nadie.

Siempre que me acuerdo de nuestra ruptura me siento fea y me da rabia sentirme tan vulnerable por lo nuestro. ¿Por qué tiene que hacerme esto? ¿Por qué tengo que hacérmelo yo? Necesito una copa.

Bea me abre la puerta de su casa comiéndose un Calippo de lima limón. Y no veas cómo chupa la tía. Casi se me pasa un poco el disgusto de la risa que me da verla sorber un helado con forma fálica con tan poca gracia sensual.

—Si te viera un tío probablemente vomitaría.

—Estoy yo para tíos…

—¿Novedades?

—No. Que yo sepa ahí fuera los hombres siguen siendo gilipollas.

—No sabes la razón que tienes.

Me tiro en su sofá y la veo desaparecer detrás de las «puertas» de lo que ella llama cocina pero que es poco más que un armario empotrado. Cuando vuelve lo hace con una copa de balón llena de lo que deduzco que es *gin tonic* y una pajita rosa con un muñequito de Hello Kitty.

Se sienta a mi lado, me tiende la copa, me acaricia el pelo y me pregunta si ha sido Álvaro otra vez.

—¿Hay alguien más?

—Lo hay. —Sonríe—. Está el cantante buenorro de pecho tatuado que te lleva a pasar fines de semana idílicos.

—Es un amigo —repito en tono cansino—. No le veo el problema a tener un amigo con pene por muy bueno que esté.

—Mira, Sil, tu problema mide casi metro noventa y tiene los ojos azules; eso es lo que te pasa. Álvaro no es nada más que un problema. No te trae más que disgustos. Mándalo a tomar por culo, por el amor de Dios.

—No puedo —gimoteo abrazada a uno de sus polvorientos cojines—. Y tú deberías limpiar la casa porque vas a coger el tifus aquí dentro.

—Si no lo he pillado ya, dudo que pueda pasar nada.

—Cerda —le recrimino con la boquita pequeña.

—Deja de buscar excusas. Eres mi mejor amiga y te lo tengo que decir. Ese Álvaro un día te meterá el dedo en el culo y te dará vueltas. ¡Hace lo que le da la gana contigo! Y esto no puede ser porque tú no eres así. Con él pareces una tirada.

—Estoy enamorada —digo con pena.

—Lo que estás es enganchada. Yonqui, más que yonqui. —Empiezo a beber mientras ella me cuenta los pormenores de su plan—. He visto la luz, Sil. Así de simple. ¡¡He visto la luz!! Y ya no quiero más tíos que me la metan fuerte. No, no, no. Voy a buscar la felicidad, como en *Amelie,* ayudándote a solucionar esa mierda de vida que tienes.

—Oh, vaya, gracias. Como la tuya es tan guay… —digo con ironía.

—Calla y escúchame, cretina. Voy a ayudarte a ver que lo que tienes que hacer es olvidar a Álvaro y centrarte en otros menesteres y además te voy a indicar cómo lo puedes hacer.

—Sorpréndeme.

—No es nada que no te haya dicho ya. Lígate a ese Gabriel, joder. Es más guapo, tiene un trabajo superguay y mucha pasta, además de que puede darte una vida de lujos hollywoodienses.

—Bea, ¿eres incapaz de entender que un hombre y una mujer pueden solo ser amigos?

—Soy incapaz de entender que esta mujer —me señala como lo haría si fuera una azafata de *El Precio Justo* mostrando uno de los posibles premios— a la que conozco como si la hubiera tenido en mis entrañas, pretenda ser solo amiga de un portento como Gabriel, el cantante de Disruptive, con esa voz de morbo líquido y caliente que se te pega a las bragas y…

—Que sí… —le contesto cortándola, no porque me resulte soez escucharla hablar así, sino porque me recuerda que Gabriel es de otro jodido planeta—, que está buenísimo y todo lo que quieras. Pero de verdad que esta historia no va por esos lares.

—Pues igual debería. Ese o cualquier otro, coñi; cualquiera menos Álvaro. Y menos Adam Levine, que ya tengo bastante con compartirlo con media plantilla de los ángeles de Victoria's Secret.

Bea es muy sabia. Si quitas de sus consejos toda la paja (frases como: «Lo que yo te diga, nena, ¿o no adiviné que la tenía como un pepino? Tienes que hacerme caso. Tienes que… ¡por cierto! ¿Al final te hiciste la depilación láser? Bueno, bueno, luego me lo cuentas»). Así que pasa la tarde echándome la *peta* mientras yo bebo un *gin tonic* tras otro, siempre con la pajita rosa con el muñequito de Hello Kitty, y la escucho en todo momento.

Sigue insistiendo en el tema de que lo mío con Gabriel «florecerá» pero creo que no hay manera de hacerla entrar en razón. Ella solo aplaude imaginándose a sí misma en una limusina comiéndosela a Adam Levine. Es incorregible. Mientras

Bea fantasea, yo lo pienso durante un instante. No me puedo imaginar seduciendo a Gabriel; ni siquiera intentándolo. Y, poniéndonos en el supuesto de que alguna vez el cosmos y la alineación de los planetas lo hicieran posible, lo que menos me importaría serían los lujos hollywoodienses. Y es que tiene ese aire de poeta melancólico que necesita ser salvado de sí mismo… ¿No dijo que yo podría salvarlo? No sé de nada más romántico en este mundo que la idea de liberar a un hombre de sí mismo.

Mientras vuelvo hacia casa voy pensando en que mis amigas creen que me voy a terminar tirando a Gabriel. Algunas no están muy contentas ante la expectativa porque les da pelusilla. Otras me dicen que me va a pegar champiñones en los bajos porque debe de haberse tirado ya a medio mundo. Y luego está Bea, que opina que esto va a ser una historia de amor. Y yo…, yo creo que a pesar de no darle a las drogas, están todas bastante jodidas del tarro. Para que Bea y yo seamos las más normales…

Llego a casa y abro el buzón. Solo tengo dos cartas y las dos son facturas. La del móvil y la del gas. Menuda mierda. Otro mes que voy a andar justa y que tendré que ir a casa de mi madre en busca de *tuppers* de albóndigas congelados con los que subsistir.

En el ascensor vuelvo a pensar en Álvaro. Algo huele a él. Álvaro y la tal Carlota jincando como posesos sobre las sábanas blancas de esa cama que hasta hace poco era nuestra. A saber cuántas han pasado ya por allí. Me muero del asco de imaginarlo con otra.

Meto la llave en la cerradura y me sorprendo al comprobar que no está echado el pestillo y que se abre a la primera. Entro y… estaba claro.

Cuelgo el bolso de una silla del salón y doy un par de pasos hacia donde Álvaro está sentado. Las llaves de mi casa se encuentran sobre la mesa baja y él las mira fijamente. Me quito las sandalias de tacón, que empiezan a molestarme, y me siento con las piernas encogidas en el sillón de al lado. No decimos nada en un buen rato. Después me levanto, voy hacia la cocina y desde allí le pregunto si quiere una copa de vino.

—Sí, gracias —dice escuetamente.

Lleno dos copas de cristal con un vino tinto con bastante cuerpo. Lo pruebo para comprobar que no está picado y después le paso su copa.

—No es bueno, pero tampoco es malo.

Asiente y le da un trago.

—No está mal —sentencia.

—Te dije que no vinieras, pero llego a casa y aquí te encuentro. Tienes que comprender que necesito mi intimidad y que esto no es sano —murmuro.

—He venido a devolverte las llaves.

—Eso está bien. ¿Qué tal Carlota? —le digo para provocar.

—¿Qué tal Gabriel?

—Gabriel y yo somos amigos —aclaro.

—No me has dicho cómo le conociste.

—Coincidencias del destino. Tú tampoco me has aclarado nada de esa tal Carlota.

—Es amiga de mi hermana.

—¿Sois novios?

Me mira y se ríe.

—No. Claro que no. ¿Crees que me quedaron ganas de repetir el experimento?

—Oye, Álvaro, creo que tenemos que tomar una decisión de esas adultas de la hostia y dejar de marearnos mutuamente. Y sobre todo dejar de acostarnos. Follar nos viene fatal, ¿sabes? Porque la verdad es que juntos lo hacemos todo muy bien en la cama, pero tenemos que acordarnos de que fuera no funcionamos tan bien. Tienes que pensar que yo a veces voy sin bragas a trabajar. —Levanto las cejas, enfatizando lo que quiero decir—. Y te cuento esto porque me he tomado cuatro copas esta tarde y en mi estado de embriaguez total he visto la verdad universal. Y es que tú me haces mucho daño y que cada vez que me la metes, más yonqui me siento.

—Ya. —Sonríe con tristeza.

—¿Estás de acuerdo?

—Bueno, mi intención cuando rompimos era esa, dejarlo del todo. Pero siempre acabo viniendo a buscarte.

—Sí, y tienes que dejar de hacerlo. Ya me quedó muy claro que yo nunca he sido suficiente para las altas expectativas que tienes sobre ti mismo y tu vida —y no lo digo a malas, lo juro.

Álvaro frunce el ceño y se queda mirándome, aunque su gesto se relaja tras unos segundos.

—¿Echamos el polvo de despedida? —me dice.

—¿Sabes que te estoy empezando a pegar cosas? —Me río—. Esa frase es totalmente mía.

—¿Quieres o no? —Se ríe.

—No, no quiero. Esta mañana te has tirado a otra.

—Pero pensando en ti —añade.

Resoplo y me echo hacia atrás en el sillón poniendo un pie desnudo sobre la mesita de centro.

—Me da igual en quién pensaras. El hecho es que te has morreado con otra, le has tocado las tetas, que eso sé que te gusta mucho y…

—¿Vas a enumerar todo lo que le he hecho? ¿Quieres saberlo de primera mano en lugar de imaginarlo? —me dice reclinándose en el sofá, cruzado de piernas en un ademán muy masculino. Le animo a que hable cuanto quiera, me levanto a por el bolso y me enciendo un cigarrillo—. La puse a cuatro patas, la cogí del pelo y se la metí, con condón, por supuesto. Ella se puso a dar gemiditos e hice que se apoyara en la almohada, esperando que amortiguara el sonido. Cerré los ojos y me imaginé que eras tú. Duré tres putos minutos. Tres minutos.

—Me enseña tres dedos mientras me siento en la butaca otra vez—. No sé ni siquiera si ella se corrió. Después me levanté, tiré el condón a la basura y mientras me iba a la ducha le dije que se fuera y que ya la llamaría yo. ¿Qué opinas ahora?

—No mucho. En la primera frase ya me he puesto a fantasear —confieso con una sonrisa insolente—. Solo has conseguido ponerme cachonda. Ahora por tu culpa tendré que sacar el consolador. Vete, anda.

Álvaro no se levanta, sino que sigue bebiéndose el vino con parsimonia. Maldito cabrón. No le he mentido. Ahora dentro de la cabeza tengo una sucesión de imágenes truculentas. Se empieza a hacer de noche y casi no nos vemos en mi salón, pero no me importa lo más mínimo porque estoy metida en mi ensoñación, en la que Álvaro me agarra del pelo, me aprisiona entre el colchón y su cuerpo y me da…

Qué coño…

Me levanto, le quito la copa de la mano y me siento a horcajadas sobre él. Álvaro no se sorprende, se acomoda bajo mi cuerpo. Está empalmado. Joder. Es insaciable.

—No voy a follar contigo. Me da asco pensar que esta mañana se la metiste a otra.

—No la besé —confiesa.

—¿No la besaste en todo el fin de semana?

—No con lengua —me asegura.

—Joder, Álvaro…, por favor —suplico.

Se inclina y me deja un beso muy corto en los labios. A Álvaro se le escapa el aire a trompicones porque quiere más. Sus brazos me envuelven y se acerca hasta mis labios otra vez. Nos besamos de nuevo y poco tardamos en abrir las bocas. Su lengua entra en mí con fuerza y le da la vuelta a la mía; siento enseguida el sabor de su saliva. Me encanta. Sus manos se cuelan por debajo del vestido y me acarician los muslos, las caderas y el trasero. Joder…, me estoy poniendo cachonda otra vez…

—¿Te acuerdas cuando fuimos a aquella cabañita…? —me pregunta de pronto.

Y me retuerzo de placer al acordarme. Me folló frente a la chimenea tantas veces que al final la alfombra me provocó rozaduras en la espalda. Fue espectacular.

—¿Y te acuerdas de aquella noche en República Dominicana…? —digo yo.

Se muerde el labio. Nos bebimos dos botellas de vino y nos volvimos locos. Hicimos cosas que jamás confesaría a nadie ni bajo amenaza de muerte. Sus manos van hacia mis pechos y los soba por encima de la ropa. Gimo.

—Para, de verdad… —le pido mientras me besa el cuello. Escucho mi teléfono vibrar dentro del bolso y me estiro para cogerlo. Es Gabriel—. Hola —contesto y me bajo de encima de Álvaro—. ¿Ya has llegado?

—Sí. Qué vuelo más largo, Dios. ¿Qué haces?

Levanto las cejas.

—¿Quieres que conteste con sinceridad?

—Claro —contesta.

—Cosas sucias —digo con la boquita pequeña mientras veo cómo Álvaro se levanta del sillón. Joder, se le marca todo en el pantalón chino. Coge su copa vacía y la lleva a la cocina.

—¿Con míster Andrés, el Vibrador? —dice riéndose—. No me gustaría interrumpir un orgasmo mecánico.

—No. La verdad es que estaba enrollándome con Álvaro.

—Pero ¿¡qué dices, Silvia!? —se queja—. No tiene ningún sentido…

—Ya, ya lo sé. Pero en mi favor diré que no habíamos llegado muy lejos.

—¿Aún está ahí?

—Sí, en la cocina.

—Bueno… —vacila un momento—. Os dejo. Tienes que solucionarlo.

—¿Te llamo después?

—Claro.

Nos despedimos y cuelgo. Voy a la cocina, donde Álvaro está lavando la copa.

—Me voy —dice muy serio.

—Bien. ¿Qué vas a hacer con eso? —Y le señalo la bragueta abultada del pantalón.

—Creo que encontraré la manera de solucionarlo —al hablar vuelve a ser Álvaro el frío.

—Bien. Pues nada, dile a Carlota que no trague mucha agua al bucear.

Nos miramos fijamente y se apoya en los azulejos de la pared antes de revolverse el pelo.

—No sé por qué te llama. No sé de qué va esto. No entiendo nada —me dice.

—Yo tampoco. Imagínate: un día me dijiste que era hora de hacerlo oficial, después me pediste tiempo y diez días más tarde me dejaste definitivamente porque...

—Vale, vale... —Levanta las palmas de las manos—. Sé muy bien lo que he hecho en los últimos seis meses.

—No me puede sentar mal que te folles a quien quieras follarte, Álvaro —y al hablar le cojo la tela del polo en el puño con suavidad—. Dijiste que soy incontrolable, que soy una niñata, que te complico la vida, que no sé ser normal y que no hago más que absurdeces. ¿Qué más quieres? Esperaba un comportamiento más racional por tu parte.

—Yo también.

—Vete ya, anda. No quiero terminar diciéndote otra vez que estas cosas te pasan por hacerle caso a la bruja de tu madre.

—Joder... —Apoya su frente en la mía—. No sabes la razón que tienes.

Es la primera vez que me da la razón. Debe de estar jodido de verdad.

—Y no vuelvas a tirártela —le digo—. Folla con quien quieras, pero tirarte a esa Carlota te hace sentir una puta mierda. Hazme caso. De esas cosas sé un porrón.

—¿Te hago sentir una mierda? —me pregunta.

—Sabes que sí. Anda, vete…, por favor.

Álvaro resopla, se pasa las manos por el pelo y después se va. El portazo me deja hecha polvo. ¿Y si él aún me quiere? Yo le quiero. Si él no desea estar con otra, yo tampoco. ¿Somos dos personas enamoradas que no pueden estar juntas porque una de ellas es un cobarde integral? Y cierro los ojos y me acuerdo de las sensaciones de aquella tarde junto a aquel restaurante, cuando me lo dijo todo…

Vuelvo al comedor, cojo el teléfono móvil y llamo a Gabriel, pero tras dos tonos me cuelga. Me quedo mirando el móvil y me siento como si de pronto toda mi casa girara a mi alrededor; dos habitaciones completamente repletas de recuerdos que solo me hacen daño y a los que me agarro como si pudieran salvarme la vida en realidad. Me siento débil; Silvia, no vuelvas a beber si te encuentras mal. No es la respuesta para nada más que para sentirse más desgraciada y sola. Joder. Sollozo. Necesito entretenerme. ¡Maldita Silvia! ¡Ríete! ¡Siempre te estás riendo! ¡Ríete otra vez! Vuelvo a sollozar y mi teléfono empieza a vibrar. Es Gabriel. Cuando descuelgo estoy hecha un mar de lágrimas. Él no reprocha, no me echa en cara que no tengo voluntad, no me dice «te lo dije».

—Venga, Silvia…, cálmate. Me rompes por dentro…

—Perdón. —Sollozo—. Perdóname, perdóname.

Me siento en el sofá y lloro desconsolada. Hace tanto tiempo que no me desahogo de verdad…

—Llorar es normal. No tienes por qué pedirme perdón. Todos lloramos.

—Álvaro no.

—Y eso no dice nada bueno de él.

—¿Por qué te estoy dando este tostón de mierda? —Lloro.

—Porque las personas actuamos por estímulos y a veces tenemos intuiciones. Y yo soy la solución a tus problemas.

—¿Tú? —pregunto con la voz trémula.

—Sí, yo. Dame las fechas de tus vacaciones. Mi ayudante te hará llegar unos billetes de avión. Creo que necesitas visitar Los Ángeles, tatuarte alguna cosa absurda, hacer puenting, merendar en el Gran Cañón y ver ponerse el sol desde Venice.

Joder. Este hombre debe de ser la última reencarnación de Buda. Es el jodido Dalái Lama. Le quiero. Vuelvo a sollozar, pero ahora también me río y él sonríe. Lo sé. Sonríe.

28

Dos años dan para muchas cosas. Y más dos años de una relación tan intensa como la nuestra. Álvaro no era una persona que adorara el romance, pero intenso era un rato. Hasta mirarlo me agotaba. Me convertía en una persona recelosa, avara y codiciosa. Álvaro me hacía más vulnerable aún.

Cuando he comentado que en Álvaro vivía una bestia que se alimentaba con sexo, no exageraba. Muy probablemente me quedé corta. Era como en uno de esos videojuegos que se me dan tan jodidamente mal. Mario Bros recoge moneditas y cuando llega a cien le dan una vida, o algo así, ¿no? Pues para Álvaro era el sexo lo que llenaba su contador vital.

Además era una herramienta, un arma, el objeto con el cual me castigaba y con el que me premiaba. El sexo siempre significó muchas cosas para nosotros según el momento. Podía querer decir que estaba enfadado, que estaba cansado, que estaba contento, que estaba enamorado, que no podía vivir sin mí o que quería algo. Sin darme cuenta me convertí en una total experta en discernir el significado de cada uno de los asaltos sexuales. Era como el traductor de Google pero en plan sexual. Sí, esa era yo.

Y así fue como, sin darnos cuenta, definimos nuestra relación. En la cama. Con el sexo.

Y sí, en dos años nos dio tiempo a mucho sexo. Mucho sexo convencional, muchas fantasías cumplidas, mucho de todo. Y fue una de las únicas herramientas que tuve a mano para conocer a Álvaro.

Cuando cumplimos cuatro meses juntos, en junio, Álvaro me pidió que me cogiera con él dos semanas de vacaciones. Y me lo pedía porque le habían ofrecido la posibilidad de prestarle una casita cerca de la playa durante las dos últimas semanas de aquel mes. Yo me volví loca de ilusión y hasta me atreví a decirle a mi madre que tenía novio y que iba a llevarme de viaje dos semanas. Mi madre no se emocionó, porque ella sigue teniendo en la cabeza eso de la chica decente que no pierde la honra, pero, hija, renovarse o morir. Así que sin más me pidió que le llamara regularmente.

Mis compañeros de trabajo ni siquiera se preguntaron por qué coincidían nuestras vacaciones durante la misma quincena. La verdad es que lo hicimos muy bien. Él dijo en una reunión de equipo que necesitaba tenerme trabajando casi todo el verano en un proyecto pesadísimo que acababa de aterrizar y que por eso yo disfrutaría de parte de mis vacaciones fuera del calendario previsto para estas.

—Yo también desapareceré esas semanas —dijo planchándose la corbata sobre el pecho—. Si voy a tener que supervisar todo eso sin que Garrido me provoque una angina de pecho, más me vale estar descansado.

Esa noche le castigué convenientemente por aquel comentario.

Cuando llegó el día de marcharnos yo no cabía en mí de emoción. Con la maleta en su coche, trabajé todo el viernes con ansiedad, pensando cómo sería estar dos semanas con él, poder disfrutarlo todo el día en estado relajado y dejar que nuestra relación se asentara.

A la hora de la salida me despedí de todo el mundo con la manita y Álvaro y yo nos encontramos en la rotonda de Atocha. Me subí en el coche y grité de emoción mientras él, que ya me conocía y estaba curado de espanto, obviaba mis rarezas cambiando el dial de la radio.

Durante las cuatro horas que duró el trayecto en coche tuvimos tiempo de hablar un poquito de todo. Empezamos comentando algunos temas de trabajo y de pronto a mí se me antojó decirle que me apetecía chupársela en el coche.

Álvaro me miró de reojo y contestó un escueto:

—Ni de coña.

—¿Por qué? —me quejé.

—Por muchas razones —dijo con los ojos puestos en la autopista—. ¿Te las enumero? Una, es peligroso. Vamos a ciento veinte kilómetros por hora, prefiero no saber cómo se me da la conducción mientras me corro. Dos, hay tráfico. Si pasa un camión te va a ver amorrada al pilón y no me apetece nada bocinazos y cachondeo. Tres, prefiero esperar a llegar. Así lo harás con más ganas.

Me guiñó el ojo y siguió conduciendo.

—Pensaba que era la fantasía de todo hombre. Conducir mientras se la comen. —Me acomodé en el asiento del copiloto, apoyando el pie descalzo en la guantera.

—Baja el pie. —Me dio una palmada en la pierna—. Dios no quiera que nos la peguemos y salga tu pierna volando.

—Sexo, Dios y mutilación. Tus conversaciones son de lo más apasionantes. —Me reí—. ¿Tienes fantasías perversas? —dije entornando los ojos.

—Sí. —Sonrió—. Como todo el mundo.

—Cuéntamelas.

—Sufre una curiosidad mórbida de lo más incómoda, señorita Garrido.

—Eres mi novio. Quiero saber las cosas con las que fantaseas para plantearme si quiero o no quiero cumplirlas.

Álvaro sonrió enseñando esos perfectos dientes blancos, miró por el retrovisor y adelantó después a un Opel Corsa gris conducido por una chica morena que parecía estar cantando a gritos a coro con su copiloto, una chica pelirroja.

—Hay fantasías de muchos tipos. Algunas te apetecería cumplirlas…, otras solo son eso… fantasías.

—A mí me apetece cumplir todas mis fantasías —le dije—. Incluida esa en la que me lo monto contigo y con Andrés Velencoso. —Me eché a reír, saqué de mi bolso un paquete de patatas fritas y me puse a roer—. ¿Quieres?

—No me gusta mezclar el sexo con la comida. —Sonrió volviendo al carril central.

—Vengaaaa… —Lloriqueé con la boca llena—. ¡Cuéntame alguna!

Álvaro prometió que lo haría.

—Pero no ahora. Cuando esté cachondo. Si sigues enseñándome las bragas mucho rato más no creo que tarde demasiado.

Después subió el volumen de la música. Sonaba *La chispa adecuada,* de Héroes del Silencio.

Al rato el mar Mediterráneo apareció a nuestra derecha, con ese color verdoso tan suyo y el vaivén manso de las olas. Bajé la ventanilla para aspirar el olor a mar y me giré feliz a mirar a Álvaro, al que se le agitaban mechones de pelo con el viento.

—Dios, qué bonito —dije volviendo a mirar por la ventanilla, pero me refería a él, a lo nuestro, a ese viaje.

Nuestro destino no fue una de esas grandes moles de cemento que albergan miles de turistas en verano, sino un pueblito llamado Alcocebre. Álvaro me dijo que había estado allí muchas veces porque sus padres habían tenido una casa cerca de la playa hasta el año anterior. Me contaba que en julio y agosto se llenaba de gente, sobre todo de familias, pero que a esas alturas del verano era aún muy tranquilo.

—Las playas son preciosas y no habrá mucha gente. Además, la casa de mis tíos te va a encantar y está casi a pie de playa. Vamos a tener tiempo de descansar.

Y yo, con los ojos puestos en el paisaje que nos tragaba, miraba encantada cada cosa que veía. Sin edificios altos, las calles llenas de tiendas y la poca gente que paseaba por las aceras, el mar de fondo…, todo me encantó. Me gustó al primer golpe de vista.

Habíamos decidido hacer una pequeña compra nada más llegar, antes de dejar las maletas en la casa, así que fuimos directos a un pequeño supermercado junto a la casa cuartel. Álvaro se conocía el pueblo muy bien y fue a tiro hecho.

Al principio pasé vergüenza agarrada al carro de la compra. Era algo muy doméstico y familiar que, en realidad, no nos pegaba nada. A nosotros nos iba más bien eso de deshacernos en gemidos mientras le dábamos leña al mono que es de goma. Me reproché a mí misma no sentir pudor alguno de abrirme de piernas con él tan a menudo y después sentir vergüenza de ir al supermercado. Así que, haciendo de tripas corazón, atendí a la labor como una brillante ama de casa.

Álvaro sacó del bolsillo de los pantalones vaqueros una lista y me la pasó. Me preguntó si me parecía bien y yo la estudié minuciosamente mientras él se hacía cargo de empujar el carro, conmigo enganchada. Había previsto incluso las cosas que podríamos cocinar, así que supongo que sí, que su lista de la compra era lo que mi madre denomina «lista bien hecha y resolutiva».

—Bien —asentí—. Pero yo añadiría una botella de ginebra, unas latas de tónica y una bolsa de hielo.

Álvaro sonrió y se fue hacia el pasillo de la bebida. Me bajé del carro, me quedé mirándole el culo mientras andaba y le grité que comprara zumo de tomate. Me encanta el zumo de tomate. Y su culo. Su culo también me encanta, no lo puedo evitar. Lo tiene pequeñito y respingón, pero musculoso.

Metimos el coche en el garaje y subimos por unas escaleras que olían un poco a húmedo hasta la casa. No era muy grande, pero Álvaro llevaba razón al decir que era preciosa. Tenía el techo de vigas de madera y las paredes blancas. En estas colgaban fotografías en blanco y negro y color de la familia y estaba decorada como la típica casa de playa. Sofás de rayas marineras, madera y conchas por doquier. Hice una mueca. Casa bonita con mala decoración.

—Sí, ya lo sé. Mi tía es bastante hortera —dijo Álvaro con una sonrisa mientras dejaba las bolsas en la cocina.

Me preguntó si podía ir encargándome de eso mientras él subía las maletas y yo, encantada, lo metí todo en la nevera vacía y en los armarios, sin ton ni son. Después subí las escaleras de madera oscura para encontrarme con Álvaro.

—Aquí, cariño. —Le escuché decir desde dentro del dormitorio.

Sonreí. Hacíamos la compra, me compraba zumo de tomate y me llamaba «cariño». ¡Dios, qué enamorada estaba! Entré y lo vi terminando de sacar cosas de su maleta. La habitación tenía un ventanal que llegaba hasta el suelo y daba a una terraza con una mesa de forja redonda y dos sillas a juego; desde allí se veía el mar.

Me abracé a la espalda de Álvaro y le di un beso sobre la ropa.

—Es genial. Mi tía ha debido de enviar a alguien para que prepare la casa. No tenemos que hacernos ni la cama —dijo

girándose y señalando las sábanas blancas que había puestas—.
¿Quieres vaciar la maleta?

—Quiero besarte hasta que no te quede vida —le sugerí maliciosamente.

Álvaro me cogió en brazos y le rodeé con las piernas la cintura. Nos besamos en los labios repetidas veces y después dijo:

—Tengo una idea mejor. Vacías la maleta y te das una ducha mientras preparo la cena.

Arqueé una ceja.

—¿Huelo mal? —contesté.

Álvaro se echó a reír a carcajadas.

—Claro que no. Pero seguro que el agua caliente te relaja.

—¿No quieres follar? —fruncí el ceño.

—¿Realmente me estás haciendo esta pregunta a mí?

Me dejó en el suelo, me enseñó el cuarto de baño y dándome una palmada en el culo se despidió.

Tenía razón, cuando salí de la ducha era otra persona. Otra persona con las mismas ganas de atarlo a la cama, pero, vamos, mucho más relajada, dónde va a parar. Los músculos se me habían destensado ostensiblemente con el agua caliente y con la idea de que en las próximas dos semanas solo estaríamos nosotros dos y aquella casita.

Bajé con el pijama puesto y descalza. El suelo era de madera y siempre me ha gustado pasear sin zapatos. Álvaro estaba en la cocina sirviendo dos copas de vino también descalzo, pero aún con el polo y los vaqueros.

—No es ni bueno ni malo ni todo lo contrario —dijo refiriéndose al vino.

Le di un sorbo y me asomé a ver lo que se cocía en las sartenes. Álvaro apagó el fogón y apartó una cazuela en silencio. Ni siquiera me dio tiempo a ver lo que había en el horno porque me cogió en volandas y me llevó hasta el salón.

—¿Qué haces? ¡Te voy a manchar de vino! —exclamé haciendo malabarismos con la copa.

—Al pescado le quedan como unos veinte minutos.

Y cuando me dejó en el sofá y se recostó sobre mí, solo con mirarle a los ojos supe qué buscaba. El brillo de sus ojos grises se volvía hambriento. No buscaba besos ni arrumacos. Quería mucho más.

—Ese pijama tuyo tiene la culpa —dijo mientras me besaba el cuello y me mordisqueaba el lóbulo de la oreja.

Se incorporó y llevándome en brazos me sentó a horcajadas sobre él. Le quité el polo negro y lo tiré por allí; bajé las manos por su pecho y le desabroché los vaqueros.

—Arrodíllate —me dijo con una mueca perversa. Y yo lo hice, frente a él, antes de sacársela y metérmela en la boca—. Oh, joder… —Y echó la cabeza hacia atrás.

La saboreé, la besé y después, mirándole, le pregunté qué fantasías tenía que yo pudiera cumplir.

—Tengo muchas, cielo, pero no todas te gustarían. —Y mientras hablaba me acariciaba el pelo y disfrutaba de mi boca—. Así, joder, nena…

Pero Álvaro no quería acabar aún, así que cambiamos las tornas y cuando quise darme cuenta me faltaban los shorts de seda del pijama y las braguitas, que localicé de un vistazo colgando de la tele.

Me abrió las piernas, se arrodilló entre ellas, me levantó hacia su boca y desplegó la lengua en un lametazo brutal que me retorció hasta los dedos de los pies. Siguió invadiéndome con su lengua, rodeando el clítoris y dedicándole unas sutiles caricias que me sacudían entera. Le agarré del pelo, pegándolo más a mí, y gemí mientras le pedía que terminase o parase ya. No quería quedarme a medias. Y él continuaba lamiendo y yo arqueaba la espalda y gemía.

—Por favor, para…, para o me correré, cerraré las piernas y me iré a dormir. —Le sonreí.

Álvaro se levantó, se pasó el antebrazo por los labios húmedos y después se volvió a sentar a mi lado, para colocarme encima con un solo movimiento. Ni siquiera se había quitado del todo los pantalones. De un par de patadas lanzó los vaqueros a lo lejos y tiró de mi camiseta de tirantes hasta sacármela por encima de la cabeza toda desbocada. Levantó las caderas y me la clavó.

—¡Oh, Dios! —grité.

—¡Estás tan húmeda! —Empezamos ya con un movimiento rápido. No tenía pinta de que aquello fuera a durar demasiado. Álvaro y yo nos calentábamos mucho en décimas de segundo—. Joder, joder… —se quejó él cuando me revolví en su regazo—. Para o me corro.

—Cuéntame qué te gustaría… —volví a pedirle con voz de guarra.

—Oh, Dios, qué morbosa eres. —Se rio—. ¿Las inconfesables también?

—Sí —jadeé, moviéndome encima de él, notando cómo salía hasta casi el extremo de mí para volver a hundirse de lleno dentro de mi cuerpo—. Dímelo, dímelo, dímelo…

Álvaro se mordió el labio, me acercó hasta él y me susurró al oído:

—Quiero sexo anal…, quiero verte con otra mujer…, quiero hacértelo a la fuerza y que finjas que no quieres.

Dirigí la mirada hacia la pared con los ojos abiertos de par en par. ¿¿¿Qué???

La culpa era mía, por preguntar con tanta insistencia. ¿Sexo anal? ¿Yo con otra mujer? ¿Forzarme? Vamos a ver, si no me equivoco mi novio quería: 1. Sodomizarme. 2. Hacerme comer chirlas. 3. Violarme.

Le miré asustada y sonrió de lado, aminorando las embestidas.

—Pero hay cosas que ya he probado y cosas que nunca haría contigo, a pesar de que me guste fantasear. —Suspiré aliviada. Él añadió—: En realidad no quiero verte con otra en la cama porque me mataría de celos.

Vale. ¿Y qué me decía de lo demás? Nada. Solo volvió al mismo ritmo de penetraciones y me avisó de que se corría. Pensé: «No voy a poder correrme después de lo que me has dicho», pero vaya, vaya…, mi cuerpo no estaba de acuerdo conmigo y cuando Álvaro dobló la fuerza y la velocidad justo antes de correrse, exploté en un alarido de satisfacción.

—Joder, nena… —Y presionándome contra él sentí cómo se corría dentro de mí.

Llegué a la cama con cara de ida después de lavarme los dientes. Iba dándole vueltas al tema de las fantasías de Álvaro y a pesar de que la cena había sido estupenda, de que el orgasmo anterior me había dejado en estado comatoso de felicidad y de que el vino me supo de vicio, no pude quitarme de la cabeza la idea de que quizá Álvaro necesitaba a una mujer un poco más diestra en labores de cama, una que no se asustara al escuchar «sexo anal».

Cuando llegué él estaba de pie abriendo una de las puertas acristaladas de la terraza para que entrara la brisa. Las cortinas blancas ondearon levemente antes de que él las enganchara. Solo llevaba un pantalón de pijama azul marino; estaba descalzo y sin camiseta. Guapísimo.

Me metí en la cama y esperé a que llegase para apagar la luz. Eran las doce pero yo estaba agotada. Álvaro se acomodó a mi lado, me miró y tocándome el pelo me preguntó qué me pasaba:

—Estás muy callada. No es lo habitual. —Vi con la poca luz que entraba del exterior que sonreía.

—La curiosidad mató al gato —repliqué contagiándome de su sonrisa.

—¿Es por lo de las fantasías? Tú me confesaste que te pondría que te compartiera con un tío que ni siquiera conocemos, cariño —dijo en tono comprensivo—. Y yo no me he preocupado.

—Pero es que tú quieres romperme el culo y violarme —opiné con voz preocupada.

Álvaro se echó a reír.

—Joder, así dicho parece que necesite supervisión médica…

—Pero ¿y si yo no quiero?

—Si no quieres no pasa nada. ¿Qué más da?

—Pero lo has hecho con otras chicas.

—Lo de fingir que no quieren no.

—Pero sí que les has dado por culo.

Álvaro se giró boca arriba.

—Suena fatal, pero sí —contestó.

—¿Y te gusta?

—Y a ellas también —enfatizó la frase asintiendo. Álvaro se puso encima de mí, me bajó los pantalones del pijama, junto con mi ropa interior, y me abrió las piernas con su rodilla izquierda. Después se bajó el pantalón y me abordó haciéndome emitir un gemido contenido—. Yo solo quiero hacer cosas que también te gusten a ti. Que te gusten tanto como esto.

Me mordí el labio mirando al techo y sentí cómo su respiración se alteraba. Y pensé. Pensé que él había salido con chicas antes que yo que lo habían hecho con él. Y pensé que si era algo que le gustaba, querría hacerlo. No deseaba que fuese por ahí fuera buscando algo que podría darle yo. Tragué saliva.

—Álvaro. Vamos a hacerlo…

—Ya estamos haciéndolo —dijo con cariño mientras se balanceaba encima de mí.

—No…, esto no. Lo otro —añadí con un hilo de voz.

—No —contestó firmemente—. Ahora estamos haciendo el amor. Solo… córrete. Aquí, entre mis brazos.

29

No me lo puedo creer a pesar de que estoy en el aeropuerto esperando para facturar. Pero aún no me lo creo. Tengo un billete en la mano: Madrid-Los Ángeles. Creo que mi madre aún está tratando de tranquilizarse. Y eso que le conté una trola de impresión. La versión para mi familia es que como estoy harta de ver a Álvaro y estoy buscando otro trabajo, necesito aprender inglés; me voy dos semanas a Los Ángeles a una escuela especial que además de enseñarte a desenvolverte perfectamente en inglés, está tan tirada de precio que me la puedo permitir. Mis mentiras no tienen fin. Aunque, bueno, barato me ha salido. Fue Gabriel el que me hizo llegar el billete la semana pasada para fastidio de Álvaro, que desde lo de mi casa no es que me hable con mucha alegría. Me va a venir genial distanciarme de toda esta mierda. Sí que es cierto que he cogido los billetes para dos semanas cuando podía haberlo hecho para tres. Le pedí a Gabriel que lo hiciera de ese modo para evitar aborrecernos el uno al otro. Así es mejor.

Cuando llego a la ventanilla y le doy los papeles de la reserva a la chica, esta los mira con el ceño ligeramente fruncido y sonriéndome me dice que me he equivocado de mostrador. Se gira y le pide a una compañera que me atienda. Es la del mostrador de viajeros de primera clase y *business*. Maldito Gabriel. Cómo le quiero.

Después de facturar la maleta (que parece una autocaravana) me voy con mi bolsa de mano con intención de sentarme en la sala VIP a esperar que salga mi vuelo. Tengo ganas de llegar, sentarme, respirar profundamente y llamar a Gabriel. En ese momento suena el teléfono en mi bolsillo y lo cojo segura de que es él.

—¿Sí?

—Silvia. —El jodido Álvaro—. ¿Dónde estás?

—De camino a la sala VIP.

—Joder... —murmura—. ¿Puedes esperar?

—¿A qué? —pregunto.

—A que te encuentre. Quiero despedirme.

Cuelgo. No quiero saber nada. Maldito hijo de la gran puta. No me jodas la marrana. ¿Voy a ir llorando todo el vuelo? ¡¡Que voy en primera!! ¡¡En primera no se llora y está terminantemente prohibido ser infeliz!!

Me dirijo corriendo al control de seguridad con la esperanza de no encontrármelo. No me jodas; es agosto. Barajas está a reventar de gente que sale de viaje. Entonces ¿cómo es posible que lo vea venir? Debe de ser el puto karma. En mi anterior vida debí ser una persona horrible. Me escabullo por la cola confiando en que él no me haya visto, pero... me parece a mí que no he tenido esa suerte.

—¡Silvia! —dice corriendo hacia mí con sus largas piernas.

—No, no, no —murmuro.

Las chicas que están delante de mí me miran alucinadas. Claro, yo también lo haría si viera a alguien intentar huir de ese pedazo de tío. Me dan ganas de decirles alguna barbaridad, del tipo: «Me pega», pero no quiero frivolizar con ese tema porque es muy serio y estoy muy sensibilizada con ello. Y lo digo de verdad. La violencia de género es una lacra con la que se frivoliza a menudo, pero mata a más de cincuenta mujeres al año en nuestro país.

Así que les digo que le gusta follarse a enanos travestís y me quedo más ancha que larga. Así soy yo. Ellas ya no lo van a mirar de la misma manera y de hecho se echan a reír cuando llega a mi lado con la respiración entrecortada. Las mira un segundo y después vuelve a fijar los ojos en mí.

—¿Por qué huyes? —me dice con el ceño muy fruncido.

—Porque no te quiero ver —confieso—. Y porque a saber a cuántos enanos te has follado esta noche.

Las chicas se echan a reír a coro. Son dos rubias que tienen que ser hermanas por obligación, una chica con el pelo castaño y gafitas de pasta granates y otra rubia más baja de ojos claros con unas tetazas enormes.

—Pero ¿qué dices? —me pregunta en su habitual tono de voz «ya está Silvia diciendo sandeces» que esta vez acierta, cosas de la vida.

—Que no quiero verte —contesto con desdén—. Que no quiero que vengas a despedirte de mí. ¿Crees que no sé lo que intentas? Es como cuando te presentaste en mi casa antes de que me fuera de fin de semana con Bea. Es tu meadita, tu marcaje de territorio. Pero aquí no puedes follarme, ¿sabes? —Las chicas se interesan y una de las rubias mira sin disimulo alguno y la boca abierta. Ahora que la miro..., qué cabeza más pequeña... Silvia, concéntrate—. Y aunque pudieras echarme un polvo aquí me da igual, Álvaro. Ya basta. Me voy a ver a Gabriel, que es mi amigo, pero aunque fuera un semental y mi próximo amante, no puedes hacer esto. ¡Porque me dejaste tú!

—No grites —me pide—. Solo quería despedirme, Silvia.

—¡No! Nunca quieres lo que parece. Siempre quieres algo más, algo retorcido que termina conmigo hecha una puta mierda. Vete ya y déjame coger el avión en paz. —Me giro y cruzo los brazos en el pecho.

—Silvia... —dice en un susurro—. ¿Puedes venir un momento?

—No. No quiero perder mi sitio en la cola.

La otra rubia, la que tiene el pelo liso y unas pequitas sobre la nariz, se gira y me dice que ellas me guardarán el sitio. La fulmino con la mirada. No tía, has debido de perderte algo de la discusión: le gusta tirarse a enanos travestidos. Bueno, sí, que no es verdad, pero un poquito de corporativismo femenino, tía, que se ve a kilómetros que esto me duele. Me alejo hacia donde se ha apartado Álvaro y evito mirarlo, con los brazos aún cruzados en el pecho.

—Mírame —me pide. Levanto los ojos hasta él y me sonríe. Me sonríe con tristeza—. Tienes razón. Siempre tienes razón. Menos cuando intentas cosas temerarias y absurdas, como robar un coche. Entonces no. Pero... ahora la tienes y yo... quiero arreglarlo, Silvia.

—¿Qué es para ti arreglarlo?

Álvaro suspira.

—Ve. Diviértete. Pásalo bien. Pero vuelve. Estaré pensando en ti. Démonos estas dos semanas para pensar y para tranquilizarnos. Y cuando vuelvas... intentémoslo. —Su mano derecha me envuelve la cintura y la izquierda me coge del cuello—. ¿Puedo besarte? —dice acercándome a su boca.

—¿Qué tipo de beso vas a darme?

—Uno de amor —contesta.

Cierro los ojos y Álvaro aprovecha para besarme profundamente. Sé que tenemos clavados encima un montón de pares de ojos, pero le abrazo y él me aprieta contra su pecho. Después me besa la frente y apoyándola en la suya dice:

—Dime que me quieres…

Miro al suelo. Dime que me quieres. Maldita sea. ¿Y cuándo me lo va a decir él? ¿Es que soy gilipollas? ¿Es que voy a repetir todos mis errores otra vez sin preguntarme ni siquiera si quiero hacerlo? ¿No he aprendido nada? ¿No es para esto para lo que se supone que pasan estas cosas?

—Dímelo tú —le contesto volviendo a mirarle.

—Silvia…, ya lo sabes.

—Yo no sé nada —le replico negando con la cabeza—. ¿Quieres decirme que nos queremos pero que hemos pasado seis meses en el infierno porque uno de nosotros es un cobarde? —Álvaro mete las manos en los bolsillos de su pantalón chino y se muerde nervioso el interior del labio—. ¿Tú eres consciente de por qué me dejaste y cómo me dejaste? ¿Eres consciente de todas las cosas que me dijiste? —Y sé que me tiembla un poco la voz.

No contesta. Ahora aprieta los labios uno contra el otro convirtiéndolos en una delgada línea blanquecina. Y aunque preferiría decir alguna tontería, reírme y ponerme la coraza otra vez, no tengo ganas de fingir nada. Debo ser adulta.

—Tú y yo nos queremos, Álvaro, pero nos queremos mal. Yo porque te quiero demasiado y me ciegas. Tú porque al que no quieres una mierda es a ti mismo y esa es la base del problema. Vale, volvemos, lo arreglamos. Y después ¿qué? ¿Qué pasará cuando tu madre diga cosas como que soy una princesa de barrio y que te has debido de volver loco?

—Mi madre no tiene por qué saber lo que hacemos tú y yo —dice por fin.

—Lo que me faltaba.

Y para él arreglarlo es esconderme de todo el mundo otra vez. Esto va a acabar conmigo. Vuelvo hacia la cola y él se acerca, manso. Me coge las manos, me pide por favor que le dé un segundo…, pero no. No. Niego con la cabeza y vuelvo a meterme detrás de las cuatro chicas, que ahora me miran con ternura. Me despido de Álvaro.

—Te veo a la vuelta. Ya te llamaré.

Él no dice nada. Solo se queda allí, mirándome. Si no fuera porque le conozco bien, diría que está a punto de echarse a llorar. Pero Álvaro no llora. Ni aguanta que la gente llore a su alrededor.

Paso el control de seguridad lo más rápido que puedo y me voy hacia la sala VIP donde me siento, me encojo y decido ser fuerte. Pongo la mente en blanco y casi olvido que quería llamar a Gabriel y escuchar su voz antes de subirme al avión, pero me vibra el móvil en el bolsillo. Dos veces. Echo un vistazo. Tengo un mensaje y un *whatsapp*. El mensaje es de Álvaro: «No me odies». Tarde. Te aborrezco. No haces más que complicarme la vida y hacerme infeliz. Solo pides. Nunca das.

El *whatsapp* es de Gabriel. Sonrío y me burbujea algo en la tripa, como un montón de esas mariposas que dicen que sientes cuando eres feliz.

«¿Está usted en la sala VIP, señorita? Espero que tengas un buen vuelo y que cuando llegues tengas muchas ganas de hacer cosas absurdas conmigo. Te voy a llevar a comer tortitas a un sitio que va a hacer que te desmayes. Estoy impaciente. Ojalá hubieras cogido el vuelo ayer. Ya te tendría aquí».

Y decido no pensar en nada más. Adiós, Álvaro. Me doy vacaciones de ti.

30

CEDIENDO

Aquellas vacaciones en la playa con Álvaro fueron uno de los recuerdos más bonitos que aún conservo de nuestra relación. Conocernos. Fue… romántico. Y no creo que romántico sea una palabra que pueda relacionarse habitualmente con Álvaro, una persona que nunca dice «te quiero», a pesar de que sí le guste escucharlo.

Y de aquellas vacaciones tengo una fotografía mental a la que he acudido durante mucho tiempo cuando me he sentido sola. Somos Álvaro y yo en la terraza del dormitorio, después de hacer el amor, besándonos, sudados, terminándonos unas copas de vino y hablando sobre el día que decidiéramos dar la cara con lo nuestro. Álvaro no era romántico, pero podía ser muy dulce. Recuerdo sus manos grandes abiertas sobre mi vientre, por encima de la tela del camisón. Le recuerdo oliendo mi cuello. Le recuerdo diciéndome que siempre seríamos el uno del otro. Maldición… ¿Y si siempre fuera a ser suya?

Volvimos más seguros que antes de que queríamos estar juntos y entre nosotros, además, se respiraba algo nuevo: confianza. Esa confianza que te hace estar siempre cómodo con alguien, sin tener que fingir que no eres humano. Así los próximos viajes serían mucho mejor, sobre todo porque ya no tendríamos que planificar cada visita al baño para poder seguir pareciéndonos divinos. Ya se sabe, las chicas, como somos muy candorosas y muy monas, no tenemos ano. Bueno, ano sí tenemos, pero no cagamos.

Volvimos al trabajo y volvimos a nuestras rutinas. Estábamos juntos todos los días de la semana. Todos. Sin excepción. Muy raro era el día que no dormíamos juntos, y cuando no lo hacíamos, terminábamos confesando en el baño de señoras a brazo partido y entre besos que habíamos dormido fatal. De verdad, aunque me ponga en un plan muy moñas (del tipo bebés disfrazados de caracol o unicornios llorando arcoíris), no me imaginaba la vida sin él. Supongo que sabéis a lo que me refiero. Esa sensación… de desvalimiento si no estás con él. Pero… ¿es positiva esa dependencia?

En septiembre Álvaro cumplía treinta y dos años y yo quería hacer algo muy especial para él. No deseaba que nada estropeara aquel día. Lo primero que tenía clarísimo es que no metería por nada del mundo la mano en ninguna máquina expendedora de nada. Ni siquiera si tuviera, no sé, un bolso Birkin a punto de caer. Bueno, en ese caso, si me encontraba con una máquina de *vending* de bolsos de Hermès con uno a punto de caer, sí metería la mano.

Él me había regalado por mi cumpleaños unas criollas de oro blanco y brillantes, pequeñitas pero superelegantes, que según Bea, que todo lo sabe, le debieron de costar más de quinientos euros. Yo no podía gastarme tanto, pero tenía que hacer de aquel un cumpleaños que recordara.

Pedí consejo a todo el mundo y aunque mi madre, Bea, el resto de mis amigas e incluso sus novios me dieron buenas ideas, fueron los cafres de mis hermanos los que me abrieron los ojos. Cuando se lo pregunté, el pub aún estaba cerrado pero mis hermanos me estaban preparando unos combinados para ver cuántos podía beberme seguidos. Si es que las ideas de bombero me vienen de familia… No es mi culpa. Es determinismo biológico, como defendía Émile Zola. En fin. El caso es que al preguntarles qué podía regalarle a mi novio de treinta y dos años, los dos dijeron lo mismo:

—Un lazo.

—¿Un lazo? —contesté yo confusa—. ¿Y para qué quiere él un lazo? ¿Estáis tratando de decirme que es afeminado?

—No, gilipollas. Seguro que es un *mierder,* pero el lazo es para que te lo pongas tú.

Me imaginé con un lazo de repollo coronando mi cabeza y volví a mirarles con el ceño fruncido, sin entenderles. ¡Dios, estaban locos de verdad! Varo se echó a reír y le dijo entre dientes a Óscar:

—No lo entiende.

—¡Silvia! ¡Joder! —exclamó Óscar con una sonrisa maliciosa—. ¡Que le esperes en pelotas con el puto lazo puesto donde quieras!

—¡Ah! —contesté enseguida—. ¡¡Oye!! ¡A ver si os creéis que aún no me he acostado con él! ¡Que él ya sabe lo que hay aquí abajo!

—Pues entonces déjale que te rompa el culo. Eso siempre nos hace ilusión —contestó Varo mientras volvía a su coctelera—. A no ser que seas una cerdaca viciosa y ya le hayas dejado. ¿Le has dejado, pervertidilla?

Le pegué un golpe con el puño cerrado en el brazo y le insulté. Pero… Dios. Vi la luz. Era verdad.

Fui a hablar con mi amiga Nadia, que, como todo el mundo sabía, era la más cerdilla de todas. Como iba de cócteles hasta las cejas no me costó mucho sincerarme. Ella, sonriendo, me dio un par de consejos que atesoraré toda la vida.

—Empezando con cuidado, no te rompas por la mitad —dijo con soltura.

Y yo quise morirme. Nunca me había sentido tentada. Es posible que porque mi ex no me gustaba una mierda y Álvaro me gustaba tantísimo que con solo sentir el tacto de dos de sus dedos entre mis piernas podría irme con Alice al cielo, rodeada de diamantes. Bueno, me corrí una vez mientras me lamía la espalda. Creo que es suficiente explicación.

Después me compré un conjunto de ropa interior bonito. Tenía pensado algo sofisticado, como La Perla, pero cuando giré la etiqueta me fui a H&M, donde también encontré cositas satisfactorias.

El día D a la hora H yo le estaba esperando en su portal, engalanada con un vestidito que a él le gustaba mucho. Estaba nerviosa. ¿Cómo se le dice a tu novio que como regalo de cumpleaños le vas a dejar que te la meta por el culo? Por Dios. Eso era demasiado hasta para mí.

Era sábado y Álvaro había pasado el resto del día con su familia para celebrarlo. Aún no queríamos mezclar lo nuestro con cosas de ese tipo, así que yo huí como una rata y él respiró tranquilo.

Al vernos nos dimos un beso en los labios y me preguntó qué le tenía preparado. Llevaba el pelo un poco despeinado y los mechones le caían sobre la frente con gracia. Estaba, para variar un poco, muy guapo. Sus dientes mordieron su jugoso labio inferior mientras esperaba mi respuesta y no pude. Flaqueé.

—No sé cómo decirte que tu regalo consta de hacerme cosas perversas que nunca antes hemos probado. Te he comprado una cosa, pero sé que lo que más ilusión te va a hacer es saber que me dejo…, que… puedes… meterla… donde…, donde quieras.

Me escondí en su pecho y di grititos de ardilla. Álvaro no pudo más que echarse a reír.

—¿Qué me has comprado? —susurró acariciándome el pelo, como si no hubiera dicho nada más.

—Una aguja de plata para la corbata —dije aún escondida.

—¿De plata? Muchas gracias. Seguro que me gusta mucho —contestó muy comprensivo.

—¿Te la doy?

—Arriba mejor, ¿no? —Me levantó la cara hacia él y me guiñó un ojo.

—He comprado también cosas…, he comprado *sushi, sashimi, makis,* ensalada de *wakame,* sopa de miso con tempura y tallarines…

—Eres la mejor. Vamos.

La cena la pasé en el infierno. Supongo que Álvaro disfrutó. Yo no. Malcomí un par de cosas. Me bebí cuatro copas de vino y esperé que el *sake* me dejara KO para poder poner el culo, quedarme inconsciente y que al despertar todo hubiera pasado. Álvaro no comentó más el asunto, pero estuvo muy cariñoso…, si por cariñoso entendemos sugerente. No iba a esperar mucho. Silvia, mejor ahórrate lo de decirle que quieres ver la película de La 2.

Después de recogerlo todo fuimos a la habitación. Le di su regalo y entre bostezos me dijo que le encantaba. Ya podía. Me había costado ciento cincuenta euros en Tiffany's.

—Oye, no te importa que nos acostemos pronto, ¿verdad? Estoy molido —dijo quitándose las Converse y desabrochándose los vaqueros Levi's.

—¡Qué va!

—Tengo un capricho. ¿Me desnudas? Es mi cumple… —pidió con un brillo malévolo en los ojos.

Suspiré. Dios. No, no me iba a librar.

Le desabroché los botones de la camisa vaquera que llevaba arremangada y después de deslizar las manos por sus hombros y de dejarla caer, le subí la camiseta blanca de algodón que llevaba debajo. Él levantó los brazos y luego la tiró al suelo de la habitación. Le bajé los pantalones agachándome y me besó la punta de la nariz al deshacerse de sus calcetines él mismo de un tirón.

—Ya estás —dije poniéndome en pie.

—No. No estoy —contestó muy serio—. Aún llevo ropa, ¿no, mi amor?

Ay Dios. ¿Mi amor? No me decía mi amor en ocasiones normales pero ahora sí lo utilizaba para torturarme. Era un morboso. Asentí y le quité la ropa interior, tras la cual apareció una erección a media asta.

—Vaya —dijo mirándose—. ¿Qué será lo que espera que está tan contenta?

—Eres un sádico y un cabrón —respondí.

Me contestó con una sonrisa y susurró muy bajito que me lo quitara todo. Me subí el vestido y me lo saqué por encima de la cabeza. Me coloqué bien la cinturilla del *culotte* y me desabroché el sujetador mientras me quitaba las sandalias.

—Las braguitas también. —Levantó las cejas, pillín.

Me las quité y me señaló la cama.

—Túmbate y tócate un poco mientras te miro.

—Álvaro… —me quejé.

—Eres mi regalo, ¿no?

Me eché en la cama y se apoyó en la pared, frente a mí. Empezó a acariciarse lentamente y yo hice lo mismo, deslizando mi mano desde la cintura al vientre y después hasta un rinconcito entre mis muslos. Me toqué y le escuché coger aire con los dientes apretados.

—Voy a disfrutar mucho. Y tú también.

Se acercó a la mesita de noche y del segundo cajón sacó un tubo de lubricante, que abrió diligentemente antes de poner una cantidad generosa en su mano derecha. Miré al techo cuando aproximó la mano a mí y sus dedos resbalaron entre mis muslos haciéndome gemir. Siguió el recorrido descendente y distribuyó el lubricante mientras se acostaba a mi lado. Su dedo índice se coló dentro de mí y me contraje entera, porque no lo introdujo por donde acostumbraba.

—Shh… —dijo junto a mi oído—. Es placentero…, de verdad. Confía en mí. Te va a gustar. Mira cómo estoy solo de imaginarlo…

Me llevó la mano hasta su erección, que estaba al ciento cincuenta por ciento. Creo que nunca lo había visto así.

Dejé que moviera el dedo arriba y abajo, entrando y saliendo de mí poco a poco. Primero se me escapó una tosecita, después un jadeo y por fin, al poco, un gemido. Intensificó la caricia y me removí.

—¿Te gusta?

Abrí la boca y eché la cabeza hacia atrás cuando, además, metió un dedo por donde habitualmente solía hacerlo. Susurró que entendía que sí.

Me pidió que me diera la vuelta y le dije que me habían dicho que boca arriba dolía menos. Sonrió como si supiera un chiste que yo ni me imaginase y me pidió que confiase en él. A ver…, ¿me fiaba de mi novio tan diestro y diligente en el trabajo como en la cama o de mi amiga Nadia, de la que se decía que había hecho un trío en el portal de casa de sus padres? Le hice caso a Álvaro y me coloqué boca abajo. Subí las caderas según indicaciones suyas y sentí sus labios en mi espalda. Dios. Ahí iba… Pero lo que sentí se parecía sospechosamente a lo que había estado sintiendo con su dedo. De pronto un poco más de presión y supe que había metido un dedo más. Gimió solo del morbo y… si le gustaba tanto, ¿cómo no iba yo al menos a probar?

Alcanzó el bote de lubricante y noté que echaba más, tanto en mí como en él. Dejó de tocarme para prepararlo todo y sentí el primer intento.

—No te tenses…, no te voy a hacer daño…, quiero que disfrutes.

La punta entró y yo suspiré. No me dolía, pero era una sensación tan incómoda… Su mano se introdujo entre mis piernas y dos dedos, resbaladizos, me tocaron en una caricia rítmica. Gemí cuando sus caderas empujaron un poco más. Sentí un pinchazo que desapareció muy pronto y cuando quise darme cuenta, Álvaro me decía que ya estaba dentro de mí.

Se movió, entrando y saliendo, y gemí. Paró. Esperó y volvió a moverse. Esta vez, aunque gemí, no se detuvo. Quizá porque en el gemido no había dolor, sino un placer muy extraño que me incomodaba.

—Oh, Dios, eres perfecta…

Cerré los ojos y me abandoné a todas las sensaciones. A su olor, a las sábanas suaves de su cama, al tacto de su pecho sobre mi espalda cuando se inclinaba a besarla, el vaivén de sus caderas, su pene entrando y saliendo de mí y los dedos de su mano derecha tocándome como si fuera una guitarra. Sentí una oleada de placer que me avergonzó. No debería gustarme, pensé. No. No debería. Aquello era sucio y seguramente ardería en las llamas del infierno, donde me pincharían con un tenedor gigante por haber hecho esto.

—¿Lo sientes? Es… diferente. Es…, joder… —gimió.

Llevé mi mano hasta la suya, y juntos acariciamos mi clítoris. Su mano izquierda fue en busca de uno de mis pechos y me pellizcó el pezón. Entonces deslizó dos dedos en mi interior y exploté. Ni siquiera me dio tiempo a avisarle ni a pensarlo; simplemente caí, como en un foso, en uno de los orgasmos más demoledores de toda mi vida. Mi piel se sensibilizó, mi respiración se cortó y yo exploté en un alarido, un grito desmedido de sobreestimulación. Álvaro gimió también y me prometió terminar pronto. Las siguientes penetraciones me parecieron incómodas, pero no se demoró demasiado. Avisó con un gruñido y se corrió en dos penetraciones certeras y suaves. Descargó y salió de mí con premura.

Me desplomé en el colchón y no quise ni mirarle ni saber si había sido algo limpio, algo sucio o algo regular. Ahora, más que nunca, quería que me dejase en paz y ni siquiera me mirara.

—Silvia —susurró.

—¿Qué? —contesté con la mejilla pegada a la sábana.

—¿Vienes a la ducha?

Me giré y lo vi quitarse un preservativo. Ni siquiera me había dado cuenta de que se lo había puesto. Levantó los ojos y sonrió.

—Ha sido perfecto, pero prometo que no hablaremos de ello si no quieres. —Tiró de mí—. Ven. Quiero abrazarte.

Más tarde, en la ducha, mientras nos abrazábamos y nos besábamos, recuerdo haber pensado en que jamás imaginé que fuera de aquella manera. Pensaba que nos pondríamos cachondos, que lo haríamos a lo bruto, que sería sucio y sexual, pero… había sido tremendamente más íntimo que muchos de los polvos que habíamos echado desde que salíamos juntos.

Álvaro me colocó de espaldas a él, con el chorro de agua caliente dándome en la cabeza, y me acarició, me masajeó y me besó todo cuanto pudo. Después me susurró al oído:

—Soy demasiado tuyo. Gracias por darte.

Y aquello me hizo sentir que no podría negarle nada. Jamás. Demasiado tarde para darme cuenta, me temo.

31

El aeropuerto de Los Ángeles me parece brutalmente enorme. Todo está hecho a escala gigante y yo me siento tan pequeña que podría perderme en uno de los baños.

Localizo mi maleta tan rápido que me sorprende y me dirijo al puesto de aduana donde me preguntan unas diecisiete veces el motivo de mi viaje, cuántos días voy a estar y me piden que les enseñe el billete de vuelta. Mis contestaciones, aunque torpes, parecen satisfacerles. Así que después de tomarme las huellas dactilares de los cinco dedos de mi mano derecha y de hacerme un escáner del ojo y una foto, me permiten pasar a suelo americano. Me sorprende que no me hagan un análisis de sangre y de orina. Pero estoy muy emocionada.

Guardo el pasaporte en mi riñonera de colores de Kipling y arrastro cómodamente la maleta de ruedas por el suelo pulido de la terminal hacia la salida. Ni siquiera llego a la puerta porque antes me intercepta una chica. Lleva un traje azul marino, una blusa blanca escotada y zapatos de tacón alto que resuenan con cada paso. Me mira con una sonrisa muy clara y acercándose a mí, con su coleta tirante y casi sin maquillaje, me pregunta si soy la señorita Garrido. Asiento y me pide que le acompañe.

—¿Por qué? —le pregunto por miedo a que me retengan los de Inmigración o algo por el estilo.

—Gabriel nos indicó que vendría a recogerla, de modo que saldremos por una puerta un poco más discreta.

Sonrío. Qué fuerte… ¡huimos de los *paparazzi!* Esto ya es apasionante y acabo de poner los pies aquí. Empezamos a andar en paralelo y tras una seña un chico joven llega hasta mí y se hace cargo de mis maletas, que sube en un carrito y lleva un par de pasos por detrás de mí. Creo que toda esta gente da por hecho que soy la novia o el ligue de Gabriel y me pongo como un tomate solo de imaginarme besándolo. A pesar de que Gabriel me parece guapísimo, de que tiene un cuerpo que me atrae, no sé por qué no puedo imaginarme acostándome con él. Y juro que me encanta y confieso que en alguna ocasión mi cuerpo, que no entiende mucho eso de que Gabriel sea inalcanzable, reacciona sensualmente a cualquiera de sus gestos. Si me pone la mano sobre el muslo, tengo que contenerme para no abrir las piernas. Pero lo imagino sobre mí y me da un…

Pronto me encuentro saliendo del aeropuerto por un lateral, en una especie de aparcamiento privado. Gabriel está apoyado en un coche negro de línea deportiva pero con un aire retro. No entiendo de coches pero me parece reconocer en el morro el símbolo de los Mustang, aunque no creo que sea un clásico. Si el coche me impresiona, Gabriel le da cien mil vueltas. Lleva un pantalón vaquero deshilachado y con una rodilla prácticamente al aire, unas zapatillas Converse negras algo maltratadas, una camiseta de Nirvana y una camisa a cuadros encima. Ciertamente parece un jovencito *grunge* de los noventa.

No aparenta más de veinticinco pero sé que anda cerca de cumplir los treinta. Me lo ha dicho Bea, que está muy enterada.

Al llegar frente a él veo que el chiquillo que lleva mis maletas las carga en el maletero; por un momento creo que no van a caber, pero finalmente lo cierra y desaparece. La chica trajeada se adelanta a saludar a Gabriel tendiéndole la mano, que él estrecha sin cambiar un ápice su expresión. No hay sonrisas para la chica del traje.

—Un placer. Espero que no lo hayamos hecho esperar demasiado. El vuelo llegó un poco atrasado.

—Gracias —dice escuetamente con un acentazo americano que casi me baja las bragas.

Me giro, le doy la mano a la señorita y me despido de ella dándole las gracias en un inglés un poco rústico. Veo que Gabriel contiene una sonrisa. Cuando estamos solos me acerco contenta y le digo:

—¡Ya estoy aquí!

Por un momento no sé qué hacer. Quiero abrazarle, pero no sé si, aunque hemos sentado el precedente, se sentirá incómodo. Así que dudo, probablemente con cara de idiota, hasta que él tira de mi brazo y me aprieta contra su pecho delgado pero duro. Yo le envuelvo con los brazos y por primera vez en mucho, mucho tiempo, abrazo a un hombre y me siento feliz. Completamente feliz y en calma, como si el universo en su totalidad hubiera frenado todos los relojes del mundo y nada importase en realidad. No puedo evitar hundir la nariz en su cuello; huele muy bien. Es algún perfume fresco pero muy masculino. Me lo comería.

—Me alegro tanto de que estés aquí… —me dice en un español aséptico y perfecto.

—Y yo. Pero no sé por qué —confieso.

Nos separamos y nos miramos. Hace un mes que no nos vemos pero apenas un día que no hablamos.

—¿Estás más delgada? —me pregunta al tiempo que me aprieta la mano derecha con su izquierda.

—Creo que un poco. Y no porque haya dejado de comer, que conste.

—¿Entonces?

—Supongo que por Álvaro…, que un día de estos me matará de un disgusto.

Hace una mueca y me invita a subir al coche abriéndome la puerta.

—¿Qué coche es este? —le pregunto mientras me siento.

—Es un Ford Mustang 2013. —Cierra la puerta y lo rodea para ponerse frente al volante.

—Creía que tendrías un BMW, un Audi o algo así.

—Tengo un BMW, un Audi y una moto, pero este es mi preferido. —Lo palmea—. Corre como una bestia.

Se me desboca el corazón al acordarme de James Dean, pero como no quiero ponerme en plan trágico, prefiero hacer algún comentario en tono relajado sobre el hecho de que temo por su integridad física cuando coge el coche.

—Te voy a poner una foto mía en el salpicadero con una estampita de san Cristóbal y debajo un «No corras mucho, papá».

Se gira y me sonríe. Está guapísimo. Tengo que preguntarle por qué no sonríe más.

Que este coche es una bestia que corre como si viniera de las entrañas del infierno es algo que compruebo más bien pronto. Tengo entendido que aquí, en Estados Unidos, son muy estrictos con el tema de la velocidad, pero no tardo en verle alcanzar los ciento ochenta kilómetros por hora. Aunque tengo que hacer la conversión de millas mentalmente, claro.

Me pregunta por el viaje. Le doy las gracias por el billete en primera y le cuento todo lo que me han dado de comer y de beber. Le comento también que he dormido como una ceporra y que estoy muy descansada. Son las cuatro y media de la tarde y tengo ganas de hacer cosas, pero Gabriel me dice que iremos a casa, desharemos las maletas y cenaremos tranquilamente. Quiere que mañana no tenga *jet lag* y pueda disfrutar del día.

Como me habían comentado, la entrada a Los Ángeles es un infierno de carreteras que se superponen como en un Scalextric del tipo lasaña. Hay un momento en el que cuento tres pisos de vías cruzándose unas por encima de las otras. Es un caos lleno de coches, pero Gabriel conduce diligentemente entre el tráfico. El motor del coche ruge de una manera ronca y me imagino que podría llegar a correr mucho más. Vamos escuchando un CD que le he traído con toda la música mugrienta que me gusta a mí y Gabriel va sonriendo. Al volante está para comérselo. ¿Qué más podría pedir?

Los edificios grandes del distrito financiero de L.A. quedan a nuestra derecha y los rodeamos mientras él me cuenta que durante bastante tiempo vivió en un pisito en Venice. Y cuando me habla de su casa allí, en la Venecia de California, se le ve feliz.

—Aún conservo la casa. No he querido venderla aunque mi agente dice que podría sacar bastante por ella. Me he mudado a una más grande, con parcela, en Toluka Lake —y lo pronuncia en un impecable inglés—. Me lo aconsejaron todos mis lameculos porque dicen que es más tranquilo y que da mejor imagen. Toluka Lake…, ja. Tengo vecinos tan ilustres como dos de los Jonas Brothers y Miley Cyrus. ¡Hannah Montana! Bueno, aunque de la dulce niña Disney queda bien poco. Estoy esperando que se pase un día a pedirme sal y darle…

—No termines la frase. —Levanto la palma de la mano.

Gabriel se echa a reír.

—Es una casa bonita, muy de chica, así que te gustará. Si algún día te aburres podemos coger el coche e ir a Venice.

—¿Lo tienes todo planeado? —le pregunto muy sonriente, contenta de que haya pensado tanto en mi visita.

—La verdad es que tengo un montón de planes. —Me mira un segundo y después adelanta a tres coches de golpe a una velocidad que me hace apretar el culo.

Cuando veo la casa me quedo sin palabras. Intento decir algo pero gorjeo, como los pajaritos. Soy un pajarito muy asustado por ese despliegue de opulencia. Solo en el garaje ya he visto más dinero aparcado del que jamás tendré en mi vida. Un BMW Z4, un Audi R8 y una Harley. Todos negros y aparcaditos al lado de donde acabamos de dejar el Ford Mustang. Deduzco que le gustan los coches, a poder ser negros y rápidos como fieras.

Descuelga el móvil y le pide a alguien que baje a por mis maletas y que las lleve a mi habitación. Creo que voy a poder acostumbrarme a esto.

Primero me enseña la parte de abajo, donde hay un salón enorme dominado por un sofá color crema, impoluto. Todo es así, claro, luminoso y, sí, muy de chica. Evidentemente no la ha decorado él. En un rincón veo un piano y aplaudo de emoción. Le digo que antes de irme quiero hacerme una foto encima y se mea de la risa.

—Eres la hostia, Silvia —murmura mientras se dirige hacia la cocina pitillo en mano.

La cocina merece consideración aparte. Joder. La cocina es el cielo. Una barra, una cocina en isla, una mesa espaciosa, vistas al jardín… Tiene dos neveras enormes. Gabriel abre una de ellas y me pasa un botellín de cerveza. Dentro de ese frigorífico solo hay bebida.

—Te cocinan, ¿verdad?

—Verdad —asiente y da un trago a otra cerveza que ha sacado para él.

Lo miro todo de arriba abajo y después eructo. Gabriel escupe un poco de cerveza al reírse y se caga en «mi puta madre» cuando se da cuenta de que ha manchado toda la encimera. Coge papel de cocina y lo pasa por allí, mirándome de reojo. Qué aseado para ser una estrella de rock.

—Dime una cosa: ¿siempre hay alguien del servicio en casa?

—No. —Niega con la cabeza—. Por la noche no. Solo me faltaba tenerlas por aquí las veinticuatro horas del día, con el ruido que arman.

Se pasa el dedo índice por debajo de la nariz en un gesto muy infantil y después me coge de la mano y me lleva a otra habitación. Unos butacones con pinta de ser deliciosamente cómodos y todas las paredes convertidas en estanterías, plagadas de libros. A Gabriel le gusta leer. Me acerco a ver qué tipo de literatura le gusta y me sorprende comprobar que casi todo lo que hay son clásicos, tanto novelas como ensayos. Flipo cuando encuentro los siete tomos de *En busca del tiempo perdido*, de Proust.

—¿Los has leído?

—Sí —asiente—. Y tú deberías hacer lo mismo.

Sale de la habitación y yo le sigo con la boca abierta. Este Gabriel es una caja de sorpresas. ¿Quién lo iba a decir? Una estela de humo de cigarrillo me conduce hasta donde está: una sala parecida a un cine. Tiene sillones amplios, un equipo de sonido alucinante, una pantalla gigante y otra nevera. Lo que no tiene son ventanas.

En silencio me enseña otra habitación con un porrón de guitarras, premios y discos. La sala del divo. Le pregunto si escribe canciones aquí y me dice que jamás entra si no es a coger una guitarra. Ni siquiera mira las estatuillas ni los vinilos de platino de las paredes. Y yo flipo porque me ha parecido ver un Grammy, varios MTV Awards y un premio Billboard, entre otros.

Salimos al jardín, donde tiene una piscina a ras de suelo rodeada de un césped cuidadísimo, salpicado de hamacas y palmeras. Damos una vuelta y me enseña las vistas al lago desde un porche de la casa. Aquí, me promete, nos beberemos una copa por la noche cuando me apetezca.

Y por fin subimos las escaleras de mármol hacia el piso de arriba. Señala la parte derecha y me dice que allí es donde está su habitación. Y sigue andando hacia la dirección contraria a lo que me imagino que serán mis «aposentos». Abre una puerta y cruzamos un salón con sus sofás, su televisión y otro frigorífico pequeño; llegamos a otra puerta y allí está…, el dormitorio de mis sueños. Es casi tan grande como mi casa, y no es una exageración. La cama debe de medir más de dos metros de ancho y posee un dosel precioso. No tiene muchos muebles. Solo las mesitas de noche, un baúl a los pies de la cama y un sillón de orejas enfrente donde puedo sentarme a leer. Una de las paredes es un ventanal enorme que tiene vistas al lago y me doy cuenta de que una parte de ese ventanal es una puerta que da acceso a una terraza.

Silba llamando mi atención y me señala dos puertas.

—El vestidor y el baño. Fuera, en el salón, hay una puerta que da a un despacho.

Corro hacia la que dice que es el vestidor, la abro y grito. Grito como si me estuvieran matando. Ya sé que voy a estar solo dos semanas, pero grito porque mientras tanto todo esto es para mí. Armarios a los dos lados, un *stand* para zapatos al fondo y miles de detalles para bolsos, pañuelos… ¡Yo qué sé! Para cosas que seguro que no voy a tener en la vida, como un sujetador de brillantes.

Voy trotando hasta Gabriel y le salto encima como un mono araña. Él, evidentemente, se cae hacia atrás y los dos aterrizamos en la suave alfombra que se extiende a los pies de la cama, riéndonos a carcajadas. Él maldice en una sonrisa y nos miramos; he caído a horcajadas sobre él. Cuando sus manos abiertas se posan en mis muslos siento la necesidad de levantarme, así que lo hago de un salto y voy hacia el baño. Tiene ducha y bañera de hidromasaje. Es enorme. Dios. Es un sueño.

—¿No me vas a enseñar tu habitación? —le digo inquieta y supersonriente.

—Claro —responde mientras se levanta del suelo con sus largas piernas.

Andamos cosa de cinco minutos hasta llegar a un espacio muy parecido al que me acaba de enseñar. Cruzamos también un salón similar al que precede mi dormitorio y después abre una puerta de doble hoja y aparece el suyo. Me mira. La cama también tiene dosel pero sin cortinas. Solo la madera desnuda. Dentro huele a una mezcla deliciosa entre su colonia y humo de cigarrillo. Tampoco tiene muchos muebles y deduzco que las dos puertas que hay en una de las paredes dan a un vestidor y un baño iguales que los míos. Me asomo al ventanal.

—¿Te gusta mi casa?

—Es de chica. —Le sonrío—. Regálamela.

—Te pondré en mi testamento.

Me acuerdo de Bea y me la imagino con el puñito cerrado diciéndose mentalmente: «Well done, baby». Pero a mí me horroriza csa idea.

—Esas cosas no las digas ni de broma. —Y me pongo seria.

—Vale. —Se mete las manos en los bolsillos y levanta las cejas—. ¿Tienes hambre?

Le contesto asintiendo y él da media vuelta y se dirige hacia la salida. Yo le sigo, pero algo sobre la mesita que acompaña al sillón de orejas llama mi atención y me paro. Alargo la mano y cojo nuestra foto. La miro de cerca.

—Así no te echo de menos —susurra detrás de mí a modo de explicación.

Me giro a mirarle y me sonríe tristemente. No sé por qué pero Gabriel es una persona melancólica y yo lleno algún vacío de una manera que no me explico. ¿Puedo ser realmente importante para él?

—¿Qué harás con ella cuando te canses de mí? —digo sin mirarle con un hilo de voz al tiempo que dejo la foto de nuevo en la mesita.

—Nunca me voy a cansar de ti.

No sé cuánto tiempo estamos callados, pero es él quien rompe el silencio pidiéndome que le siga.

—He comprado zumo de tomate —susurra, y hasta eso suena melancólico—. Mañana iremos a comer tortitas cerca de Hollywood Boulevard. Haremos turismo. Después, si te apetece, podemos comer en la playa. Venice, Santa Mónica…, no sé, donde más te apetezca. Tenemos muchos días. —Yo le sigo como hipnotizada y Gabriel va bajando las escaleras en dirección a la cocina—. Haremos puenting, te emborracharé, nos haremos un tatuaje, cenaremos en mi japonés favorito… Tengo muchos planes, Silvia. Y al final no te querrás ir de aquí.

Vaya por Dios. Ya no me quiero ir.

32

Mi historia con Álvaro, nuestra historia, no fue una historia de altibajos. Sí es verdad que discutíamos con frecuencia. Normal, si piensas juntar a una persona tan cuadriculada como Álvaro con otra tan excéntrica como yo. Sin embargo, en todas las relaciones hay un momento de inflexión en el que se define de qué va la historia. Para nosotros fue al cumplir el año.

Siempre fuimos conscientes de las cosas que nos molestaban del otro. Él me echaba unas broncas brutales semana sí, semana no, casi siempre con la misma temática: crece de una vez y deja de hacer cosas que hagan peligrar tu trabajo, tu estabilidad económica o directamente tu vida. Y yo me callaba cosas como que me repateaba que mis amigas no lo conocieran más que en foto. Intenté explicarle que la mayoría creía que había recortado su imagen de algún catálogo de trajes de El Corte Inglés y había hecho un montaje, pero Álvaro sentenciaba la cuestión con que no le apetecía tener que fingir amabilidad y simpatía. Y era verdad, que conste, que conmigo podía ser muy dulce, muy detallista y el mejor novio del mundo (cuando no se comportaba como un padre) pero no era ni amable ni simpático. Y eso que me hacía reír mucho, pero con nuestras bromas internas y nuestros rollos de pareja. Ya se sabe.

También me molestaba el hecho de tener que escondernos por todas partes. Si íbamos al cine siempre era a tomar viento, donde Cristo perdió las polainas, no fuera a ser que nos encontráramos a alguien conocido. Sabía que no se avergonzaba de mí (en aquel momento al menos tenía eso claro) y que era por los problemas que tendríamos en el trabajo si trascendía, pero seguía siendo incómodo y feo.

Álvaro era serio, a veces autoritario, controlador, un obseso del orden, frío y calculador, entre muchas otras cosas. Pero era mi tirano particular con el que me gustaba luchar a la guerrilla que vence por desgaste; era como ese padre con el que te diviertes manipulándole para que crea que mantiene el control mientras haces lo que te apetece. Vamos, que en definitiva sabíamos ir capeando todas esas cosas que no nos gustaban. Pero siempre tapamos aspectos de los que ni siquiera somos conscientes. Y mirad lo que pasó con las tumbas de los faraones egipcios…: acabaron siendo descubiertas.

Me acuerdo que el día que saltó la liebre de nuestra crisis era un jueves de febrero. Hacía un frío de mil demonios, llovía y había tenido que quedarme hasta tarde porque el gestor de contactos de la empresa se había vuelto loco y había empezado a enviar información sensible de unos clientes a otros. Vamos…, una de esas cosas que o la empresa solucionaba en el plazo de dos o tres horas o le llevaría a enfrentarse a una multa de hacer temblar las canillas. Y no es que a mí me preocupara la empresa, pero no quería que al final a La Momia se le cruzara la neurona octogenaria de turno y me culpara a mí de algo.

Álvaro pudo marcharse un poco antes que yo porque una vez solucionados los temas más burocráticos ya no podía justificar estar allí. Me estaba esperando para irnos juntos, pero costaba darle forma a una excusa suficientemente creíble como para que nadie empezara a sospechar. Así que delante de mi ordenador se bajó las mangas de la camisa que llevaba arremangada, se abrochó los botones del puño, se colocó la americana y se fue a buscar su abrigo. Salió deseándonos suerte y subiéndose el cuello mientras mandaba un mensaje. A mí, claro.

«Ven a casa en cuanto acabéis. Voy haciendo la cena».

A las nueve y media aparecí en su casa. Abrí con la copia de las llaves que me había hecho él y colgué el abrigo y el bolso en el perchero.

—¿Cariño? —dije, porque me encantaba poder llamarle cariño y recordarme a mí misma que semejante espécimen era mío.

Olía a comida recién hecha y solo se escuchaba el eco de una canción de R&B antiguo en el salón.

—¿Álvaro? —pregunté de nuevo.

Entré en el dormitorio a oscuras y dos brazos me agarraron hasta estamparme contra la pared contraria. Aguanté un montón de aire dentro, asustada, sin poder respirar. Tardé unos segundos en darme cuenta de que era Álvaro el que me estaba sujetando allí. Olía a su colonia, pero sus dedos me agarraban con demasiada fuerza.

—Shh… —susurró tapándome la boca—. Cállate. Si gritas tendré que amordazarte.

Oh, Dios. Ahí estaba la maldita fantasía de la violación.

Cuando apartó la mano despacio de mis labios le increpé:

—Eres un imbécil, ¿sabes el susto que me has dado? Debería pegarte un *bocao* a la polla la próxima vez que me la enchufes, gilipollas.

De un empujón me apretó mucho más contra la pared y acercándose a mi oído susurró:

—Si no te callas, no solo te amordazaré…, y no sabes lo dura que se me pone de imaginármelo.

Tragué saliva y cuando iba a contestarle que dejara los jueguecitos sexuales para después de cenar, ahogó mis palabras con su boca. Jamás había sentido sus labios tan bruscos. Nuestros dientes chocaron, quise apartarme, pero sus manos me apretaron más contra él. Metió la lengua en mi boca casi a la fuerza y la movió salvajemente alrededor de la mía. Empujé con toda mi energía para quitármelo de encima, pero no pude. Empecé a ponerme nerviosa y él dio un paso hacia atrás.

—Álvaro, de verdad… —pedí con un hilo de voz.

Tiró de mí y volvió a besarme brutalmente mientras yo me agitaba para quitármelo de encima. Las yemas de sus dedos se clavaban allí por donde pasaban y tironeaban de mi ropa de una manera muy violenta. Mi ropa, por Dios…, ¡que aprecio más mi ropa que a algunos miembros de mi familia!

Cuando me apretó contra las puertas de los armarios besándome el cuello, aproveché para quejarme en voz muy baja y temblorosa y suplicarle que lo dejara estar. Pero él no paró. Por el contrario me tiró sobre el colchón con tanta fuerza que reboté encima. Se echó sobre mí de inmediato, aplastándome contra la cama y dejándome parcialmente sin aire. Pataleé. Me dejé de formalidades y traté de quitármelo de encima encogiendo las piernas y haciendo fuerza con las rodillas contra su pecho, pero Álvaro solo necesitaba el treinta por ciento de su fuerza para dominarme por completo.

Liberé un brazo y traté de hacer palanca, junto con las piernas, pero de un tirón colocó mis piernas alrededor de sus caderas. Le di un golpe en el pecho, otro en el hombro y en los brazos. Recuerdo que gemí de desesperación tan fuerte que me dolió la garganta. Pero él seguía encima de mí, tratando de quitarme las bragas. Maldita manía mía de ponerme medias de liga. Al menos los pantis habrían ejercido más resistencia.

Desesperada, cuando noté el sonido de la tela de mi ropa interior rasgarse, le propiné una bofetada. Álvaro jadeaba y, a juzgar por la erección que tenía presionándome el pubis, estaba muy excitado. Pero el bofetón no lo aplacó, sino que pareció añadirle gasolina a una hoguera que ya iba a todo trapo.

—Ahí te has pasado. —Se rio morboso.

Con una de sus manos, creo que con la izquierda, me sujetó las muñecas por encima de la cabeza, contra el colchón, y con la otra bajó la bragueta de su pantalón de traje.

Los dedos, gráciles, se movieron en mi entrepierna con rapidez. Al menos no quería penetrarme a la fuerza también, aunque me doliera. Prefería prepararme, humedecerme primero. Me resistí, estaba nerviosa, enfadada y me sentía…, no sé cómo me sentía pero estaba cerca de la humillación. Su boca volvió a tapar la mía mientras un par de dedos jugueteaban alrededor de mi clítoris, ejerciendo la presión indicada. Intenté girar la cara y evitar el beso, pero no conseguí nada. Arqueé la espalda cuando metió un dedo en mi interior. Jadeé. Lo peor fue notar que, a juzgar por lo fácilmente que se deslizaba en mi interior, primero uno y después dos dedos, yo también estaba excitada.

—No… —me quejé.

No contestó. Lo siguiente que noté fue una embestida brutal que muy a mi pesar me hizo gemir. Álvaro se acomodó encima de mí y me penetró con firmeza, relajando la fuerza con la que me cogía las muñecas. Se apoyó totalmente encima de mi cuerpo y con la respiración en mi cuello impuso un ritmo rápido que me hizo sentir un cosquilleo interno que me resultaba familiar. Y es que no era como a mí me hubiera gustado sentir las cosas aquella noche, pero era mi novio y, aparte del forcejeo inicial, no me estaba infligiendo ningún daño. Aun así…, ¿cómo podía excitarme algo que no me estaba gustando?

No quería correrme, pero mi cuerpo no lo entendió y en mitad de unos estímulos desconocidos como estar privada de movilidad, me corrí, muy avergonzada. Y además el orgasmo fue demoledor. Exploté, entera. Mi cuerpo se rompió alrededor de su erección y deshaciéndome en pequeños trozos me desparramé por encima de la colcha. Grité y después caí inerte mientras Álvaro daba los empujones finales. Después, solo calor húmedo resbalando por mis muslos y él respirando agitadamente.

Se dejó caer a mi lado y cuando alargó la mano para acariciarme la cara se la aparté. Apenas podía respirar; tenía el cuerpo colapsado por unas infinitas ganas de llorar contenidas. No podía, de verdad que no podía con la manera en la que Álvaro gestionaba su sexualidad y la mía.

¡Dios! Traté de coger aire y me incorporé mientras él lo hacía también, con el ceño fruncido y los labios apretados. Su expresión era de… preocupación.

Me puse en pie y me enfureció sentir cómo mis braguitas rotas caían hasta mis tobillos. Iba a llorar. Iba a llorar. No iba a poder contenerlo por más tiempo.

Salí de la habitación a grandes zancadas, notando cómo su semen me corría entre los muslos. Pero no tenía tiempo de pasar primero por el baño.

—Silvia… —dijo Álvaro tratando de subirse el pantalón al tiempo que salía del dormitorio.

Cogí el abrigo y el bolso y salí de casa con las piernas hechas un flan. Bajé las escaleras rezando en voz baja por que no me siguiera. Sentí unos pasos por el rellano, por encima de mi cabeza.

—Silvia, por favor…

—No vuelvas a acercarte a mí jamás —pude decir, con un nudo en la garganta—. Si lo haces, llamaré a la policía.

No quise escuchar más. Apreté el paso, salí a la calle con el abrigo en la mano y corrí hasta la avenida, donde pasó un taxi en segundos.

Me arrebujé en el asiento de atrás y noté que se me pegaba la falda. Pero ¡qué jodido asco me daba todo! Me agarré al abrigo y al bolso y después de susurrarle la dirección de mi casa al taxista, no pude más y me eché a llorar. Pero a llorar como Dios manda, leñe, que para hacer las cosas a medias yo no valgo.

El pobre taxista me miró por el retrovisor central y me preguntó si estaba bien. Asentí y con un hilo de voz le pedí que me dejara llorar.

—Solo necesito llorar. Perdóneme.

Era la primera vez que lo hacía desde que había empezado con Álvaro y ya hacía un año. Necesitaba vaciarme. Necesitaba sollozar pero, maravillosamente, se me pasó enseguida. De repente dejé de tener lágrimas en los ojos y me abstraje en el Madrid nocturno por el que me deslizaba. Cuando pasé por Cibeles incluso sonreí, porque el antiguo edificio de Correos iluminado siempre me ha encantado.

Llegué a mi casa y me metí directamente a la ducha. Debería haberme metido vestida, porque la falda estaba hecha un cuadro. Ciertamente, parecía un lienzo de Pollock. Mira, ya podía ser la próxima Monica Lewinsky.

Estuve bajo el agua bastante más tiempo del que acostumbro. Los músculos se me relajaron pero, por mucho que esperara, probablemente seguiría sin encontrar la respuesta lógica para mi reacción. Porque, vamos a ver, ¡ya lo habíamos hablado! Era una cosa además consensuada. Yo misma le había dicho la noche de nuestro aniversario que sería excitante probarlo. ¿Qué me pasaba? ¿Qué esperaba? Yo siempre sonaba tan indulgente con sus peticiones…, yo siempre accedía. Siempre accedía. ¿Qué iba a pensar él más que era la siguiente parada en nuestro tren de experiencias? Le dije que sí, que quería probarlo, y ni siquiera me paré a pensar en nada que me permitiera dejarle claro que quería que se detuviera si aquello no me gustaba.

Cuando salí de la ducha agradecí haberme mudado. Por aquel entonces apenas había terminado de desempaquetar y mi habitación de pensar todavía era un proyecto, pero aun así la calefacción y la amplitud de mi nuevo dormitorio me resultaron reconfortantes, al menos hasta que escuché la cerradura.

La verdad, esperaba que viniera a disculparse, pero no que lo hiciera de aquella manera y tan rápido. Y es que Álvaro venía con la cara desencajada y los ojos brillantes. Apretaba la mandíbula y después de quitarse el abrigo no supo qué hacer con sus manos. Me senté en la cama delante de él vestida con el pijama y, sinceramente, me sorprendí cuando se dejó caer de rodillas y hundió la cabeza en mi regazo. Tan alucinada me quedé que no pude decir ni pensar nada. Me había olvidado de todo porque, Álvaro, ese hombre que al parecer no sentía necesitar a nadie en el mundo, estaba postrado y en silencio, sin saber qué decir.

Quise decirle que no se preocupara, que ya estaba y que no tenía más importancia, pero me di cuenta de que si seguía cediendo al final me dejaría aplastar por la rotundidad de la sexualidad de Álvaro. Aunque no lo repitiéramos nunca, si me callaba, si lo dejaba correr, dejaríamos una relación que podría funcionar a la deriva de fantasías y otras historias frívolas. Era algo así como un *ahora o nunca*. Porque ¿qué vendría después? ¿Me vería un día sin darme apenas cuenta entre las piernas de una rubia con las tetas enormes mientras Álvaro nos miraba? Él tenía una muy poderosa energía sexual, pero no era de lo que yo me había enamorado. A decir verdad, para ser sincera, me había colgado de él porque tenía los ojos más grises que nunca veré, porque en su cara todo era simplemente perfecto y porque los trajes le quedaban tan bien que me sentía tentada a coserle uno nuevo a besos cada vez que se quitaba la americana. Pero es que, además, era una persona con la que me sentía..., con Álvaro sentía que tenía algo de valor por fin, algo que cuidar. Aunque ahora todo me suena endeble, por aquel entonces estaba demasiado segura de todo. Y haciendo memoria diré que ni entendía ni entiendo por qué estaba enamorada de él. Probablemente nunca me dio demasiadas razones para estarlo. O sí. No lo sé.

Pero no. Tenía que echar el freno de mano o terminaría cediendo ante cosas que no me hacían sentir cómoda. Era como si estuviera ofreciéndole continuamente en sacrificio para aplacar su apetito inagotable, así, si me permitís ponerme un poco más profunda. Como cuando cedí con lo del sexo anal. Sí, me había parecido placentero, pero creo que yo no lo habría propuesto motu proprio y por supuesto jamás pediría repetir. Lo hice por él y me gustó, pero no me hacía sentir cómoda... ¿De verdad tenía que hacer cosas por él sin parar?

Por eso me animé a acariciarle el pelo y pedirle que me mirara. Álvaro susurró:

—Lo siento. Perdóname. No quise hacerte daño. Nunca lo haría. Eres mi vida...

Eso me dejó parcialmente fuera de juego. Pestañeé y antes de que pudiera añadir algo más, le interrumpí:

—No me hiciste daño, Álvaro, pero me dio un miedo horrible. Miedo. De ti. Eso es peor que un golpe, ¿sabes? No quiero sentir miedo cuando esté con mi pareja y tú y yo regimos nuestra relación a partir de normas perversas.

—¿Normas perversas? —susurró mirándome.

—Contigo siempre me pasa lo mismo, Álvaro. Nos vamos acercando lo suficiente como para que esto sea de verdad, pero entonces empezamos una guerra. Es siempre igual. Es una montaña rusa emocional en la que cuando más cerca me siento de ti, más vulnerable soy y más posibilidades hay de que termines haciéndome daño.

—Pero... —empezó a decir.

—Es como decir «te quiero». ¿Qué tiene de malo? ¿Por qué no me lo dices jamás? Te gusta escucharlo, te reconforta, pero... ¿yo no soy lo suficientemente buena para que me lo digas? ¿Es que no me quieres? Porque si no me quieres no entiendo por qué narices estoy cediendo a todos tus putos deseos. Esto no es un harén en el que tú mandas. No es un jodido prostíbulo y no me pagas por horas para que haga tus fantasías realidad. ¿Me estoy prostituyendo para que me quieras, Álvaro? Porque necesito saberlo para parar ahora que puedo, antes de que te quiera demasiado.

Álvaro se levantó y resopló. Las emociones nunca se le han dado bien.

—Que yo no lo diga solo significa que no me siento cómodo con las palabras. Pero... ¿es que no te lo demuestro?

—No —dije firmemente—. Tú me follas a menudo. A lo mejor esa es la respuesta a tu pregunta.

Álvaro levantó las cejas como si terminara de acertar metiendo los deditos en una llaga más antigua que yo.

—Oye, Silvia... —Se cogió el puente de la nariz.

—No quieres conocer a mis amigas ni has querido volver al local de mis hermanos. No solo no conozco a nadie de tu familia..., es que ni siquiera sé cuántos hermanos tienes. Siento como si quisieras aislarme de todo lo demás. Cumplo tus fantasías sin que te preocupes por averiguar si yo también las estoy disfrutando.

—Con mi familia no te pierdes nada —repuso con una nota de desprecio—. Pero es que no me gusta la gente. No me gusta ser simpático. No me gusta tener que hablar de banalidades y...

Resoplé.

—¿Me quieres? —pregunté.

—Llevamos un año juntos —contestó.

—Eso no es lo que te he preguntado. —Y temí lo peor.

—Si no lo hiciera no te habría pedido que te mudaras más cerca, no me preocuparía de cada cosa que te pasa o deja de pasarte y no sentiría que en el fondo esta conversación me gusta porque me demuestra que no me he equivocado esperando que debajo de los sinsentidos haya una mujer adulta. Creí que estábamos jugando, Silvia… —Buscó mi mirada—. Tenía que haber acordado una palabra de seguridad pero no se me ocurrió… ¡Nena, tienes que creerme! No sabes cómo me siento ahora mismo. —Se tapó la cara y resopló—. Me siento como si te hubiera violado de verdad. Me siento…

—No es eso… —Cerré los ojos.

—¿Te he hecho daño?

—Ya te he dicho que no —repetí de mal humor.

Nos callamos.

—Nena… —susurró—. No sé decir las cosas que quieres escuchar.

—Solo tienes que repetir. Es solo un te quiero.

—No quiero repetir. No es lo que siento. Yo siento muchas cosas más. Pero no sé decirte que mi vida gira a tu alrededor, que si soy tan rancio es porque no quiero compartirte con nadie, que no me imagino la jodida vida sin ti. ¡Y que, joder, que acabo de hacerlo contigo y todo tiene sentido! Da igual que nos hayamos puesto cerdos, que hayamos gritado y hecho cosas de esas de las que luego ni siquiera queremos hablar… —Y creí ver que se sonrojaba—. Da igual porque al final siempre me da la sensación de que hemos hecho el amor. —No supe qué contestar. Miré al suelo y él se desesperó—. Nena… Pero ¡si no puedo pensar en otra cosa que no seas tú! Te tengo en la cabeza todo el puto día. Si te mueves hasta te siento, aunque la puerta esté cerrada. ¡Mierda, Silvia! ¿No te das cuenta? Te adoro. Ya no creo en nada que no seas tú.

Le miré y simplemente decidí que mi vida sería más fácil si me creía a pies juntillas todo lo que había dicho. Así, sin cuestionarlo. Y… ¡joder! ¿Por qué no habría puesto la cámara a grabar? Ahora nadie creería que yo sabía mantener discusiones serias y adultas y que Álvaro perdía los nervios diciéndome que yo era el centro de su universo.

—Es que todo me suena tan… —Cerró los ojos.

—¿Ñoño? —susurré.

—No. Torpe. Me siento torpe y tengo la tentación de pedirte que me denuncies por lo que acaba de pasar en mi casa. —Álvaro volvió a arrodillarse entre mis piernas, besándome las rodillas—. Nena… —susurró—. Besaría el suelo que pisas. Soy un jodido desastre.

—¿Por qué dices eso? —Le acaricié el pelo.

—Te falté al respeto aquella vez…, cuando lo de los bomberos. Te dije cosas horribles y hoy… ¿qué he hecho? —Escondió la cara en mis piernas—. Siento asco de mí mismo —dijo.

—Shh… —le tranquilicé—. No me siento forzada, Álvaro. Solo… sobrepasada.

Entonces un beso en mi monte de Venus me asustó. ¿No iría a volver a estropearlo todo con sexo? Nos conocíamos lo suficiente como para saber que discutir le ponía a tono…, y sexo no era lo que yo necesitaba en aquel momento. Que no se le olvidara que me había marchado de su casa por una razón que no desaparecería por mucho que él jurase que me adoraba. Así que me preparé para la segunda batalla, pero su segundo beso fue en mi estómago y después se dejó caer a mi lado, mirándome.

—Yo no esperaba esto —me dijo jugando con el borde de mi camiseta—. No estaba preparado. Creía que follaríamos unos días y que después yo huiría.

—¿Y qué pasó entonces?

—Pues que a todo cerdo le llega su San Martín, me temo. —Me acarició la cara. Dios. Qué guapo era. Y lo peor es que lo sigue siendo…—. Perdóname, por favor. —Me besó en los labios suavemente—. ¿Qué puedo hacer para compensarte?

—Dime que me quieres —contesté.

—Haré algo mejor. Te lo voy a demostrar de aquí a que me muera.

Al día siguiente cenamos con Bea y su ligue del momento, un tal Tito, estudiante de Medicina, cuya especialidad eran los cunnilingus. Y el sábado por la noche fuimos a tomar una copa con mis hermanos, con los que además fue encantador.

Jamás volví a tener que ceder a nada que no me apeteciera hacer en la cama ni sucumbí a su poderosa y dominante sexualidad. A partir de aquel día los dos reinamos en completa armonía dentro de nuestra relación, haciendo las cosas ni a su manera ni a la mía, sino a la de ambos.

Así que cumplió su palabra. Lo demostró al menos durante todo el año siguiente. Después..., después se le debió de olvidar diluido en las prisas por aparentar ser alguien que nunca fue. La pena es no saber aún cómo es de verdad. Una verdad sin mediaciones. Sin la mía, sin la de su familia y sin la suya propia. El Álvaro de verdad es un completo misterio para mí y lo más triste es que probablemente también lo sea para sí mismo.

33

Gabriel y yo estamos metidos en la piscina, callados. Hemos visto ponerse el sol e ir haciéndose de noche y seguimos aquí. Antes de irse, Tina, la chica que le cocina, nos ha traído unas copas y una cubitera con una botella de vino tinto espumoso. Esta chica está en todo. Es alucinante la lasaña que prepara. Me dijo que el secreto es pochar bien la cebolla y macerar la carne con especias.

Descubro que Gabriel está mirándome en silencio mientras juguetea con el pie de su copa en el bordillo. La luz de la piscina se le refleja en la cara y le otorga un brillo raro a sus ojos. Hace un rato se echó todo el pelo hacia atrás y así lo lleva aún, húmedo. Debería peinarse de esta manera más a menudo porque está tan guapo que podría decir que es demasiado. Tiene unos ojos preciosos y apabullantes…, de pasmo; de un marrón tan claro que ni siquiera lo parece, enmarcados por esas pestañas tan negras… Ojalá yo tuviera unos ojos así. Flagelaría a los hombres a pestañeos.

Me acerco a él y le sonrío. Llevo aquí cinco días geniales en los que apenas nos hemos separado. La primera noche decidimos charlar un rato en mi habitación después de la cena y nos quedamos dormidos. Recuerdo frotarme los ojos con vehemencia, que él se acercó y me pidió que me apoyara en él. Recuerdo que me hundí en su cuello y que su brazo me ciñó a su cuerpo. Recuerdo que me sentí como en casa y lo siguiente que recuerdo fue despertar, abrazados. Gabriel se despertó antes que yo y me dio los buenos días con un prolongado silencio y su mano acariciándome la espalda. Cuando nos levantamos no hubo ningún momento incómodo, de modo que el segundo día él mismo fue quien me preguntó si podíamos volver a dormir juntos, a lo que contesté tirando de su brazo hacia el interior de mi dormitorio. Después… hemos repetido todos los días. Es como una rutina. Si me despierto antes que él y está boca arriba lejos de mí, me hago un hueco bajo su brazo y me apoyo en su pecho escuchándole respirar. Me relaja mucho. Me relaja hasta el punto de volver a dormirme. Ayer se despertó porque estaba babeándole la tetilla. Yo sí que sé ser sexi, sí señor. Pero lo que me pregunto es: ¿es normal esta complicidad? Me siento tan cómoda con él como me sentiría si nos conociéramos desde hace años.

Gabriel me pregunta en voz muy queda en qué estoy pensando. Es tan de chica… Si pestañeo y se convierte en Bea, me lo creeré.

—Pues estaba pensando en que ayer te babeé la tetilla.

Gabriel lanza una carcajada e impulsándose un poco en el borde alcanza la botella y vuelve a sumergirse hasta la cintura mientras llena las copas.

—Sí que la babeaste, sí. Estarías durmiendo muy a gusto.

—Mucho. Me lo estoy pasando genial. Y no me voy de aquí sin repetir en el japonés ese al que fuimos anteayer y también el sitio de las tortitas gigantes.

—Sabía que te gustaría.

Le damos un trago a nuestras copas y le pregunto si no quiere ir a ninguna fiesta.

—Si tienes que hacer vida social, por mí no te preocupes. Esta casa tiene divertimentos para rato. No me aburriré.

—No me apetece hacer vida social fuera de aquí, la verdad, pero si tuviera que hacerla por promoción te llevaría conmigo. Compraríamos un vestidazo caro de la hostia y te llevaría cogida de la cintura. Les diría a todos los gilipollas que eres mi chica.

—Eso no habría Dios que se lo creyera ni puesto hasta arriba de LSD —le contesto—. Además, no espero que me compres cosas. Vine a verte a ti, no de compras.

—Dior, Chanel, Missoni, Miu Miu, Prada, Tom Ford, Marc Jacobs... —me tienta con voz sensual.

—¡Cállate! ¿Y tú por qué sabes tanto de moda?

—No sé absolutamente nada de moda. —Se ríe—. Pero supongo que no te sorprenderá saber que he salido con chicas y que les he hecho regalos.

—Esas zorras solo te quieren por tu dinero.

Los dos nos echamos a reír.

—¿Qué tipo de regalos te hacía él? —pregunta con soltura agarrándose de nuevo a la piedra del borde.

—¿Álvaro?

—¿De quién más hemos estado hablando durante cinco días? —Sonríe en una mueca muy sexi.

—Él me regalaba cosas así como..., como clásicas. Al principio no lo entendía muy bien, pensaba que estaba chapado a la antigua, pero después me di cuenta de que probablemente fuera su madre la que le tuviera dicho qué tipo de regalos debía hacer a una chica.

—¿Anillos, bombones y flores?

—Ni bombones ni flores. Bueno, una vez compramos una caja de bombones pero fue con fines eróticos. —Muevo la mano dándole a entender que no voy a ahondar en el asunto—. Él era más de joyería, joyería de la clásica. Unos pendientes o… un colgante… o…, no sé. Ese tipo de cosas.

—¿Nunca unos zapatos o un bolso o…?

—No. —Niego con la cabeza—. Eran siempre regalos caros que a mi madre le encantaban pero que a mí me hacían sentir… vieja. Era como si estuviéramos en una película de la España de los setenta y yo hiciera de una pilingui a la que su amante regala joyas a espaldas de su mujer.

Gabriel hace una mueca.

—¿Qué le viste a ese chico, Silvia? —me pregunta intrigado.

—Qué vergüenza —digo entre dientes—. Al principio, que era muy guapo. Para morirse de guapo. Y durante el primer año, que me daba matraca todas las noches.

—Viciosa —contesta.

—Y superficial. —Le miro y a pesar de lo que estoy diciendo de mí misma, me río—. Pero fue solo al principio. Después la verdad es que… Álvaro me hacía sentir especial. Desarrollé por él verdadera adoración. Me enamoré; soy muy irreflexiva cuando lo hago. Y él era muy cariñoso conmigo y tenía un millón de planes para los dos.

—¿Cómo qué?

—Desde viajes hasta cosas más…, como vivir juntos y… —Me mordí el labio con fuerza—. Y casarnos.

Gabriel me mira de reojo, sorprendido.

—¿Casaros? ¿Hablasteis de casaros?

—Sí, pero para hacerlo solos, sin grandes ceremonias. En Grecia o en…, yo qué sé. Cada vez decíamos un sitio. —Pierdo la mirada a lo lejos, en el jardín.

—Y al poco ir rodeados de una jauría de niños pijos repeinados y con pantalón corto.

—No. —Niego otra vez con la cabeza—. Álvaro no quería tener hijos.

—¿Y tú? —me pregunta malignamente.

—Sé lo que intentas. —Le sonrío de lado y vuelvo a mirar hacia el jardín—. Intentas hacerme ver que lo dejé todo por él y que se me olvidaron las cosas que yo quería en pro de las que quería él. Pero la verdad es que yo nunca lo he tenido claro. Es muy fácil ser mal padre y desgraciarle la vida a un niño...

Joder. No me gusta ponerme en este plan.

—Tu padre y tú, relación cero, ¿verdad?

Me quedo mirando a Gabriel alucinada y me pregunto si no habrá pedido a alguien que me investigue. Él espera que le conteste con las cejas levantadas.

—¿Qué eres? ¿Adivino? —le pregunto como contestación.

—Blanco y en botella. Con Álvaro buscabas un papá, probablemente porque te falta el tuyo. ¿Te llevas mal con él o murió?

—Ni una cosa ni la otra. Se piró cuando yo tenía, no sé, dos años. *Flew away*. Se casó con otra mujer, vive en Vigo, tiene dos hijas muy guapas y con el único que mantiene contacto es con el imbécil de mi hermano mayor.

—¿Tienes dos hermanas entonces...?

Me quedo mirándolo mientras noto cómo la Silvia seria se abre paso por mi interior.

—No. Para mí ser padre no es concebir, sino criar; por tanto ni ese hombre es mi padre ni tengo más hermanos que Varo y Óscar. Y bueno, el gilipollas, pero ese es harina de otro costal. Debió de salir a mi padre.

Me miro las manos arrugadas y se las enseño. Me río a carcajadas mientras le digo que soy una octogenaria y salgo de la piscina por el bordillo en una magnífica pirueta a lo albóndiga humana, para quedarme sentada fuera, con la piel de gallina.

—¡Coño! ¡Qué frío! ¿Quieres que te talle algún diamante con los pezones? Porque te prometo que podría.

Gabriel sale de un solo impulso y anda despacio hacia la terraza, donde coge dos toallas. Madre mía, qué erótico ha sido eso, ¿no? O a lo mejor es que estoy un poquito necesitada. Creo que me va a tirar una de las toallas, pero viene hacia mí y me envuelve con ella. Después se seca con la suya despreocupado, la deja caer en el césped y se sienta.

—¿Podemos quedarnos un rato más? —me pregunta desde abajo.

—Claro.

Me siento a lo indio a su lado con la toalla puesta por encima de la cabeza y él me da friegas en la espalda para que entre en calor.

—¿Crees de verdad que buscaba un padre en Álvaro y que por eso aguantaba algunas cosas de él?

—No especialmente; esa solo sería la explicación que te daría cualquier loquero. Te recomiendo encarecidamente ir a ver a alguno; contigo se lo iba a pasar pipa.

—Seguro que hasta me medicaba. —Y me hace un montón de gracia.

A Gabriel también. A veces parecemos dos tontos del bote.

—A mí todas esas cosas megaprofundas del subconsciente no me importan —dice—. Lo único que realmente importa en la vida es si uno es feliz o no, en el caso de que quiera serlo.

—¿Crees de verdad que hay gente que no quiere ser feliz?

—Claro. Me he topado con mucha gente con ese rollo. Mi ex era de esas. Solo quería hacer cosas que la llevaran al límite para poder romperse a gusto cuando no soportaba la presión que ella misma se imponía. —Se encoge de hombros—. Ella quería ser infeliz. Era su manera de realizarse a sí misma: convertir su vida en un drama continuo.

Me quedo mirándolo alucinada. Este Gabriel es tan raro... A veces cuesta sacarle las palabras como con sacacorchos y otras tiene esos ataques de verborrea en los que me cuenta algo superíntimo.

—¿Es la chica por la que escribiste aquella canción? —le digo mirándome los pies también arrugados.

—No, qué va.

Nos quedamos en silencio observando cómo el agua de la piscina vuelve a quedarse inmóvil hasta parecer de atrezo. Entonces Gabriel se gira y me pregunta si me gusta mi trabajo. Durante unos segundos, que me parecen una eternidad, no sé qué contestarle.

—Es lo mío —le digo—. Estudié para hacer lo que hago.

—¿Te gusta o no?

—Pues… —Arrugo el morro—. No mucho. Es bastante aburrido y mecánico. Siempre pasan las mismas cosas, que siempre se solucionan de la misma manera. Hay que lidiar con asuntos burocráticos que no me interesan y todo es tan feo allí dentro… Desde la moqueta hasta mis compañeros. Vamos, lo que viene siendo una oficina estándar.

Gabriel se echa hacia atrás y apoya las palmas de las manos en el césped. Le recorro el pecho con los ojos y me sorprende darme cuenta de que no veo los tatuajes cuando le miro, sino su piel. Y ahora mismo alargaría la mano y le acariciaría desde el estómago hasta el pecho…

—Uno tiene que dedicarse a algo que le guste. Es la única manera de ser… —empieza a decir.

—¿Feliz?

—No. Útil.

Le doy una pensada a su idea mientras asiento y lo único que se me ocurre contestar es que está muy místico esta noche.

—¿Qué te gusta hacer? —me pregunta.

—Comprar. Comer. Beber. Follar. Dormir. Mandar. —Lo que a todo el mundo.

Gabriel me mira de soslayo.

—La madre que te parió —musita.

—Es que no sé hacer nada realmente bien. Solo sirvo para lo que hago. Sentarme delante del ordenador y hacer mierdas de esas.

—Yo creo que podrías hacer otras cosas. Piénsalo..., ¿qué quieres de la vida?

Me quedo callada otra vez. Este jodido Gabriel... Le digo que no me raye la cabeza al estilo más chungo de la Fuenlabrada en la que me he criado, pero él insiste.

—Todo el mundo quiere algo, Silvia.

—¿Qué quieres tú?

—Te diría algo como «ser una leyenda» pero me darían ganas de suicidarme de algún modo ridículo solo por haberlo pensado. Yo quiero... estar tranquilo. Vivir como yo quiera y no hacerme viejo.

—¿Ser eternamente joven? —le pregunto riéndome por su ocurrencia.

—No. Morir joven.

Se me encoge el estómago y se me sube hasta la altura de las tetas.

—No digas esas cosas —le pido seria—. La vida es un regalo que no hay que desperdiciar. —Ahora la que se pone mística soy yo.

—Pues no la desperdicies. Tú también estás muriendo joven. Dentro de unos años no quedará de ti más que algo gris e indefinido.

Le miro con la boca abierta. El jodido James Dean de los cojones. Le doy un codazo y luego me imagino enterándome en la tele de que se ha matado en un accidente de coche. Me echo inmediatamente hacia él y le abrazo el pecho. Tengo ganas de llorar de pensarlo. Gabriel no puede morir joven..., no.

—Me asustas —le digo.

—No te asustes. —Me acaricia la espalda. La toalla se ha escurrido hasta quedarse tirada sobre el césped, así que sus dedos se pasean sobre mi piel, poniéndola de gallina.

Me incorporo y me quedo mirándolo.

—No te conozco de nada. Seguro que hay cosas de ti que ni siquiera me imagino. Pero de pronto te siento más cerca que al resto de seres humanos sobre la faz de la tierra.

—A mí me pasa lo mismo. Pero, Silvia, cuando pase el tiempo verás que soy una persona difícil y que tengo una inclinación natural a hacer daño a los que me quieren. Supongo que, como a todos, terminaré echándote de mi lado sin darme apenas cuenta y me hundiré un poco más en la miseria.

A pesar de lo jodidamente triste que es lo que me está diciendo, los labios se curvan hacia arriba, en una sonrisa conformista. Creo que está seguro de que lo que está diciendo es cierto. Niego con la cabeza.

—No creo que te deje hacerlo jamás.

Gabriel apoya la cabeza en mi hombro y su nariz dibuja un recorrido ascendente por mi cuello para volver a bajar al momento.

—No sé qué habré hecho para merecerte, pero debió de ser muy bueno —murmura.

34

E l primer año de noviazgo fue un periodo de adaptación muy largo pero salpicado de muchos buenos momentos. Sí, Álvaro y yo fuimos felices a nuestra manera. A pesar de que podemos guardar un muy buen recuerdo de esta época, no fue nada que pudiera compararse con nuestro segundo año, cuando ya sabíamos qué esperábamos del otro y también las expectativas que teníamos que cumplir.

Así, Álvaro se amoldó a mi necesidad de alguien dulce, aunque él no lo es en realidad; lo sé. La manera en la que Álvaro demostraba que le importaba casi nunca era de esas que aparecen en las novelas románticas. Tendía a preocuparse en exceso, gritar y era un poco mandón. Pero solo cuando le preocupaba. Es una de esas personas para las que si no significas nada, lo más fácil es ignorar tu existencia con la más brutal frialdad.

Pero a pesar de ser bastante sieso en el trato, me dio lo que necesité. Abrazos, besos y muchas cosas en la cama. Como ya he dicho, me convertí en algo así como el traductor de Google «sexo-español, español-sexo». De vez en cuando también se soltaba y, arrancándose por soleares, confesaba algo de lo que sentía conmigo. Pero nunca decía te quiero; eso aprendí pronto a no esperarlo, por mi salud mental.

Yo, por mi parte, no me convertí en la mujer seria que él decía buscar, porque estaba segura de que nunca se habría enamorado de mí si realmente fuera así de gris. Sin embargo, llegué a un punto de equilibrio entre la madurez y mi original manera de ser.

Y por primera vez desde que estábamos juntos, Álvaro empezó a mencionar la posibilidad de dar un paso y conocer a nuestras respectivas familias. A mí me horrorizaba un poco imaginar a la mía recibiéndolo. No es que mi madre fuera el equivalente humano a la vieja de los gatos de los Simpson, pero a lo mejor mis hermanos sí. Y tampoco me imaginaba entrando en el palacete en el que seguro vivían sus padres. Pero era verdad que aquel constituía el siguiente paso.

Un día en primavera planteamos una noche de maratón amatorio a lo bruto pero, sin saber muy bien cómo, terminamos haciendo el amor. Y después, al finalizar, nos quedamos abrazados y hablamos sobre lo nuestro, sobre lo que sentíamos y sobre cómo nos imaginábamos el futuro. Era una de esas raras veces en las que Álvaro se dejaba ir.

—Pasé mucho tiempo diciéndome a mí mismo que lo único que me interesaba de ti era ponerte a cuatro patas en la cama —susurró él dibujando una sonrisa descarada—. Pero la verdad es que había más. Siempre hay más. Eres la cantidad justa de cosas prohibidas que necesitaba en mi vida. Si pecas es en exceso, pero no es nada que no pueda arreglar el tiempo. Eres lo suficientemente joven para permitirte ser así de temeraria, pero empieza a no preocuparme. Pronto serás mayor y entonces…, entonces simplemente te querré de por vida.

No era algo que esperaras escuchar de boca de Álvaro y, en un millón de sentidos, resultaba muchísimo más fácil decir «te quiero» y dejar el resto a entender. Pero él era así; también tenía sus rarezas. Álvaro gestionaba sus relaciones a partir del sexo y a la hora de hablar de sus sentimientos prefería las opciones rebuscadas de confesar cosas difíciles a un formulismo muy fácil de recordar. Las manías no las curan los médicos, dice mi madre.

Yo sí le decía que le quería. Eso y más. Que le quería, que era el hombre de mi vida, que jamás podría vivir sin él, que mi mundo giraba a su alrededor, que era el único capaz de hacerme feliz, que jamás nadie me excitaría como él y que, a pesar de haber tenido solamente dos relaciones en mi vida, sabía que la nuestra sería para siempre. Quizá el problema fue que le quise demasiado sin pararme a pensar en si me hacía bien o no.

Aparentemente era una influencia benigna para mí. De pronto yo llegaba a fin de mes sin tener que comer solo arroz y macarrones (aunque lo de ahorrar aún fuera una utopía), comía ordenadamente, no me entraban berrinches estúpidos y el ritmo de mi vida se volvió… normal. Aunque yo no lo fuera. Pero… (siempre hay un pero) esa reeducación ¿no estaría anulándome a mí y mi forma de hacer las cosas? Ahora lo veo claro: Bea tenía razón cuando me decía que le quería tanto a él que había pasado a convertirse en la medida con la que yo juzgaba el resto de cosas, incluida yo.

Bea no podía disimular que Álvaro no terminaba de convencerle. Intentaba obviar el tema porque, como mi mejor amiga que es, sabía lo enamorada que estaba y lo mucho que me importaba. Sin embargo, no podía mentirme; lo veía en sus ojos cada vez que le hablaba de él. No decía nada, solo me escuchaba y después contestaba algo bastante vacuo e insulso que no le pegaba nada. Pero había veces en las que no era capaz de controlarse y, con la boca llena de palabras por decir, confesaba que no le gustaba la Silvia que yo misma había construido para estar con él.

—Ese chico te hace sentir débil, Silvia, no protegida. Tienes un holograma de seguridad en tu vida porque, en realidad, lo que hace es crearte dependencia.

Yo le contestaba que no dijera tonterías, que éramos una pareja sana que sabía lo que tenía en el otro y que Álvaro me hacía sentir completa. Y que conste que yo creía a pies juntillas lo que decía.

—Álvaro, cariño… —le dije un día en su casa.

Él apareció por la puerta del salón cargado con una botella de vino abierta y dos copas.

—Ribera del Duero, ¿te parece bien? —preguntó.

—Como si entendiese de vinos… —Me reí.

Se sentó a mi lado en el sofá, sirvió las copas y se inclinó hacia mí para besarme el cuello.

—¿Qué me decías? —susurró.

—Nunca me has hablado de tus anteriores relaciones —le dije.

Él se puso rígido y me miró con una ceja arqueada.

—Oh, Dios, creía que ya habíamos superado esa etapa…

—No es una etapa. Es que nunca me has hablado de tus anteriores relaciones y tengo curiosidad. ¿Cuántas novias has tenido?

—Novias, novias… ¿Cómo tú? Ninguna tan guapa ni tan…

La que arqueó una ceja entonces fui yo.

—No quiero peloteo —aclaré.

—Ya —rebufó, y se acomodó, cogiendo la copa de vino otra vez—. Pues… a ver. Tres. ¿Satisfecha?

—¿Cuánto tiempo estuviste con cada una?

—Joder…, no me acuerdo. Espera. —Álvaro cerró un ojo y se puso a calcular—. Si no me equivoco, tres años con Susana, uno y medio con Maika y… unos cinco con Carolina.

—¿Cinco? —Abrí mucho los ojos.

—¿Quieres el informe completo? —dijo muy serio.

—No te estoy aplicando un tercer grado. Es solo… —me justifiqué.

—Susana y yo salimos juntos en la universidad. Éramos compañeros de clase y lo dejamos porque, sinceramente, no me veía pasando con ella el resto de mi vida. A Maika la conocí en el máster y rompimos cuando se fue a trabajar a Ginebra. No creo en las relaciones a distancia. Y Carolina es hermana de Marcos, uno de mis mejores amigos. Lo dejamos porque ella quería casarse y yo no.

Bajé la cabeza apabullada por la firmeza y frialdad con la que a veces Álvaro trataba algunos temas y cogí la copa.

—¿Tú quieres casarte, cariño? —dijo en un tono de pronto muy cariñoso.

—No especialmente —contesté.

—Yo nunca he querido casarme con nadie. Pensaba que es suicida comprometerse para siempre. Toda la vida follando con la misma persona…

—¿Para ti todo en la vida es follar? —dije sin poder evitar una sonrisa.

—Déjame terminar. —Sonrió mientras me acariciaba el pelo—. Ahora sí le veo sentido, ¿sabes?

—Yo también me haré colgajosa, arrugada y celulítica y un día dejará de apetecerte ponerme a cuatro patas encima de la cama. Es ley de vida. No sé si te has dado cuenta, pero la firmeza de mis muslos deja ya mucho que desear.

—Pero eres mi princesa.

Torcí la cara, extrañada por una expresión como aquella en los labios de Álvaro.

—¿Tu princesa?

—Sí, pero en la versión de El Chivi.

Le lancé una mirada de soslayo y me reí.

—¿Te acuerdas de que cuando me caí en aquella fiesta y...?

No me dejó terminar.

—Yo me acuerdo de todo lo que tenga que ver contigo —dijo con una sonrisa. —Álvaro se acercó a mí, me quitó la copa de la mano y después me subió a horcajadas sobre él—. No imagino estar con nadie más que contigo. Me comprometa o no, siempre estaré enamorado de ti. Casarme ya no me supone un problema.

—¿Te arrodillarás delante de mí con un anillo en la mano?

—¿Es lo que quieres?

—No. —Me reí—. Bueno, sí, solo por hacerte pasar el mal rato, sí.

—Eres muy joven —dijo—. Esperaremos un poco más. No quiero atarte a mí y que dentro de unos años te arrepientas.

Le cogí la cara entre mis manos sin poder creerme que aquel hombre estuviera enamorado de mí. Álvaro es guapo hasta la extenuación. Da igual si te gustan los hombres morenos con ojos oscuros o los rubios con ojos verdes. Él es universal. No conozco a ninguna mujer que al verle no haya sentido una oleada de admiración. Álvaro siempre ha tenido un cuerpo naturalmente atractivo que además cuida. Es alto, delgado en su justa medida, tiene unas piernas largas a las que todo les queda bien (creo que incluso estaría monísimo con minifalda) y una espalda ancha y masculina, bien torneada. Es un hombre guapo, atractivo, sensual y con éxito. No, no era millonario como los héroes masculinos de todas esas novelas rosas, pero es el típico hombre que cuando peine canas, tendrá todo lo que haya querido tener. Ha sido educado para ello. Sé que un día dejará la empresa y que terminará siendo, no sé, consejero delegado de alguna multinacional.

¿Y yo? No estoy mal, lo sé, pero no tengo nada que ver con la belleza demoniaca de Álvaro, si soy sincera. No es falsa modestia, es que tendría que irme a los ángeles de Victoria's

Secret para encontrar a alguna mujer físicamente comparable a él. Y así con todo. No fui educada en las mejores escuelas, no hablo ochocientos idiomas y ni siquiera sé con qué tenedor se come la ensalada y con cuál el pescado. No se me dan bien las convenciones sociales y Álvaro tenía razón al decirme aquella vez que me hacía falta un filtro en la garganta que controlara lo que salía de mi boca.

Y sí. No solo éramos pareja sino que, a juzgar por lo que me decía, yo era la única persona de las que habían pasado por su vida con la que formalizaría un «para siempre». Eso me hacía sentir tremendamente orgullosa. ¿Quién dice que el amor no es ciego?

Recuerdo que aquella noche Álvaro se puso muy tonto y que a mí no me apetecía exageradamente entregarme al fornicio. Era la típica noche de tormenta para acurrucarse a ver una película, no para retorcerse entre las sábanas. Pero, como siempre, no le costó convencerme y cuando quise darme cuenta estaba tumbada boca arriba con las piernas bien abiertas y su cabeza entre mis muslos.

Le agarré del pelo, gemí y retorciéndome le pedí que me follara. Y al levantar la cabeza, Álvaro sonreía con malicia. Se colocó sobre mí y con un empujón de cadera se coló lo más dentro de mí que pudo.

—Te gusta fuerte, ¿eh? —dijo gimiendo. Me mordí el labio y asentí—. Por eso eres la única con la que quiero pasarme la vida. Eres la única persona capaz de darme lo que necesito.

No pensé en ello hasta que Álvaro se marchó por la mañana a comprar algo para el desayuno. Yo era la única que podía darle lo que él necesitaba. Pero ¿qué necesitaba? ¿Qué necesitaba de mí?

35

He estado pensando mucho en todo lo que me dijo Gabriel sobre lo que quiero de la vida y sé que fugazmente tiene razón en que no debería malgastar mi juventud invirtiendo años en algo que no me hace desgraciada pero que tampoco me gusta. Pero tendría que haberlo pensado antes. A decir verdad siempre tuve la intención de hacer aquel máster de diseño gráfico. Pensaba pagarlo poco a poco con mi sueldo de Ruiz&Ruiz (que es como se llama la empresa en la que agonizo), pero Álvaro me dijo en una tutoría tras mis primeros seis meses en el puesto que debería centrarme en lo que estaba haciendo ahora y no abrir el abanico yendo hacia algo tan diferente. Pensé que era buena idea. Bueno, a lo mejor simplemente le hice caso porque estaba hipnotizada tratando de averiguar si lo que estaba viendo era su paquete marcado en el pantalón del traje o si es que le hacía una bolsa en la zona de la bragueta. Ahora sé que era paquete.

La realidad es que desde que entré no he hecho nada por mí. Y mucho menos desde que Álvaro y yo rompimos en ene-

347

ro. Esto se llama inmovilismo. Bea, que es muy sabia, me dijo en una de esas múltiples charlas posruptura que lo mejor era darme tiempo para asentarme, tranquilizarme y volver a mi rutina sin él antes de tomar una decisión precipitada que fuera como una huida hacia delante. El consejo está muy bien, pero igual yo lo he estirado un poco demasiado.

Estoy meditando con un mojito en la mano mientras me balanceo en la hamaca de cuerda que Gabriel tiene en el jardín. Ha venido a verle su productor y se han encerrado en la habitación de los premios, como me gusta llamarla a mí, así que tengo un ratito para no hacer nada y pensar.

¿Qué me gustaría hacer con mi vida en realidad? Siempre he sido poco proclive a los trabajos mecánicos. Me pega bastante poco eso de sentarme delante de un ordenador y realizar tareas monótonas sin más. Pero como siempre se me dio bien… ni siquiera me lo he planteado nunca.

Me gustaría mucho ser ilustradora. Por eso lo del diseño gráfico. Ya que se me dan bien las maquinitas, ¿por qué no hacer lo que me gusta con una herramienta con la que me apaño estupendamente? Quizá debería recapitular y volver sobre mis pasos. Debería hacer ese máster aunque suponga no tener demasiado tiempo libre en dos años. Sí. Así podré encontrar un trabajo en el que no esté Álvaro antes de que sea él el que llegue un día con la noticia de que se marcha e ir a trabajar deje de tener sentido para mí.

Despierto de mi estado meditabundo porque escucho el motor de un coche. Después oigo a Gabriel caminar sobre el césped; está dando la vuelta a la casa y viene hacia donde yo estoy. Le recibo con una sonrisa, que me devuelve de mil amores. Hay que ver qué guapo está cuando se relaja.

—¿Qué pasa, señor Siniestro? —le digo alargando la mano y cogiéndole de la muñeca.

—Ha venido a darme las fechas de la gira europea —y al decirlo me da impulso en la hamaca y vuelo durante un momento—. Aunque están tan espaciadas que casi ni es gira.

—Pero… ¿estás contento?

—Sí. Mucho. Pensar en volver a subirme al escenario y no hacerlo con la asfixia de un calendario tan apretado es genial.

—¡Qué guay! —grito.

—Escucha. ¿Y si hacemos una locura?

—¿Qué tipo de locura?

—Un viaje improvisado.

—¿Cuándo? —le pregunto bajándome de la hamaca.

—Ahora. —Y sonríe—. Cogemos el BMW y nos vamos a Las Vegas a pasar un par de días. Desde allí podemos coger un helicóptero y ver el Gran Cañón. ¿Qué me dices?

¿Qué le voy a decir? En menos de quince minutos tenemos las bolsas de viaje hechas y estamos metiéndonos en el coche, que parece un torpedo. Antes de que anochezca estaremos allí, en Las Vegas, la ciudad del pecado. Siempre he querido ir a Las Vegas. Me seduce mucho ese ambiente un poco casposo. ¡Qué bien! Voy a disfrutar como una enana.

A unos cien kilómetros paramos en una estación de servicio y después de comprar unas bebidas, de que se haga un par de fotos con unas universitarias que van también a Las Vegas y de que yo compre unas chocolatinas, me deja conducir el coche hasta el destino final. Cuando me acomodo en el asiento del conductor alucino. Menuda gozada. Gabriel se sienta a mi lado y me sonríe. Nunca he conducido un coche automático. Hacemos un par de pruebas por el aparcamiento y después salimos de allí como alma que lleva el diablo. Y me dice que no me preocupe por la velocidad.

—Pagaré la multa de mil amores. Hasta iría a la cárcel por ti.

Todo el mundo debería tener la oportunidad de conducir uno de esos coches alguna vez. Va tan suave, ronronea de una manera tan sexi. Por poco no me corro un par de veces. Lo pongo a una velocidad de pasmo pero el tiempo no pasa vertiginoso, como en el sueño de un adicto a las anfetaminas. Esta carretera, tan recta, nos deja hasta volar. Me siento volar.

La experiencia del viaje a Las Vegas empieza bien.

Al llegar no puedo alucinar más. Todo es como lo imaginaba. ¡Cuánta caspa, me encanta! Paramos en una calle y cambiamos de asiento porque él sabe muy bien adónde va. Empieza a hacerse de noche y tras mirar su reloj negro me pregunta si quiero ir a ver las fuentes del Bellagio hoy. Me encojo de hombros.

Gabriel ha decidido que nos hospedaremos en el hotel Aria. Y cuando detiene el coche en la puerta y entrega las llaves al aparcacoches me doy cuenta de que tengo la boca abierta. Nunca había visto tanta opulencia. Entramos en el hall, por donde camina mucha gente y nadie repara en Gabriel. Porque que no se nos olvide: el tío que camina a mi lado es Gabriel, el cantante, a pesar de que ahora vaya vestido con unos vaqueros muy rotos y una sencilla camiseta negra. Nos acercamos a la recepción y Gabriel carraspea para llamar la atención de la recepcionista, que entra en shock; pero no creo que sea porque sepa quién es, sino porque es muy guapo.

—Hola. No tenemos reserva, pero nos gustaría poder instalarnos en una de las Sky Villas —dice en un inglés con marcado acento americano.

—¿Y eso qué es? —le pregunto en español.

—Como un apartamento —me contesta mientras saca la cartera del bolsillo trasero del vaquero.

—¿Y no crees que con una suite normal y corriente es suficiente? —le digo metiendo el brazo bajo el suyo y apoyando la cabeza en su hombro—. Todo esto me hace sentir mal. Nunca me dejas pagar nada y si me dejaras, no podría.

—Esto es Las Vegas —dice mirándome con una sonrisa—. No te irás sin malgastar un buen montón de dinero. Si no lo tienes, ¿qué más da? Yo sí.

La chica, después de teclear mucho, nos dice que el tipo de habitación que Gabriel ha pedido estará ocupado durante toda la semana. Joder, ni crisis ni nada.

—Denos entonces las que estén justo por debajo —pide al tiempo que le pasa una flamante American Express platinum—. Estaremos tres días.

—¿Cuánto puedes tener en esa tarjeta? —le pregunto mientras la chica se afana en ultimar el *check in*.

Gabriel me mira de soslayo y se ríe.

—No lo sé. Estas tarjetas no funcionan exactamente así. No es de débito.

—Eres jodidamente rico, ¿eh? —le digo entornando los ojos y con media sonrisa—. ¿Te has chapado la chorra en oro?

—Y brillantes. Luego te la enseño —contesta.

Cogemos una suite en el ático con dos habitaciones. Con este hombre todo son mansiones. No sé para qué queremos las dos habitaciones, porque desde luego estoy segura de que vamos a volver a dormir juntos todas las noches. Y yo duermo muy bien con su calor a mi espalda, aunque algunas mañanas despiertan muchas partes de su cuerpo que me inquietan. Su chorra de oro y diamantes, por ejemplo.

Dejamos las cosas sobre la cama del dormitorio que nos parece el principal y decidimos bajar a alguno de los restaurantes del hotel a cenar.

—Deberíamos ponernos elegantes, ¿no? ¿Has visto cómo va la gente? —le digo mientras abro la maleta.

—¿Qué te vas a poner tú? —me pregunta intrigado mientras se quita las zapatillas y se desabrocha los vaqueros.

Atisbo un poco de tatuaje y se me seca la boca, no puedo evitarlo. No creo que pueda acostumbrarme jamás a lo bueno que está.

—Este vestido —le digo, y saco la prenda más estrafalaria de todo mi armario.

Aún no lo he estrenado, pero sé que si en algún sitio puedo llevar un vestido negro de lentejuelas con una sola manga sin llamar demasiado la atención, es en Las Vegas. Saco unos zapatos *peep toe* de plataforma negros también y le miro sonriente. Gabriel pone los ojos en blanco.

—Un pelín exagerado, ¿no?

—¡No! —exclamo quitándome las zapatillas—. Porque hoy salimos de marcha por Las Vegas y ya sabes lo que dicen: *What happens in Vegas stays in Vegas!!*

Gabriel me mira entornando los ojos.

—¿Quieres de verdad salir por aquí a lo loco?

—¡¡Claro!! —Sonrío mientras me quito los calcetines y después los vaqueros.

Le guiño un ojo y voy trotando con mis cosas al baño. Antes de cerrar Gabriel me dice, teléfono en mano:

—Mañana no te quejes.

Burbujeo. No respiro. Solo burbujeo. Llevo un rato en un estado de sopor en el que no me encuentro profundamente dormida pero tampoco despierta. Estoy decidiendo si realmente quiero despertarme y hacer frente a lo de anoche.

Y sí. GUAU. Cuando pensaba en salir en Las Vegas imaginaba una cosa así. No estoy decepcionada. Lo que estoy es… resacosa.

Pestañeo y, resistiéndome a salir del estado de duermevela, me agarro a Gabriel, que está tumbado a mi lado, boca arriba. Lleva la camisa blanca abierta, la corbata negra arrugada hacia un lado con el nudo casi deshecho y los pantalones también desabrochados. Con lo guapo que estaba ayer…, ahora parece que lo han dejado caer desde un helicóptero de esta guisa.

Me aprieto contra su pecho y gimoteo. Me duele todo. No siento los dedos de los pies; los di por perdidos a las ocho de la mañana. Las ocho. ¡Dios, me dieron las ocho entre clubes, reservados, copas y limusinas!

Me duelen también las piernas, de los tacones. Sé que terminé descalza y que Gabriel me dijo que llevaba pies de *hobbit*. No, si... acordarme me acuerdo de todo. Creo.

Gabriel se mueve de repente y se incorpora, como Nosferatu, volviendo de entre los muertos con violencia. Abro un ojo y lo miro mientras se revuelve el pelo. Y con la cera de peinado el resultado es como el pelo que lleva Bruno Mars. En plan... melenón a lo *fifties* que reta a la gravedad. Aun así está guapo.

—Joder... —balbucea mientras se coge la cabeza.

Sí. Joder. Si juntáramos en un recinto todo lo que bebimos ayer entre los dos podríamos llenar una piscina y hacernos unos largos. Fue divertido, claro. Pero... aún estoy decidiendo si me gusta salir de fiesta con Gabriel. Creo que lo nuestro es más darnos mimitos y contarnos nuestras mierdas. Se pone muy raro..., ¡no es una crítica, que conste! Pero no estoy acostumbrada a verlo en estado frenético, pidiendo más botellas, más cigarrillos, más música. Solo espero haber estado a la altura para poder abandonar la senda de la perversión con la cabeza bien alta.

Me incorporo también y me sonríe con pereza. Lo agarro, lo empujo de nuevo sobre la cama y me vuelvo a enroscar en su costado, con una pierna sobre él. Su mano me acaricia el muslo de arriba abajo y, aunque estoy cómoda con esa caricia, una de esas veces llega más arriba de lo habitual. Gabriel me está tocando el culo, así, como si nada. Y no es lo habitual.

Decido que es mejor no decir nada, porque se trata de un roce casual. No quiero darle más importancia de la que realmente tiene. Pero entonces me aprieta contra él y me doy cuenta de que la respiración se le ha agitado y que jadea suavemente. ¿Está Gabriel cachondo? El brazo que rodea mi espalda deja caer la mano y me acaricia suavemente la piel que mi vestido deja al descubierto con la yema de los dedos. Contengo la respiración. Por primera vez en mucho tiempo mis hormonas están sobrerreaccionando a un estímulo. Al quitar la pierna de encima de él tratando de poner distancia, paso sobre una erección y Gabriel se estremece por el roce.

Hay un silencio extraño en el que ninguno dice nada. A él no lo sé, pero a mí las braguitas me palpitan. Bueno, me palpita lo de abajo. Gabriel se gira hacia mí y nos quedamos mirándonos. Se humedece los labios. Yo tengo la boca tan seca que podría haberme pasado la noche comiendo polvorones.

—¿No puedo acariciarte? —susurra con un tono de voz… sensual.

Rediós. Pero… ¿esto qué es?

—No lo sé —le contesto—. ¿Puedes?

—¿Te incomoda? Nunca me pareció que…

—Normalmente no me incomoda. Solo es que esta mañana es un poco… diferente.

—¿Por qué?

—No sé —le digo.

Gabriel me coge y me aprieta contra él, me abraza e inspira en mi cuello, oliéndome. Me acaba de poner la piel de gallina en todo el cuerpo. Aún llevo el vestido de lentejuelas puesto y siento que mis pezones duros se aprietan contra la suave ropa interior y el forro. Me dejo llevar un momento y cuando me doy cuenta, he dado la vuelta y estoy sentada sobre él a horcajadas. Jadeo y él jadea con una sonrisa provocadora. Oh, Dios…

Le acaricio el pecho con la palma de las manos y le aparto la camisa desabrochada. Miro los tatuajes, uno a uno, intentando concentrarme en algo que no sea lo mucho que me excita. Gabriel se quita la corbata de un tirón y después me acomoda sobre su erección, moviéndose y provocándome un cosquilleo muy sexual. Esto no está pasando…, no puede estar pasando.

—No deberíamos —le susurro.

—¿Por qué? Conectamos.

—Por eso —insisto, y sabe Dios que me está costando insistir—. No quiero estropearlo.

—¿Te apetece? —susurra.

—Claro que sí. —Me río.

Gabriel se remueve debajo de mí y sus manos me suben el vestido por encima de mis caderas. Ahora mi *culotte* de encaje está a la vista y él agarra mis nalgas con firmeza, empujándome sobre su erección. Gimo y me muerdo el labio inferior. Gabriel sabe lo que hace si la cosa va de excitar a una mujer.

—No, por favor… —le pido con un hilo de voz, porque si sigue haciéndolo perderé el control.

—¿Por qué? —dice con los ojos cerrados—. Siéntelo…, ¿no lo notas? ¿No notas cuánto nos apetece?

Su mano desabrocha de un certero movimiento la cremallera de mi espalda y después me ayuda a bajar la única manga del vestido, que queda arrugado en mi cintura a modo de fajín. Arriba un sujetador de encaje y transparencias, fino y sin tirantes, recibe la mirada de Gabriel.

—Dios… Silvia…

Se incorpora, quedándose sentado en la cama, y hunde la cabeza entre mis pechos. Noto su boca húmeda entre los dos y sus dedos clavarse en mis nalgas para después arrancarme el vestido hacia arriba. Cierro los ojos cuando sus labios y sus dientes saborean mi cuello. Cada vez que cojo aire, mi garganta está más seca y mi sexo más húmedo.

—Párame ahora si no quieres, nena —susurra mientras riega mi cuello de besos—. Dos minutos más y no voy a poder.

—Para…, por favor. Por nosotros, para.

Gabriel resopla, como si estuviera a punto de decirme que debo de estar loca si le pido que pare, y… ahora o nunca, así que yo me levanto. No quiero llegar más lejos porque sé que soy de voluntad débil. Si sigue tentándome, en menos de cinco minutos estaremos desnudos y entregados al fornicio. Y es tentador, que conste, pero no. Es raro y no quiero estropear otra relación con algo simplemente sexual. Y estoy segura de que en el fondo él tampoco lo desea. Es la resaca, que nos tenemos a mano, es…

Gabriel se sienta en la cama y después se levanta con un gruñido. Casi no me atrevo ni a mirarlo. Quiero explicarle por qué no quiero seguir, pero no me da opción.

—Voy a darme una ducha —me dice con evidente mal humor.

Que sea fría, pienso. Y yo creo que tenemos que hablar, pero sí: mejor nos damos una ducha antes. Se nos acumulan los problemas.

La ducha me sienta bien, pero me espabila. Eso significa que empiezo a acordarme claramente de que ayer, en mitad de una nebulosa etílica, tuvimos muchas de esas «ideas brillantes» que cuando amanece se convierten en verdaderas aberraciones. Como cuando se me ocurrió que sería genial que todas mis amigas nos tiñéramos las cejas de rubio platino. Pues lo mismo…, abominaciones. Vuelvo a la habitación desde el otro cuarto de baño y encuentro la ropa de Gabriel tirada en el suelo de la habitación, de cualquier manera. Chasqueo la lengua contra el paladar y la recojo, atusándola. De uno de los bolsillos del pantalón cae algo, que recojo después de dejar las prendas extendidas sobre la cama deshecha. Es un trozo de plástico pequeño, como la esquina recortada de una bolsa.

Gabriel sale del baño con una toalla enrollada a la altura de la cintura y el pelo aún húmedo. Yo le enseño lo que se ha caído del bolsillo y le pregunto qué es. Él se dirige hacia la maleta y rebusca dentro de ella, dándome la espalda.

—Lo que quiera Dios que sea tiene pinta de tener que ir a la basura —contesta aún tirante.

Yo lo tiro a la papelera y salgo al salón. Necesito un cigarro.

Cuando termina de vestirse, Gabriel viene a buscarme. Cuando me encuentra pasa unos segundos sin saber qué decir. Yo le doy el pie:

—No pasa nada —pero se lo digo sin mirarle.

—Joder, Silvia, lo siento. Ha sido un momento de calentón —y me lo dice así, a su manera dejada y cansada—. Yo te respeto. Me arrepiento mucho de haberme puesto en ese plan.

—Sé que me respetas. —Le sonrío y levanto por fin la vista hacia su cara.

—Toda la sangre se me fue de las neuronas al rabo. —Sonríe—. No espero que te comportes como todas y te abras de piernas sin pensar. He sido un gilipollas. No volverá a pasar.

—Si lo piensas, incluso tienes derecho de exigirlo —le contesto.

Gabriel se queda mirándome y se va dibujando una sonrisa en su cara hasta que explota en carcajadas. El muy cabrón. A Gabriel todo esto le hace gracia, pero a mí no me la hace tanto.

—Hostias, Silvia…

El caso es que ahora, mientras desayunamos en la habitación, me pregunto a mí misma por qué estoy tan jodidamente tarada. A decir verdad no son horas de desayunar, más bien de comer, pero no es que estemos respetando mucho los horarios de comida últimamente. Ni eso ni nada. Ayer nos emborrachamos mucho y muy fuerte e hicimos cosas horribles; en eso estoy pensando. No, no nos hemos acostado. Aunque esta mañana nos lo hemos estado planteando…, ¿no? La guinda del pastel.

Y él no para de reírse en silencio para no despertar mi ira. Después se mira la mano izquierda y sigue riéndose un rato. La madre que le parió. Tengo ganas de abofetearlo, pero la verdad es que en el fondo a mí también me hace gracia.

—Y lo jodido es que me acuerdo de todo —dice moviendo los dedos de su mano izquierda—. Y sé que nos pareció buena idea a los dos.

—En el estado en el que nos encontrábamos ayer nos podría haber parecido una idea brillante cortarnos los dedos de los pies —le digo pinchando con el tenedor un trocito de tortilla de queso que hay en mi plato—. No es como si hubiéramos hecho un batido de alucinógenos, pero no sé qué mierdas bebimos…

—No le des más vueltas. En ese momento nos pareció buena idea y ya está hecho. —Y se descojona.

Cojo una uva y se la tiro. Aunque se tapa la cara con las manos, le da en la frente, rebota y me impacta a mí en la nariz.

—¡Joder! —me quejo.

Gabriel sigue descojonándose. Lleva riéndose desde que se ha acordado de que ayer decidimos casarnos en Las Vegas Wedding Chapel. Y lo más jodido es que nos pareció tronchante tramitarlo de verdad. No es coña. Estoy casada. Estoy casada legalmente al menos en este Estado y probablemente también en todo el país. Me casó Elvis con una americana dorada y cerramos la ceremonia cantado y bailando *Viva Las Vegas*.

—Querida… —me dice con ceremonia.

—¡Cafre comepollas! Tenemos que ir a deshacer este entuerto —le contesto.

—Tranquila. Para que sea legal en España tendríamos que llevar los papeles a un registro civil. Ya lo haremos cuando lleguemos a Madrid. Quiero que nos den el libro de familia y esas cosas.

Me levanto y me voy hacia el salón, donde está nuestro paquete de tabaco. Me enciendo un cigarrillo y cuando viene a mi lado resoplo nerviosa. Esto es con diferencia lo más irreflexivo que he hecho jamás.

—Es broma, Silvia. No pasa nada. ¿Tú sabes la de veces que debe de pasar esto al día?

—Pero no a mí. ¿Eres consciente de que eres mi marido?

Vuelve a descojonarse. Lo peor es que nos compramos unos anillos de verdad. Vamos, que llevamos unas alianzas de oro, preciosas y obscenamente caras.

—Debería comprarte un anillo de pedida —dice secándose las lágrimas.

Trato de no reírme, pero es que no puedo más. Dibujo una sonrisa y le digo que sigo enfadada.

—¿Qué quiere decir este descontrol? —le pregunto sin esperar respuesta—. Ayer nos volvimos locos. Y eso no está bien, Gabriel.

—*What happens in Vegas stays in Vegas*, ¿recuerdas? —contesta con una sonrisa enorme.

—Ya, claro, pero es que no sé yo si es posible mantener en secreto un matrimonio y menos contigo.

Y está tan guapo... y no sé si es que desde esta mañana lo miro con otros ojos o que esa boda absurda le ha sentado verdaderamente bien. Está relajado, sus ojos brillan, no lleva camiseta y se pasea por aquí con unos pantalones negros holgados que le quedan muy bien. Tiene los brazos en jarras y todos los tatuajes al aire. Estoy casada con este hombre y por más que lo hubiera soñado, no se acercaría ni un ápice a la realidad. Lástima que nuestro matrimonio sea una farsa; lástima que el raciocinio me haya tenido que volver esta mañana, cuando él quería hacer el amor conmigo...

—Deja de reírte. Pienso quedarme con toda tu pasta —digo entornando los ojos con una sonrisa.

—Ahora en serio. Dejémoslo estar, Silvia. Si es legal en el resto de Estados Unidos, pues mira. Y si es legal en España, dile a tu madre que soy un partidazo.

—Dios. Me mata... —Me tapo la cara.

—¿Pedimos a alguien del hotel que recoja las fotos? —me dice apretando los labios para no soltar una carcajada después.

Le miro dándole a entender que me parece un asunto serio y después, cuando me lo pienso, abro la boquita y digo:

—Sí, por favor.

Cuando llegan las fotos los dos estamos metidos en la piscina del hotel tomándonos un Bloody Mary, pensando en si debemos volver ya a Los Ángeles o seguir nuestro viaje como estaba planeado.

Salimos del agua, nos vamos a nuestra cama balinesa en un rincón y nos sentamos a ver las fotos. Dios santo. Estamos hasta guapos. ¿Cómo puede ser? Esperaba las típicas fotos con los ojos medio en blanco o con uno cerrado. Esperaba a los dos con las mejillas sonrojadas por el alcohol y expresiones estúpidas en la cara. Pero no. Estamos eufóricos, supersonrientes y contentísimos. Contentísimos porque nos hemos casado en Las Vegas y lo hemos hecho legal, porque pagamos un montón de pasta a alguien para que se encargara de formalizar todos los trámites. Tengo un momento de debilidad en el que me preocupo, pero Gabriel le quita importancia. Me dice que estas cosas pasan y que disfrutemos del viaje.

—Al volver hablaré con mi abogado a ver qué se puede hacer.

Me consuela pensar que al menos en España no es legal. Ya me preocuparé más adelante por cómo deshacer el entuerto.

Cuando anochece, y después de una siesta abrazados en el sofá, Gabriel y yo nos vamos paseando por Las Vegas Boulevard hasta llegar al hotel Bellagio. Es bastante pronto. Apenas debe de haber terminado un turno del espectáculo, porque la gente está aún disipándose hacia otros hoteles y casinos. Nosotros nos apoyamos en el muro frente a las fuentes, en silencio.

Nos encontramos cómodos en este silencio. Cuando nos conocimos me dijo que le gustaba porque sabía cuándo tenía que callarme y me da la sensación de que este es uno de esos momentos en los que vale la pena estar así, sin hablar.

La gente se va agolpando allí poco a poco. Gabriel se ha puesto una gorra y lleva la visera hacia abajo. Apenas se le ve la cara. Espero que nadie le reconozca, porque si empiezan a acercársele nos iremos de vuelta a la habitación.

—Ya empieza —dice antes de besarme la sien.

Yo me apoyo en el muro y él me rodea con sus brazos desde atrás. Como es alto puede apoyar la barbilla en mi cabeza. Ay, ¿qué tendrán los hombres altos que me gusta tanto?

Gabriel estará a punto de llorar sangre o algo por el estilo, pero la piel se me pone de gallina cuando comienza el espectáculo. Suena *Con te partirò* de Andrea Bocelli en la versión que canta con Sarah Brightman y los juegos de luces y agua se van sucediendo según la intensidad y el ritmo de la música. Primero con suavidad, dibujando ondas en el aire, alcanzando casi el cielo en su recorrido ascendente y arrancando gemidos de sorpresa entre la gente que se agolpa allí. Me arrebujo contra el pecho de Gabriel y él se retuerce para poder mirarme a la cara. Sonríe y después se inclina en mi oído para susurrar:

—Haces que hasta esto sea un recuerdo precioso.

Nos abrazamos y sus manos tatuadas se deslizan a lo largo de mis brazos hasta mis manos, donde trenza sus dedos con los míos. Contengo el aliento cuando un escalofrío me recorre entera y siento la necesidad de apretarlo contra mí, agarrarlo fuerte, como si temiera que se desvaneciera. En mi interior crece algo tan nuevo que no sé darle ni siquiera nombre.

La fuente explota aquí y allá y la luz se nos refleja en la cara. Y cuando se lo cuente a Bea seguro que le arranco una carcajada. Después me dirá que soy una hortera y yo intentaré explicarle en vano todo lo que he sentido, no por las luces ni por el sonido del agua, ni por la música que se desliza entre nosotros, sino por el calor de su cuerpo a mi espalda, sus dedos entre los míos y sus labios apoyados en mi sien. ¿Qué es esto, Gabriel? Es... especial.

Cuando acaba me siento decepcionada. Me ha sabido tan a poco... La gente se va marchando.

—¿Te ha gustado? —me dice.

—Mucho. —Me giro hacia él y le abrazo, apoyando la mejilla en su pecho—. Gracias.

—Si vieras cómo te brillan los ojos... —Sonríe mientras me aprieta y me besa sobre el pelo—. ¿Quieres que nos quedemos a la siguiente sesión? Creo que es dentro de quince minutos.

—Sí, por favor —le pido.

No decimos nada. Permanecemos allí, apretados, abrazados. Ojalá nadie nos moleste. Ojalá nos dejen solos un rato. Gabriel suspira con vehemencia.

—¿Qué pasa? —le pregunto mirándole.

—Si me hubiera acostado contigo, si supiera cómo es tenerte de verdad, pensaría que estoy enamorándome de ti como un imbécil.

Y ese comentario me deja fuera de juego. ¿Si nos hubiéramos acostado esta mañana habría entendido que lo nuestro es amor? No comprendo nada. Tengo que distender el ambiente.

—Puede que sea amor platónico. —Le sonrío mirando hacia arriba—. Pero no te encapriches, cielo. No me gustaría romperte el corazón.

Se ríe entre dientes y al parpadear nos veo en la cama y no puedo imaginarnos follando como animales, sino haciendo el amor. ¿Qué está pasando? Gabriel debe de follar como una auténtica bestia y yo lo imagino haciendo resbalar su nariz por el arco de mi cuello, hundiéndose en mí con cuidado, sonriendo y diciéndome que me quiere. Me cuesta tragar saliva. Si no lo pregunto, exploto.

—¿Te acostarías conmigo? —y lo digo de pronto, como en un disparo de palabras.

Baja la mirada sorprendido y se ríe. Le vibra el pecho y con él, yo.

—¿A qué te refieres?

—Si crees que soy atractiva. Si me follarías hasta partirme por la mitad.

—Esta mañana casi lo hago. Y creo recordar que anoche me casé contigo. —Le doy un golpe en el pecho—. Claro que eres atractiva —contesta.

—¿Entonces?

No me veo, pero me conozco y sé que ahora debo de parecer uno de esos dibujillos animados con los ojitos brillantes. Soy el equivalente con pelo de ardilla del gatito de *Shrek*. Y me asusta. Me asusta poner esta cara sin poder remediarlo y me asusta que el estómago me suba hasta la garganta. Gabriel está frunciendo el ceño poco a poco, preocupado.

—Tú no te mereces que yo use tu cuerpo para eso, Silvia. Tú mereces que alguien te meza, te cuide, te adore de por vida. Y yo no creo en el amor —susurra levantando de pronto las cejas—. Y cuando me encapricho, me pongo como loco. No quieras que pase, Silvia.

Se me encoge la mayor parte de vísceras y tengo ganas de vomitar. ¿Es resaca o enamoramiento?

—No quiero que pase —miento como una bellaca.

—Yo a ratos sí. —Sonríe—. Estamos tan bien... A veces me pregunto: ¿por qué esto no puede ser eso que llamáis amor?

No lo entiendo. Gabriel necesita un manual de instrucciones. Igual en el libreto de alguno de sus CD encuentro algo parecido. Como que no se puede mojar y que nunca hay que darle de comer después de medianoche.

—Porque no lo es —le contesto—. Si fuera amor, lo de esta mañana no habría sido un calentón. Habría sido más por la necesidad de sentirnos cerca que porque estuviéramos calientes.

Gabriel sonríe.

—¿Era así con Álvaro?

Álvaro. La sangre me viaja a toda velocidad hasta concentrarse en el estómago y me mareo momentáneamente. Me va a odiar cuando sepa que me he casado con un tío que apenas conozco; me dijo que quería arreglarlo y yo me emborracho y me caso legalmente con Gabriel.

—No. Con Álvaro no era así —digo en un tono un poco más seco de lo que pretendo.

—No te enfades, Silvia. —Y Gabriel me abraza.

Huelo su camiseta y me llega ese aroma tan característico, mezcla de suavizante, perfume y no sé qué más.

—No puedo enfadarme contigo. No sé qué me has hecho, pero...

—Yo siento lo mismo.

Nos miramos. Es de noche y las luces de la avenida principal de la ciudad brillan por todas partes. Se escucha el vocerío de la gente que se acerca a ver el espectáculo del Bellagio. Las luces y el movimiento del agua se reflejan en los ojos grandes y color caramelo de Gabriel, que se inclina hacia mí. A pesar de que sé que me va a besar, me sobresalto cuando vuelve a acercarse un poco más. Cierro los ojos y sus labios se aprietan sobre los míos. Oh, Dios..., Gabriel me está besando.

Que deje de girar el mundo, por favor, porque Gabriel me está besando. Y no es uno de esos besos que te das con un amigo, porque sus labios se resbalan de pronto de entre los míos, humedecidos. Lanzo los brazos alrededor de su cuello y él me abraza con fuerza mientras abre ligeramente la boca. Su lengua acaricia la mía y sus manos se meten entre mi pelo. Soy consciente de cada partícula de mi ser, de cada respiración y milímetro de mi piel. Creo que voy a correrme cuando su mano derecha baja de mi cintura hasta cogerme el trasero y me apriete contra él. Su lengua baila despacio con la mía, casi tímidamente, haciendo de este beso lo más parecido que conozco a un beso de amor. Álvaro dijo que me daría un beso de amor pero… no fue así. Ni siquiera se le pareció. Con este el mundo al completo ha desaparecido. No hay fuente, no hay gente, no hay sonido alguno. Y cuando se termina y nos quedamos abrazados, casi siento ganas de llorar, porque quiero encontrar una excusa para poder volver a hacerlo. Gabriel suspira.

—Es evidente que si no te quisiera tanto, esto iba a terminar en nuestra habitación.

Sonrío con tristeza.

—No ha sido un beso de amor —susurro mientras lo abrazo más para convencerme a mí misma que a él.

—Qué mala suerte —susurra él también—. No es ese tipo de amor.

Sí, qué mala suerte. Joder, Silvia, se veía venir…

36

Creo que no he sabido volcar bien en este papel la verdadera naturaleza de Álvaro. Creo que solo quedará constancia de su frialdad, de la malicia que a veces puede teñirle las palabras y de otras lindezas a la par. Pero ese no es Álvaro. Al menos no es el de verdad; la poca verdad que conozco de él, me temo.

Es posible que me enamorara de él porque lograra atisbar un poco de ese Álvaro que sí es de verdad, porque cuando sonríe relajado esos ojos grises le brillan con una fuerza inhumana. Cuando se ríe con naturalidad parece un niño pequeño, risueño, despreocupado y feliz. Cuando me cogía de la mano y trenzaba sus dedos con los míos la sensación era semejante a una oleada de…, de no sé. No quiero decir mariposas en el estómago, pero es lo que más se le parece. Durante los dos años que estuvimos juntos jamás pude superar esa sensación. Para mí nunca se apagó y hasta el día que rompimos, él me juró que también la sentía.

Había algo en la forma en la que Álvaro me miraba tumbado en su cama que me hacía perder la razón. Y no es que casi siempre lo hiciera después del sexo. Es que cuando me miraba así no me hacía ninguna falta que me dijera cosas como te quiero. Bagatelas. Un te quiero no significaba nada comparado con aquello. Fruncía ligeramente el ceño, solía morderse el labio inferior y parecía, en el fondo, sufrir. Y para mí era toda una declaración, eran todas esas palabras que necesitaba escuchar de él.

Había un gesto de Álvaro que me reconfortaba, daba igual la situación. Si yo estaba de pie y él sentado junto a mí, su mano iba hasta mi pierna y me acariciaba arriba y abajo la parte trasera del muslo. Sin más. Una caricia que sé que no era sensual, que me decía un escueto «no puedo apartar mis manos de ti». Era sencillamente… reconfortante.

Todas las mujeres poseemos un tendón de Aquiles con pene que vaga por el mundo; algunas supongo que tendrán la suerte de no encontrárselo jamás. Otras, como yo, nos topamos de morros con él y tenemos que aprender a gestionarlo. Y ese hombre es nuestra debilidad. Da igual que seamos feministas radicales porque por él, solo por él, seríamos capaces de arrastrarnos y de denigrarnos a nosotras mismas. Seríamos capaces de dárselo todo a cambio de prácticamente nada. Ese era Álvaro para mí. Pero es que además Álvaro era muchísimas cosas más.

Una vez discutimos. Discutimos tan de verdad que yo pensé que habíamos terminado. Hasta rompí una lámpara contra la pared. Hay que ver. Yo si hago las cosas las hago bien, sin duda. Y lo peor es que ni siquiera sé a qué vino la pelea. Creo que el motivo fue algo relacionado con el trabajo que después se convirtió en personal. Lo más normal dada nuestra situación. Aquella noche me fui de su casa con un portazo, apagué el móvil y anduve hasta mi piso, pero en lugar de subir enseguida me quedé sentada a oscuras en un parque cercano. Me fumé tantos cigarrillos como pude hasta que aplaqué mis ganas de llorar y de tirarme a las ruedas del primer camión que pasara. Y es que ya lo he dicho muchas veces: soy la reina del drama. Silvia, la *drama queen*.

Cuando quise darme cuenta eran las dos de la mañana y hasta el mendigo que dormía todas las noches en el cajero de enfrente de mi casa había dejado ya de hablar solo para echarse a descansar. Y al subir a casa mi sorpresa fue mayúscula al encontrar a Álvaro desesperado.

—No te localizaba —dijo con el pecho agitado—. Joder, Silvia. No vuelvas a asustarme así nunca.

—¿Qué pensabas? ¿Que me había tirado a las vías del tren o qué? —contesté de muy malas maneras.

Álvaro no contestó, me agarró por la cintura y me abrazó tan fuerte que me faltó el aire.

—Joder, Silvia, joder. Perdóname. Sin ti solo soy un imbécil.

Sin ti solo soy un imbécil. Me acordé mucho de esta frase cuando rompimos. Y se la recordé a él también, quien ratificó que era verdad. No sé cómo ni por qué, pero yo ejercía algún tipo de influencia positiva en él. Y es que Álvaro conmigo se sentía vivo. Vivo. Parece fácil, ¿verdad?

Fue en octubre, poco después de su cumpleaños. Un sábado, paseando por el centro de Madrid, por la Milla de Oro, nos encontramos de cara con un compañero de la oficina. Soltamos las manos a tiempo, pero no sé si no le dio la impresión al pobre de que estábamos agitándonos como orangutanes. Al principio pensé que Álvaro iba a ponerse muy nervioso y que empezaría a disparar excusas para justificar el hecho de que estuviéramos riéndonos delante del escaparate de Dior, tan juntos. Pero él, nada, solo le saludó, le preguntó qué hacía por allí y cuando Manuel, mi compañero, le contestó con la misma pregunta se encogió de hombros y dijo:

—Mis padres viven por aquí. He traído a Silvia a presentársela.

Manuel abrió los ojos como platos y nos preguntó si iba en serio. Los dos nos echamos a reír.

—No, tonto del culo. Estaba aquí, babeando delante del escaparate, y me he chocado con él —aclaré yo.

Cuando se despidió, nosotros no fingimos marcharnos cada uno por un lado y había algo en la expresión de Álvaro que me decía que empezaba a darle igual que un día nos descubrieran.

—¿Qué es lo peor que nos podía pasar? —me dijo cuando se lo pregunté en casa—. ¿Que pidieran a alguno de los dos que buscase otro trabajo? Saldríamos ganando seguro.

Yo lo agarré por la cintura con emoción y le pregunté si es que íbamos en serio.

—Hace ya tiempo que eres algo serio. Ahora hasta me casaría contigo.

—¿Te casarías conmigo? —pregunté sorprendida.

—Sí. Claro que sí. —Sonrió.

Y no hablamos más del asunto. Porque… ¿qué iba a decirle yo? ¡Pongamos fecha! A mí no me hacía especial ilusión pasar por el altar pero sabía que él querría hacerlo, así que… ¿qué otra prueba de amor eterno podría recibir de una persona que ni siquiera decía te quiero? ¡Claro que quería verlo de rodillas delante de mí pidiéndome que me casara con él! Pero disimulé, que es lo mejor que se puede hacer con Álvaro…, mirar hacia otra parte.

Esa misma semana se ausentó del trabajo una mañana y cuando le pregunté si había tenido una reunión fuera de la oficina, salió por peteneras: que si asuntos con el banco, que si firmar unos papeles, que si mi tía la coja. Lo primero que pensé es que me engañaba. Pero cuando en su casa aproveché para revolver entre sus cosas en busca de pruebas, encontré unos papeles del banco con su firma y la fecha del día del crimen. Su coartada era sólida. Era, simple y llanamente, el recibo de una transferencia entre dos de sus cuentas. Una transferencia de doce mil euros. ¿Tenía doce mil euros en el banco? Vaya. Pues sí que es verdad que había personas en el mundo que ahorraban. Y yo que pensaba que era una leyenda urbana.

No le dije nada. Pensé que serían los típicos movimientos para evitar comisiones o yo qué sé, que había decidido tener ese dinero más a mano por cualquier cosa. No le di más vueltas, tranquila ya por poder decir que mi novio, ese fantástico ejemplar de macho humano que además se quería casar conmigo, no me engañaba porque tenía suficiente conmigo. ¡Y es que soy mucha hembra a pesar de no ser alta, eh!

Doce mil euros. ¿Para qué los querría?

A punto de llegar las Navidades Álvaro me dijo una tarde de viernes que tenía que ir a recoger una cosa al centro y que después pasaría a por mí para ir a cenar.

—¿Te acompaño? —le pregunté.

—No, no. Prefiero que me esperes en tu casa. He reservado mesa para cenar en el Bar Tomate y así te da tiempo a arreglarte y esas cosas —contestó.

Cuando pasó a buscarme en su pequeño Audi negro no lo noté diferente ni extraño. Estaba contento, eso sí. Le pregunté un par de veces si es que se había ido a hacer un masaje con final feliz, pero él negó con la cabeza mientras me toqueteaba el muslo.

—El único final feliz que quiero es contigo.

Me quedé mirándole sorprendida por aquel comentario tan… moñas.

—¿Sabes que algunos de esos masajes incluyen un dedo en el culo? —le dije incómoda de pronto con el ambiente.

—¿Qué dices? —Frunció el ceño, sorprendido.

—Sí, que no solo te hacen una paja. Además te aceitan el culo y te meten un dedito. —Le enseñé mi dedo índice—. Dicen que os da gustirrinín. ¿Quieres probar?

Álvaro se echó a reír a carcajadas.

—Lo que me sorprende es que tú quieras meterme un dedo en el culo, cielo. —Me miró—. ¿Y tu manicura?

—Confío en tu higiene personal.

Después los dos empezamos a reírnos y como intentó entrar en una calle en sentido contrario nos olvidamos del asunto del dedo en el culo y, claro, también de por qué habría ido solo a recoger «algo» al centro.

La cena fue normal. Tranquila. De las nuestras. Hablamos sobre el último libro cochino que estaba leyendo yo y sobre algunas prácticas sexuales con las que no estaba familiarizada pero al parecer él sí.

—¿Has hecho un trío? —le pregunté con la voz baja pero aguda—. ¿Cómo has podido callarte hasta ahora que has hecho un trío?

—No ha surgido el tema —dijo pasándose la servilleta por los labios.

—¡Has tenido doscientas mil ocasiones para confesar que te lo has montado con dos tías a la vez! Porque… eran dos tías, ¿verdad?

—Sí —asintió—. Maika y una tía que conocimos en una discoteca.

Abrí los ojos de par en par. Vaya, que era de verdad y todo, que no era una coña.

—Cuéntamelo.

—¿De verdad quieres que te lo cuente?

—Claro.

Álvaro se acercó hacia mí, sobre la mesa, y susurrando empezó:

—Maika decía que era rubia, pero cuando le quitabas las bragas estaba claro que algo fallaba. La otra, la de la discoteca, sí era rubia natural. —La voz le cambiaba cuando hablaba de ese tipo de cosas, se cargaba de algún tipo intangible de electricidad sexual que me ponía la piel de gallina—. Nosotros dos estábamos enrollándonos, borrachos, junto a la barra. Maika ya se había quitado el tanga y yo lo llevaba en el bolsillo de los vaqueros. Una chica no paraba de mirarnos y al final se acercó a nosotros y nos preguntó si queríamos tomar algo. Después me dio sus braguitas.

—¡Qué fuerte! —dije muriéndome de celos pero con la curiosidad al rojo vivo.

—A Maika de vez en cuando le daban puntazos muy raros, como pedirme que le pegara bofetadas en la cama o…, no sé, cosas. En realidad ella hablaba mucho de dejar que otra persona nos mirara mientras follábamos, así que cuando le enseñé las braguitas de la chica se le encendió la bombillita. Ella misma se lo propuso. —Se rio—. Fuimos a un hostal. Los del hostal fliparon cuando me vieron subir con las dos.

—Pero ¿solo iba a mirar?

—En un principio sí. Pero cuando quise darme cuenta Maika y ella estaban desnudas en la cama, besándose como locas y tocándose con una desesperación…

—Así que te metiste en medio, ¿no?

—No exactamente. Esperé un rato mirando. Entonces fumaba. Me fumé un pitillo mientras veía cómo otra chica le hacía un cunnilingus a mi novia.

—Qué sangre fría —le recriminé.

—No la tuve tan fría cuando me la comieron entre las dos. Me corrí a la de… una, dos y tres. —Me enseñó tres dedos.

—¿En serio? —Me eché a reír—. Anda que…

—Me recuperé rápido, no vayas a pensar.

—Y de acordarte ahora mismo la tienes dura como una piedra, ¿verdad?

—No. —Negó con la cabeza, con una sonrisa—. Pero apuesto a que tú estás empapada.

Me sonrojé y acercándome como pude le toqué la entrepierna por debajo de la mesa. No. No estaba dura.

—¿Es que no te excita?

—Me pone más pensar en las cosas que voy a hacerte esta noche. ¿Hacemos la prueba al revés?

—No. Yo sí estoy húmeda —confesé.

—Morbosa. Voy a hacértelo en el coche. Va a ser rápido, me temo. Llama al camarero.

Nunca había follado en una calle en pleno centro de Madrid, la verdad, pero es que fue tan rápido que no creo que nos arriesgáramos a que nos viera mucha gente.

Él echó su asiento hacia atrás, se desabrochó el pantalón y yo me senté encima, a horcajadas. Se deslizó dentro de mí con tanta facilidad que Álvaro se encendió. Bombeó deprisa y yo me corrí a la tercera o cuarta embestida. Él, poco después.

Fuimos a mi casa aquella noche. No hacía mucho frío a pesar de ser diciembre, así que cuando me propuso subir al terrado del edificio tampoco me pareció demasiado extraño. Pensé que quería seguir follando en sitios públicos. Iba contento como un colegial, risueño y cariñoso. No paró de toquetearme hasta que llegamos arriba.

Allí no había hilos de tender llenos de sábanas ni bragas de abuela de cuello vuelto. Los vecinos usábamos la terraza para cosas como aquellas, subir una noche a disfrutar de las vistas. A veces hasta encontrabas a alguien con una silla plegable bebiéndose algo con unos amigos. En los pisos pequeños hay que aprovechar cualquier posibilidad de tener «terraza».

Aquella noche estábamos solos. Nunca he tenido demasiado vértigo, así que me asomé a ver la calle. Álvaro no me acompañó.

—¿Tienes miedo? —le pregunté mirando hacia abajo.

—En absoluto.

Algo en su voz me llamó la atención. No sé qué fue, pero me giré. Cuando le miré, Álvaro esbozó una sonrisa espectacular y, cogiéndose un poco la tela del pantalón, hincó una rodilla en el suelo.

—Oh, joder, la puta —solté sin pensar, tapándome la cara con las dos manos.

—Silvia... —susurró él—. ¿Puedes mirarme un segundo? —Dejé caer las manos y le vi sacar una cajita preciosa—. Esto es solo el ensayo, ¿vale? —Abrió mucho los ojos al decirlo—. No te asustes. Tendrás otra oportunidad para decir algo más... femenino. —Me reí y sentí un nudo en la garganta terrible—. No sé decirte las cosas que debería y que sé que quieres escuchar. Soy un inútil, pero aún lo soy más si no estoy contigo. No quiero tener que preocuparme por eso jamás.

—Madre mía...

—¿Te probamos el anillo?

—¿Es grande? —dije con los ojos del gatito de *Shrek*.

—Sí.

—¿Y caro?

—Mucho.

Claro. Doce mil euros es lo que vale el solitario de compromiso de Tiffany's. Doce mil euros brillantes, preciosos y elegantes que se deslizaron por mi dedo anular a la perfección.

—Vaya, he acertado la talla. —Sonrió mirándome desde abajo.

—Eso parece.

—Entonces ahora es cuando lo pregunto, ¿verdad?

—Creo que sí.

—Silvia, no concibo la vida si no es contigo. ¿Quieres casarte conmigo?

—Joder. Claro que sí.

Le besé. Le besé como si fuera la última oportunidad que me quedara en la vida para hacerlo. Y él me levantó con él, a la vez, y me abrazó.

—Eso es lo que yo quería oír —y al decirlo pareció un chiquillo.

—Pero… —logré articular a través del nudo de la garganta.

—Ahora vamos a esperar, ¿vale? A no ser que tú quieras otra cosa, yo prefiero que hagamos las cosas con orden. Guardaré el anillo. Conoceré a tu familia. Conocerás a mi familia. Te lo pediré como mereces y lo anunciaremos. ¿Estás de acuerdo?

—Sí —asentí.

—Lo haremos en…, no sé. ¿Grecia? ¿Croacia? ¿Estocolmo? Donde sea, pero los dos solos. Ahora déjame que te lo quite. Se merece que repitamos esto y lo hagamos mejor.

Álvaro me besó la mano y, pidiéndome permiso, me lo quitó y lo guardó de nuevo en la caja.

Fue la última vez que vi aquel anillo.

37

Gabriel y yo hemos vuelto a Los Ángeles. No hemos hablado más sobre nuestro matrimonio ni sobre las dos veces que nos hemos puesto tontos. Ninguno de los dos ha sacado de paseo el tema de nuestro beso, aunque yo me acuerdo recurrentemente.

Creo que necesito irme. Creo que necesito que los días pasen muy rápido y volar de vuelta a la vida real. Todo esto está distorsionando un poco mi realidad. Y lo que me pasa es que tengo mucho miedo de que lo que siento crezca hasta no poder negarme a mí misma por más tiempo que estoy enamorándome de Gabriel. Si eso pasa será, con diferencia, lo más kamikaze que he hecho en mi vida.

La habitación se halla a oscuras. Las cortinas están echadas y también el dosel de mi cama. Ayer estuvimos haciendo el tonto por aquí y a mí me pareció una buena idea dejar caer la tela sobre los postes, encerrando la cama. Como siempre, Gabriel está dormido a mi lado, abrazado a mí. Me giro y él se coloca boca arriba con un suspiro; después me acomodo a su lado, enroscándome como una serpiente. Huelo su cuello y su mano me acaricia el muslo que tengo sobre él. Ya no hay nada lujurioso en esa caricia, pero me doy cuenta de que la mano que se está paseando sobre mi piel es la de la alianza de oro, que aún llevamos puesta.

Mi marido. Álvaro me va a matar.

Unos nudillos golpean suavemente la puerta y escucho una voz. Pero no me interesa. Prefiero seguir durmiendo. El sonido repetitivo sobre la madera, hace que Gabriel se remueva.

—Señor Gabriel. —Y reconozco la voz de Tina—. Señor Gabriel, ¿está ahí?

—Gabriel... —Le muevo—. Es Tina.

Él se incorpora adormilado.

—Pasa, Tina. Estoy aquí.

Claro que está aquí. Como todos los días.

Tina entra con su cuerpecito rechoncho y el teléfono inalámbrico en la mano. Pone cara de apuro cuando Gabriel aparta las telas del dosel y vuelve a sujetarlas al poste. Aquí estoy yo, con un camisón negro de tirantes.

—Buenos días, Tina —le digo.

—Lamento despertarles tan temprano. —Y me apostaría la mano derecha a que está más colorada que un pimiento morrón—. Pero es el teléfono, señor, es urgente.

—¿Qué hora es? —pregunta Gabriel pasándose la mano por debajo de la nariz.

—Las siete y media.

—Puto tarado. ¿Quién llama? —Y con la poca luz que entra a través de la puerta abierta veo que frunce el ceño.

—Es el señor Moore.

—Oh, joder —masculla entre dientes Gabriel—. Sigue durmiendo un rato. Tina, ¿puedes ir preparando el desayuno para Silvia?

Me da una palmada en el trasero y yo me tapo hasta por encima de la cabeza. Dios, qué a gusto se está aquí. Sí, tengo que irme pronto. Demasiado a gusto.

Cuando vuelvo a abrir los ojos Gabriel está descorriendo las cortinas. Gimoteo.

—Son las ocho y media. Tina te ha hecho un desayuno de esos que te gustan.

—¿Fruta? —le pregunto con la voz pastosa.

—Fruta, zumo, huevos pochados, tostadas francesas, beicon, tortitas y no sé cuántas cochinadas más.

Sonrío mientras me desperezo y Gabriel se acerca a la cama. Lleva el pantalón de pijama color azul y una camiseta blanca sin mangas.

—Garrulo —le digo. Pero la verdad es que está para comérselo.

—Venga, Silvia, tengo que comentarte una cosa…

Y se pone tan serio que me incorporo con demasiado ímpetu y se me sale una teta. Gabriel pone los ojos en blanco y la señala antes de que yo dé un gritito y vuelva a meterla en el camisón.

—Teta mala —le riño.

Él se deja caer en la cama, sentado, delante de mí y se humedece los labios. Oh, oh, oh.

—¿Era importante la llamada? —le pregunto con un hilillo de voz.

—Era mi abogado.

Cojo aire sonoramente.

—Dios… —Me tapo la cara.

—Era por lo de… —se ríe y me enseña la alianza— nuestro matrimonio.

—¿Y? —Le miro a través de los dedos abiertos de las manos.

—Bueno, me ha echado una bronca brutal por casarme con una desconocida sin un mínimo contrato prematrimonial de por medio, pero eso ya me lo esperaba. —Y sonríe.

—¿Le has dicho que pienso dejarte sin blanca? —digo entre carcajadas dejando caer las manos hasta mi regazo.

—Entre otras cosas. El caso es que…, no sé cómo decírtelo. —Se pasa la mano por la barba incipiente.

—No pasa nada. —Me río—. Firmamos el divorcio cuando quieras.

—No es eso. El caso es que… —repite—, que alguien se tomó la molestia de tramitar los papeles en San Francisco y de enviarlos a través de… —hace un gesto con la mano, como dejando claro que va a pasar por alto los trámites burocráticos—, y por lo visto… estamos casados también en España.

Me tiro sobre la almohada mientras maldigo a media voz.

—¿Y ahora qué hacemos? —le pregunto acongojada.

—Quería preguntarte si… ¿no podemos dejarlo estar?

Me incorporo otra vez y me señala el pecho, donde se asoma insolente un pezón. Chasqueo la lengua y lo devuelvo a su sitio.

—¿Qué más da? Eres mi jodido marido.

—Escúchame. A estas alturas ya lo debe de saber la prensa. —Se revuelve el pelo, nervioso—. Dejémoslo estar. No lo movamos más. ¿Estamos casados? Pues de puta madre. También he hablado con mi representante y opina que lo mejor es eso. Si ahora encima tramitamos el divorcio me van a hacer filetes… Si me preguntan, pues sí, diré que me he casado y punto. No tienen por qué saber más.

—Voy a salir en todas las putas revistas —gimoteo.

—En un par seguro. —Esboza una sonrisa—. Siento todo este follón, Silvia. Te recompensaré.

—No tienes que recompensarme por nada. —Suspiro, resignada—. Bueno, si me sacan en los Arghs de *Cuore* con el bigote sin depilar sí te pediré daños y perjuicios.

—¿Qué vas a decirle a tu madre?

—Que eres un buen partido.

Los dos nos reímos.

—Vas a tener que firmar unas cuantas cosas, ¿vale? —me dice cogiéndome la mano—. Y si no entiendes algo o no estás de acuerdo, lo dices y se vuelve a redactar. Mañana vendrá mi abogado a casa.

Asiento.

—¿No sería mejor que adelantara mi vuelta? —le pregunto.

—No. Como mucho nos harán un par de fotos. Ahora está la cosa muy tranquila, últimamente no estoy muy sociable, no estoy en el candelero. —Hace una pausa y trenza los dedos con los míos—. Disfrutemos de tus últimos días aquí conmigo.

Y aún tenemos muchas cosas que hacer, muchas promesas por cumplirnos.

La primera hoy mismo, porque por la tarde Gabriel decide que ha llegado el momento de hacer aquello que prometimos. No me da tiempo a pensarlo. No tengo tiempo ni siquiera para meditar un poco sobre lo que nos ha pasado y sobre cosas como que su abogado va a venir a verme mañana para que firmemos unos papeles que tampoco sé de qué van.

—No estamos borrachos, no podemos ir —le digo, tratando de retrasarlo un poco más para pensármelo dos veces al menos.

Pero él tira de mi brazo hacia el garaje y me mete a la fuerza en el Mustang. Después recorremos la ciudad hacia el estudio de tatuajes High Voltage Tattoo y poco puedo hacer por pararlo. Me muero. Siento vértigo y por primera vez no es por la velocidad que alcanza Gabriel conduciendo.

Cuando llegamos allí me tiemblan mucho las piernas y le pido a Gabriel que me dé unos minutos para apearme del coche. Él se humedece los labios, me coge la mano y me pregunta si estoy bien. Noto un montón de sudor frío recorriéndome la espalda y al mirarlo me doy cuenta de que no es el tatuaje lo que me da tanto miedo, sino el cúmulo de cosas que están a su alrededor. Todo está pasando demasiado rápido incluso para alguien como yo.

—Necesito un momento a solas.

Gabriel asiente, coge sus cosas del coche, me da las llaves y me dice que va a dar una vuelta mientras se fuma un cigarrillo.

Respiro hondo y le veo alejarse, pitillo en mano. Le sigo con la mirada hasta que gira la esquina y le pierdo de vista. Firmar papeles. Casados. Revistas. ¿No se me ha ido todo esto de las manos? Cojo el bolso y busco mi móvil. Ojeo los mensajes. Me dirijo irremediablemente a los de Álvaro y voy leyéndolos para mí, como siempre que trato de tranquilizarme. Paso por alguno que me duele.

«No sabes lo mucho que me ha costado dejarte sola en la cama. Me he quedado en la puerta viéndote dormir y me he dicho a mí mismo: joder, esa es la mujer de tu vida».

O: «Para ya. Vas a matarme. Es físicamente imposible desearte más».

Respiro hondo y sigo leyendo, pensando en él, en Gabriel, en los últimos dos meses y sin darme cuenta llego a los que más me duelen.

«Te lo dije, sin ti soy solo un gilipollas, así que aléjate, por favor. No quiero tenerte cerca».

Salgo del coche casi sin ser consciente y cierro la puerta. Voy hacia la esquina por donde ha desaparecido Gabriel y lo encuentro allí apoyado, fumándose un cigarrillo. Me mira y sonríe, echando fuera el humo.

—¿Estás bien?

—Sí —asiento.

—¿Quieres hacerlo?

—Sí. Venga.

Le tiendo la mano y él me la coge. Aún llevamos las manos cogidas cuando llegamos al mostrador del local. Nos atiende una chica rubia con dos grandes melones y unas pestañas postizas que se agitan intensamente en cuanto ve a Gabriel.

—Hola, chicos. ¿En qué puedo ayudaros? —dice en un inglés cerrado que apenas consigo entender.

—¿Está Kat? —pregunta Gabriel, desganado.

—¿Quién le digo que la busca?

—Gabriel. Ella ya sabe.

Y si escucharais la manera en la que pronuncia su propio nombre se os caerían las bragas. Las mías ya están luchando por salir al exterior y manifestarse.

La chica desaparece un momento y alucino cuando la veo volver con Kat, la dueña del estudio. La he visto mil veces en el programa *L.A. Ink*. Es más guapa aún de lo que parece en pantalla. Ya no pienso que tatuarse estrellas en la cara sea tan mala idea. Aunque nunca lo haré, claro; hay que estar tan buena como ella para hacerlo.

Sale sonriendo y se echa sobre Gabriel, que la abraza, esbozando una sonrisa muy controlada. Me tranquiliza pensar que sigue siendo cierto que no sonríe a nadie como a mí.

—¿Qué haces aquí? —le pregunta ella poniéndole las manos en el pecho—. Te hacía de gira en Europa.

—Aún no. Empiezo en dos meses.

Se ponen a hablar y me abstraigo un momento mirando los dibujos de tatuajes que hay por las paredes. Veo de reojo cómo Gabriel se sube hasta los codos la camiseta negra de algodón. Dios, qué bueno está. Estoy segura de que la tal Kat y él han tenido que quemar alguna cama follando como animales alguna vez.

—Silvia… —me llama con voz suave—. Esta es mi amiga Kat.

—Encantada —digo un poco avergonzada por mi patético inglés.

—El placer es mío. Dice Gabriel que es tu primera vez. ¿Estás preparada?

Me río, me entra vergüencita y me cojo al brazo de Gabriel como una niña pequeña.

—Estoy muerta de miedo —les confieso.

—Venimos a tatuarnos algo juntos. Lo prometimos y las promesas hay que cumplirlas.

—¿Qué teníais pensado? —dice ella planchando con las manos la tela de su chaqueta roja circense. ¿De dónde narices habrá sacado esa levita tan molona?

—¿A ti te van a encontrar sitio? —le pregunto a Gabriel con una sonrisa.

—Seguro que sí.

Entramos los dos juntos y me siento en una silla, junto a una camilla, mientras ellos dos siguen hablando sobre tatuajes. Claro, los dos saben de lo que hablan. Yo solo estoy asustada.

—Silvia es mi mujer —oigo decir a Gabriel. —Levanto la mirada hacia ellos y están mirándome—. Nos casamos en Las Vegas hace unos días.

—¡¡Enhorabuena!! —exclama contentísima Kat—. ¿Y lo vais a celebrar con un tatuaje? Eso sí que es compromiso.

Gabriel sonríe mirando al suelo y se mete las manos en los bolsillos del vaquero.

—Bueno, es posible que no seamos un matrimonio al uso, pero quiero tener algo de ella para siempre y que ella lo tenga mío.

Nos miramos y el estómago me hierve dentro del cuerpo. Quiero vomitar. Quiero vomitar corazones, arcoíris y todas esas cosas rodeadas de purpurina.

Gabriel parece recordar de pronto algo y se saca un papel arrugado del bolsillo del vaquero y me lo tiende.

—¿Te gusta?

Lo cojo y sonrío. Es muy bonito y mucho menos moñas que el que yo tenía pensado. Es un sol saliendo del mar, pequeño y brillante, con muchos colores. Amarillo, naranja, rojo, turquesa. Se parece vagamente al que Scarlett Johansson lleva tatuado en el antebrazo, pero es más pequeño.

—¿Lo has dibujado tú? —le pregunto.

—Sí. —Y me parece que se sonroja—. Lo hice el otro día, cuando dormías. —Toco el papel. Son acuarelas—. Nos conocimos delante del mar mientras amanecía. —Sonríe y ahora sí que estoy segura de que está avergonzado, como un adolescente.

Me levanto y lo abrazo. Escucho a Kat reírse cuando Gabriel me levanta entre sus brazos y me besa el cuello.

—Eres tan especial… —susurra—. No quiero que esto termine jamás.

Nos miramos y nos besamos en los labios brevemente, como dos amigos que se han acostumbrado a hacerlo, aunque es la segunda vez en mi vida que mis labios rozan los de Gabriel. Quizá me estoy acostumbrando. Quizá no debería hacerlo más.

Elegimos tatuárnoslo en el mismo sitio. En la muñeca. Él tiene hueco y a mí siempre me ha parecido un buen sitio para llevar un tatuaje. Estoy loca; esto es de por vida. ¿Será de por vida algo más entre Gabriel y yo?

Quiero ser la primera en hacerlo para no arrepentirme, así que allá que voy, que nadie me pare. Los chicos de la tienda son todos muy majos y cuando empiezo a lanzar grititos nerviosos acuden con una botella de bourbon para templarme el ánimo. Gabriel está sentado en una silla, como dejado caer, con la cara apoyada en una mano y sonriendo; parece estar pasándoselo bien.

Esto ha tardado mucho más de lo que pensaba, aunque el hecho de haberme desmayado ha distorsionado un poco el espacio-tiempo para mí. Gabriel se ha preocupado mucho. Lo primero que he visto al recuperar el conocimiento ha sido su cara y su mano golpeándome rítmicamente la mejilla.

—Silvia, por Dios, ¡trata de no matarme de un susto! —se ha quejado.

En este momento le están tatuando a él y yo no dejo de mirarme el tatuaje, fascinada por lo bonito y discreto que ha quedado. Ahora que lo veo no me arrepiento. No creo que pueda arrepentirme nunca.

Gabriel habla tranquilamente con Kat y uno de los chicos del estudio, que se acerca de tanto en tanto para ver cómo está quedando. Claro, él lo ha hecho ya muchas veces. Habla y de vez en cuando me mira y me pregunta si me gusta.

—Lo que más en el mundo —le contesto sonriente.

Cuando acabamos los dos tenemos un subidón de adrenalina, pero como no podemos ponernos a follar como bestias, decidimos aprovechar la energía y salir a cenar al restaurante japonés al que me llevó cuando llegué. Y si lo pienso, no puedo creerme la cantidad de cosas que han sucedido desde entonces.

—¿En qué piensas? —me pregunta mientras coge los palillos y juega con ellos.

—En todas las cosas que he vivido desde que llegué.

—¿Como qué?

—Pues… he visto Los Ángeles y Las Vegas, me he casado contigo, he ganado quinientos dólares en una ruleta, me he tatuado… —Y toco el plástico protector que llevo sobre el tatuaje.

—Espero que hayas disfrutado tanto que vuelvas pronto.

—Ha sido genial. Ojalá pudiera. —Alargo la mano y le acaricio el dorso de la muñeca, donde lleva una pulsera de cuero trenzado que le he comprado yo.

—¿Por qué no vas a poder?

—Porque tengo que trabajar y lo de venir a pasar un fin de semana… —Hago una mueca simpática—. Al menos tendrá que esperar hasta las vacaciones del año que viene.

—¿Por qué no cambiamos los billetes de vuelta? Puedes quedarte una semana más. —Gira la mano y sus dedos y los míos juguetean.

—No, qué va. Tú debes prepararte para la gira y yo también tengo cosas que solucionar en España.

—¿Álvaro? —pregunta con una sonrisa irónica.

—Álvaro. Cómo no.

Sonríe y se echa hacia atrás en la mesa, soltándome los dedos cuando un camarero nos llena la mesa de comida.

—¿Le dirás que nos hemos casado? —me pregunta al tiempo que vierte salsa de soja en dos cacharritos.

—Buf —resoplo, y me cojo la cabeza entre las manos—. Eso puede ser motivo de una batalla muy sangrienta.

—¿Puedo hablarte con franqueza, Silvia? —Y por primera vez desde que le conozco parece un amigo al uso.

—Claro. ¿Sobre qué?

—Sobre Álvaro y tú. —Vuelve a inclinarse en la mesa, hacia mí—. Creo que te está limitando, que te ha puesto un grillete imaginario que te impide hacer tu vida. No eres feliz allí y no lo eres por su culpa y por la tuya. Ese trabajo no es para ti, pero te resistes a buscar otro por él.

Me dejo caer en el respaldo de la silla y me muerdo los labios, preocupada.

—¿Qué voy a hacer si no? —le pregunto.

—Ven a trabajar conmigo, por ejemplo.

—¿Contigo? —Me río abiertamente—. ¿De qué? ¿De tramoyista?

—No. De asistente. —Y parece que lo dice en serio—. Mi asistente. Es algo que sé que harías bien. Solo tendrías que estar conmigo y hacerte cargo de algunos temas que delegaría en ti…

—Estás loco.

—No me tomes por loco. Piénsalo.

Al volver a casa los dos estamos muy callados. Él me coge por encima de los hombros y paseamos por el jardín a oscuras. Voy a echar esto de menos. Huele a césped recién cortado y a verano. La brisa me refresca la cara y mueve algunos mechones de mi pelo.

—¿Estás triste? —me pregunta cerca del oído.

—Un poco.

No me pregunta por qué. Solo me besa el cuello y me aprieta más contra él. La piel se me ha puesto de gallina en una oleada brutal.

—Ojalá no tuvieras que irte jamás —susurra.

—Te cansarías de mí.

—Nunca.

—Conmigo en casa, ¿cuándo ibas a follar? —Me río.

—Quizá la solución pasa porque lo hagamos entre nosotros, ¿no?

—¿Hacer qué?

—Acostarnos.

Le doy un amago de puñetazo en el costado. Nos separamos y sonríe.

—Oh, qué gracioso eres —digo en tono grave.

—Hablo en serio. Es lo único que nos falta. Estamos enamorados, ¿o es que no lo ves?

—Tú no crees en el amor —gruño en respuesta.

—No, en eso tienes razón. —Y esboza una sonrisa preciosa y enorme.

Chasqueo la lengua contra el paladar y le acaricio la cara con las manos, apartándole el pelo.

—Dios…, qué guapo eres —digo como en trance, admirándole.

—Venga, bésame —me pide.

—No me hace gracia —le contesto a pesar de que me estoy contagiando de su sonrisa.

—¿Te lo imaginas? Tú y yo en la cama. ¿Sería raro?

—¿Dices guarrerías?

—No cuando hago el amor —responde resuelto.

—¿Sabes que es imposible que hagas el amor si no crees en el amor, listillo?

—Por ti creo hasta en Dios si quieres.

Y al decirlo me abraza la cintura y me pega a él. Le beso, no puedo evitarlo. Y él no se aparta. Responde al beso. Pero se trata de un beso casto, muy casto. Solo labio sobre labio. Y aunque es inocente, yo necesito más. Mi cuerpo necesita más.

Quiero pensar que es el tiempo que llevo sin sexo. Quiero pensar que es la reacción normal de mi cuerpo. Quiero pensar que no me estoy enamorando de otra persona que no me conviene y que nunca podrá quererme. Maldita sea, soy imbécil. Creo que soy la única gilipollas del mundo a la que le puede pasar lo mismo con dos tipos radicalmente opuestos.

Gabriel y yo separamos los labios. Me enrosco en su pecho delgado, abrazándolo, oliendo su ropa. Él me devuelve el abrazo, apretándome también.

—Contigo… soy feliz —susurra.

Cierro los ojos. Dios. Yo también. Y me da igual que no follemos. No me siento frustrada porque no tiene nada que ver. Con él soy feliz así, abrazada a su pecho. Me tranquiliza pensar que es un amor platónico que no se estropeará con sexo. O quizá me esté convenciendo de ello. Dejo mi mejilla sobre su pecho y paseo mis manos a lo largo de su espalda. Ronroneo cuando él hace lo mismo.

No tengo de qué preocuparme. Somos dos amigos que cuidan el uno del otro. Somos dos personas que se han convertido en importantes el uno para el otro. No hay nada perverso. No hay nada sexual. No es amor. No me hará sufrir…, ¿verdad?

Gabriel hincha el pecho y después de soltar el aire, susurra:

—Te quiero.

¿Ves, Álvaro? Era fácil…

38

Mi madre se quedó mirando a Álvaro con expresión alelada. No consiguió disimular que le había impresionado. Eso le hizo sentirse aún más seguro de sí mismo. Era guapo, muy simpático cuando quería y agradable. Había sido educado para salir airoso de todas las situaciones sociales, así que no le costó mucho metérsela en el bolsillo.

Me habló con cariño y respeto, no me perdió de vista y me rio las gracias, mostrándose protector pero flexible. Debía de llevar bien estudiado el manual *Cómo enamorar a una madre*.

Sin embargo, mis hermanos no sucumbieron a sus encantos. Es muy posible que fuera una cuestión de feromonas o quizá, simplemente, había que ser mujer u homosexual para flaquear. A ellos los pestañeos de sus ojos grises les traían sin cuidado.

Varo y Óscar se sentaron a tomar café con nosotros, hablaron y observaron. También fueron amables, pero yo los conozco y sé identificar esa actitud de dueño de bar que no quiere demostrarte que le caes como el orto.

Esa misma noche Óscar me llamó por teléfono.

—¿Estás con tu novio? —preguntó súbitamente.

—Sí —susurré sin entender muy bien qué quería. No somos de ese tipo de hermanos que se llama por teléfono para charlar.

—¿Puedes hablar un segundo a solas?

Me levanté de la cama, donde Álvaro y yo estábamos viendo una película y me fui al salón y me senté en camisón en el sofá.

—¿Qué pasa? ¿Es mamá? ¿Está bien?

—Sí, sí, no es eso. Es solo que… Silvia, no me fío de ese tipo.

—¿De qué tipo? —pregunté con tono agudo.

—De tu novio. De Álvaro.

—¿Y eso por qué? —Arqueé una ceja, aunque no pudiera verme.

—No lo sé. Tiene pinta de ser de ese tipo de hombres que están jodidos por dentro. Que vienen con tara de fábrica, Silvia.

—¿Qué cojones se supone que quiere decir eso, Óscar?

El puto Óscar, psicólogo al ataque.

—Silvia, ese tío no va a quererte en la vida, ¿sabes por qué? Porque no es de verdad. Es todo postura. No se quiere ni a él mismo. Es como Ken, el de Barbie. Todo sonrisa y todo pelo sedoso. Debajo no hay más que plástico.

—No creo que tengas información suficiente como para juzgar a la persona con la que llevo compartiendo dos años de mi vida —le contesté, molesta.

—No, no la tengo, pero eres mi hermana pequeña. Ese tío no me ha dado buena espina. Ese te va a hacer sufrir.

—¿Por qué?

—¡Porque no tenéis nada que ver! Aspira a una cosa que tú no vas a ser jamás.

—¿Me quieres decir que no soy suficiente para él?

—No. Quiero decir que tú eres mejor. A su lado pareces débil. Y no lo eres.

—Gracias por la información, Óscar. Has equivocado tu vocación. Deberías estar en el teléfono de la esperanza.

No dejé que respondiera. Colgué y apagué el móvil. Después, muerta de miedo, volví a la cama y me enrosqué a Álvaro.

—Cariño… —dije con los ojos cerrados, pegada a su pecho desnudo.

—¿Qué? —contestó mirando distraído la tele y acariciándome la espalda.

—Dime que me quieres…, por favor.

Se incorporó levemente con el ceño fruncido.

—¿Qué pasa? —susurró.

—Necesito escucharte decir que me quieres.

Chasqueó la lengua.

—Vamos a ver… —Se sentó en la cama y yo hice lo mismo, mirándolo—. ¿A qué viene esto?

—Solo dilo… —Cerré los ojos.

—Ya lo he dicho en otras ocasiones, Silvia. Se lo he dicho a otras personas pensando que era lo que tocaba. Pero es que no es el caso entre nosotros. No hay nada en esto —nos señaló— que recuerde ni de lejos a nada de lo que yo haya vivido antes. ¿Qué puñetas significa «te quiero» para ti? ¿Por qué lo necesitas?

—Porque necesito saber que me quieres.

—Eres la mujer de mi vida. Sería incapaz de seguir sin ti. ¿No te basta? ¿Por qué el jodido «te quiero» de las narices? ¿Quieres ser una más?

Agaché la cabeza.

—Sabes que en algunas cosas eres muy inflexible. Creo que esto es simplemente por tus santos cojones —me quejé—. Te has empecinado en no decirlo. Ahora es por principios. Y no sé qué intentas demostrar no diciendo algo así.

—¡Es que te lo digo de otra manera! No me gusta decir te quiero porque para mí no significa nada. —Me cogió la cara entre las manos—. Silvia, eres mía. Y yo nunca podré ser nada más que tuyo. Sé razonable.

—¿Cuando yo te digo te quiero tampoco significa nada? —solté.

Sonrió.

—Bueno, sé que es tu manera de expresarlo. Pero para mí significa mucho más despertarme a tu lado, acariciarte, que me abraces y que hayas jurado que te casarás conmigo.

Sonreí comedidamente también.

Y lo olvidé. Olvidé que Óscar tuviera malos presentimientos para con mi relación. Lo olvidé todo… Olvidé incluso mis propios reparos. No soy tonta. Yo en el fondo sabía lo que había.

En realidad todo empezó el día que decidimos que era el momento de conocer a sus padres. Nosotros teníamos una relación sana que nos satisfacía a los dos, con la que éramos felices. Sí, me repateaba que no quisiera decirme «te quiero», pero me lo demostraba. ¿A mí qué lo demás? Si quería palabras, tenía todas las demás. ¿Qué más daba?

Así que un día Álvaro me entragó una invitación. Era para una fiesta en casa de sus padres, en La Moraleja. Me sorprendió; sabía que venía de una familia con dinero, pero… ¿La Moraleja? Jamás lo había mencionado, pero tampoco es que hablara mucho sobre su familia o su infancia.

La fiesta era algo así como una «bienvenida a la Navidad»; una reunión de amigos antes de que las fechas navideñas obligaran a la gente a repartir su agenda entre compromisos familiares. Según Álvaro, habría mucha gente, así que sería menos violento, más distendido.

—Irán algunos de mis amigos, mi hermana, amigos de mis padres…, habrá allí un porrón de invitados, así que además podrás conocer a toda esa gente que siempre te quejas de que nunca te presento —me dijo bastante taciturno.

Miré la elegante tarjeta con la fecha, la hora, la dirección y una nota sobre la indumentaria requerida.

—Aquí dice que tenemos que ir vestidos de cóctel —contesté asustada.

—Es una formalidad, para que no vayamos en vaqueros. Ya sabes.

—¿Tendré que comprarme algo? Porque no sé si tengo dinero este mes…

Álvaro se lo pensó pero al final me dijo que no hacía falta.

—¿Por qué no te pones ese vestido negro tan bonito? El que llevaste en nuestra primera cena.

—¿Sí? —le pregunté ilusionada por que se acordara.

—Claro. No quiero que gastes dinero en un vestido. Por más que te hipotecaras jamás ibas a gustarles…

Y yo quise morirme.

Fue un viernes por la noche. Cuando terminé de trabajar cogí todas mis cosas y las llevé a casa de Álvaro, donde íbamos a arreglarnos los dos. Álvaro salió un poco más tarde de trabajar, así que cuando llegó a su casa me encontró dormida en el sofá, esperándole. Se arrodilló junto a mí y me besó el cuello.

—Silvia…, son las cinco. ¿Quieres dormir un poco más? —susurró.

—No, no… —murmuré en sueños.

Álvaro me llevó en brazos a la cama sorteando las paredes y los marcos de las puertas. Es una habilidad que yo no poseería de haber nacido hombre; mi novia tendría que acostumbrarse a andar por sí misma o a los chichones.

Cuando me tumbó sobre la colcha y se dirigió hacia la puerta, lloriqueé.

—¿Te vas? —le pregunté.

—No he comido aún —contestó aflojándose la corbata en un gesto que siempre me encantó y que tenía conexión directa con el vértice entre mis muslos.

—Guarda hueco para el postre.

Álvaro respondió con una sonrisa y cerró la puerta de su habitación. Me arrebujé contra su parte de la almohada y volví a dormirme.

Me desperté con el movimiento del colchón al ceder al peso del cuerpo de Álvaro a mi lado. Me giré hacia el lado contrario y sentí sus labios en mis hombros y sus manos por dentro de mi jersey.

—¿A qué hora hay que estar en casa de tus padres? —susurré aún adormilada.

—A las nueve. No hay prisa…

Sus manos siguieron subiendo por dentro del jersey hasta que sus dedos se apretaron alrededor de uno de mis pechos. Tiró de la copa del sujetador hacia abajo y sacó el pezón, que se endureció antes incluso de que lo tocase.

Su boca se deslizó por mi cuello hasta alcanzar el lóbulo de mi oreja y lo mordisqueó. Quise girarme hacia él, pero cuando estuve boca arriba, Álvaro se subió sobre mí, me separó las piernas y se hizo hueco entre ellas. Me apartó el pelo de la cara y me besó. Me besó como solo Álvaro sabe hacerlo. Sus labios lamieron los míos, los pellizcaron, húmedos, y su lengua se abrió paso con fuerza. Gemí y tiré de su camisa, sacándola de la cinturilla del pantalón de traje. Álvaro se la quitó por encima de la cabeza, junto con la camiseta blanca que llevaba debajo. Yo misma me deshice del jersey y de un tirón me bajé los *leggins,* que terminaron en el suelo con el resto de la ropa.

—¿Nunca te cansas de mí? —susurró mientras sus manos me recorrían el vientre en dirección a mis pechos.

—Nunca.

Abrí las piernas cuando su mano derecha decidió retroceder y meterse dentro de mis braguitas. Me arqueé al sentir su dedo corazón introducirse dentro de mí.

—Siempre estás tan mojada...

—Desnúdate, por favor... —gimoteé.

Álvaro se quedó desnudo muy pronto y volvimos a besarnos, rodando por el colchón. Su erección se me clavó en la cadera.

Caí sobre él y sus manos, calientes, me desabrocharon el sujetador. Volvimos a rodar y le agarré del pelo cuando fue bajando hasta atrapar uno de mis pezones entre sus labios. Gemí y él tiró suavemente para después succionar, besar, lamer...

Me quité las braguitas y enganché las piernas alrededor de sus caderas. Sentí cómo se mecía sobre mi sexo, arrastrándose, rozándome el clítoris en su recorrido y humedeciéndose de mí. Cuando me embistió, le clavé las uñas en la espalda.

—Fóllame... —le susurré al oído.

—¿Como esta mañana? —me preguntó con una sonrisa perversa en los labios.

Recordé el asalto de esa misma mañana, antes de ir a trabajar, en la cocina y negué con la cabeza.

—Más.

—¿Más largo?

—Más.

Se cogió al cabecero en un gesto hipermasculino y gimió con los dientes apretados cuando contraje los músculos alrededor de él.

—Si sigues haciendo eso me correré dentro de ti en segundos.

Relajé la presión y cuando empezó a bombear sentí ese cosquilleo, esa presión en el vientre que respondía al placer de tenerle dentro. Mis pezones se endurecieron otra vez y se me puso la piel de gallina.

Salió completamente de mí. Volvió a colarse dentro. Salió de nuevo y cuando me penetró lo hizo con fuerza, clavándoseme hasta el fondo. Grité. Las puntas de sus dedos me apretaron los muslos y se balanceó de nuevo.

Metí la mano entre los dos, lo saqué de dentro de mí y con la punta húmeda, hinchada y resbaladiza, me acaricié el clítoris, haciéndome retorcer. Él gimió con los ojos clavados en lo que hacía mi mano. Eché su piel hacia atrás y hacia delante mientras me tocaba y, agarrando la sábana con el otro puño, me corrí. Me corrí con alivio, en una oleada de calor que me invadió entera, recorriéndome las piernas de arriba abajo en una sensación de cosquilleo.

Álvaro gimió con fuerza, su pene se contrajo palpitando y noté un chorro de semen caliente mancharme el sexo; después se coló en una última penetración, descargando del todo.

Nos quedamos agarrados un buen rato con él dentro de mí hasta que remitió su erección. Yo me quedé atontada mientras mis dedos jugueteaban con su pelo. Cuando nos dimos cuenta eran las siete y más me valía empezar a arreglarme para la fiesta. Quería dar buena impresión.

Mientras Álvaro se llevaba las sábanas a la lavadora y ponía unas nuevas, me di una ducha caliente. Al poco, nos dimos el relevo bajo el agua y yo me centré en secarme el pelo y después alisarlo un poco, con el propósito de recogerlo.

Corrí por el pasillo, más frío que el ambiente del baño, y en la habitación me puse la ropa interior negra y el liguero a conjunto. Después, deprisa, me coloqué la ropa. Si Álvaro me veía con toda aquella lencería no habría ni prisa ni buena impresión para sus padres. Llegaríamos tarde y despeinados. Pero eso sí, bien follados.

Tal y como había hablado con Álvaro, me puse el vestido negro y lo combiné con unos salones negros de tacón alto; mis únicos zapatos de piel, la verdad. Dejé el abrigo rojo, los guantes y el bolso de mano en la entrada y después de maquillarme muy discretamente fui a buscar a Álvaro a la habitación. Estaba tardando más de lo habitual en vestirse.

—¿Te estás poniendo el traje de lagarterana? —le pregunté con una sonrisa.

Se giró hacia mí abrochándose los botones del chaleco del traje.

—Estos botones son diabólicamente pequeños y están muy juntos. Me está costando mucho…

Me acerqué y, poniéndome detrás de él, le rodeé con los brazos y abroché los botones uno a uno.

—¿Desde atrás? —preguntó extrañado.

—¿Has intentado abrochar botones a otra persona de frente? Es más o menos como intentar chuparse un codo.

Cuando terminé le coloqué bien la corbata por dentro del chaleco y me quedé mirando su reflejo en el espejo del armario. Era impresionante.

—Nunca te había visto tan elegante. —Me coloqué a su lado y nos miré a los dos—. Quizá debería llevar algo más…

—Así estás perfecta. Pareces recién sacada de *Mad Men*. Pero no te preocupes: a las suegras jamás les gusta nada de lo que lleven puesto sus nueras, ¿no?

Yo quise creer que ahí fuera sí hay suegras que son amables con sus nueras y que Álvaro exageraba.

Se abrochó los gemelos de Chanel y cogió la americana de la percha. Cuando se la colocó y se volvió a mirar en el espejo el resultado era, sinceramente, de locura. El traje consistía en un tres piezas color gris marengo, de tela no basta pero abrigada. A pesar de eso, resultaba muy elegante, mucho más que los que se ponía habitualmente para ir a trabajar. El chaleco era de la misma tela, pero tenía raya diplomática muy discreta. La camisa, bien abrochada hasta arriba, era de un azul claro muy pálido; si no te fijabas podía pasar por blanco. La corbata era fina, de seda y gris con unos detalles muy pequeños en morado.

Se acercó al espejo, se retocó el pelo con los dedos y mirándome de reojo me preguntó qué tal estaba.

—Estás para desmayarse —dije encandilada.

—Pues ya somos dos, entonces.

En el coche empecé a ponerme nerviosa.

—No me dejes beber mucho. Cuando estoy nerviosa bebo, por hacer algo.

—Tranquilízate. Solo son mis padres. Son un poco gilipollas, pero estoy seguro de que, acostumbrada como estás al gilipollas de su hijo, no será ninguna novedad.

Ya. Sus padres, todos sus amigos pijos y Dios sabe quién más. ¿Serían todos imbéciles de verdad?

—No me dejes sola, por favor.

—Ni loco. No me fío de lo que puedas ir diciendo por ahí de mí. —Me sonrió—. Fuera de mi casa tengo buena fama, ¿sabes?

—Sí, de buen chico, seguro. De ese tipo de buen chico al que no le gusta correrse en la boca de sus novias.

Álvaro se atragantó con la saliva mientras se reía y tosió hasta aclararse la garganta, conduciendo diligentemente.

—Me pones tanto conduciendo… —murmuré.

—A la vuelta puedes tocarte si quieres.

Me gustó la idea…

Aparcamos frente a una casa grande. Enorme, a decir verdad. La calle se encontraba atestada de coches lujosos y lustrosos. Eran las nueve y cuarto. Cuando salimos empezamos a escuchar el murmullo de las conversaciones y las risas, además de música ambiente. El viento azotó frío, poniéndome la carne de gallina.

—¿Es en el jardín? Hace mucho frío… —susurré.

—Ya lo verás…

Álvaro empujó la puerta, que cedió hacia dentro. Nos recibió un hombre de mediana edad bien abrigado, frente a la casa, con una carpeta en la mano. Sonrió al encontrarse a Álvaro.

—¡Eh! Pasa, corre. Tu madre estaba preguntando que dónde estarías.

Se dieron la mano.

—Ramón, esta es mi novia, Silvia. Silvia, este es Ramón. Ayuda a mis padres con la casa.

—Encantada. —Sonreí.

Entramos y dejamos los abrigos en una habitación llena de burros de metal y perchas. Después Álvaro me cogió de la mano y me condujo por el pasillo; cruzamos una puerta hacia el exterior y salimos a un jardín bastante grande donde habían levantado una carpa de madera y lonas blancas que además estaba iluminada como si se tratase de una película. En dos de los laterales de la carpa había barras, con dos camareros en cada una sirviendo bebidas. Empezaban a pasearse unas chicas de uniforme blanco y negro que portaban bandejas con aperitivos. En un rincón, para mi soberana sorpresa, encontré un cuarteto de cuerda tocando jazz instrumental. Tócate las pelotas.

Me giré hacia Álvaro sorprendida y él susurró que no me asustara justo antes de tirar de mí y llevarme frente a un hombre alto, delgado y elegante que nos repasó de arriba abajo antes de despedirse de las personas con las que hablaba y dirigirse a nosotros. Tenía las sienes plateadas y una sonrisa que recordaba al instante a Álvaro, además de los ojos de un azul muy claro, parecidos a los de su hijo. Era un hombre bastante agradable de ver...

—¡Álvaro, hijo! Tu madre se andaba quejando por ahí de que llegabas tarde. ¿La has visto ya?

—No, ahora la busco para disculparme. —Sonrió—. Papá, esta es Silvia, mi novia.

Su padre volvió a mirarme y sonrió.

—Bonito vestido. Me encanta lo retro. —Me dio dos sonoros besos en las mejillas y miró a Álvaro—. Id a buscar a tu madre. Se estará poniendo nerviosa. Señorita, encantado de conocerla. Espero que podamos charlar más tarde.

—Igualmente. —Sonreí.

Álvaro paró en la barra y pidió dos copas de vino blanco. Después seguimos buscando a su madre.

La encontramos junto a la casa fumando un cigarrito fino junto con otra chica joven. Ella llevaba un vestido de cóctel de encaje negro hasta la rodilla, bastante entallado, con un escote en barca que dejaba parte de los hombros al descubierto y con las mangas también de encaje hasta el codo. Era una mujer rubia, muy delgada y bronceada, que calzaba unos zapatos de tacón de Manolo Blahnik. Soy fetichista de zapatos, sabría distinguirlos entre un millón. Pronto nos vio llegar y clavó sus ojos azules sobre nosotros.

La chica que se encontraba junto a ella tendría más o menos mi edad, pero lo único que teníamos en común es que las dos éramos hembras humanas. Tenía el pelo castaño claro cobrizo suelto y brillante y los ojos grises pintados con sombras de ojos marrones y doradas. Llevaba un vestido de seda que se pegaba a su piel, de color turquesa, de una sola manga muy ancha, que caía en su lateral con estilo. A los pies lucía unos Manolos modelo Dorsay en dorado, a juego con la pulsera ancha y rígida que lucía en el brazo que llevaba al descubierto.

Cuando llegamos hasta ellas les había dado tiempo de sobra para analizar con precisión quirúrgica mi aspecto. Me sentí desnuda e incómoda y apreté la mano de Álvaro.

—Dos pájaros de un tiro —dijo él—. Mamá, Jimena…, esta es Silvia, mi novia. Silvia, estas son Sonsoles, mi madre, y Jimena, mi hermana.

Me miró y sonrió.

—Encantada —dije tratando de ser amable mientras me acercaba a saludarlas con dos besos.

—Espera, guapa, que no quisiera quemarte. Ese vestido debe de arder como las cerillas. —Me apartó ligeramente su madre.

Después me dio dos falsos besos al aire, coincidiendo con mis mejillas. Su hermana hizo lo mismo pero con más desgana si cabe. Me sentí tan fuera de lugar…

—Casi llegas tarde —dijo su madre mirándolo a él, ignorándome.

—He llegado a la hora que me pediste que llegara.

—Y ya os ha dado tiempo de beber, ¿eh? —Señaló nuestras copas.

Álvaro se humedeció los labios pero no contestó.

—Qué fiesta tan bonita —comenté ante el silencio.

—¿Te gusta? —volvió a decir Sonsoles casi sin mirarme.

—Mucho. Es muy… elegante. —Sonreí nerviosa—. Como sus vestidos.

—A Silvia le encanta la moda —terció Álvaro.

—Son preciosos —repetí, tratando de que pelotearlas sirviera para distender el ambiente.

—Sí, gracias. El tuyo es también muy… mono.

Y el tono en el que lo dijo me dejó bastante claro que mentía. No me hizo falta fijarme demasiado en la mirada que cruzaron madre e hija.

—Jimena, ¿te ha comido la lengua el gato? —preguntó Álvaro algo tirante.

—El gato no. La gata —dijo maliciosamente.

Carraspeé y miré al suelo. Mala idea. Vi de reojo sus maravillosos zapatos y después clavé la mirada en los míos de Zara.

—Mira, cielo, allí están mis amigos. Ven, te los presentaré.

Me despedí con una sonrisa y tragué como una bola enorme mis ganas de marcharme humillada a mi casa.

Nos acercamos a un grupo de chicos de la edad de Álvaro que nos recibieron con una sonrisa. Álvaro se relajó al momento, se le notó hasta en la postura de los hombros.

Empezaron bromeando sobre la ropa que llevaban, siguieron haciéndose bromas que no entendí y terminaron carcajeándose hasta que una chica se me acercó y sonriendo comentó que ella tampoco los entendía cuando se ponían así.

Después de las presentaciones me relajé ostensiblemente. Sí, era gente que había vivido una vida completamente diferente a la mía, pero eran agradables y simpáticos. No adiviné ninguna mirada reprobadora en ninguno de ellos y tampoco en sus parejas, con las que me puse a charlar sobre cosas intrascendentes. Me sentí integrada.

Después de un par de copas más de vino blanco frío Álvaro se acercó y me pasó un vaso con zumo de tomate. Le sonreí.

—¿Es la señal para que deje de beber?

—Qué lista es mi niña —me contestó besándome en la sien.

Alguien llamó la atención de Álvaro con un carraspeo y nos giramos para encontrar a una chica delgada como un junco, con el pelo castaño claro recogido en un moñito bajo y los labios pintados de un discreto rosa. Lucía un vestido negro plisado sin mangas, con una lazada a la cintura que la hacía parecer más delgada aún. Delgada y lánguida. Lanzó un brazo alrededor del cuello de Álvaro y le besó en las mejillas con dedicación. Me pareció una sobona y, por supuesto, no me gustó.

—¿¡Qué haces aquí!? ¡Te hacía en Boston! —dijo él.

—Vine de vacaciones. Tendré que volver antes de las fiestas, pero, bueno, menos es nada. —Le sonrió y se le volvió a abrazar mientras le decía lo mucho que se alegraba de verlo.

De pronto sus ojos verdes repararon en mí y se apartó un poco de Álvaro.

—Hola —me dijo al ver que los miraba tan indiscretamente.

—Ven, cariño —susurró Álvaro con una sonrisa de satisfacción—. Carolina, esta es Silvia, mi novia.

—Ah... —Abrió los ojos, sorprendida—. No tenía ni idea de que tú...

—Sí. —Sonrió—. Desde hace... ¿dos años, mi vida?

¿Álvaro llamándome «mi vida» en público? ¿Carolina? Bien, estaba claro. Esa era su exnovia más reciente, la que quería casarse con él.

—Encantada. —Sonreí y le di la mano, esperando que si la mantenía ocupada, dejaría de sobar a mi novio.

Nos estrechamos las manos y nos sonreímos falsamente las dos. Las chispas saltaban. No la culpo por odiarme. Entendía que odiase a la mujer que tenía ahora a ese hombre al que ella había perdido. ¿Le habría dicho te quiero a ella?

—Qué vestido tan bonito —añadí, nerviosa de nuevo—. ¿Es de Hoss Intropia?

—Sí, qué ojo. —Sonrió.

Un camarero pasó con unas copas y tras dejar el zumo de tomate cogí otra copa de vino blanco de la que bebí un buen trago.

—Siempre he querido un vestido de Hoss —dije notando mi tono más acelerado—. Pero me temo que con mi sueldo no me lo puedo permitir. Hace dos años que me tiro al jefe, pero no hay manera de que me lo suban. No debo de comerla muy bien.

Álvaro abrió los ojos de par en par y su exnovia tosió delicadamente, mirando hacia el suelo.

—Pues nada, lo dicho. Encantada. Si me perdonáis, necesito ir al aseo a tratar de calmar mi diarrea verbal. —Me terminé la copa de un trago y se la di a Álvaro.

Caminé hacia la casa y le pregunté a una camarera que pasaba por allí dónde estaba el baño. Lo señaló y le di las gracias con una sonrisa. Sabía de sobra que habría estado mucho más cómoda con ella y el resto del servicio contratado del evento que entre los invitados.

Cuando llegué al aseo me crucé con Jimena, que ni siquiera se paró a hablar conmigo. Me saludó con un movimiento de cejas y siguió su camino. Suspiré y me metí en el baño. Álvaro se coló detrás y cerró la puerta. No quise ni mirarle a la cara.

—¿Estás enfadado?

—¿Por qué iba a estarlo? —preguntó—. ¿Porque te ha dado un ataque de pánico mientras hablabas con mi ex?

Me giré y vi que sonreía.

—No te rías de mí. Aquí dentro solo soy un pegote.

—A mí tampoco me gusta estar aquí —contestó, y no me pasó desapercibido que no había negado lo poco que yo encajaba allí.

—Pues vámonos. —Me encaramé a su pecho.

—No podemos. Tenemos que estar aquí un rato más.

Asentí.

—Vale, pues déjame hacer pis. En cuanto acabe te buscaré ahí fuera, entre los invitados al Baile de la Rosa.

—No te escapes por la ventana.

No sería por ganas.

Cuando salí de nuevo me encontré con la tal Carolina comentando algo con Jimena en voz baja. Cuando me vieron se miraron entre ellas y estallaron en carcajadas. Dios…, ¿algo más?

Localicé a Álvaro junto a una de las barras hablando con una chica que me pareció bonita pero a la que ni siquiera quise prestar atención; probablemente no la miré dos veces a la cara. Me coloqué a su lado, alcancé otra copa y desconecté, dándole pequeños sorbos. Me apetecía quitarme el vestido y los zapatos y meterme en la cama con la colcha por encima de la cabeza.

—Perdona, cariño… —susurré—. ¿Te importa si voy fuera a fumarme un cigarrillo?

—No, claro. Ve. Ahora voy a buscarte.

Paseé por el lateral de la casa, sobre el césped, y me senté en un rincón resguardado del frío a fumar. Mis tacones se habían llenado de hierba y barro, pero, bueno, no eran unos manolos. Una camarera muy jovencita apareció y se quedó parada al verme allí sentada. Llevaba un cigarrillo y un mechero en la mano. Le sonreí.

—No se lo diré a nadie. ¿Quién no tiene derecho a una pausa para el cigarrillo?

Se acercó y se sentó a mi lado.

—Eres una de las invitadas, ¿verdad?

—Sí, pero no los conozco mucho. —Arrugué la nariz.

—Has venido con el chico guapo. —Se rio.

—Sí, es mi novio.

—¡Vaya! Pues es muy guapo.

—Dime, ¿qué estudias?

Se llamaba Andrea y estudiaba Bellas Artes. Estaba ahorrando para comprarse un coche de segunda mano. Iba a pasar el verano en Tarifa con sus amigas y quería ser profesora de dibujo. Salía con un chico que se llamaba Quique, pero no tenía muy claro en qué punto se encontraba su relación, porque él estaba a punto de irse a cursar el segundo cuatrimestre a Ámsterdam, de Erasmus.

En esas estábamos cuando alguien carraspeó frente a nosotras. Ella se levantó de golpe, asustada, pero Álvaro le dirigió una mirada amable.

—Creo que te están buscando —susurró.

—Yo…, no…, esto…, perdone.

—Yo no te he visto. —Le guiñó un ojo.

Creo que la pobre Andrea estuvo cerca del colapso respiratorio, mirándolo con la boca abierta. Cuando reaccionó se fue corriendo.

Álvaro clavó los ojos en mí y se metió las manos en los bolsillos del pantalón en un gesto muy suyo, con las piernas ligeramente separadas.

—Tienes el poder de volvernos a todas locas —susurré sin poder despegar mis ojos del dibujo de sus labios—. Eres demasiado guapo.

—Se ve que no lo suficiente como para retener a mi chica a mi lado en esta fiesta.

Me encogí de hombros y me tendió una mano.

—Carolina es muy mona —le dije a las bravas mientras me levantaba cogida a su mano.

—¿Estás celosa? —Frunció el ceño—. ¿Estás celosa de una persona de la que hace dos años que no sé absolutamente nada?

—No estoy celosa. Es que… mira a tu alrededor. Todas lo son. Son como clones de Olivia Palermo. ¿Crees que encajo aquí? —Ladeó la cabeza, como si estuviera tratando de desentrañar el significado profundo de lo que le estaba diciendo—. ¿Follabais mucho? —le pregunté empezando a estar celosa.

—Salimos juntos durante cinco años…, ¿me imaginas haciendo voto de castidad? —Las comisuras de los labios se le curvaron.

—Pero follabais…

—No como tú y yo. Nada como tú y yo. —Y a pesar de que parecía relajado, no podía esconderme que, en el fondo, no lo estaba. Le conocía bien—. Como seguro habrás imaginado por su pinta de pija estirada…, no era muy pasional —terminó diciendo.

—Sí, sí, muy pija y todo lo que tú quieras, pero tiene cara de «culo boca» —sentencié.

—¿Y qué es «culo boca»?

Hice un ademán con la mano.

—Ah, ya sabes, Álvaro. De las que les gusta que les den por detrás y que luego se la meten en la boca sin contemplaciones. Y no lo niegues. Pones cara de haberle puesto el culo como un bebedero de patos.

Álvaro miró hacia el cielo y resopló.

—Vamos a despedirnos. No te someteré a estas torturas por más tiempo —masculló.

Salimos hacia la carpa y nos encontramos de cara con su padre, que fue muy amable cuando nos despedimos.

—Encantado de conocerte, Silvia. A ver si repetimos pronto, pero en *petit comitè*. Me encantaría que pudiéramos charlar un rato. Álvaro cuenta de ti que eres una chica muy interesante.

—Bueno, ¿qué va a decir él? —Le sonreí sinceramente. Estaba tan agradecida de que alguien de su familia fuera amable por fin conmigo...

Después, pasando por donde se hallaban todos sus amigos, repetimos despedidas y fórmulas de cortesía. Estaba muy contenta por irme a casa ya, así que fui encantadora y simpatiquísima.

—Nos despedimos de mi madre y de Jimena y nos vamos —anunció Álvaro a media voz mientras entrábamos en la casa—. Quédate aquí un momento, voy a buscar los abrigos.

—Voy al servicio antes —dije corriendo ya por el pasillo.

Tardé menos de tres minutos en volver y cuando me acerqué hacia la habitación que habían habilitado como ropero, escuché la voz de Álvaro. Iba sonriendo hasta que distinguí que estaba hablando a media voz con alguien y que el tono no era muy amable. Me pegué a la pared y esperé, tratando de escucharles en una postura natural y despreocupada, por si alguien me descubría.

—Te entendí a la primera —farfulló Álvaro con mal humor.

—Es que no sé qué te ha dado. Yo creo que te has debido de volver loco. Yo entiendo que los chicos queréis pasároslo bien y esas cosas; tíratela cuantas veces quieras, pero no me la traigas a casa. ¡A mi casa! Qué avergonzada estoy, por Dios. La ha visto todo el mundo. —Su madre hizo una pausa.

—Podría ser heredera de una casa europea y seguiría sin gustarte.

—No digas tonterías, Álvaro. Trae a quien quieras menos a esta. No tiene modales. Es…, es una cualquiera con un vestido barato y con unos zapatos de saldo. ¡Una putilla de discoteca, Álvaro! No me esperaba esto de ti. ¡Después de haber estado con Carolina! ¡Con Carolina! ¿Tú las has visto juntas? Es como si hubieras dejado a medias una botella del mejor vino del mundo para amorrarte a un brick de Don Simón. —Un nudo se me instaló en la garganta, que subía y bajaba cuando tragaba. Y lo peor era que aquella mujer hablaba y hablaba y Álvaro no contestaba—. Es una princesa de barrio. Y tú eres alguien que merece al lado a una mujer como tú. Como todas las que están en esta fiesta menos ella. Así que haznos un favor a todos, incluido a ti mismo: tenla en tu cama cuanto tiempo quieras, pero escóndela, por el amor de Dios. No quiero volver a verla por aquí. No me la traigas más, te lo aviso. Y ya que estás, piénsatelo muy mucho, que no tienes edad de estar haciendo el paria con una guarrilla, por muy bien que te lo haga pasar, que no lo dudo. Desde luego tiene pinta de eso.

Sentí presión en el pecho y por primera vez en muchísimo tiempo creí que no podría contener el llanto. Di un par de pasos hacia la puerta de salida y escuché a Álvaro llamarme a mi espalda.

—Silvia. —Y el tono de su voz era tenso como el acero.

Respiré hondo antes de girarme.

—¡Ah! Pensé que ya habrías salido. No te encontraba.

—No…, estaba despidiéndome de mi madre.

Sonsoles se asomó al marco de la puerta, quedándose apoyada en una postura elegante.

—¿Ya os vais, cariño? —me dijo dulce y falsamente, pero sin tratar de esconder que se alegraba de perderme de vista.

—Sí. —Me obligué a tragar bilis y a sonreír—. Ha sido un placer. Tiene usted una casa muy bonita. Gracias por invitarme.

—De nada. —Y entonces vi de quién había aprendido Álvaro ese gesto que tanto me repatea, el de tensar los labios en algo parecido a una sonrisa para devolverlos a su lugar al segundo.

Me puse deprisa el abrigo que me tendía Álvaro y salí rápido hacia el jardín, un par de pasos por delante de él.

Lo cruzamos y salimos a la calle. Álvaro sacó las llaves del coche y, en silencio, nos metimos dentro. Me mordí muy fuerte el labio inferior mientras miraba a la calle y él ponía en marcha el motor.

Me dije a mí misma que tenía que tranquilizarme y que, ante todo, no debía llorar. Me haría un flaco favor a mí misma. No tenía que olvidarme de que aquella persona era Álvaro y daría igual lo cargada de razón que estuviera para disgustarme de aquella manera si me echaba a llorar, porque entonces él se escudaría en que no le gustaban los llantos.

Seguíamos en silencio cuando llegamos a la autopista que se dirigía hacia el centro. Al fondo se veía la Torre Picasso y un poco más a la izquierda desde donde nos encontrábamos las Torres Kio y los que ahora eran los edificios más altos de Madrid.

—¿Qué te pasa? —dijo en voz muy baja.

Le miré con todo el desprecio del que fui capaz y cruzando los brazos a la altura del estómago le contesté:

—¿Tú qué crees que me pasa?

—Lo que creo es que era una conversación privada y que no tienes derecho a ir escuchando a los demás a hurtadillas.

Levanté las cejas, sorprendidísima.

—¡¿Qué dices?! —exclamé levantando la voz.

—No me grites.

—¡¡Puedo gritar lo que me venga en gana, porque solo soy una puta de discoteca, una princesa de barrio!! ¿No? —Chasqueó la lengua contra el paladar y siguió mirando la calzada. Exploté. No pude contenerlo más y grité—: ¡¡No dijiste nada!! ¡¡No me defendiste!! ¡¡Dejaste que dijera todas esas cosas de mí y ni siquiera te inmutaste, maldita sea!!

—Es mi madre —contestó crípticamente.

—¡Me llamó cosas horribles! ¡¡Si alguien hablara así de ti delante de mí le arrancaría los ojos!! —Y me di cuenta de lo alto que estaba gritando cuando me dolió la garganta.

—Baja la voz.

—¡¡No me da la gana!!

Respiré hondo un par de veces y mirando por la ventanilla recé por aguantar las lágrimas que me quemaban en los ojos. Me temblaba el labio inferior cuando entramos a Madrid inmersos en un silencio denso y violento.

—¿No vas a decir nada? —le pregunté cuando controlé mi respiración.

—No.

—¿No?

—No mientras estés en ese estado.

Me acurruqué cuanto pude en mi asiento y me concentré en mirar cómo la ciudad nos iba engullendo. Apoyé la frente en el cristal frío y esperé que todos los semáforos estuvieran en verde y que yo pudiera llegar pronto a casa.

—Déjame en mi casa —murmuré.

—Es lo que iba a hacer. Estás demasiado nerviosa para tener una conversación.

Aquello me dolió aún más. Ni siquiera iba a intentar disculparse.

Entró en la calle paralela a la mía y tras cruzar a toda prisa la perpendicular, paró el coche en doble fila frente a mi portal con un frenazo brusco. Eran las doce y por allí no se veía a nadie.

—Esperaba que te disculparías, que me dirías algo que me hiciera sentir mejor, como que nunca has estado de acuerdo con tus padres o que no quieres su vida, pero aquí estás, callado. Callado como cuando tu madre me ha llamado puta. —Me desabroché el cinturón. Álvaro se apoyó en la ventanilla con el puño cerrado apretado junto a la boca. No contestó—. ¿Lo piensas? Dime..., ¿piensas como ella? —Parpadeó despacio y siguió sin contestar—. Tú no me quieres. —Cogí aire para no sollozar—. No me quieres.

—Es mi madre, por poco que tengamos en común —volvió a decir.

—¡¡Será tu madre pero es una clasista de mierda!! ¡¡Es una gilipollas, Álvaro, ¿me oyes?!! ¡¡Una falsa superficial!!

Se giró rápidamente hacia mí. Le toqué la fibra.

—No te atrevas a ponerte a mi madre en la boca, ¿entendido?

—¿O qué? ¿O te callarás cuando ella te diga que le avergüenza que estés conmigo? ¡Ah, no, eso ya lo has hecho!

—¡¡¿Qué querías que le contestase?!! —gritó.

—¡Lo mismo que me acabas de decir a mí! ¡Que no hable de mí! ¡Que me respete porque soy tu novia y voy a ser tu mujer! —le contesté a gritos—. ¡Eres un cobarde de mierda!

—¡¡¡Es que tiene razón!!! —vociferó—. ¡¡¡Tiene razón!!!

Cogí aire.

—Soy una cualquiera, una de esas chicas que puedes follarte hasta hartarte y luego dejar plantadas, ¿no?

—No. —Se cogió la cabeza entre las manos y se mesó el pelo, nervioso—. No y lo sabes. Pero no..., no encajas. No eres como nosotros..., no eres... como ellos.

—No, has dicho que no soy como vosotros. Si tú eres como ellos a lo mejor no deberíamos volver a vernos, ¿no?

—Quizá.

Bien. Menuda patada en el estómago. Me quedé sin respiración y sin palabras. Álvaro puso los ojos en blanco, resopló y siguió mesándose el pelo.

—Vamos a dejarlo estar —susurró—. Estamos diciendo cosas para hacernos daño.

—Sobre todo tú —contesté con un hilo de voz.

—Tienes razón, ¿sabes? Tenía que haberte defendido. Pero el problema es que no me salió…, no me nació hacerlo. No me merece la pena discutir con mi madre por defender algo en lo que no va a creer jamás. Simplemente… no me merece la pena.

Pensé en irme al momento, pero me quedé lo suficiente como para ver cómo iba rompiéndose todo. Como cuando vas a caer en el hielo y escuchas que se desquebraja bajo tus pies y a tu alrededor.

—Creo que deberíamos estar unos días sin vernos…, poner distancia.

—Cobarde… —susurré con rabia.

—A lo mejor. Pero necesito estar lejos de ti unos días.

—¿Estás dejándome?

Me miró.

—Estoy pidiéndote que nos demos un tiempo. Un par de días. Tenemos que pensar, Silvia.

—No me lo puedo creer. —Apoyé la cabeza en las manos, a la altura de las rodillas—. ¿Todo esto porque a tu madre no le gusto?

—No, no es porque a mi madre no le gustes, Silvia. Con eso ya contaba.

—¿Entonces?

No contestó. Solo miró al frente, agarrado al volante.

—Lo siento —musitó de pronto—. Pero quizá nos hemos precipitado en algunas cosas. No me he sentido cómodo contigo, Silvia. No me lo has puesto fácil.

—Piden tiempo las parejas que están mal. —Le miré—.

Antes de lo de esta noche…, antes de lo de esta noche no…, no había nada. —Al ver que no reaccionaba, cogí mis cosas con manos temblorosas—. Tómate el tiempo que necesites. Échame de menos. Y date cuenta de que cada vez que has dicho que lo nuestro es especial y que ninguna pareja se nos parece, tenías razón. Yo esperaré que te vuelva la cordura.

Abrí la puerta del coche y me fui sin mirar atrás. Ni siquiera había llegado al portal cuando empecé a sollozar. Agradecí que ya se hubiera marchado. Y qué fría estaba el agua cuando me caí a través del hielo…

39

Me estoy mirando el tatuaje en la muñeca cuando Gabriel se sienta a mi lado, en el brazo del sillón.

—Ya está todo en el coche —me dice pasando los dedos por encima de la piel de mi brazo—. Hay *paparazzi* por aquí.

Asiento. Ya casi me he acostumbrado. El primer día aluciné. ¿A quién puede interesarle una foto mía tomándome un té helado por la calle? Pero son gajes del oficio de «esposa de estrella del rock». *I can't believe it.* Qué cosas te pasan, Silvia.

Le miro y le hago morritos. No me quiero ir. Él se ríe.

—¡Quédate! Te lo he dicho un millón y medio de veces.

—Es que tengo que irme. Pero no quiero. —Le hago otro mohín.

—Piensa en todas las cosas que te he dicho. Solo tienes que llamarme y lo dispondré todo.

Me levanto y me despido de un vistazo de mi habitación. Cuando veo el vestidor siento ganas de llorar.

—Yo lo que quiero es ser mujer florero y tener un montón de amantes escondidos en ese armario.

—Ahí caben muchos. —Me coge por la cintura, por detrás.

—No me menosprecies. Soy una fiera.

—No lo dudo.

Me besa el cuello y me giro para rodearle también con mis brazos. Huele tan bien…, le voy a echar de menos. Aunque sé que vamos a estar en contacto. Soy su mujer. Aunque sea para divorciarnos vamos a tener que estar en contacto el uno con el otro. Pero el caso es que Gabriel no quiere ni escuchar hablar de separarnos. No sé qué puñetas significa para él, pero desde luego algo es. Hace dos días firmé muchos papeles para regularizar nuestra situación, entre ellos un contrato que estipula a lo que tengo derecho en el caso de decidir terminar con nuestro matrimonio. Aunque en un primer momento no quise firmarlo, Gabriel insistió mucho. Al parecer merezco un reembolso de bastantes cientos de miles. Creo que está a gusto con esto y que sabe que si esa cláusula está ahí, yo no querré cobrarla. Es el único sentido que le encuentro.

También me dijo que si sufría un accidente, todo sería para mí. Me dieron ganas de escupirle, pero me quedé tranquila dándole un puñetazo en el hombro. No quiero que le pase nada. Me dan igual los millones de dólares que eso suponga y las casas en propiedad. Quién lo iba a decir. A mí dándome igual una cantidad ingente de pasta. Pero Gabriel es importante para mí. No sé cómo ha pasado. Hace dos meses que nos conocemos y ahora no me imagino sin él, sin poder llamarle al menos una vez al día. Y sorprendentemente a él le pasa lo mismo. Quiero hacerme a la idea de que es probable que todo esto responda a un puntazo de la caprichosa personalidad de un artista. No sé, Jennifer López necesita flores frescas y litros y litros de zumo de naranja en su camerino y a Gabriel le ha dado por mí. A lo mejor dentro de un par de meses conoce a otra persona y yo paso a la historia. Él me ha dicho varias veces que tiene tendencia a hacer daño a la gente que le quiere. Tengo miedo, pero no puedo alejarme. Es como si algo en mis entrañas ya le perteneciera a él.

Cuando deshacemos el abrazo miro el reloj.

—Es hora de irnos.

Gabriel me retiene.

—Quédate —dice en un susurro.

—Sabes que no puedo. —Y solo con esa proposición me hace un poco más feliz.

Vamos en el Mustang, por petición mía. Le pido que corra mucho y el paisaje se desdibuja en las ventanillas cuando recorremos una recta a toda velocidad. Nos sigue como puede un coche de su equipo de seguridad. Me ha contado que normalmente no los lleva con él más que cuando tiene algún evento, pero que les ha llamado para evitar que me acosen los *paparazzi*. Estoy alucinando. Me dice que soy su niña y yo... ¿qué queréis que os diga? Quiero creérmelo.

Cuando llegamos al aeropuerto me pregunta si le voy a enseñar una teta para no faltar a la tradición y cuando hago amago de sacármela me para, a carcajadas, recordándome que hay periodistas. No me gustaría que salieran fotos mías enseñando un pezón, así que me controlo.

Cuando salimos del coche un chico vestido de negro con gafas de sol se mete en el asiento del conductor y se lo lleva. He atisbado un pinganillo en su oreja. Me siento como la familia real.

Gabriel y yo entramos en la terminal empujando un carrito con mi maleta y mis bártulos de mano. La maleta vuelve mucho más llena de lo que vino; Gabriel ha tenido a bien regalarme algunas cosas. Me siento mal, ya se lo he dicho, pero me encantan las compras, me encanta la ropa y me encanta pensar que voy a llevar una camiseta que él ha elegido para mí. Somos tan moñas que me dan ganas de vomitar arcoíris y llorar pur-purina. Pronto comeremos nubes.

Los vemos llegar; por eso no nos quitamos las gafas de sol. Son tres, no es una horda, pero los chicos de seguridad no pueden evitar los cuatro o cinco primeros flashes. Le pregunto a Gabriel dónde está Volte mientras me coge por la cintura.

—Está de vacaciones.

No creo que nadie se atreviera a hacernos fotos si lo lle-váramos con nosotros. Es muy grande y tiene cara de malo. A decir verdad, tiene cara de poder comerse a alguien como en el cuadro *Saturno devorando a sus hijos*, de Goya.

Los dos chicos del pinganillo se ponen delante de noso-tros y hacen un poco de barrera humana. A mí me entra la risa, porque todo esto me parece superridículo y Gabriel también se echa a reír. Parecemos dos tontos.

Vamos a la ventanilla de facturación de primera y Gabriel se muestra muy cariñoso. Le pregunto qué le pasa y él, como un gatito, me dice que me va a echar de menos. Y los fotógrafos le dan igual.

Cuando ya tengo el billete y he facturado el maletón, Ga-briel y yo vamos caminando sin prisa hacia el control de segu-ridad. Una vez dentro una amable azafata me acompañará a la sala VIP para que espere allí hasta que salga mi vuelo.

—¿Y no puedes venir a esperar conmigo? —lloriqueo agarrándome a Gabriel.

—Aquí son muy serios con las cuestiones de seguridad.

Asiento. Lo entiendo. Además, es mejor despedirnos cuanto antes. Creo que voy a llorar como una tonta.

La cola va moviéndose hacia delante, despacio. La gente mira a Gabriel, que sigue a mi lado con las gafas de sol puestas. Mejor no comento lo bien que le quedan las gafas de sol.

—Venga, vamos a despedirnos ya —le suplico—. Empe-zarán pronto a pedirte fotos.

Él sonríe y me abraza aprovechando que hay un montón de gente pasando ahora mismo el control y que la cola se ha detenido. Me besa la mejilla.

—Han sido las mejores dos semanas de mi vida —le digo.

—Para mí también.

Nos separamos un momento y sonreímos. Se acerca, apoya la frente en la mía, agachándose para poder hacerlo, y roza la punta de su nariz con la mía.

—Te voy a echar de menos —susurra.

Gira la cara y encaja su boca con la mía. Pienso que va a ser uno de nuestros besos de amigos, pero va un poco más allá. Saborea mi labio inferior y después el superior. Abre la boca. Respondo al beso y la abro ligeramente también. Nos envolvemos con los brazos y su lengua entra despacio dentro de mi boca. Gabriel sabe tan bien…, no me cansaría nunca de besarle. Mis dedos se enredan con los mechones de su sedoso pelo negro y sus manos me aprietan a él por el final de la espalda. Me avergüenza confesar que este beso me está excitando. No quiero estropearlo, así que me echo un poco hacia atrás y terminamos el beso de manera sonora. Me sonrojo, miro al suelo y me seco los labios disimuladamente con la mano derecha.

—Vaya… —le digo.

—Eres mi mujer, ¿no? —Sonríe.

—Macarra —le contesto.

La cola avanza y él sale de allí. Las dos personas de seguridad se colocan detrás de él, a varios pasos de distancia.

—Te quiero —me dice.

—Y yo —le contesto de corazón.

En la sala VIP me sirvo un café y me siento junto a una gran ventana a ver, encogida, cómo despegan los aviones. No puedo evitar tocarme los labios. Estoy triste. ¿Qué me está pasando? Por Dios, que no sea amor. ¿Hay algo más kamikaze que enamorarse de una persona como Gabriel? Famoso, voluble, difícil y con un historial de microrrelaciones olvidadas y peleas de bar.

Vas de mal en peor, Silvia…

Cuando llego a Madrid estoy agotada y supongo que es por el cambio de horario, porque he podido dormir bastante. Enciendo el móvil mientras espero a recoger mi maleta y le envío un mensaje a Gabriel.

«Acabo de llegar. Gracias por las mejores vacaciones de mi vida. Te voy a echar mucho de menos. Ven pronto. No sé si sabré dormir en una cama sin ti».

Después llamo a mi madre para que se quede tranquila. Me dice que ha enviado a mis hermanos a recogerme y que comeremos todos en su casa. Me gusta tener a alguien que me recoja en el aeropuerto. Y me guste o no, tengo que hablar con ellos y contarles mi versión de los hechos antes de que una vecina chismosa le vaya con la copla a mi señora progenitora. Pobre.

Cuando salgo localizo a mis hermanos apoyados en una columna; tienen ese aire de dejada seguridad en sí mismos que siempre he querido imitarles. Al verme sonríen, enseñando todos sus dientes blancos. Los abrazo. Son unos cafres y nunca se acuerdan de llamarme ni para mi cumpleaños, pero Varo y Óscar me hacen sentir segura.

—Tienes pinta de estrella de cine de incógnito —dice Óscar.

—Y un poco de lamepollas también —contesta Varo con una sonrisa enorme.

—Y tú de soplanardos —le contesto con soltura.

Cuando nos subimos en el coche ellos empiezan a contarme que su garito ha salido recomendado en una guía de locales *cool*. Están sorprendidos porque no han pagado a nadie para que aparezca allí. Probablemente se lo hayan follado sin saberlo. Yo les escucho sin poder evitar acordarme de Gabriel.

—Y tú ¿qué nos cuentas de tu viaje? ¿Ya sabes contar hasta diez en inglés? —dice Varo.

—Era todo mentira, no he ido a aprender inglés. He ido a pasar dos semanas en la casa que Gabriel, el excantante de Disruptive, tiene en Toluka Lake. Y he hecho un montón de cosas guachis con él, porque es mi mejor amigo. Nos hemos tatuado juntos, nos hemos emborrachado, hemos ido a locales *cool*, hemos paseado por la playa de Santa Mónica y por Venice, donde me ha comprado un montón de ropa molona…

—Sí, claro —se ríe Óscar, que va de copiloto.

—Y nos hemos casado en Las Vegas. En principio fue todo una coña, en plan «a que no hay huevos…» y bueno, pues resulta que se nos fue un poco de las manos. Ahora también es legal en España, así que un respeto, que soy la señora de Gabriel Herrera.

—¿Tú sabes quién es ese? —le pregunta Varo a Óscar.

—Sí, claro. Pero está de coña.

—No estoy de coña —digo mientras miro el paisaje árido de Madrid en pleno agosto.

—No lo sitúo —vuelve a decir Varo.

—Tiene una canción chula…, el vídeo es él con unas alas negras…, así en plan siniestro. Moreno, delgado, con ojos oscuros…

—Ah, ya, ya. Joder, Silvia, qué fantasías más curradas te gastas —se echa a reír Varo.

Pongo la mano con la alianza en el hueco entre sus dos asientos y los dos miran de reojo.

—Madre de Dios, qué loca estás —suelta Óscar—. ¿Lo dices en serio?

—Claro. —Sonrío—. Mira.

Saco del bolso un par de revistas de cotilleo y tras pasar varias páginas llego a la que nos tiene a nosotros de protagonistas, la noticia de la ceremonia en Las Vegas. Alguien debió de vender a la prensa amarilla una foto de nuestra absurda boda.

—La hostia…, a mamá la matas de un disgusto… —murmura Varo muerto de la risa.

—A mamá no se lo voy a contar así, mongolo —le contesto—. ¿Os gusta mi tatu?

Lo miran los dos de reojo.

—Al menos no es un conejito de Playboy —contesta Varo entre dientes.

Óscar coge la revista y empieza a leerle en voz alta el breve artículo que acompaña a la foto, traduciendo sobre la marcha.

—«Gabriel, el solista más sexi del rock alternativo, nos ha sorprendido este pasado fin de semana con una boda sorpresa en Las Vegas. De la misteriosa pelirroja que es ahora su esposa solo ha trascendido que se llama Sylvia…», lo escriben mal, como si fueses guiri —me dice haciendo una pausa.

—Dicen que soy pelirroja. ¿Te lo puedes creer? —pregunto hastiada—. ¿Es que el color «ardilla» no existe en sus vocabularios?

Los dos se miran entre sí. Creo que a veces aún estoy más tarada que ellos, y eso que parecía imposible.

Mi madre no se lo ha tomado bien, pero tampoco mal. Me ha preguntado si estoy embarazada unas cuarenta veces. He tratado de explicarle que empezó como una broma, pero no ha logrado entender cómo puede alguien hacer legal en todo el mundo un matrimonio de coña. Le he enseñado el anillo y le he contado lo de los papeles que firmé con el abogado y lo bueno que es Gabriel conmigo. Pero no le he contado que nos besamos a veces y que dormimos abrazados.

También me ha preguntado si me utiliza para algo en su beneficio, que creo que es el equivalente a «¿te folla como si fueses su puta a cambio?» en el lenguaje maternal. Mis hermanos casi se han ahogado de la risa. Le he dicho que no. Pobre. Mi madre, con lo tierna que es, las cosas que le obligo a entender… Le digo abiertamente que no me acuesto con él, que no es un matrimonio de verdad y que, por supuesto, no tendremos hijos.

Como veo lo muy preocupada que se queda, llamo a Gabriel en un impulso suicida. Quiero que al menos escuche su voz, que compruebe que es verdad que nunca nadie me ha tratado tan bien. Quiero que oiga la manera en la que Gabriel me susurra. Y quiero escucharlo yo también. Soy una yonqui.

Gabriel coge el teléfono al quinto tono, cuando ya estoy a punto de colgar. Lo he pillado durmiendo.

—Gabriel... —susurro, y sé que tengo todos los ojos clavados en mí—. Siento despertarte...

—No pasa nada, cielo. ¿Ocurre algo?

—Estaba poniendo a mi madre al día y...

—Está flipando... —Oigo cómo se frota la cara con fuerza—. Es normal. Pobre.

—¿Te puedo poner en altavoz?

—Claro. —Y después carraspea. No le hace falta que le diga para qué quiero ponerlo en altavoz—. Hola. ¿Se me escucha bien?

—Con voz de dormido, pero bien. —Sonrío como una tonta.

—Perdonad —vuelve a carraspear y siento un hormigueo en mi ropa interior—, aquí son las seis y no soy de esos que acostumbran a levantarse al alba para salir a correr.

—Ya somos dos. —Me río—. Le estaba contando a mi madre que..., que estamos casados.

—Eh, sí. Disculpa, ¿cómo se llama tu madre?

—Rosario —digo mirándola mientras mis hermanos le enseñan una foto de Gabriel en el móvil.

Miro de reojo la foto que le están mostrando. Está hecha desde abajo. Se le ve de lado, con el pelo echado sobre la cara, los ojos mirando fuera de campo, los labios entreabiertos y el hombro, el brazo y el pecho tatuados, desnudos. Está para morirse, pero no es la foto que habría elegido yo para enseñarle a mi madre.

Gabriel empieza a hablar.

—Hola, Rosario. Encantado de hablar con usted. Sé que todas estas cosas le van a sonar muy de ciencia ficción. Hace dos meses Silvia y yo no nos conocíamos y ahora estamos casados. Además de…, de… que no somos uno de esos matrimonios tradicionales, claro. Por eso yo necesito que sepa que la respeto por encima de todas las cosas que hay en el mundo y que se lo voy a dar todo…, todo lo que necesite y esté en mi mano. Cualquier cosa. Ya no es una broma, es un contrato de cariño, si lo prefiere. Yo necesito a Silvia. —Miro a mis hermanos, que tienen la misma pinta que si estuvieran teniendo un viaje astral—. Si un día lo que necesita es separarse de mí y tomarse en serio esto del matrimonio, firmaremos los papeles y me aseguraré de que no le falte de nada. —Gabriel hace una pausa y suspira—. Silvia ya lo sabe…, me ha llenado un vacío que no sabía ni que tenía; sencillamente no me imagino mi vida sin ella. Es la única persona del mundo que me hace sonreír.

Mi madre me mira, preocupada, pero dibujando una sonrisa conforme.

—Para, va a entrar en coma —le digo sonrojada.

—Seguro que me pides que pare porque estás roja como un tomate.

—Vuelve a dormir —le pido sintiéndome supermoñas.

—Vale. Te echo de menos. Te quiero.

Mis hermanos se miran entre ellos y aguantan la risa cuando parece que a mi madre le va a dar un patatús y se va a quedar en estado vegetativo.

—Y yo —le contesto.

Sé que a mi madre van a hacerle falta semanas, quizá meses, para interiorizar esto. No quiero hablarle del dinero, los lujos y la vida que Gabriel ha prometido que podría darme si lo dejo todo y me voy con él. No quiero que lo aprecie por eso. Y cuando me doy cuenta de lo que estoy pensando me río de mí misma. Silvia…, recuerda poner los pies en el suelo. Por mucho que te diga «te quiero» es un hombre que no cree en el amor.

Lo que falta preguntarse es…: ¿creo en el amor yo a estas alturas?

40

DESTROZÁNDOME

Pasé días malos, por decir algo. Aquel fin de semana no hice mucho más que dormir. Me pasé tumbada en la cama buena parte del tiempo, esperando que Álvaro llamara para pedirme que habláramos. Entonces lo arreglaríamos todo. Pero el domingo por la noche yo aún no había recibido ninguna llamada. Nunca habíamos estado dos días sin saber nada el uno del otro.

Hablé con Bea. Ella me dijo que tenía razones de sobra para estar enfadada y se enfurruñó mucho cuando le confesé que si volvía todo se me terminaría olvidando.

—Yo solo quiero que vuelva, que me diga que lo del tiempo es una tontería —sollocé.

—¿Él te ha visto así? ¿Sabe lo que te hace?

Lloré más aún.

—Nunca me ha visto llorar.

—Pues quizá ha llegado el momento de que lo haga.

Bea defendía que yo le daba ya triturados todos los bocados difíciles de una relación. Silvia, la loca, la que necesitaba un filtro y que posiblemente tendría que haber sido medicada para la hiperactividad en algún momento de su vida, era la que se preocupaba de que Álvaro no tuviera que sufrir por nada. Quizá Bea tenía razón; pero siempre pensé que con ello lo estaba conservando, no alejándolo.

—Lamentablemente volverá con el rabo entre las piernas y tú te olvidarás de todo —me dijo Bea indignada.

—¿Y si no vuelve?

—Sería lo mejor que te podría pasar.

Sí, Álvaro era muy guapo, un tipo con éxito y un hombre fiable, a primera vista el típico chico con el que te gustaría que tu mejor amiga se pusiera a salir… Pero de ahí a escucharme en ese lamentable estado…, como que no. Además, ya he comentado que Bea tenía algunos problemas con aquella relación. Es lo que tienen las mejores amigas, que son muy sentidas, como una buena canción de Rocío Jurado.

El lunes me levanté una hora antes para poder ponerme guapa. Fue difícil, la verdad. Tenía los ojos como dos huevos duros de tanto llorar. Pero saqué mi maletín de la Señorita Pepis y apañé el entuerto como pude con kilo y medio de corrector, tres de fondo de maquillaje y más o menos tonelada y media de polvos. Hasta utilicé iluminador, que es algo que siempre he considerado que hay que usar con el mismo cuidado que el estampado de leopardo o el queroseno.

Al llegar a mi mesa vi que Álvaro no estaba en el despacho, pero sí todas sus cosas. Encendí el ordenador y me apresuré al rincón de la máquina de café para hacerme la encontradiza y lo conseguí. Lo hallé apoyado en la pared con la mirada perdida, bolsas en los ojos y un traje de color negro. Tenía un café en la mano.

—Hola —dije pulsando la opción del café con leche y el máximo de azúcar.

—Hola —contestó.

Se reincorporó y sorbió por la nariz con fuerza antes de terminarse el café de un trago.

—¿Te vas? —le pregunté.

—No, nena, no me voy, pero no estoy seguro de que este sea el mejor lugar para hablarlo —dijo tirando el vaso de café vacío y mirando la moqueta azul.

Aún no había llegado ninguno de mis compañeros, así que lo arrastré hasta el recodo de aquel micropasillo y apoyando las manos sobre su pecho le pedí que me mirara. Cuando levantó esos ojos tan grises me saltó el corazón dentro del pecho.

—¿Vamos en serio a dejar que esas cosas nos afecten? —susurré.

—Creí que serías la primera interesada en que esto no se quedara en una discusión sin más. Creí que lo del otro día también sería importante para ti. —Y un gesto de vulnerabilidad le cruzó la cara—. Fue…

—Fue feo —atajé.

—Y duro. Sé que para ti debió de serlo aún más, pero ponte en mi lugar.

Si mi madre se hubiera portado como una auténtica zorra con él también me habría dolido y avergonzado, pero no quise seguir pensando en aquello porque lo siguiente que me saltaba a la cabeza era la necesidad de que él hubiera intercedido para defenderme, aunque hubiera sido en un simple arrebato adolescente de «nadie me dice con quién debo salir».

—Olvidémoslo —le pedí. Y si Bea me hubiera escuchado me habría arrancado la cabeza con razón.

—Es difícil olvidarlo.

—¿No me has echado de menos?

Álvaro recorrió cada milímetro de mi cara con los ojos y después me acarició la mejilla; cuando las yemas de sus dedos tocaron mi piel una sonrisa pequeña se asomó a sus labios y yo correspondí con el mismo gesto. Estaba tan enamorada que, sorprendentemente, olvidaría el incidente en casa de sus padres por tenerlo junto a mí. Hoy sé cuán equivocada estaba.

—¿Cómo no iba a echarte de menos? —respondió al fin.

—Pues no me hagas esto. Arreglémoslo, aunque solo sea porque podemos.

El beso que vino a continuación fue tan melancólico que al volver a mi mesa no estaba segura de si habíamos decidido pelear por lo nuestro o pelearnos.

Aquel día nos escapamos a comer juntos, algo que no habíamos hecho durante los dos años que llevábamos saliendo y escondiendo nuestra relación dentro de la oficina. Me pregunté entonces, arrullada junto a su brazo en un rincón de aquel discreto restaurante, si Álvaro no se olería ya este final desde un principio y si no llevaríamos escondiéndonos ya varios años, pero la Silvia enamorada dio carpetazo a la historia. Enamorada y dispuesta a pasar por alto que mi pareja dejara que su madre me vejara de la manera en que lo había hecho. Y aunque no dejamos de tocarnos, de besarnos y de abrazarnos, aquel silencio…, aquel silencio era sangrante. ¿Qué estaría pasando por la cabeza de Álvaro?

Dormimos en su casa aquella noche. Cada minuto que recorría el reloj me iba asegurando de que aunque nuestra intención fuera olvidarlo, aquello iba a convertirse en un hito en el camino…, uno no especialmente bueno. Un antes y un después. ¿Era la decadencia? Me agarré tan desesperadamente a la idea de que podríamos superarlo que incluso me lo creí. Me lo creí hasta que a las tres de la mañana me encontré sola en la cama y al buscar a Álvaro, lo descubrí en el salón, a oscuras, bebiendo. Una copa, dijo, para conciliar el sueño. Y no era la copa lo que me preocupó, sino lo que ciertamente le mantenía despierto. ¿Era que le costaba estar conmigo casi tanto como estar sin mí?

Así fueron el lunes, el martes, el miércoles, el jueves… Cuando llegó el viernes estaba destrozada y desesperada. Después de pasar por todas las fases posibles, traté de hablar con él. Pero Álvaro se cerró en banda.

—No pasa nada, cariño —me aseguró la noche del viernes, conmigo sentada en su regazo.

—Te conozco y algo te pasa —argumenté.

—Es solo que… no me gusta hacerte daño.

—No me lo hagas.

—Va a ser muy difícil que no te lo haga nunca, Silvia. Por cómo soy y por cómo eres tú. La vida nos va a ir poniendo en situaciones que, ciertamente, no sé si sabré gestionar sin romperte al final.

—No soy débil, Álvaro. Soy fuerte.

Pero no lo suficiente para encontrar respuesta, me temo.

No sé cuándo lo supe, pero lo cierto es que cuando Álvaro se presentó en mi casa una noche la siguiente semana, no me sorprendió escucharle pedirme tiempo. Y aunque vino desencajado, como nunca lo había visto, no pude evitar que la pena se mezclara con la rabia que sentía hacia él. Yo, que al fin y al cabo había sido la humillada, había pedido olvidar lo que había sucedido con su madre y con su hermana. ¿Por qué tenía que ser él quién se viniera abajo?

—¿Me estás dejando? —le pregunté llena de una gallardía que me duró muy poco.

—No. No, nena. Solo quiero pensarlo bien, sin arrastrarte, sin hacerte sufrir más. Dame unos días. No sé qué me pasa, pero no soy yo y no estoy a gusto con esto.

Después se fue. No hubo ni un beso como despedida, y no fue porque no terminara de dejar mi orgullo de lado para pedírselo, casi implorárselo. Pero él negó con la cabeza, se revolvió aún más el pelo y me dijo que no podía dármelo.

—¿No lo entiendes? No puedo besarte e irme. No podré irme si te beso.

Eso me hizo pensar que quizá, quizá, Álvaro quería solucionar primero sus diferencias con su familia antes de que pudiéramos seguir con lo nuestro. Tonta de mí. Lo que buscaba era tiempo para olvidarme y sentar las bases de una vida sin mí.

Silencio. Fue lo que vino entonces. Un silencio implacable que incluso me acalló a mí por dentro. Ni una sola voz que me previniera dentro de mi ser. Ni una sola canción triste para reponerme. Nada. Un silencio ominoso que me destrozaba más que su ausencia y con el que, además, me veía incapaz de luchar. Yo solo quería que me abrazara y me dijera que no pasaba nada, que volvería conmigo de un momento a otro. No me reconocía ni a mí misma.

Y mientras yo luchaba por recuperarme entre tanta patraña, él comenzó a pasar de largo sin mirarme, a contestar a los emails de trabajo con una concisión fría y doliente y a tratar por todos los medios posibles de no encontrarse conmigo a solas ni para cruzar la puerta de la oficina a la vez. Álvaro fue alejándose, no sé si debatiéndose entre lo que creía que debía hacer y lo que quería. Ni siquiera estoy segura de eso. Ni siquiera sé si para él resultó fácil porque fue entonces cuando entendí que yo no conocía en absoluto a la persona con la que no solo había compartido dos años de mi vida, sino con la que quería pasar cada día hasta apagarme. ¿Dónde estaban de repente los «eres la mujer de mi vida», los «no me imagino la vida sin ti»? Con un simple te quiero siempre habría valido. ¿De qué me servían a mí todas aquellas frases ahora que veía, de pronto, a Álvaro alejarse?

Si Bea me ha odiado alguna vez, estoy segura de que fue entonces. Ella me hablaba de la Silvia que conocía y yo, sorprendida, encontraba lejana cualquier cosa que me uniera a ella.

Yo ya no era como Bea me estaba describiendo y cada día que pasaba sentía menos orgullo de mí misma y de todas las cosas que había conseguido sola. Sola ya no valía.

—Yo solo quiero que vuelva, Bea, no sé por qué no puedes entenderlo. Es él lo que me falta.

—No. Álvaro es lo que te sobra —me dijo una noche, después de que rechazara la invitación de salir con mis amigas aquel fin de semana.

—No digas eso —respondí a punto de volver a desplomarme, porque si en algún momento yo entendía que alguien creía aquello, sería el final absoluto de mi historia con Álvaro—. No lo digas ni en broma.

—Cuando uno tiene una pareja de las sanas…, y hablo de amor…, cuando uno quiere de verdad a alguien, no se convierte en el cincuenta por ciento de algo. Es el cien por cien de sí mismo. ¿Y qué queda de Silvia ahora? Él no te completa; Álvaro te consume.

No sé qué me ocurrió, supongo que fue una patada moral de Bea en el orgullo, porque de pronto el viernes decidí que debía salir con mis amigas, despejarme, entretenerme y dejar de vagar como alma en pena. O al menos fingirlo por no humillarme más a mí misma. No era algo que fuera demasiado conmigo, eso de venirme abajo. Como era lectora asidua de novelas románticas estaba familiarizada con esos procesos por los que pasan sus «heroínas», sin comer ni dormir ni reír porque él no está. Y estaba harta, sobre todo de darle la razón a Bea, destrozándome a mí misma con un silencio y un pesar que yo no merecía. Yo no era así, me dije mientras me arreglaba frente al espejo. Yo no era débil y toda la vida me la había traído muy floja lo que pensaran de mí. ¿Iba a desmoronarme porque la madre de Álvaro no me considerara suficiente para su rorro? Por el amor de Dios. Era él el que estaba demostrando una debilidad y estupidez supinas.

Ya se sabe. Las distintas fases de la rabia, la pena y el despecho de estar envuelta en algo que no era una ruptura porque ahora sé que Álvaro ni siquiera tenía cojones para llamar a las cosas por su nombre.

Como casi siempre que salíamos, aquel viernes hicimos botellón en casa de mi amiga Bárbara, que compartía piso con unas universitarias a las que podíamos robar hielos, mezcla o alguna botellita de vez en cuando. Al contrario de lo que se pueda pensar, no ahogué las penas en alcohol, porque no quería que mis amigas tuvieran que sufrirme borracha y llorosa, vomitando y sollozando su nombre. Prefería mantener la máxima dignidad posible.

Cuando las demás alcanzaron un nivel de alcohol en vena satisfactorio fuimos a un local que acababan de abrir en el centro. Mis amigas estaban muy emocionadas porque, según los rumores, íbamos a poder coincidir con un montón de actores y de famosillos. Nos había apuntado en puerta el novio de Nadia, que trabajaba de DJ residente, así que entraríamos gratis y nos invitarían a algo.

A pesar de que no estuviera demasiado feliz, me contagié del ánimo de las demás y empecé a pensar que nadie muere de amor. Mi vida seguía. Era él el que tenía que decidir si quería o no estar en ella. Nunca había cambiado por ningún tío y no lo haría ahora. ¿Me pedía tiempo porque yo no le gustaba ni a su madre ni a su hermana? Era lamentable. Y era él el lamentable, no yo (por primera vez).

Sé que tenía razón en pensar aquello, pero cuando hay sentimientos de por medio nada es tan fácil como marcarse un objetivo y perseguirlo.

Estaba apoyada en la barra hablando con los amigos del novio de Nadia, a los que ya conocía, cuando uno de ellos me lanzó al centro de la pista de baile con él. Sonaba el último tema de moda y todo el mundo se había venido arriba. La música, altísima, te envolvía. Toni, como se llamaba el chico que me había arrastrado hasta allí, se cogió a mi cintura y se puso a bailar. Cerré los ojos y me dejé llevar moviéndome suavemente al ritmo de la música, como si no hubiera nadie más allí. Sentí a Toni pegarse a mi espalda, pero lo ignoré.

—Estás muy guapa —dijo en mi oído.

—No la cagues metiéndome mano. Sabes que te la cortaré con el cristal roto de un vaso de cubata.

Me giré hacia él y le sonreí. Toni me cogió la mano y me dio una dramática vuelta que hizo que un montón de gente a nuestro alrededor tuviera que apartarse.

—Noooo —me quejé riéndome cuando trató de levantarme por los aires con mi minifalda negra.

Volvió a dejarme en el suelo. Me moví hasta un extremo de la sala menos concurrido y dejé que me diera vueltas, como si fuera una bailarina. Y mientras me reía a carcajadas.

—¡¡Que me mareo!! —exclamé.

Me soltó y trastabillé hasta colarme por encima de la catenaria que separaba el reservado VIP, donde un grupo de seis o siete chicos estaban bebiéndose una botella de vodka. Quise cogerme a algo cuando me di cuenta de que caía hacia atrás y aunque vi la mano de Toni tratar de alcanzarme, me caí sentada en las rodillas de un mozalbete con la raya al lado, muy repeinado.

—¿Silvia? —me dijo sorprendido.

Le miré y supe que le conocía, pero no sabía de qué. Fruncí el ceño, buscando dentro de mi cabeza de qué conocía yo a aquel Borjamari, y entonces una mano me ayudó a levantarme de su regazo. Al tocarla un calambre me recorrió entera, concentrándose al final entre mis muslos, que se contrajeron. Cerré los ojos. No, joder.

Álvaro me soltó la mano cuando estuve de pie frente a él. Todos sus amigos permanecían callados, mirándonos.

—¿Qué haces aquí? —dijo mirándome los labios.

Las luces de la discoteca se reflejaban en sus ojos azules.

—Vine con... —Señalé hacia mis amigas con la cabeza gacha—. Nadia sale con el DJ.

Entonces me enfadé. ¿Con la cabeza gacha? ¿Por qué? ¿Qué había hecho yo? Levanté los ojos maquillados de negro y le aguanté la mirada agradecida por no haberme puesto beoda perdida aquella noche.

—Yo vine con..., bueno, con ellos. —Los señaló y al mirar todos me saludaron con la mano—. Estás muy guapa.

—Gracias.

—Silvia —me llamó Toni—, voy a por una copa. ¿Vienes? Le miré y le sonreí, asintiendo.

—Bueno, Álvaro... Pásalo bien.

No contestó. Metió las manos en los bolsillos de su vaquero y se quedó mirándome marchar.

Cuando llegué a la barra me hice un hueco entre todas mis amigas y rebusqué nerviosa mi abrigo y mi bolso en la montaña de enseres que habíamos hecho sobre un taburete.

—¿Sales a fumar? —me preguntó Bea agitándose sin ritmo.

—No. Me voy.

—¿Qué dices? —Me sujetó del brazo—. ¿Qué ha pasado?

—Ha pasado que me acabo de tropezar con Álvaro.

—¡Gabinete de crisis! —gritó Bea.

—No. Me voy. Lo digo en serio. Si me quedo voy a terminar haciendo el gilipollas.

Al resto aún no le había dado tiempo a arremolinarse por allí ante la llamada de auxilio cuando yo salí por la puerta muy decidida a encontrar un taxi. Caminé hacia la calle principal, creo recordar que era muy cerca de Colón, y ya le daba el alto a uno cuando una mano me cogió del brazo y me giró.

—¿Te vas? —dijo a las bravas.

Joder. Álvaro poniéndose el abrigo cruzado, con el cuello levantado.

—Sí.

—¿Por mí? —Y sus ojos me flagelaron al decirlo.

—Principalmente por ti, sí. No me apetece que nos pongamos en este plan. No sé en qué punto estamos, no sé bien qué significa el tiempo que estamos dándonos; no quiero verte comiéndole la boca a otra y no quiero tener que ponerte celoso con un cualquiera. Porque, ¿sabes qué? No soy una putilla de discoteca.

Miró hacia la calzada cuando el taxi paró detrás de mí.

—¿Te importa si lo compartimos?

Me humedecí los labios.

—Ve con tus amigos, Álvaro. Hasta ayer estaba triste, pero hoy estoy cabreada. No es el mejor día...

—Es un día como cualquier otro.

Me metí en el taxi y le miré con recelo colarse a mi lado. Un hombre pequeñito muy pegado al volante nos preguntó adónde íbamos y Álvaro le dio mi dirección sin apartar los ojos de mí.

—Haremos dos paradas —dije yo—. Él le indicará la siguiente.

Le devolví la mirada y se acercó. No dijimos nada. Pero cuando quise darme cuenta, estábamos besándonos. Solo nos besamos; ni una palabra. Nos besamos como si se acabara el mundo. Y el alivio que me produjo su saliva en la boca fue como una bomba emocional. De pronto estaba tan cansada...

Moviéndome con presteza me sentó en sus rodillas, a horcajadas, y seguimos besándonos como locos. Me abrió el abrigo y metió las manos bajo mi blusa, sobándome los pechos y tirando del sujetador hacia abajo.

El taxista carraspeó y yo le contesté con un gemido cuando la boca de Álvaro humedeció la ropa encima de mis pezones y tiró de ellos.

—Oigan... —nos llamó la atención.

Álvaro metió la mano en el bolsillo de su pantalón, sacó un billete arrugado y se lo tiró al asiento vacío del copiloto.

—Por las molestias —dijo mientras introducía las manos bajo mi minifalda—. ¿No son medias? —Y esto último lo dijo en un susurro, decepcionado.

—Son pantis —contesté.

—Te los pagaré.

Sus dedos rasgaron la media a la altura de mis muslos de un tirón y se abrió la cremallera del pantalón.

—No —le pedí—. Para. Aquí no. —Me apartó la ropa interior y el señor volvió a carraspear—. No... —volví a suplicar cuando noté su pesada erección tocando la piel de mis labios vaginales.

Se coló dentro de mí con suavidad y los dos gemimos.

—Oh, Dios... —gimoteé.

—Oigan, de verdad, ¿es que no pueden esperar cinco putos minutos? —se quejó de nuevo el hombrecillo.

—No —contestó Álvaro.

Le sentí entrar de nuevo en mí y removí las caderas, provocándole una sacudida. El taxi frenó en un semáforo en rojo y el hombre paró el taxímetro. Cogió el billete, se cobró la carrera y nos tiró otro billete y un par de monedas.

—Ale, bajad ya.

Estábamos a dos calles de mi casa.

Cuando entramos en mi piso ya habíamos follado antes de subir en un portal, apoyados entre dos coches y en el parque. Caímos en la cama aún vestidos, con él encima de mí al borde del orgasmo. No nos quitamos nada más que mis pantis destrozados y las braguitas. Álvaro me separó las rodillas, se coló en medio y me la metió tan de golpe que grité. Grité y me corrí con la siguiente embestida. Me corrí con violencia y sentí ganas de llorar mientras apretaba los dientes, porque no sabía si al terminar iba a poder permitirme el lujo de huir de su tacto o si tendría que aprovechar para olerle y besarle porque después se desvanecería. Álvaro paró un segundo y cuando volvió a meterla, le sentí irse dentro de mí abundantemente. Después se retiró y se dejó caer a mi lado en el colchón.

Nos quedamos allí tumbados mirando al techo un buen rato.

—Y ahora ¿qué? —pregunté por fin.

—Silvia…

Y aunque pude pedir muchas más explicaciones, el modo en el que pronunció mi nombre me valió para saber que lo nuestro no estaba levantando el vuelo, sino enterrándose a sí mismo. Álvaro dejó escapar una especie de tos, pero al mirarle descubrí que era uno de esos jadeos tristes.

—Me lo imaginaba —susurré.

Él se levantó, se abrochó el pantalón y fue hacia la puerta. Allí se apoyó en el marco, de espaldas a mí, y dijo:

—No te voy a sobrevivir, Silvia…

Evidentemente, no fui tras él.

41

Álvaro aparece en el local donde hemos quedado y me encuentra sentada en una mesa de dos, con una copa de vino delante. Le saludo con una sonrisa y veo cómo su andar, elegante y macarra a la vez, arrastra un montón de miradas femeninas y también masculinas. Lleva un pantalón vaquero con un pequeño roto en la rodilla izquierda que no le pega nada. Debe de ser que me he acostumbrado a verlo vestido de traje, aparentando estar a punto de heredar el universo empresarial en su totalidad. Para rematar a todas las mujeres del local, lleva una camiseta blanca. Total y brutal sencillez que no hace más que llamar la atención sobre él y sus bestiales ojos grises.

Me levanto para saludarlo y sus pupilas me van repasando de arriba abajo. Llevo un modelito *made in* Gabriel. Me lo he puesto porque me hace sentir sexi, pero no porque quiera seducirle, sino porque quiero ser fuerte. Segura de mí misma y sexi, sí señor. Llevo una blusa blanca holgada arremangada a la altura de los codos y metida por dentro de un short vaquero no muy ceñido con las perneras deshilachadas; me he peinado con un moño deshecho y el cinturón y las bailarinas son dorados, como la pulsera que llevo junto al reloj Casio, al que sigo siendo fiel.

—Estás muy guapa —dice besándome en la mejilla.

—Gracias. Tú también.

Los dos de vaquero y blanco. Parecemos la pareja ideal de modelos cutres de ropa por catálogo. Álvaro llama a la camarera y le pide una copa de vino.

—¿Quieres comer algo? —le pregunto subiendo un pie a la silla y abrazándome la pierna.

Frunce el ceño. Mueve los dedos, como pidiéndome que le dé algo.

—Déjame ver eso…

Y claro, se refiere a mi tatuaje. Extiendo el brazo y miro su reacción con chulería.

—Debes de estar de coña… —Se ríe—. ¿Y esto?

—¿No te gusta?

—Me gustaba tu piel desnuda y limpia.

—No la veo sucia ahora. —Y no sé si sonreír o lanzarle la copa de vino encima.

—Tú me entiendes.

—Pocas veces y mal, pero bueno. —Suspiro sin darle importancia y consigo que arquee las cejas, confuso.

—¿Qué pasa?

—Tengo algo que contarte.

La camarera deja con sigilo la copa frente a él y Álvaro juguetea con el pie de cristal.

—Veamos… —Suspira.

Allá vamos. Dejo la mano izquierda sobre la mesa y le muestro la alianza. Levanta la ceja mirándome la mano.

—Eh… —murmura.

Le señalo el anillo con el dedo índice de mi mano derecha y me maravillo con lo bien que me han quedado las uñas pintadas de color coral.

—¿Qué es eso? —Se empieza a poner rígido.

—No montes ninguna escena —y al decirlo me siento tan poderosa que estoy a punto de tener un sonoro orgasmo.

—¿Te has casado?

Y lo dice con los ojos cerrados.

—Técnicamente sí.

—Define estar técnicamente casada —respira hinchando y deshinchando el pecho.

—Gabriel es alguien importante para mí. Despertamos en el otro algo que no sabíamos que estaba ahí...

—Silvia... —empieza a decir aún con los ojos cerrados.

—Escúchame. —Álvaro se encoge enterrando la cara en las palmas de sus manos. Yo sigo hablando—: En un principio no fue más que una broma, pero los días que hemos pasado juntos no han hecho sino afianzar la sensación de que queremos tenernos el uno al otro. Esto no es un matrimonio. Es..., es un contrato de cariño mutuo.

—¿Es que en tu carrera por la absurdez absoluta no tienes ningún límite? ¿Ni siquiera respetas el matrimonio? —Y no me mira cuando lo dice; se sujeta la frente con las puntas de sus dedos crispados y tiene la vista fija en el suelo.

—No me hagas hablar de lo mucho que respetas tú el santo sacramento del matrimonio, cariño. —Y lo admito, lo digo con malicia.

Álvaro se incorpora y me mira.

—Os habéis enamorado en dos meses y os habéis casado. Estupendo. ¿Es todo?

—No estamos enamorados, Álvaro. Esto es..., te lo he dicho, una relación especial. Pero no es amor.

—¿Y te has casado porque...?

—Porque me ha dado la gana. —Levanto digna la barbilla.

—¿Es por dinero, Silvia? —dice dejando las manos sobre la mesa.

—Te mereces que te tire la copa de vino a la cara, pero como sé que el resultado no será como el de las películas, te pido por favor que no me faltes al respeto, porque no lo voy a tolerar. No me llames puta y menos aún cuando ni siquiera tienes los cojones de llamar a las cosas por su nombre.

—Creía que queríamos arreglarlo, ¿sabes? Creía que queríamos buscar la manera de que esto funcionara.

—Álvaro… —Ahora la que juguetea con el pie de su copa soy yo—. Te voy a hablar con franqueza. —Y aquí viene el discurso que he traído preparado. Atento todo el mundo—: Me has hecho daño. Mucho y a menudo. Creía que teníamos una relación tortuosa, pero lo que pasa es que siempre ha sido superficial. Eso no ha cambiado. Hemos estado juntos dos años, pero creo que nos han faltado muchas cosas por vivir. Si nos hubiéramos casado, seguramente habría sido un infierno. Estás muy seguro de que eres lo suficientemente bueno como para no cambiar ni una pizca y pretendes que los demás nos amoldemos a ti. Pero esa no es la realidad. Hasta que no te sientes realmente en sintonía con alguien no sabes ver esas cosas. Gabriel y yo no somos pareja, no somos novios y no nos acostamos, porque aunque te parezca increíble, hay relaciones profundas que no se basan en el intercambio de fluidos, pero con él sí siento esa sintonía. Nunca he sido una persona tradicional, de las que a ti te gustan, pero a pesar de eso te gustaba.

—He sentido por ti cosas mucho más profundas que un «me gustas» —dice secamente.

—Y yo por ti, pero nunca me has aceptado. Ni siquiera has querido nunca doblegarte en cosas tan nimias como decir te quiero. Ahora bien…, podemos arreglarlo, podemos hacer que funcione, siempre que nos conozcamos como las parejas normales se conocen. Tú y yo hemos follado mucho y hablado poco. Gabriel va a seguir siendo mi marido en el papel y una persona muy cercana a mí en la práctica. Decide si quieres aceptarlo o no.

Álvaro no da crédito. Creo que está a punto de frotarse los ojos de incredulidad. Resopla y mira al techo. Después se levanta, deja un billete en la mesa y se va.

Pero volverá. Lo sé.

Miro por la ventana y le doy un trago a mi copa de vino.

42

Después de darle muchas vueltas al resultado de la última vez que estuvimos juntos fuera del trabajo (follamiento en taxi), estaba más que segura de que tras un tiempo prudencial Álvaro volvería. ¿Cómo si no iba a decirme eso de «no voy a sobrevivirte, Silvia»?

En el trabajo seguimos relacionándonos igual. Poco, frío y distante. Pero yo ya tenía una prueba de su flaqueza. Era solo cuestión de tiempo.

Las Navidades se nos echaron encima. Les dije a mi madre y a mis hermanos que Álvaro y yo nos estábamos dando espacio para poder ver a nuestras familias por separado. No quise admitir delante de Óscar que tenía cierto grado de razón al desconfiar de él.

Aquella Nochevieja Bea y yo decidimos que le iban a dar por saco a todo aquel que piensa que hay obligación moral de salir la última noche del año. Como odiamos la fecha en sí, nos fuimos a su casa del pueblo, nos pusimos finas a comida grasienta e insalubre y después nos emborrachamos bebiendo a morro crema de orujo (muchas botellas de crema de orujo) mientras bailábamos y cantábamos las versiones de The Baseballs subidas al sofá. Para mí fue un Fin de Año memorable solo empañado por el hecho de que Álvaro y yo estuviéramos celebrándolo a doscientos kilómetros de distancia y no entregados al fornicio sucio y morboso. Pero ¿no quería tiempo? Lo iba a tener sin que yo diera muestras de flaqueza, eso estaba claro.

Cuando volví encontré una llamada de Álvaro en mi contestador. Un simple «Feliz año nuevo, Silvia» que me animó un poco más a pensar que lo nuestro iba a solucionarse. Y tenía razón. Para bien o para mal, no tardó en solucionarse.

Tendemos a decir que los hombres son simples, que las complicadas somos nosotras, pero no es más que otra tontería con la que nos llenamos la boca, tratando de justificar ciertas cosas que preferimos pasar por alto. Hay hombres tan complicados o más que nosotras. Eso o que yo tengo alguno de los cromosomas «Y» que le faltan a Álvaro.

El primer día de trabajo después de las fiestas, con todo el mundo reincorporado, encontré a Álvaro mucho más cercano. Sonrió al verme pasar por delante de su despacho y aprovechó cuando me halló en la máquina de café para decirme que teníamos una conversación pendiente.

—Sí, creo que sí —le contesté agarrada a mi vasito marrón.

—¿Te parece si te llevo a casa a la salida? Así podemos hablar con tranquilidad.

—Perfecto. —Le sonreí.

Esperaba que sonreiríamos como dos tontos, nos cogeríamos de la mano y nos besaríamos, jurando no volver a separarnos jamás. Pero lo que en realidad sucedió fue que cuando esperé a Álvaro junto a la puerta del garaje donde aparcaba el coche, la conversación fue tensa y superficial, como si tratara de retrasarlo.

Llovía a cántaros y los goterones golpeaban la carrocería del coche con fuerza. Apenas se veía la calzada, así que Álvaro estuvo muy pendiente del tráfico y del resto de coches, maldiciendo entre dientes. Como para hablar de qué nos habían traído los Reyes…

—Menos mal que te he traído —murmuró cuando ya nos acercábamos a mi casa—. Te habrías empapado.

—La verdad es que sí. —Sonreí.

Aparcó el coche frente a mi portal, entre un Mini y una furgoneta, y paró el motor.

—¿Subes? —le pregunté cogiéndome ya a la manilla para abrir la puerta.

—No…, mejor…, mejor no.

Fruncí el ceño. ¿Qué pasaba?

—Silvia… —Se revolvió el pelo con las manos—. No sé cómo hacer esto.

Álvaro llevaba un traje azul marino con una camisa azul clara con rayas blancas y una corbata oscura sujeta con la aguja que yo le regalé por su cumpleaños y, como si respondiera a un movimiento instintivo, se llevó la mano hasta esta y la acarició. Carraspeó.

—Te juro que me duele casi como te duele a ti. Nunca pensé en hacerte daño.

—Las parejas se pelean, es normal —contesté con un hilo de voz.

—No…, Silvia. Tú y yo no…, no estamos hechos para estar juntos. —Me quité el cinturón de seguridad y me mordí el labio con fuerza. No sabía si iba a tener que salir corriendo del coche para no desmoronarme delante de él—. Los últimos dos años han sido muy especiales, pero yo necesito sentar la cabeza. Necesito tener algo que termine siendo lo que siempre quise. Tú no puedes; no puedes darme esa seguridad, Silvia. Eres muy joven. Sé que a lo mejor ahora piensas que los seis años que te saco no son nada, pero yo ya veo las cosas desde otra perspectiva y sé bien que tú no quieres las mismas cosas que yo.

—Yo… —El labio inferior me temblaba tanto…—. Yo solo te quiero a ti.

—Se nos pasará. —Y dijo «se nos pasará» no «se te pasará». Aquello me dolió aún más. Carraspeó mirando cómo el agua resbalaba por la luna delantera y siguió hablando—: No quiero venirte con historias de esas, ya sabes, un «no eres tú, soy yo» ni un «podemos ser amigos». Creo que te debo al menos sinceridad…

—Álvaro… —supliqué, cerrando los ojos.

—Esto no tiene arreglo.

—No lo tiene porque no está roto, Álvaro. Piénsalo un poco. Tú y yo estamos bien. A ti y a mí no nos pasa nada.

—Sabes que sí. Y ya no es posible arreglarlo porque yo lo di por terminado. —Le miré de reojo—. Estoy con otra persona.

—Oh, Dios… —No pude controlarlo, de la misma manera que no pude controlar taparme la cara con las manos.

—Nunca quise hacerte daño, Silvia. Has sido…, has sido una bocanada de aire, te lo juro. Pero esto no da más. Han sido dos años magníficos, pero, tú lo sabes, no habríamos tenido que pelear tanto si fuéramos el uno para el otro. Habría sido mucho más fácil.

—¿Cómo puedes hacerme esto? —gimoteé.

—No sabes cuánto siento que al final haya sido verdad lo que te dije la primera vez que te besé.

Cogí aire, traté de tranquilizarme y me colgué el bolso.

—No lo entiendo —le dije—. Sinceramente, no lo entiendo. Íbamos a decirlo en el trabajo. Me pediste que me casara contigo hace cosa de un mes. ¡¡Un mes!! ¿Qué ha sido de todas esas cosas, Álvaro?

Y a pesar de que quise que sonara seguro y rotundo, me falló la voz.

—He pensado durante mucho tiempo que eras el amor de mi vida, pero estaba equivocado.

Me sentó como una bofetada.

—¿Estás enamorado? —Necesitaba saberlo.

—Sabes la respuesta.

—Quiero escucharla.

Clavó los ojos en el volante.

—Probablemente le haga daño a ella también. —Abrí la puerta—. Silvia... —murmuró.

—¿Qué?

—No quiero numeritos. Hazlo por nosotros.

Salí del coche, sin paraguas, y cerré la puerta. Pero no me moví. Su coche tampoco. El agua empezó a calarme a través del abrigo. Pero necesitaba estar allí, quieta, para creerme de verdad lo que me acababa de pasar. Álvaro bajó la ventanilla del copiloto.

—Silvia, vete a casa. No quiero numeritos ni telenovelas. Se acabó. No hay más.

Me tapé la cara. Iba a llorar. Las manos sofocaron el ruido del sollozo y el sonido del motor del coche al encenderse hizo el resto. Cuando me quité las manos de la cara, él ya no estaba allí.

No sé cuánto tiempo pasó, pero de pronto dejé de sentir el repiqueo de las gotas sobre mi cabeza. Me giré, con el maquillaje recorriéndome la cara en ríos negros, y vi a una de mis vecinas que me tapaba con un paraguas.

—¿Estás bien? —me preguntó.

No. No lo estaba. Ya nunca más lo estaría. Volví a sollozar. Álvaro no volvería.

Aquella noche fue la más larga de mi vida. Fue como en las películas. A pesar de estar deshecha, necesitaba hacerme más daño. Me acosté en la cama, empapada y agarrada al marco con nuestra foto que había puesto sobre la cómoda hacía apenas dos semanas. Y sé que no tenía ningún sentido abrazarla, pero no podía dejar de hacerlo. Cuando el frío me caló del todo me di una ducha caliente que tampoco me reconfortó. Ni el pijama. Así que saqué una botella de ginebra del congelador y le di un trago. No me supo tan amarga como esperaba, así que di otro trago largo.

—Deberías llamar a Bea —me dije en voz alta.

Pero no me hice caso. Volví a darle un trago a la botella y el líquido cayó a plomo en mi estómago, dejando todo lo que tocó de camino ardiendo.

—Puto Álvaro… —solté al tiempo que me repantingaba en el sofá—. ¿Por qué todos los guapos son malos para la salud?

Dejé el marco con nuestra foto en la mesita de centro y seguí bebiendo a palo seco un rato más. Me fumé quince cigarrillos y fui a por una coca cola, trastabillando con todo lo que me encontraba. Fue entonces cuando me di cuenta de que, para hacer más lamentable la situación, estaba borracha.

Y tomé una de esas malas decisiones de borracha… No, no pensé en cortarme las venas ni nada por el estilo. Bueno…, por el estilo sí: me puse un disco de Mónica Naranjo. Y que nadie se pregunte por qué narices tengo yo un disco de Mónica Naranjo (que se llama, para más inri, *Palabra de mujer*)… Fui una adolescente macarra.

Ay, Dios, en serio. Creía que me moriría de pena.

Y mientras Mónica Naranjo cantaba *Empiezo a recordarte* y yo tarareaba entre dientes, sollocé como nunca pensé que lo haría, porque de pronto entendía a las heroínas de novela romántica. Estaba escuchando a Mónica Naranjo, por el amor de Dios. Creo que ya entendéis el bajón que tenía. Me di cuenta de que nunca más iba a besarle, a abrazarle, a oler su cuello, a sentir cómo sus brazos me abrazaban cinco minutos antes de que sonara el despertador. ¿Cómo podía ser? ¿Cómo iba a poder seguir viviendo sin él? No lo entendía. Hacía... ¿cuánto? ¿Diez días? ¡Diez días desde que lo habíamos hecho en un taxi! ¿Por qué me decía que no podría sobrevivirme y después me dejaba por otra persona? Por otra persona. Pero... ¿qué tendría ella? ¿Quién sería? ¿Qué le daría? ¿Qué le diría?

El pecho se me quedó pequeño. No me cabía tanta sensación de angustia. Seguí bebiendo, intentando bajar esa bola de pena que amenazaba con ahogarme. Traté de tranquilizarme, haciéndome entender que nadie muere por amor, que un día dejaría de doler y yo volvería a enamorarme. Pero... ¿a alguien le ha servido ese discurso alguna vez durante una ruptura? Porque yo me dije a mí misma que era una imbécil y que era mejor que me callase.

Cuando el disco llegó a *Tú y yo volvemos al amor* yo ya estaba un poco perjudicada. La puse al menos tres veces seguidas. Me había dado un breve subidón de ánimo y me puse a cantar a coro con Mónica Naranjo y la botella de ginebra era mi micrófono.

—No entiendo nadaaaaaa —cantaba a gritos—. Si ayer nos volvía locos la pasiónnn..., si ayer gozamos juntos del amooooor.

Comencé a dar vueltas sobre mí misma. ¡¡¡¡Y es que ya empiezo a estar harta de continuar, de ver cómo esas historias te hacen dudar!!!! ¡¡¡¡¡No dudes más!!!!! —Sollocé, bebí y seguí cantando—: ¡¡Y es que yo a ti no te pierdo sin razón!!

Me senté y me sobresalté cuando sonó el timbre de casa. ¡¡Dios!! ¡¡Era Álvaro!! ¡¡Seguro que era él!!

Fui corriendo hasta el telefonillo y abrí sin contestar. Me miré en el espejo y me dio la sensación de que los ojos se me escurrían hacia abajo. Traté de limpiarme los restos del maquillaje corrido y me peiné las ondas del pelo con las manos. Unos nudillos golpearon la puerta y abrí con una sonrisa de oreja a oreja.

—Cari… ño —dije.

La sonrisa se me desdibujó hasta quedar una expresión ridícula. Lo sé porque incluso con la borrachera fui consciente de ello al verme de reojo en el espejo de la entrada. Una pareja de policías me miraban muy serios; un hombre que podría ser mi padre y una chica que podría haber sido yo. Los miré sin entender nada.

—Buenas noches —dijo él—. ¿Podría bajar la música?

Fui atolondrada hacia la cadena de música y paré el disco. Volví a la puerta y no fue hasta entonces cuando me di cuenta de que llevaba aún la botella de ginebra en la mano.

—Nos han llamado sus vecinos. Varios de ellos. Todos se quejaban de que tiene la música muy alta y de que aunque han intentado avisarla, no ha contestado —explicó ella.

—Yo… —Miré al suelo—. Lo siento. No lo escuché.

Me pareció que el suelo se inclinaba y me apoyé en la pared.

—No son horas de tener la música a ese volumen. Casi es la una y media.

Me mordí el labio, con la cabeza aún baja.

—Yo… lo siento mucho. Mi vecina de arriba tiene un bebé. Seguro que lo desperté. Lo siento.

Dejé la botella en el suelo y me eché a llorar. Ella dio un paso hacia mí.

—¿Está bien? ¿Se encuentra bien?

Sollocé y me dejé escurrir hasta el suelo. Lo que me faltaba. ¿Veis? El alcohol no es la solución.

—¿Quiere que llamemos a alguien? ¿Necesita algo? —Ella se agachó frente a mí y él entró—. ¿Llamo a una ambulancia? —La última pregunta no estaba dirigida a mí, sino a su compañero.

—No —dijo este.

Los miré e intenté levantarme. Tuvieron que ayudarme y aun así me di en la cabeza con la pared de enfrente.

—Perdón. —Sollocé otra vez—. Perdónenme.

Fui andando hacia la mesa, cogí el marco con la foto me lo pegué al pecho. Ellos dos me miraron sorprendidos y yo se la enseñé.

—Era mi novio. Me ha dejado. Pero les prometo que no haré más ruido.

—¿De verdad no quiere que llamemos a nadie? —preguntó él.

—A él. Y díganle que no estoy loca. Que estoy muy sola...

Volví a sollozar y ella no pudo evitar echarle un vistazo a la foto.

—Vaya —se le escapó al ver a Álvaro.

Después se recompuso y me recomendó que me acostara.

—Y no beba más —susurró él también con cariño.

—No lo haré. Se lo prometo.

—Y... no le escribas ni le llames —contestó ella en voz baja—. A veces necesitan tiempo para sentirse desgraciados sin nosotras.

Y así es como la noche acabó siendo aún más bochornosa, con una policía dándome consejos amorosos mientras yo lloraba, borracha. Y lo peor: todos mis vecinos me habían escuchado cantar Mónica Naranjo.

Bien hecho, Silvia. Destroza además tu imagen pública.

Evidentemente después la cosa no mejoró. Vomité hasta la primera papilla y cuando conseguí dormirme fue con la frente pegada a la taza del váter. Desperté a las cinco de la mañana, congelada, dolorida y mareada. Volví a vomitar y me metí en la cama como una autómata.

Cuando sonó el despertador apenas podía abrir los ojos de hinchados que los tenía, pero ni siquiera me planteé la posibilidad de no ir a trabajar. Tenía que hacerlo, dar la cara y demostrar que era una mujer adulta y que mi vida personal no entorpecería mi vida laboral. Y lo peor es que esos razonamientos tenían como fin que Álvaro se diera cuenta de su error y volviera. ¿Es que se me había olvidado el hecho de que él estuviera con otra chica? Otra le besaba, otra sentía sus embestidas entre los muslos, otra le escucharía decir te quiero.

De camino, en el autobús, me convencí de que tenía que hacer mi vida. Él ya había pasado página. Yo debía hacer lo mismo. Le pregunté a la parte moñas de mí misma cuánto tiempo necesitaba de luto. Dos semanas, me dijo. Dos semanas, ni un día más, me respondí.

Cuando llegué a la oficina, la mujer barbuda se quedó mirándome sorprendida. Como la discreción no es su fuerte, me llamó con dos berridos y me preguntó si se me había muerto alguien.

—No. Solo he pasado mala noche —dije mientras me pasaba la mano por debajo de la nariz.

—Estás horrible —fue su contestación.

Me senté en mi mesa, encendí el ordenador y saqué la libreta donde tenía anotadas las tareas que iba haciendo y la lista de *to do's*. La puerta del despacho de Álvaro estaba abierta y miré, de reojo. Allí estaba, de pie, hablando con su teléfono móvil, tan alto, tan… digno. Tan suyo y de nadie más. Llevaba mi traje preferido, uno gris marengo que solía combinar con una camisa blanca entallada. Tenía la mirada perdida hacia la ventana de su despacho. Me pareció tan inalcanzable… y otra le tenía. Otra podía alargar la mano y acariciar el vello de sus antebrazos, podía ayudarle a ponerse los gemelos. Otra, que no era yo, podía desabrocharle la camisa, mientras le besaba.

Empezó a dolerme la cabeza. Había llorado tanto que era normal. Había bebido tanto que lo raro sería que no lo hiciera. Fui a la máquina del café y me quedé allí, en la pared, bebiéndomelo sin poder mirarle. Me escondí en el recodo del pasillo y me asaltaron la mente todas las veces que habíamos jugado a que éramos dos personas que solo compartían una relación profesional. Jugando a que no podíamos tocarnos. Ahora ya no sería jugar, ahora sería la realidad.

Mi cabeza se puso a hacer cábalas sobre esa chica por la que me había dejado. Sería más guapa que yo. Seguro que también más delgada. A ella no le saldrían lorzuelas al sentarse. Además, sería mucho más elegante, como una princesa, o no, como la Preysler. Haría ejercicio, no fumaría, tendría un trabajo creativo y llevaría zapatos de firma. Me miré en el reflejo de la máquina de agua y me di un repaso mental. Mis zapatos eran de Primark y me habían costado diez euros, los pantalones los compré en las rebajas de Zara, como la blusa. En total, probablemente no llevaba encima ni cincuenta euros. Ella iría vestida de Prada y al sonreír se encenderían las luces. Ella llevaría mi anillo de Tiffany's y con ella seguro que querría tener niños.

Volví a mi mesa. Tenía que concentrarme en el trabajo. Sería así durante mucho tiempo. Él no dejaría de ser el responsable de mi departamento y no borraríamos los últimos dos años de un plumazo. El día a día me haría fuerte. O al menos eso quise pensar.

Me senté en la silla. Mi compañero Gonzalo se pasó a preguntarme si estaba bien. Le sonreí mientras aguantaba las ganas de llorar y asentí. Abrí Outlook y repasé mis emails. Había uno de Álvaro de hacía diez minutos. Lo abrí con la mano temblorosa y sentí una punzada de decepción al ver que se trataba de trabajo. Solo trabajo, como sería todo a partir de ahora.

Respiré hondo y abrí un nuevo email que me aseguré de dirigir a Bea. Empecé a teclear.

Ayer Álvaro rompió conmigo definitivamente. Sé que me dirás que fui una auténtica imbécil por esperar lo contrario y que aún lo fui más por no llamarte anoche, pero no estaba para hablar con nadie. Monté un espectáculo digno de Britney Spears cuando se volvió loca. Me faltó raparme el pelo y amenazar a los *paparazzi* con un paraguas.

Sé que querrás saber, porque eres una morbosa de cuidado, lo que significa que ayer montara el numerito. Yo te lo aclaro. Me emborraché en mi casa, llorando y cantando a lo Mónica Naranjo. Me puse ese disco del que me recomendaste deshacerme y no paré de beber y cantar hasta que vino la policía a llamarme la atención. Y lo peor es que la pareja de policías… terminó consolándome.

Pero es lo de menos. Una cosa más que apuntar a mi lista interminable de ridículos.

Lo importante es que me dejó, así, sin más. Me dijo que lo nuestro no se podía arreglar porque para él ya estaba terminado y que sentía que me debía sinceridad. Está con otra chica. Otra chica, ¿te das cuenta, Bea? No puedo estar enfadada por lo que ha pasado, porque el problema es que yo nunca llené del todo ese vacío. Por eso lo de casa de sus padres. Solo le abrieron los ojos. Y esa chica será tantas cosas que yo no soy, Bea, que me quiero morir.

Sé que se me pasará. Me he dado dos semanas. Después, quiera o no, tengo que seguir hacia delante. Eso sí, durante las próximas dos semanas… ¿os importaría mimarme, cebarme, llevarme a ver películas de chicos guapos, regalarme cosas bonitas y jamás meteros ni con mi pelo ni con mi ropa?

Ya está, Bea. Está con otra. No me quiso jamás.

Lo envié y me encogí sobre mí misma. Evité parpadear, carraspeé, pero las lágrimas empujaban con demasiada fuerza. Cogí el bolso y me fui al baño, mirando la moqueta para que nadie pudiera verme la cara ni los ojos vidriosos.

Como solamente somos tres mujeres en la planta, me metí con tranquilidad en el baño y respiré hondo. No quise encerrarme en un cubículo por no agobiarme más. Me apoyé en la bancada de piedra y pensé en Álvaro y en todo lo que iba a tener que olvidar para poder seguir adelante. Mi única relación adulta. La única persona con la que me había planteado la posibilidad de estar de por vida. La única persona con la que había hecho el amor. La única que conocía todos mis miedos. La única para todo.

En ese momento me atacó el sentimiento victimista y me dije a mí misma que jamás volvería a querer a nadie más y que fui tonta al creer que alguien como él quisiera pasar el resto de su vida con alguien como yo.

Cerré los ojos y me di cuenta de que tendría que borrar el recuerdo de Álvaro arrodillado, deslizando aquel anillo en mi dedo anular. Tendría que olvidar la sensación de estar... completa. Qué vacía estaba..., ¿no? ¿Necesitaba a Álvaro para estar completa, para ser persona? En aquel momento lo necesitaba hasta para respirar.

Hundí la cara en mis manos y me eché a llorar.

No me quería. Jamás me quiso y no lo haría nunca. Y todos los te quiero que no me había dicho a mí se los regalaría a esa chica, que era mejor que yo y sí los merecía. Sollocé y cogí aire sonoramente. Me sentía tan desgraciada...

Para terminar de mejorar la situación, la mujer barbuda entró como un elefante en una chatarrería y me preguntó con voz estridente qué narices me pasaba. Y no pude más. Me desmoroné. Nada que ver con la noche anterior. Nada que ver con nada en mi vida. Me dejé caer al suelo, sollocé, lloré y sentí que no podía respirar. Si tuviera botón de autodestrucción, lo habría pulsado en aquel momento.

—Silvia... —decía la mujer barbuda mientras me daba friegas en la espalda—. ¿Qué te pasa, cielo? ¿Es por un hombre? Seguro que es por un hombre. Son imbéciles, mi niña. No llores así, que parece que se te va la vida. Y eres muy joven. Encontrarás a otro mejor. Más guapo, más alto, más bueno y con la polla el triple de grande.

Quise reírme pero ya no podía. Pensé que me moriría allí mismo. Los ojos me ardían, la cabeza me zumbaba y me dolía la garganta. Y nada de lo que ella pudiera decirme me reconfortaría. Nada me reconfortaría porque Álvaro no solo no me quería, sino que nunca lo había hecho.

La puerta se abrió otra vez y hubo un silencio. Miré el linóleo del suelo con la certeza de quién acababa de entrar. La mujer barbuda se levantó de mi lado y se quedó mirando hacia la entrada.

—Manuela…, ¿podría dejarnos solos un momento?

Y la voz de Álvaro me puso la piel de gallina. Quise parar, pero ya no pude. Estaba viéndome llorar. Ahora ya nunca habría vuelva atrás.

—Es el baño de señoritas, señor Arranz —le contestó ella muy gallarda.

—Necesito hablar con Silvia que, si mal no recuerdo, es miembro del equipo del que soy responsable, ¿verdad?

—Tiene problemas personales —le replicó.

Hubo un silencio. Seguí mirando al suelo y Manuela, que es el nombre de la pobre mujer barbuda, se fue del cuarto de baño dejándonos solos.

Álvaro carraspeó. No lo miré, seguí llorando, en silencio.

—Te pedí que no montaras numeritos. Te pedí por favor que no lo hicieras.

¿Era lo único que tenía que decirle a la chica con la que había compartido dos años de su vida y a la que acababa de dejar por otra? «No montes numeritos». Sollocé tan fuerte que es probable que pudieran escucharme desde fuera.

Él no dijo nada. A lo mejor estaba asombrado de poder hacer sentir algo tan fuerte a alguien. Estaría asimilando que yo también sabía llorar. Al fin chasqueó la boca y dijo:

—No quiero volver a hablar de esto nunca más. Levántate y márchate a casa. Quédate allí unos días. Sé dueña de ti misma por una vez o nos traerás problemas.

—Quiero morirme… —farfullé.

—Iré llamando al taxi. Sal cuando te calmes.

Salió. Quince minutos después me monté en un taxi que me llevó hasta mi casa.

43

Hace un mes que volví y que le conté a Álvaro que estoy casada con Gabriel y diría que la situación entre los dos ha mejorado un... 0,01 por ciento.

Me trata con un desdén que alimenta mis ganas de pasar página. Le he dicho un par de veces que esperaba que fuera más maduro, pero siempre me contesta lo mismo: que él también esperaba lo mismo de mí. Ya se le pasará.

Lo peor es que volverá. Volverá, lo sé. Lo sabe hasta Bea, que está superemocionada con esto de mi matrimonio con Gabriel. El día que fui a su casa a contárselo todo y a llevarle la camiseta que le compré en Venice, abrió una botella de champán, casi me mató con el corcho y después se emborrachó ella sola (bebiendo a morro y sin ofrecerme ni una mísera copa) mientras decía incoherencias sobre lo mucho que iba a mejorar la vida de las dos. ¡De las dos! He intentado hacerle entender el tipo de relación que tenemos Gabriel y yo, pero ella quiere ver amor y corazones por doquier, así que no voy a poder sacarla de su error. No hay más ciego que el que no quiere ver y ella se ha cerrado en banda. Dice que vamos a ser muy felices los cuatro: Gabriel y yo y ella y Adam Levine. Y de ahí no la sacas.

He echado mucho de menos a Gabriel, la verdad. Hasta ahora no había podido venir a verme porque estaba preparando la gira europea, pero como la semana que viene tiene el primer concierto en Londres, aquí está, a mi lado en la cama. Y no me siento extraña, porque hemos estado hablando cada día antes de ir a acostarme.

Pensaba que al salir del trabajo me esperaría Volte para llevarme a un hotel, pero cuando he salido lo único que me he encontrado ha sido un deportivo biplaza de lunas tintadas aparcado en la calle que hay frente a la explanada en la que está el edificio en el que trabajo. Al acercarme, la puerta se ha abierto y mi flamante marido ha salido con una sonrisa de suficiencia que me ha derretido entera. Me he lanzado a sus brazos y nos hemos apretujado. Pero nada de beso. Esperaba un beso como el de la despedida, pero no voy a pedirlo. No quiero empeorar la situación.

Está sonando un disco acústico de Metallica y Gabriel me está contando cosas del montaje de la gira. Como siempre, no parece muy emocionado, pero como empiezo a conocerlo sé que le gusta verse en movimiento y saber que en unos días estará subido al escenario.

—Entonces —sigue diciéndome mientras se levanta y se quita la camiseta—, tengo que ir con mil ojos de no pisar las equis del suelo, no vaya a ser que me pete algo y acaben recogiéndome con un aspirador.

—Qué exagerado eres. ¿Tienes calor? Voy a poner el aire acondicionado.

—Sí, gracias —dice—. Y no es que sea exagerado, es que les he dicho mil veces que no me hacen gracia esas cosas, pero si no haces un concierto espectacular, que parezca el circo, como si no cantases. —Gabriel se tumba a mi lado en la cama y me da un beso en el hombro—. Me gusta estar en tu casa.

—Y a mí que estés. Pensaba que íbamos a ir a un hotel.

—¿Lo prefieres? Si quieres llamo y… —dice incorporándose.

—No. Te prefiero aquí. —Le sonrío.

Los labios de Gabriel también se curvan en una sonrisa. Le toco la cara y se la acaricio. Es muy guapo. Se lo digo y se ruboriza, porque no me cree y no le gusta escucharlo.

—Tú sí que eres bonita —contesta.

Nos abrazamos y enredamos las piernas en la cama. Sus dedos se deslizan sobre mi mejilla y después sobre mis labios. Beso la punta de todos sus dedos y después siento cómo siguen un recorrido descendente hasta mi garganta. Gabriel me mira intensamente a los ojos y tras unos segundos de incertidumbre su nariz toca la mía en una caricia suave. Mi cuerpo reacciona al instante y por miedo a meter la pata me aparto un poco. Entonces él parece acordarse de algo y se incorpora rápidamente.

—Casi se me olvida. Vendrás conmigo a los EMA de este año, ¿verdad?

—¿Qué? —le digo emocionada al tiempo que me pongo de pie en la cama.

—¿Que si quieres venir conmigo a los…?

—¡Ya te he escuchado! ¡¡Claro que quiero!!

Me pongo a saltar en el colchón y me tiro encima de él, que me coge en volandas de pura suerte, sin que muramos los dos en el intento.

—¡EMA! ¡EMA! ¡EMA! —voy gritando yo con el puño en alto.

Gabriel me deja encima de la cama otra vez.

—Qué bien. No esperaba una respuesta tan entusiasmada.

—¡Claro que quiero ir a los EMA! ¡Por favor! ¡Qué preguntas haces!

Me mira arqueando la ceja izquierda y mete las manos en los bolsillos de su vaquero caído de cintura. Dios, está de fantasía erótica.

—Silvia, ¿sabes lo que son los EMA? —me pregunta.

—¡Claro! —asiento, y él asiente despacio conmigo, pero va convirtiendo el movimiento en una negación y yo le imito—. No.

Y lo confieso con la boquita pequeña.

—Eres una quinqui. —Se ríe, inclinándose hacia mí—. ¿Lo sabes?

—¿Me vas a llevar aunque no sepa lo que es? —digo con carita de pena.

Gabriel se inclina un poco más y yo me tumbo en el colchón, notando cómo se deja caer sobre mí, soportando su peso con una rodilla entre mis piernas y las palmas de sus manos a ambos lados de mi cabeza.

—Claro que sí, nena —musita.

Vuelve ese momento de tensión que hemos postergado hace unos minutos. Es como si nunca consiguiéramos deshacernos de ellos. ¿Y si se van sumando en un espacio de nuestra relación hasta que no quepan más? ¿Qué pasará entonces? Me apetece mucho besarlo. ¿Le apetecerá también a él?

—Dame un beso —digo bajito, sabedora de que estoy flaqueando—. Un besito pequeñito.

—Nunca puedo darte solo uno.

Gabriel me besa la mandíbula. Después la barbilla y las mejillas. Suspiro cuando me besa bajo la nariz, sobre el pico de mis labios. Cierro los ojos y aprovecha para besar mis párpados, primero el derecho, despacio, después el izquierdo.

—Te quiero —susurra.

—No puedes quererme si no crees en el amor —le contesto con los ojos aún cerrados.

—Eres una listilla, ¿eh? —Y su voz llega ahora muy suave a mis oídos, junto a los que está susurrando—. Pues solo para que lo sepas..., hay muchas formas de querer que no son esa idea romántica en la que no creo. Y te quiero de todas esas formas a la vez.

Abro los ojos y le miro, apartándole unos mechones de la cara.

—¿Cómo puedes ser tan perfecto? —le pregunto maravillada.

—No lo soy. Soy probablemente la persona más imperfecta que conoces. Pero tú me haces mejor.

Gira un poco la cara, como para encajar nuestras bocas.

—No, por favor —le pido con un hilillo de voz—. Sería demasiado raro.

—No es la primera vez que nos besamos —dice rozando la punta de su nariz en la mía.

—Pero... —¿confieso?, ¿confieso?— empiezo a ponerme un poco tonta cuando lo haces.

Pues vaya, sí, he confesado.

—¿Tonta? ¿Quieres decir que te apetece más?

Deja caer el peso de cintura para abajo, juguetón, entre mis muslos. Le miro sorprendida cuando se acomoda y me obliga a abrir más las piernas. Después se mueve, presionando esa parte tan sensible de mí; lo siento tan cerca que creo que se me saldrá el corazón por la boca. Se mece, arrancándome un gemido casi susurrante, y de su garganta sale un jadeo seco y sexual.

—Para... Me pongo guarrona —le digo riéndome en su oído.

Me coge las manos, las sube por encima de mi cabeza y trenza nuestros dedos. Está aguantando su peso solo en sus manos y enrosco mis piernas alrededor de sus caderas, dejándome a su merced.

—Ya somos dos —susurra—. Y hasta donde yo sé, eres mi mujer.

Gira la cara y me besa. Y cómo me besa. Me sorprende besándome de una manera diferente cada vez. En este momento hay algo salvaje en los movimientos de su lengua junto a la mía. Dios. Necesito más. Necesito sus manos tocándome. Como si pudiera escucharme, se deslizan por mi escote, mis pechos y terminan agarrándome los muslos.

Da la vuelta con impulso y me coloca a mí encima, a horcajadas. Algo en su expresión ha cambiado. Está excitado. Puedo notar su erección presionar la tela de sus vaqueros. Abro más las piernas y me rozo.

Le veo sonreír a pesar de que frunce el ceño.

—¿Qué? —pregunto sin dejar de frotarme lánguidamente con su sexo.

—Me dominas y aun así te cubre el rubor. No sabes lo bonita que estás.

Me inclino sobre él y le beso. No puedo evitarlo. Es un beso que quiere decir muchas cosas; es agradecimiento, ternura, cariño y sexo. Nunca antes había deseado a Gabriel como lo hago ahora. No es sano.

Sus manos se meten por las perneras de mi short holgado y me aprietan las nalgas bajo sus dedos, pegándome a su erección nuevamente. Nos movemos los dos y los dos gemimos en la boca del otro. Gabriel se incorpora con un gruñido sin dejar de besarnos. Deberíamos parar. Sus manos cogen mis pechos, se llenan de ellos y después los aprieta entre los dedos. Me gusta. Gimo mientras su lengua me recorre la boca y la mía le sigue.

Paso los brazos alrededor de su cuello y me cubre de besos húmedos el cuello mientras de un tirón desabrocha su cinturón y los botones de la bragueta. Yo misma tiro de mi camiseta hacia arriba mientras noto cómo él tira de mi short hacia abajo. Hemos perdido la razón.

Nos quedamos en ropa interior y Gabriel vuelve a dar la vuelta hasta ponerse encima. Respira entrecortado y bajo su bóxer se ha despertado la bestia. La noto sin tener que tocarla…, es grande. Parece mentira que guarde una cosa así en sus pequeños vaqueros.

Yo misma le empujo hacia mí, entre mis piernas; lo hago con fuerza y él responde con unos roces mucho más violentos. Bajo la mano entre los dos y le toco.

—Quítamelos… —jadea—. Dame un condón.

Eso me deja fuera de juego… o más bien me hace entrar en razón. Me veo a mí misma desde fuera y me imagino muy gráficamente la situación. Me estoy rayando. No debería estar haciendo esto.

Me aparto un poco y niego con la cabeza. Gabriel tiene los labios rojos e hinchados y jadea. Tiene muchas ganas y lo comprendo, porque yo también. ¿Qué va a pensar de mí si vuelvo a frenar como en Las Vegas?

—No puedo… —le susurro en voz baja.

—¿Por qué? —dice frunciendo el ceño.

—Porque lo cambiaría todo.

—¿Y esto no?

—Por eso no podemos volver a hacerlo —le explico—. No quiero perderte.

—Ni yo —dice cogiéndome la cara entre las manos y acariciándola.

—Pero tú y yo somos amigos. Y tienes que saber que si yo me acuesto con alguien, quiero que no se acueste con nadie más. Eso nos convertiría en pareja, que es algo que no somos.

Pestañea y se incorpora, después se tumba a mi lado. Nos giramos para vernos las caras.

—¿Y si…? —dice.

—No funcionaría. Y habríamos estropeado esto por un calentón. Somos un hombre y una mujer; eso a veces va a ser complicado.

Resopla y mira al techo. Echo un vistacito y me río.

—¿Se puede saber de qué te ríes? Porque a mí precisamente gracia no me hace —me pregunta sonriendo.

—Es que estás buenísimo y la tienes enorme. —Me río a carcajadas—. Debo de estar loca por parar.

—¿Qué crees que me pasa a mí? ¿Que tú no me gustas? Por Dios santo… —Se friega la cara con brío—. Me la pones tan dura…

Los dos estallamos en carcajadas.

—¿Ves? Así es mejor. —Sonrío.

—Se me va a gangrenar y caer —dice levantando las cejas.

—Te dejo que te la menees en el baño.

—Oh, muchas gracias.

Se levanta de la cama y coge de su maleta abierta unos pantalones de pijama.

—Me da rabia, ¿sabes? —dice mientras se los pone—. Me da rabia no quererte con ese amor romántico en el que no creo. Tú mereces que alguien te quiera así. ¿Por qué no puedo ser yo? Eres la única capaz de hacerme sonreír, me gustas físicamente y no te saco de mi cabeza ni un momento. ¿Por qué no puedo darte lo que quieres?

—Porque no funcionaría —respondo queriendo convencerme a mí también.

—A eso me refiero. ¿Por qué no puedo darte algo que haga que funcione?

—¿Tú estarías toda la vida con la misma mujer? —Me río por su ocurrencia.

—¿Y si contigo sí?

Se tumba a mi lado y me pide al oído que me ponga algo de ropa. Llevo un conjunto de ropa interior de encaje malva que, ahora que me doy cuenta, deja bastante poco a la imaginación.

—Perdona. —Me levanto y voy a buscar un camisón.

Gabriel me caza de camino a la cómoda, donde ya no está la foto de Álvaro y yo abrazados. Me abraza, huele mi cuello y me susurra:

—Tienes suerte de escaparte. No sabes la cantidad de cosas sucias que te haría.

Después me da una sonora palmada en la nalga y me deja ir hasta donde tengo los camisones.

Preparo alitas de pollo para cenar. Gabriel está alucinado porque sé hacer alitas de pollo al horno.

—Las sazonas y al horno. No tienen más misterio, enano —le digo.

Gabriel se ha pringado entero, como un niño pequeño. Le paso una servilleta y se limpia a manotazos, de la misma manera que se aparta el pelo de la cara.

—Joder, eres perfecta —farfulla con la boca llena—. Solo me falta saber que la comes de vicio.

—Pues mira por dónde, la como de vicio.

Los dos nos echamos a reír y damos buena cuenta de las copas de vino. Entonces me acuerdo.

—Oye, y de eso de lo que estábamos hablando antes de que nos entrara el siroco y estuviéramos a punto de follar...

—Sí —contesta con naturalidad.

—¿Qué es eso de los EMA?

—Son los European Music Awards de la MTV.

Suelto la alita de pollo y le miro con los ojos abiertos de par en par.

—¿Me invitas a ir a los premios de la MTV?

—Claro. —Sonríe—. Eres mi mujer, mi mejor amiga y pronto mi asistente.

Le tiro la servilleta arrugada.

—Pero ¡no tengo nada que ponerme! —me quejo.

—Ay, por Dios, qué niña. —Pone los ojos en blanco—. Para esas cosas tengo un estilista. Pedirá unos cuantos vestidos para ti. ¿Qué talla usas?

—¿Y a ti cuánto te mide? —le contesto. Como al noventa por ciento de las mujeres, no me gusta hablar de tallas.

—Tendrás que tomarte las medidas y decírmelas para que se las dé —me explica.

Me levanto corriendo, me lavo las manos y después rebusco por todos los cajones de mi mesita de noche. Salgo con una cinta métrica.

—Mídeme. Quiero que le preguntes qué tipo de vestido puedo ponerme —digo sin poder estarme quieta.

Gabriel chasquea la lengua contra el paladar y va a la cocina a lavarse las manos. Vuelve secándoselas en el pantalón del pijama. En la parte de arriba solo lleva una camiseta sin mangas, supermacarra.

Dios, cuántas cosas sucias se me ocurren. Y ninguna tiene que ver con el KH7.

Coge la cinta y la pasa alrededor de mis pechos. Para cerrarla roza sin querer un pezón y se me pone duro. Él hace como si nada.

—97. Vaya tetas. —Alcanza un bloc que hay al lado del teléfono y con el lápiz que hay junto a este apunta la cifra.

Baja la cinta hasta la cintura y al cerrarla sus dedos serpentean por encima de mi piel.

—No metas tripa, tonta del culo.

Me ha pillado. Me relajo y él se ríe, anota otro número en la libreta y me soba el culo cuando la baja por las caderas. La cierra y sonríe.

—¿Cuánto mides?

—1,65.

Lo apunta y coge el teléfono móvil. Le contestan enseguida.

—Mery, dile a Martin que Silvia tiene como medidas 97-68-99. Y mide 1,65. Que te diga qué vestidos se le ocurre que pueden irle bien. Con lo que sea, mándame un mensaje.

Tira el teléfono sobre la mesa y me pregunta si estoy satisfecha.

—Mucho. Eres molón, ¿sabes? Eres como ese gato que tenía un bolsillo en la barriga, ese que venía del futuro y sacaba del bolsillito un montón de cosas guays.

Gabriel se ríe.

—¿Vemos *Sexo en Nueva York?* —pregunta.

—¡Oh, Dios! —Me carcajeo—. ¡Qué buena fui en mi anterior vida, leñe! ¡Solo me hace falta saber que lo comes de vicio!

—Pues lo como de vicio —susurra mientras se acomoda en el sofá y me tira sobre sus rodillas.

El teléfono vibra sobre la mesa y me levanto para recoger los platos y lanzar el móvil sobre su regazo. Estoy en la cocina cuando Gabriel me grita:

—¿Te gusta algo que se hace llamar… Elie Saab?

Dejo caer los platos sucios en el fregadero y cierro los ojos. Me asomo y me quedo mirándolo.

—¿Estás de coña? Debes de estar de puta coña.

—Eso pone aquí. Colección Otoño Invierno 2012-2013 de Elie Saab. Dice que mirará si puede conseguir otras opciones.

—Que se deje de otras opciones —le digo con voz estridente—. ¡Elie Saab es como para morirse!

Sonríe de lado.

—Cómo me gusta hacerte feliz.

44

ADIÓS, ÁLVARO

Lo que más me fastidió es que no volví a llorar. Una vez me calmé, no volví a llorar. Era como si solo necesitara derramar las lágrimas suficientes como para que él me viera y aprendiera que era humana y no podía con todo. Una vez que Álvaro me encontró hecha una auténtica mierda en el suelo del cuarto de baño, no volví a necesitarlo. Me levanté con dignidad, lo juro. Por eso me dio tanta rabia, porque él solo vio la parte chunga.

Me pasé tres días en casa, eso sí. Que se jodiera una y mil veces. Él lo había propuesto, ¿no? Aproveché para dormir y pasear. Sí, pasear en pleno enero. Pero me vino bien. Me abrigaba, me enrollaba una bufanda tejida por mi madre, me enfundaba las manoplas y salía a caminar. Y pensaba. A veces solo en que hacía frío, otras en todo lo que había fallado en mi relación con Álvaro, aunque normalmente dejaba vagar la mente y terminaba meditando sobre cambiarme el look, cambiar de trabajo, mudarme a otra ciudad. Hacía mucho tiempo, antes de conocer a Álvaro, pensé que mi sitio no era la ciudad de Madrid. Que mi sitio estaba lejos.

Silvia necesitaba reencontrarse.

El viernes por la tarde volvía de pasear cuando recibí un mensaje en el móvil que no me esperaba. A decir verdad, me costó mucho entenderlo. Tuve que sentarme en la escalera de mi rellano a releerlo una y otra vez para encontrarle sentido.

«Cielo, lo siento. Al final he salido tardísimo y aún me quedan cosas que hacer; no voy a poder pasar a recogerte. Pero te veo en la puerta de La Favorita a las nueve en punto. Como sé que llevarás ese vestido rojo precioso, no creo que me cueste reconocerte. Te veo allí, princesa. Álvaro».

Miré el reloj. Eran las ocho y cuarto, así que me metí en casa, me peiné y me puse rímel antes de coger el bolso y marcharme hacia La Favorita. No tenía que mirar la dirección porque lo conocía bien; había sido el último sitio al que habíamos ido juntos a cenar antes de romper. Y fue una noche tan especial que no pude más que ofenderme por que llevara a su nueva chica allí tan pronto. ¿Los recuerdos no significaban nada para él? ¿Nos reponía como piezas antiguas de un coche? Su vida seguía, con sus rutinas y sus restaurantes preferidos, ¿no?

¿Cómo podía haber ido aquello tan sumamente rápido? ¿Cómo su vida había dado aquel acelerón alejándose de mí? ¿Era su manera de superarlo, una huida hacia delante? Necesitaba verlo con mis propios ojos.

El taxi me dejó en la esquina de la calle y anduve con paso lento por la acera. En la puerta del restaurante, en aquella casa de principios de siglo con pequeño jardín, reconocí a los padres de Álvaro hablando animadamente con otra pareja de edad similar. Ellos no me vieron. Estaban demasiado ocupados con el protocolo y las conversaciones intrascendentes. Me apoyé en un coche aparcado y distinguí a Jimena, la hermana de Álvaro, cogida de la mano de un chico alto y repeinado, con pinta de abogado de esos que mean colonia de Loewe. Jimena llevaba un abriguito con cuello de zorro precioso y se reía subida a unos zapatos increíbles que, si la vista no me fallaba, tenían pinta de ser de Miu Miu.

Entonces la vi. Él aún no había llegado, pero ella sí. Llevaba el vestido rojo debajo de un abrigo cruzado de lana, elegante y caro, seguro. Pero no pude odiarla. Desde donde estaba podía ver lo desesperada que estaba por que él llegara. Tenía la piel blanca, los ojos azules y llevaba el pelo liso y moreno recogido en un moñito fingidamente despeinado. No, ni pude odiarla. Y menos cuando Álvaro apareció y a ella se le iluminó la cara. Éramos dos tontas. La misma clase de tontas que se enamora de alguien como él. Y solo pude odiar a Álvaro.

Vestía un traje gris oscuro con una camisa blanca, un jersey negro de cuello de pico y una corbata negra. Me dolieron los ojos porque estaba demasiado guapo para estar portándose tan mal. Y no iba buscándola a ella, sino a mí. Agaché la cabeza hacia mis zapatos cuando cruzamos la mirada, pero volví a levantarla porque quería estar preparada si se acercaba.

Su chica le cortó el paso cuando andaba en mi dirección. Él se sobresaltó, como si se hubiera olvidado que iba a encontrársela allí, y sonrió de una manera tan forzada que la pobre chica me dio una pena enorme. A decir verdad, yo también me di pena.

Se besaron, pero discretamente. Ella se puso de puntillas, él colocó su mano derecha abierta al final de la espalda de su chica y se inclinó hacia su boca. Su madre sonreía detrás. Vaya. «Ella sí le gusta», pensé. Estaba claro.

Álvaro se disculpó y pidiéndoles un momento vino hacia mí. Agaché la cabeza otra vez evitando cruzar la mirada con la de su madre; no quería verme tentada a escupirle, portarme como una gata callejera y darle la razón.

Cuando Álvaro llegó a mi lado me acababa de encender un cigarrillo y le sonreí por inercia.

—¿No llevas abrigo? Vas a resfriarte —murmuré.

—Lo dejé en el coche. Está aparcado a la vuelta de la esquina.

Asentí.

—¿Reunión familiar? —pregunté.

—Es el cumpleaños de mi madre. —Metió las manos en los bolsillos del pantalón y se apoyó en el mismo coche que yo.

—Tu chica parece muy cómoda con ellos.

—Los conoce desde hace mucho.

—Ya, me imagino.

Sorbí los mocos de un modo muy poco elegante, porque hacía un frío que cortaba la cara.

—Me equivoqué al mandar el mensaje —dijo a modo de disculpa—. Me di cuenta hace un rato.

—Ya. Tranquilo, no me di por invitada.

—¿Por qué has venido, Silvia? —y lo dijo en un tono de voz quejumbroso.

—Quería verlo con mis propios ojos. ¿Lo dudabas?

—No. —Negó con la cabeza—. Pero tienes que saber que no he querido hacerte daño.

Chasqueé la lengua contra el paladar y me reí con amargura mientras le daba una calada al cigarrillo.

—No sirve de nada que te escudes en no haberlo querido cuando parece que te regodeas en lo que has hecho, Álvaro. —Lo miré. Tenía las cejas arqueadas. No creo que esperase una reacción como aquella. Seguí—: Yo tampoco quise que me lo hicieras y mírame. ¿Te crees que disfruto con esto? —No contestó. Miró al suelo—. Pobre tonta —dije en un susurro.

—¿Ella?

—¿Ella? Bueno, ella, yo y toda la que se te acerque.

—Para mí no es plato de gusto verte tirada en el suelo de un baño diciendo que quieres morirte.

—Ya no quiero morirme —dije encogiéndome de hombros—. Ahora quiero hacerte daño. Mucho.

—Te avisé, Silvia.

—Me dijiste que me ibas a hacer daño hace dos años, antes de besarme en un portal y antes de que empezáramos. Perdóname si no entendí que aquello fuera carta blanca.

—No es eso…, es que… —balbuceó.

—¿Sabes lo que sí es? Es culpa tuya. Es culpa tuya porque eres voluble e inseguro. Eres un chiquillo cobarde metido en el cuerpo de un hombre que no se merece tener el aspecto que tiene. Dependes de la opinión de una gente que no te importa, pero es que empiezo a dudar de que te importe tu propia felicidad. No te quieres ni a ti. Creía que te habías enamorado de otra y que no había nada más que contar, pero ahora que lo veo sé que finges. Finges todo el tiempo, menos conmigo. Lo sabes, ¿verdad? Finges que eres como ellos; pero este no eres tú y seguro que al Álvaro buena persona debes de darle un asco de muerte.

—Basta… —susurró con la voz cargada de cosas indistinguibles.

—No. No basta. ¡Qué vacío tienes que estar para hacer esto, santo Dios…! —Levanté un poco la voz, tiré el cigarro y me tranquilicé, pasándome las manos por el pelo peinado en una coleta—. Eres solo un chico guapo… y lo peor es que conseguiste engañarme. Pensé que había más, algo dentro, algo bueno. Pero estás hueco. Y no sabes cuánto me duele ver cómo te esfuerzas por aparentar ser así en lugar de defender que yo soy lo único que te mueve de verdad. Y lo peor es que por querer mantenerte a mi lado aplacé esta conversación, te juré que lo olvidaría y, mira por dónde, no puedo dejar de decirte que te odio por dejar que tu madre me humillara y te lo digo ahora que ya te follas a otra.

Álvaro cerró los ojos y tragó. Empezó a hablar:

—Eres incontrolable, una jodida niñata loca que nunca se sabe por dónde cojones va a salir. Me complicas la vida, no sabes ser normal ni siquiera delante de mis padres. No quiero esa vida de mierda. ¿Sabes? No voy a contentarme con tus continuas absurdeces. Todo a tu alrededor está del revés, Silvia. Y yo no sirvo para hacer el pino. Nos lo pasamos bien, pero dejó de ser divertido. Me equivoqué al pensar que detrás de ti había algo que valía la pena, porque si yo estoy vacío, tú no tienes ni siquiera una cáscara que me interese.

Mentira. Putas mentiras para hacerme daño. Asentí y me abroché la chaqueta hasta arriba.

—No sabes cuánto me alegro de no estar ya contigo. Has hecho muy bien en romper. Eres un infeliz y lo vas a ser de por vida. No quiero que me arrastres contigo y me conviertas en alguien tan gris como tú. Te vistes de buen chico y juras que no quieres hacerme daño y después me dices eso…

—Tú empezaste… —replicó mientras se incorporaba y subía el escalón del bordillo.

—Bueno, ¿empecé? Puede que sí, pero ¿sabes qué? Que las verdades duelen más que tus mentiras, así que jódete, Álvaro, jódete mil veces. —Álvaro caminó hacia el restaurante—. ¡¡No te equivocaste de teléfono al mandar el mensaje!! —espeté en un arranque de valentía—. ¡¡Se lo mandaste a quien realmente querías hacerlo!!

Él se giró y se me quedó mirando. Por un momento pensé en haberme pasado con aquel farol, pero me bastó verle la cara para saber que no me estaba equivocando tanto.

—A partir de hoy soy tu responsable en el trabajo. Nunca haré por ti nada que salga de ese papel —dijo apartando la mirada.

—Estoy de acuerdo —asentí.

—Adiós, Silvia.

—Adiós, Álvaro.

El taxi de vuelta a casa fue mi propia bajada a los infiernos.

45

Mi trabajo es aburrido. Aburrido de la hostia. Llevo todo el día tecleando para hacer unos códigos que bla bla bla. Me aburro a mí misma. He ido a por una coca cola porque creo que estoy a punto de morir de asco encima del teclado.

Al pasar por delante del despacho de Álvaro de vuelta a mi sitio, la puerta se abre y él me saluda. Del susto que me da, grito. Y grito como si me estuvieran quitando la vida, desgañitándome. Sin poder evitarlo le lanzo un manotazo, golpeándole el brazo, y él da un paso hacia atrás, sin esconder una sonrisa.

—¡Maricón! —me quejo—. ¡Casi me da un infarto!

—Jooooder, Garrido. —Se sonríe—. Solo quería pedirte que pasaras un momento al despacho.

Entro respirando agitadamente y Álvaro cierra la puerta y se apoya en ella mirándome. Dios. Esto parece personal. ¿De pronto ya se le ha pasado? Lleva dos meses prácticamente sin dirigirme la palabra.

—Esto…, quería hablar contigo.

—Dime —contesto mientras me siento en uno de los sillones que hay frente a su mesa.

—Es sobre la semana que me has pedido de vacaciones.

—Oh, Dios… —Me revuelvo el pelo—. ¿Podemos discutirlo mañana, por favor? Llevo todo el día con la migración al nuevo sistema y de verdad que no tengo fuerzas para mantener contigo una de nuestras luchas dialécticas.

—No, no. Puedes estar tranquila. El Álvaro jefe ya ha aprobado tus vacaciones.

—Entiendo entonces que es el Álvaro no jefe el que quiere hablar conmigo.

—Sí.

Se sienta en su mesa, abre un cajón y saca unas revistas. Las reconozco. Yo también las tengo en casa.

—No imaginaba que te gustase este tipo de lectura.

—Y no me gusta. —Sonríe resignado—. Por eso me asusta que salgas en ella. ¿Te vas con él?

Los dos nos miramos y él desvía rápidamente la mirada hacia la revista, que abre con manos expertas por la página en la que salimos Gabriel y yo a la entrada de un restaurante en la plaza de la Independencia. Es de la última visita que me hizo Gabriel, antes de empezar su gira. Hago una mueca. Pienso que salgo muy mona, pero a Álvaro no parece gustarle.

—No tiene por qué asustarte —le digo dándome cuenta de que en los últimos cuatro meses he cambiado considerablemente. ¿No estoy siendo mucho más madura? Ah, no, que me he casado con una megaestrella del rock que prácticamente no conozco de nada y con la que en realidad tengo un matrimonio ficticio.

—Es tu marido —añade en un susurro, como si no terminase de creérselo y le doliera a la vez.

—Sí, pero esto es… —levanto las cejas— como los matrimonios de conveniencia. No nos acostamos.

Y eso empieza a parecerse sospechosamente a una mentira.

—No es como los matrimonios de conveniencia, él no necesita la nacionalidad. Y, si te digo la verdad, no entiendo qué gana él con todo esto.

—¿Por qué tiene que ganar algo? —Y antes de que conteste me acomodo en el asiento y sigo hablando—. De todas maneras, Álvaro, aunque no sea de tu incumbencia…, para él es especial. No quiere ni escuchar hablar de divorciarnos.

—No quiere darte dinero —dice—. Se emborrachó, se casó contigo y ahora no quiere soltar la mosca.

—Por contrato él mismo estipuló que el día que firmemos el divorcio me dará varios cientos de miles. Pero vuelvo a repetirte que creo que no es de tu incumbencia.

—¿Varios cientos de miles? Eso son las migas del pastel. Sabe que te puedes llevar un trozo muy grande y quiere tenerte entretenida con esa minucia. ¿Sabes lo rico que es?

—Me lo imagino, pero en este caso no me importa. Y claro que me gusta que me regale cosas bonitas, pero lo prefiero a él. —Y callo que la semana anterior puso su piso de Venice a mi nombre.

—Te has enamorado de él —afirma en un suspiro, como si estuviera diciendo con otras palabras que soy tonta de remate.

—No. —Niego enérgicamente con la cabeza, molesta—. No estoy enamorada de él. Yo aún me estoy recuperando de nuestra ruptura. Para mí fue muy dura y necesito tiempo para reponerme; no tengo la misma capacidad que tú para cambiar de tercio en la vida.

Ese golpe le deja fuera de juego durante unos segundos. No sabe qué contestar, pero yo no espero que conteste nada en realidad.

Mientras él se debate entre ser sincero o buen hijo, le miro. Está impresionante. Creo que cada día que pasa está más endiabladamente guapo. Los ojos grises parecen mucho más grises hoy. Lleva el pelo un poco más largo de lo habitual, probablemente porque está retrasando la visita al peluquero por trabajo. Y recuerdo la textura de sus mechones entre mis dedos, sedosa. Me embarga la melancolía y parece que siento la presión de sus manos en mis caderas, empujándome hacia él en la cama, diciéndome que voy a volverle loco.

—Ha pasado casi un año —dice al fin—. Puede que hiciera las cosas mal entonces y que me precipitara, pero ya es hora de que los dos pasemos página.

Ya. Los dos. Pues él pareció pasar página muy rápido.

—No tienes de qué preocuparte —sentencio.

—Sí, sí que tengo. —Mira la mesa, entretenido en mover sobre ella su bolígrafo Mont Blanc—. ¿Has leído mucho acerca de él, Silvia?

—La verdad es que no. Prefiero conocerlo al ritmo que él quiera contarme sus cosas. Como las personas normales.

—Creí que la palabra normal no te gustaba.

—Y no me gusta.

—Silvia. —Cierra los ojos—. Te lo pido por favor. Sé que te he hecho mucho daño, pero si aún sientes un mínimo aprecio por mí, hazme caso y busca en Internet cuando llegues a casa.

—Deduzco que tú ya lo has hecho.

—Sí. Por eso estoy tan asustado —y lo dice con el ceño tan fruncido que hasta me parece cómico.

—Te van a salir arrugas enseguida si sigues poniendo esa cara de sufrimiento tipo Brad Pitt en *Leyendas de Pasión*. —Álvaro también dibuja una tímida sonrisa—. ¿Se te pasará algún día? ¿Dejarás de estar enfadado conmigo por casarme con él?

—¿Realmente te importa?

—Sí —asiento—. No soy de piedra. Yo también quería arreglarlo.

Resopla, apoya los codos en la mesa y, dibujando un triángulo con sus manos, apoya los labios sobre sus dedos índice. Si no lo conociera diría que incluso le hace daño esta situación. Pero no tengo que caer en la tentación de creer que no soy la única débil o terminará de rematarme.

—Divórciate y hablaremos de arreglarlo. Es todo lo que puedo decir —resuelve.

—¿Me echas de menos?

Se recuesta en el respaldo.

—Sí —susurra—. Pero me puede más la inteligencia emocional y... los dos sabemos que tú no me convienes.

—Nunca sé si quieres de verdad arreglarlo. —Me miro los zapatos.

—No quiero arreglarlo mientras él esté ahí. Me da igual cómo lo esté, me da igual que sea un contrato de cariño, como tú lo defines. Para mí es un error y lo quiero fuera de tu vida. Si no... el que está fuera de tu vida soy yo.

Me levanto del sillón arrepentida de haber sacado el tema.

—Bueno, Álvaro, estaré fuera toda la semana que viene. Y cuando vuelva tendrás muchas más revistas que revisar. Espero darte un buen material.

—Solo búscalo... —Cierra los ojos—. No es la primera vez que me preocupo por ti, pero esta vez estoy verdaderamente asustado. No lo estaría por una tontería.

Salgo de su despacho y cierro suavemente la puerta.

Al llegar a casa dejo el bolso en el perchero, junto con la chaqueta. Pero me llevo el paquete de tabaco conmigo hasta la habitación del ordenador. Maldito Álvaro. Que conste que hago estas cosas porque es tan guapo que no puedo evitarlo. Si fuera profesor en la escuela todas las alumnas y algunos alumnos serían ejemplares.

Enciendo el ordenador, dejo el tabaco junto al cenicero y hago una incursión en la cocina. Cojo el brick de zumo de tomate, el salero y el pimentero y el bote de encurtidos. Me ha dado por las aceitunas y los pepinillos últimamente, qué vamos a hacerle. Vuelvo y me siento delante de la pantalla, que desbloqueo con mi contraseña.

Con dedos ágiles meto el nombre de Gabriel en el buscador. Los primeros resultados son noticias actuales. Voy hasta un enlace a la Wikipedia y cojo aire antes de empezar a leer.

Me sirvo un zumo de tomate, lo aderezo y suspiro. Bebo, leo. Bebo, leo. Me como una aceituna. Toso. Casi me la trago entera. Releo. Enciendo un cigarrillo.

—Gabriel…, por Dios…

Y me tapo la cara con las manos.

Un coche de la compañía me lleva del aeropuerto al hotel donde Gabriel ha tenido esta tarde entrevistas relámpago con prensa de toda Europa. Debe de estar agotado. Y yo estoy preocupada. Yo preocupada…; es antinatural, casi como si las farolas dieran frutos.

Al llegar a las proximidades del hotel ya casi no me sorprendo. Debe de ser lo más lujoso de Ámsterdam, aunque supongo que lo que más les importa a los organizadores del evento es que está justo en el centro de la ciudad. Fuera del coche la gente va muy abrigada y supongo que empieza a hacer mucho frío. Hemos entrado ya en noviembre.

Me pongo mi abrigo más elegante y también los guantes; me coloco el bolso en el regazo y respiro hondo. Estoy nerviosa.

Cuando el coche se para delante del hotel, un hombre uniformado abre la puerta y yo salgo. Le sonrío y me pregunta mi nombre en un perfecto inglés. Le contesto. En la puerta del hotel hay otro hombre vestido de traje, que me espera y que me tiende la mano para que la estreche mientras unos botones se encargan de mi pequeña maleta.

—Bienvenida, señora Herrera.

Cierro los ojos y esbozo una sonrisa. Claro, señora Herrera porque soy la mujer de Gabriel.

—Puede llamarme Silvia —le contesto.

—Como usted prefiera, señora Silvia. Me comentan que su marido ha terminado hace apenas media hora y que se ha retirado a su habitación con parte de su equipo de producción. —Hace un gesto a un botones—. Frits la acompañará.

Pobre chico, se llama Frits. Parece el nombre de una marca de frutos secos.

Cuando llego a la quinta planta hay seguridad por todas partes; debe de estar llena de *celebrities* de las que mañana por la noche acudirán a los European Music Awards organizados por la MTV. No me puedo creer que esté aquí. Pero es que yo también puedo convertirme en una *celebrity* si quiero.

Veo a Volte en la puerta de una habitación y me parece intuir que me sonríe. ¿Se alegra de verme? Troto hacia él y le abrazo. Él, por supuesto, no responde al abrazo.

—Bienvenida, Silvia —me dice—. Enhorabuena por su reciente matrimonio.

Para ser una mole humana últimamente se anda con mucho protocolo.

—Gracias, Volte. Me alegro de verte.

Llama con sus nudillos enormes a la puerta y una chica joven abre, asustada, como si temiera que una horda de fans hubieran matado a Volte. Al verme me sonríe.

—Hola, Silvia. Soy Mery, la mánager de Gabriel.

Nunca me ha hablado de ella. ¿Se acostará con ella? ¿Estoy celosa? Le doy la mano.

—Encantada.

—Pasa, tenéis que estar locos por veros.

Hace un gesto y dos personas vienen hacia nosotras y, haciendo mutis por el foro, salen por la puerta. Mery dice adiós y miro a Gabriel, que está sentado en la cama, agarrado a una guitarra. La deja sobre la colcha blanca y se levanta. El estómago me hormiguea porque está muy guapo. Lleva unos vaqueros negros pitillo, unas zapatillas Vans del mismo color, una camisa blanca y una corbata negra.

—Me has recibido con tu traje de novio —le digo sonriente.

Da dos pasos más y nos abrazamos con fuerza. Me siento tan reconfortada que se me olvida por qué narices he estado tan preocupada. Álvaro es imbécil y todo el mundo tiene derecho a una segunda oportunidad. A él le debo de haber dado ya una docena.

Gabriel me da un beso en la boca, muy corto, de los que dejan con ganas de más, y después me pregunta si estoy nerviosa. Cuando le confieso que mucho me coge en brazos y me levanta.

—Todo se te va a pasar cuando veas el vestido. —Sonríe—. Es increíble. Como tú.

Y me apetece besarle, tocarle, quitarle toda la ropa y abrazarlo, hundiendo la nariz en su cuello. Me deja en el suelo y vuelven a llamar a la puerta. Deben de ser los meganudillos de Volte.

Yo misma me acerco y abro. Me tiende mi maleta, le sonrío y vuelvo a cerrar.

—¿Quieres salir a cenar? —me pregunta Gabriel abrazándome la cintura por detrás cuando me pongo a deshacer el equipaje.

—Debes de estar agotado. La ciudad está llena de fans. No, mejor quedémonos aquí.

—Vale, llamaré al servicio de habitaciones. Estoy hambriento.

Y yo, en muchos sentidos.

Me cambio de ropa, me pongo unos *leggins* y una camisola y me acomodo, viendo cómo Gabriel se mueve de un lado a otro de la habitación. Y me abstraigo. No sé si debo sacarle el tema. Él no me lo ha contado aún porque le cuesta hablar de sí mismo. Pero no es como si no lo supiera. Lo sé y además de estar preocupada, me siento mal; como si hubiera violado su intimidad, aunque son cosas que todo el mundo puede leer de él en Internet.

—Gabriel —susurro.

Se sienta a mi lado, me aparta el pelo del cuello y me da un beso bajo el lóbulo de la oreja. Que no juegue, que llevo demasiado tiempo sin echar un casquete como para andarme con miramientos de señoritinga.

—Gabriel…, ¿tú tienes secretos?

Se aparta y me mira, confuso. Asiente.

—Como todo el mundo.

—¿Hay algo que…, que quieras contarme sobre ti?

Dibuja una sonrisita, parpadea despacio y después asiente.

—Si no te lo he contado antes ha sido por miedo a asustarte, no porque quisiera escondértelo. Has tardado mucho más tiempo del que creía en buscarme en Internet. —Tiene una sonrisa triste—. ¿Te he decepcionado?

—No. Siento como si hubiera violado tu confianza. Fue Álvaro. Yo no lo habría buscado… Solo quiero que me lo cuentes tú.

—Cuando te conocí hacía apenas un mes que había salido de la clínica de desintoxicación. Es tan típico, ¿verdad? Tan *mainstream* —no contesto, lo miro, como si no me afectara. Él sigue—: Le he dado a casi de todo en la vida. Coca, anfetaminas, MDA, LSD, Valium… Ellos dicen que se me fue la mano, que un día mezclé demasiado y que casi me mato, pero la verdad es que quería morirme. —Levanta las cejas—. En la clínica me dijeron que a eso se le llama depresión por cocaína. Es el bajonazo.

Se pasa el dedo por debajo de la nariz.

—¿Qué tomaste? —pregunto con un hilo de voz.

—Pues… —mira al techo de la habitación—, gramo y medio de coca, no sé decirte qué cantidad de Valium y una botella de ginebra.

Me mira de reojo y yo cojo aire lo más silenciosamente que puedo, tratando de no parecer asustada. Nunca he tomado drogas, al menos nada que no fuera alcohol y los pocos cigarrillos que me fumo al día.

—¿Por qué? —le pregunto.

—Me sentía... solo. Desgraciado. No tengo a nadie en el mundo..., nadie de verdad. Al menos no lo tenía. —Me mira y sonríe—. Todo el mundo que se acerca a mí quiere algo. Dinero, fama, drogas, chicas, un polvo. Y tú no quieres nada. Me miraste con los ojos abiertos de par en par y me contaste toda tu vida, sin evitar parecer humana, imperfecta... —Me acaricia el pelo—. Cuando salí de la clínica todo el mundo me decía que Dios me había dado una segunda oportunidad. ¿Sabes lo que pensaba yo? Que me habían hecho un lavado de estómago y otro de cerebro, pero que no tardaría en volver a hacerlo.

—¿De verdad? —Levanto las cejas.

—Ya no. Ahora estás tú. —Hace una pausa—. No puedo decirte: «tranquila, Silvia, estoy curado», porque supongo que de esto no te curas nunca. Pero sí puedo decirte que no tomo nada. Porque por ti soy capaz de no volver a hacerlo.

Le cojo las manos y las beso. Dios. Le quiero tanto..., le quiero. Cierro los ojos. ¿Y si me he enamorado? Esto es un desastre.

—Te quiero —me dice, susurrándome al oído.

—Y yo, pero no sé si nos queremos de la misma manera. —Le miro, esperando que se asuste, pero él no lo hace. Gabriel parece estar por encima de estas cosas.

—Juraría que sí.

—No. —Niego enérgicamente con la cabeza.

—¿Por qué crees que no? —Se ríe.

—Tengo... —digo en un murmullo casi inaudible— necesidades que me apetece mucho que tú solventes.

Apoya la mano en mi rodilla y sube un poco por mi pierna.

—Yo también. Pero un día dijiste que lo estropearíamos todo y yo no quiero estropearlo contigo. Me detiene pensar que no creo en el amor como tú lo haces y que no tengo por qué obligarte a ver las cosas como las veo yo. Yo quiero que alguien te quiera como tú quieres que lo hagan.

—Dime, ¿en qué se diferencia lo que sentimos ahora al amor en el que dices no creer?

Gabriel me mira con el ceño fruncido y parece dudar si debe decirlo.

—No sé si creo en la monogamia. —Hace una mueca—. Al menos a la larga.

Vaya. Una razón de peso.

—Hacemos bien entonces en no estropearlo. —Le beso el cuello y me levanto.

Solo de pensarlo me pongo caliente. Pero no puedo, porque me conozco. Follaremos, me correré como en mi vida, tocaré el cielo y me enamoraré como una gilipollas. Después, cuando me sienta vulnerable, él me besará, me dirá que me quiere y ya no tendré escapatoria. El tiempo pasará y entonces un día lo encontraré con una rubia cabalgándole encima y me querré morir. Es mejor no tentar a la suerte.

—Dime una cosa más —le pido de pie delante de él.

—Tú dirás. —Se palmea las manos contra los muslos.

—Leí que… que… —Noto cómo me pongo roja—. Vamos, que fue en una revista de cotilleó pero…, pero leí que también te gustan…

—¿Los chicos?

Y lo dice con una sonrisa socarrona en los labios que termina de excitarme. Espero poder ligar mañana en la fiesta de después de los premios y aliviarme o quemaré las bragas.

—Sí, los chicos —asiento.

Me mantiene la mirada, con esa sonrisilla de suficiencia, y después chasquea la lengua contra el paladar.

—A ver cómo puedo explicártelo… Nunca tendría una relación con un chico. No creo que pudiera enamorarme de uno. Sin embargo… sí he estado en la cama con chicos. Casi siempre —carraspea— con más gente. ¿Entiendes?

—¿Orgías? —pregunto fingiendo que no me está alucinando lo que me cuenta y que estoy familiarizada con esos términos.

—Orgías, tríos…, ya sabes.

—Ya, claro. Y… ¿te gusta…?

Se echa a reír abiertamente.

—Cuando interactúo con un chico soy totalmente activo, si es lo que me preguntas. Pero también he de confesar que nunca he estado con uno sin ir colocado. No es algo que me excite por sí mismo. No pienso en chicos cuando se me pone dura. —Sonríe—. Pero son cosas que he hecho. Postureo de estrella del rock, ¿no?

Llaman a la puerta y Gabriel se levanta.

—Salvado por la campana. —Me río.

—Sí. Justo a tiempo de interrumpir tu interrogatorio. —Me sonríe y se encamina hacia la puerta revolviéndose el pelo.

Volte deja entrar a un chico del hotel con un carrito de servicio de habitaciones. Desaparece tan rápido que no llego a verle ni la cara. Gabriel deja el carrito delante de mí y destapa un par de platos, fingiendo que es el camarero.

Gabriel y yo estamos acostados, a oscuras y me tiene abrazada por detrás, muy apretada. Hace un par de segundos que este ha dejado de ser uno de esos abracitos de «vamos a dormir como dos cucharitas en un cajón porque somos amigos y nos queremos mucho». Ahora la respiración de Gabriel me llega cálida y sosegada a la nuca y sus labios me besan el cuello despacio y húmedamente.

—Para… —le pido con un hilo de voz, y apenas puedo controlar no poner los ojos en blanco.

—¿Por qué?

—Porque me estás poniendo nerviosa.

—¿Es nerviosa la palabra? —bromea.

En realidad estoy pensando en Gabriel metido en una orgía. No puedo quitármelo de la cabeza. Me parece tremendamente erótico.

—Me besas el cuello de esa manera y... estoy pensando cochinadas —le confieso.

—¿Como qué?

—Como tú en una orgía.

—¿Contigo? —pregunta con soltura, acariciándome la pierna.

Huy, huy, huy.

—No. Pensaba en eso que me has contado.

—Qué morbosa eres.

Me giro y Gabriel me acaricia el pelo.

—Cuéntame cosas. Cuéntame qué haces cuando estás con tres personas en la cama —le pido.

—Prefiero besarte —dice.

Se acerca pero le rehúyo, porque me conozco y si empiezo hoy no voy a poder parar.

—No, cuéntamelo.

—Silvia... —se queja entre risas.

—Cuéntame cómo fue la última vez.

—Lo tengo todo un poco borroso.

—Da igual. De lo que te acuerdes. No quiero los detalles.

—Pues... Estábamos en mi casa..., había coca y habíamos tomado también... creo que «eme»..., todo como muy estrella del rock, ya sabes. Yo estaba tonteando con una bailarina que no tenía mucho pudor... —La voz se le convierte en un susurro—. Nos pusimos cariñosos en público, otro del equipo comenzó también allí con una chica que había traído... y el que quedó descolgado nos preguntó si se podía unir.

—¿Y...?

—Se unió.

Nos quedamos callados. Me cuesta imaginarlo con otro chico..., ahí, dándole matraca.

—Te los follaste —susurro.

—No, nos la follamos los dos y después pues... —carraspea— me...

—Te la comieron los dos hasta que te corriste.

—Eh..., a decir verdad no estoy demasiado seguro, pero creo que es posible. Me subió toda la mierda a la cabeza...

—¿Y te gustaría repetir?

—Deja de preguntarme esas cosas —me pide.

—¿Por qué? ¿Te incomoda?

Me coge la mano y cuando me doy cuenta, la ha puesto encima de su paquete. Está duro e hinchado. No puedo evitar la tentación de apretar los dedos sobre él antes de retirarla. Es enorme... y muy tentador. Esta noche me va a costar dormir.

—No me incomoda, Silvia. Pero me pone escucharte hablar de sexo. Eso y tu olor... y notar tus muslos suaves y...

Pongo el pulgar sobre su boca y se calla. Incluso en la oscuridad de la habitación veo brillar sus ojos.

—Solo voy a decir una cosa. Después me giraré, tú calcularás un palmo de distancia entre mi trasero y tu rabo y me abrazarás para que durmamos. Y he dicho durmamos. ¿Entendido?

—Ajá —asiente.

—Me excita el olor de tu perfume, el de tu piel, tus tatuajes, el sabor de tu saliva e imaginar lo jodidamente entrenado que debes de estar para llevar a una chica hasta el orgasmo más brutal de toda su vida. Pero no podemos. No PODEMOS —remarco cada sílaba y él sonríe—. Ale, buenas noches.

—Buenas noches.

Me giro, me acurruco y él me abraza por detrás.

—Entre nosotros no hay un palmo —me quejo.

—Hum…, cállate y duerme. Ya hago suficiente con no besarte.

Me despierto con los labios de Gabriel recorriéndome la cara entera, pero con cariño. Ya no hay nada de la tensión sexual de la noche anterior. Abro los ojos y le veo con el pelo mojado, sonriéndome.

—Lo siento —susurra.

—¿Por qué? ¿Me has violado mientras dormía? —le pregunto adormilada aún.

—Eh, no. —Se ríe—. Pero te tienes que levantar. Yo me voy a hacer una prueba de sonido al auditorio.

—No sabía que actuabas. —Me muevo con gusto entre las sábanas.

—Sí. Escucha, he pedido que te suban el desayuno.

Me siento en la cama y me froto los ojos.

—Gracias, cariño.

Cuando escucho el apelativo amoroso «salir de entre mis labios» me enrojezco y temo que se ría de mí, pero solo sonríe.

—De nada, cariño —repite—. En un rato vendrá Martin. Es el estilista. Y… no creo que te deje comer nada a mediodía, así que si no quieres morirte de hambre, come en el desayuno. Martin puede llegar a ser muy nazi. No le hagas ni caso. ¿Me entiendes? Ni caso.

Nos despedimos con un beso en los labios. Después se marcha.

Cuando llega el desayuno doy buena cuenta de él y, siendo previsora, me guardo un par de bollitos enrollados en una servilleta dentro de un cajón. A mí nadie me deja sin comer si tengo hambre, que es casi siempre.

Después de que se lleven el carrito y antes de que pueda darme una ducha mientras arreglan la habitación, viene Martin *el nazi*. Me mira de arriba abajo, me evalúa y sonríe falsamente. No sé por qué esperaba un estilista amanerado, divertido y supersimpático, pero nada más lejos de la realidad. Es un hetero nazi y rancio que seguro que piensa que estoy gorda. Pero voy a seguir el consejo de Gabriel y no le voy a hacer ni caso. Y encima es que no sé qué se creerá él que es, porque es feo hasta decir basta. Como diría mi amiga Bea, «es feo pa'perro». Tiene los ojos medio cerrados, con unos párpados gordotes como solomillos, los labios finos y crueles y está tan flaco que dan ganas de meterle un bocadillo de chorizo chorreante por vía intravenosa.

Me manda a la ducha mientras se instala en la amplia salita de la suite. Cuando salgo todo se desata. El apocalipsis, con sus cuatro jinetes y todo. Allí hay mucha gente.

Me enseña el vestido de Elie Saab, que saca de su funda. Me amenaza de muerte si lo rompo o lo quemo. Las manchas creo que solo me valdrán una paliza. Después me enseña el vestido para la fiesta posgala. Es un Dolce&Gabanna de encaje negro. Es corto, de manga francesa. Me va a dejar también un bolero de pelo. Lo miro con escepticismo, pero creo que evitaré llevarle la contraria por si acaso quiere gasearme por pesar (bastante) más de cuarenta kilos. Valiente gilipollas.

Después de toquetearme mucho el pelo de un lado al otro, de mirarme la piel al lado de la ventana y de tomarme fotos con una Polaroid, llega el momento que tanto he esperado. Por fin me voy a probar los vestidos.

El de Elie Saab es una auténtica pasada. Las mangas largas son de encaje, como todo el escote. Aparentemente es de cuello barca, pero deja bastante poco a la imaginación. No sé si no tendré demasiado pecho para llevar este vestido. Pero, bueno, me miro y a mí me gusta. Justo por la parte del pecho lleva pedrería negra y un poco de forro, como en el vientre. Me tapa los pezones por puro milagro. A la altura de la cintura y de la cadera, en una franja sinuosa, vuelve a convertirse en encaje rodeado de pedrería negra. La espalda es abierta casi hasta abajo y la falda entera es tela negra con un poco de cola; la impresionante abertura delantera me llega a una altura de los muslos que considero casi deshonrosa. Pero tiene una caída espectacular y el negro estiliza tanto... Cuando me subo a las sandalias Tribute en negro de Yves Saint Laurent, parezco otra persona y estoy encantada, que conste. Soy una versión glamurosa de mí misma. Pero Martin arruga el labio y me dice que tengo mucha tripa. Así. Tienes mucha tripa. Pues tú eres feo. Se lo digo en español, que no entiende, pero luego me siento con la obligación de darle una contestación que él entienda.

—Esto... —Me siento violenta—. Es que he desayunado hace poco. Me irá bajando.

—Te he traído una faja por si acaso —dice en un tono de voz áspero.

Me la enseña. Dios. Eso no es una faja, es una tortura. Maldito cabrón. Es pequeña..., muy pequeña y dura. Como me rompa la vagina va a tener que pagarme una nueva.

Me pruebo el vestido de Dolce&Gabanna y me encanta. Vuelvo a recibir amenazas de muerte que esta vez se extienden a Gabriel. Me giro como una gata recién parida cuando lo menciona. La gente que pulula por allí se nos queda mirando.

—Si vuelves a amenazarme te tiraré por una ventana y después escupiré encima de tu cadáver —le digo en un inglés que me sorprende incluso a mí—. Dime las cosas con educación o Gabriel necesitará pronto otro estilista.

Dios. Soy la dama de hierro. ¡Cómo molo!

Con sequedad pero más educación le explica la idea que tiene para mi peinado a una chica que asiente mientras juguetea con un peine. Quieren hacerme un recogido bajo para la gala que no sea muy formal y que después pueda deshacerme para que me quede el pelo suelto y sin marcas. Ella me explica que me ayudará a arreglarme después de la gala y, como es muy maja, a ella le doy las gracias. A Martin le deseo almorranas sangrantes.

Cuando llega Gabriel llevo toda la cabeza llena de rulos y me están haciendo las cejas. No me puedo sentir más ridícula. Le pido a la chica que pare un segundo y voy a saludarle. Lleva una sudadera negra de capucha y unos vaqueros. Mete las manos en los bolsillos y parece..., parece tan normal. Sé que odio esa palabra, pero parece un chico cualquiera, sin nada que esconder ni nada que me asuste.

—Estoy horrible, ya lo sé —le digo apretando el nudo de la bata de raso que me ha traído Martin *el nazi*.

—No es verdad. —Me da un beso en los labios—. Estás muy sexi.

Sonríe de lado y guiñándome un ojo se mete en la habitación. Vuelvo a la silla de tortura y siguen con mis cejas.

Dos horas después el resultado es espectacular. Estoy peinada, maquillada, vestida y calzada. Me había puesto unas braguitas negras de encaje muy monas pero Martin me ha obligado a instalarme la faja, así que he metido en el *clutch* de Jimmy Choo negro mis braguitas y los bollitos que sustraje silenciosamente del desayuno esta mañana. Bragas y cosas de comer. No tengo arreglo.

Gabriel sale del dormitorio con un traje negro, camisa negra y corbata negra y el pelo apartado de la cara y peinado. Es la primera vez que lo veo así. Está increíble. No sé qué decir. Creo que me he quedado con la boca abierta. Él no deja de mirarme de arriba abajo. Se acerca.

—Estás... —decimos los dos a la vez.

Nos abrazamos un poco. Huele a perfume y su mejilla rasposa, con barba de tres días, se frota contra la mía suavemente. Después de una mirada más, estamos listos para irnos.

Sentada en el coche creo que voy a morir. Y no es por los nervios. Tendría nervios si la faja me dejara respirar, pero lo que me pasa es que me estoy ahogando. Creo que hasta empiezo a ponerme morada. Gabriel se gira hacia mí y me pregunta qué me ocurre.

—Martin me ha obligado a ponerme una faja que me está asesinando. Espero que sepas hacer la reanimación cardiopulmonar...

Gabriel pone cara de no entender.

—¿Una faja, Silvia? ¿Para qué narices quieres tú una faja?

—Me ha dicho que tengo mucha barriga.

—Te he dicho que no le hicieras caso. Quítate eso antes de que te desmayes, anda. —Mira por la ventanilla, como dejándome intimidad.

Yo subo el culo, arremango el vestido e intento bajar la faja, pero no puedo. Hago una forzada más. Dios. ¿Y ahora qué hago? Porque yo paso de que se me escape un pedo con la siguiente envalentonada.

—No puedo quitármela —confieso.

—Espera.

Me pide que me gire hacia él.

—Levanta el culo.

Lo hago y él mete las dos manos dentro de mi vestido. Dios. ¿Me está quitando Gabriel las bragas en un coche de camino a los EMA? Bueno, cambia bragas por faja del infierno.

Sus dedos agarran el borde de la faja y tiran hacia abajo. Cede un poco. Maldice entre dientes y sigue tirando. Se pone rojo.

—Esto es como la fuga de *Prision Break*, narices —mascullo.

La tela elástica baja un poco más y yo le ayudo con mis manos y el culo levantado. Menuda clase de G(lúteos)A(bdomen)

P(iernas) me estoy pegando en el coche. Gabriel aparta los ojos un momento y pestañea. Creo que le he enseñado la alcachofa.

—¿Me has visto…?

—Sí. Un poco.

—¡Qué horror! —me quejo.

—De horror nada. —Se ríe—. ¿Te hiciste la brasileña para el viaje?

Saco la faja por los tobillos y le arreo con ella dos veces. Gabriel se descojona. Abro el bolso y cojo las braguitas de encaje. Gabriel alarga la mano mientras me mira de reojo.

—Quita, pervertido —le digo.

Me las meto por los pies, con los zapatos puestos, y trato de subirlas, pero Gabriel tira de mi brazo hacia él y me pide que pare. Las tengo a la altura de las rodillas.

—Ven —y lo dice en un tono de voz que no puedo evitar obedecer.

Casi me ha dejado encima de él, así que me incorporo y me acerco más. Me pide que me coloque como si estuviera a punto de sentarme a horcajadas sobre él. Y las braguitas siguen por mis muslos.

—Gabriel, por favor… —Cierro los ojos. Me resisto—. Si nunca es buen momento…, ahora menos.

Sus dedos suben el encaje por mis piernas mientras nos miramos a la cara. Me está poniendo la ropa interior y me parece tan erótico…

—Gabriel… —jadeo cuando al colocarlas en su sitio me toca el culo y me sienta sobre él.

—Ya sé que ahora no puedo besarte —dice con los ojos clavados en mis labios—. Pero lo haré. Esta noche. Muy mucho.

Levantamos las cejas.

—No crees en la monogamia. Recuérdalo.

—¿Y si es que no estamos preparados aún? ¿Y si solo tenemos que esperar?

—Pues esperemos. —Sonrío, tocándole la cara.

Se muerde el labio.

—¿Puedo decirte una guarrada? —pregunta con cara de niño malo.

—Sí, pero al oído y muy bajita.

Me inclino hacia él y susurra:

—Te follaría sin parar. Toda la noche.

Me siento de nuevo en mi lado y le sonrío, con las mejillas ardiéndome.

—Esta noche me voy a ver obligada a tener una sesión de sexo con la alcachofa de la ducha —espeto tan tranquila.

Él se ríe.

Cuando bajamos del coche nos cae una lluvia de flashes. Espero que no se me hayan visto las bragas como a Paris Hilton. Gabriel me coge la mano y caminamos sobre la alfombra roja. Nos paramos en un punto y me aparto un par de pasos para que puedan hacerle fotografías a él solo. Un fotógrafo empieza a gritar como un auténtico poseso y Gabriel me tiende la mano.

—Quieren fotos de los dos —me dice con una sonrisa desconocida de satisfacción.

Está tan guapo…

Después de las fotos, en las que he posado como Martin me ha dicho, casi a lo Mario Vaquerizo, entramos en el auditorio y volvemos a posar para algunos fotógrafos más y las cámaras de MTV nos paran. Me mantengo a un paso de distancia de Gabriel mientras él contesta en su perfecto inglés sobre cómo se siente con sus cinco nominaciones y su gira europea. La mano de Gabriel no suelta la mía.

Nos sientan junto al pasillo central, doy gracias a Dios. Así no tendré a nadie al otro lado con el que sentirme obligada a entablar conversación. Al lado de Gabriel está sentado un chico joven que me suena vagamente y le saluda con entusiasmo. Parecen viejos conocidos. ¿Este qué querrá? ¿Dinero, fama, drogas, chicas o un polvo?

La gala es como todas las galas que he visto por la tele, pero vista desde aquí. Gabriel se está aburriendo. Lo noto porque no deja de moverse, de toquetearme la mano y de mirar la hora. Yo, mientras tanto, estoy alucinada viendo cómo pasan por mi lado un montón de famosos.

—¡Qué guapa es Katy Perry! —le digo a Gabriel.

—¿Sí? No sé. —Se encoge de hombros.

—¿Cuándo actúas? —le pregunto.

—Casi al final. Pero… —Frunce el ceño, se para a escuchar lo que van diciendo y sonríe—. Ahora voy yo.

Anuncian un premio y él está entre los nominados. Mejor canción. Cruzo los dedos; estoy tan emocionada que me cuesta permanecer quieta en el sillón. Le miro nerviosa mientras abren el sobre y él parece estar… tranquilo.

—¡¡Gabriel!! —dice la presentadora del premio, que no tengo ni la más remota idea de quién es.

Gabriel se pone en pie con esa sonrisilla macarra que me encanta y yo me levanto para dejarlo pasar, pero me envuelve la cadera con uno de sus brazos y me besa en los labios. Le doy la enhorabuena y le veo irse hacia el escenario con su andar desmadejado. Sube las escaleras seguido de las cámaras, que no se han perdido ni un plano desde que han pronunciado su nombre. Gabriel agarra el premio y lo besa. Se acerca al micro.

—Muchas gracias a todos por este premio que no sé si merezco pero que quedará muy bien en mi mesita de noche. —Todos ríen. Yo sonrío como una tonta, mirándolo—. Quiero dedicar este premio, si me dejáis, además de a todos los que hacen posible que siga sacando discos, a Silvia, mi mujer.

Dios. Dios. Dios. Estoy saliendo en las pantallas gigantes. Es el momento de sacar la gracia y no quedar de sosa. Le mando un beso y él sonríe como solo me sonríe a mí.

—Además de porque está preciosa esta noche, miradla, se lo dedico por estar tan completamente loca como para casarse conmigo. Y la verdad es que creo que con ella he hecho las cosas mal desde el principio. Se merecería olvidar que esto ha pasado y darme la oportunidad de hacerlo de nuevo. De arrodillarme, decirle que la quiero y que no me imagino la vida sin ella y de paso… darle un anillo de compromiso. —Un silencio, se escuchan algunos gritos en la sala. Gabriel se mete las manos en los bolsillos y sonríe descaradamente mirando hacia donde yo estoy—. Vaya, ¡qué suerte!

Me cambia la cara y no solo puede verlo él, sino todos los presentes y los que están siguiendo la retransmisión de la gala, porque las cámaras me han enfocado cuando Gabriel ha sacado una cajita pequeña. Me tapo la cara con cuidado de no estropearme las extensiones de pestañas que me han puesto. Ante todo, mona.

Una chica joven con un pinganillo en la oreja se acerca sigilosamente a mí y me pregunta si quiero subir. No, me muero de vergüenza, le digo.

—Va a pensar que no lo quieres —susurra.

Las dos nos echamos a reír. Todo el mundo nos mira.

—Silvia… —susurra Gabriel maliciosamente. El muy cabrón está disfrutando.

Me levanto y la chica me indica por dónde tengo que ir. Me da miedo tropezarme; sería lo peor que podría pasarme en esta vida. Imaginaos: caerme de bruces contra el suelo cuando voy a recoger un anillo de compromiso al escenario de la gala de los EMA retransmitida en directo a un montón de países. Gracias a Dios llego sana y salva.

Cuando subo las escaleras meto un poco de tripa y me arrepiento soberanamente de haberme quitado la faja de Martin *el nazi*. De camino he visto a Beyoncé aplaudiendo. ¡Beyoncé aplaudiéndome! Eso merece llevar faja, qué menos.

Me zumban los oídos y veo puntitos.

—Te voy a matar —digo cuando llego al lado de Gabriel, que me coge de la mano.

—Marketing —susurra antes de guiñarme un ojo.

Pero sé que no es marketing. Al menos no lo es del todo. Él cree que esto es lo que una chica espera de él, ¿no? Hinca una rodilla en el suelo y me pregunta si quiero casarme con él. Me tapo la cara otra vez y lanzo un gritito de ardilla, estridente y largo. Todo el mundo se ríe. Esto sí lo oigo y los entiendo, ha sido cómico.

Una parte de mí misma grita a pleno pulmón porque se ha olvidado de todas las cosas que no encajan entre nosotros dos. Y esa parte es la que contesta.

—Sí —asintiendo—. Claro que sí.

El anillo se desliza por mi dedo anular como un día lo hizo el de Álvaro. Se parecen, pienso tristemente. Es clásico, de platino y tiene un diamante engarzado, pero este diamante es enorme. Muy grande. Hace mis manos tan distinguidas…

Gabriel se levanta y me envuelve en sus brazos. Ahí va. Un beso que no va a ser de amigos, preveo. Y no lo es. Sus labios resbalan entre los míos. Debería pensar en mi madre, en mis hermanos, en toda la gente que se va a morir de vergüenza cuando me vea, como por ejemplo yo misma. Pero solo puedo besarle mientras el sonido de tantos aplausos a coro me pone la piel de gallina. Meto los dedos entre su pelo con placer y termino el beso avergonzada. Gabriel apoya su frente sobre la mía y me dice en un susurro que me quiere.

—Eres lo más grande de mi vida.

Cierro los ojos, dejo que me abrace mientras todo el auditorio se pone en pie y… pienso en Álvaro.

Esto no le va a gustar… Buf.

46

L as cosas se pusieron verdaderamente tirantes en el trabajo después de que Álvaro y yo nos despidiéramos emocionalmente «para siempre» en la puerta de La Favorita. Estaban tan tirantes que empezaban a ser insoportables.

No podía tolerar ni siquiera su voz. Le contesté tantísimas veces mal que, al final, el Álvaro jefe tuvo que mandarme un email con la clara advertencia de que o controlábamos aquello o tendría que terminar dando parte a la empresa. Eso significaba hablar con Recursos (in)Humanos, confesar que habíamos estado juntos a sus espaldas durante dos años y que, como no había terminado de manera muy amable, no podíamos gestionar nuestra relación en el mismo departamento. Ya me imaginaba en galeras. Para él todo era muy fácil. Nacer con pene tiene que ser una gozada, oiga.

Así que me controlé. Ya tenía edad de hacerlo.

Me controlé hasta que un día al salir de la oficina la vi esperándole. No supe qué hacer, pero a ella le debió de pasar lo mismo. Me sorprendió mucho que me reconociera, pero el caso es que se me quedó mirando, dio un respingo y creo que hasta contuvo la respiración. Debía de haber tenido la mala suerte de toparse con alguna fotografía mía y pedir alguna explicación.

Álvaro salió como un elefante en una chatarrería hablando por el móvil, pasando por mi lado sin prestarme atención. La besó, reparó en mí, que estaba parada a cinco pasos de distancia, y, lanzándome una mirada despectiva, le dijo:

—Venga, mi amor, vamos a casa.

Fue una puñalada. Una puñalada que me tomé muy mal. Y yo no soy de esas personas cuyas sensaciones más intensas se diluyan en la madurez de relativizarlo todo. Oh, no, no. Yo soy muy sentida. Una Rocío Jurado (la más grande) cantando *En el punto de partida.* Y digo más: a quien no haya llorado nunca con una canción suya no le han roto el corazón.

Dos días después, viernes noche, tomándome muchas molestias, le seguí con un taxi como en las películas. Cuando aparcó, pagué la carrera, bajé del taxi y esperé a que la calle estuviera solitaria para pincharle las cuatro ruedas del coche con una navaja suiza. Las rajé cuanto pude, con saña; y para hacerlo más cinematográfico, me desgañité llorando mientras lo hacía. Pensé en pasear una llave por toda su carrocería, pero a mí también me gustaba aquel coche. No pude.

Nunca antes lo he confesado y creo que solo lo sabemos nosotros dos. Sé que Bea habría aplaudido y vitoreado de haberlo sabido, pero no me siento orgullosa de ello y no volvería a hacerlo porque, aunque encontré un placer malicioso en el acto en sí, después seguí sintiéndome desgraciada. Pese a que estaba enfadada, hacer de su vida un infierno no iba a traerlo de vuelta.

El lunes Álvaro entró en el despacho con cara de no haber dormido demasiado bien. Y en la mente me apareció un «jódete una y mil veces, cabrón» que tampoco me hizo sentir mejor.

Tenía dentro tanta rabia que me ahogaba y lo peor era que no sabía cómo quitármela de encima. Me reconfortaba vagamente, aunque deba avergonzarme de ello, saber que ahora él también tenía un poco dentro. Reconfortada… hasta que me llamó a su despacho.

Estaba de pie junto a la puerta, sin la chaqueta, mordiéndose los labios con una expresión que no le había visto jamás y…, sin paños calientes, me cagué encima de miedo.

—Silvia, ¿puedes venir?

Y dijo Silvia, no Garrido. Miré a mi alrededor. La mayoría de mis compañeros habían salido a una reunión de proyecto y los tres o cuatro que se habían quedado se estaban marchando hacia la máquina de *vending* para saquearla. No iba a tener la posibilidad de llamar a refuerzos si llegaba el caso. ¿Casualidad? En fin. Tragué saliva y fui hacia allí.

Cuando entré cerró la puerta a mis espaldas con un soberano portazo. Me giré sorprendida y él tiró de mí hasta dejarme atrapada entre la puerta y su cuerpo.

—¡¡Me cago en tu puta madre, ¿lo sabes?!! —y subió la voz mientras me zarandeaba.

Tenía los dedos cerrados alrededor de mi brazo y, aunque no me hacía daño, estaba totalmente a merced de los movimientos que hiciera. Me movía como tiembla un folio en una mano que lo agita. Álvaro apretó la mandíbula.

—¡Me da igual el coche! ¡¡Te juro por Dios que me da igual el coche!! Pero eres una puta niñata, ¿lo sabes? ¡Eres una jodida loca de mierda! —Y su tono fue subiendo de volumen.

—¿Qué dices? ¡Suéltame! —le reprendí tratando de alejarme.

—¡¡Me cago en la puta, Silvia!! —gritó con los dientes apretados—. ¡¡¿Qué coño estás haciendo?!! ¡¡¿Qué coño estás haciendo, joder?!!

Lo aparté de un empujón y me cogí el brazo del que me había tenido sujeta.

—¡¡¿Estás loco?!! ¡No me toques! —grité también.

Cuando el puño de Álvaro pasó volando a mi lado creí que llegaríamos a las manos, porque si osaba rozarme lo más mínimo, se la iba a devolver pero con creces y después iría a la policía a ponerle una denuncia. Si tuviera tan claras todas las cosas en la vida… Pero con un estruendo horrible, el puñetazo se estrelló contra la pared prefabricada de su despacho haciendo que vibrara la puerta.

—¡¡Déjalo estar!! ¡¡Déjalo estar de una puta vez!! ¡¡¿Qué cojones crees que arreglas pinchándome las ruedas?!! ¡¡¿Crees que vas a gustarles más a mis padres?!! ¡¡¿Es eso?!! ¡¡¿Crees que yo voy a caer de rodillas a tus jodidos pies porque empieces a comportarte como una puta psicópata?!!

Me apoyé en la puerta y miré al suelo. Me temblaban las rodillas. En los últimos años Álvaro y yo habíamos tenido broncas de todos los tipos y muchas habían subido de tono, pero jamás habría imaginado verle en ese estado, sobre todo dos días después de mi absurda venganza, cuando suponía que había tenido tiempo para calmarse. Me asusté mucho. Me miré las manos y temblaban. Cuando lo hice pensé que no diría nada, que se jodería en silencio, como hacía siempre. Que no provocaría un rato de intimidad para poder hablar de aquello. Sabía que estaría enfadado, pero no aquello. ¿Habría estado así todo el fin de semana?

Se dirigió hacia la otra parte del despacho tapándose la cara y resoplando. Agitó con dolor el puño, enrojecido.

—Te lo mereces —dije en un murmullo, aunque quería gritárselo a la cara.

—¿Te crees que no lo sé? —Y aunque su cabeza se inclinó hacia mí, no me miró—. ¿Te crees que no sé lo que he hecho con nuestras vidas?

Se apoyó en la mesa, mirando por la ventana las copas de los árboles que se agitaban, de espaldas a mí. Quise ir hasta allí y abrazarle, hundir la nariz en su camisa y aspirar. Hasta ahí llegaba mi total enajenación. Di un par de pasos hacia él y le puse la mano sobre la espalda; Álvaro tiró de un hilo y bajó el estor. Se giró, mirándome.

—No puedes hacer estas cosas —susurró—. Estoy muy enfadado.

—Es que te odio —le dije.

—Eso no es odio, Silvia. Eso es rabia. Yo también la tengo, pero debemos aprender a gestionarla.

—Le dijiste «vámonos a casa, mi amor». Me prometiste que no me harías más daño. ¿Por qué lo haces?

Miró al techo y resopló.

—Porque me desangras, joder. Y si lo pienso más te juro que me muero…

Y cuando pensaba que lo mejor era salir de allí, Álvaro agarró con la mano que le quedaba libre mi pelo a la altura de la nuca y me llevó hasta su boca.

¿Qué?

Pero no me lo pregunté durante mucho tiempo. Estaba tan desesperada por él…

Cuando me soltó el pelo le rodeé el cuello con los brazos, tratando de llegar mejor a su boca. Álvaro me subió sobre él cogiéndome las piernas, que yo enrollé en su cadera. Me apoyó encima de la mesa y su lengua me recorrió entera la boca. Por favor, permitidme ser lo suficientemente moñas para decir que besarle me produjo el mismo alivio que si me hubiera dado de beber estando sedienta. Pero mi rabia no se relajó.

No sé quién empezó a desabrochar ropa primero, pero el caso es que de pronto Álvaro estaba intentando bajarme la ropa interior y mis pantalones estaban a la altura de mis tobillos. Y mientras tanto, la puerta sin bloquear.

Metí la mano dentro de su pantalón y bajé de un zarpazo su ropa interior, pasando la yema de mis dedos por su vello púbico. Bajamos mis braguitas los dos, jadeando, y me abrí de piernas, sentada en la mesa, esperando que me embistiera. No terminábamos de encajar en esa postura, de modo que Álvaro me agarró en brazos y yo misma, metiendo la mano entre los dos, llevé su erección hasta mis labios húmedos. Para él siempre estaba preparada.

De una embestida la enterró entera en mí y me mordí el labio, echando la cabeza hacia atrás con placer. Pasó mis pantorrillas por encima de sus antebrazos y, con sus manos en mis nalgas, impuso un ritmo rápido que ejercía mucha fricción en mí. Me resistí, lo juro. Pero ¿cuánto me duró la resistencia? Apenas un par de minutos, hasta que exploté en un orgasmo demoledor. Tuve que morderle el hombro sobre la camisa para no gritar cuando remató mi placer con una violenta embestida y se corrió dentro de mí.

Álvaro y yo recompusimos nuestra ropa en silencio y en silencio también me fui de su despacho hacia el cuarto de baño. No volvimos a hablar en todo el día. Y todo un día de silencio da para mucho. Da para confesarle a tu mejor amiga lo que acabas de hacer, que es básicamente folletear como una animal en un despacho, sin echar el pestillo, con tu exnovio cabrón que ahora está con otra con la que seguro irá en serio. También da tiempo a recibir una bronca brutal por haberlo hecho y, sobre todo, para pensar. Para pensar mucho y muy mal. Lo primero, sobre lo que Bea también me había llamado la atención, era que me acababa de tirar sin ningún tipo de protección a un hombre sobre el que no sabía absolutamente nada de sus nuevas rutinas sexuales. ¿Y si su actual novia también se tomaba la píldora? ¿Qué hay de las enfermedades de transmisión sexual? ¿Es que estaba loca? Y el caso es que ¿me había convertido en una comebabas? ¿Y si aquella misma mañana había echado un polvo con su chica? ¿Qué hacía yo compartiendo fluidos con una desconocida?

Además ¿qué coño significaba aquello? Me había zarandeado, gritado, insultado, había dado un puñetazo a la puerta que pasó silbando junto a mí y después... ¿no había confesado algo que quería decir que él también estaba destrozado por la ruptura? Vale, pues era una situación perfecta para terminar como lo hicimos, follando. Qué bien, Silvia. Qué bien.

A media mañana lo vimos pasar caminando a grandes zancadas hacia la puerta y después de comer apareció con varios dedos de la mano derecha vendados y entablillados. A aquellas alturas andaba ya tan enfadada que deseaba que, por gilipollas, se hubiera roto por lo menos dos o tres dedos. Y a poder ser por dos o tres partes cada uno. La explicación que le dio a un compañero cuando se lo cruzó por el pasillo fue que «se había dado un golpe y se había roto el dedo corazón». Me alegré. Jódete mil veces.

A la salida nos cruzamos en la puerta. Nos miramos de reojo y Álvaro carraspeó llamando mi atención.

—Deberíamos hablar —dijo tocándose el vendaje.

—No hay nada de lo que debamos hablar.

—Yo creo que sí. —Levantó la mano herida, llamando la atención sobre ella.

—Lo dices como si eso fuera culpa mía y no tuya por ser un subnormal violento —escupí.

—No quería hacerte daño a ti. Me pongo como loco, pero no..., nunca te levantaría la mano.

—Si pensase que eres capaz ya estarías esposado —contesté muy en serio—. Más vale que no vuelva a pasar. Ni eso ni los gritos ni los zarandeos. O te denunciaré.

—Tenemos que hablar, Silvia —dijo en un tono de voz pacífico—. ¿Por qué no te acompaño a casa?

—¿A discutir a gritos donde nadie pueda oírnos? —le pregunté girándome hacia él.

Negó con la cabeza, mirando al suelo.

—No. Por favor. Solo hablemos. Un momento.

¿A quién quería yo engañar? Le daría un momento y el resto de mi vida si me prometía no volver a separarse de mí. Así que... accedí.

Nos sentamos en el coche en silencio y seguimos sin hablar hasta que llegamos a la altura de María de Molina. Entonces Álvaro empezó.

—Yo no quiero hacerte daño, Silvia.

—Pues lo haces —contesté en un tono seco—. Y entonces yo también quiero hacértelo a ti.

—No tenía planeado lo de mi despacho. Eso no nos hace bien.

—No. Y tú tienes quien te espere en casa, ¿recuerdas?

No contestó de inmediato. Se metió en una calle a toda velocidad.

—Ella no es... —empezó a decir.

—No quiero saber nada de ella. Y tampoco de ti. Se acabó. Ya está, Álvaro. Te he pinchado las ruedas del coche y tú me has follado en tu despacho como si fuera una vagina en lata. Ya estamos en paz.

Me miró de reojo.

—Yo no he hecho nada como si fueras una vagina en lata —contestó con tono de pronto beligerante.

—Siempre lo has hecho —le dije yo más molesta aún—. Siempre. Desde la primera vez. Cogiste a una chiquilla de veinticinco años con ganas de complacerte y la convertiste en una tonta dispuesta a contentarte siempre. Y contentarte implica abrirse de piernas y tragar mucho, en más de un sentido.

—¡¡¿Has sufrido follando conmigo?!! —gritó—. ¡Creía que lo que hacíamos lo hacíamos de mutuo acuerdo! ¡¡No mientas ahora diciendo que yo te manipulé para que fueras mi esclava sexual!! ¡¡Tú también estabas complacida con la relación que teníamos!!

—¡Yo quería que me quisieras, imbécil!

—¿Es que no te he querido? ¿No te lo he demostrado? —Me miró fugazmente para volver a concentrarse en la carretera.

—¡No me has querido nunca una puta mierda! ¡Ni amor ni respeto ni nada que se le parezca! ¡¡A las pruebas me remito!! ¿Qué hacemos ahora, Álvaro? ¿Qué esperamos de esto? ¡¡No voy a ser la puta que te complazca haciendo todas las cosas que esa, a la que seguro que le pedirás que se case contigo con toda la ceremonia y el protocolo, no te hará!!

—¡¡Esto no va de sexo, Silvia!! ¡¡Esto no va de sexo!! —gritó.

—¡¡Todo contigo va de follar!! ¡¡Todo!! ¡¡La única manera que he tenido de entenderte y de tener intimidad contigo en los últimos dos años ha sido quitándome las bragas o abriendo la boca!! ¡¡Es el único lenguaje que hablas con sinceridad, Álvaro!! ¡¡El único!!

—¡¡¿Por qué no entiendes que los adultos tenemos que tomar decisiones que no nos gustan?!! ¡¡¿Por qué cojones no entiendes que no puedo estar contigo porque es un absurdo que no tiene ni pies ni cabeza ni futuro?!! ¿Qué crees que me da ella, Silvia? ¿¿Crees que he ido buscando a alguien que me la chupe mejor?? ¿¿Crees que he hecho un casting de furcias para sustituirte??

—Para el coche —le pedí para gritar después otra vez—: ¡¡Para el coche de una puta vez!!

Álvaro aceleró.

—¿Qué quieres? ¡¿Bajar?! ¿Bajar e ir corriendo hasta tu casa a llorar porque soy un cerdo que nunca se portó bien contigo? —Bloqueó las puertas—. ¡¡Eso es una mentira tan grande que ni siquiera te la crees!! Si te he hecho daño ha sido ahora, Silvia. ¡¡Yo nunca te he utilizado!!

Álvaro tenía el ceño tan fruncido que daba miedo.

—No, en eso tienes razón —dije al ver cómo se acercaba a su portal—. Nos utilizamos los dos. Al menos me quedo con que disfruté en la cama contigo durante dos años, que es para lo único que sirves. Eres un semental y no sabes más que follar como lo que eres.

Desbloqueé la puerta y la abrí en marcha; Álvaro tuvo que frenar en seco y detener el coche. Bajé con paso firme y anduve tratando de pasar de largo su portal. Puta mala suerte que encontró sitio para aparcar en la calle a la primera. ¡¿Por qué no lo bajó al puto garaje como siempre, leñe?!

Me cazó en la esquina y me tiró del brazo.

—¡¡¡Que me dejes!!! —grité.

—Haz el favor, Silvia, no quiero montar un espectáculo en la calle.

—¡Pues déjame en paz de una jodida vez!

—Sube —dijo con calma.

—Ni de coña —contesté.

—¿Qué temes que pase, eh, Silvia?

Y el tono en el que lo dijo me repateó tanto… ¿Qué creía, que me sentía incapaz de entrar en su casa sin tirármelo?

Chicas…, esto…, un consejo. Si es vuestra debilidad, lo es y ya está. No hay que hacerse las valientes por ni para nadie; si no está superado, ya lo estará… pero fingir que somos fuertes y que podemos con todo… suele llevarnos de cabeza a ello.

Y así fue que le seguí; porque quise, claro, y porque soy imbécil, que es otra gran verdad. Solo le seguí. Maldito hijo de puta del subconsciente que me llevó directa a su habitación. Tenía que haber ido al salón y continuar con el plan de demostrarle que yo no era su esclava y que no le necesitaba, al menos físicamente. Pero me metí en su habitación y, aunque quise disimular dejando el abrigo sobre la cama y haciendo ademán de salir después…, ya era tarde.

El dormitorio se llenó de su olor cuando entró, como en una nube tóxica cargada de algún componente químico de los que vuelven tonta del culo. Me cogió de la muñeca, tiró hacia él y yo... cerré los ojos cuando sus labios se acercaron a mi oído.

—Sé hacer el amor, Silvia. Pero creo que solo sé hacértelo a ti. ¿Qué voy a hacer entonces a partir de ahora?

—No es mi problema, Álvaro. Tú tomaste las decisiones por los dos. Ahora no te quejes.

Sus manos se encargaron de desabrocharme la blusa botón a botón mientras yo me debatía entre ser débil y abrazarle o fiel a mí misma y marcharme. Cuando abrió la tela y pasó sus manos con cuidado por encima de la piel de mi escote, me giré y... me rendí. Nos desnudamos despacio mientras nos besábamos y, sin ropa ya, nos dejamos caer sobre la colcha.

Álvaro me separó las piernas ejerciendo presión con sus rodillas y yo las enrosqué a su cadera. Se tumbó y de un empujón certero, sin tener que ayudarnos de las manos, su erección se fue metiendo poco a poco dentro de mí. Se arrodilló en la cama y me arqueó la espalda hasta encontrar el punto de fricción perfecto que permitiera la penetración en aquella postura. Y sus manos me recorrían entera.

Creo que nunca lo hicimos tan despacio. Creo que nunca me corrí con tanta vergüenza. Creo que nunca sentí su orgasmo tan intensamente como aquella vez. Creo que nunca antes sentí tanta aversión hacia sus besos.

Cuando nos retorcimos los dos, apretados, quise gritarle, quise pegarle, agitarme, quitármelo de encima y suplicarle que no volviera a tocarme jamás, pero solo pude gorjear y tener pena de mí misma. Yo, que había decidido seguirle porque me creía la más valiente de todas, inmune de pronto a Álvaro porque había entendido que no era bueno para mí, ahí estaba, con su orgasmo dentro de mi cuerpo e indignada conmigo misma.

Álvaro dejó un momento la cabeza entre mis pechos y yo me encargué de contar los segundos que iba a tardar en pedirme que me fuera.

—Silvia… —susurró incorporándose—. Creo que…

—Dos minutos —le dije con saña—. Has tardado dos minutos en querer que me vaya desde que te has corrido dentro de mí.

Se levantó desnudo y alcanzó su ropa interior, que se puso al momento.

—Tienes que irte —sentenció.

Me levanté de la cama y sentí humedad recorriéndome los muslos hacia abajo.

—Necesito ir al baño. —Chasqueó la boca—. ¿Estás esperándola? ¿Es eso? —dije mientras me vestía—. ¿Vas a tener suficiente leche para las dos?

Álvaro se quedó mirándome con expresión consternada mientras se ponía unos vaqueros y un jersey.

—Tú y yo no estamos juntos porque no podemos estarlo, no porque yo no quiera y sea un cabrón. No podemos. Ya está.

—Explícame, por favor, por qué hoy hemos follado dos veces entonces.

—Tendrías que preguntarte por qué se te caen tan fácilmente las bragas al suelo.

Ni lo pensé. Cuando quise darme cuenta ya le había cruzado la cara de un bofetón. El timbre sonó antes de que él pudiera ni siquiera reaccionar.

—Me cago en la puta, Silvia —farfulló—. Quédate aquí dentro y no salgas ni hagas ruido ni… nada. No hagas nada. —Álvaro salió de la habitación y fue a abrirle la puerta. A abrirle la puerta a su novia—. Hola, cariño —le dijo.

Escuché un beso.

—¿Estás acalorado? —preguntó la suave y dulce voz de la chica.

—Un poco. Vine corriendo cuando recibí tu mensaje.

—He visto tu coche en la calle. ¿Por qué no lo bajaste al garaje?

—Por si…, por si querías que te llevara a casa después. Escuché otro beso.

—Pobrecito… —susurró ella, supongo que refiriéndose a su mano vendada.

Si ella supiera.

—No es nada. Oye, pasa al salón. Termino una cosa en el dormitorio, abro una botella de vino y voy…

Ah. Ese era el plan. Entretenerla en el salón para que no pudiera verme salir a hurtadillas, ¿no? Cuando me imaginé cómo me sentiría después de hacerlo, no me dio la gana. Suspiré y mentalmente pedí perdón por lo que iba a hacer. Juro que no era contra ella. Solo quería hacerle daño a él, cuanto más mejor. Ella era… un daño emocional colateral.

Salí del dormitorio abrochándome la blusa, con el abrigo en una mano y el bolso colgado del hombro. Álvaro se giró sin dar crédito a lo que veía y ella palideció. Ahora que la observaba de cerca se esfumaban muchas de las cosas que imaginé. Era normal. Completamente normal. Mona, sí; delgada, también; con pinta de ser de buena familia, por supuesto. Pero no había nada extraordinario en ella. No era un ángel de Victoria's Secret. Y tampoco tenía pinta de ser Marie Curie. Se trataba de una chica normal que probablemente tendría un trabajo normal y con la que él y su familia podrían mantener conversaciones normales. Todo tan convencional y aburrido que me dieron pena…

Me odié por un momento por estar haciendo aquello, pero si lo pensaba bien, era lo mejor. Ella le vería como era en realidad y se alejaría de algo que podría hacerle mucho más daño en el futuro. Yo saldría por la puerta sin tener que sentirme humillada y con la férrea decisión de apartarlo de mi vida. Y él… se quedaría solo, tal y como merecía.

Carraspeé y de la garganta de ella se escapó un gemido lastimero, casi inaudible.

—Joder… —susurró él—. Yo…

—No me des ninguna explicación —dijo ella firmemente—. No la quiero, Álvaro. Sé quién es y me imagino muy bien qué estabas haciendo.

Olé por ella.

—No, escúchame, por favor…

—No quiero escucharte. Lo que no entiendo es por qué no haces lo que realmente quieres y dejas de jodernos la vida a los demás. —Se mordió el labio de abajo, que empezaba a temblarle, y los ojos se le llenaron de lágrimas.

—Lo siento —dije mirando hacia Álvaro—. Pero tengo suficiente con el daño que me haces a mí. No quiero ser responsable de más. Esto lo hago por los tres.

Ella me miró, sin simpatía, claro, pero en sus ojos me pareció advertir algo parecido al corporativismo. Nunca seríamos amigas, pero…

—Me voy —solté.

Álvaro le susurró a su chica que hablaran un momento para aclararlo. Ella contestó que no, llorando ya. Agarré el pomo de la puerta, le escuché resoplar a él y a ella sollozar y, girándome, le llamé:

—Eh, Álvaro.

—¿Qué? —espetó de malas maneras.

—Jódete.

Y cada letra me supo a gloria.

47

Gabriel y yo hemos decidido quedarnos en Ámsterdam un par de días. Aún nos dura la resaca de la gala y queremos aprovechar estos días libres para estar juntos. Sabemos que gran parte de la prensa habrá vuelto a sus países de origen y que esta es una ciudad tranquila que nos apetece disfrutar.

La semana siguiente se celebra la gala de los American Music Awards y Gabriel vuelve a estar nominado. Pensaba que si te nominan en la gala europea no puedes repetir con la americana, pero al parecer sí. Después de la fiesta, cuando volvíamos agotados al hotel, me pidió que le acompañara a Los Ángeles para la siguiente celebración, pero he tenido que declinar la invitación. Solo me queda esta semana de vacaciones y no puedo pedirle favores a Álvaro, y menos aún uno que implique a Gabriel.

Me pareció que Gabriel se conformaba con mi contestación, pero al parecer estaba dándose tiempo para rumiar su respuesta. Y su respuesta ha llegado esta mañana mientras paseábamos cerca de los canales que quedan junto a Amsterdam Centraal. Íbamos hablando de lo bonito que es todo y el encanto que el frío le otorga al paisaje cuando me ha soltado la bomba.

—Silvia, de verdad, creo que deberías dejar tu trabajo.

Y desde entonces, a poco que hablamos sale el tema.

Estamos comiendo en una cafetería que hay en el centro, minúscula y muy cuca, de dos plantas. El piso de arriba es casi más de risa que el de abajo, pero estamos solos y desde la calle no nos ven. Yo me estoy comiendo un sándwich y él malcome otro mientras compartimos un batido.

—Silvia, piénsalo —me repite.

—Ya te lo he dicho —le contesto con una sonrisa—. No tengo nada que pensar. No puedo dejar mi trabajo porque sí.

—No es porque sí, es por otro trabajo. —Le miro mientras mastico y levanto una ceja, mostrándole que tengo ciertas dudas sobre si lo que me ofrece es un trabajo—. Lo digo de verdad —insiste—. Necesito alguien de confianza. Estoy harto de los que me rodean. Tú pensarás en mí, tienes buen juicio y carácter. Quiero enseñarte esto y que me ayudes con mi carrera.

—Yo no sé cómo funciona este mundo y no estoy segura de que me guste, Gabriel. No sirvo para el politiqueo, no conozco a nadie, mi inglés deja mucho que desear...

—Tu inglés es bueno por más que tú repitas una y otra vez que pareces un simio. Y para lo que tú estás hablando ya hay mánagers y productores. Yo quiero que seas algo así como..., como mi representante en el sentido español.

—¿Como María Navarro? —le pregunto.

—¿Quién narices es María Navarro? —me contesta.

—La representante de la Pantoja.

—Oh, Dios. Como tú quieras. Como María Navarro, como la Pantoja o como lo que te dé la gana. Solo quiero que vengas conmigo en las giras, en las entrevistas y en todos los actos de promoción, que me ayudes a gestionar mi relación con la prensa, que eso se te da bien porque eres muy simpática y muy mona, y que seas un poco… la persona de contacto.

—¿Y eso en qué te ayudaría?

—¡No sabes en cuánto! —Sonríe, pensando que está a punto de convencerme.

—¿Y cuáles serían mis funciones, a ver? —Me cruzo de brazos y del vestido de algodón de H&M que llevo, que es bastante escotado, asoman mis merluzas bien apretadas.

Los ojos de Gabriel se dirigen hacia mis pechos pero chasqueo los dedos y le pido que me mire a la cara. Pestañea un par de veces y dice:

—Acompañarme, hablar con la prensa, gestionar mi agenda para que no se me olvide nada, hablar con Mery, mi mánager, para ayudarla en lo que te pueda pedir, sobre todo en las giras…, esas cosas.

—No me convence en absoluto. No sirvo para eso.

—¿No sirves para estar conmigo? —pregunta con las cejas levantadas.

—No es eso. Es que…

—Mira, Silvia, tienes un trabajo que no te gusta y aun así lo haces bien. Sé que conmigo puedes ser brillante y quiero darte algo que te guste. Esto te va a encantar. Ven de prueba una temporada y lo compruebas. Quiero hacerte feliz y dártelo todo. Absolutamente todo.

—Nadie puede dárselo todo a otro. —Pestañeo y cojo el sándwich otra vez.

—Yo sí puedo dártelo.

—No hables de lujos —le pido ofendida de que crea que eso va a hacer que la balanza se incline a su favor.

—Pero te los puedo dar —responde.

—Me siento tu puta si me dices eso.

Sus labios se curvan en una sonrisa pérfida y susurra:

—Ojalá. —Y añade—: Déjame decirte las condiciones y ya te lo piensas.

—No quiero hablar de dinero. —Y le doy un bocado al sándwich con una sonrisa para quitarle hierro al asunto.

—Vale —asiente—. ¿Puedo decírtelo ya? —Yo mastico y le hago una seña con la mano, para que prosiga con su discurso—. Quiero que vivas conmigo. Eres mi mujer, Silvia. No estoy pidiendo nada raro. Vale, sí, no somos un matrimonio al uso, pero es que quiero tenerte a mi lado. —Levanta las cejas y de pronto parece tan desvalido—… Y…, bueno, vivirías conmigo, viajaríamos juntos y trabajarías a mi ritmo, que es diferente a una jornada laboral normal. No hay que madrugar, no hay que ir a la oficina, pero a veces es mucho peor que eso; aunque sé que te encantan los retos. Irías poco a poco y te lo voy a recompensar. Tendrás tu sueldo, seguirás siendo una trabajadora por cuenta ajena y cuando no haya giras, galas ni promoción, podrás hacer con tu tiempo lo que quieras.

—¿No has pensado que a lo mejor nos aborrecemos si pasamos tanto tiempo juntos?

Carraspea, se pasa la mano por la barba de tres días y niega con la cabeza.

—No te voy a aborrecer y… —Se calla y por su expresión juraría que hay algo que, de pronto, le hace sufrir.

—¿Qué pasa, Gabriel?

—Que no me tomas en serio —se queja, echándose hacia atrás en su silla—. Eso pasa.

—En esto no, cariño. ¿Eres consciente de lo que me estás diciendo? Yo soy una chica normal con una vida normal y…

Gabriel resopla, se pasa nervioso ambas manos por la cara y después se revuelve el pelo. Saca el paquete de tabaco del bolsillo de su vaquero y se pone la chupa.

—Gabriel… —digo esperando que se calme.

Pero no dice nada, baja por las estrechísimas escaleras hasta la calle y se pone a fumar en la puerta, mirando hacia la nada en realidad.

Claro. No todo iban a ser alegrías, mimos y demás. Gabriel es persona y, como humano, tiene sus momentos. Debo aprender a lidiar con ellos como él lidiará con los míos cuando me entre el *parraque*. Así que dejo el bocadillo en la mesa, ordeno un poco los platos, manía mía, me abrigo y bajo. Me acerco a la chica y le pregunto cuánto es. Después le pago y salgo.

Gabriel tiene la piel enrojecida por el frío y se está terminando el cigarrillo; apenas me mira.

—Explícame, por favor, por qué estás enfadado conmigo.

—No estoy enfadado —murmura dándole una patada a una piedrecita que se ha desprendido de un adoquín—. Es solo que no me entiendes, Silvia, y tampoco te esfuerzas en hacerlo.

—En eso tienes razón. —Me enrollo la bufanda y me meto las manos en los bolsillos del abrigo—. No entiendo por qué me ofreces esto con tanta insistencia.

—Pues porque te necesito, joder —espeta mirándome a los ojos de repente y después, avergonzado, vuelve la mirada al suelo donde acaba de tirar la colilla.

—Recoge la colilla. Es una ciudad muy bonita y no quiero ensuciarla —le pido.

Él lo hace sin rechistar y la mete en el plástico de la cajetilla de tabaco. Cuando pasamos por una papelera, se deshace de ello. A veces me sorprende que Gabriel me haga caso cuando le doy ese tipo de órdenes. Está acostumbrado a que nadie se meta demasiado en lo que hace, dice o quiere. Conmigo no es así. ¿Es eso lo que necesita?

Según caminamos nos acercamos y yo entrelazo el brazo izquierdo con su derecho y meto la mano en su bolsillo, junto a la suya. Pego la cara a su brazo.

—¿Vamos a un *coffee shop?* —me propone.

Le miro con el ceño fruncido.

—No creo que sea demasiado adecuado.

—¿Por qué no? Estamos en Ámsterdam. Aquí la marihuana es legal. —Me mira.

Sigue frío, distante, pero no me voy a callar lo que pienso por miedo a su reacción.

—Gabriel, has tenido problemas con las drogas. No creo que sea adecuado que fumes marihuana.

—¿Y sí puedo beber? —contesta molesto.

—Tampoco deberías.

Mueve la mano que tengo agarrada dentro del bolsillo y yo la suelto. No entiendo a qué viene todo esto y se lo digo.

—No te fías de mí, ¿es eso?

—No —respondo en tono cansino—. Es que la marihuana también es una droga, por muy legal que sea aquí.

—¿¡Me estás diciendo que estamos en Ámsterdam y no vamos a fumarnos ni un puto canuto!? —dice levantando moderadamente la voz.

—No me grites, Gabriel. Te lo pido por favor.

Y lo digo tan en serio que se para en la calle, con la cabeza gacha.

—Lo siento. ¿Quieres irte?

—¿Adónde voy a querer irme? —contesto irritada.

—A tu casa. A Madrid.

Resoplo. Lo que en realidad le pasa a Gabriel es que es un hombre inseguro. A veces es un niño pequeño. De ahí todos sus problemas. Pero eso no me parece un pecado.

—No, no quiero irme —respondo—. Tienes que tranquilizarte.

Me mira, me coge la mano y la besa.

—Te lo dije. Terminaré alejándote. A veces creo que estoy loco de atar.

—No estás loco. —Y lo abrazo, porque me llena el pecho una horrible sensación de desasosiego solo con mirarle a los ojos.

—Te quiero tanto… —Apoya la mejilla sobre mi cabeza y me estrecha con fuerza.

Y a pesar de conocernos poco, de haber hecho juntos algunas de las cosas más irreflexivas de mi vida, ahora me siento en casa. ¿Qué tiene Gabriel que sus brazos significan hogar?

Nos vamos al hotel a echarnos un rato. Es lo mejor. Descansar; dejar que el cuerpo desconecte y se quede en un estado suspendido de conciencia. Gabriel se tumba en la cama y se adormece enseguida. Creo que está agotado de exigirse a sí mismo ser mejor. Y yo, que estoy inquieta, no consigo conciliar el sueño, pero me obligo a relajarme junto a él. Primero me levanto, bajo las persianas, pongo la alarma del móvil una hora más tarde y después me tumbo a su lado a mirarlo.

Le acaricio la cara y entorna los ojos. Coge mi mano y la lleva hasta sus labios. Después cierra de nuevo los ojos y se acomoda. Yo me acurruco con la cabeza sobre su brazo derecho, que tiene extendido. Voy dejando resbalar las yemas de los dedos sobre su camiseta y sin poder evitarlo me aventuro debajo de la tela y toco su piel y el vello que le recorre el vientre en dirección descendente. Gabriel suspira y pone su mano izquierda sobre la mía. Trenza los dedos con los míos y los lleva hacia arriba, hasta su pecho. Se para sobre el corazón, que late fuerte. Le miro la cara y me sorprende ver que tiene los ojos abiertos y me observan.

—Siempre que me tocas amenaza con reventarme el pecho… —susurra. Y es verdad. Le cabalga enfermizamente rápido y fuerte. La piel se mueve bajo mis dedos y sigo su ritmo mentalmente, pero pronto él dirige nuestras manos hacia abajo—. Te quiero. Mucho. Y me perturba tanto que no sé cómo calmarlo.

Cuando sobrepasa el ombligo es mi corazón el que empieza a bombear como un loco. Mete mi mano dentro de la cinturilla de su pantalón holgado… y de su ropa interior. Muevo los dedos sobre su vello y Gabriel mira hacia allí jadeando bajito. Bajo un poco más la mano y le siento duro y firme.

—Tócame —suspira—. Por favor, hazlo. Quiéreme, Silvia.

Y quiero hacerlo, pero… ¿qué será de nosotros si lo hago?

Me inclino sobre su boca y nos besamos. Y este beso es especial…, es de amor. Lo sé. De lo que ya no estoy segura es de qué tipo de amor es.

Sus manos me cogen la cara y sus pulgares me acarician las mejillas, mientras nuestras lenguas bailan una alrededor de la otra. Me siento morir cuando nos separamos y él gime. No me había dado cuenta de que mi mano seguía dentro de su pantalón, acariciándole suavemente.

La retiro despacio y él me mira intensamente.

—Te quiero —le digo en voz muy baja—. Pero tengo mucho miedo de que esto se nos escape de las manos y lo estropeemos.

Asiente y me acerca a su boca de nuevo. Vuelve a besarme con intensidad y yo siento que ardo y que me deshago, hasta que Gabriel se aleja un poco y quejumbroso confiesa:

—Ojalá pudiéramos, Silvia…, ojalá.

Me doy una ducha antes de salir de nuevo a pasear y a tomar unas cervezas. Estoy húmeda y confusa. Empiezan a parecerme estúpidas todas las razones que yo misma me he dado para no dejarme llevar…

Por la noche vamos a un bar a escuchar jazz. Está tan lleno que no llegamos ni siquiera a ver a los músicos, pero suenan genial. Siempre había pensado que eso del jazz y la improvisación era de lo más *wannabe* del mundo. Como pasearse con una Moleskine llena de poemas sobre un interior atormentado. Pero no, me gusta. Suena ágil, hipnótico y despierta un montón de sensaciones en mí. Nos hemos hecho un hueco en la barra, junto a la entrada, y hemos conseguido un taburete en el que dejar los abrigos. Los dos bebemos unas cervezas directamente del botellín y hablamos muy cerca, para hacernos oír.

Hemos pasado la tarde de turismo, ejerciendo de catadores de cerveza, con lo que ya vamos achispados. Incluso Gabriel. Emborrachar un poco a Gabriel ha supuesto que yo me emborrache mucho, así que aquí estoy, en la gloria, pero borracha como una adolescente calenturienta.

—¿Puedo darte un beso? —me pregunta con una mirada socarrona.

—Sí —asiento, muy en línea con la adolescente calenturienta que tengo dentro, claro.

—¿Dónde?

—Donde quieras.

—¿Y si quiero dártelo aquí?

Su mano baja y se mete entre mis muslos. Doy un salto del susto y él la retira. Los dos nos descojonamos. Nos parece la monda.

—No toques mucho no vaya a ser que cuando te des cuenta no tengas mano.

Se acerca más a mí y me besa el cuello.

—Me gusta estar contigo, me gusta el jazz y me gustaría mucho follarte hasta partirte en dos.

Cierro los ojos; esto empieza a desmelenarse. No, le digo. Él niega con la cabeza también.

—No podemos —balbucea—. Ya lo sé. Pero es una pena. Porque me encantaría… —vuelve a acercarse y me aparta el pelo— ir al hotel, desnudarte, tumbarte en la cama con las piernas bien abiertas y tocarte, pasarte la lengua despacio por cada uno de esos rincones que te hacen vibrar y después follarte.

Oh, Dios mío. Hay que cambiar de tema y soy consciente a pesar de ir borracha.

—Esto es complicado, Gabriel… Antes… dijiste que me necesitas. Si quieres que te tome en serio tienes que explicarme las cosas, porque no entiendo por qué tú puedes necesitarme.

—No sueno muy coherente, pero él parece entenderme.

Gabriel se separa un paso. No va tan borracho como para trastabillar o tambalearse, pero me mira enturbiado por la cerveza. Quizá eso le suelte la lengua. Hace un gesto con la mano, dándose paso.

—Soy un soberano gilipollas y un comemierda de escándalo. Voy a terminar haciéndolo de nuevo, Silvia. Pero si tú estás…, me cuesta más hacer el imbécil.

—No entiendo… —le digo.

—No lo sé, Silvia, pero eres la única de la que me fío. Me siento… —Se abraza sutilmente a sí mismo, cruzando los brazos—. Me siento como si todos tuvieran interés en hacer de mí la siguiente Amy Winehouse. Me lo ponen tan fácil… —Pierde la mirada hacia el final del abarrotado local. ¿Qué le ponen fácil? Vuelve a mirarme y pestañea—. A veces quiero morirme y ellos tienden la mano, me dicen que no pero me empujan un poco más hacia el borde. Yo solo tengo que pedirlo y en mi casa, con todas las facilidades, tendré un montón de coca que meterme o un montón de ginebra que beberme a morro mientras un par de cerdas me la comen. Yo pago, yo mando. Es así de simple.

Estoy tan horrorizada que creo que mi cara es algo así como la restauración del *Ecce Hommo*, de Borja.

—¿Sigues necesitando las drogas? ¿Es eso? —le pregunto mientras pienso que quizá salió demasiado pronto de la clínica.

—Quiero no sentirme solo. —Dios. Lo abrazo. Él se separa, muy rígido—. Lo siento pero, por favor, no me toques ahora.

No lo entiendo y le miro preocupada. Alargo la mano hacia él y vuelve a apartarse mientras se muerde el labio.

—¿Por qué no puedo tocarte?

—No me hagas sentir…

Sus labios dibujan despacio la palabra «frágil». No la oigo, pero sé que así es como se siente ahora. Como yo con Álvaro. Y le entiendo.

Doy un paso hacia atrás pero Gabriel parece pensárselo mejor; tira de mí, me abraza y me besa el pelo. El pecho se le agita de pronto y levanto la cabeza para mirarle los ojos vidriosos. Las lágrimas asoman y él contiene su respiración irregular.

Cojo las cosas, llamo al camarero y le doy un billete. Ni siquiera me preocupo por coger las vueltas, solo tiro de él hacia fuera. Mientras intento sujetar el bolso, ponerme la chaqueta y no caerme, Gabriel me adelanta y camina rápido hacia el canal, sin chaqueta. Le sigo llamándole y cuando lo alcanzo le doy su perfecto de cuero. Gabriel ya se ha echado a llorar y está muerto de vergüenza, aunque no tiene por qué.

—Todos lloramos —le digo, como él me dijo una vez por teléfono.

—No quiero llorar delante de ti. Me avergüenza hacerlo —contesta, y después se muerde el labio, agachando la cabeza.

—Gabriel, no estás solo.

—Solo te tengo a ti y apenas te conozco.

Y de pronto siento algo que no he sentido jamás. Ni con Bea ni con mis amigas de la infancia ni con las del instituto ni con Álvaro ni con mis hermanos. Es algo que a veces siento por mi madre: que tengo la obligación de cuidar de él, o al menos de esa parte de él que no puede cuidar de sí mismo. Y sé que él intentará hacer lo mismo conmigo.

Lo abrazo. Él solloza en mi hombro y se encoge. Yo le friego la espalda y se acomoda en el arco de mi cuello. Siento sus lágrimas rodar por mi piel y calentar un pedazo de tela de mi ropa.

Pasamos unos minutos así. Deja de sollozar, su respiración se regula y poco a poco vuelve a él. Se endereza, respira hondo y se seca las mejillas.

—Gracias. —¿Gracias? No tiene por qué darlas.

Mataría por que él no llorara. ¿Es esto amor? Maldita sea, Silvia. No. No lo hagas.

—Esto nunca ha pasado. —Sonríe con vergüenza.

—¿De qué dices que hablas? —le contesto al gesto.

Se acerca, inclinándose hacia mis labios, y, aunque quiero que me bese (a decir verdad, quiero que me desnude, me toque, me lama y me folle, como ha dicho antes), le paro y le digo que no.

—Ahora, más que nunca, no quiero estropearlo.

Y lo cierto es que ya sé que esto sí es amor y… estoy aterrorizada.

48

Álvaro nunca me pareció una caja de sorpresas. Le veía como uno de esos hombres que hacían las cosas rigiéndose por un patrón mental cuadriculado, estipulado en los albores de los tiempos. Para algunas cosas era como un ciborg sin sentimientos reales, solo una aproximación a ellos.

Me mentalicé de que nunca dejaría de ser reservado en todo menos en la cama, de que no sería jamás dado a excesivas muestras de cariño, pero también esperaba que entre todas esas cosas me hiciera un hueco a mí, con todo lo que eso significaba. En todo cumplió tal y como yo esperaba, excepto cuando me abandonó de la noche a la mañana y cuando se sentó a escribirme una carta.

Sí, una carta.

La recogí de mi buzón un sábado por la mañana, después de una semana de silencio insoportable entre los dos tras lo que había sucedido en su casa con su ya exnovia. Cuando vi su caligrafía en el sobre no di crédito y lo busqué en la calle, pensando que sería una broma pesada. Como no lo localicé, subí a casa con las manos temblorosas y me senté en el sillón a leerla.

Silvia,

No puedo más.

A estas alturas ya sabrás que me abotargas, me nublas y me confundes. No digo que haya sido un santo durante toda mi vida, pero nunca me porté así. Tampoco tú tienes la culpa, pero has de entender que cuando se trata de ti me vuelvo loco.

Nunca te he hecho partícipe del modo en el que yo sentí toda nuestra historia. No tienes manera de saber que al principio de lo nuestro tuve que contenerme para no abordarte mucho antes de lo que lo hice. Cuando me llamaste porque un tío había entrado en tu casa me di por perdido y cuando me pediste que pasara la noche allí…, en fin.

A pesar de que siempre supe que esto no saldría bien, un día lo hice. Hacía casi dos años que nos conocíamos y casi dos años que yo solo pensaba en hundirme entre tus piernas, enterrarme dentro de ti y morirme de gusto. No es muy poético, pero es que yo no pensaba en amor.

Eres difícil, eso tienes que admitirlo. Y además eres radicalmente opuesta a mí en tantas cosas que casi es mejor no mencionarlas por no enturbiar más la situación y provocar otra pelea. Ya hemos hecho que la onda expansiva alcance a demasiadas personas y nosotros estamos suficientemente destrozados como para dejarlo estar. ¿No crees?

No sé decirte por qué me enamoré de ti; supongo que porque sí, que es como suceden estas cosas. Un día quería amordazarte y follarte fuerte y el siguiente empezaba a sentir cosas tontas, como un hormigueo en el estómago si me rozabas con tu pelo.

Siempre esperaste de mí más de lo que yo podía darte. Esperabas amor puro, de ese en el que tú crees. No es que no exista, es que yo no estoy hecho para él. ¿Cómo te iba a decir «te quiero» en esas condiciones? Yo creo en otra cosa. En conocer a alguien que encajara en la vida que yo quiero tener y que entre sus piernas tuviera siempre el centro de mi universo. Quería casarme y con el tiempo cambiar de trabajo y hasta de ciudad, olvidarme de las obligaciones que yo solo me he impuesto y follar hasta matarme. O al menos creía en eso, porque desde que no estoy contigo ya no creo en nada.

El otro día dijiste algo que me ha estado doliendo hasta hoy y que probablemente ha sido lo que me ha empujado a sentarme a escribir esto. Dijiste que la única manera que siempre tuviste de acercarte a mí y conocerme fue el sexo. Quizá tengas razón. Me avergüenzo de ser tan inútil para gestionar algo como mis propios sentimientos.

Creí que entendías todo lo que significabas para mí sin tener que jurarte que sin ti me muero, aunque realmente… sin ti me muero. O al menos me apago. Pero si no he podido hacértelo entender en dos años de relación, no creo que un «te quiero» disipe ahora ninguna duda. ¿Dudas? Dudas no tendrás, ya queda suficientemente claro que yo soy mala persona y tú una kamikaze.

Me diste una lección el otro día en mi casa. Evidentemente ella ya no está y no volverá. Y ¿sabes? Me siento reconfortado. Prefiero estar solo si no estoy contigo, y contigo…, contigo no puedo estar. Ahora sí que no hay arreglo. Hemos demostrado de lo que somos capaces y… no nos lo merecemos.

No podemos estar juntos y probablemente necesitaremos mucho tiempo para poder estar con otras personas, pero esto tampoco es sano. No quiero hacerte daño nunca más. Quiero limpiarlo todo. No sé si podré y no sé si no se nos irá de las manos. Pero planteémoslo como algo limpio. De los errores que vendrán ya tendremos tiempo de ocuparnos.

Necesito una tregua, por favor, Silvia. Porque tú siempre has sido muy sentida y estas cosas te desmontan y destrozan.

Porque yo nunca demuestro lo que me pasa por dentro y al final me va a carcomer. No puedo más. Tregua, por favor. Por lo que fuimos y yo estropeé.

Cuando terminé de leerla la doblé y, como me conozco como si me hubiera parido a mí misma, cogí el mechero y la quemé dentro de la papelera de metal de mi pequeño despachito.

Después recopilé todas las fotos de los dos que tenía por casa, excepto la de encima de la cómoda, y las guardé muy bien, en uno de esos sitios que pronto olvidaría. Me bajé fotos bonitas de Pinterest y fui a la tienda a imprimir unas cuantas de ellas y otras de mis amigas y de mis hermanos. Álvaro así fue sustituido.

Vacié el armario del baño donde él guardaba algunas cosas. Las metí ordenadas en una bolsa bonita de papel y después hice lo mismo en el armario del dormitorio, donde sabía que tenía un par de camisas y alguna muda de ropa interior.

Libros, CD..., todo lo que era suyo y había traído para acomodarse. Todo lo puse en bolsas. Todos sus regalos también, pero eso no tenía intención de devolvérselo. Tenía otro plan.

Llamé a la puerta de su casa y salió a abrirme con un jersey de algodón de cuello redondo marrón y unos vaqueros maltrechos. Sonrió quedamente y me dejó pasar sin mediar palabra. Le entregué las bolsas, me coloqué un mechón de pelo detrás de la oreja y le dije:

—Todas estas cosas son tuyas. Las dejaste en mi casa y ahora ya no tiene sentido que las guarde. Tenía pensado un fin más melodramático para ellas, del rollo hacer una hoguera y maldecirte a lo gitana mientras se quemaban, pero como estamos en tregua...

Los dos sonreímos.

—¿Quieres un café? —me preguntó.

—No, me voy enseguida. Solo quería venir a firmar el tratado y a decirte que espero que esos errores que comentabas

no se cometan. Si no podemos estar juntos tendremos que ir haciendo hueco para los que vendrán en un futuro. Ni tú ni yo hemos nacido para estar solos, de modo que, eventualmente, alguien aparecerá. Pero espero que me guardes un duelo digno.
—Sonreí de lado tendiéndole las llaves de su casa—. El anterior fue una vergüenza. Creo que nos debiste de solapar en el tiempo.

—No —negó, y cogió las llaves—. Pero ella tenía muchas ganas y se lanzó a la piscina enseguida. Cuando te tuve a ti nunca hubo espacio para nada más.

A pesar de que era probablemente lo más bonito que nadie me había dicho nunca, no quise darle importancia y fui de nuevo hacia la puerta. Ni siquiera me había quitado la chaqueta. Cuando llegué allí me giré y le tendí la mano. Él la agarró y firmamos la paz, pero una corriente eléctrica me traspasó la piel, alcanzándome entera por dentro. Nunca me desharía de ello porque lo que yo sentía por Álvaro era muy de verdad. Podía enfriarse con mucho empeño, pero nunca desaparecer.

Cuando él resopló y me soltó la mano, entendí que estábamos en la misma situación. No sé en qué medida eso lo facilitaba o lo complicaba todo, pero me reconfortó no ser la única para la que no resultaba fácil firmar una tregua que nos alejaba del fuego y nos ponía en la zona templada. Era más sencillo odiarle y rajarle los neumáticos del Audi, porque de la rabia, del odio de ese tipo, al amor... ni siquiera había un paso. Era lo mismo, pero encabronado.

Después me fui. Aquella noche, mientras cenaba con mi madre y mis hermanos, les dije por fin que Álvaro y yo habíamos roto y que jamás volveríamos a estar juntos. Traté de explicarles que su familia no me aceptaría nunca y que para él ese era un peso demasiado grande para cargarlo continuamente. No sé si lo entendieron, pero sé que fui diplomática. No quería que mi madre se sintiera rechazada por tener menos dinero que los soplapollas de los padres de Álvaro. Y después, para

animarla, le di todas las cosas que él me había regalado durante los últimos dos años.

—Póntelas tú. Sé que te gustan y para ti no significan nada malo. Así, para mí solo significarán a partir de ahora que
pude hacerte un regalo como te mereces.

Epílogo

Los recuerdos me asfixian. Llevo dos horas tratando de conciliar el sueño, pero no puedo. A mi lado, Gabriel duerme encogido. Da la sensación de que se protege de las sombras que llenan la habitación; quizá también de las que habitan dentro de él. No puedo mirarlo; si lo hago algo martillea dentro de mi pecho, de mi cabeza y de cada una de mis terminaciones nerviosas. Es un tictac enfermizo y la certeza de que me estoy enamorando.

No dejo de pensar en mi relación con Álvaro, en ese antes y después. No dejo de pensar en la horrible sensación de pérdida que me desolaba por dentro cuando por fin le dije a mi madre que volvía a estar sola. Estar sola no me da miedo; me da miedo repetir mis errores, enamorarme de alguien emocionalmente inaccesible y dar carpetazo final a esto que me sigue uniendo a Álvaro aún hoy. Me da miedo no volver a querer bien y no ser capaz de ser feliz.

Acabo levantándome de la cama con un mal augurio en forma de nudo instalado en la boca del estómago. Me asomo a una ventana. Casi no hay tráfico en el centro de Ámsterdam a estas horas, solo unas pocas bicicletas. Pego la frente al cristal y siento cómo el frío me calma.

Crónica de una muerte anunciada. Desde el momento en que nos encontramos en la playa. Las circunstancias que nos rodeaban, la forma en la que somos, lo que hemos vivido y lo que viviremos. Todo empuja en esta dirección. Estoy fuera de mi zona de confort; a partir de ahora voy a la deriva. Lo que me queda por delante no es más que un camino que me aleja de Álvaro y de mi vida. Debo decidir si quiero emprenderlo o no. Silvia, siempre has sido muy sincera contigo misma; esto que sientes no da lugar a equívocos.

Me giro hacia la cama. Gabriel ha extendido el brazo hacia el lugar donde hasta hace un par de minutos estaba yo como si me buscara. Pero sigue dormido. Esa sensación, la de que me busca en sueños, me recuerda que yo siempre he ido dando palos de ciego en mi vida, buscándome también a mí. Mi carrera profesional, mis relaciones familiares, mi vida amorosa. Nada es lo que parece porque en realidad no es lo que quiero. Me conformo con lo que me dan por miedo a salir a buscar lo que realmente deseo.

Respiro hondo y me acerco de nuevo a la cama; me tumbo a su lado y le abrazo. Gabriel parpadea.

—Hola… —dice con voz somnolienta—. ¿Qué haces despierta, nena?

«Decidir mi suerte», pienso. Pero no le contesto. Le beso en la frente y después me acurruco con él, apoyada en su pecho.

—Deja de pensar —susurra—. Cuidaremos el uno del otro.

Sonrío. No sé cómo lo vamos a hacer. No sé si no habrá demasiadas asignaturas pendientes. No sé si no nos quedaremos por el camino. Lo único que sé es que me cansé de estar siempre persiguiendo a Silvia.

Y ahora empieza de verdad mi historia.

AGRADECIMIENTOS

Gracias a Suma de Letras, sobre todo a Ana y a Pablo, por la confianza ciega en mí, por los consejos y por darme la oportunidad de aprender de los mejores.

Gracias a Óscar, el amor de mi vida, por comprenderme y complementarme; por iluminarme la vida.

Gracias a papá y mamá por las eternas conversaciones telefónicas en las que hasta siento que me abrazan.

Gracias a toda esa familia que se ha volcado en mis proyectos y que está orgullosa de mí, la primera, Lorena, a la que, como buena hermana pequeña, siempre querré parecerme.

Gracias a los amigos de verdad, empezando por María, la niña de mis ojos, y mis otras mejores amigas, Aurora (mi Lola) y Laura (mi Julieta). A la Rusita, Herni, Gilro, la Rubia, Paca y Pol porque es mucho más divertido nombrarlas en un libro por los apodos. A mis chatarreros del alma. A mis chicas de SaFa. Al equipo A(umente). A mi familia en Madrid: Bea, Varo, Chu, Jorge, Cris, Juanan y mis hijos putativos Jose y Félix.

Gracias a Alba, Tone, Sonia, Art y Eu por ser unos *monguers* y ayudarme a mantener la cordura. A las «Coquetas en Mordor». A Txema por no abandonar nunca su fe en la humanidad.

Gracias a Manel por el tiempo que ha dedicado a tranquilizarme y por compartir su experiencia. Gracias a Rebeca por ser un ejemplo.

Gracias a mis coquet@s. Grandes. Enormes. Mágic@s. Ell@s, que cada día me dan fuerzas y ganas y que me acercan un poco más, con su apoyo, al sueño de mi vida.

Y, por último, gracias a Valeria, que me ayudó a dejar atrás el miedo a perseguir lo que quiero.